Katrin Burseg

DIE REBELLIN DES PAPSTES

Katrin Burseg

DIE REBELLIN DES PAPSTES

Triumph und Tragödie: Das zweite Leben
der Königin ohne Land

Roman

editionfredebold
derdeutscheautorenverlag

1. Auflage 2010

editionfredebold
fredebold&partner gmbh
schaafenstraße 25, 50676 köln

Originalausgabe: „Die Rebellin des Papstes“

Titelabbildung: akg-images, Berlin / pecher und soiron, Köln
Umschlaggestaltung: Roland Pecher, Köln
Satz: D.I.E. Grafikpartner GmbH, Köln
Druck und Bindearbeiten: CPI - Ebner & Spiegel, Ulm
Printed in Germany
ISBN 978-3-939674-29-0

www.editionfredebold.de

editionfredebold
derdeutscheautorenverlag

„Die Leidenschaften werden mit uns geboren und sterben mit uns, und man kann sie aus der Seele nicht mit der Wurzel ausrotten."

Christina von Schweden

„Weil du mich gesehen hast, glaubst du.
Selig sind, die nicht sehen und doch glauben."

Evangelium nach Johannes, Kapitel 20, Vers 29

PROLOG

Stockholm, anno 1634

Die Nächte – wie ein endloser, böser Traum. Da war das Herz des Königs, sie ruhten unter seinem toten Herzen. Jeden Abend, wenn sich die Bettvorhänge seufzend schlossen und die Truppe der Zwerge und Buckligen in ihren Ecken lag, befestigte die Königin, Christinas Mutter, die goldene Kapsel im Himmel ihres Bettes. Sie küsste das metallene Gefäß, dann ließ sie sich an die Seite ihrer Tochter sinken. Wie eine Ertrinkende schlang sie die Arme um das Mädchen. Sie klammerte sich an sie und murmelte Gebete – eine Litanei wirrer Worte. Ihr heißer, saurer Atem strich über das Kind und hüllte es in Verzweiflung ein, bis der Strudel aus Trauer sie endlich in den Schlaf riss und sich ihr Körper entspannte.

Vom Schein der Totenkerzen beleuchtet, schwebte die Büchse vor den Augen des Mädchens. Ihr Umriss zeichnete Schatten auf die Vorhänge, Wolken, die himmelwärts zogen. Manchmal glaubte das Kind, das leblose Fleisch darin verwandele sich, begänne wieder wie ein Herz zu schlagen, und sein geliebter Vater, der große König Gustav Adolf, spräche zu ihm und flüstere ihm seine Liebe zu. „Christina", schien er zu wispern, „meine Christina." In diesen Momenten erinnerte sich die Prinzessin an das geteilte Glück, auf ihren Jagdausflügen etwa. Sie war nicht älter als vier Jahre gewesen, und doch hatte sie den König in die Moore hinaus begleiten dürfen. Stark und wie von goldenem Glanz überzogen hatte er seine Tochter zu sich auf sein Pferd gehoben, und später, als sie das erlegte Wild, Hasen und Rebhühner, am Sattel befestigten, hatte Christina ihre Nase in die zuckenden Körper gedrückt und entrückt das warme Blut gerochen. Es war noch Leben darin gewesen, ein letzter, atemloser Hauch.

Jetzt strich Todesgeruch durch die Gemächer der Königin Maria Eleonora. Christinas Mutter klammerte sich nicht nur an das Herz ihres Gatten, sie wollte auch seinen Leichnam nicht hergeben. „Geht", hatte sie gekreischt, als die Mitglieder des Reichsrates auf eine Beerdigung drängten. „Ich habe den König zu seinen Lebzeiten nicht halten können. Zumindest jetzt will ich ihm nahe sein!" Ihre Raserei war nicht von dieser Welt gewesen. Verzweifelt hatte sie sich Kleid und Mieder von der Brust gerissen, und der Anblick ihrer gespenstischen Blöße beschämte die Alten – den Kanzler, die Minister und Generäle – und schlug sie in die Flucht.

Seit mehr als einem Jahr stand der mit Perlen besetzte Ebenholzsarg nun neben ihrem Bett. Der einbalsamierte Körper Gustav Adolfs ruhte darin, Gesicht und Brust von silbernen Masken bedeckt, die sie immer wieder streichelte und mit Küssen bedeckte. Sie zwang auch ihre Tochter, den Toten zu küssen, und die Trauer um den Vater und der Ekel vor der Kälte und dem Gestank seines Leichnams ließen das Kind erstarren.

„Ich will das nicht", wollte Christina der Mutter entgegenschleudern. „Ich will nicht mehr." Doch ihr kindlicher Gehorsam lähmte sie, und die Angst vor dem Geist des toten Vaters, den sie nachts bei sich wusste, raubte ihr die Stimme. Nicht mehr als ein heiseres Schluchzen, das die Mutter mit Schmerz verwechselte, stieg aus ihrer Kehle empor.

Und die Tage? Auch sie waren eine düstere Melange von Trauer und Sprachlosigkeit. Die Dunkelheit beherrschte die Räume der Königin und schluckte alles Leben. Schwarze Tücher bedeckten die Wände und verhüllten die farbenprächtigen Gobelins. Die Fenster, die sich in glücklicheren Tagen auf die Wasser der Ostsee geöffnet hatten, verschwanden hinter dunklen Trauervorhängen. Kein Sonnenstrahl schlüpfte herein, und der Sommer, der früh gekommen war, leuchtete einer anderen Welt. Immer wieder hallten Predigten, Gebete und fromme Lieder wie eintönige Gesänge des Todes durch die Gemächer der Königin. Sie wiegten die Witwe in ihrem Kummer: „Mein geliebter Herr, mein geliebter Mann", entwich ihr der immergleiche Seufzer. Sie war der Welt entrückt. Nur die Gaukler, Zwerge und Buckligen, die sich die Königin einst zu ihrem Vergnügen hatte schenken lassen und die im Kerzenlicht ihre Darbietungen gaben, ließ Maria Eleonora für wenige Momente in seligen Erinnerungen schwelgen.

Übernächtigt flüchtete sich Christina in ihre Bücher. Wie es der König ihr befohlen hatte, las sie die alten Geschichten, studierte Aristoteles, Tacitus, Seneca und verlor sich in ihren Tagträumen. In Gedanken sah sie Caesar und Alexander ihre Heldentaten vollbringen. Sie lernte die Gelassenheit der Stoiker zu verehren und begeisterte sich für die Schönheit der französischen Grammatik. Mit jeder Seite ließ sie das Unglück ihrer Familie ein Stückchen weiter hinter sich. Die tröstliche Welt der Buchstaben, das Gewicht des geschriebenen Wortes, die schweren Folianten in ihren Bücherschränken, die zu ihr zu sprechen schienen, sollten für alle Zeiten zu ihrem Paradies und Universum werden. Erst abends kehrte sie aus dem Studierzimmer in das Reich der Mutter zurück und ließ sich dort durch eine weitere schlaflose Nacht treiben.

Der Leichnam des Königs war, von seinen Fußsoldaten und Reitern begleitet, aus Deutschland nach Schweden überführt worden. Man hatte seinen Körper im Staub der Schlachtfelder von Lützen gefunden, und es hieß, selbst seine Gegner wie der Kaiser im fernen Wien hätten den Tod des Feindes betrauert, und einfache Leute in ganz Europa, die den großen König nie zu Gesicht bekommen hatten, seien über die Nachricht seines Todes in Tränen ausgebrochen. Doch über Christinas Mutter war ein Schmerz gekommen, der jede menschliche Vorstellung überstieg. Sie war außer sich, wie von Sinnen und erstickte die Tochter, die Erbin des stolzen Geschlechts der Wasa, in ihren verzweifelten Tränen: „Du bist alles, was mir geblieben ist. Mein Herz, mein Augapfel, mein Sternenkind und Löwe."

Christina war vom Fleisch des Königs, sein pulsierendes Blut, sein schlagendes Herz, sein Erbe. Sie war ihre nächtliche Gefangene und ihr Pfand gegen den Triumph des Todes. Nur zögerlich plante die Regierung der fünf großen Alten das Staatsbegräbnis, und Prinzessin Christina, der Dunkelheit und den flüsternden Stimmen der Erinnerung ausgeliefert, suchte in den schlaflosen Nächten Zuflucht in ihren Gedankenwelten. Über die Wochen und Monate hatte sie es gelernt, sich ganz in sich selbst zurückzuziehen und den Kern ihres Denkens aufzusuchen. Wenn sie an diesen Punkt gekommen war, öffnete sich eine Tür, und sie konnte ihren kleinen Körper verlassen, über allem schweben, so leicht wie Daunenflaum. Dann sah sie sich neben dem weichen Fleisch der Mutter liegen, und an ihrer Seite leuchtete die metallische Skulptur des Vaters. Sie hörte auf zu atmen, jede Nacht ein wenig länger, bis sie auch diesen Schmerz aushalten konnte. Sie wollte vergessen. Alles. Wollte unberührbar sein. Sich in Dunkelheit und Einsamkeit auflösen. Und es gelang – bis die Alten die Prinzessin endlich retteten.

Am 15. Juni anno 1634 trugen die Schweden ihren König Gustav II. Adolf, den sie „den Großen" und den „Löwen aus Mitternacht" genannt hatten, zu Grabe. Seit seinem Tod waren mehr als neunzehn Monate vergangen, trotzdem hatten die Alten der Witwe Herz und Leichnam gewaltsam nehmen müssen – so wie sie ihr das Kind entreißen mussten. Bewusstlos hatte es eines Morgens an der Seite der Mutter gelegen, nur wenig mehr noch als ein Schatten seiner selbst. Es war genug. Alarmiert von Christinas Zustand und in Sorge um das Schicksal des Reiches, schritten Reichskanzler Axel

Oxenstierna und die Generäle ein. Sie stürmten das Schlafzimmer der Königin, trugen das ohnmächtige Kind unter den hysterischen Schluchzern der Mutter fort und brachten es an einen sicheren Ort, wo es zwei Tage später schreiend und in der Obhut seiner Tante erwachte.

Dann betteten sie den König auf eine silberne Bahre, auf seine Brust legten sie das blutbefleckte Schwert, so wie man es neben dem Toten auf dem Schlachtfeld von Lützen gefunden hatte. Eine Woche später begleitete das Volk den Trauerzug zur Riddarholmskirche in Stockholm, der letzten Ruhestätte der schwedischen Könige. Die Menschen weinten und klagten und drängelten um einen Platz in der ersten Reihe. Wer sich nach vorne gekämpft hatte, erblickte zwischen den Adligen, Soldaten und Höflingen eine schmale, zierliche Gestalt – es war die siebenjährige Königin.

Unter dem Trauerschleier schien Christina ihrem Vater wie aus dem Gesicht geschnitten: Sie hatte seine hohe Stirn geerbt, seine durchdringend blauen Augen und die stolze, leicht gebogene Nase der Wasa. Sie trug nun den Titel der Königin der Schweden, Goten und Wandalen, Großfürstin von Finnland, Herzogin von Estland und Karelien und Herrin von Ingria. Gott selbst, so machten es die Alten sie glauben, habe ihr das Zeichen der Hoheit verliehen. Und so lasen die Schweden aus dem sturen Blick ihrer kindlichen Königin den Willen zu herrschen. Niemand, so verkündete der Stolz in diesem fiebrig geröteten Gesichtchen, würde ihr diesen Willen je nehmen können.

Bis zu ihrer Volljährigkeit sollten die fünf großen Alten um den zähen Reichskanzler Oxenstierna Schweden im Namen ihrer kleinen Königin regieren, während man das Mädchen streng und von der wahnsinnigen Mutter getrennt, so wie es der Vater einst verfügt hatte, wie einen Prinzen erzog.

EINS

Rom, Frühjahr anno 1656

Der Wagen ließ die Piazza Farnese mit ihrem mächtigen Palast hinter sich und bog auf den Campo dei Fiori ein. Der Blumenmarkt lag im Schatten der ockerfarbenen Geschäftshäuser, das Licht der tief stehenden Abendsonne war durch die Gassen hinunter zum Tiber gewandert. Zu dieser Stunde bevölkerten nur noch wenige Marktfrauen in römischer Tracht den Platz und hofften auf späte Kunden. Sie boten ihre letzten Lilien, Narzissen und Hyazinthen an. Dazwischen verströmten Pflaumen- und Pfirsichblüten ihren Duft, in flachen Körben lockten Kräuter wie Kamille, Pfefferminz, Salbei, Koriander und Rosmarin.

Als die Kutsche über das Pflaster rollte, blickten die Frauen auf. Sechs Pferde zogen den mit Silberbeschlägen verzierten Wagen über den Platz. Das Gefährt, ein Geschenk des Papstes, war nach einem Entwurf des Cavaliere Bernini gefertigt worden. Der größte Künstler Roms hatte eine majestätische Karosse geschaffen, und tatsächlich drückte sich eine Königin in deren Polster aus blauer Seide. Die Marktfrauen zischten und zeigten auf die Kutsche. „Da kommt sie, da kommt sie“, riefen sie sich zu, um dann in einen freundlichen, aber nicht allzu tiefen Knicks – denn die Römerinnen hatten ihren Stolz – zu sinken. „Da kommt die Königin ohne Land.“

Christina von Schweden lachte wie ein übermütiges Kind. Sie genoss die Aufregung unter den Marktfrauen. Ein Strahlen wie ein

Schleier von Licht zog über ihr Gesicht und ließ es für einen Moment jung und unbeschwert leuchten. Noch immer war ihr Erscheinen in den Straßen Roms ein Ereignis, so wie auch ihr Einzug in die Stadt vor wenigen Wochen spektakulär gewesen war. Immer wieder kamen Christina die Bilder ihrer Ankunft in den Sinn. Sie war mit ihrem kleinen Gefolge von Norden über den Ponte Milvio, die älteste Brücke Roms, gekommen. Berittene Gardisten hatten ihren Weg hinein in die Stadt entlang der Via Flaminia gesäumt. Es war ein Triumphzug gewesen bis hinunter zum Stadttor der Porta del Populo, wo sich die Kardinäle Roms und das staunende Volk einträchtig zu ihrem Empfang versammelt hatten.

Dort, in der Attika des steinernen Bogens, hatten sie auch die so lang ersehnten Worte des Papstes begrüßt: „*Felice faustoque ingressui*". Schnell hatte sie das Latein des in Stein gemeißelten Spruchs entziffert: Der Heilige Vater wünschte ihr einen glücklichen und segensreichen Eintritt in ihr neues Leben. Nach ihrer Abdankung und dem Übertritt zum katholischen Glauben war sie, Christina von Schweden, an das Ziel ihrer Sehnsüchte gelangt. Unter ihrem neuen Namen „Maria Alexandra" sollte sie von nun an und für alle Zeiten in den päpstlichen Chroniken geführt werden. Doch für das staunende Volk, das bei ihrem Einzug in die Ewige Stadt jubelte und winkte, war sie seither „Maria, die Königin ohne Land".

Christina wusste, dass Papst Alexander VII. ihre Ankunft in Rom für ein Wunder gehalten hatte, für einen Triumph seines Gottes über den Irrglauben, die Ketzerei und alle übrigen Versuchungen des Teufels. „Sie ist die Herrscherin, die einzig und allein um des wahren Glaubens willen auf Krone und Reich verzichtet hat", hatte der Heilige Vater sie den staunenden Römern wie eine Trophäe präsentiert. Christina selbst sprach dagegen von Freiheit und Vernunft, nicht von Verzicht und Offenbarung. Sie war aus Stockholm, dieser rauen, kalten, nassen Stadt, nach Rom gekommen, um dessen Herrlichkeit zu erleben. Und um endlich frei zu sein. Die zeitraubende Gastfreundschaft des Papstes, das Sakrament der Firmung, das sie aus seiner Hand vor dem Hochaltar des Petersdoms empfangen hatte, ja selbst ihr neuer Name waren der Preis, den sie bereit war, dafür zu zahlen.

Christina hatte einige Wochen im Vatikan gewohnt. *„Es ist ein unerhörtes Geschenk"*, hatte sie ihrem Tagebuch anvertraut, *„denn seit Menschengedenken hat keine Frau mehr innerhalb der heiligen Mauern übernachtet."* Papst Alexander hatte ihr acht herrliche Zimmer im Turm der Winde einrichten lassen. Die Räume, mit Brokat, Atlas und leuchtenden Fresken geschmückt, lagen im obersten Geschoss des Torre dei Venti, und ihre Aussicht reichte über die Kuppeln Roms bis weit über die Stadtgrenzen hinaus.

Trotzdem war sie erleichtert gewesen, als sie vor wenigen Tagen ihr neues Domizil im Palazzo Farnese bezogen hatte. *„Die räumliche Distanz zum Papst und zu seinem murmelnden Gefolge soll meine Freiheit betonen"*, hatte sie in ihren Aufzeichnungen notiert. *„Ich will dem Leben nachstellen, den römischen Karneval genießen, mich keiner Autorität mehr unterordnen und mich nur noch meinem Glauben allein verantwortlich fühlen."*

Christina winkte den Marktfrauen zu, während der Kutscher den Wagen zur Piazza Navona lenkte. Noch einmal drang der Jubel der Frauen an ihr Ohr, dann verwandelte sich das Bild der Straßen, und die beschauliche Abendstimmung schlug um in aufgeregte Lebendigkeit. Es war, als sei ein Vorhang zur Seite gezogen worden und die Stadt gebe nun ihre Bühne frei für allerlei Fantastisches und Exotisches, für Prunk und Pomp. Auf dem alten Platz im Herzen der Stadt wogten Massen von Menschen in fröhlichen Masken und Kostümen wie durch einen Festsaal. Sie sah Männer in Frauenkleidern mit entblößten Brüsten, die sie anlachten. Dann Pulcinell, den Narren, dem ein großes Horn an bunten Bändern um die Hüften schaukelte, pausbäckige Quacqueri in Samt und Seide,

Landmädchen, Fischer, neapolitanische Schiffer, Griechen, blasse Gespenster und die Grimassen von Zauberern. Dazwischen tobten Kinder mit Flöten, Schellen und Muschelhörnern, frech und übermütig.

Das Gedränge des feiernden Volkes war unbeschreiblich. Nur langsam schob sich die Kutsche auf die Piazza Navona, um sich in das Karussell der Spazierfahrer einzureihen. Vor der Geburt des Heilands hatte Kaiser Domitian hier eine Arena zu Ehren einer heidnischen Gottheit erbaut, inzwischen säumten Wohnhäuser, Adelspaläste und eine Kirche den lang gestreckten Platz. In seiner Mitte erhob sich der riesige Vierströmebrunnen, dessen Wasserspiel aus den Fluten der Menschenmassen herausragte. Schon einmal hatte Christina an seinen Felsen halten lassen und die Skulpturen des Cavaliere Bernini bewundert. *„Sie stellen die vier größten Flüsse der bekannten Welt dar: Donau, Rio della Plata, Ganges und Nil"*, hatte sie staunend notiert, denn nie zuvor hatte sie Großartigeres gesehen. *„Darüber sticht ein Obelisk in den römischen Himmel, Löwen und Seeungeheuer stürzen aus einer Muschelgrotte hervor."*

Christina holte tief Luft und fühlte Jubel in sich aufsteigen. Das war das von Leben überschäumende Rom, wie sie es sich schon als Kind über ihren Büchern erträumt hatte.

„*Caput mundi*, das Haupt der Welt und die Mitte des Erdenkreises", hatte ihr geliebter Lehrer Johan Matthiae, den sie damals *Papa* nannte, von seiner Reise nach Rom geschwärmt: „Die Stadt ist eine Kulisse aus Ruinen, Arenen, Tempeln und Thermen, zwischen denen täglich neue Paläste und Kirchen aufzuragen scheinen", hallte das Echo seiner Worte in ihrem Kopf wider. „Man sieht Kuppeln, die den Himmel umspannen, gewaltige Paläste und Brunnen und dazwischen die Hütten und Wohnhöhlen der Armen", wiederholte sie die Ausführungen des Lehrers, die sich wohl für alle Zeiten im Netz ihrer Erinnerungen verfangen hatten.

Nun lauschte sie der Melodie der Stadt, die das Bild, das sie sich in ihrer Vorstellung von Rom gezeichnet hatte, untermalte: die lockenden Rufe der Marktfrauen, die Klagen der Bettler, die ihren Spruch in mehreren Sprachen aufsagen konnten, das Geschrei der Handwerker auf den Baustellen der Kirchen und Paläste, die Gebete der Priester und Gläubigen in den Kirchen, das Murmeln des Tibers in seinem Bett.

„Das ist die Atmosphäre, die mir behagt", hatte sie ihrem Vetter, dem neuen König Karl Gustav, nach Stockholm geschrieben. *„Das Echo der alten Kulturen, der Lockruf von Schönheit und zügelloser Sinnlichkeit."* Es gab Feste, Bälle, Bankette, und überall war sie umschwärmter Ehrengast. Schon sprachen die Römer vom „Karneval der Königin".

„Wie habe ich nur die neunundzwanzig Jahre meines Lebens unter Barbaren ertragen können?", hatte sich Christina in ihrem Tagebuch gefragt. Schweden, ihre Heimat, das kaum besiedelte und von moorigen Seen durchzogene Waldland, die schlechten Straßen, kargen Felder, armseligen Dörfer und plumpen Städte – das war gefrorenes Ödland und weniger als ein Nichts. Dann der rebellische Adel: Seeräuber und Wilderer, die wie schon ihre Vorfahren auf Kaperfahrt gingen, wenn die Küste nah war, oder sich in die Wälder schlugen, um Bären und Wölfe zu jagen. Und Stockholm? Ein schwankendes Etwas, überbaute Inselchen zwischen Mälarsee und Ostsee, darin wenig mehr als zehntausend frierende Seelen.

Ich habe alles in Frage gestellt, wunderte Christina sich wieder und wieder über ihren Mut und konnte den Blick nicht abwenden von den Masken der tanzenden Römer. „Ich habe Partei ergriffen für das Schöne", flüsterte sie den Feiernden zu. „Ich habe alles gewagt."

Von einem Stand wehte sie der Duft von gerösteten Maronen an. Kinder drängelten sich um den Verkäufer, reichten ihm Münzen und nahmen kleine Portionen der dampfenden Esskastanien in Empfang. Lächelnd beobachtete Christina, wie das Naschwerk in gierigen Mündern verschwand. Plötzlich gab es Geschrei: „*Ladri, ladri* ... Diebe!“ Die Menge, die sich eben noch einträchtig über den Platz geschoben hatte, stockte, um dann neugierig in alle Richtungen zu blicken.

Christina beugte sich vor. Das Geschrei schien vom Maronenstand zu kommen. Der Kastanienröster, eine schmale Gestalt mit faulenden Zähnen in einem verwitterten Gesicht, fuchtelte und zeigte in das Knäuel aus Jungen und Mädchen. Gleichzeitig versuchte er, seine Ware zu schützen. Die Szene wirkte komisch. Der Mann war vor Ärger rot angelaufen, und die umstehenden Kinder begannen, ein Schelmenlied zu singen. Das war zu viel für den Maronenröster, der mit steifen Fingern nach den Spöttern langte, das Gleichgewicht verlor, über sein Kohlebecken stolperte und vornüberfiel. Kastanien und glühende Kohlen ergossen sich über das Pflaster, die Kinder johlten auf, und von allen Seiten stürzten sich die Massen auf die heißen Leckereien, die in alle Richtungen davonsprangen.

Die Wagen stockten, und Christinas Kutscher fluchte. „*Che casino* ... Was für ein Durcheinander!“ Ungeduldig versuchte er, die Menschen mit Peitschenhieben auseinanderzutreiben. Die Kutsche stoppte kurz, um dann im Schritttempo weiter voranzurollen. Christina hatte sich in das Polster zurückgelehnt, als plötzlich etwas Dunkles durch das Fenster sprang und vor ihren Füßen landete.

Ein Angriff, war ihr erster Gedanke. Ein Irrer, der mich für meine Lebenslust in die Hölle schicken will. Ihre Hand tastete nach dem Dolch, den sie immer am Gürtel trug.

Das Bündel zu ihren Füßen stöhnte auf, dann schüttelte es sich. Dunkle, verfilzte Haare flogen hin und her, und Christina erkannte, dass das Gefährlichste an diesem Etwas wohl die Flöhe und Läuse waren, die jeden Moment auf sie überspringen konnten.

Das Wesen, von Straßenstaub gepudert und in Lumpen gekleidet, streckte ihr triumphierend eine Handvoll Maronen entgegen. „*Signore, mi perdona*", sagte es, und sein Italienisch klang gewählt und seltsam vornehm für ein Straßenkind. „Mein Herr, ich bitte um Verzeihung."

Christina lachte auf. Sie wies auf die gegenüberliegende Bank, und das Kind kam auf die Beine und setzte sich ohne Scheu. Neugierig ließ es seinen Blick über ihren Körper wandern, um dann zu stutzen.

Christina ahnte, was das Kind fesselte. Es sah eine Frau in Männertracht vor sich, mit flachen Schuhen und kurzen, honigblonden Haaren, die das Kinn umspielten. Der schmucklose Aufzug stand im Gegensatz zur Pracht der Polster, die sie rahmten. Das Faszinierendste jedoch, das wusste die Königin, war wohl ihr schmales Gesicht mit den vollen Lippen, der gebogenen Nase und den erstaunlich blauen Augen, die jedermann in ihren Bann schlugen.

Ich weiß, dass ich nicht schön bin, folgte Christina den Gedanken des Kindes, aber mein Gesicht trägt Züge, die jeden Betrachter faszinieren. Die Maler ihrer Zeit jedenfalls hatten die herbe Erscheinung der Königin, die Männer wie Frauen anzog, auf unzähligen Porträts in viele unterschiedliche Rollen gekleidet. Sie war nicht nur als Herrscherin und weise Minerva auf die Leinwand gebannt worden, sondern auch als keusche Diana oder als weibliches Gegenbild zu Alexander dem Großen.

Christina war nicht eitel, im Gegenteil. Sie rühmte sich, ihre Morgentoilette in einer Viertelstunde zu bewältigen, und ließ sich das Haar nur dann richten, wenn es die Etikette verlangte. Aber sie zelebrierte ihren nachlässigen Auftritt, und die Gerüchte um ihr männliches Wesen schmeichelten ihr. Auf der Straße wichen die Römer ehrfürchtig vor ihrem amazonenhaften Anblick zurück, und lediglich zum Empfang des Papstes hatte sie die Hosen gegen ein schlichtes graues Kleid und ein schwarzes Schultertuch getauscht. Doch unter dem Kleid hatte sie, wie um alle Welt zu empören, Reitstiefel getragen, die widerspenstig hervorblitzten, als sie sich vor dem Heiligen Vater auf den Marmor gekniet hatte, um ihm die Füße zu küssen. Zum ersten und wohl auch zum letzten Mal, das hatte sie sich in diesem demütigenden Moment geschworen.

„Eine seltsame Maskerade." Das Kind, das Christina ihrerseits amüsiert und neugierig betrachtet hatte, war davon überzeugt, dass der Auftritt seines Gegenübers dem Karneval geschuldet sei. „Ich habe in diesem Jahr noch keine Dame gesehen, die so überzeugend den Kavalier mimte. Wen stellt Ihr dar?"

„Niemanden. Du siehst mich so, wie ich bin", lachte die Königin und streckte dem ungebetenen Gast spontan die Hand entgegen. „Christina Wasa, hier in Rom nennen sie mich auch Maria Alexandra."

Jetzt lachte auch das Kind, und in seinen ernsten, dunklen Augen blitzte der Schalk auf. Vorsichtig nahm es Christinas Hand, und für einen Moment schien es zu überlegen, einen Kuss auf das Leder des Handschuhs zu hauchen. Dann drückte es mit seinen schmutzigen Fingern vorsichtig zu. „Maria, auch Maria, nichts weiter."

Ein Mädchen also, dachte Christina. Eines der vielen hundert Straßenkinder, die sich elternlos und in Rudeln durch die Stadt und ihr erbärmliches Leben schlagen. Die unter den Brücken und in den Höhlen und Ruinen schlafen, betteln und lange Finger machen und durch die Straßen streichen, solange Hunger, Krankheit, Gewalt oder ein anderes Schicksal ihre trotzigen Herzen nicht zum Verstummen bringen. Christina nickte und zog die Hand zurück. „Maria, die Maronendiebin."

Beschämt schlug das Kind die Augen nieder, und seine Finger umklammerten den Schatz in seinem Schoß.

Sie ist mager, schoss es Christina durch den Kopf. Die Wangenknochen stechen unter den großen Augen hervor, und ihr Körper wirkt kindlich und steht in einem seltsamen Gegensatz zu ihrer reifen Wortwahl.

„Wie alt bist du, Maria?"

Das Mädchen zuckte verlegen die Schultern. „Ich weiß es nicht. Die Priester sagen, sie hätten mich kurz nach dem Ende des Großen Krieges gefunden. Ich konnte kaum sprechen und habe es erst bei ihnen gelernt."

Christina rechnete, der Große Krieg, die Abwesenheit Gottes, war vor acht Jahren mit dem Westfälischen Frieden beendet worden. Das Mädchen mochte also zehn oder elf Jahre alt sein, und einen Großteil seines Lebens schien es in der Obhut der Kirche verbracht zu haben. Dafür sprachen seine Erziehung, sein gewählter Ausdruck. „Was ist dann geschehen?"

Maria sah sie an, doch sie antwortete ihr nicht. Etwas schien sich verändert zu haben, so als wäre plötzlich jedes Interesse an ihrem Gegenüber, ja an der Welt, erloschen. Ausdruckslos spielten ihre Finger mit den Maronen, schälten geschickt eine davon, die schnell zwischen ihren Lippen verschwand. Dann drehte sie den Kopf und blickte aus dem Wagen. „Könntet Ihr mich dort an der Ecke absetzen? Wenn ich ein zweites Mal durch das Fenster springe, verletze ich mich am Ende noch."

Christina folgte ihrem Blick. Der Kutscher lenkte das Gespann in eine der Gassen zwischen der Piazza Navona und dem schnurgeraden Corso, den Papst Alexander hatte begradigen lassen. Während des Karnevals fanden auf dieser Straße die berühmten Umzüge und Wettrennen statt: Pferde und Esel, aber auch Greise, flinke Burschen, Juden und Huren – Letztere wohl nicht freiwillig – traten an und amüsierten die Zuschauer mit ihren komischen Darbietungen. Wenn der prächtige Corso überquert war, sollte es weiter hinauf in Richtung der Piazza Barberini gehen, wo man sie im Palast der einflussreichen Barberinifamilie erwartete.

Genauso wie sich die Familie der Pamphili unter ihrem Papst Innozenz X. die Piazza Navona zu ihrer städtischen Bühne erwählt hatte, residierten die Barberini in einem prächtigen Gebäude, das der Architekt Carlo Maderno für die Papstfamilie Urbans VIII. entworfen hatte. Christina war dort schon einmal zu einem Theaterabend geladen gewesen, und sie hatte die Pracht des Palastes bewundern können. „*Die meisten Räume haben bemalte Decken*", hatte sie ihre Eindrücke in ihrem Büchlein notiert. „*Das überwältigendste Fresko jedoch ist an der Decke des großen Saals zu sehen. Es stammt von Pietro da Cortona und verherrlicht den toten Papst Urban VIII. Die Römer sagen, dass kein Gemälde je unverschämter den Heiligen Vater und seine Familie gepriesen habe.*" Auf dem Platz vor dem Palast stand der berühmte Tritonenbrunnen – wieder hatte darin der Cavaliere Bernini dank seiner unerschöpflichen Inspiration ein Meisterwerk geschaffen.

Nach ihrer Ankunft in der Stadt hatte Christina von dem Künstler erfahren, dass in Rom nicht die Päpste, sondern deren Familien regierten. „*Mit jeder Papstwahl katapultieren sich die Angehörigen des neuen Papstes von einem Tag auf den anderen in den Rang eines europäischen Herrscherhauses*", hatte ihr Bernini, schon in seinen Fünfzigern und doch immer noch ein schöner Mann mit leidenschaftlichen Augen und modischem Spitzbart, bei ihrer ersten Begegnung anvertraut. „*Die Nepoten versuchen, durch äußeren Glanz und verschwenderische Pracht ihre Unsicherheiten zu überdecken und die Welt zu blenden.*" Und das wusste keiner besser als der große Bernini. Er diente nun bereits dem dritten Papst – nach Urban VIII. und Innozenz X. jetzt Alexander VII. – und hatte die Familien der Barberini, Pamphili und Chigi mit Pomp und Pracht versorgt.

Die Papstfamilien, insbesondere die der rivalisierenden Barberini und Pamphili, wetteiferten darum, die Königin zu beeindrucken. Immer wieder wurde sie in deren Paläste eingeladen, um kostspieligen Vergnügungen beizuwohnen. Sie hatte Historienspiele und Opernaufführungen gesehen, märchenhafte Auftritte der besten Sänger und ganze Heere von märchenhaft kostümierten Schauspielern, die ihr zu Ehren spielten. Die Kosten für die Spektakel, so hatte Christina überschlagen, mussten sich auf einige zehntausend Scudi belaufen. Eine Summe, die ausgereicht hätte, vielen römischen Familien ein sorgenfreies Leben zu ermöglichen.

Zu ihrem Leidwesen konnte Christina sich nicht revanchieren. Ihre Kasse war ständig leer, und an ein kostspieliges höfisches Leben – so wie sie es in Schweden gewohnt gewesen war – war vorerst nicht zu denken. Ja, ihre Schulden beliefen sich jetzt schon, nur etwas mehr als ein Jahr nach ihrer Abdankung, auf einige Millionen Scudi, und sie war dazu übergegangen, Teile ihres Tafelsilbers zu versetzen, um ihre Diener bezahlen zu können. Dennoch plante sie, eine Akademie zu gründen, so wie sie bereits einen gelehrten Zirkel in Stockholm ins Leben gerufen hatte. Sie stellte sich eine regelmäßige Zusammenkunft von römischen Edelleuten, Geistlichen und Gelehrten vor, bei der man sich allein der Literatur widmen würde. Und auch musikalische Aufführungen durften nicht zu kurz kommen. Musiker, selbst die besten Virtuosen, waren hierzulande für wenig Geld zu haben, und Christina liebte ihr Spiel, den Widerhall der Klänge in den Festsälen der Paläste und die sich bis zur Seligkeit steigernde Abfolge der Melodien.

„Madame." Das Mädchen zupfte an ihrem Arm und holte sie aus ihren Träumen. „Madame, bitte lasst mich aussteigen."

Christina sah, dass sie inzwischen die Piazza Barberini erreicht hatten. Aus der Mitte des Platzes wuchs die Brunnenschale mit dem ins Muschelhorn blasenden Triton empor. Fröhlich sprudelte die Wasserfontäne des Meeresgottes in den Himmel. Das Wasser glitzerte und fing die letzten Sonnenstrahlen in seinen Tropfen ein, die wie flüssige Diamanten funkelten.

„Wohin willst du gehen?"

Wieder zuckte Maria mit den Schultern. Noch immer hatte ihr Gesicht den ängstlichen Ausdruck nicht verloren. Ihre Augen, dunkel wie Kohle, lagen in tiefen Höhlen, und unter einer Schicht von Straßenschmutz verbarg sich milchblasse Haut. Plötzlich verspürte Christina den Wunsch, das Kind an sich zu drücken. Ein Gefühl großer Einsamkeit überkam sie, Erinnerungen an eine ferne Zeit, die Tür in ein vergangenes Leben, der Blick in eine andere Welt. Sie keuchte.

„Was ist mit Euch?" Maria blickte sie fragend an. „Habt Ihr Schmerzen?" Das Mädchen zeigte auf Christinas Brust, und plötzlich bemerkte sie, dass sie ihre Arme fest um sich geschlungen hatte – wie in Abwehr gegen die Welt.

„Nein, nein, es geht schon. Aber ich kann dich nicht einfach gehen lassen. Die Nacht bricht an, wenn die Sonne untergegangen ist, wird es kalt, und dein Hemd ist nicht mehr als ein Lumpen, dünn und löchrig."

„Ich bin nichts anderes gewohnt. Wenn ich meine Freunde gefunden habe, wärmen wir uns gegenseitig. Wir zünden ein Feuer in den Katakomben an und teilen unsere Beute."

Die Augen des Mädchens begannen wieder zu leuchten, als hätte ein Funken diese Kohlestückchen entzündet. Wärme strahlte von ihnen ab und überzog ihre Wangen mit einem rosigen Schimmer.

„Du brauchst ein Bad."

„Wir haben den Tiber. Und die Brunnen der Stadt. An Wasser mangelt es uns nicht."

Die Kutsche hielt vor dem Palast der Familie Barberini. Der Palazzo bestand aus einem Mittelgebäude und zwei vorspringenden Seitenflügeln und ähnelte in seiner Architektur mehr einem Landhaus als einem römischen Palast mit seinen typischen rechteckigen Formen. Vor dem Haupteingang waren Wachen postiert, Fackeln leuchteten, und Frühlingsblumen waren zu Ehren des Gastes auf den Treppenstufen verstreut. Christina hörte, wie ein Lakai ihre Ankunft meldete. Von irgendwo erklangen Trompetenstöße, die Flügeltüren wurden aufgestoßen, und ihr Gastgeber, Kardinal Francesco Barberini, eilte ihr mit weit ausgebreiteten Armen entgegen. Jeden Moment würde man die Tür der Kutsche öffnen und ihr eine Hand reichen.

„Versteck dich unter der Bank", zischte Christina dem Mädchen zu. „Warte hier auf mich. Wenn du möchtest, nehme ich dich mit zu mir. Du kannst dich in meiner Küche satt essen, und wir werden deine Lumpen gegen ein frisches Hemd und ein Paar Hosen eintauschen. Willst du?"

Für einen Moment flackerte Misstrauen im Gesicht des Kindes auf.

„Du könntest jederzeit gehen." Christina bemerkte, dass ihre Stimme jetzt weich, fast flehentlich war, so sanft wie sie noch nie geklungen hatte. Ich habe noch nie so innig um etwas gebeten, wunderte sie sich. Ich bin es gewohnt, dass man mir gehorcht.

„Versprechen kann ich Euch nichts." Langsam tauchte das Kind in den Schatten der Bank und verschmolz dort mit der Dunkelheit.

Die Kutsche der Königin war auf den Hof gerollt. Langsam umrundete sie den Vorplatz und hielt auf die Freitreppe zu, dann zügelte der Kutscher die Pferde. Der Wagen stand still, und für einen Moment bewunderte Kardinal Francesco Barberini die Pracht des silbernen Gefährts, das im Licht der Fackeln wie ein gewaltiges Schmuckstück funkelte. Nie hat der Papst einem Gast ein großzügigeres Geschenk gemacht, dachte er und unterdrückte einen Anflug von Neid. Als Neffe des verstorbenen Papstes Urban VIII. mangelte es ihm nicht an kostbarem Besitz. Erst am Morgen hatte sich seine Kunstsammlung um ein Gemälde des großen Meisters Poussin erweitert, das seine Agenten für viele Tausend Scudi in Paris ersteigert hatten.

„Exzellenz?" Fragend blickten ihn die Lakaien in ihren samtenen Livrees an, und auf seinen Fingerzeig hin öffnete man den Schlag des Wagens, während die Trompeter ihre Fanfaren schmetterten.

Wie wird die Königin heute aussehen, fragte sich der Kardinal und spähte gespannt ins Dunkel des Wageninneren. Der Auftritt der Schwedin war immer ein Ereignis und gab der römischen Gesellschaft Anlass zu allerlei Klatsch. „Sie weiß sich nicht wie eine Dame zu bewegen, deshalb trägt sie Hosen", lästerten die einen über ihren skandalösen Auftritt. „Der schwedische Hof ist von Barbaren bevölkert." Andere tuschelten über ihre männlichen Vorlieben, man behauptete, der Königin wachse ein dunkler Flaum über der Oberlippe, ihre Hände seien nicht die einer Frau, und ganz gewiss sei sie nicht nur vom Wesen des großen Gustav Adolf durchdrungen, sondern vom Geist des toten Königs geradezu besessen. Dennoch fürchteten alle Römerinnen die verführerischen Kräfte der Amazone.

Kardinal Barberini war Königin Christina – oder Königin Maria Alexandra, wie der Papst sie zu nennen pflegte – schon einige Male begegnet und hatte nichts dergleichen feststellen können. Sie ist eine kluge Frau, dachte er, vielleicht zu klug, und ein wenig zu unbeherrscht. Sie ist gewitzt und schnell, robust und erdverbunden, aber sie lässt sich von ihren Gefühlen und Leidenschaften leiten.

Auch an diesem Abend, der letzten Nacht des römischen Karnevals, freute er sich auf ihre Gesellschaft. „Majestät. Es ist mir eine große Ehre, Euch heute Abend in meinem Haus begrüßen zu dürfen", schnarrte er herzlich, als er ihr stolzes Profil im Wageninnern erblickte. Er streckte ihr seine Hand mit dem auffälligen Siegelring entgegen. Das Familienwappen der Barberini, drei goldene Bienen auf blauem Grund, leuchtete in der Dunkelheit auf.

Königin Christina ergriff lächelnd seine Hand und ließ sich hinaus in den Abend ziehen. Leichtfüßig wie ein junges Mädchen sprang sie aus dem Wagen und drückte überschwänglich seinen Arm, ohne auf einen Handkuss zu warten. Dann blickte sie ihm gespannt ins Gesicht, und Kardinal Barberini bemerkte, wie er unter seiner weißen Perücke errötete. Er hoffte, dass seine wachen Augen und die scharfe, florentinische Barberininase seine Würde in diesem fast intimen Augenblick wahrten.

„Exzellenz, was für ein herrlicher Abend!" Auch die Königin schien bester Stimmung zu sein. Ihre Vorfreude auf die Premiere spiegelte sich in ihrem Gesicht wider. „Was wird gegeben?"

„Eine Oper. Das Werk des Komponisten Marco Marazzoli", antwortete der Kardinal. „Ein Stück über das menschliche Leben und den Triumph der Frömmigkeit. Ich habe es Euch zu Ehren in Auftrag gegeben. Den Hauptpart singt Euer Favorit."

„Bonaventura." Königin Christina schnalzte zufrieden mit der Zunge. Der Kastrat sang einfach wunderbar, als ob die Töne einer himmlischen Welt entsprangen. „Ich hoffe, das Stück ist nicht allzu frömmelnd angelegt."

Kardinal Barberini lachte amüsiert auf. Ebenso wie sein verstorbener Onkel Papst Urban VIII. galt er als großzügiger und verständiger Mäzen der Künste. Er wusste zwischen den Anforderungen der Kirche und jenen der Oper zu unterscheiden. „Keine Sorge, bei den Proben sah ich, dass es in dem Stück von Göttern und Nymphen nur so wimmelt. Ihr werdet Eure Freude an den Schauspielern haben. Kommt, ich führe Euch in Eure Loge."

Neben der Bibliothek, die schon so berühmte Gelehrte und Schriftsteller wie Naudé, Milton und Castelli beglückt hatte, leisteten sich die Barberini ein privates Theater. Die Königin sollte die Oper von einer besonders konstruierten Loge aus verfolgen, in der sie selbst von außen nicht sichtbar war. So konnte sie die Premiere erleben und musste nicht, wie es eigentlich Sitte war, auf eine spätere Aufführung für Damen warten.

Kardinal Barberini bot Königin Christina den Arm und führte sie durch das prachtvolle Treppenhaus über Flure und Gänge zu der versteckten Tür der Loge. Auf ihrem Weg blieb die Königin immer wieder stehen, um einen Blick auf die Gemälde zu werfen, die die Wände schmückten. Sie erkennt wirklich jeden Künstler von Rang, dachte der Kardinal, als er sie die Namen der Maler murmeln hörte: „Poussin, Valentin de Boulogne, Artemisia Gentileschi, Pietro da Cortona ..." Vor den Skulpturen Berninis und den herrlichen Wandteppichen, welche die Taten des Kaisers Konstantin darstellten, blieb sie länger stehen, als ob sie sich nicht sattsehen konnte an den Farben und Formen auf den Bildern.

„Rubens", sprach sie den Namen ihres Schöpfers fast ehrfürchtig aus. „Ein Genie. Kennt Ihr seine Akte?"

Kardinal Barberini nickte. Er besaß eine der fleischigen Nackten, eine fast obszöne Szene, die er nicht öffentlich zu zeigen wagte. In gewissen Stunden jedoch war sie ihm eine heimliche Freude und ein sinnlicher Genuss. Bisweilen schien es ihm sogar, als ob die Badende den Blick des Voyeurs mit einem wissenden Lächeln quittierte. „Der Papst schätzt seine Werke nicht besonders."

„Das kann ich mir vorstellen." Die Königin lachte und schaute ihm in die Augen. „Schade. Er beraubt sich eines großen Vergnügens. Und eines besonderen Blickes auf die Welt."

Wieder nickte der Kardinal. Plötzlich dachte er an den Auftrag, den der Heilige Vater ihm gegeben hatte. „Ich möchte Euch bitten, nach der Vorstellung noch auf einen Becher Wein zu mir zu kommen", sagte er und wies vage in Richtung Bibliothek.

„Mit Vergnügen", antwortete Christina ausgelassen. Sie erreichten die Loge, und schon im nächsten Moment fläzte sich die Königin wie ein Stallbursche in den ausladenden Sessel, bevor sie die Beine ungezogen übereinanderschlug. Dann winkte sie ihm zu. Kardinal Barberini war sich sicher: Noch bevor sich der Vorhang heben sollte, hatte sie die Welt um sich herum vergessen.

ZWEI

Rom, Frühjahr anno 1656

Die Nacht schien ihr ehrlicher als der Tag zu sein. Sie schärfte ihre Gedanken, ließ keine Ablenkung zu, und selbst die dunkelste Stunde war Christina kostbar und vertraut. Sie liebte die Stille darin, das Fehlen menschlichen Lärmens, das fast körperlich spürbar war. Wenn sie sich konzentrierte, in die Dunkelheit hineinlauschte, waren da nur Seufzer: sorglos gurgelndes Wasser, das Rascheln der Palmenfächer, herumstreunendes Getier, ein Liebespaar, die Gespenster der Stadt und Erinnerungen der Alten.

Die Schlaflosigkeit war Christinas geduldige Begleiterin. Seit der Kindheit folgte sie ihr, beharrlich wie ein Hund. Sie hatte sich Christina in Stockholm angeschlossen, hatte sie durch Dänemark und Deutschland nach Antwerpen und Brüssel begleitet, um schließlich zusammen mit ihr die Grenzen des Kirchenstaats zu queren und sich in Rom an ihrer Seite niederzulassen. In jungen Jahren hatte sie die Sehnsucht nach Schlaf, nach einem tiefen, erfrischenden Schlummer gequält, und die Hofärzte hatten sie mit allerlei Kuren und nutzlosen Säften traktiert. Als Kind hatte sie heiße Ziegenmilch vermischt mit Mohnsamen getrunken, später dann Rosenwein aus Rotwein, Holundersaft, Rosenblüten und Zimt. Inzwischen war sie dankbar für die Zeit, die die Schlaflosigkeit ihr schenkte. Sie erledigte ihre private Korrespondenz in den Stunden zwischen Mitternacht und Morgengrauen, überflog die monatliche Aufstellung ihrer Finanzen, die ihr Bankier Diego Texeira in Hamburg verwaltete, las und träumte, bis endlich der Schlaf seinen Mantel über sie breitete und sie für drei oder vier Stunden in sein Reich entführte. Mehr betäubt als erholt, oft von Albträumen erschreckt, wachte sie auf.

Christinas Gedanken wanderten zurück zu den Ereignissen des Abends. Nachdem die Oper ein furioses Ende gefunden hatte und Nymphen und Kastraten von Jubel begleitet die Bühne verlassen hatten, war sie auf ein Gespräch mit Kardinal Barberini in die Bibliothek geführt worden. Dort war es zu einem ärgerlichen Wortwechsel mit ihrem Gastgeber gekommen, der ihr eine Botschaft des Papstes überbracht hatte.

Erst gegen Mitternacht hatte sie ihre Kutsche bestiegen. Es war eine kühle Nacht, der Himmel, schwefelfarben und von Wolken bedeckt, hing tief über der Stadt, sodass sie meinte, danach greifen zu können. Nebel zog durch die Straßen, und das Pflaster schimmerte feucht im Licht der Fackeln.

Die Kutsche war leer gewesen – natürlich. Kein Versprechen, keine Verlockung hatten das Kind halten können. Es wird in einem unbeobachteten Moment davongesprungen sein, hatte Christina gedacht. Ich hätte dem Kutscher befehlen sollen aufzupassen. Er wird sich um die Pferde gekümmert und deshalb den lautlosen Schatten des Mädchens nicht bemerkt haben, das sich in der Dunkelheit davonstahl. Dann hatte sich Bedauern in ihr ausgebreitet, als fehlte ihr etwas, von dem sie noch nicht einmal sagen konnte, was es war. Ich bin in meinem Leben so vielen Menschen begegnet, hatte sie sich gewundert, gelehrten, amüsanten, bedeutenden und großspurigen Geistern. Was bedeutet mir nur dieses Kind? Als Christina bemerkte, dass eine der wollenen Decken fehlte, die sie sich bei nächtlichen Fahrten um die Schultern schlug, musste sie unwillkürlich lächeln.

Die Rückkehr in den Palazzo Farnese, diesen ungeheuren Quader aus Abermillionen von Steinen, aus Säulen, Bögen, Pilastern und Simsen, der ihr in den vergangenen Wochen als Stätte des Glücks erschienen war, kam ihr zum ersten Mal wie eine Enttäuschung vor. Dabei war der Palast doch eigentlich ein maßloses Versprechen. „Die besten Architekten, Sangallo, Michelangelo und della Porta, haben daran gearbeitet", hatte ihr Bernini, der mit allen architektonischen Besonderheiten der Stadt vertraut war, erklärt. „Er war der prachtvolle Wohnsitz Papst Pauls III., und noch immer residieren seine Nachkommen, die Herzöge von Parma, in seinen Mauern, wenn sie sich in Rom aufhalten."

Die Familie Farnese war es auch gewesen, die Christina eingeladen hatte, dort zu wohnen. Deren römischer Vertreter, ein gewisser Marchese Giandemaria, hatte sie vor wenigen Wochen durch das gewaltige Gebäude geführt. *„Der Palast könnte auch ein ganzes Dorf beherbergen"*, hatte Christina in ihrem Tagebuch notiert. *„Die Farnese haben allein für mich vier Suiten zur Verfügung gestellt, jede aus einem Schlafzimmer und drei weiteren Räumen bestehend. Sie liegen im ersten Stock, dem ‚piano nobile', und aus den Fenstern blicke ich durch den Garten hinunter zum Tiber."*

Die Zimmer, für ihre Ankunft hergerichtet und mit neuen Möbeln ausgestattet, waren bequem und genügten ihren Ansprüchen. Dennoch konnten sie nicht darüber hinwegtäuschen, dass der Palast in den letzten Jahren seiner hundertjährigen Geschichte vernachlässigt worden war. Nur Teile des Gebäudes waren wirklich bewohnbar, und Christinas Diener murrten, es gäbe Trakte, in denen sich Fledermäuse und die Geister der Verstorbenen eingenistet hätten.

Christina lachte über diese Ängste. „Ich habe meine Kindheit mit dem Geist Gustav Adolfs geteilt", sagte sie. „Ich habe die Gespenster meiner Ahnen in den Mauern von Schloss Stegeborg flüstern hören, und als meine geliebte Tante Katharina starb, sah ich ihre Gestalt durch meine Gemächer wehen. Lasst den Stimmen und

Schatten ihren Raum. Sie waren vor uns hier, und sie werden sich über Gesellschaft freuen."

Sie selbst meinte, in den Nächten das Echo der Alten wie ein Kribbeln auf der Haut zu spüren. So viele Erinnerungen waren in diesem Palast versammelt, verdichtet und sichtbar geworden in den großartigsten Kunstwerken. Die vom großen Annibale Carracci ausgemalte Galerie etwa. Sie war Michelangelos verrückter Decke der Sixtinischen Kapelle nachempfunden, und man sagte, Carracci und seine Helfer hätten acht Jahre ohne Pause an den Fresken gearbeitet. *„Ein Tumult von Schönheit"*, hatte Christina notiert. *„Ein Besuch in der Galerie lässt jede Erinnerung an die Kälte des Nordens verblassen, während mir die alten Götter lüstern zuzuzwinkern scheinen."*

Dann die Sammlung der Farnese, antike Schätze wie die kraftstrotzende Skulptur des Herkules aus den Caracalla-Thermen, die sinnlich geformten Jünglinge und Athleten, die sanftmütigen Göttinnen. Bei ihrem ersten Rundgang mit Graf Giandemaria hatte Christina die keuschen Feigenblätter aus Gips an den delikatesten Stellen entfernen lassen, ebenso die harmlosen Draperien über den freizügigen Gemälden. Empört hatte der Graf nach Parma geschrieben, der päpstliche Gast sei noch nicht mit den Sitten und dem Geschmack des Südens vertraut. Als er jedoch die Gemälde zu Gesicht bekam, die Christina aus Stockholm mitgebracht und in ihre Räume gehängt hatte, wagte er nicht, seinen Herren die Bilder zu beschreiben. Das wollüstige Fleisch der Aktbilder, die allzu frivolen Andeutungen der italienschen Meister und dazwischen, stirnrunzelnd und ungerührt, die Büste des großen Seneca, erschienen ihm so skandalös, dass er sich weigerte, das Gesehene in Worte zu fassen. Er fürchtete womöglich um das Wohl seiner erschütterten katholischen Seele.

Zu den Bildern, die Christina aus ihrer Heimat entführt hatte – aus den Rahmen geschnitten und eingerollt in Leder –, gehörte auch das Bildnis einer jungen Frau in einem leuchtend blauen Kleid. Sie hatte das Porträt, der Morgensonne zugewandt, über dem Schreibpult in ihrem Schlafzimmer platziert, und jeder Besucher konnte sehen, wie kostbar ihr das Bild und die darauf Abgebildete waren. Es zeigte Ebba Sparre, *la belle comtesse*, wie man sie am schwedischen Hof genannt hatte, Christinas ehemalige Kammerfrau und immer noch das Ziel der sie quälenden Sehnsüchte.

Nachdem Christina in den Palazzo Farnese zurückgekehrt war, hatte sie begonnen, einen Brief an die ferne Geliebte zu schreiben. Es war ihr schwergefallen, ihre Gefühle dem Papier anzuvertrauen. Viele Jahre hatte Belle ihr Leben und auch ihr Bett geteilt. In den Polarnächten hatte sie ihre stille Schönheit gegen den rastlosen Körper Christinas geschmiegt und alle Höflinge in dem Glauben bestärkt, ihre Königin sei, was gewisse, unaussprechliche Vorlieben anginge, männlicher Natur oder wenigstens ein Zwitterwesen – halb Mann, halb Frau. Als das Gerede dem Ruf der Königin zu schaden begann, konnte Christina die Freundin überreden, Reichsgraf Jacob Casimir de la Gardie zu heiraten, doch auch nach der Hochzeit hatte Belle meist bei der Königin gewohnt. Der Reichsgraf hatte Christina seine junge Frau überlassen, solange sie Königin war. Erst ihre Abdankung und die Reise in den Süden hatten sie – wohl für alle Zeiten – getrennt.

In den vergangenen Wochen hatte das Glück um die Ankunft in der Heiligen Stadt Christinas Sehnsucht betäubt. Doch nun, nachdem Maria, dieses seltsame, übermütige Kind, so unerwartet an ihren Gefühlen gerührt hatte, spürte sie ihre Zerrissenheit, die Trauer um die selbst gewählte Einsamkeit, die in ihr nistete. Noch einmal las sie die Zeilen, die sie in der vergangenen Stunde zu Papier gebracht hatte. Dabei war ihr Blick immer wieder zu den Zügen der Vertrauten gewandert, um darin nach einem Zeichen ihrer Liebe zu forschen. Schwungvoll eilten die Worte über das Papier, an manchen Stellen wie im Galopp, die großzügige Schrift nach rechts geneigt:

„Liebste Belle, wie glücklich wäre ich, Euch endlich wieder bei mir zu sehen. Allein, mein Schicksal hat mich verdammt, Euch beständig zu lieben und hoch zu achten, ohne Euch jemals wieder zu Gesicht zu bekommen. Der Neid der Sterne auf die Glückseligkeit der Menschen hindert mich, vollkommen glücklich zu sein, weil ich es nicht sein kann, solange ich von Euch entfernt bin. Zweifelt nicht an dieser Wahrheit und seid versichert, dass, an welchem Ort der Welt ich mich auch befinden mag, Ihr in mir eine beständige Freundin habt. Aber, Belle, könnt Ihr Euch meiner ebenso erinnern? Bin ich Euch noch so lieb und wert wie einst? Irre ich mich denn, wenn ich glaube, dass Ihr niemanden auf der Welt mehr liebt als mich? Ist mein Zweifel begründet, so bitte ich Euch, belasst mich in meinem Irrtum, und neidet mir nicht die Glückseligkeit, die es für mich bedeutet, von der liebenswürdigsten Person der Welt geliebt zu werden. Erhaltet mir dieses Glück und bringt mich nicht um das Vergnügen Eurer Liebe. Ihr könnt versichert sein, dass ich stets die Eure bleiben werde. Adieu, Belle, lebt wohl. Ich umarme Euch zu tausend Malen. Christina Alexandra“

Wenn sie nur die Schönheit dieser Stadt mit ihrer geliebten Freundin teilen könnte. Christinas Blick konnte sich nicht von Belles Porträt lösen. Sie erinnerte sich, wie der Maler Sébastien Bourdon das Bild vor einigen Jahren geschaffen hatte. Sie selbst hatte das Kleid ausgesucht, das Belle darauf trug, und so wenig Wert sie auch auf ihre eigene Garderobe legte, für die Gefährtin hatte sie ein prächtiges Gewand bestimmt. Es war das Kleid eines Engels, himmelblau, verschwenderisch in seiner Fülle von Stoff, mit einem weißen Untergewand, das an den Armen üppig hervorquoll. Über Schultern und Rücken hatte Christina einen zarten Schleier drapiert, den Belle mit der rechten Hand zusammenhielt. Dann hatte sie ihr eine Perlenkette um den Hals gelegt und in die linke Hand einen Blumenkranz aus Tausendschön als Zeichen für ein Verlöbnis. Wenig später hatte Belle den Antrag des Reichsgrafen angenommen, doch die kirschfarbenen Blüten waren nicht ihm gewidmet. Damals hatte Christina in ihrem Tagebuch notiert: *„Der Kranz ist das Band unserer beider Liebe, für alle Zeiten festgehalten in leuchtendem Öl.“* Und immer, wenn Christinas Blick über das zarte, rosige Gesicht der Freundin wanderte, um dann den weichen Schulterrundungen zu folgen und schließlich auf dem Blumenkranz zu verweilen, meinte sie, den sanften Duft von Tausendschön zu riechen.

Wer Belle erlebt hatte, musste sich augenblicklich in sie verlieben. Ihre zarte Schönheit und ihr heiteres Wesen hatten Christina sofort bis ins Mark getroffen. Sie waren gleich alt, doch das war ihre einzige Gemeinsamkeit gewesen. Im Gegensatz zu Christina zeigte Belle kein Interesse an gelehrten Gesprächen und intellektuellen Zirkeln. Sie war auch nicht abenteuerlustig, eher ängstlicher Natur, harmlos im besten Sinne, und verlangte nach einem ruhigen Leben. Doch gerade das hatte Christina gerührt, und ihre Schönheit, die innere wie die äußere, schmerzte sie fast. Wenn sie morgens neben Belle die Augen aufgeschlagen hatte, verflüchtigten sich alle Albträume der Nacht, und überhaupt hatte sie nie besser als an der Seite der Schönen geschlafen.

„Ach, Belle“, seufzte Christina, und die Kerzen auf ihrem Schreibpult flackerten in ihrem Atem. „Mein wunderschöner Engel.“ Was war es für ein Vergnügen gewesen, den Hof mit ihrer Verliebtheit zu brüskieren. Sie, die Königin, von Gott dazu erkoren, die Nachkommen der Goten, eines der tapfersten Geschlechter Europas, in eine goldene Zukunft zu führen, ausgerechnet sie band sich an eine Frau? Und verkündete dazu noch dickköpfig vor aller Welt: „Niemals werde ich heiraten, niemals. Ich könnte es nicht ertragen, wenn ein Mann mich so gebrauchte wie ein Bauer seine Felder."

Alle waren sie schockiert gewesen, die fünf großen Alten der Regierung, die edlen Familien der Oxenstiernas, de la Gardies und Gyllenhielms, die Höflinge, das Volk. Doch keiner hatte sie wirklich verstanden. Es ging ihr nicht um das Geschlechtliche, nicht um den Liebesakt als solchen. Sie hatte Romanzen mit Männern erlebt, bevor sie Belle kennen gelernt hatte, mit ihrem Vetter Carl Gustav etwa oder mit Magnus de la Gardie, dem Sohn des Reichsmarschalls, und auch jetzt suchte sie durchaus körperliche Nähe dieser Art. „Wenn ein Frauenzimmer die Absicht hegt, sich gewisse Vergnügungen zu machen, hat sie einen Mann nötig", pflegte sie ihre Freunde zu brüskieren. „Insbesondere ein Frauenzimmer von meinem Stand." Aber ihr Stolz ließ es nicht zu, sich einem Mann zu unterwerfen. Sie wollte nicht als Nährboden für das Geschlecht der Wasa dienen, keine Brutstätte irgendeiner Staatsräson sein. Sie wollte nicht benutzt werden, besudelt durch die irre Vorstellung, nur ihr königlicher Leib könnte die Zukunft Schwedens gebären.

Und hatten die fünf großen Alten nicht das ihrige dafür getan, dass sie alles Weibliche für sich verabscheute? Sie war doch wie ein Prinz, wie ein Mann erzogen worden. Als Kind hatte sie mit Bleifiguren und Holzschiffchen gespielt. Sie hatte Kanonen, Schwerter und alles Soldatische geliebt, hatte gern im Freien mit den Hunden und Pferden getollt. Später hatte sie Politik, Staatskunst, Recht, Geschichte, Mathematik und Naturwissenschaften studiert, dazu die humanistischen Fächer, besonders Latein und Französisch. Ihr Herz schlug für die Antike, sie hatte alles über die großen Schlachten der Menschheitsgeschichte gelesen. Sie selbst ritt wie der Teufel, auch im Damensattel, und auf der Jagd traf Christina einen Hasen mit der Büchse aus vollem Galopp und nahm ihn dann selbst aus. Das alles sollte an der Wiege eines Kindes verkümmern? Diese Kraft sollte im Wochenbett von ihr fließen, mit der Muttermilch aus ihr herausgesogen werden?

„Euer Widerwille gegen alles Frauliche rührt auch von Eurer Mutter her“, hatte ihr Arzt Bourdelot noch in Stockholm diagnostiziert. Und umständlich hatte er dann in einem Bulletin von einer *„männlichen Natur der Königin“* gesprochen.

Er hatte Recht: Die Schwächen der Frauen, ihre Unwissenheit, die Tränen und Rührseligkeiten, das hilflose Lächeln, wenn sie den Gesprächen der Männer nicht folgen konnten – all das hatte Königin Maria Eleonora für sie verkörpert. Christina hatte die geschnürten, umständlichen Kleider der Mutter nicht ausstehen können, die Hüte, Handschuhe und Korsetts, ihre Eitelkeit, das Streben nach Sittlichkeit und Schicklichkeit, ihr langsames Wesen, das Verharren und Warten auf den Mann, der sie doch offensichtlich betrog, und auf einen Thronfolger. Sie selbst hasste das Stillsitzen, immer noch und überall – auch in den Kirchen. Nie versiegte ihre Neugier, und immer war sie in Eile, trieb ihre Ungeduld sie an, alles zu wagen, selbst das Undenkbare. „Wer die Welt entdecken will, kann doch nicht scheitern“, pflegte sie allen, die an ihr zweifelten, zu entgegnen. „Versteht denn niemand meinen Blick auf das Leben?“

„Ich kann mich nicht mit dem umständlich Weiblichen aufhalten“, hatte Christina schon damals in ihren Aufzeichnungen notiert. Sie hatte geglaubt, in ihrer neuen Heimat auf mehr Verständnis für ihr eigenes Wesen zu stoßen. Sie war Rom mit ihrem kleinen Gefolge förmlich entgegengeflogen, und bald schon kursierte die Legende, sie sei lachend über den römischen Grenzbach gesprungen, mit dem Jubelruf, endlich sei sie frei. *„Ich bin nach Rom gekommen, um mit der Kunst und den Wissenschaften zu leben“*, hatte sie ihrem Tagebuch anvertraut.

Doch auch in Rom verzweifelte man offensichtlich an ihrem unerhörten Temperament. Enttäuscht schüttelte sie den Kopf. Sie dachte an das Gespräch, dass sie am Abend, nach der Oper, mit Kardinal Barberini geführt hatte. Sie waren in der Bibliothek zusammengetroffen, und dort, mit dem Rücken zu den schweigenden Bücherwänden, hatte er ihr eröffnet, der Heilige Vater wünsche sie häufiger im Gottesdienst zu sehen. „Mehr Demut", das waren seine Worte gewesen.

Zunächst hatte sie es für einen Scherz gehalten: Wer wollte einer Königin Vorschriften machen? Und sie hatte in den Augen des Kardinals nach einem Lächeln gesucht.

Doch Francesco Barberini war ernst geblieben, sodass sie ihn empört zurechtwies. „Ich bin doch keine Betschwester", erinnerte sie sich an ihre barsche Antwort.

„Die Kirche erwartet von einer unverheirateten Frau ein zurückgezogenes Leben", erwiderte Barberini beinahe ungerührt und zuckte mit den Schultern. „Wenn sie nicht den Schutz der Ehe oder eines Klosters sucht, sollte sie sich doch bemühen, keinen Zweifel an ihrer Ehre aufkommen zu lassen. Sie sollte sich in die eigenen vier Wände zurückziehen." Als er ihr entsetztes Gesicht sah, versuchte er, sie zu beschwichtigen: „Ihr könntet weiterhin Gäste in Eurer Wohnung empfangen und müsstet nicht auf diskrete Vergnügungen wie einen Theaterabend in meinem Hause verzichten."

„Ich lasse mich nicht gerne zurechtweisen, ich bin Gast des Papstes, nicht sein Bediensteter. Und im Übrigen meine ich, dass die Ehelosigkeit ebenso heilig ist wie der Stand der Ehe."

„Versteht doch, alle Kritik an Eurem ausschweifenden Lebensstil ist auch Kritik an der Nachsicht des Heiligen Vaters. Viele Menschen begreifen Euer Verhalten nicht, ja man raunt sich sogar zu, Ihr suchtet Liebe, wenn Ihr die Nonnenklöster besucht, und erhitztet Euch dort an den Frauen. Man schimpft Euch liederlich, wollüstig und hemmungslos, mehr will ich dazu nicht sagen."

„Das ist infam. Dort in den Klöstern findet man die besten Musikerinnen, die herrlichsten Stimmen, Engelschöre."

„Ich weiß, ich weiß. Aber das Volk will glauben, was es sieht. Und Euer – verzeiht mir – unerhörter Aufzug“, er zeigte auf die Hosen und flachen Schuhe, „Euer freier Geist, Eure Bekanntschaft mit Kardinal Azzolino ...“

Christina ließ ihren Gastgeber nicht ausreden. Rüde drehte sie sich um und tat so, als wärmte sie ihre Hände an dem Kohlebecken. Rosmarinzweige glühten darin und verbreiteten einen frischen, herben Duft, der sich mit dem Staub der alten Bücher zu einem einzigartigen Geruch mischte.

Das Gerede über ihr angeblich unanständiges Verhalten war auch ihr zu Ohren gekommen, doch sie weigerte sich, sich der Etikette anzupassen. Sie liebte es, laut zu sprechen und herzhaft zu lachen, sie benutzte anstößige Redensarten, sie fluchte, wenn ihr danach war und es ihr Herz erleichterte, sie ging mit großen Schritten und gab sich gern wie ein Mann. Auch hatte sie über die leere Frömmelei mancher Kirchgänger gespottet, sie bezweifelte die Echtheit vieler Reliquien und Legenden – und ja, sie erfüllte ihre frommen Pflichten nur nachlässig. Trotzdem ärgerte es sie maßlos, dass der Papst sie wie ein Kind ermahnen ließ. Und dass er in seinem Ärger den Gast nicht einmal auf ein Wort unter vier Augen gebeten hatte.

Auch jetzt wieder stieg die Enttäuschung in ihr hoch. Zweifelt man an meiner Aufrichtigkeit, fragte sie sich. An meinem Bekenntnis zur katholischen Kirche? Christina stand von ihrem Pult auf und schritt im Zimmer auf und ab. Das diffuse Licht der Kerzen zeichnete Schatten auf die Wände, und sie erinnerte sich, wie sie als Kind ihren toten Vater in solchem Spiel von Licht und Dunkelheit gesucht hatte. Sie hatte in dem Schatten, den ihr Profil an die weiß gekalkten Palastwände geworfen hatte, die eigenwilligen Züge Gustav Adolfs erkannt und daraus Kraft und Zuversicht gewonnen.

„Was ratet Ihr mir, Vater?“, fragte sie in die Stille hinein, als hoffte sie darauf, einen tröstlichen Satz des großen Gustav Adolf zu empfangen. Dann wanderten ihre Gedanken zum Heiligen Vater. Sie hatte Fabio Chigi, Papst Alexander VII., als frommen und gebildeten Mann kennen gelernt. Er war ein Liebhaber der Künste, aber gleichzeitig ein vollkommen asketischer Mensch und bekannt für seine hohen moralischen Prinzipien. Man hatte Christina erzählt, der Papst habe – ganz gegen jede Sitte – verboten, für seine Krönung Triumphbögen zu errichten, seien sie aus Marmor oder Pappe, und bei seinem Einzug in den päpstlichen Palast sollte er alle Dienstboten entlassen haben, die er für entbehrlich hielt. Dieses Bekenntnis zum Verzicht war für die Römer geradezu unerhört gewesen.

Sie hatte mit eigenen Augen gesehen, dass sein karges Schlafgemach nur einen einzigen überflüssigen Gegenstand enthielt: einen ärmlichen Holzsarg als düsteres *Memento mori*: Bedenke, Mensch, dass du sterblich bist! Und auf seinen Schreibtisch hatte er einen Totenkopf gestellt, den er im Gespräch ab und zu zärtlich in den Händen wog.

Papst Alexander behauptete, er habe auch den Kampf gegen die Vetternwirtschaft innerhalb der Kirche aufgenommen. Er sagte, er wolle aufrichtige Männer um sich sammeln und nicht die eigene Familie bereichern und erhöhen. Doch die Römer spotteten schon, auch dieser Papst sei nicht aus jenem Holz geschnitzt, aus dem jemand bestehen müsse, der den jahrhundertealten Kirchenfilz reformierte. Christina ahnte, dass auch Alexander VII. der süßen Stimme des Blutes nachgeben könnte. Dann würde sich auch seine Familie, die der Chigi, bald mit hohen Posten und Privilegien schmücken dürfen.

Und ausgerechnet dieser Papst sollte sie zurechtweisen dürfen? Dieser Stellvertreter des Herrn, denn mehr war er ja nicht, sollte von ihr verlangen, dass sie sich vor den Gebeinen, Zähnen und Locken gewisser Heiliger verneigte? Dass sie Beichte ablegte über ihre geheimsten Gedanken und Buße übte? Und ihre Zeit mit dem stumpfen Herunterbeten des Rosenkranzes vergeudete, wo doch ihr ruheloser Geist ganz anderen Sphären zustrebte?

Christina stampfte wütend mit dem Fuß auf, und die Kerzen flackerten. Sie kannte die Wahrheit, ihre Wahrheit. Sie würde sich nicht zurücknehmen und sich in ihrer so schwer erkämpften Freiheit einschränken lassen. Mehr als zehn Jahre hatte sie mit sich gerungen, hatte gezweifelt und war fast daran zugrunde gegangen. Sie hatte ihre Abdankung in geheimen Korrespondenzen vorbereitet, Briefe nach Rom schmuggeln lassen und ihre Nachfolge geregelt. Manche sagten, sie habe den Thron an ihren Vetter Carl Gustav verkauft, denn dieser hatte ihr schließlich jährlich zweihunderttausend Reichstaler an Zuwendungen versprochen. Doch Christina war es nur um ihre königliche Würde gegangen. Noch immer war sie eine Königin, das war ihr väterliches Erbe, und sie wünschte, wie eine souveräne Herrscherin behandelt zu werden.

Die Schatten auf den Wänden erzitterten und schienen zu einem neuen Gesicht zusammenzufließen. Die lange Nase des Vaters löste sich auf, verschwamm, um sich zu einer weicheren Form zu wandeln. Sie meinte, das Profil eines Freundes zu erkennen, schemenhaft nur, doch da waren Ähnlichkeiten mit diesem Mann, den sie erst seit wenigen Wochen kannte und der ihr doch schon unentbehrlich war. „Azzolino“, rief sie erstaunt aus.

Christina hatte Kardinal Decio Azzolino am Neujahrsabend kennen gelernt. Aus der Masse der ältlichen römischen Kirchenmänner war der junge Kirchenfürst wie ein edler Hengst aus einer Herde gemächlicher Gäule herausgestochen. Der Kardinal war zwar nicht besonders groß, dafür aber mit markanten Zügen ausgestattet. Dunkle, schimmernde Locken fielen ihm füllig auf die Schultern, und so konnte man ihn durchaus als ansehnlich bezeichnen. Obwohl er erst zweiunddreißig Jahre zählte, hatte Azzolino bereits eine beachtliche Karriere im Vatikanischen Sekretariat durchlaufen, bevor er zum Kardinal geweiht worden war. Er galt als kluger Kopf, war kultiviert und mit dem Wissen seiner Zeit vertraut, dabei warmherzig und ohne jede Überheblichkeit. Seine Familie, die von altem Adel war, kam aus den Marken und hatte sich seit jeher in den Dienst der Kirche gestellt. Sein Ansehen hätte noch höher sein können, sagte man, doch sein Ruf war durch einige angebliche Liebesaffären beschädigt worden. Ja, es hieß, der Papst selbst habe den Kardinal bereits mehrmals ermahnen und an das priesterliche Keuschheitsgelübde erinnern müssen.

Das alles war Christina durch den Kopf gegangen, als sie Kardinal Azzolino zum ersten Mal begegnete, und sie wusste nicht, ob es nicht auch sein delikater Ruf gewesen war, der sie reizte, als er sich ihr vorgestellt hatte.

„Hoheit", so erinnerte sie sich an den Beginn dieses Gesprächs, dem viele gefolgt waren. „Wie stolz, wie glücklich darf sich die heilige Kirche fühlen, Euch an diesem Ort zu begrüßen." Seine Augen hatten ihren Blick gesucht, seine Stimme war warm, ja herzlich gewesen und sprach für einen Mann von Charakter. Seinem Gewand entströmte der Duft von Orangen und Zimt. Fast erinnerte Azzolino sie an ihren alten Vormund und Lehrer Oxenstierna, wobei sein italienisches Blut ihn noch anziehender machte. Dort, wo der schwedische Reichskanzler nüchtern und pedantisch gewesen war, flammte Azzolinos Temperament auf. Er war lebhaft, fast provokant und im nächsten Moment wieder so charmant, wie es nur ein Mann sein konnte, der südlich der Alpen geboren war.

Kardinal Azzolino hatte Christina von seiner früheren Tätigkeit in der päpstlichen *Cifra* erzählt. Zu seinen Aufgaben gehörte es, die geheimen Codes für die päpstlichen Schreiben zu erfinden und Geheimbotschaften der päpstlichen Feinde zu entschlüsseln. Christina war fasziniert gewesen, und es dauerte nicht lange, bis sie selbst verschlüsselte Briefe an den Kardinal schrieb. Es war wie ein herrlich verbotenes Spiel gewesen. Sie tauschten sich zuerst über

Literatur aus, als sie mehr Vertrauen zueinander gefasst hatten, debattierten sie auch über Politisches. Ein eigener Ton hatte sich ihrer Korrespondenz bemächtigt, intim und vertraut.

Sie hatte erfahren, dass Decio Azzolino Anführer einer neu gegründeten Gruppe innerhalb des Kardinalskollegiums war, die den Namen *Squadrone Volante* trug. Das Ziel dieser selbst ernannten Reformer und fliegenden Schwadron war eine päpstliche Politik, die politisch neutral sein sollte. „So stärken wir die Autorität des Heiligen Vaters gegenüber den katholischen Mächten", hatte Azzolino erklärt. Christina war fasziniert von den Reformplänen der Kardinäle, sie waren neu und radikal. Seit Jahrzehnten waren die Päpste außenpolitisch entweder von Frankreich oder von Spanien abhängig gewesen. Deshalb hatten sie viel von ihrer weltlichen Macht verloren, die bereits durch Luthers Reformation bedroht worden war. Der Westfälische Friede zum Ende des Großen Krieges hatte das Papsttum noch weiter geschwächt. Nun, da sich Frankreich und Spanien feindlich gegenüberstanden, war Neutralität für die katholische Kirche lebensnotwendig geworden, um nicht zwischen den beiden rivalisierenden Großmächten zerrieben zu werden.

Außerdem würde ein starker Papst Christina helfen können, sich der Abhängigkeit von der spanischen Krone zu entledigen. Die Spanier hatten zwar im Hintergrund die Fäden für ihren Glaubenswechsel gezogen, denn sie hatte ihre geheimen Botschaften über spanische Mittelsmänner dem Papst zukommen lassen. Doch nun engte sie ihr sittenstrenger Einfluss ein. Die *Squadrone Volante* gab ihr die Möglichkeit, die spanische Macht zurückzudrängen und gleichzeitig mehr politische Bedeutung am päpstlichen Hof zu gewinnen. Dann, so hoffte sie, würde auch das Gerede um ihre Extravaganzen ein Ende haben.

„Ich plane, alle spanischen Mitglieder meines Gefolges zu entlassen", hatte sie sich Azzolino anvertraut. Der Kardinal hatte sie in ihrem Entschluss bestärkt. Ja, er empfahl ihr sogar, sich nach Frankreich zu orientieren. Und so hatte sie zunächst Kontakt mit dem Botschafter der französischen Krone in Rom aufgenommen, später auch mit dem Ersten Minister Frankreichs, dem berüchtigten Kardinal Mazarin.

„Eine Wendung nach Frankreich wird vorteilhaft für Euch sein", hatte Azzolino versprochen. „Schon als schwedische Königin habt Ihr enge diplomatische Kontakte mit dem Land unterhalten ..."

„Und ich liebe die französische Kultur, die Sprache", war Christina ihm begeistert ins Wort gefallen. Sie selbst genoss in Frankreich einen ausgezeichneten Ruf. Viele Gelehrte hatten sie dort als „die wahre Pallas" und „die zehnte Muse" bezeichnet. Für ihre militärischen Reformen in Schweden, ihre Förderung der Kunst und ihre Bildung war sie sogar am französischen Hof berühmt, und viele literarische und wissenschaftliche Werke waren ihr dort gewidmet worden. Den Franzosen galt sie als *femme forte*, als eine starke Frau.

Christina hatte schnell verstanden, wie Azzolino sie bei ihrer Suche nach einer neuen, machtvollen Position unterstützen konnte. Andersherum würde ihre königliche Fürsprache seinem Bündnis noch mehr Gewicht verleihen. Begeistert hatte sie sich der *Squadrone Volante* als Patronin empfohlen. Die Rolle gefiel ihr, sie erlaubte es Christina, ohne die Anstrengung und Sorge des täglichen Regierens politisch einzugreifen. So könnte sie der Fraktion etwa bei ausländischen Diplomaten und königlichen Besuchern als halboffizielle Botschafterin dienen.

Christina ahnte, dass sich ihr der Kardinal auch aus politischem Kalkül genähert hatte. Bisweilen fühlte sie sich unter seinen Blicken ertappt, als ob er sie ebenso durchschaut hätte wie sie ihn. Als ob er sehen konnte, was sich hinter ihrem unerhörten Aufzug verbarg. Vielleicht bemerkte er den Schatten des Vaters auf ihrer

Seele. Trotzdem fühlte sie sich zu ihm hingezogen. Schon spürte sie, dass sie mehr als Freundschaft verband. Seine Besuche im Palazzo Farnese überstiegen jedenfalls jedes von kirchlichen Pflichten begründete Maß, und das Kardinalskollegium tuschelte bereits, Kardinal Azzolino und die Königin tauschten mehr als artige Komplimente aus.

Vielleicht erhofft sich Azzolino tatsächlich mehr, fragte sich Christina, und ihr Blick suchte wieder Belles Augen, die warm und golden wie zwei Opale von der Leinwand herüberschimmerten. Wenn die Morgensonne auf das Porträt fiel, tanzte das Leben darin, und Christina glaubte fast, dass sie eine magische Verbindung zu ihrer Freundin herstellen konnte. Als ob ein intensiver Blick in ihre Augen sie Zeit und Raum überwinden lassen konnte und sie direkt zu Belles Seele führte.

Und vielleicht erhoffte auch sie sich mehr? Christina spürte, dass der Kardinal etwas in ihr in Schwingungen versetzt hatte. Seine Freundschaft hatte eine Tür zu ihrer Seele aufgestoßen, ähnlich wie das Mädchen am Abend. Sie hatte in ihrem Leben nur wenige Menschen kennen gelernt, die diese Schwelle zu ihrem innersten Wesen überschritten hatten. Die ihr Verharren im Notwendigen in Frage stellten und ihr zeigten, dass auch ihr Hoffnungen und Wünsche zustanden, ja, dass es ein ungeahntes Reich des Möglichen für sie gäbe. Ihr alter, geliebter Lehrer Johan Matthiae hatte dazugehört, vielleicht auch ihr Vormund, Reichskanzler Axel Oxenstierna, und natürlich Belle. Jetzt waren es Azzolino und ein Mann, dessen Namen sie in diesem Moment nicht einmal zu denken wagte, so unerhört und geheim war das alles, was da in ihren Gedanken gärte.

„Verzeiht mir, Belle", flüsterte sie und begann sich zu entkleiden. In den Stunden nach Mitternacht verzichtete Christina auf die Hilfe einer Zofe. Nachlässig ließ sie Schuhe, Strümpfe, Hose und Jacke auf den Boden gleiten und schob sie mit dem Fuß zur Seite.

Nur mit ihrem geliebten, weißen Männerhemd bekleidet schlüpfte sie zwischen die duftenden Laken des Bettes, dann legte sie den Dolch, den schon ihr Vater getragen hatte, unter ihre Kissen.

Noch nicht einmal Kardinal Azzolino wusste, was der geheimnisvolle Edelmann, *il Marchese oscuro*, wie sie ihn lächelnd bei sich nannte, ihr bedeutete. Sie erinnerte sich an die erste Begegnung vor einigen Monaten. Sie hatte den Grafen auf ihrer Reise nach Rom kennen gelernt, in Pesaro, wo die Luft auch im Dezember noch von den Wonnen des Südens durchtränkt war. Auf dem Marktplatz, beim Empfang des Bürgermeisters für den hohen Gast, hatte sich dieser schöne Mann über ihre Hände gebeugt, sie geküsst und einen unschicklichen Moment zu lange festgehalten. Sein Duft war ihr in die Nase gestiegen, ein Geruch nach wild schäumendem Meer, wie er sie schon als Kind begeistert hatte.

„Hoheit, bitte verzeiht mir, Marchese Giovanni Monaldesco." Der Fremde hatte sich mit selbstbewusster Stimme vorgestellt, und noch bevor sie in seine nachtdunklen Augen geblickt hatte, wusste sie, dass eine ungeheure, fast teuflische Macht von ihm ausging.

„Graf Monaldesco", hatte sie nickend gesagt und versucht, ihre Hände, die unter seiner Berührung glühten, zurückzuziehen. „Ich habe von Euch gehört."

Tatsächlich besaß sein Name einen gewissen Klang. Der Marchese galt an den Höfen als erfolgreicher Diplomat, der einige der wichtigsten Schachzüge europäischer Machtpolitik vorbereitet hatte. Reichtümer, Geheimnisse und Flüche begleiteten ihn. Und nun war er ihr aus Rom entgegengereist. Christina hatte sich geschmeichelt gefühlt, und als Monaldesco dem Bürgermeister großspurig den Willkommenstrunk aus den Händen gerissen und ihn ihr gereicht hatte, leuchteten ihre Wangen ebenso rot wie der Wein auf dem Grund des silbernen Kelches. Im nächsten Moment schon hatte der Graf sie mit sich gezogen. Sie hatten über den Westfälischen Frieden gesprochen, den alten Streit zwischen Spanien und Frankreich, schließlich über das Königreich Neapel.

„Eine herrliche Stadt", hatte Monaldesco geschwärmt und sie in ein riesiges Zelt gezogen, das ihr zu Ehren auf dem Marktplatz aufgestellt worden war. „Das Meer, der Vesuv, die Gewalten der Natur, das milde Klima, Ihr werdet staunen, wenn Ihr in die Stadt einzieht."

„Das Ziel meiner Reise ist Rom." Irritiert unterbrach Christina ihn, doch Monaldesco ließ ihren Einwand nicht gelten. Sanft dirigierte er sie zu einem bequemen Diwan und wartete, bis sie sich gesetzt hatte und die von der Reise schmerzenden Beine ausstreckte. Er reichte ihr den Wein, dann schickte er mit einem einzigen, demütigenden Blick den Bürgermeister mitsamt den Lakaien, die ihnen gefolgt waren, hinaus.

„Glaubt mir, Majestät, Ihr werdet in Neapel einziehen. Die Stadt verdient eine so kluge und mutige Monarchin, wie Ihr es seid. Die Menschen dort sind es leid, von fremden Herrschern regiert zu werden. Die Griechen sind dort in frühesten Zeiten eingefallen, dann die Römer, die Byzantiner und die Araber. Zuletzt stritten Franzosen und Spanier um die Vorherrschaft."

„Marchese, ich bitte Euch, was wollt Ihr mir sagen?", fiel Christina ihm gereizt ins Wort. „Die Neapolitaner haben vor einigen Jahren vergeblich den Aufstand gewagt. Die Republik, eine Erfindung des Teufels, wie ich meine, hat nicht einmal zehn Jahre bestehen können."

Wieder richtete Graf Monaldesco seine undurchdringlichen Augen auf sie, und Christina musste daran denken, was man sich über den Emporkömmling aus der italienischen Provinz sagte. Es hieß, der wenig vermögende Marchese wäre gezwungen gewesen, seinen Weg ohne die Hilfe seiner Familie zu machen. Das ist ihm wohl gelungen, dachte sie, wenn mir auch niemand sagen kann, ob es auf redliche und unredliche Weise geschehen ist.

Zuletzt, so sagte man, hatte Monaldesco wohl auf Seiten der Franzosen den neapolitanischen Aufstand unterstützt. Während die französischen Schiffe vor der Stadt mit dem Wind kämpften, hatte er an der Spitze der Bürgerwehr hinter den Stadtmauern gewartet, um den Invasoren beizustehen. Nun lebte der Graf in Rom, und es hieß, er stünde wohl immer noch im Sold der Franzosen.

„Ihr seid ein Schuft", wollte Christina ihn beschämen, doch Monaldesco lachte nur und setzte sich dreist neben sie. Sein Gewicht ließ die Kissen des Diwans verrutschen, sodass sie sich plötzlich an seiner Schulter wiederfand. Erstarrt und gleichzeitig aufgewühlt lauschte sie seinem Atem und wünschte sich für einen schockierenden Moment, er möge sie an sich reißen. Doch der Marchese befreite sie nur von dem Kelch mit Wein, um dann zu den neapolitanischen Angelegenheiten zurückzukehren.

„Hoheit, in Eurem Herzen seid Ihr bereits eine Neapolitanerin – so begabt und mutig, so stolz und klug", schmeichelte er ihr. Die Stadt wartet auf eine Königin wie Euch. Die einfachen Menschen leiden große Not unter der spanischen Herrschaft. Nirgendwo in Europa sind die Missstände so groß wie in Neapel. Ich appelliere an Euer wildes Herz: Kämpft für das Glück dieser Stadt! Helft den Verzweifelten!"

Über das politische Gespräch waren Stunden verstrichen. Monaldesco hatte sie in das Schicksal Neapels eingeführt, Hintergründe erklärt, Verwicklungen aufgedeckt und die Interessen der Franzosen an diesem Königreich erläutert. Geduldig hatte er ihre Fragen beantwortet und beharrlich wie ein liebestoller Verehrer um ihr Interesse an der Stadt geworben. Er beschrieb die herrlichen Kirchen, den Dom der Stadt, Ort eines geheimnisvollen Blutwunders, und das Kloster Santa Chiara mit seinen alten Königsgräbern. Sie hatte die alten Burgen und Paläste vor Augen und den neuen Palazzo Reale der spanischen Vizekönige. Er schwärmte von der Musikalität der Stadt, ihren hervorragenden Sängern und den eleganten Opern, die auf wunderbare Weise dem Elend der Besatzung die eigene Lebenslust entgegensetzten.

Wenn sie jetzt ihre Augen schloss, meinte sie, die Schönheit der Stadt zu sehen und ihren heißen Atem auf der Haut zu spüren. Monaldesco hatte es geschafft, ihr Verlangen nach Neapel zu wecken. Und gleichzeitig hatte er sich selbst wie Feuer in ihr Innerstes eingebrannt. Von Pesaro aus war er ihr wie selbstverständlich nach Rom gefolgt, wo er sie mit einigen Männern bekannt gemacht hatte, die seine Interessen teilten und ebensolche Abenteurer waren wie er selbst. Edelmänner waren darunter, Italiener wie Pompeo Colonna, der Fürst von Gallicano, und der Alchimist Graf Palombra – berüchtigte neapolitanische Patrioten, obwohl keiner von ihnen aus der Stadt stammte.

Auf Vermittlung Monaldescos und mit den ermutigenden Ratschlägen Azzolinos im Kopf, hatte Christina in den vergangenen Wochen eine geheime Korrespondenz mit Kardinal Mazarin begonnen. Allmählich reifte darin ein ungeheuerlicher Plan heran: „*Französische Truppen könnten unter Eurer königlichen Führung den neapolitanischen Thron sichern*“, hatte ihr Kardinal Mazarin geschrieben. „*Wenn Ihr ihn erst einmal erobert habt, könntet Ihr bis an Euer Lebensende regieren. Frankreich wäre Euer sicherer Verbündeter, und der Bruder des französischen Königs würde nach Eurem Tod Euer Erbe werden.*“ So lautete der Plan, den Kardinal und Königin entwickelt hatten. Viertausend Soldaten sollten Neapel einnehmen und vierhundert Kavalleristen die neue Herrscherin in ihre Residenz begleiten.

Christina spürte, dass sie noch nicht würde schlafen können. So gab sie sich ihren Fantasien hin. Seit ihrer Kindheit hatte sie davon geträumt, ein Heer in die Schlacht zu führen, so wie es ihr Vater sein Leben lang getan hatte. Mazarins vierhundert Männer würden ihr endlich Gelegenheit dazu bieten, wären sie doch ihre persönliche kleine Streitmacht. Sie könnte es ihrem Vater gleichtun, dem großen Gustav Adolf, dem die Menschen einst in den Straßen zugejubelt hatten.

In Gedanken leuchtete ihr Neapel entgegen, das Meer, in grünlich blauen Tönen, schwappte gegen die felsige Küste und trug das Versprechen einer noch ferneren Welt in sich. Wohin war Alexander der Große, wohin war Caesar mit seinen Truppen marschiert? Sie sah ihr kleines Heer, das sich in ihrem Rücken sammelte, die Männer in ihren schimmernden Uniformen, die glänzenden Stiefel, das Metall der Waffen, Ernst und Stolz in ihren Augen.

Morgen werde ich Rüstungen und Uniformen in Auftrag geben, plante Christina. Ich werde sie brauchen, wenn ich Neapels Thron besteige. Und während sich der Zug der Soldaten zu einem Triumphmarsch formierte und sich gen Süden in Bewegung setzte, verschwamm alles andere hinter ihren Lidern zu bizarren Bildern. Sie sah sich selbst, den Marchese übermütig mit sich ziehend, wie sie auf die römische Engelsburg zustürmten und dort eine Kanone abfeuerten. Sie lachten und alberten wie Kinder und vergaßen darüber ganz zu zielen, sodass die schwere Bleikugel nicht als Salut in die Luft flog, sondern hinunter in die Stadt. Fassungslos folgten sie der Bahn der Kugel über die Kuppeln Roms hinweg, bis sie in die Fassade eines Palastes einschlug und einige Mauern einstürzen ließ.

Zunächst konnten sie nicht glauben, was geschehen war, doch der Aufruhr in der Stadt machte ihnen Beine. Mit dem Gefühl, ertappt worden zu sein, rannten sie aus der Burg, über den Tiber hinweg und stürzten sich hinein in das Labyrinth der Gassen, wo sie sich verirrten und in immer schmalere Gänge gerieten bis sie schließlich atemlos voreinander standen. Sie begannen zu lachen, mussten sich vor Lachen halten und umschlangen einander, bis das Gelächter in Verlangen umschlug. In der Dunkelheit der Gasse fanden sie zueinander, ließen sich fallen und sich von ihrer Lust davontragen.

Einen kurzen Augenblick wunderte sie sich: Wie viele Seiten der Frau in mir kenne ich noch nicht? Es war doch die Leidenschaft des Geistes, die sie treiben sollte, die sie seit ihrer Kindheit vorwärtsdrängte. Doch dann umfing sie der Geruch nach Meer und zog sie mit sich auf den Grund allen Verlangens.

DREI

Rom, Frühjahr anno 1656

Es waren die Glocken Roms, die sie weckten. Das Angelusläuten schwebte über der schlafenden Stadt. Es rief die Gläubigen zum morgendlichen Gebet und vertrieb mit seiner magischen Kraft jeden Dämon und nächtlichen Geist. Christina hörte die Glocken der Peterskirche heraus, ihren dumpfen Klang, der schwer über dem Tiber lag, dazu das ungeduldige Läuten der benachbarten kleineren Kirchen. Müde drehte sie sich auf die Seite und blinzelte in das blasse Licht des frühen Morgens, das durch die Vorhänge sickerte. „Vivos voco, mortuos piango, fulgura frango", murmelte sie die alte lateinische Beschwörungsformel der Glocken, die mahnend aus ihrem Spiel herausklang: „Die Lebenden rufe ich, die Toten beklage ich, Blitze breche ich."

Sie gähnte, strich sich die Haare aus dem Gesicht und versuchte, ihre nachtschweren Gedanken zu ordnen. Anderes kam ihr in den Sinn, weniger Heiliges: Kardinal Azzolino, der behauptet hatte, das Angelusgebet gelte allein dem Kampf der katholischen Kirche gegen das tägliche Laster. „Für das frühe Aufstehen zu läuten heißt, gegen die Macht des Teufels zu Felde zu ziehen", hatte er augenzwinkernd erklärt. „Der Klang des Erzes schlägt alles Böse in die Flucht, sogar den lasterhaften Wunsch, sich noch einmal in die Laken zu rollen und das Vergnügen des Schlafes zu suchen."

Christina tastete nach ihrem Dolch, kalt lag er unter dem Kissen. Für einen Moment hatte sie geglaubt, er sei ihr im Schlaf gestohlen worden. Hatte sie nicht in ihren Träumen Finger gespürt, die über ihre Haare strichen, sie mit Zärtlichkeiten wiegten, um dann blitzschnell nach der kostbaren Waffe Gustav Adolfs zu greifen? Langsam zog sie das Messer hervor. Sie setzte sich auf und fuhr mit dem Zeigefinger vorsichtig über die Klinge. Das Metall schimmerte blau und war so scharf geschliffen, dass es mühelos in jeden Körper gleiten konnte. Es war geschmiedet worden, um zu töten, und es hatte seine todbringende Kraft schon einige Male bewiesen.

In ihrem alten Leben hatte Christina Wild mit diesem Jagddolch zerlegt, sogar Rentiere und Hirsche hatte sie mit einem einzigen kräftigen Schnitt aufgebrochen. Die Erinnerungen an die schwedischen Wälder, an den Duft der Bäume im Morgentau, an das feuchte Moos, die gefrorenen Nebel über den Mooren ließ sie die Augen schließen. Als sie die Lider wieder öffnete, sah sie Blut. Ein dunkelroter Tropfen quoll aus ihrem Finger und rann über den Messergriff, wo die Initialen ihres Vaters eingraviert waren. Dann fiel er, prall und lautlos, auf das Laken, wo er sich in ein Rosenblatt zu verwandeln schien.

Was hatte sie nur geträumt? Noch immer war Christinas Körper in Aufruhr, als ob nicht der Schlaf, sondern ein geliebter Mensch bei ihr gelegen hätte. Seit Belle, seit Magnus hatte sie versucht, diese Sehnsüchte zu unterdrücken. Sie hatte ihre Kräfte über den Tag erschöpft, sich so viel Arbeit, so viel Lektüre und so vieles an Ablenkung vorgenommen, dass sie nicht mehr an Zärtlichkeiten denken konnte. Jeden Tag hatte sie etwas Großartiges leisten wollen, ja, sie hatte vergessen wollen, eine Frau zu sein. Doch eine einzige römische Nacht führte ihr die Wucht ihrer Sehnsüchte vor Augen und verlachte ihr Streben nach der Herrschaft des Geistes über ihren Körper.

Es war absurd. Feucht klebten die Laken zwischen ihren Beinen, und von plötzlichem Ekel getrieben, sprang sie auf und riss sich das Hemd herunter. Höhnisch leuchtete ihre Weiblichkeit sie aus dem hohen Spiegel an, der mitten im Raum stand. Das war ihr Körper, ihre Haut, weiß, strahlend, ihr Fleisch fest, vom Reiten und den langen Märschen durch die Stadt geformt. Trotzdem rundeten sich ihre Hüften und die Brüste, prall wie Venusfrüchte, schienen sich in der kalten Morgenluft zu recken. Darüber zitterten die schmalen Schultern; eine von ihnen war höher als die andere.

Im Alltag kaschierte ihre Kleidung diesen Makel, sie ließ sich eine Schulter ihrer Jacken auspolstern oder drapierte ein Tuch darüber. Nur wenige Menschen bemerkten den Fehler, und niemand sprach sie darauf an. Bis auf Azzolino: Seine Hände, die sie bei einer Begrüßung vertraulich umarmt hatten, ertasteten den Unterschied. „Wie ist das passiert?", hatte er es gewagt, sie auf die Missbildung anzusprechen.

„Ein Unfall." Christina hatte ihn mit dieser Antwort abspeisen wollen, doch der Kardinal war nicht zufrieden. „Wie lange ist das her?"

„Eine Ewigkeit. Ich lag noch in den Windeln. Manche sagen, ich sei der Amme vom Wickeltisch gefallen. Andere behaupten, es sei meine Mutter gewesen, die mich in ihrer Wut vom Tisch gestoßen hätte. Ich hatte großes Glück, dass nichts Schlimmeres geschehen ist."

„Eure Mutter, die Königin?"

„Meine Mutter, die Wahnsinnige. Eine unglückliche Frau – sie hat mich nicht geliebt", erinnerte sich Christina an ihre Antwort. Es stimmte, die Königin hatte sie lange Zeit nicht leiden können. „Sie hatte einen Sohn, einen Thronfolger, erwartet und bekam mich, ein sonderbares Mädchen mit langer Nase." Dann hatte sie das Gespräch unter einem Vorwand beendet, die Erinnerungen an die Kindheit schmerzten sie bis heute.

Christinas Mutter hatte bereits drei Kinder, zwei Töchter und einen Sohn, verloren, bevor sie zum vierten Mal guter Hoffnung gewesen war. Die Hofastrologen hatten dem königlichen Paar die Geburt eines Sohnes prophezeit, und als nach neun Monaten in einer winterkalten Nacht die Wehen ein kräftiges Kind auf die Welt gespült hatten, jubelte der Hof. Doch nachdem man das herzhaft schreiende Wesen von Blut und Schleim gereinigt hatte, legte man der erschöpften Königin wieder nur eine Tochter an die Brust. Doch dieses Mädchen war stark gewesen – stärker als alles Böse, das einem Säugling in den ersten Lebensstunden widerfahren konnte.

Dem König, dem man im ersten Freudentaumel die Geburt eines Thronfolgers gemeldet hatte, mochte niemand am Hof unter die Augen treten. Seine beiden Mätressen hatten zuvor Söhne geboren, und so war Gustav Adolf sicher gewesen, dass nun auch die Königin einem Erben das Leben schenken würde. Es dauerte zehn Stunden, bis sich seine Schwester, Prinzessin Katharina, erbarmte und das Kind zum König trug, wo sie es vor den Augen Seiner Majestät von den Windeln befreite.

Gustav Adolf habe keine Enttäuschung gezeigt, hatte die geliebte Tante Christina später erzählt. „Er nahm Euch auf seine Arme, küsste Euch und sagte zu mir: Lasst uns Gott danken, liebe Schwester. Ich hoffe, dass diese Tochter mir wohl so gut sein wird als ein Sohn. Ich bitte Gott, dass er sie mir erhalte, da er sie mir gegeben hat." Wenig später habe er lächelnd hinzugefügt: „Sie muss geschickt sein, denn sie hat uns alle getäuscht."

Wie es bei der Geburt eines Prinzen üblich war, hatte Gustav Adolf ein *Te Deum* angeordnet und Vorbereitungen für eine Taufe treffen lassen, um das Kind so schnell wie möglich mit allen Wohltaten des lutherischen Glaubens zu segnen. Stunden später hatte der schwedische König im Reichsrat verkündet, dass seine rechtmäßige Erbin, seine Tochter Christina Alexandra, an diesem achten Dezember anno 1626 das Licht der Welt erblickt habe. In derselben Stunde und unter derselben Sternenkonstellation – wieder stand der Löwe im Aszendenten –, unter der auch er, der König, vor mehr als dreißig Jahren geboren worden war.

Christina fröstelte und griff nach der Jacke, die noch an derselben Stelle lag, an der sie sie in der Nacht hatte fallen lassen. Die Wolle kratzte auf der Haut, und sie rief nach der Zofe, um sich ein Bad bereiten zu lassen. Seit sie sich in Rom aufhielt, hatte sie das selig machende Vergnügen heißen Wassers kennen gelernt. Sie hatte die Marmorbäder der alten Römer besucht, die Thermen mit ihren verschwenderisch großen Becken, und tat es ihren Helden nun beinahe täglich nach. Zum Entsetzen ihres Hofstaats hatte sie sich eine elegante Wanne aus Kupfer in ihr Schlafzimmer stellen lassen. Das riesige Gefäß mit Griffen, die wie springende Delfine geformt waren, musste von acht Männern aus einem anderen Stockwerk herbeigewuchtet werden und stand nun in einer Ecke des Raumes. Gleich würden die Mädchen eimerweise heißes Wasser hineingeben, dazu Rosenöl und belebende Kräuter vom Markt. „Wasser, *vite, vite* ... Schnell, schnell!“, trieb sie das Mädchen an, das jetzt fragend vor ihr stand.

Christinas Verlangen nach heißem Wasser war unersättlich. Sie liebte den Moment, in dem sie ihren Körper in die Wanne senkte. Wärme umschloss sie wohlig wie die Umarmung eines geliebten Menschen, und ihre Glieder schmiegten sich an das heiße Metall. Das war kein Vergleich zu den fauligen Holzzubern der schwedischen Schlösser, denen der Geruch nach Tod und Verwesung entströmte. Und die wohl auch so manches Übel verbreiteten. Vielen Menschen galt warmes Wasser noch immer als gefährliches Fluidum, dem der nackte Körper nur mit größter Zurückhaltung ausgesetzt werden sollte. Doch Christina hielt nichts von dem Geschwätz der Leute, die allenfalls Hände und Gesicht mit Wasser benetzten und die Nacktheit des Leibes als Sünde verdammten. Sie selbst tat Puder, Parfüm und Flohfallen als Gewalt gegen den Körper ab und lachte über die Vorstellung, die Haut sei porös und durchlässig für allerlei schädliche Substanzen.

„Die Leute glauben, ihre Spitzenwäsche nehme die Ausdünstungen des Körpers auf und bringe die Körpersäfte in ein Gleichgewicht“, hatte sie Kardinal Azzolino gegenüber gespottet.

Der Freund hatte genickt. „Selbst unser Herr Jesus Christus schätzte das Bad und seine Wohltaten für Körper und Geist. Ich meine, dass kein Parfüm den Körper reinigt oder vor den krankmachenden, schlechten Gerüchen schützt, die durch die Gassen der Städte ziehen.“

Christina beobachtete, wie die Mädchen das dampfend heiße Wasser in die Wanne gossen. Es kam aus der Küche im Erdgeschoss des Palastes und musste über zwei Treppen und den langen Flur in ihren Salon geschleppt werden. Inzwischen brauchten die Dienerinnen nur noch eine halbe Stunde, um die Wanne zu füllen. Als sie das erste Mal zu baden wünschte, war die gesamte Dienerschaft über Stunden damit beschäftigt gewesen, Wasser in Kesseln zu erhitzen und es in der gewünschten Temperatur nach oben zu bringen. Ein heilloses Durcheinander, Überschwemmungen auf den Treppen und Verbrennungen waren die Folge gewesen.

Während Christina vorsichtig ins Wasser stieg, läuteten die Glocken der Stadt zur siebten Stunde. Auf den Straßen regte sich das Leben, vom Campo dei Fiori drangen die Marktgeräusche herüber, und die ersten Kutschen rollten gemächlich über die Piazza Farnese. Auf einen Fingerzeig hin öffneten die Zofen die schweren Gardinen vor den Fenstern und ließen das Tageslicht hereinströmen. Die Sonnenstrahlen tupften weiße Lichtpunkte auf das Wasser und streiften ihre Haut. Genüsslich bewegte sich Christina im Wasser, sie ließ sich das Haar waschen, dann hielt sie den Atem an und tauchte für einen Moment wie ein Fisch unter Wasser.

Das Gefühl der Schwerelosigkeit war überwältigend. Es erinnerte sie an ihre Kindheit, an glückliche Momente, in denen sie vergessen hatte, wer sie war. Manchmal wünschte sich Christina, schwimmen zu können – so wie es ihr Vater gekonnt hatte, der sich im Sommer lachend und prustend in die Wasser der Ostsee gestürzt hatte. Sie war überzeugt, dass die kalten Bäder ihn stark gemacht hatten, so wie sie davon überzeugt war, dass häufigeres Baden – ob heiß oder kalt – ihr viele Kinderkrankheiten erspart hätte. Stattdessen hatte man versucht, ihre kindliche Haut mit Puder, Wachs, Walfischtran, Duftölen und Kleidung abzudichten. Sie erinnerte sich, dass bis hinauf zum spitzenverzierten Kragen ihres Leinenhemdes niemals Luft an ihren Körper gekommen war und dennoch Fieber, Schüttelfrost und Krämpfe sie regelmäßig gequält hatten. Besonders in den Wintermonaten hatte sie die Kälte des Polarwindes, der an ihrem Leib zerrte, gespürt. Ihr schmaler Körper war von rasselndem Husten geschüttelt und so manches Gebet für ihre Genesung bemüht worden.

Mit sechs Jahren hatte man sie das erste Mal zur Ader gelassen. Das Blut war ihr wie ein dünner Faden über die Haut geronnen, während sie in den Armen des Arztes getobt hatte, weil sie glaubte, sterben zu müssen. Unzählige feine Narben auf ihren Unterarmen zeugten von den vergeblichen Mühen des Arztes Bourdelot, ihre widerspenstigen Körpersäfte in ein Gleichgewicht zu bringen. Und auch die Tees, Salben und Kügelchen der Kräuterfrauen, die mit der Kraft des Mondes oder der Hitze der Sonne beladen waren und die die Mägde und Zofen ihr heimlich brachten, hatten die Leiden nicht heilen können.

Dafür waren Geschichten zu ihr gekommen, Unglaubliches und Schrecklich-Schönes. Die Mädchen hatten ihr von der geheimnisvollen Zauberin erzählt, die hinter dem nahen Wald hauste. Die den unglücklichen Frauen half, die sich vergeblich ein Kind wünschten, und den noch Unglücklicheren, die schwanger waren und es nicht sein durften. Sie hatte von verlassenen Bälgern gehört, die in den Mooren verschwanden, von gestaltlosen Wesen, die vor der Zeit geholt worden waren und nun nachts als Irrlichter gute Christenseelen ins Verderben führten.

Die Mädchen hatten ihr auch die Gerüchte zugetragen, die am Hof kursierten. Und so hatte sie erfahren, dass ihre Mutter, die Königin, verbreitete, ihre Tochter sei ein Unglück: „Was für eine Last wurde dem Hause Wasa mit diesem Kind auferlegt!“

Lange Zeit hatte man sie nicht mehr mit der Mutter allein gelassen, die nach außen hin so schön und sanftmütig wirkte. Nur vom Vater und von ihrer Tante Katharina hatte sie Aufmunterung und Liebe bekommen, später dann von ihren Lehrern, wenn sie ihre Lektionen fehlerfrei aufsagen konnte: die Reden der römischen Senatoren, den Text der schwedischen Verfassung, die Floskeln und filigranen Wendungen des diplomatischen Verkehrs.

Mit vier Jahren beherrschte sie das Französische in Wort und Schrift, etwas später das Lateinische und das ihr verhasste Deutsch, die Sprache ihrer Mutter. Christinas Tag begann um fünf Uhr, heiße Getreidesuppe füllte ihr den Magen, sie las, dann folgte der Unterricht in Mathematik, Geographie und Astronomie, zu Mittag ein Ausritt und nach dem Essen die Rhetorikstunden, Fecht- und Schießunterricht, dann ging es zum Abendessen. Später wurde sie von ihrer Zofe ausgekleidet, sie knieten zusammen zum Gebet nieder, bevor sie endlich erschöpft in das vorgewärmte Bett kriechen durfte. Hinter dem Bettvorhang jedoch war sie plötzlich wieder hellwach, und es konnten Stunden vergehen, in denen die Mädchen in ihrem Zimmer wohl glaubten, die Prinzessin schlafe längst, während Christina den Geräuschen der Nacht lauschte, dem Geflüster der Zofen, ihren lächerlichen Sorgen und Liebeleien. Wenn eines der Mädchen schwanger war, wusste sie es als Erste, denn die Verzweifelte hatte sich ihr unbewusst durch ein nächtliches Stoßgebet oder einen schluchzenden Seufzer offenbart. Sie erfuhr von den Affären des Hofes, den Mätressen des Vaters, den unglücklichen Mägden, die den Herren wie Hündinnen zu Dienste sein mussten. In ihren kindlichen Gedanken vermischten sich die Geschichten zu einem unverständlichen Sodom und Gomorrha. Und so hatte sie entsetzt zu ihrem Gott gebetet, dass sie nie, nie, nie den Versuchungen des Fleisches nachgeben möge.

„Hoheit!" Christina hörte gedämpfte Stimmen, die wie aus weiter Ferne an ihre Ohren drangen. Sie rekelte sich, tauchte auf, öffnete die Augen, atmete.

„Hoheit, Ihr habt minutenlang unter Wasser gelegen." Die Zofen sahen sie erschrocken an. Hatte sie wirklich so lange ohne Luft sein können? Christina lachte. Sie ließ sich ein großes Leinentuch reichen und hüllte sich darin ein. Um die nassen Haare schlang sie eine Art Turban, dann setzte sie sich vor eines der Kohlebecken und genoss für einen Moment, wie die Zofen ihre Haut trockenrieben und sie dann in ein weites Hemd und einen weichen Hausmantel hüllten.

„Der Portiere meldete Besuch für Euch", berichtete eines der Mädchen. „Ein Kind, das etwas für Euch abgeben will. Man hat es nicht hereingelassen, aber nun wartet es vor dem Palast und lässt sich durch nichts entmutigen."

„Ein Kind? Ein schmutziges, kleines Mädchen mit dunklen Haaren?"

Die Zofe blickte sie erstaunt an. „Ja, es sah wie einer dieser kleinen, verlausten Straßendiebe aus. Eine Plage, wenn Ihr mich fragt."

Christina stand auf und trat an eines der Fenster, die auf die Piazza Farnese hinausgingen. Sie sah die zwei großen Brunnen, deren Becken aus ägyptischem Granit von den Caracalla-Thermen stammten. Lilien, die Wappenblumen der Farnese, krönten die Schalen. Auf dem Rand des rechten Brunnens saß Maria und wippte mit den Beinen.

„Lasst das Mädchen herein."

„Ihr wollt das Kind empfangen?“ Die Zofen schienen nicht zu begreifen.

„Lasst es herein, ich bin ihm bereits begegnet. Und führt es zu mir in den Salon.“ Christina angelte nach der Hose, die vor ihr auf dem Boden lag. „Und serviert ihm etwas zum Frühstück – von dem Wild, das wir gestern hatten.“

Sie schlüpfte in die Hose, stopfte das Hemd hinein und ließ sich den Hausmantel über den Brüsten schließen. Mit nackten Füßen stieg sie in ihre Stiefel, nachdem sie den Versuch der Zofe abgewehrt hatte, ihr den Turban abzuwickeln und das halb trockene Haar zu bändigen.

„Es ist ein Kind und nicht der König von Frankreich. Ich gehe so.“

Sie war gespannt, was sich das Mädchen in den Kopf gesetzt hatte. Zurück am Fenster beobachtete sie, wie der Portiere, ein zahnloser Greis, der offenbar zum Inventar des Palastes gehörte, auf Maria zuhumpelte und das Mädchen mit einer verdrießlichen Handbewegung aufforderte, ihm zu folgen. Maria lächelte, rutschte vom Rand der Brunnenschale und hüpfte hinter dem Alten her. Christina sah, dass sie ein Bündel in den Händen hielt, im Hintergrund flogen Tauben auf.

In Gedanken ging sie ihre Pläne für den Tag durch. Kardinal Azzolino hatte sich für den Vormittag angekündigt, später dann wollte sie einen Ausritt mit Graf Monaldesco auf den Gianicolo unternehmen. Von dem bewaldeten Hügel aus bot sich dem Betrachter ein unvergleichlicher Blick auf die Stadt. Wie ein Teppich breitete sich das Panorama der Häuser und Paläste Roms fast bis zum Horizont aus, dazwischen leuchteten das grüne Band des Tibers und die glänzenden Kuppeln der Kirchen auf. Bei klarer Sicht zeichnete sich in der Ferne, vor den Albaner Bergen, sogar die Fassade der Lateransbasilika ab. Auch den Brunnen der Acqua Paola, eines riesigen Triumphbogens, der die Wassermassen des alten Trajansaquädukts auffing und in die Stadt hinableitete, könnten sie dort besichtigen.

Im Nebenraum hörte sie Stimmen, Türen öffneten und schlossen sich. Vorsichtig spähte Christina durch den Spalt der Verbindungstür und beobachtete, wie sich Maria scheu auf einen Sessel drückte. Man hatte ihr einen Teller mit gebratenem Kaninchen und in Honig eingelegte Feigen serviert, doch das Mädchen rührte das Fleisch und die Süßigkeiten nicht an. Neugierig blickte es sich im Raum um. Der Salon war elegant und nach der Mode der Zeit eingerichtet. Zierliche Sessel und Stühle waren zu Dreier- oder Vierergruppen angeordnet, und die Wände bedeckten Schränke, die Hunderte von Christinas Büchern aufgenommen hatten. Bilder und Skulpturen, darunter ein von Sébastien Bourdon gemaltes Brustbild, das Christina in einem dunklen Kleid und einem weißen, hochgeschlossen Hemd zeigte, schmückten den Raum.

Christina liebte das Porträt, das vor etwa drei Jahren noch in Stockholm entstanden war. Es zeigte sie so, wie sie war: ihre männlichen Tugenden, das wilde, kaum gebändigte Haar, das schlichte Kostüm ohne jeden Hinweis auf ihre Königswürde. Ihre Haltung war es, die den königlichen Stolz unterstrich.

Auch Maria schien fasziniert, als ihr Blick auf das Gemälde fiel. Sie stand auf und betrachtete es aus der Nähe, um dann mit den Fingern die Umrisse Christinas nachzuzeichnen.

Plötzlich schlug eine der Türen auf, und einer der Diener stürzte misstrauisch herein, er musste Maria vom Flur aus beobachtet haben. „Finger weg, Mädchen“, herrschte er sie an. „Niemand fasst Ihre königliche Hoheit an!“

„Sie ist eine Königin?“ Maria fehlten die Worte.

„Königin ohne Land.“ Christina hatte den Raum betreten und scheuchte den eifrigen Diener mit einer Geste auf den Flur zurück. „Keine Angst, ich bin nicht aus Zucker. Setzen wir uns doch.“

Maria kehrte zu ihrem Sessel zurück. Sie wartete, bis sich Christina gesetzt hatte, dann sank sie in die Polster und kreuzte die Beine akrobatisch wie ein Zirkusmädchen.

„Da bist du wieder. Ich dachte, die Nacht hätte dich verschluckt."

„Ich habe auf Euch gewartet." Maria flüsterte. Noch immer schien sie nicht glauben zu können, dass sie einer Königin gegenübersaß. „Ich habe gewartet, bis ich nicht mehr glaubte, dass Ihr zurückkehren würdet." Sie zog das Päckchen hervor, das sie mitgebracht hatte. „Ich wollte die Decke zurückbringen und mich bedanken."

„Wie hast du mich gefunden?"

„Das war nicht schwer. Die anderen Kinder sagten mir, das seltsame Weib mit der silbernen Kutsche wohne im Palast bei den Lilienbrunnen."

„Eine ehrliche Diebin also." Christina konnte ein Lächeln nicht unterdrücken. Mit einer Handbewegung wehrte sie das Päckchen mit der Decke ab. „Hat sie dich gewärmt? Du kannst sie behalten, wenn du willst."

Maria schüttelte den Kopf. „Ich behalte nur, was ich bei mir tragen kann. Die Decke müsste ich über Tag an meinem Schlafplatz zurücklassen, und dort wird sie nicht lange bleiben. Ich möchte nicht, dass Euer Besitz in fremde Hände fällt. Bitte nehmt sie zurück."

„Danke." Verlegene Stille trat ein. Christina wies auf das Konfekt und den Braten. „Keinen Appetit?"

„Nein. Vielen Dank."

Das Mädchen besaß ein Gespür für Etikette. „Du erlaubst?" Christina angelte nach dem Fleisch und biss herzhaft hinein. Wie von Zauberhand bewegt, trat im selben Moment der Diener ein und brachte ein Rubinglas mit verdünntem Wein. „Ich hatte noch keine Gelegenheit, etwas zu essen. Und du?"

Marias Augen leuchteten auf. „Maronen", lachte sie, „der Rest von gestern Abend. Zwei habe ich noch ..." Sie kramte in ihren Hosen und förderte schließlich zwei schrumpelige Kastanien zutage. Gleichzeitig begann sie, sich verstohlen zu kratzen.

Für einen Moment schloss Christina die Augen. Sie stellte sich vor, was sich da alles unter dem schmutzigen Stoff verbarg. Das Kind musste vor Ungeziefern wimmeln. „Komm mit!" Keinen Protest duldend, zog sie das Mädchen nach nebenan, wo noch immer warmes Wasser in der Wanne dampfte. Das Entleeren des Bades war mindestens so kompliziert wie das Befüllen. „Dieses Wasser wartet auf dich."

Misstrauisch äugte das Mädchen über den Rand der Wanne, dann tauchte es beide Hände in das Wasser und ließ es sehnsüchtig durch die Finger laufen. „Bin ich allein?"

„Keine Angst, ich rühr dich nicht an." Christina wies auf den Salon. „Ich bin nebenan. Wenn du fertig bist, kommst du zu mir. Ich lasse dir frische Kleider bringen."

Im Nebenzimmer wies sie ein Mädchen an, passende Kleidung für das Kind zu suchen. „Sie braucht Hosen, ein Hemd und eine warme Jacke. Und Schuhe – Lederstiefel. Schnell, geh auf den Markt und besorg mir etwas." Sie kramte zwei Münzen aus den weiten Taschen des Hausmantels und legte sie der Zofe in die Hände. „Wir sollten ihr die Haare scheren", sprach sie mehr zu sich als zu der Zofe. „Das Wasser allein wird das Ungeziefer nicht vertreiben."

Aus ihrem Schlafzimmer drangen die Geräusche des badenden Kindes herüber. Wasser spritzte auf und klatschte gegen das Kupfer.

„Was treibst du?", rief Christina hinüber. „Tanzt du etwa?"

Das Mädchen gluckste. „Ich schwimme." Die überschwängliche Freude eines Kindes klang aus der Stimme heraus, die Purzelbäume zu schlagen schien.

Christina konnte nicht anders und blinzelte durch den Türspalt.

Maria hatte sich einen Stuhl an die Wanne geschoben, damit sie über den Rand ins Wasser steigen konnte. Von ihr selbst war nichts zu sehen, sie schien sich wie ein Fisch im Wasser treiben zu lassen. Die riesige Wanne bot dem Mädchen Raum für sein Spiel. Mit sanftem Plätschern schlugen Wellen gegen den Rand.

„Ist das Wasser noch warm genug?"

„Es ist herrlich. Fast so schön wie ein Bad im Tiber, wenn die Sonne wie Feuer auf die Stadt brennt. Ihr könnt mir glauben, ich bin die beste Schwimmerin im ganzen Viertel."

„Du kannst schwimmen?"

„Ihr etwa nicht?"

„Nein." Christina verstummte. Der König hat es mir beibringen wollen, dachte sie. Nach seinem Feldzug gegen den Kaiser und die gesamte katholische Welt. Doch dann war nur sein toter Körper zurückgekehrt. „Zu kalt. In meiner Heimat lohnt es sich nicht, das Schwimmen zu lernen."

„Woher kommt Ihr?"

„Aus dem Norden, Schweden. Schon mal gehört?"

Einen Moment blieb es still. „Alles Böse kommt vom Norden, so sagt man hier."

Christina musste lachen. „Ein lächerlicher Aberglaube." Sie dachte an ihren Aufenthalt in den Palästen des Vatikans zurück. Im Turm der Winde hatte man vor langer Zeit alle vier Windrichtungen eingraviert, und unter dem Norden hatten eben diese Worte gestanden: *„Ab aquilone pandetur omne malum* – alles Böse verbreitet sich aus dem Norden". Papst Alexander hatte den Spruch vor ihrer Ankunft schnell übermalen lassen.

„Auch Rom ist nicht frei von Bösem." Die Stimme des Mädchens, leise jetzt und zaghaft, wie auf Zehenspitzen.

„Die Menschen sind nicht frei davon, nirgendwo auf der Welt. Und Rom zieht nicht nur die Pilger, sondern auch die Sünder aus allen Erdteilen an." Das Gespräch nahm eine seltsame Wendung, fand Christina. Sie winkte die Zofe herein, die mit den Kleidern vom Markt gekommen war. „Ich habe ein frisches Hemd und neue Hosen für dich. Das Mädchen wird sie dir bringen."

„Nein. Legt sie bitte an die Tür, ich hole sie mir selbst."

Christina schüttelte den Kopf, dennoch wies sie die Zofe an, das Bündel in den Türspalt zu schieben. Kurz darauf hörten sie, wie das Mädchen aus dem Wasser stieg und zur Tür huschte. Mit einer schnellen Bewegung wurden die Kleider hineingezogen.

„Was mag sie nur verbergen, Emanuela?" Christina blickte ihre Zofe fragend an, ein warmherziges Mädchen mit freundlich grünen Augen, das ihr die Familie der Farnese überlassen hatte.

„Sie wird irgendeinem Kerl zu Diensten gewesen sein müssen", antwortete die Zofe leise und schlug die Augen nieder. „Ihr Körper ist noch knabenhaft, das mögen viele Männer. Vielleicht hat sie sich in ihrer Not auch verkauft. Sogar die Priester zahlen, um sich an einem unschuldigen Kind zu vergnügen."

Christina nickte. Sie kannte die Geschichten. Es gab Gerüchte, dass einige Kirchenmänner die Not der Waisen und Straßenkinder ausnutzten und sich die Mädchen und Jungen gegen ein Stück Brot gefügig machten. Manche beherbergten unter dem Deckmantel der christlichen Nächstenliebe verlassene Kinder, bis sich ihr Reiz verbraucht hatte und Jüngere ihren Platz einnahmen.

Auch in ihrem Haus hatte es vor einiger Zeit einen Vorfall gegeben. Einer der Priester, die im Palazzo Farnese zu Besuch gewesen waren, hatte versucht, eines ihrer Mädchen zu sündigen Handlungen zu verleiten. Zufällig war Christina dazugekommen, als der Kirchenmann die Zofe in einem dunklen Flur auf die Knie zwang und seine Soutane verzückt über sie stülpte. Sie war empört dazwischengeschritten, hatte geschrien und dem verschreckten Kerl einen Tritt mit ihren Stiefeln verpasst. Der Lüstling hatte Hausverbot bekommen, und später hatte sie sich sogar beim Papst beschwert.

Sie schüttelte den Kopf. „Empörend. Kümmert sich den niemand um diese Kinder?"

Emanuela sah sie erstaunt an. „Sie sind namenlos, verlassen. Es ist Gottes Wille. Irgendwann wird der Herr ihre Seelen schon in sein Reich holen."

„Und bis dahin sollen sie im Elend versinken?" Christina schüttelte ihren Kopf, sodass sich der Turban aufzulösen begann. „Sollen sie denn nur auf das Himmelreich hoffen?" Ärgerlich riss sie sich das Tuch vom Kopf, und die feuchten Locken fielen wild herab.

„Hoheit." Die Stimme der Zofe war sanft und doch bestimmt. „Lasst mich Euer Haar kämmen, später werden wir es kaum noch bändigen können. Und Ihr erwartet noch Besuch."

Christina gab sich geschlagen. Achselzuckend setzte sie sich in einen Lehnstuhl ans Fenster und überließ sich den geschickten Händen des Mädchens. Die Zofe hatte es inzwischen aufgegeben, ihre Herrin zu einem gesitteten Kopfputz überreden zu wollen. Christina hatte sich gegen jeden Versuch gewehrt, das Haar in pompösen Schnecken und Flechten aufzustecken oder mit Juwelen zu schmücken, und so blieb ihr nichts weiter, als die Locken zu bürsten und mit ein wenig Talg in Form zu kneten.

Aus dem Nebenzimmer drang inzwischen das leise Rascheln von Stoff. Ein Schnauben verriet ihnen, dass Maria beim Ankleiden Hilfe benötigte.

„Komm zu uns", rief Christina und beobachtete amüsiert, wie das Kind verlegen den Kopf zu Tür hereinstreckte.

„Ich kann das Hemd nicht schließen", entschuldigte es sich. „Die Knöpfe springen immer wieder auf." Ärgerlich raffte das Mädchen den Stoff mit seinen kleinen Händen zusammen.

Christina winkte sie heran. „Meine Zofe wird dir helfen. Komm ..."

Emanuela lächelte, sie kniete sich vor das Kind und begann, die Knöpfe von oben nach unten zu schließen. Dann steckte sie die Hemdzipfel in die Hose. „Sie ist ein bisschen zu weit. Warte, ich muss einen Gürtel holen." Während sie sich umdrehte, um nach einem Lederband zu suchen, blickte sie ihre Herrin an. Christina sah, dass ihre Lippen Worte formten: „Alles blau", las sie. „So viele blaue Flecken."

Was hat man dem Kind nur angetan, fragte sich Christina. So, wie die Kleine dastand, mit den nassen, wirr vom Kopf abstehenden Haaren und den etwas zu weiten Kleidungsstücken, sah sie ganz entzückend aus. Ein Wirbelwind, das spürte sie. Fröhlich, trotz aller Verletzungen, die Körper und Seele wohl durchlitten haben mussten. Und stark. Stark genug, um auf den eigenen Kopf, die eigenen Kräfte zu vertrauen.

„Tout bleu ... Alles blau", sie murmelte die Worte der Zofe, auf Französisch, damit Maria sie nicht verstand. *„Tout bleu* ..."

Maria hob erstaunt den Kopf. Sie lauschte, horchte in sich hinein, als ob die Worte für sie bestimmt seien, als ob sie ihnen schon einmal begegnet wäre. „Was ist das für eine Sprache?"

„Französisch, die Sprache der Franzosen. Ich habe sie bereits als Kind gelernt." Christinas Gedanken schweiften in die Vergangenheit. Sie sah sich in ihrem Studierzimmer auf Schloss Stegeborg sitzen. Es war Winter, immer wenn sie an Schweden zurückdachte, schien es Winter zu sein. Ihre Füße steckten in hohen Stiefeln aus Seehundfell, und trotzdem waren sie eiskalt. Sie mochte damals vier oder fünf Jahre alt gewesen sein, und die Vokabeln der fremden Sprache hatten wie Musik in ihren Ohren geklungen. *Aller, venir, marcher* ... Ein warmer, sommerlicher Klang.

„Seltsam ..." Maria horchte noch einmal in sich hinein, als ob sie etwas in ihrer Erinnerung suchte. „Die Worte kommen mir so vertraut vor."

„Vielleicht hast du sie schon einmal auf der Straße gehört, es sind viele Franzosen in der Stadt. Die Gebildeten, sie sprechen französisch."

„Nein, nein. Da ist etwas anderes. Etwas Schönes ..."

„Mich erinnern die Worte an meine Kindheit." Christina zeigte auf den Stuhl neben sich, und Maria setzte sich. Sie griff nach der Bürste, die noch am Fenster lag. Während sie den süßen Duft des Mädchens einsog, begann sie, seine Haare zu ordnen, als ob sie nie etwas anderes getan hätte. „Sie sind voller Kletten. Wahrscheinlich nisten auch Läuse darin. Es wäre besser, sie abzuschneiden."

„*Oui Madame.*" Wie selbstverständlich kamen die fremden Worte über Marias Lippen.

„*Oui Madame?*"

Maria sah sie erschrocken an. „Ich weiß nicht, woher die Worte kommen. Sie sind in mir, als ob ich sie vor langer Zeit verschluckt hätte, und jetzt wollen sie wieder heraus."

„Woran kannst du dich noch erinnern?"

Maria schwieg. „An nichts", flüsterte sie schließlich enttäuscht. „Da ist nichts mehr."

Emanuela kam mit einem Gürtel zurück. Sie hob das Mädchen auf den Stuhl, dann band sie ihm vorsichtig das Leder um die Taille. Sie zupfte das Hemd zurecht, zuletzt steckte sie die etwas zu langen Hosenbeine in die weiten Stiefel. Dann trat sie zurück, um ihr Werk zu betrachten. „Es ist nicht schlecht, viel zu schade für die Straße. Aber die Haare ... Mädchen, Mädchen ... Wenn ich könnte ..."

„Es ist erlaubt." Christina lachte. Die Verwandlung des Mädchens bereitete ihr Spaß. Es ist fast wie ein Theaterstück, dachte sie. Eine Kostümprobe. Plötzlich verwandelt sich ein gewöhnliches Wesen in eine exotische Figur. In eine Sirene, Hetäre, Prinzessin.

„Ich hole die Schere ..." Emanuela drehte sich wieder um und verließ den Raum.

„Niemand wird mich erkennen, wenn ich zurück auf der

Straße bin." Maria lachte zufrieden und genoss ihre Verwandlung wie ein aufregendes Spiel. „Sie werden mich für einen Jungen halten."

Christina nickte. „Ich weiß, was du meinst. Meine Lehrer haben mich erzogen, als ob ich ein Prinz wäre. Und manchmal wünschte ich mir tatsächlich, ein Mann zu sein. Nur wenn ich vergesse, dass ich eine Frau bin, kann ich das Beste leisten. Alles Weibliche ist hinderlich."

„Und es ist sündig." Maria schlug die Augen nieder, als ob sie sich schämte. „Die Priester sagen, das Weib ist von der Sünde durchdrungen."

Leise öffnete sich die Tür zum Flur. Emanuela war mit einer Schere zurückgekehrt und hatte die Worte des Mädchens gehört. Gespannt blickte sie ihre Herrin an und wartete auf ihre Antwort.

„Ich glaube nicht, dass dies die Worte des Herrn sind." Vorsichtig wagte sich Christina auf das gefährliche Feld von Glaube und Aberglaube. Ein falsches Wort, vor missgünstigen Zeugen gesprochen, könnte schreckliche Folgen haben – auch für eine Königin. „Das sind menschliche Worte, menschliche Vorstellungen. Die Frau an sich ist weder böse und teuflisch, noch ist sie der Ursprung allen Übels. Sie ist auch nicht das Gefäß der Sünde oder das verdammte Geschlecht, das auf die Erde gesandt wurde, um die Menschheit zu verderben. Frauen sind genauso gut oder böse, wie Männer gut oder böse sein können."

„Aber Gott hat die Frau nicht nach seinem Abbild erschaffen." Maria ließ nicht ab. Erstaunt und mit offenem Mund verfolgte die Zofe den Wortwechsel, und auch Christina vergaß, dass da ein Kind ihren Verstand herausforderte.

„Du meinst Eva, die durch Adam geschaffene erste Frau? Aber sie ist doch Teil des Göttlichen, denn es heißt, Gott schuf Adam nach seinem Ebenbild."

„Ein Teil des Göttlichen, nur ein Teil, nicht das Ganze." Maria lächelte zufrieden, als ob sie Christina bei einer Dummheit ertappt hätte.

„Was sind das nur für krause Gedanken." Emanuela schüttelte den Kopf und schritt dazwischen. Sie legte Maria ein Tuch um die Schultern, dann begann sie beherzt, das Mädchen von seinem verfilzten Haarschopf zu befreien.

Maria schloss die Augen und hielt still. Strähne für Strähne fiel herab, bis ihr das Haar nur noch fingerbreit vom Kopf abstand.

„Ich habe Läusetinktur mitgebracht." Die Zofe fischte ein kleines Fläschchen mit der übel riechenden Flüssigkeit aus ihrer Schürze hervor. Sie öffnete es und träufelte einige ölige Tropfen auf Marias Kopfhaut, um diese dann gut in den Stoppeln zu verteilen.

„Uh, das stinkt." Maria hielt sich die Nase zu, und auch Christina musste für einen Moment den Kopf abwenden. Das Mittel roch wirklich teuflisch, aber seine Wirkung war mindestens ebenso stark.

Als sie sich wieder dem Mädchen zuwandte, hatte Emanuela ihm ein Tuch um das geschorene Haupt geschlungen. Erstaunt kniff sie die Augen zusammen. Das Gesicht des Mädchens erschien ihr nun so stolz und rein. Sie sah den Schwung des Halses, eine ausgeprägte und doch anmutige Kinnlinie, die hohen Wangenknochen, fein geschwunge Brauen und eine klare, hohe Stirn. Marias Augen leuchteten plötzlich golden wie winzige Sterne, und das helle Tuch des Turbans krönte ihr Haupt so stolz wie eine Kaiserkrone.

„Maria, Maria", murmelte Christina, und auch Emanuela schlug die Hände zusammen. Gemeinsam betrachteten sie ihr Werk, als hätten sie einen Engel erschaffen. „Woher kommst du nur? Und welches Geheimnis umgibt dich?"

Für einen Moment schien es Christina, als sonnte sich das Kind in seinem Glanz. Es hob die Hände, in königlicher Würde fast, und

Christina erinnerte sich daran, wie sie selbst zum ersten Mal vor dem Reichsrat gesprochen hatte. Es waren gefährliche Zeiten gewesen, damals. Der große König war tot, die schwedischen Heere standen für alle Feinde angreifbar in Deutschland und anderswo, und das katholische Polen erhob Ansprüche auf die schwedische Krone. Ja, manche sagten, der polnische König, ein Vetter Gustav Adolfs, habe tatsächlich mehr Anrecht darauf als seine Tochter.

Und der schwedische Reichstag? Seine Vertreter aus Klerus, Adel, Bürgertum und Bauernschaft zögerten. Insbesondere die Gesandten des Bauernstandes zweifelten an der Legitimität von Christinas königlichem Machtanspruch und an ihrer Stärke. „Wer ist diese Tochter Gustav Adolfs?“, hatte der Anführer, ein gewisser Lars Larsson, wissen wollen. „Wir kennen sie nicht und haben sie niemals gesehen.“ So hatte man nach der kleinen Königin geschickt, und mit ihren sieben Jahren war sie vor die Männer getreten, so stolz und erhaben, wie sie es von ihrem Vater gelernt hatte. Sie hatte nur wenige Worte an die Männer gerichtet, mit klarer, fester Stimme, aber sie ertrug die darauf folgenden stundenlangen Reden ohne Tränen oder irgendein Zeichen von Müdigkeit. Und diese königliche Haltung hatte die Männer schließlich beeindruckt. Sie hatten etwas gespürt, was alle Menschen fühlen, wenn sie etwas Großem gegenübertreten, und so legten sie das Schicksal des Reichs schließlich in die Hände der kindlichen Königin und ihrer erfahrenen Berater, die der weitsichtige Gustav Adolf noch für seine Tochter bestimmt hatte.

Ein Geräusch ließ Christina zusammenfahren und riss sie aus ihren Erinnerungen. Maria klatschte in die Hände und alberte herum, wie es nur Kinder fertigbrachten. Der Zauber des Moments war dahin. „Was verzieht Ihr Eure Gesichter?“ Keck forderte das Mädchen die Frauen heraus. „Warum schaut Ihr mich so an, als wäre ich ein ganz und gar merkwürdigesWesen?“

Noch bevor Christina antworten konnte, klopfte es an der Tür, und ein Diener trat herein. „Besuch, Hoheit", meldete er mit einer leichten Verbeugung. „Kardinal Azzolino ist soeben eingetroffen und wünscht Euch zu sprechen."

„Azzolino!" Christina sprang auf. Gleichzeitig nickte sie dem Diener zu, den Kardinal in ihre Räume zu führen. „Ist es schon so spät?"

Die Zofe winkte das Mädchen zu sich. „Komm, ich begleite dich nach unten."

„Einen Moment ..." Christina wandte sich zu Maria. „Du musst nicht gehen. Du kannst auf mich warten, das Gespräch wird nicht allzu lange dauern. Danach werde ich ausreiten, und wenn du Lust hast, kannst du mich und meinen Stallmeister begleiten."

Maria strahlte. „Reiten ..." Dann verdüsterte sich ihre Miene. Aber ich kann gar nicht reiten, Ihr müsstet es mir zeigen."

„Du kannst vor mir sitzen, und wir reiten zusammen." Christina nickte noch einmal. „Das ist eine Verabredung. Ich möchte dich hier antreffen, wenn ich zurückkehre."

„Ich werde auf Euch warten." Das Mädchen blickte sie so ernst an wie eine Heiligengestalt, und dieses Mal wusste Christina, dass sie Marias Worten vertrauen konnte.

„Liebste Christina!" Kardinal Azzolino stürmte aus dem Dunkel der langen Flure hinein in den Salon der Königin. Seine Besuche bei Christina waren ihm inzwischen zu einer lieb gewonnenen Gewohnheit geworden. Er schätzte ihren Geist, ihr überschwängliches Temperament, ihren Anspruch auf Andersartigkeit. Sie wollte nicht gefallen, und deshalb war ihm ihre Freundschaft so kostbar. Bisweilen wünschte er sich, so wie sie zu sein: leuchtend vor Energie, voller Ideale und dabei doch ernsthaft und interessiert. Christinas Intellekt verführte ihn, und manchmal glaubte Azzolino, sie trüge den Genius ihres verstorbenen Vaters in sich. Niemals zuvor hatte er eine Frau wie Christina kennengelernt, und in stillen Stunden träumte er, alle Gerüchte um ihre leidenschaftliche Affäre wären wahr.

Christina kicherte wie ein Mädchen, als sie ihn sah. „Azzoliiiino“, konterte sie übertrieben süßlich und zog ihn zur Tür herein. „Da seid Ihr schon. Schaut mich an, ich habe die Zeit vergessen, und nun stehe ich vor Euch wie ein persischer Großwesir.“ Sie zeigte auf ihren bunten Hausmantel, der über ihre Hosen fiel und ihrem Auftritt tatsächlich eine exotische Note verlieh. Dann schüttelte sie verführerisch wie eine Kokotte die wilden Haare.

Azzolino hielt sie prüfend von sich, bevor er sie freundschaftlich in seine Arme zog. „Es ist nicht schlimmer als üblich. Lasst Euch umarmen.“ Zwei dezente Küsse auf die Hände schlossen die Begrüßung ab. „Und wer ist das?“ Er zeigte auf das ihm unbekannte Kind, das soeben von der Zofe in einen Nebenraum geführt wurde. „Habt Ihr einen Mohrenknaben in Euren Haushalt aufgenommen?“

Der Kardinal konnte hören, wie das Kind empört durch die Nase schnaubte. Seine Freundin lachte. „Weder das eine noch das andere, mein Lieber. Der Mohr ist ein Mädchen, kurz geschoren und mit dunklen Augen, das gebe ich zu. Es ist mir gestern im wahrsten Sinne vor die Füße gefallen.“ In wenigen Worten berichtete sie ihm von den Umständen ihrer Begegnung. „Heute Morgen stand die Kleine vor meiner Tür. Meine Zofe und ich haben sie, nun ja, ein wenig herausgeputzt.“ Sie zeigte auf die Locken des Mädchens, die noch auf dem Fußboden lagen. Gleich würde Emanuela das Haar zusammenkehren, um es dann im Ofen in der Küche zu verbrennen.

„Läuse?“ Azzolino zog die Nase kraus. „Ein Straßenkind also. Wie ich Euch kenne, wird es eine Weile bleiben.“

Der Kardinal kannte Christinas Vorliebe für sonderbare Gestalten. Mehr als einmal hatte er sie etwa vor dem Gefolge ihres Stallmeisters gewarnt, dem er zutiefst misstraute. Ein unsteter Charakter mit einem ebensolchen Lebensweg, wie er fand. „Warum jagt Ihr die Kerle nicht zum Teufel?“, hatte er Christina gefragt. „Sie schlagen sich auf Eure Kosten die Bäuche voll, nutzen Eure Gastfreundschaft aus und haben nur Unsinn im Kopf. Setzt sie vor die Tür, bevor sie Euch noch mehr Ärger ins Haus tragen.“

Heute aber war er milde gestimmt. „Was soll ich sagen ... Ihr hört mich doch nicht an.“

„Das ist Unsinn, Azzolino.“ Christina hakte sich bei ihm ein und führte ihn zu einem der beiden Sessel, die vor dem Kamin platziert waren. „Bitte setzt Euch, ich lasse uns Wein kommen.“

Während sie auf den Diener warteten, der ihnen Rubingläser mit verdünntem Wein sowie Feigen, Datteln und kleine römische Kuchen brachte, hing jeder von ihnen seinen Gedanken nach. Auch schweigend konnten sie es gut miteinander aushalten, das hatten sie schon zu Beginn ihrer Bekanntschaft festgestellt. Und das Geschenk der miteinander geteilten Stille war ihnen in den Wochen ihrer Freundschaft immer kostbarer geworden.

„Christina“, durchbrach Azzolino schließlich das Schweigen. Er langte nach seinem Weinglas, trank einen Schluck daraus und balancierte das Glas dann vorsichtig auf seinen Knien. „Man berichtete mir von Eurem Gespräch mit Kardinal Barberini.“

Christina atmete aus. Es war bekannt, dass in der römischen Gesellschaft keine Unterredung vertraulich blieb. Jedes intime Gespräch, auch wenn es unter vier Augen geführt wurde, gelangte in Windeseile einem größeren Kreis zur Kenntnis, der ihm, je nach Gehalt, einen ungeheuerlichen Sinn oder ein gewaltiges Gewicht verlieh und es mit allerlei frei Erfundenem vermischte. So manche geheime Entscheidung fand sich schon am nächsten Tag in einem der Flugblätter wieder oder endete gleich als Kritzelei an einer Hauswand.

„Was wisst Ihr davon?“ Bestürzt sah ihn Christina an.

„‚Ich bin doch keine Betschwester.‘“ Azzolino verdrehte die

Augen, als er ihre Worte zitierte. Dann blickte er sie ernst an. „Der Kardinal war wirklich empört. Wie man mir meldete, hat er heute Morgen bereits beim Heiligen Vater vorgesprochen."

„Azzolino, ich lasse mir nicht vorschreiben, wie ich meinen Glauben zu leben habe."

„Christina, wir beide wissen, was die katholische Kirche an Euch hat. Ihr seid Europas berühmteste Konvertitin. Aber der Papst beginnt zu zweifeln. Ihr habt es mit Euren eigenwilligen Auftritten geschafft, dass Euer Ansehen innerhalb weniger Wochen so schnell wie ein leckgeschlagener Kahn gesunken ist. Denkt nicht, dass Euch Seine Heiligkeit noch immer für ein Geschenk Gottes hält. Inzwischen glaubt er wohl eher an eine Prüfung des Herrn ..." Azzolino griff nach ihrer Hand und drückte sie, um ihr seine Zuneigung zu bekunden. „Mir ist zu Ohren gekommen, dass man Eure Bezüge kürzen will."

„Heißt das, man wird mir kein Geld mehr aus der päpstlichen Schatulle geben?" Christina schlug die Hände vors Gesicht, und Azzolino ahnte, was in ihr vorging. Sie haben nicht viel gegen sie in der Hand, dachte er. Aber sie wissen, wo sie die Königin treffen können. Ihre Geldsorgen sind überall bekannt.

„Diese Kretins", murmelte Christina zwischen ihren Händen hervor.

Azzolino lachte. „Ein wahres Wort. Aber es hilft Euch nicht, Christina." Er sah sie ernst an: „Es muss etwas geschehen. Ihr müsst Eure Finanzen ordnen, das Gefolge verkleinern, haushalten, nicht jedem Eurer Verlangen folgen. Andernfalls ..."

„... ist die Königin bankrott?" Christina lachte und sprang auf. Sie wühlte in einem Stapel von Briefen, der auf einem der Tische lag, und zog ein Schreiben hervor. „Lest!"

Brüsk drückte sie ihm eine Nachricht ihres Bankiers Texeira in die Hände. Der portugiesische Jude lebte seit einigen Jahren in Hamburg, dort hatte Christina ihn kennen gelernt und sich seiner

Dienste versichert. Doch auch dieser geschickte Verwalter konnte das Wenige, das sie ihm anvertraut hatte, nicht in einen Schatz zurückverwandeln. Er schrieb, so las Azzolino, Christina habe alle ihre Kredite hoffnungslos überzogen. Sie habe ihren Schmuck gegen seinen Rat versetzt, ihr Tafelsilber eingeschmolzen, und alles Bargeld sei schon lange ausgegeben.

„Ich bin bereits vollkommen mittellos." Unbekümmert sah Christina ihn an.

„Ich hätte es mir kaum schlimmer vorstellen können."

„Es wird sich eine Tür für mich öffnen."

„Christina!" Nun spürte Azzolino, dass er doch die Fassung verlor. Abrupt sprang er auf und vergaß das Weinglas auf seinen Knien. Der Inhalt ergoss sich über seine Soutane, während das Glas auf dem Boden aufschlug und in Stücke zersprang. „Seit Ihr aus Stockholm aufgebrochen seid, hat sich Euer Gefolge vervielfacht. Wie viele Bedienstete zähle ich in diesem Haus? Wie viele Schmeichler, Scharlatane, Schmarotzer? Einhundert? Zweihundert? Dreihundert? Es sind Artisten darunter, Musiker, Köche von Rang und Namen. Ihr könnt Euch keinen eigenen Hofstaat leisten, auch wenn das Euer Wunsch ist. Ihr könnt es Euch nicht erlauben, jedes Buch zu kaufen, das Euch interessiert. Und jedes Gemälde, das Euch gefällt." Atemlos hielt er inne und wischte sich mit einer ärgerlichen Handbewegung den Wein von seinem Rock.

„Euer Temperament gefällt mir, mein lieber Azzolino." Christina hatte sich wohl dafür entschieden, den Vorhaltungen des Freundes mit Spott zu begegnen. „Ich kann nicht anders, ich bin so erzogen worden."

„Das ist – mit Verlaub, meine liebe Freundin – ein dummer Spruch. Ihr berechnet die Planetenbahnen, da wird ein Blick in Eure Bilanzen nicht zu viel verlangt sein."

Christina wandte sich ab, als ob sie etwas vor ihm zu verbergen hätte. Widersprüchliche Eindrücke strömten auf ihn ein. Sie ist so unbekümmert, so selbstsicher, dachte Azzolino. Und dann ist da diese Aura des Geheimnisvollen, ihr unverständlicher Blick auf die Welt.

„Vielleicht gehe ich nach Frankreich."

Azzolino stutzte. „Ihr seid kaum in Rom angekommen, ich dachte, es sei Euer Wunsch, hier zu leben. Und wer soll Euch in Frankreich finanzieren? Das Leben in Paris ist noch kostspieliger als das in Rom. Ihr werdet nicht vor Euren Schulden davonlaufen können."

„Ich habe meine Verbindungen."

Azzolino sah sie zweifelnd an. „Ich meine, Eure Kontakte zu kennen, und ich fürchte, es ist niemand darunter, der Euch ein Königreich versprechen könnte."

Christinas Augen flackerten triumphierend auf, und sie sah den Kardinal mit einem nur mühsam unterdrückten Lächeln an. „Wir werden sehen."

„Ihr wollt Euch doch nicht Eurem Stallmeister anvertrauen?"

„Graf Monaldesco?"

„Christina, ich bitte Euch. Dieser Kerl ist ein Windhund, ein Aufschneider, Ihr dürft ihm nicht trauen. Jede Frau, die sich mit dem Marchese eingelassen hat, hat es später bitter bereut. Schaut ihn Euch doch an, dieser verschwommene Blick ..."

„Ich bin keine gewöhnliche Frau. Wie ich bereits sagte, es wird sich eine Tür öffnen."

Azzolino trat zum Fenster und blickte auf die Piazza Farnese. Er schwieg und spürte, wie seine Schultermuskeln unter dem roten Gewand arbeiteten. Sie zeigten seinen inneren Kampf.

„Azzolino", Christina trat zu ihm und hakte sich bei ihm ein. „Lieber Freund, Ihr sorgt Euch viel zu sehr um mein Wohl. Seht Euch die Piazza an." Sie wies auf den Platz, wo die beiden Brunnen im Schatten der Gebäude lagen. „Licht und Dunkel. Doch im Laufe des Tages erreicht die Sonne jeden Winkel. Sie leuchtet alles aus, wärmt jeden Stein. Vielleicht liegt ein winziger Schatten auf meinem römischen Leben, aber ich bin mir sicher, dass mir die Sonne bald wieder leuchten wird. Ich habe eine Krone hinter mir gelassen, ein Reich, ein ganzes Leben – ich habe bereits Schlimmeres überstanden."

„Hier ist schon so manche hoffnungsvolle Seele gescheitert." Azzolino flüsterte mehr, als dass er sprach. „Möchtet Ihr meinen Rat für Euch hören?"

Christina nickte. Dann flüsterte auch sie: „Ihr erinnert mich an meinen alten Kanzler Oxenstierna. Sein Können, seine Erfahrung, mit der er Schweden, das Reich seiner kindlichen Königin, so sicher durch all die Stürme manövrierte. Als ich meine Volljährigkeit erreicht hatte, musste er seinen Platz als erste Macht im Reich aufgeben. Trotzdem hat er immer zu mir gestanden, mich mit seinem Wissen unterstützt, mir seinen Rat erteilt, auch wenn ich mich stur gegen seine Weisheiten stellte. ‚Lasst Euch nicht zur Marionette der Franzosen machen', höre ich ihn jetzt aus der Ferne mahnen. Als guter Lutheraner verachtete er den leichtfertigen Pariser Hof."

„Ihr dürft Euch nicht von Eurem Temperament zu einer Dummheit hinreißen lassen. Entledigt Euch der Spanier, festigt Eure Bindungen nach Frankreich, aber geht keinerlei Allianzen ein. Bleibt, was Ihr seid: eine Königin ohne Land. In der Unabhängigkeit liegt Eure Stärke. Und wenn Ihr es wünscht, kümmere ich mich in Zukunft um Eure Finanzen."

Christina schwieg, dann drehte sie sich zu ihrem Freund. „Ihr seid großartig, Azzolino. Und das meine ich so, wie ich es sage. Aber auch ich habe einen Rat für Euch: Haltet Euch fern von meinen finanziellen Belangen. Wir wären nicht länger Freunde, wenn Ihr Euch in meinen Geldern verlieren würdet." Sie streckte ihm die Hand entgegen, und er schlug nach kurzem Zögern ein. Trotzdem lag seine hohe Stirn in Falten, und seine Nasenflügel zitterten leicht.

„Und Euer Gefolge?"

„Azzolino!" Mahnend sah sie ihn an.

„Das Straßenkind?"

„Maria?" Sie lachte auf. „Keine Sorge, sie wird nicht allzu lange bleiben. Das Mädchen ist ein freier Geist. Es wird sich nicht auf Dauer von mir aushalten lassen. Kommt, trinken wir unseren Wein", sagte sie versöhnlich und zog ihn zum Kamin zurück.

Während sich die Königin und der Kardinal den Plänen der *Squadrone Volante* zuwandten, stieg die fahle Februarsonne über dem Palazzo Farnese auf und hüllte nach und nach jeden Winkel des gepflasterten Platzes in ihr mattes Licht.

VIER

Rom, Frühjahr anno 1656

Es war Mittag geworden, die Sonne, die sich noch am Vormittag gezeigt hatte, versteckte sich hinter Wolkenschleiern. Trotzdem war es nicht besonders kalt. Es liegt bereits eine Ahnung von Frühling über der Stadt, dachte Christina. Sie meinte, in den Kronen der Platanen eine Spur knospenden Grüns aufblitzen zu sehen, und auch der Tiber stand höher als gewöhnlich. Seine Fluten kamen aus den Bergen, und auf seiner Reise hatte der Fluss Eis, Schnee und Geröll mit sich gerissen. Sprudelnd zog das Schmelzwasser unter der Brücke hindurch, die sie überquerten. Auf der anderen Seite des Flusses lag Trastevere, seit jeher eines der Armeleuteviertel Roms.

„Die Büßer!" Monaldesco, der vor ihnen ritt, zeigte auf eine Gruppe von betenden Alten, die sich mit gesenkten Köpfen in den Winkel eines Hauses drückten. Sie trugen Aschekreuze auf der Stirn als Zeichen der Demut und Vergänglichkeit.

„Aschermittwoch – richtig." Überrascht zuckte Christina zusammen. Die Fastenzeit vor Ostern hatte begonnen. „Ich habe überhaupt nicht mehr daran gedacht." Sie nickte und sah neugierig zu den Männern und Frauen hinüber. Plötzlich ergab das nicht enden wollende morgendliche Glockenläuten Sinn, die mahnende Stimmung des Freundes, der Zorn des Heiligen Vaters. „Kardinal Azzolino hat mich gar nicht darauf hingewiesen", murmelte sie und zog Maria, die vor ihr auf dem Zelter saß, enger zu sich heran.

Stumm betrachtete sie die Leute von Trastevere, die die Asche der Palmenzweige mit Stolz trugen und so zeigten, dass sie von nun an mit allen lasterhaften Gewohnheiten brechen und geläutert aus der Fastenzeit hervorgehen wollten. Prozessionen, Fürbitten und Weihrauchwolken lösten die übermütigen Maskeraden des Karnevals ab.

Monaldesco zügelte sein Pferd und ließ sich auf Christinas Höhe zurückfallen. Sein Duft nach wild schäumender See wehte sie wie eine Brise an, und seine Nähe ließ ihr Blut in unerhörten Schüben durch die Adern pulsieren. „Es ist ein eigenwilliges Viertel", sprach er aus, was sie über Trastevere, über seine verwinkelten Gassen, winzigen Plätze und stolzen Bewohner, dachte. Die Leute von Trastevere sprachen einen eigenen Dialekt und bezeichneten sich selbst als Nachfahren der alten Römer.

Der Weg ins Herz des Viertels führte durch enge, gewundene Gassen. Wäschestücke tanzten auf Leinen über den Straßen, und die Marktstände der Kerzenmacher, die die Wachslichter für die vielen hundert Kirchen der Stadt lieferten, säumten ihren Weg.

Auf dem Platz vor der alten Marienkirche stand eine Gruppe junger Frauen, und Christina bemerkte Monaldescos Blick auf die schlanken Taillen der Mädchen. „Die Bewohnerinnen von Trastevere gelten als die schönsten unter den Römerinnen", neckte sie ihn, und auch Maria kicherte.

Missbilligend sah ihr Begleiter auf das Mädchen herab. Monaldesco war dagegen gewesen, das Kind auf ihren Ausritt mitzunehmen. Seine Anwesenheit schien ihn zu stören, obwohl Maria sie überhaupt nicht behinderte. Sie genoss den Ausflug und teilte sich das Pferd vollkommen ruhig, ja fast scheu mit Christina. „Keine ist so schön wie Maria", knurrte er und zeigte auf die Fassade der Basilika.

Christina folgte seinem Blick und zügelte das Pferd in der Mitte des Platzes. Entgegen der Behauptung des Papstes hatte sie in den vergangenen Wochen viele Kirchen besucht. Sie interessierte sich für ihren Baustil, die Gemälde, die Ausstattung, hatte aber darüber die Messfeiern vernachlässigt. Auch diese Kirche, die Römer nannten sie nach der Heiligen Mutter Santa Maria in Trastevere, hatte sie an einem verregneten Nachmittag erkundet und dabei die herrlichen Mosaiken in der Altarnische hinter dem Chor bewundert. In ihrem Scheitel war der Thronende Christus mit Maria dargestellt, umgeben von Lämmern, und im diffusen Halbdunkel des mittelalterlichen Kirchenschiffs hatte das Bild einen fast übernatürlichen Eindruck auf sie gemacht. Weitere Szenen aus dem Marienleben hatten den Kult um die Gottesmutter in der Stadt vor vielen Jahrhunderten begründet.

„Sie ist so wunderbar wie Ihr."

Christina spürte, dass Monaldesco sein Spiel mit ihr trieb, trotzdem reizten sie seine Komplimente. Es war das uralte Spiel aus Hingabe, Macht und Versuchung, und für einen Moment erinnerte sie sich ihrer nächtlichen Träume. Sie spürte, wie sich ihre Wangen röteten, und um davon abzulenken, schlug sie mit der Reitgerte nach ihm und spielte die Empörte. „Pfui, Monaldesco. Wie könnt Ihr die Heilige Mutter mit einer Sterblichen vergleichen. Schämt Euch." Sie gab ihrem Pferd die Sporen, und mit wilden Galoppsprüngen jagte das Tier über den Platz, seine Eisen schlugen Funken auf dem Pflaster.

Maria schrie auf und klammerte sich erschrocken an die Reiterin. „Keine Angst", rief Christina übermütig und schüttelte ihre Haare im Wind. „Es ist nur ein Spiel, ein dummes Spiel."

Monaldesco versuchte, die Flüchtenden einzuholen. Sie hörten ihn lachen und mit der Zunge schnalzen. Doch erst auf der von Ziegeleien gesäumten Straße, die sich den Hügel des Gianicolo hinaufwand, hatte er sie erreicht. Als ob nichts vorgefallen wäre, zeigte er auf die Baustelle einer Kirche am Rand der Straße. „Die Purpurnasen setzen sich wieder einmal ein Denkmal", schnaubte er, und sein Gesicht spiegelte die Verachtung, die er für den Klerus hegte, offen wider.

Christina sah ihn tadelnd an, doch sie erwiderte nichts. Ihr gefiel, was bereits im unfertigen Zustand zu sehen war: Schon jetzt zeigte die Kirchenfassade ein überraschendes Spiel von vor- und zurückschwingenden Bögen. Weiter oben auf dem Hügel wachte ein rundes Tempelchen auf Säulen über der Stadt, das der berühmte Architekt Bramante noch im letzten Jahrhundert entworfen hatte. In gemächlichem Schritttempo setzen sie ihren Weg hinauf fort, bis sie das Plateau des Hügels erreicht hatten und die Stadt vor ihnen lag, ein mit goldenen Kuppeln gesprenkeltes Mosaik.

Mit einem Satz schwang sich Monaldesco aus dem Sattel und reichte Christina seine Hand, um ihr beim Absitzen behilflich zu sein. Maria ließ sich wie ein Aal vom Pferd gleiten, und der Stallmeister führte die Tiere zur Seite, wo er die Zügel an einem Pflock befestigte.

Christina blickte über die Stadt. Auch unter dem von Wolken verhangenen Himmel leuchtete sie, und ihr Glanz schien sich in den Wolkenspiegeln zu brechen. Fast schmerzte sie die Schönheit Roms. Ich kenne nichts Vergleichbares, dachte sie und stand still, wie im Gebet versunken. Erst als sich Monaldesco näherte und sie die Aura seines Körpers in ihrem Rücken spürte, drehte sie sich um.

„Nun, mein *Grand Ecuyer*“, neckte sie ihn, denn sie wusste, dass der Titel des Oberstallmeisters übertrieben war. Unten, in ihrem Stall im Palazzo Farnese, verloren sich weniger als fünfzehn Pferde, darunter auch einige, die der Papst ihr zusammen mit Berninis Kutsche geschenkt hatte. „Gibt es Neues vom französischen Hof?“

Schon seit einigen Tagen waren Kuriere mit verschlüsselten Botschaften zwischen Rom und Paris hin- und hergeeilt, um die neapolitanische Sache voranzutreiben. Gewöhnlich zog es Monaldesco vor, sie außerhalb des Palastes über die weiteren Entwicklungen der Verschwörung zu informieren. Innerhalb seiner Mauern fürchtete er die misstrauischen Ohren der allgegenwärtigen spanischen Spione.

„Hoheit ..." Monaldesco blickte düster auf Maria, die an ihrer Seite stand und auf die Stadt hinablachte. Sein dunkler Blick traf das Mädchen wie ein Peitschenhieb, und wortlos gehorchte es seinem Befehl, sich zu entfernen. „Christina", fuhr er mit vertraulicher Stimme fort, als Maria in Richtung der Pferde verschwunden war. Leicht berührte seine Hand ihren Arm, als ob er ihr die Intimität des Gesprächs verdeutlichen wollte. Durch den Stoff der Reitjacke hindurch spürte sie seinen unbändigen Willen, den Plan voranzutreiben. „Kardinal Mazarin wünscht Euch zu sehen, schon bald, um die Kontrakte zu unterzeichnen."

„Wo sollen wir zusammentreffen?" Nach dem unerfreulichen Gespräch mit Kardinal Barberini am Vorabend war Christina ebenso begierig wie der französische Minister, die Pläne so schnell wie möglich in die Tat umzusetzen. Die jüngsten Entwicklungen in Rom zeigten ihr, dass sie bald einen Erfolg vorweisen musste, um die Gunst des Papstes und die Segnungen der päpstlichen Schatulle nicht ganz zu verlieren. Neapel von spanischer Herrschaft zu befreien, hieße auch, die wichtigste Nahtstelle zwischen Spanien, Frankreich und dem Vatikan zu kontrollieren. Sie wusste, dass Neapel derzeit ein wunder Punkt in den politischen Überlegungen des Papstes war. Die dort regierenden Spanier fühlten sich von jeher als die besseren Katholiken. Und hielten sich, so sagte man, für den Wachposten der Mutter Kirche. Hinter vorgehaltener Hand hieß es: „Madrid steht bereit, den Vatikan aufzunehmen, auch Toledo eignet sich besser als Rom für den Sitz des Papstes." Wenn ich mich zur Königin von Neapel krönen lasse, dachte Christina, wird mir das die Anerkennung des Heiligen Vaters sichern, vor allem aber wird es mich mit einem Schlag von allen Geldsorgen befreien."

Christina Alexandra, Königin von Neapel – mit Monaldesco an ihrer Seite, so hoffte sie, würde der Plan gelingen. Sie sah wieder ein großes Ziel vor Augen, einen Plan, der alle Zweifler in ihre Schranken weisen könnte. Eine Bereicherung und Verwandlung ihres Lebens. Christina drehte sich zu Monaldesco und sah ihm fest in die Augen. Es gefiel ihr, dass er die Lider nicht vor ihr senkte, sondern ihrem Blick standhielt. Satt und schwarz wie die Wasser der Tiefsee schwammen die Pupillen in der dunklen Iris, und sie meinte zu sehen, wie sich ihr Bild darin spiegelte. Es schien einzutauchen in das Dunkel seiner Seele. „Der Kardinal schlägt Frankreich vor, Fontainebleau oder besser noch Paris. Ihr könntet den jungen französischen König kennen lernen."

Christina dachte nach. „Ich könnte vorgeben, nach Schweden zu reisen, um meine finanziellen Angelegenheiten zu regeln. Und ich könnte eine Route über Frankreich wählen ..."

Der Graf nickte. „Ich werde den Franzosen Eure Zusagen übermitteln und die Reise vorbereiten." Plötzlich ergriff er ihre Hand und führte sie zum Mund. Er küsste das Leder ihres Handschuhs, so ungehörig fest, dass sich ein feuchter Abdruck seiner Lippen darauf einprägte, dann flüsterte er: „Ich bin bereit, für Euch zu sterben, Christina."

Christina konnte nicht anders, sie musste sich abwenden, denn sonst hätte Monaldesco ihre Erschütterung bemerkt. Der Kuss, so dreist, so direkt, war nicht weniger intim als die Vereinigung zweier Münder gewesen. Sie musste sich beherrschen, um ihre Lippen nicht auch auf das Leder zu drücken. „Maria", rief sie und gab vor, sich um das Kind zu sorgen. „Wo steckt sie bloß?"

Tatsächlich war das Mädchen aus ihrem Blickfeld verschwunden, und für einen Moment fürchtete sie, es hätte sich schon wieder unbemerkt aus ihrem Leben gestohlen. „Maria ..." Sie lief die Balustrade entlang, die um die Plattform führte und sich in einem weiten Bogen um den Hügel wand. Schließlich entdeckte sie das

Kind, verborgen hinter einigen Büschen, die über die niedrige Mauer ragten. Maria balancierte auf dem schmalen Steg am Abgrund, den Blick starr auf einen Punkt im Irgendwo gerichtet. Fast schien es ihr, als schwebe das Kind im Nichts.

Sie wird hinunterstürzen, durchfuhr es Christina. „Maria", flüsterte sie und ging langsam auf sie zu, um das Kind nicht zu erschrecken. „Gib mir deine Hand. Bitte!"

Das Mädchen stockte, dann schwankte es, schien einen Moment lang schwerelos, bevor es endlich sein Gewicht auf das linke Bein verlagerte. Mit Schwung zog es den rechten Fuß ans linke Knie und drehte sich in einer Art Zirkuspirouette zu Christina. Im nächsten Moment sprang Maria von der Mauer und verbeugte sich lächelnd. „Keine Sorge, ich kann nicht nur schwimmen wie ein Fisch, ich kann auch klettern wie ein Affe." Sie schnitt eine alberne Grimasse, schlug ein Rad und hüpfte wie ein Narr herum. „Manchmal haben wir uns mit diesen Kunststückchen ein paar Scudi verdient."

„Mädchen", Christina packte Maria bei den Schultern und schüttelte sie. „Du hast mich erschreckt, mich, Christina von Schweden, die sich nicht einmal vor einer Horde Wegelagerer fürchtet. Mach das nie wieder."

„Hoheit ..." Maria hatte sich für die gehorsame Anrede eines Untertanen entschieden. Unbeeindruckt griff sie nach Christinas Hand und zog sie wieder an die Brüstung. „Schaut." Ihre Hand mit den schlanken Fingern zeigte hinunter auf die Stadt. „Dort komme ich her."

Christina folgte der Richtung ihres Arms. In seiner Verlängerung sah sie auf die Dächer der nördlichen Stadt. „Einen Moment, ich muss mich orientieren." Sie blickte auf den Tiber, der sich in weitem Bogen durch Rom zog, sah die weiten Gärten des Palazzo Riario, dahinter den Borgo, die Mauern um den Kirchenstaat und die mächtige Kuppel des Petersdoms.

„Dort unten, im Borgo." Ungeduldig zeigte Maria auf das Gewirr der Gassen, die im Schatten lagen. „Die kleine Kirche mit dem Armenhaus."

„Du meinst die Kirche der englischen Pilger, Santo Spirito in Sassia?" Christina wusste, dass die kleine Kirche ursprünglich zu einer englischen Pilgerherberge gehört hatte, bevor sie erneuert und ihr ein Hospital für Kranke und Greise angeschlossen worden war. Inzwischen kümmerten sich die Priester dort wohl auch um Straßen- und Findelkinder.

„Santo Spirito in Sassia, genau." Maria sprach den Namen der Kirche mit einer Mischung aus Furcht und Sehnsucht aus. „Alle meine Erinnerungen sind mit diesem Ort verknüpft. Die Priester sagten, ich sei ihnen begegnet wie einst Moses in seinem Körbchen der Tochter des Pharaos. Man habe mich nachts am Altar der Kirche abgelegt, und im Morgengrauen hätte ich, ein schreiendes Bündel, jedes Gebet unmöglich gemacht. Erst als Pater Paolo mich auf den Arm genommen und mir einen Zipfel seines Rockes in den Mund gesteckt habe, sei ich ruhiger geworden, als ob ich allen Schmerz aus mir herausgebrüllt hätte. Sie beschlossen, mich aufzuziehen, und nach und nach sind noch mehr Kinder dazugekommen."

„Was ist aus Pater Paolo geworden?" Christina drehte Maria zu sich herum, sie sah, dass Tränen in ihren Augenwinkeln schimmerten.

„Oh, Pater Paolo", Maria schwieg. „Ich habe ihn geliebt." Sie wischte sich mit dem Handrücken über die Augen. „Er hat mir alles beigebracht, was ich weiß. Wir haben zusammen in der Bibel gelesen, und ein wenig Schreiben kann ich auch." Sie ging in die Knie und zeichnete mit einem Stöckchen Buchstaben in den Sand.

„Paolo", las Christina. „Was ist aus ihm geworden?"

„Er war sehr alt. Er hatte keine Haare mehr und nur noch wenige Zähne. Zuletzt konnte er sein Bett nicht mehr verlassen, und ich habe ihn gefüttert. Er ist im Herbst gestorben. Als ich ihm morgens sein Frühstück bringen wollte, flackerten schon die Totenkerzen an seinem Bett. Die Priester sagten, er sei beinahe so alt wie Methusalem geworden und hätte sich sogar noch an die frühen Päpste erinnern können."

Christina strich dem Mädchen über den Kopf. Unter dem Tuch, das sich Maria um den geschorenen Schopf geknotet hatte, spürte sie die widerspenstigen Stoppeln der dichten Mähne. In ein paar Wochen würden wieder kräftige Locken daraus hervorsprießen. „Totenkerzen ..." Leise murmelte sie das Wort, das auch in ihr die schrecklichsten Erinnerungen wachrief. Plötzlich hatte sie den Leichengeruch des Vaters in der Nase, den Gestank nach Verwesung, die Erinnerung an das Unglück ihrer Kindheit. „Dann bist du gegangen?"

„Ich bin wenig später fortgelaufen, ich konnte es dort nicht mehr aushalten." Wieder schwieg sich Maria über den Grund ihres Straßenlebens aus, doch Christina respektierte ihr Schweigen. Sie wird es mir erzählen, dachte sie, später, wenn sie Vertrauen gefasst hat.

„Pater Paolo hat mir etwas gegeben, kurz bevor er starb." Maria langte in den Ausschnitt ihres Hemdes und zog einen kleinen Beutel aus weichem Leder hervor, den sie um den Hals getragen hatte. Sie öffnete ihn vorsichtig, nachdem sie sich nach dem Grafen umgeschaut hatte, der in einiger Entfernung stehen geblieben war. Dann zog sie ein Stück schimmernden Stoffs hervor, ein von aufwendigen Spitzen gesäumtes Tuch, nicht mehr als ein hauchfeines Gespinst. Wie einen kostbaren Schatz legte sie es Christina in die Hand. „Er sagte, es würde mir vielleicht helfen, die Frage meiner Herkunft zu beantworten. Er habe es bei mir gefunden, als er sich meiner angenommen hat."

Christina faltete das Tuch vorsichtig auseinander und hielt es in die Höhe. Plötzlich war ihr, als zeichnete sich ein Schatten wie ein Bild auf dem Schleier ab. In einer Ecke entdeckte sie eine feine Stickerei, ein Wappen oder Monogramm. Sie schaute genauer und fuhr die Linien mit dem Finger nach. „Ich würde sagen, es ist eine Blüte, vielleicht eine Lilie, und dann fühle ich noch vier Kreuze."

„Was bedeutet das? Ich habe diese Blüte auch an den beiden Brunnen vor Eurem Haus entdeckt."

Christina schwieg. Sie wusste, dass dies ein besonderes Zeichen war. Die Königslilien der Krone Frankreichs und ihrer Nebenlinien durfte nur führen, wem sie ausdrücklich verliehen worden waren. Wie war dieses Tuch, das sich kostbarer als Seide anfühlte, in die Hände des Paters und in den Besitz des Mädchens gelangt? Und welches Geheimnis verband sich mit dem Rätsel seiner Herkunft? Schließlich antwortete sie vorsichtig: „Ich weiß es nicht, Maria. Wenn du möchtest, suchen wir nach einer Antwort, nach dem Ursprung dieses Zeichens. Wir könnten die Priester befragen, die dich aufgezogen haben. Vielleicht erinnern sie sich an etwas, das uns weiterhelfen kann.

„Ich will nicht dorthin zurück."

„Wenn du etwas über dich erfahren möchtest, geht es nicht anders. Du bist dort gefunden worden, von der Kirche führen vielleicht Spuren zurück in deine Vergangenheit. Ich könnte dir bei der Suche helfen."

Maria zuckte mutlos mit den Schultern. „Sie werden nicht antworten. Als ich sie nach meinen Eltern fragte, wurden sie böse. Sie schlugen mich und sagten, ich sollte ihnen dankbar für das Brot und die Milch sein, mit der sie mich genährt hätten. Ich sei ein Kind Gottes – nicht mehr und nicht weniger."

Christina zog die Augenbrauen in die Höhe. „Wir könnten in meinen Büchern nach dem Zeichen suchen, ich besitze einige Bände über Wappen und ihre Bedeutung, aber früher oder später werden wir mit den Patres sprechen müssen."

Maria antwortete nicht. Plötzlich griff sie nach dem Tuch und stopfte es hastig zurück in den Lederbeutel. „Der Stallmeister", zischte sie und nickte in Richtung der Pferde. „Er kommt zu uns herüber."

„Keine Sorge, es ist unser Geheimnis", beruhigte Christina das Mädchen, gerührt über das Vertrauen, das es ihr entgegenbrachte. Sie drehte sich um. Monaldesco hatte sie fast erreicht. Hastig durchpflügten seine Stiefel den Sand, während er die Hände in den Taschen seiner Jacke vergraben hatte. Sie schienen zu Fäusten geballt zu sein.

„Wir sollten zurückreiten, Hoheit." Misstrauisch blickte Monaldesco zwischen dem Mädchen und der Königin hin und her. Die Königin schaute ihn unbefangen an, trotzdem spürte er, dass sie etwas mit dem Kind besprochen hatte, was nicht für seine Ohren bestimmt war.

„Was zieht Ihr für ein Gesicht?" Christina schien seinen Ärger zu bemerken und neckte ihn. „Man möchte meinen, die Spanier stünden vor den Toren Roms."

Monaldesco schüttelte den Kopf. Dieses dahergelaufene Kind, dachte er böse, ist lästiger als ein Ungeziefer. Er spürte, wie seine Augenbrauen nervös zuckten, und musste sich beherrschen, dass sich die Verachtung für das Mädchen nicht auf seinem Gesicht abzeichnete. „Das Kind weiß sich nicht zu benehmen. Was für eine alberne Darbietung, Ihr solltet es auf die Straße zurückschicken."

„Das ist meine Sache", wies ihn die Königin zurecht, und er spürte, wie ihn ihre Zurückweisung traf. „Soll ich es seinem Schicksal überlassen? Das kann ich nicht mit meinem Glauben vereinbaren. Ich habe mich seiner angenommen, wenn es bei mir bleiben möchte, bleibt es. Auch Ihr habt Euch mit Eurem Gefolge bequem in meinem Hofstaat eingerichtet. Noch heute Morgen habe ich Eure Anwesenheit gegenüber Kardinal Azzolino verteidigt."

Monaldesco hatte verstanden. Schweigend drehte er sich um und führte die Pferde heran. Ich muss aufpassen, dachte er. Ich darf meine Verstimmung nicht so deutlich zeigen. Die Königin nimmt es mir übel, sie hat ihr Herz an dieses geschorene Lamm verloren.

Auf dem Rückweg hinunter in die Stadt fiel kein Wort. Die Königin und das Mädchen ritten in leichtem Trab knapp hinter Monaldesco, und er konnte seinen Gedanken freien Lauf lassen. Die Verschwörung war schon weit vorangeschritten, in Neapel waren die Verbindungsmänner informiert, Waffen wurden beschafft, um den Angriff von außen auch aus der Stadt heraus zu unterstützen. Sie zählten dort etwa zweihundert Mann auf ihrer Seite, und hinzu kam die Macht der Franzosen. Er hatte sein Glück kaum fassen können, als Königin Christina so begeistert auf seinen Vorschlag eingegangen war. Ja, sie war in ihrer Euphorie kaum zu bremsen und konnte es nicht erwarten, nach Frankreich zu reisen, um mit Kardinal Mazarin zusammenzutreffen.

Du musst geduldig sein, ermahnte er sich selbst. Du musst die Königin betören und die Frau in ihr. Sie spürt die Nähe der Krone und lässt sich durch ihre Hoffnung auf Macht verführen. Du bist auf dem richtigen Weg, lass dich nicht von diesem albernen Kind davon abbringen.

Monaldesco lächelte. Unten am Palast verabschiedete er sich mit einer knappen Verbeugung von der Königin. Dann führte er die Pferde wortlos in den Stall. In seinem Rücken spürte er ihren fragenden Blick.

Mit gerunzelter Stirn sah Christina ihrem Stallmeister nach. Was war heute nur in ihn gefahren? Wo war sein unerschütterliches Selbstvertrauen? Sie beobachtete das Spiel seiner Schultern, die ein wenig abfielen, die schmalen Hüften, die sich beim Gehen kaum bewegten – als ob er auf der Stelle träte. Plötzlich haftete ihm etwas Unbestimmtes an. Er ist doch nicht etwa eifersüchtig auf die Kleine, fragte sie sich. Er benimmt sich so, als sei sie ihm ein Hindernis, etwas, das uns voneinander trennt.

Sie schüttelte den Kopf und beschloss, nicht weiter darüber nachzudenken. „Komm“, lächelte sie Maria an und zog das Mädchen die Treppen hinauf. „Wir gehen in die Bibliothek, vielleicht finden wir dort eine Antwort auf deine Fragen.“

Sie nahmen die Stufen im Laufschritt und achteten nicht auf den Schmutz, der sich darauf gesammelt hatte, die ergrauten Wände, den Geruch nach Kohl, der aus der Küche kam und vermischt mit dem Geschrei der Köchinnen und Mägde durch den Palast zog. Die Böden waren nicht gekehrt, und einige zerbrochene Skulpturen lehnten in den Ecken der Korridore.

In der Bibliothek war es sauber, die Luft roch nach Holz, Leder und einigen Zypressenzweigen, die Emanuela auf die Feuerstelle gelegt hatte. Das Nachmittagslicht fiel in matten, breiten Streifen durch die hohen Fenster herein und schien einige der Bücher an der gegenüberliegenden Wand zu liebkosen. Die goldenen Buchstaben der Rückenprägungen leuchteten auf wie Botschaften aus einem entfernten Reich.

Die Bücher – Christina liebte sie fast körperlich, nicht weniger heftig, als man für einen Menschen empfinden konnte. Jede Begegnung mit ihnen war sinnlich, der Fluss der Buchstaben auf den Buchrücken, das Bekannte und Unbekannte, das sie in sich aufnehmen wollte. Ihr schien es, als atmeten die Bücher Weisheit aus. Jede Bibliothek war ihr ein lebendiges Wesen für sich, bereit zu geben, ihre Geheimnisse zu teilen, stetig wachsend und nie ganz vollendet. Eine Idee, ein Körper, ein ganzes Universum.

Schon in Stockholm hatte sie sich mit einer wunderbaren Sammlung von Büchern umgeben, die Werke zur Philosophie, Theologie, Kirchen- und alten Geschichte, zur Dichtung und zur Philologie in den unterschiedlichsten Sprachen umfassten. Es waren Schränke voller Schätze gewesen, Bestände, die sie aus allen

Teilen Europas zusammengekauft hatte. Außerdem besaß sie seltene Handschriften und Drucke, Zeichnungen und eine außergewöhnliche Sammlung alter Münzen und geschnitzter Gemmen. Ihr Vorrat an geistigen Genüssen, vergleichbar jenem aus Getreide und getrockneten Früchten, mit dem sich andere für schlechte Zeiten rüsteten.

Christina war überzeugt, sie habe von allem gelesen und von jedem gehört. In ihren Gedanken war sie auf die höchsten Gipfel der bekannten Welt gestiegen, sie hatte mit den Caesaren gespeist und mit den Kirchenvätern diskutiert. Ihre Bücher hatten ihr immer wieder neue Welten eröffnet, hatten ihre Träume bereichert und sie nie daran zweifeln lassen, dass das Schicksal Wunderbares für sie bereithielt.

Und trotzdem war sie immer noch auf der Jagd nach neuen Schätzen, unerhörten Weisheiten und kostbar gestalteten Schriften. Auch in Rom hatte sie die Sammlung trotz ihrer peinlichen Finanznot beständig erweitert, und jeden Tag wurden neue Bücherpakete an ihrer Pforte abgegeben. Wenn sie erst wieder über ausreichende Mittel verfügte, wollte sie ein Labor für naturwissenschaftliche und alchimistische Experimente sowie ein Observatorium einrichten, um auch in die entferntesten Welten vorzustoßen.

Als Maria die Bibliothek betrat, weiteten sich ihre Augen. „So viele Bücher." Staunend lief sie an den Schränken entlang, ab und zu tastete sie vorsichtig über den Rücken eines Buches, das ihr besonders kostbar erschien. „Ich habe noch nie so viele Bücher auf einmal gesehen."

Christina lachte. „Es kommt nicht darauf an, wie viele Bücher man besitzt, sondern wie gut sie sind, hat der große Seneca geschrieben."

„Seneca?" Maria blickte sie fragend an. Sie hatte sich einen Band von einem der Stapel heruntergenommen, die auf den Tischen lagen, und schlug ihn vorsichtig auf.

„Einer meiner Helden, ein römischer Philosoph, er lebte zu Zeiten Jesu Christi.“ Christina schloss die Augen und sah sich als Kind vor ihrem geliebten Lehrer Johan Matthiae stehen. Es war dunkel und kalt, und trotzdem schien es ihr, als strömten die Worte, die sie vor langer Zeit gelernt hatte, wärmend und wie von selbst aus ihrem Inneren: „Menschen von Wert arbeiten hart, bringen Opfer und werden zum Opfer, und zwar aus eigenem Willen. Sie werden nicht vom Schicksal geleitet, sondern folgen ihm und halten Schritt. Hätten sie es gekannt, wären sie ihm vorausgegangen.“

Maria schüttelte den Kopf und reichte ihr das Buch. Christina hatte in Rom noch keinen Bibliothekar einstellen können, wenn sie Zeit fand, ordnete sie selbst die neu hinzukommenden Bücher in die Schränke ein. „Komm“, winkte sie die Kleine zu sich, „die Bücher, die wir suchen, stehen hier.“ Sie wies auf ein Regal mit französischen Texten und Abhandlungen, die meisten Werke stammten aus Frankreich.

„Französische Wappen, Heraldik ...“ Christina zog zwei schwere Folianten hervor, die sich etwa auf Augenhöhe befanden. Etwas Staub hatte sich auf dem Einband abgesetzt, und sie wischte mit der Hand über das Leder, bevor sie den Schmutz in ihre Hose klopfte. „*Voilà*“, sprach sie mehr zu sich selbst als zu dem Kind. „Habe ich euch gefunden ...“ Sie hievte die Bände auf einen Tisch und schob nachlässig andere Bücher zur Seite, die Maria eifrig zum nächsten Tisch trug. Dann stellte das Mädchen sich neben sie, und als sie gemeinsam durch die Seiten blätterten, spürte Christina seine Aufregung.

„Hier siehst du das Königswappen Frankreichs.“ Christina zeigte auf drei stilisierte goldene Lilien auf blauem Schild. „Man nennt die Lilien auch *Fleurs de lys*. Jede Blüte besteht aus drei Blättern, die von einem Band zusammengehalten werden. Das mittlere Blatt ist oben und unten zugespitzt, die äußeren Blätter hängen herab und sind nach außen umgebogen. Die Lilienblüten sollen für Reinheit, Mildtätigkeit und Keuschheit stehen – für die vertrauensvolle Hingabe an Gott. In der biblischen Tradition ist die Lilie außerdem ein Symbol der Erwählung, der Wahl eines geliebten Wesens."

„*Fleurs de lys, fleurs de lys* ..." Maria rollte die Worte in ihrem Mund herum, so als wollte sie ihre Beschaffenheit erschmecken. „Sie ähneln der Blüte auf meinem Tuch." Das Mädchen zog den Stoff wieder hervor und hielt ihn gegen das Licht.

„Ja, sie sind ähnlich. Sie sind umgürtet, aber wie passen die Kreuze dazu?" Christina blätterte weiter. „Die Lilien sind auch ein Marienzeichen. Der alte Merowingerkönig Chlodwig I. soll sich nach seiner Bekehrung zum Christentum die Lilien als Wappenzier erwählt haben. Sie sollen ihm durch einen Engel verliehen worden sein", las sie vor. „Später hieß es, die Jungfrau Maria selbst habe König Chlodwig die *Fleurs de lys* überreicht. Heute schmücken die Lilien das Wappen der Könige von Frankreich."

Auf den folgenden Seiten waren die Wappen der französischen Grafschaften, Fürsten- und Bistümer verzeichnet. Sie sahen die Zeichen der alten Adelsgeschlechter, unzählige Varianten der Lilie, kombiniert mit Schlüsseln, Schwertern, Perlen, Löwen, Burgen, Schiffen, Helmen und anderem mehr. Auch Kombinationen mit Kreuzen waren darunter, und jedes Mal hielten sie gespannt inne und verglichen die Wappen mit dem eingestickten Zeichen des Tuchs. Doch keines war mit ihm identisch, immer war ein Detail anders.

Plötzlich blätterte Christina zu einer Wappentafel zurück. „Findest du nicht, dass dein Lilienkreuz diesem Wappen ähnelt?" Sie zeigte auf ein Schild, das ein altes Zeichen der Grafschaft Anjou abbildete – gegürtete Lilien und ein Kreuz.

Aufgeregt beugte sich Maria über die Seite und zeichnete mit dem Zeigefinger die Formen des Wappens nach. „Aber hier sind noch vier kleinere Kreuze abgebildet."

„Du hast Recht.“ Christina nickte. „Aber die Form des großen Kreuzes entspricht fast der Stickerei in deinem Tuch.“

„Wem gehört das Wappen?“ Maria blickte Christina erwartungsvoll an. Die Augen des Kindes blitzten, als ob ein Funkenregen daraus hervorsprühte, und die milchfarbene Haut der Wangen hatte sich in der behaglichen Wärme der Bibliothek gerötet.

„Es stammt aus der Familie der Grafen von Anjou, ein altes französisches Geschlecht. Einer der berühmtesten Söhne der Familie war Karl von Anjou, er wurde König von Sizilien und lebte vor etwa vierhundert Jahren. Warte ...“ Christina ging zu einem der Münzschränke, nach einigem Suchen zog sie ein Tablett mit Münzen hervor. „Das ist er.“

Maria sah das Abbild eines gekrönten Mannes auf der goldenen Münze. Das Profil zeigte einen stolzen Herrscher mit gerader Nase und gerecktem Kinn. „Er sieht recht unfreundlich aus.“

Christina lachte und nickte. „Er soll tatsächlich ein grausamer Herrscher gewesen sein, soweit ich mich erinnere, wurde er durch einen Volksaufstand aus Sizilien vertrieben.“ Nachdenklich drehte sie die Münze um, auf der Rückseite leuchteten ihnen wieder Kreuz und Lilien entgegen. „Das Kreuz in diesem Wappen steht für das Königreich Jerusalem. Hier ...“ Christina zog ein weiteres Buch hervor. „Die Kreuzzüge“, erklärte sie. „Anno 1277 kaufte König Karl die Rechte am Königreich Jerusalem und ergänzte sein Wappen um das Georgskreuz.“ Sie zeigte auf die Zeichnung eines goldenen Kreuzes mit vier kleineren Eckkreuzen. „Später befreiten die Kreuzritter Jerusalem von den Ungläubigen, anno 1099 ernannte sich Gottfried von Bouillon zum Vogt des Heiligen Grabes. Nach seinem Tod erweiterte sein Bruder Balduin I. das Königreich. König Balduin starb ohne Erben und wurde durch seinen Vetter, den Grafen von Edessa, ersetzt. Ihm folgte ...“, Christina machte eine kurze Pause, „ihm folgte sein Schwiegersohn Fulko von Anjou.“ Sie sah Maria an.

„Die Linie der Anjou hatte also schon sehr früh Macht über das Heilige Grab."

„Aber zwischen König Fulko und König Karl liegen viele Jahre."

„Du hast Recht", nickte Christina. „Dazwischen liegen viele Jahre und viele Kriege, Kreuzzüge und Katastrophen. Zuletzt war das Königreich schwach, die Ritterorden unterstanden direkt dem Papst und nicht dem König. Sie verliehen seinem Reich zwar militärische Schlagkraft, sorgten auf politischer Ebene aber oft für Verwirrung und Streit. Nach dem Verlust der Macht in Jerusalem und dem Untergang des Königreichs wird der Titel eines Königs von Jerusalem heute vererbt. Mehrere Häuser tragen ihn: die Familie der Savoyen ...", sie stockte, „die Herrscher des Königreichs von Neapel, die Maltesische Linie der Barone von Baccari."

„Und was hat das alles mit meinem Zeichen zu tun?" Maria blickte verwirrt auf, und auch Christina musste ratlos mit den Achseln zucken. Alle Informationen warfen lediglich neue Fragen auf. Sie wies auf einen Teller mit Fleisch und Datteln, den Emanuela ihnen gebracht hatte. Inzwischen war es vor den Fenstern dunkel geworden, und sie merkten, dass sie hungrig waren. Seit dem Frühstück hatten sie nichts mehr gegessen.

„Greif zu!" Christina schob Maria den schmucklosen Holzteller zu. „Während der Fastenzeit bleiben Besteck und Geschirr im Schrank." Dann begann sie nachdenklich auf dem Bratenstück herumzukauen – gegen jedes Fastengebot schmeckte sie Ente –, und ab und zu nippte sie an ihrem verdünnten Wein. Maria hatte sich von den Datteln bedient und nur ein winziges Stück Fleisch gegessen, als ob die Maronen des Vortags ihren Bauch noch immer füllten. Immer wieder wanderte ihr Blick in die aufgeschlagenen Bücher zu den Wappentafeln, um schließlich am Jerusalemkreuz hängen zu bleiben.

„Vielleicht hat das Zeichen etwas mit deiner Familie zu tun", überlegte Christina laut. „Vielleicht bist du auch unter dem Kreuz der Lilie geboren. Oder es soll ein Schutz sein, ein frommes Zeichen, ein Wunsch für deine Zukunft. Vielleicht aber hat es auch gar nichts zu bedeuten, und es ist zufällig in den Korb und zwischen deine Laken gelangt?"

„Was denkt Ihr?" Maria ließ nicht ab, sie wollte eine Antwort hören. Vertrauensvoll ruhten ihre schönen Augen auf Christina, und für einen Moment sah diese darin eine Ähnlichkeit zu Belle aufblitzen.

„Ich weiß es wirklich nicht. Meine Bibliothek ist zu klein, wir müssten weiterforschen, kluge Menschen befragen." Sie stutzte und dachte nach. „Holstenius", sprach sie mehr zu sich selbst als zu Maria. „Lucas Holstenius könnte etwas wissen."

„Wer ist das?"

„Der wohl klügste Mensch, den ich kenne. Er ist Bibliothekar und seit einigen Jahren in der päpstlichen Bibliothek. Er herrscht über viele tausend Bücher und verwaltet wohl noch mehr Geheimnisse."

„Wie kommen wir an ihn heran?"

Christina lachte. „Wir kennen uns bereits, Holstenius begleitete meinen Übertritt zum katholischen Glauben. Und er schuldet mir noch einen Gefallen."

Tatsächlich war sie mit dem Hüter der vatikanischen Schätze bestens vertraut. Vor einigen Jahren hatte der Gelehrte auch diplomatische Missionen betreut und neben ihrer Konversion auch den Aufsehen erregenden Übertritt des deutschen Landgrafen Friedrich von Hessen und Ranzau zum katholischen Glauben vorbereitet. In Rom war sie dem Deutschen bereits einige Male begegnet, und jedes Mal hatte er versprochen, ihr einige Handschriften Senecas zu zeigen, die sich in seinem wunderbaren Bestand befanden. Vielleicht könnte man noch heute ein Treffen vereinbaren? Christina spürte, dass sie Feuer gefangen hatte. Das Rätsel um Marias Herkunft und das seltsame Zeichen erregten ihre Fantasie. Schnell fasste sie einen Plan: „Ich werde mein Glück versuchen und sofort zum Papstpalast reiten. Wenn Holstenius da ist, wird er mich gewiss empfangen. Aber du bleibst besser hier, Maria. Ein kleines Mädchen, zu später Stunde an meiner Seite im Vatikan, das wird nur neuen Klatsch in die Welt setzen."

Maria nickte. „Ich werde auf Euch warten." Sie faltete das Tuch zusammen, steckte es in den Beutel zurück und hielt diesen Christina vertrauensvoll entgegen. „Nehmt es mit, vielleicht werdet Ihr es brauchen."

Wenig später ritt Christina durch das abendliche Rom. Sie hatte auf ihre Kutsche verzichtet und ließ sich von ihren Wachen eskortieren. Der Weg zum Papstpalast war kurz, über Berninis prächtige Engelsbrücke führte er an der alten Engelsburg vorbei, die bereits durch einen Geheimgang mit dem Vatikan verbunden war, und bald erreichten sie eines der von Schweizergarden bewachten Tore, das sie zum päpstlichen Palast führen sollte. Sie ließ sich melden, und nachdem einer der farbenprächtig ausstaffierten Gardisten den Bibliothekar ausfindig gemacht hatte, durfte sie das Tor in die Heilige Stadt passieren.

Lucas Holstenius empfing Königin Christina in seinem Heiligtum, der päpstlichen Bibliothek. Der lang gestreckte Gebäudetrakt im Zentrum des Vatikans war sein Leben – Aufgabe, Berufung und Leidenschaft zugleich. Sein Ruf auf diesen Posten war nicht unumstritten gewesen. Holstenius, der aus Hamburg stammte, im holländischen Leiden studiert und seine geographischen Studien in mehreren Ländern betrieben hatte, galt vielen als Freidenker, der seine Anstellung im Vatikan nicht als Dienst an der katholischen Lehre, sondern als einen an der Wissenschaft verstand. In der Auseinandersetzung um die Lehren Galileo Galileis hatte er etwa zu seinen Befürwortern gehört und ihn „einen göttlichen Menschen" genannt, der an Glanz alle übrigen Naturphilosophen überstrahlt habe. Das hatte vielen kirchlichen Würdenträgern missfallen. Umso mehr genoss Holstenius sein Dasein inmitten der kostbaren Schätze mit allen seinen Sinnen, und er war bereit, ihre Geheimnisse mit seinem Leben zu verteidigen. Oft schloss er sich für Wochen in der Bibliothek ein, eine schmale Liege zwischen den Bücherschränken bettete nachts seinen müden Körper, während seine Gedanken unermüdlich durch das geballte Wissen der Jahrhunderte reisten.

Das Herzstück der Vatikanischen Bibliothek war der berühmte *Salone Sisto*, ein Saal von etwa zweihundertzehn Fuß Länge und fünfundvierzig Fuß Breite, der mit herrlichen Fresken geschmückt war. Die Wandbilder stellten die berühmtesten Bibliotheken der Antike, aber auch Bücherverbrennungen dar, und manchmal, wenn Holstenius die Augen vor Müdigkeit zufielen, meinte er, in die alten Zeiten reisen zu können. Dann sah er die legendäre Bibliothek von Alexandria vor sich, kurz bevor sie von einer gewaltigen Feuersbrunst zerstört wurde und das Wissen der antiken Welt, mehr als vierzigtausend Schriften und Bücher, zu Asche zerfiel. Ein Verlust, so dachte er, größer als jeder andere, den das Menschengeschlecht jemals erlitten hatte.

Bemalte Holzschränke an den Wänden bargen die kostbaren Bücher, die nach speziellen Regeln geordnet waren. Seltene Ausgaben der Bibel standen neben den wertvollen Schriften der Kirchenväter und Heiligen. Darauf folgten Abhandlungen zum kanonischen Recht sowie zeitgenössische theologische Erörterungen, philosophische Traktate, Werke der Astrologie und Mathematik, der Dichtung und Rhetorik – eine Sammlung von Wahrem und Heiligem, Verbotenem und Sündigem. Die Bibliothek galt vielen als Haus der Weisheit, und in den geheimsten Räumen, den Archiven des Vatikans, befanden sich sogar die ersten Manuskripte der Jünger Jesu, die Wahrheit also über die Evangelien und die einzige Botschaft Jesu Christi.

Lucas Holstenius wunderte sich nicht, als man ihm meldete, dass Königin Christina um eine Unterredung bitte. Sie ist ein Nachtmensch, so wie ich es bin, dachte er. Wir lassen unseren Geist niemals ruhen und verbieten uns den Schlaf. Wir folgen unserer Leidenschaft, die Schlaflosigkeit macht uns selig. Wenn die Königin ihren Seneca zu nachtschlafender Zeit genießen will, dann soll es so sein.

Er ließ bitten, und wenig später begrüßte er die Königin mit ausgebreiteten Armen. Christina trug Reithosen und derbe Stiefel, als hätte sie den ganzen Tag auf dem Rücken eines Pferdes zugebracht. Wild und unruhig wie ein Jagdhund strich sie nach der Begrüßung zwischen den Bücherwänden hin und her, als nähme sie dort eine frische Spur auf. Fast schien es ihm, als zitterten ihre Nasenflügel wie die Lefzen eines witternden Hundes.

Holstenius hatte noch gearbeitet, auf einem Arbeitstisch, der sich an einer Schmalseite der Bibliothek befand, stapelten sich Bücher und Manuskripte. Müde rieb er sich die Augen, doch er freute sich, die Königin zu sehen. „Nun bringt Euch der alte Seneca schon um den Schlaf, Hoheit“, scherzte er und führte sie an einen zweiten Tisch, auf dem eine Öllampe kaum merklich flackerte. „Ich hole die Handschriften.“

Königin Christina schüttelte den Kopf und hielt ihn zurück. „Wo verbergt Ihr die Geheimnisse der Kirche?“, setzte sie mit einem Lächeln an und zog ein schimmerndes Tuch hervor. Es war so fein gewebt, dass es wohl in einer Nussschale Platz gefunden hätte.

Holstenius stutzte, er schätzte die Königin als seinem Geist ebenbürtig. Sie war verwegen und energisch. Sprach aus, was sie dachte, und akzeptierte nichts Gegebenes, auch keine göttlich abgeleitete Ordnung, ohne sie kritisch zu befragen oder für veränderbar zu halten. Was soll dieses Manöver, fragte er sich. Was, wenn nicht der alte Seneca, führt sie zu mir?

Vorsichtig nahm er das Tuch und hielt es so, dass das Zeichen gut sichtbar war. Während er noch überlegte, murmelte er: „Ihr wisst doch, meine Liebe, die Geheimnisse verbergen sich immer im tiefsten und dunkelsten Teil einer Bibliothek. Der beste Platz, um Bücher zu verstecken, ist schließlich ein Haufen Bücher."

Christina lachte und nahm das Tuch zurück. „Was haltet Ihr davon?"

„Ein Wappen der Anjou-Linie, ohne Zweifel. Die gegürtete Lilie und vier kleinere Jerusalemkreuze." Er sah der Königin an, dass er ihr nichts Überraschendes mitgeteilt hatte, und setzte hastig hinzu: „Aber das werdet Ihr selbst herausgefunden haben. Doch etwas an dem Zeichen ist seltsam – und dann dieser merkwürdige Stoff. Ich habe noch nie ein so feines Tuch in Händen gehalten." Er bat darum, den Schleier noch einmal sehen zu dürfen. „Wie ist es in Euren Besitz gelangt, und warum beschäftigt es Euch so sehr?" Während er auf Christinas Antwort wartete, befühlte er vorsichtig den durchscheinenden Stoff, dann untersuchte er den von Spitzen gesäumten Rand.

„Sagen wir es so: Es ist mir zugetragen worden mitsamt dem Rätsel seiner Herkunft. Ein unwiderstehliches Rätsel ..." Offensichtlich wollte die Königin nicht zu viel verraten und hoffte, seine Fantasie mit dem Verweis auf eine delikate Affäre zu beschäftigen.

Holstenius sah sie amüsiert an. „Unwiderstehlich also ... Und das an einem heiligen Tag wie dem heutigen." Er schüttelte den Kopf und ließ seinen Gedanken freien Lauf. Plötzlich stutzte er. Noch einmal hielt er sich das Tuch vor die Augen, dann sprang er flink an seinen Arbeitstisch und kramte nach einer Lupe. „Seht doch nur", wies er Christina auf eine winzige Unebenheit im Spitzensaum hin. „Noch ein Zeichen, im ersten Moment hatte ich es für eine missratene Verzierung gehalten. Es ist ...", noch einmal blickte er durch die Lupe und hielt sie dann Christina hin. „Es sind die Schlüssel des heiligen Petrus, die Schlüssel des Himmelreichs, das päpstliche Zeichen. Bei Gott ...", er sah sie erstaunt an und senkte die Stimme zu einem Flüstern. „Wen habt Ihr da in Euren Bann gezogen, doch nicht etwa den Heiligen Vater höchstpersönlich?"

„Holstenius, ich bitte Euch." Die Königin liebte derbe Scherze, doch dieses Mal war ihr Gegenüber zu weit gegangen. „Es stammt von jemand anderem. Aber nun sagt mir doch, welche Botschaft verbirgt sich dahinter?"

Holstenius zuckte mit den Schultern, sodass die dunkle Jacke, die seinen gelehrten Bauch fest umspannte, nach oben rutschte. „Die Petrusschlüssel in Kombination mit dem Geschlecht der Anjou und einer Abart des Jerusalemkreuzes – das kann alles und nichts bedeuten." Für eine Weile schwieg er und dachte nach. „Das Tuch könnte einem Kirchenmann aus dem Geschlecht der Anjou gehören. Ihr wisst, es ist eine weitläufige Familie mit vielen Nebenlinien. Aber das wäre wohl zu einfach. Dieser versteckte Hinweis auf den Papst, das ist seltsam ... Und auch diese Abart des Jerusalemkreuzes ist merkwürdig. Als ob sein Schöpfer nahelegen wollte, nach dem weniger Offensichtlichen zu suchen. Es muss etwas anderes dahinterstecken. Etwas Geheimnisvolleres."

„Warum?"

„Dieser Stoff und diese Stickerei sind so zart, so aufwendig, für das menschliche Auge kaum zu erkennen. Wer ein Zeichen so kunstvoll versteckt, muss etwas Wichtiges mitteilen wollen."

Christina seufzte. „Also kann mir auch der klügste Kopf in ganz Rom nicht weiterhelfen."

„Lasst mir ein wenig Zeit, ich muss in meinen Büchern forschen. Kommt morgen Abend zurück, vielleicht weiß ich dann mehr." Holstenius machte Anstalten, das Tuch in seine Jackentasche zu stecken."

„Ich kann es nicht hergeben." Fordernd streckte Christina die Hand aus.

„Ich muss das Zeichen vor Augen haben, Hoheit", protestierte Holstenius.

„Kopiert es Euch."

„Ich bin ein Mann des Buches, kein Künstler."

„Holstenius, ich bitte Euch. Habt Ihr Kohle und Pergamentpapier?"

Der Bibliothekar nickte. Er zeigte auf seinen Arbeitstisch und förderte nach einigem Suchen das Gewünschte zutage. „Bedient Euch, Hoheit."

Vorsichtig drapierte die Königin das Tuch flach auf dem Tisch, dann breitete sie das dünne Pergament darüber aus. Schließlich wischte sie mit der Kohle über das Papier, sodass sich die Stickerei zart darauf übertrug. „Diese Kopie ist nur für Eure Augen bestimmt."

„Ihr habt mein Wort." Holstenius faltete das Papier und steckte es in seine Jackentasche. „Ich begleite Euch hinaus, Hoheit."

Es war spät geworden, die unzähligen Fenster des päpstlichen Palastes lagen dunkel in der Nacht, und auch der Koloss der Peterskirche war nur noch schwach beleuchtet. Wie ein ungeheures Objekt aus einer fremden Welt zeichneten sich die Umrisse des Doms vor dem Nachthimmel ab.

„In dieser Stadt teilen sich Wirklichkeit und Traum ein Bett", sagte die Königin und wies auf die schimmernden Skulpturen, die das Dach der Kirche zierten und in der Dunkelheit wie zur Erde hinabgestiegene Götter wirkten.

„Ja, zu dieser Stunde liegt immer eine seltsame Atmosphäre über der Stadt, es ist, als senkte sich der Himmel auf sie herab." Holstenius wies auf die Fenster der päpstlichen Gemächer, die noch hell erleuchtet waren. „Der Heilige Vater wacht über uns Sünder."

Die Königin lachte. Sie waren am Tor angelangt, und Holstenius sah, dass ihre Wachen bei den Pferden warteten. „Vielleicht sind es seine eigenen Sünden, die ihn wach halten. Passt gut auf unser Geheimnis auf, ich habe Euch einen Schatz anvertraut."

Holstenius verbeugte sich, und zum Abschied reichte sie ihm die Hand zum Kuss. Sein Kuss war flüchtig und keusch und besaß nichts von der Schamlosigkeit der Geste Monaldescos, die erst vor wenigen Stunden die Gefühle der Königin in Aufruhr versetzt hatte.

FÜNF

Rom, Sommer anno 1656

Die Leichenwagen rollten ohne Pause durch die vor Hitze glühenden Straßen. Die Seuche – die *Pestis*, wie die Römer den schwarzen Tod flüsternd nannten – hatte das sommerliche Rom über Nacht in einen Ort der Qualen verwandelt. Ihre Dämpfe bewegten sich unsichtbar durch die Straßen, ein teuflischer Fluch, den weder die Gebete des Papstes noch die Tinkturen der Quacksalber aufhalten konnten. Straße um Straße, Haus um Haus wurden davon erfasst, und vergeblich gaben die Römer den Wunderheilern ihre Schätze, Zinnteller und Heiligenbilder, um sich Schutz vor dem Schrecken zu erkaufen. Doch kein Pendelschlag, keine Kerze, weder Weihrauch, Rattenfett und Schlangenhaut noch blutige Katzenkadaver, die an die Haustüren genagelt worden waren, hielten die Pest davon ab, in ihre Häuser einzudringen und sich Kinder und Alte, Frauen und Männer, Reiche wie Arme zu holen.

Seit Wochen waren die Straßen nahezu menschenleer. Auf den staubigen Plätzen, wo vor wenigen Monaten noch der Trubel des Karnevals getobt hatte, lastete gespenstische Stille. Kein Volk, weder Marktfrau noch Bettler oder Priester, verließ den kümmerlichen Schutz der eigenen Behausung, und so glich die Stadt einem albtraumhaften Ort.

Schaudernd zog sich Christina den Schal fester vor Mund und Nase. Sie ritt allein durch die Straßen, niemand hatte sie begleiten wollen, und sie versuchte, schnell voranzukommen. Unter dem weiten Mantel, den sie sich zum Schutz vor den tödlichen Dämpfen umgeworfen hatte, schwitzte sie, und sie sehnte sich nach den Schatten spendenden Mauern eines Palastes. Die Hitze war in diesen Wochen so stark, dass sie das Gefühl hatte, wahnsinnig zu werden. Nie hatte sie sich vorstellen können, dass sich die Stadt in eine Masse kochenden Steins verwandeln könnte. Klebrig wie Harz rann ihr der Schweiß von der Stirn, und auch zwischen ihren Brüsten und im Nacken spürte sie seine feuchte Spur.

Plötzlich, in den engen Gassen des Borgo zwischen den Werkstätten der Koffermacher, Schneider und Schlosser, sah Christina Tote liegen. Zwei Männer, eine Frau und ein Kind. Spitze Gesichter, ausgezehrt und grässlich anzusehen. Erschrocken riss sie ihr Pferd herum, um sich einen anderen Weg zu suchen. Es ist die Hölle auf Erden, dachte sie und zwang sich dazu, weiterzureiten.

Der Tod, den sich viele als Knochenmann auf einem wild galoppierenden Pferd vorstellten, fuhr mit seiner Sense durch die eben noch tanzende Stadt und ließ nichts als nackte, verwesende Leichname zurück – Staub und Fäulnis, die Speise der Würmer. Nur wenige Doctores trauten sich an die Lager der Kranken, um ihre entsetzlichen Qualen zu lindern. Zum Schutz vor der Seuche trugen auch sie die weiten Mäntel aus gewachstem Tuch und lange Handschuhe. Wie Christina verschleierten sie ihre Gesichter, setzten sich große Brillen und schnabelartige Masken auf die Nasen, die mit wohlriechenden Gewürzen gefüllt waren und sie vor dem Pesthauch schützen sollten.

Die Symptome des schwarzen Todes, die den Römern in diesen Wochen begegneten, waren immer die gleichen: „Zuerst ist es nur ein leichtes Fieber, das den Kranken quält", hatte Christinas römischer Arzt sie gewarnt. „Nach einem Tag verfärbt sich seine Haut ins Gelbliche, sein Körper glüht, wird von Schüttelfrost getrieben, und blauschwarze, übel riechende Geschwüre brechen auf. Am zweiten Tag schwinden dem Kranken die Sinne, andere schreien vor Schmerzen und Durst." Am dritten, spätestens am vierten Tag hielt der Leichenkarren vor dem Haus des Unglücklichen, und die Totengräber warfen seinen leblosen Körper zu den anderen, die sie aufgelesen hatten, malten ein schwarzes Pestkreuz an das Tor und fuhren den Toten zu den Kalkgruben vor der Stadtmauer.

Manche sagten, die Pest sei vor vielen Hundert Jahren in Asien ausgebrochen und über die Handelswege nach Europa gelangt. Andere, weniger gebildete Geister, behaupteten, die Krankheit sei eine Strafe Gottes, werde durch vergiftete Brunnen oder den Wind verbreitet, und überhaupt hätten hier, wie bei jedem anderen Übel auch, die Juden ihre Finger im Spiel.

Christina misstraute dem Geschwätz des Volkes und schalt ihre Diener, wenn sie den Aberglauben in ihr Haus trugen. In ihrer Sammlung medizinischer Bücher hatte sie die alte Abhandlung eines Arztes namens Johannes Pistorius gefunden. Die Schrift mit einem vielversprechenden lateinischen Titel belehrte seine Leser über die Gefahren der Pest. Pistorius riet vor allem zur Reinlichkeit, und so bestand Christina trotzig auf einem täglichen Bad. Sie hatte angeordnet, alles Wasser, das im Palast benutzt wurde, über heller Flamme sprudelnd aufzukochen, jede Ratte aus dem Haus zu jagen und allem Ungeziefer, jedem Floh, jeder Laus, den Hals umzudrehen. Morgens und abends kontrollierte sie die Sauberkeit in den bewohnten Trakten des Hauses und ließ ihre Zofen die Räume mit reinigendem Wacholder ausräuchern. Sie trank nur noch starken, unverdünnten roten Wein, um ihr Blut zu kräftigen, und aß ausschließlich durchgebratenes, fast schwarz geschmortes Fleisch.

Wenn sie wie heute ihr Haus verlassen musste, mied sie die Straßen, in denen sich die Toten stapelten. Auch sie trug Handschuhe und einen Schutz vor Mund und Nase und hielt nicht an, bis sie ihr Ziel erreicht hatte. In ihrem Inneren schauderte es sie vor der Machtlosigkeit des Menschen angesichts dieses Unglücks, und doch dankte sie Gott für seine Vorsehung. Die Pest hatte das öffentliche Leben in Rom zusammenbrechen lassen. Wer konnte, war aufs Land geflohen, und so fügten sich ihre Reisepläne wunderbar in das allgemeine Verlangen, so schnell wie möglich das Weite zu suchen und der Stadt den Rücken zu kehren.

Vor einigen Tagen hatte sie den Heiligen Vater von ihren Plänen unterrichtet. *„Ich reise nach Stockholm, um meine Gelder zu bergen“*, hatte sie ihm in einem kurzen Brief mitgeteilt. *„Eure Heiligkeit haben in dieser schrecklichen Zeit andere Sorgen, als sich um das Wohl und Auskommen einer Einzelnen zu kümmern.“* Nun war sie auf dem Weg in den päpstlichen Palast, um Kardinal Azzolino zu sprechen. Vielleicht würde ihr der Freund schon eine Antwort des Papstes überbringen können?

Kardinal Azzolino empfing die Königin im Salon seiner Wohnung. Der Freund sah schlecht aus. Die Sorge um das Wohl der Römer spiegelte sich in seinem Gesicht wider. Seine Augen, für gewöhnlich ein lebenslustiges Fenster in die Welt, lagen in tiefen Höhlen, die Wangen waren eingefallen, und ein bitterer Zug beherrschte den spöttischen Mund. Nach ihrer herzlichen Begrüßung hatte er einige Zeit geschwiegen, jetzt schien er die Worte gefunden zu haben, nach denen er gesucht hatte.

„Ich kann Euch diese Reise wohl nicht ausreden, Christina“, setzte er an und nahm ihre Hand. „Ich kann es nicht, und ich will es auch nicht, denn jeder andere Ort ist sicherer als diese Hölle. Und trotzdem stimmt mich der Gedanke an Eure Abreise unsagbar traurig.“

„Was sagt der Papst?“ Christina spürte, dass Azzolino mit seinen Gefühlen rang. Seine Hand, die noch immer ihre Rechte umschlossen hielt, zitterte leicht, und als das dumpfe Rumpeln eines Leichenwagens zu ihnen heraufdrang, zuckte er zusammen.

„Der Heilige Vater wird Eure Pläne unterstützen. Mehr noch: Er will Euch zehntausend Scudi schenken und Schiffe zur Verfügung stellen."

Christina sprang auf und lachte. „Azzolino! Ihr überbringt mir eine unerwartet frohe Botschaft. Freut Euch mit Eurer Freundin."

„Ihr könnt Euch die Reise trotzdem nicht leisten."

„Kardinal Barberini wird mir eine nicht unerhebliche Summe leihen."

„Welche Sicherheiten verlangt er dafür?"

Christina setzte sich wieder und streckte die Beine herrisch von sich. Sie trug fast nur noch Reithosen und Stiefel, und die bequeme Kleidung verführte sie zu männlichen Posen. „Berninis Meisterwerk, die Kutsche."

„Das Geschenk des Papstes ... Der Heilige Vater wird toben, wenn er davon erfährt."

„Alles Irdische ist nichts, besonders in diesen Zeiten."

Azzolino seufzte. Trotz seiner gefürchteten Schlagfertigkeit schien er sich heute ins Schweigen zu flüchten. Christina beobachtete, wie sein Blick durch den Salon wanderte. Er streifte ein Bild Raffaels, das die Madonna mit dem Kind zeigte. Eine anrührende Szene, innig und friedlich.

„Was wird aus Maria?"

Azzolino hatte sich in den vergangenen Wochen mit dem Mädchen angefreundet. Er hatte sich um seinen Unterricht gekümmert und einen Lehrer engagiert. Wenn er Maria mit einem Buch in der Hand antraf, hatte er, stolz wie ein Vater, beobachtet, wie ihre Lippen die Buchstaben formten, während sie den Text Wort für Wort erkundete und in sich aufsog. Das Mädchen hatte große Fortschritte gemacht, besonders im Französischen. Christina hatte es sich nicht nehmen lassen, Maria selbst in ihrer Lieblingssprache zu unterrichten.

Maria. Für einen Moment hielt Christina inne und schaute in Gedanken zurück. Nun habe ich das Kind schon seit fast fünf Monaten an meiner Seite, dachte sie. Maria war geblieben und hatte sich in ihrem Leben eingenistet. Sie verlangte nicht viel Aufmerksamkeit, aß wie ein Vögelchen und schlief, wo immer sich ein warmer Platz für sie fand. Manchmal schlüpfte sie nachts in Christinas Bett und rollte sich dort am Fußende wie eine Katze zusammen. Ihr Atem war gleichmäßig und tief, und Christina, die der Schlafenden lauschte, war von der Sorglosigkeit des Kindes gerührt. Die Königin genoss ihre fröhliche Gesellschaft, ihre Neugier und den Wissensdurst, der Maria manchmal über Stunden an ein Buch fesselte und Christina an das Kind erinnerte, das sie selbst einmal gewesen war. Wie viele Stunden hatte sie damals über ihren Büchern gesessen und sich ihrem magischen Sog hingegeben? Ein in sich versunkenes Wesen, eingehüllt in einen seltsamen Zauber.

Es war erstaunlich, wie schnell sich das Mädchen an dieses andere Leben gewöhnt hatte. Maria schien die Freiheit der Straße nicht zu vermissen. Einmal war eine Horde von zerlumpten Kindern vor dem Palast erschienen und hatte dort lautstark nach dem Mädchen gerufen. Maria war hinuntergerannt und hatte lange mit den alten Freunden auf den Stufen des Hauses gesessen und ihnen versichert, dass es ihr gut ging. Christina hatte die Kinder in ihre Küche gelotst, und immer, wenn eines von ihnen später an ihre Pforte klopfte und um ein Almosen bat, lud sie es ein, sich zu stärken. Doch die Pest hatte auch die Straßenkinder nicht verschont. Schon seit Wochen war keines mehr zum Sitz der Farnese gekommen, und Christina hatte von Kardinal Azzolino erfahren, dass sich in den unterirdischen Höhlen der Stadt die Leichen der Armen und Verlassenen stapelten. Die Behörden hatten inzwischen angeordnet, die verseuchten Löcher auszuräuchern, und so hatten die Flammen der Pestfeuer wohl so manche Kinderseele in den Himmel getragen.

Zu ihrer Enttäuschung hatte Christina nichts über Marias Herkunft erfahren können. Selbst Holstenius war in den verzweigten

Gängen seines Archivs nicht fündig geworden. Der Bibliothekar hatte sie zwar schon bald nach ihrem ersten Besuch wieder zu sich gebeten und sie aufgeregt in einen versteckten Raum der Bibliothek geführt. Dort lagerten die alten Baupläne des Petersdoms, Zeichnungen, Skizzen und Entwürfe aus der Geschichte der gewaltigen Kirche: die frühen Grundrisse der Basilika Konstantins, die Pläne des Architekten Bramante über den Abriss und Neubau der Kirche und die Skizzen seiner Nachfolger, der Baumeister von Raffael über Giuliano da Sangallo und Baldassare Peruzzi bis zu Antonio da Sangallo, die den herrlichen Dom bis in die Gegenwart hinein geformt hatten. Und auf einem der Blätter, das Dekorationen und Verzierungen zeigte, hatte der Bibliothekar tatsächlich ein ähnliches Wappen wie das gesuchte Lilienkreuz entdeckt. Doch dann verlor sich die Spur, als ob das Zeichen nie mehr als eine vage Idee gewesen wäre.

Trotzdem war Christina zunächst nicht zu halten gewesen, und noch in derselben Nacht hatte Holstenius sie, von einem verschwiegenen Fackelträger begleitet, von der Vierung aus in die Gewölbe der Peterskirche hinabgeführt. Die Suche in den alten Kellern war wie eine Reise in die Vergangenheit gewesen. Aber sie blieb ohne Ergebnis, und enttäuscht hatte Christina die widersprüchlichen Eindrücke in ihrem Tagebuch notiert: *„Hinab in das dunkelste Dunkel der Christenheit. Dreißig Stufen stiegen wir in die stickigen Keller und Grotten des Doms hinunter, und unter der festlichen Halle der Kirche, unter dem Marmorprunk der Päpste, stießen wir auf die ältesten Gräber unserer Vorfahren. Ihre Mausoleen aus Ziegelstein reihen sich zu einer Straße von Gräbern. Holstenius, der sich ständig nach Kuriosem bückte, schnaufte und wies auf die Gräber: Die Mausoleen an der Nordseite stammen wohl aus dem zweiten Jahrhundert, die im Süden sind etwas jünger. Im Westen, wo wir die meisten Gräber entdeckten, liefen wir auf einen kleinen, rechteckigen Platz zu, der als Grablege des Apostels Petrus* *gilt. Ein lateinischer Spruch ließ uns einen Moment wie im Gebet verharren: ‚Tu es Petrus et super hanc petram aedificabo ecclesiam meam et tibi davo claves regni caelorum' – ‚Du bist Petrus', murmelte Holstenius, ‚und auf diesem Felsen werde ich meine Kirche bauen, und dir gebe ich die Schlüssel des Himmelreiches.' Die Schlüssel des Himmelreiches, rief ich, und meine Stimme brach sich an den feuchten Wänden der Tunnel, um sich als Widerhall davonzustehlen. Tatsächlich fanden wir mehrere Reliefs der gekreuzten Himmelsschlüssel, doch das Lilienkreuz blieb uns verborgen. Existiert es denn nur auf den Zeichnungen?"*

Christina hatte sich seither noch einige Male in die unterirdischen Gewölbe der Kirche führen lassen, aber die reich geschmückte Sakristei und Grotte, wo sich neben den Resten der alten, konstantinischen Basilika zahlreiche Gräber der verstorbenen Päpste befanden, gaben ihr Geheimnis nicht preis. Sie hatte auch ihren Freund, den Cavaliere Bernini, befragt, der nun mit der Umgestaltung des Petersdoms beauftragt war und sich bestens mit allen baulichen Details auskannte. Aber keiner der Vertrauten konnte helfen, und bisweilen schien es ihr so, als würden ihre Nachforschungen von einer geheimnisvollen Macht behindert. Plötzlich gab sich Holstenius mürrisch, wenn sie mit neuen Ideen zu ihm kam. Er wolle nicht noch mehr Zeit in dunklen Kellern vergeuden, es zöge ihn hinauf zu seinen Büchern, murmelte der Bibliothekar. Und selbst Bernini schien sich erschöpft von ihr abzuwenden.

Das Wappen der Anjou, das Kreuz Jerusalems, die Petrusschlüssel – keine der Spuren hatte sie nach Rom und erst recht nicht zu Maria geführt. Das Vatikanische Archiv gab keine Antwort auf ihre Fragen, und auch die Patres der Pilgerkirche Santo Spirito in Sassia, die Christina einige Male aufgesucht hatte, hüllten sich in Schweigen oder wichen ihren Nachforschungen aus: „Es war ein Heiliges Jahr, in dem das Mädchen zu uns kam", hatten sie Christina missmutig vertröstetet. „Damals waren viele Pilger in der Stadt, es war ein großes Durcheinander, wie sollen wir uns erinnern? Das Kind lebt, es ist getauft, eine gute katholische Seele, wir haben unsere christliche Pflicht erfüllt."

Es schien, als ob das Kind auf keinen Fall eine Vergangenheit haben durfte. Sie ist wie ausgelöscht, dachte Christina, nur das rätselhafte Wappen auf dem Tuch ist eine winzige Spur. Vielleicht würde sie in Frankreich fündig werden? Sie hatte sich vorgenommen, Maria zu helfen, selbst wenn das Rätsel sie für eine lange Zeit beschäftigen würde.

„Soll ich mich um Maria kümmern, wenn Ihr fort seid?", fragte Azzolino in ihr Schweigen hinein.

„Nein, nein, ich nehme sie mit in meinem Gefolge. Ich könnte sie nicht zurücklassen, und außerdem habe ich Maria versprochen, dass wir in Frankreich nach ihren Eltern forschen."

„Frankreich?" Azzolino horchte auf. „Euer Ziel ist Schweden."

„Mein Lieber", besänftigend legte Christina eine Hand auf die Schulter des Freundes. „Ihr wisst genauso gut wie ich, dass uns die direkte Route nach Norden nicht zur Verfügung steht, die Schweizer und die Deutschen haben wegen der Pest die Quarantäne verhängt. Wir müssen über Frankreich ausweichen."

Azzolino blickte sie prüfend an, als wollte er in der tiefen See ihrer Seele nach ihren Geheimnissen fischen. „Ich nehme an, dass Euer Stallmeister die Reise vorbereitet."

„Ich lasse Graf Monaldesco freie Hand. Er hat die besten Kontakte und plant unsere Aufenthalte in Frankreich. Mein Haushofmeister Santinelli ist dabei, den Haushalt aufzulösen und alles, was wir unterwegs benötigen werden, in Kisten und Truhen zu verstauen. Ich werde wohl fast ein Jahr fort sein, und ich möchte nicht mehr als sechzig Mann Gefolge mitnehmen."

Als Azzolino die Namen ihrer Reisegefährten hörte, verzog er das Gesicht. „Mit ist nicht wohl, Euch in der Gesellschaft dieser

Schurken zu wissen. Christina, diese Gauner kennen keinen Anstand und keine Selbstlosigkeit. Sie alle meinen, dass ihnen das Leben mehr schuldet, als es ihnen gibt, und sie sind bereit, sich ihr Glück mit Gewalt zu erzwingen. Ich kann nur hoffen, dass Ihr wohlbehalten zurückkommen werdet."

Christina schwieg. Sie ließ nichts auf Monaldesco und Santinelli kommen. Sie wusste, dass die Verschwörer sich von ihr aushalten ließen, doch sie verdankte ihnen auch vieles, vor allem Monaldesco. Er hatte ihr Leben um die Vision eines neuen Abenteuers bereichert.

„Innerhalb der Kirche gibt es Gerüchte, ihr wäret schwanger", wechselte Azzolino das Thema. Er flüsterte: „Je nach Gusto werden entweder Euer Stallmeister oder ich als Vater Eures ungeborenen Kindes gehandelt."

Christina konnte nicht anders, als laut herauszulachen. Ein Diener, der ihnen Wein bringen wollte, blickte erschrocken herüber. „Ich und schwanger ...", prustete sie und stampfte vor Vergnügen mit den Füßen auf. „Das ist das absurdeste Gerücht, das mir je zu Ohren gekommen ist. Man hat mir schon vieles angedichtet, aber das ... Ich hoffe doch, Ihr lacht den Neidern stolz ins Gesicht."

Kardinal Azzolino sah sie traurig an. „Eure Abreise wird Wasser auf die Mühlen Eurer Gegner sein."

Christina schüttelte den Kopf. Sie lachte noch, als sie den Palast verließ.

Seit seinem letzten Gespräch mit der Königin waren fast zwei Wochen vergangen. Wochen, in denen die Stadt in noch schrecklichere Agonie verfallen war. Kardinal Azzolino konnte es kaum ertragen, dass Christinas Abreise unmittelbar bevorstand. Nachdem er der Freundin die Erlaubnis des Papstes überbracht hatte, war Christina mit den Vorbereitungen der Reise beschäftigt gewesen. Es blieb ihnen keine Zeit, sich zu sehen. Und die Pest, die noch heftiger in der Stadt wütete und die Zahl der Toten immer weiter in die Höhe trieb, hätte es ihnen ohnehin unmöglich gemacht, einander zu besuchen. Das gesellschaftliche Leben Roms lag darnieder, Theater- und Musikaufführungen waren untersagt worden.

Allein die Gottesdienste fanden statt, ungeachtet der Gefahr, doch Woche für Woche verloren sich weniger Gläubige in den Hallen der Gotteshäuser. Der Chor der Hoffnungslosen klang inzwischen so schaurig, als sänge er seine eigene Totenklage. Es ist, als ob wir uns auf das Ende der Welt zubewegten, dachte Azzolino. Wer soll den Schrecken besiegen?

„Amen." Seufzend atmete er aus. Vor sich sah er Christina vor dem Altar des Petersdomes knien. Er hatte sie vermisst und sich mehr als einmal dabei ertappt, wie er sich nach ihrer sinnlichen Erscheinung sehnte. Die Freundin feierte die letzte heilige Messe vor ihrer Abreise und hatte soeben der Statue des heiligen Petrus die Füße geküsst. Es war eine durch und durch kalkulierte Szene gewesen, das ahnte Azzolino. Christina wollte den Römern ihren Glauben demonstrieren und doch nicht devot die Füße des Papstes küssen. So hatte sie zum Kompromiss die riesige Heiligenstatue gewählt, einen der Marmorkolosse aus der Hand Berninis, die Verstofflichung menschlicher Schöpfungskraft. Ein Akt, dachte Azzolino, der für Christina weniger demütigend war und den sie selbst wohl eher verstand als Ehrbezeugung vor der Kunst denn als Verneigung vor den Riten der katholischen Kirche.

Gespannt wartete Azzolino auf die Reaktion des Heiligen Vaters. Papst Alexander VII. wirkte erschöpft und abwesend, seine Augen waren halb geschlossen, die wächserne Haut spannte sich über der markanten Wangenpartie, und sein schütteres Haar und der Bart waren in den vergangenen Wochen noch weißer geworden. Mit dem Kampf gegen die Pest hatte der Heilige Vater mehr als genug zu tun, und so schien er über die Provokation seines Schützlings hinwegzugehen. Mit einer matten Handbewegung schwang er das Gefäß mit Weihrauch, dann forderte er Christina auf, sich zu erheben. Ergeben streckte er ihr den Ring zum Kuss entgegen. Lächelnd fügte sich Christina und verneigte sich artig, bevor sie stolz und hoch erhobenen Hauptes an ihren Platz im Mittelschiff zurückschritt, den schweren Duft des Weihrauchs in ihrem Sog.

„Wir wünschen unserer lieben Maria Alexandra eine gesegnete Reise", hallte die sonore Stimme des Heiligen Vaters durch den Chor der Peterskirche, und die Versammelten fielen in ein letztes Gebet ein, in dem man Gott um einen günstigen Reiseverlauf für die Königin bat. Ein abschließender Segen, und der Gottesdienst war beendet. Raschelnd und flüsternd drängten die Gläubigen, getröstet durch die berauschende Wirkung des Weihrauchs, durch die gewaltige Halle dem Ausgang entgegen.

„Heuchler!" Als sie die Kirche verließen, drängelte sich Christina zu ihm durch und zog ihn zur Seite. Erstaunt sah Azzolino sie an.

„Ich meine den Papst. ‚Unserer lieben Maria Alexandra ...' Ich bitte Euch. Er ist froh, mich loszuwerden. Gerade ist mir zu Ohren gekommen, dass seine spanischen Höflinge ihm geraten haben, mich in ein Kloster zu sperren."

Azzolino lachte. „Ihr könnt ihm seine Erleichterung nun wirklich nicht übel nehmen, meine Liebe." Er zog Christina hinter eine der mächtigen Säulen des Mittelschiffs. Im Schatten des Marmorpfeilers umarmte er sie mehr als freundschaftlich. Wie immer roch sie nach Leder und herben Kräutern. „Wahrscheinlich überfällt ihn schon morgen die Furcht, Ihr könntet Eure Pläne ändern und in Rom bleiben."

Christina stieß ihn in gespielter Empörung von sich. „Wie könnt Ihr." Dann verlor sich ihr Lächeln, und sie wurde ernst. „Ich wollte Euch bitten, morgen früh unseren Zug ans Meer zu begleiten. Bei Sonnenaufgang brechen wir auf."

„Ich bin froh, dass Ihr mich fragt." Azzolino nickte. „Ich werde da sein."

Ihr Gefolge war fast so groß, wie es bei ihrem Einzug in die Stadt vor etwas mehr als einem halben Jahr gewesen war, doch dieses Mal säumte kein jubelndes Volk die Straßen der Stadt. Es war eine stille, verstohlene Abreise, mehr Flucht als Aufbruch. Ohne jedes Zeremoniell hatte sich ihr Zug im Morgengrauen vom Palazzo Farnese aus in Bewegung gesetzt. Christina hatte etwa sechzig Personen gezählt, darunter Haushofmeister und Stallmeister mit einigen italienischen Gefolgsleuten und Abenteurern, außerdem Leibgarde und Burschen, Köche und Mundschenk sowie ihre Zofen. Auch Maria war dabei, rotwangig vor Aufregung. Mit ihren Hosen, Stiefeln und wirren Locken sah sie aus wie einer der jungen Stallburschen, doch ihre Position im Zug – das Mädchen ritt im vorderen Drittel zwischen Königin Christina und Kardinal Azzolino – zeichnete sie aus. Jedermann konnte sehen, dass Maria der Königin am Herzen lag.

Unauffällig, wie aus einer Bewegung heraus, schaute sich Christina nach dem Kind um. Maria hatte in den vergangenen Wochen reiten gelernt. Aufrecht und stolz, mehr Dame als Kind, saß sie im Sattel ihres Pferdes, die Zügel um die Hände geschlungen. Die Vorfreude auf die Abenteuer der weiten Reise war Maria anzusehen, und der Schleier zum Schutz vor der Pest etwas nachlässig um Mund und Nase gebunden.

Auch Azzolino hatte sich mit einem Tuch vor dem Pesthauch geschützt. Wie ein verirrter Farbfleck stach sein roter Kardinalsumhang aus dem Zug der dunkel gekleideten Abenteurer hervor. Ein exotischer Vogel unter düsteren Raben. Azzolino hatte ihr das Geleit bis an den Stadtrand versprochen, von dort aus sollte Santinelli die Gruppe zum kleinen Ankerplatz von Palo führen, wo vier päpstliche Galeeren auf sie warteten. Der Hafen galt als sicher und befand sich in einiger Entfernung zu den von der Pest verseuchten Gebieten rund um den römischen Hafen von Civitavecchia.

Was würde er nur von mir denken, wenn er den wahren Grund meiner Reise erführe, dachte Christina, als ihr Blick seine Augen traf. Würde er sich abwenden oder weiter zu ihr halten? Könnte er ihre Motive verstehen? Noch immer blickte Azzolino sie an, dann schloss er zu ihr auf, als ob er ihre Gedanken lesen könnte.

„Ihr werdet mir schreiben."

„Ich werde schreiben, mein lieber Azzolino. Ich werde Euch von allen Etappen und Fortschritten meiner Reise unterrichten, und meine Briefe sollen Euch von den schnellsten und mutigsten Kurieren überbracht werden."

„Der alte Code?"

„Ja, der alte."

„Haltet ein wachsames Auge auf die Abenteurer. Lasst ihnen nicht zu viele Freiheiten, Ihr würdet es am Ende teuer bezahlen."

„Ihr vergesst, dass ich bereits ein stolzes Volk regiert habe. Ich werde diesen kümmerlichen Zug mit Härte und Strenge an sein Ziel führen. Macht Euch keine Sorgen um mich, Azzolino, bitte. Sorgt Euch um Euer Wohl und um Eure Gesundheit. Versprecht mir, dass Ihr da sein werdet, wenn ich zurückkehre."

Azzolino nickte. Inzwischen ritten sie so dicht nebeneinander, dass sich ihre Beine streiften. Es war ein gutes Gefühl, leicht und freundschaftlich. Zuversicht durchströmte Christina, der Eindruck grenzenlosen Vertrauens. Lächelnd reichte sie Azzolino eine Hand, und er griff zu. Hand in Hand ritten sie durch die verwaisten Straßen der Stadt und trotzten ihrer Abschiedsmelancholie. Wer sie beobachtete, meinte ein Liebespaar sich seinen Weg bahnen zu sehen. Die Häuser der Stadt schienen sich ihnen zuzuneigen, und die Wolken, die sich zum ersten Mal seit Wochen am Himmel zeigten, beschatteten freundlich ihren Weg. Am Rande der Stadt, dort, wo sich die Straße ins weite Feld öffnete, nahmen sie Abschied voneinander. Eine schnelle Umarmung, ein Kuss auf die Wangen, ein kurzes Verharren, ein letzter Blick, dann trennte sich ihr Weg.

Die vier Galeeren lagen wie ein himmlisches Versprechen im Hafen von Palo. Von Sonnenlicht bestrahlt, das sich seinen Weg durch den Wolkenfächer suchte, prunkten die päpstlichen Wappen auf den hölzernen Rümpfen. Stolz und zuversichtlich leuchteten die goldene Papstkrone und die gekreuzten Himmelsschlüssel auf, als verkündeten sie tatsächlich die Wonnen des Himmelreiches auf Erden.

Graf Monaldesco stand an Bord der *Padrona* und blickte auf die Galeeren, die vor seinen Augen im Hafenbecken schaukelten. Eine übermütige Brise zerrte an seinen Haaren, es roch nach Salz und Abenteuer. Auf den übrigen Schiffen mit den heiligen Namen *San Pietro, San Domenico* und *Santa Caterina di Siena* richtete sich Christinas Gefolge für die Reise ein. Kisten mit Proviant, Wasser, Waffen und anderes Gepäck fanden über schmale Holzstege ihren Weg an Bord der Schiffe, Reit- und Packpferde folgten in den Bauch der Galeeren. Die Stimmen der unter den Lasten fluchenden Männer schwappten wie eine verheißungsvolle Melodie zu ihm herüber.

Der Marchese unterdrückte ein Lächeln und drehte sich zur offenen See. Die Wasser des Thyrrenischen Meeres erstreckten sich vor ihm, ein Spiegel der Unendlichkeit, smaragdgrüne Wellen, die beharrlich gegen die Küste schlugen. Was für ein ungeheuerliches Unternehmen, dachte er und ließ seine Gedanken nach Norden wandern, nach Paris, dorthin, wo sie in wenigen Wochen das Ziel ihrer Reise erreichen wollten. Monaldesco war überzeugt, dass die Verschwörung glückte und sie Neapel von den Spaniern befreien könnten. Dann sollten sich auch seine Macht vergrößern, sein Einfluss, sein Reichtum. Schon sah er sich an der Seite der Königin regieren, ihr Herz erobern und ihren Verstand. Vielleicht könnte er sie sogar von ihrer albernen Abneigung gegen die Ehe kurieren? Er wusste, dass seine Pläne vermessen waren, doch unter dem weiten Himmel fühlte er sich stark und unbesiegbar.

Alles fügte sich so wunderbar, und die Königin, sie war begeistert von jedem seiner Vorschläge und jeder Einflüsterung. Was Neapel betrifft, ist sie nicht mehr als meine Marionette, dachte er zufrieden und begann, in das Innere der *Padrona* hinabzusteigen. Ich halte alle Fäden zu dieser Unternehmung in meinen Händen. Vor der Tür zu Christinas Kajüte hielt er kurz inne, dann trat er ein, ohne anzuklopfen.

Die Unterkunft der Königin war üppig ausgestattet. Roter Samtdamast bekleidete das riesige Bett und die Sessel, sogar an ein thronartiges Gestühl war gedacht worden, das mit schwerem neapolitanischem Samt bezogen war. Christina selbst war noch nicht an Bord der Galeere. Sie besuchte einen Empfang der Familie Orsini, der das Land rund um Palo gehörte und die den päpstlichen Gast mit einem Bankett verabschiedete. Auch das Mädchen war bei ihr, dieses Straßenkind, das Monaldesco so schnell wie möglich loszuwerden hoffte. Vielleicht verlieren wir es auf dem Weg durch Frankreich, dachte er und malte sich aus, wie das Mädchen plötzlich inmitten wogender Felder aus dem Zug verschwände und man im Labyrinth der Halme vergeblich nach ihm suchte.

Der Marchese konnte nicht sagen, was ihn an Marias Gegenwart störte. Sie war das einzige Hindernis, das er zwischen sich und der Königin sah, und Monaldesco, der sonst keine Hürde fürchtete, kam nicht an gegen ihr sorgloses Wesen, ihren Charme und ihre unbewusste Macht über Christina. Ein Bild erschien vor seinen Augen, ein gewaltiger Sturm, Wellen hoch wie Kirchentürme, und darin, verzweifelt kämpfend, das Kind, bis das brausende Wasser es unter die Oberfläche riss und nichts mehr zu sehen war von seiner aufsässigen Gestalt.

Zufrieden sog Monaldesco Luft in seine Lungen und warf einen letzten Blick in die Kajüte der Königin. „Bringt Blumen", wies er einen der Burschen an. „Einen Duft, der der Königin würdig ist." Fast sehnsüchtig strich er über den samtenen Bettüberwurf. Leise, sodass keiner der Burschen seine Worte hören konnte, murmelte er: „Und sie wird mir gehören."

Die Reise war anstrengend, von Stürmen und Hitze begleitet. Sie hatten Palo vor einigen Tagen am Abend verlassen und hielten sich in Sichtweite zur Küste, um nicht den Berberpiraten in die Hände zu fallen, die, von Nordafrika kommend, das Meer auf ihren Beutezügen durchpflügten. Die Route nach Genua war dadurch länger geworden, aber, wie Santinelli und Monaldesco ihr versichert hatten, viel ungefährlicher.

Christina bedauerte es fast, bislang nicht auf die gefürchteten Seeräuber getroffen zu sein. In ihren Büchern hatte sie verwegene Piratengeschichten gelesen. Sie stand jeden Tag an Deck, klammerte sich an die Reling, um nicht von den tobenden Winden hinaus in die See gezogen zu werden, und spähte gegen den Horizont. Ihr Blick verlor sich im unendlichen Spiel der Wellen, und wenn sie in der Ferne ein Schiff beobachtete, gab sie sich Träumen von Piraten und einem Haremsleben im fernen Orient hin.

Das Leben unter Deck hingegen widerte sie an. Sie fühlte sich gefangen in ihrer Kajüte, erschlagen von den schweren Draperien, von der Enge eingezwängt und von Monaldesco, der versuchte, jeden ihrer Wünsche zu erfüllen. Sosehr sie sich in ihren Träumen nach seiner Nähe gesehnt hatte, jetzt war er ihr zu nah. Sein Körper nutzte jede Bewegung des Schiffes als Vorwand, sich an sie zu drängen, und seine Ungeduld, die französische Küste zu erreichen, steigerte ihre eigene Ruhelosigkeit ins Unerträgliche.

Nie hatte sie schlechter geschlafen als an Bord der *Padrona*. Die Bewegung der See hielt sie wach, ebenso die Geräusche der Sklaven, Verbrecher und Kriegsgefangenen, die in den Eingeweiden des Schiffes an die Ruderbänke gekettet waren und Tag und Nacht, getrieben von Trommel und Peitsche, die Riemen bedienen mussten.

Christina wusste, dass sie diese Art des Dienens nicht gutheißen konnte. Es war kein freier Wille, der die Männer an den Rudern hielt, und sie meinte, ihre Demütigung übertrüge sich auf das Schiff und seine Passagiere. Doch der Wind allein hielt sie nicht auf ihrem Kurs, und so fügte sie sich ganz gegen ihre Art in ihr Schicksal.

Um überhaupt ein wenig zur Ruhe zu kommen, hatte sie begonnen, Maria aus ihrem Leben zu erzählen. Der Fluss der eigenen Worte beruhigte sie und lenkte sie ab von allen üblen Gedanken an das Misslingen der Verschwörung.

„Wie ist es in Schweden?", hatte das Mädchen sie vor wenigen Tagen gefragt, als es Abend wurde und die Öllampen ihr trübes Licht gegen die Holzwände der Kabine warfen. Und Christina, getroffen von der Wucht ihrer Erinnerungen, hatte nach Worten gesucht, die ihrer alten Heimat gerecht wurden.

„Es ist karg dort", hatte sie zögernd geantwortet, „und kalt, aber es ist auch das Land meiner Vorfahren." Und dann begannen die Worte wie von selbst zu fließen, als ob sie nur darauf gewartet hätten, dem Vergessen zu entfliehen: „Die Schweden sind ein stolzes Volk, stark und mutig. Ihre Seefahrer verstehen sich darauf, ferne Küsten anzusteuern und das wilde Meer zu besiegen. Die Schweden sind Wolkenjäger, sie suchen den Kampf mit Wellen, Treibeis und stürmischen Winden. Sein Adel und die Bauern lieben die Jagd auf Bären, Luchse und Wölfe. Man sagt, die Schweden seien mit den Goten verwandt, und manche behaupten, der Stammbaum der Schweden ließe sich bis zu den zwölf Stämmen Israels und damit zum heiligen Stammbaum Jesu Christi selbst zurückführen."

Maria war zu ihr auf das breite rote Bett gekommen, und sie fuhr fort, Christina mit Fragen nach ihrem früheren Leben zu bestürmen. Während die italienische Küste an ihnen vorbeizog und der Wind die Wellen gegen das Schiff schlug, lagen sie in der königlichen Kabine und lauschten dem Wogen der Fragen und Antworten in der Dunkelheit.

„Was ist das Schönste an Schweden?"

„Dass es sich in jede Himmelsrichtung auszudehnen scheint. Und der eigentümliche Geruch des Meeres, der das ganze Land wie feiner Nebel überzieht."

„Wer war der größte König der Schweden?"

Christina lachte. „Mein Vater, König Gustav II. Adolf von Schweden. Mit siebzehn Jahren gelangte er auf den Thron, und sein Weg war glanzvoll. Er führte Kriege in ganz Europa, vor allem gegen die Habsburger, und galt vielen Bedrängten als Retter in der Not."

„Wie sah er aus?"

„Ich erinnere mich an einen kräftigen Mann mit rotblondem Haar und blauen Augen. Viele sagen, ich hätte seine Nase geerbt und den stolzen Ausdruck, seinen starken Willen."

„Habt Ihr ihn geliebt?"

„Er war mein Vater. Er war mir nahe, auch dann, wenn er fort war und seine Schlachten schlug. Ich habe ihn wohl mehr vermisst, als dass ich ihn lieben konnte, und habe ihm Briefe geschrieben, die ein Kurier quer durch Europa trug. Hier ..." Christina hatte einen gefalteten Bogen aus ihrem Tagebuch hervorgezogen. „Diesen Brief von mir fand man in der Jacke meines toten Vaters."

Vorsichtig faltete sie das brüchige, blutbefleckte Papier auseinander und reichte es Maria. Als das Mädchen leise die Worte des Kindes buchstabierte, das sie selbst einmal gewesen war, stockte ihr der Atem:

„Gnädigster herzlieber Herr Vater,

da ich das Glück nicht habe, jetzt bei Eurer Königlichen Majestät zu sein, schicke ich Eurer Majestät mein demütiges Konterfei, mit der Bitte, Eure Majestät wolle meiner dabei gedenken, bald zu mir zurückzukommen, und mir derweil etwas Hübsches schicken. Ich will allzeit fromm sein und fleißig beten lernen. Gottlob bin ich gesund. Gott gebe uns allzeit gute Nachrichten von Eurer Majestät. Demselben empfehle ich Eure Majestät allzeit und werde verbleiben

Eure königliche Majestät, gehorsame Tochter, Christina“

„Ich habe ihm jede Woche einen Brief in seine Feldlager geschickt, und er ließ mir Geschenke bringen, warme Stiefel, ein Schmuckstück, und einmal kam der Bote mit einem wilden Pony zurück, auf dem ich das Reiten lernte.“

„Ein wildes Tier?“

„Mein Vater hatte absichtlich ein störrisches Pony gewählt, er wollte mich herausfordern. Und als ich das Tier schließlich bezwungen hatte, als es mir vertraute und mich aufsitzen ließ, war ich stolz, so stolz wie eine Königin.“ Christina erinnerte sich noch gut an Caesar, so hatte sie das Pony genannt. Es hatte Wochen gedauert, bis sie sich dem Tier überhaupt hatte nähern können, ohne dass es sie biss oder nach ihr trat. Bei jedem Besuch waren sie einander nähergekommen, bis sie sich schließlich nach vielen Liebkosungen und geflüsterten Versprechungen, die sie in die zuckenden Ohren des Tieres gehaucht hatte, auf seinen Rücken schwingen durfte. In diesem Moment hatte sie gefühlt, was es hieß, sich zu unterwerfen. Das Tier hatte gezittert, und sie hatte seine Anstrengungen gespürt, nicht gegen die fremde Macht aufzubegehren, die es in Besitz genommen hatte.

„Der König hat mich nie reiten sehen“, schloss sie die Erzählung. „Als ich es konnte, war er schon tot, gefallen in einem seiner Kriege.“

In der Dunkelheit nickte Maria, als ob sie verstünde. Sie lehnte sich gegen Christina, und die Berührung des Kindes war wie ein mütterlicher Trost.

An den folgenden Abenden war das Gespräch zu einem Ritual geworden. In der Dunkelheit stellte Maria ihre Fragen, und Christina ließ zu, dass ihre Erinnerungen in die Nacht entwichen.

„Was war das für ein Krieg?"

„Der Große Krieg? Er verwüstete ganz Europa und endete, als du geboren wurdest. Mein Vater kämpfte, um Gott – um seinem großen, lutherischen Gott – zu gefallen."

Ja, so war es wohl gewesen, hatte Christina gedacht. Gustav Adolf war für seinen Gott und Glauben in den Krieg gezogen, und dann ließ ihn dieser Gott als starre Skulptur des Todes zu ihr zurückkehren. Das in sich gekehrte Kind, das sie gewesen war, hatte diesem Gott nie verzeihen können. Die sechsjährige Christina hatte einfach aufgehört zu glauben, und die Gebete, die man ihr trotzdem abverlangte, sprach sie ohne Hingabe, ohne Hoffnung und ohne jedes Vertrauen in einen tieferen Sinn. Sie hatte sich von diesem Gott gelöst, weil sie niemals zu den Heuchlern zählen wollte, von denen ihr Tag für Tag so viele im Palast begegneten. Sie hatte ihr Herz an die Wahrheit gehängt, die sie von nun an noch stärker in ihren Büchern suchte, und ihr Wahlspruch sollte für alle Zeiten lauten: „Ich will zu den Gelehrten zählen und niemals zu den Heuchlern".

„Und deshalb habt Ihr diesen Gott verlassen?"

Dieser Gott hat mich verlassen, dachte Christina, doch sie sprach es nicht aus. Wie sollte sie dem Kind diese verstörende Erkenntnis erklären, wie begreiflich machen, was eigentlich unbegreiflich war? Was sie sich auch heute noch nicht ganz erklären konnte. Woher hatte sie den Mut genommen, sich gegen die Grundfesten ihres ganzen Seins zu stellen und ihre königliche Würde, den ihr von Gott gegebenen Platz in Frage zu stellen?

„Ich habe ihn nicht verlassen, aber er konnte meine Fragen nicht beantworten."

„Aber Gottes Worte sind so stark."

Christina schüttelte den Kopf. „Ich verrate dir ein Geheimnis: Von allen Büchern der Bibel liegt mir nur etwas an den Worten der Weisen und an den Werken Salomons."

So war es gewesen, und so war es noch heute. Die Evangelien hatten Christina nie besonders beeindruckt, und tief in ihrem Herzen empfand sie allein Verehrung für die Person Jesu. Am schlimmsten jedoch waren die stundenlangen trockenen Predigten, die in den nüchternen und kalten schwedischen Kirchen üblich waren. Sie waren kaum zu ertragen gewesen. Als sich ihre Mädchenjahre dem Ende näherten, hatte Christina jeden Glauben an die lutherische Religion, in der sie erzogen worden war, wie einen alten Mantel abgelegt. Doch das hatte keiner der Alten gemerkt, nicht einmal der große Oxenstierna, der doch jeden diplomatischen Winkelzug, jedes politische Geheimnis zu enträtseln vermochte. Noch immer war sie überzeugt davon, eine Meisterin der Verstellung zu sein, sodass sie selbst die klügsten Männer in ihrer Umgebung hätte überlisten können. Und noch heute dachte sie manchmal ganz tief in ihrem Inneren, das Christentum sei nichts weiter als ein Werkzeug der Mächtigen, um das einfache Volk zu knechten.

Es war jeden Abend später geworden, auch jetzt hatte sich Marias Kopf über die langen Pausen zwischen den Fragen und Antworten schläfrig zur Seite geneigt. Wirre Locken berührten Christinas Schulter, und liebevoll strich die Königin dem Mädchen die Haare aus der Stirn. Die Locken fühlten sich klebrig an, Marias Kopf war heiß, als ob sie fieberte. Doch sie hatte nicht geklagt, sie schien sich wohlzufühlen. Vorsichtig rückte Christina zur Seite und deckte das Kind zu. Der Schlaf wird ihr guttun, dachte sie. Meine düsteren Geschichten haben sie verwirrt.

Seufzend horchte Christina in die Nacht. Der Wind schien abzuflauen, die Wellenbewegungen waren kaum noch zu spüren, und das Schiff glitt kraftvoll durch die nachtschwarze See. Wie aus weiter Entfernung waren die Geräusche der Ruderer zu hören, ein dumpfes Grollen aus den Eingeweiden der Galeere. Die Luft unter Deck war stickig, der Duft der Rosen, die Monaldesco ihr hatte bringen lassen, beschwerte ihre Gedanken. Christina beschloss, noch einmal an Deck zu steigen. Sie griff nach ihrem Umhang und verließ die Kabine.

An Deck war es fast windstill. Zum ersten Mal seit ihrer Abfahrt blitzten die Sterne am wolkenlosen Himmel auf, und an Land sah man die Lichter einer unbekannten Ortschaft vorüberziehen. Wie Gespenster aus einer fernen Zeit blitzten Lichtpunkte auf dem schwarzen Kleid der See auf. Christina tat einige Schritte die Reling entlang und sog gierig die klare Luft ein. Wie viele Nächte habe ich damals mit mir gerungen, dachte sie an die Zeit ihrer Abdankung zurück. Niemand hatte von ihrem Vorhaben erfahren dürfen, schließlich plante sie nichts Geringeres als Verrat. Sie hatte alles in Frage stellen wollen, wofür sich das nördliche Europa in langen, blutigen Kriegen aufgerieben und wofür ihr Vater selbst sein Leben gelassen hatte.

Über Mittelsmänner wie den Kaplan des portugiesischen Botschafters in Schweden hatte Christina Kontakt zur katholischen Kirche und zu den Jesuiten in Rom aufgenommen. Als schließlich zwei Italiener in geheimer Mission an ihrem Hof aufgetaucht waren, führte sie diese als Professoren für Mathematik ein. Stundenlang hatte sie sich mit den jesuitischen Verschwörern in die Bibliothek eingeschlossen und die Kirchenmänner mit ihren Fragen nach Gott und Glaube in die Enge getrieben: „Gibt es wirklich einen Unterschied zwischen Gut und Böse?“, erinnerte sie sich an ihr Verhör. „Ist die Seele tatsächlich unsterblich? Ist es unbedingt notwendig, zu den Heiligen zu beten und ihre Reliquien zu verehren? Und wie ist der Glaube mit der Vernunft zu vereinbaren?“ Zuletzt hatte sie zu fragen gewagt, ob sie nicht im Innern katholisch, nach außen hin jedoch lutherisch sein könne.

Die Italiener hatten ihre liebe Mühe mit ihren Zweifeln gehabt, doch sie hatten ihr tapfer und mit allem nötigen Ernst und Respekt geantwortet: „Ja, Majestät, es gibt einen Unterschied zwischen Gut und Böse. Ja, die Seele ist unsterblich und die Mutter Kirche hat gute Gründe für ihre Bräuche. Eure Majestät müssen erkennen, dass der Glaube über der Vernunft und nicht im Gegensatz zu ihr steht. Eure Zweifel sind nichts weiter als die Anfechtungen des Teufels. Und nein, die Königin kann nicht gleichzeitig sowohl katholisch als auch lutherisch sein."

Schließlich hatte ihr Entschluss festgestanden, als Königin von Schweden abzudanken und den Thron ihrem Vetter Carl Gustav zu überlassen. Keine Heuchelei mehr, keine Melancholie, keine Sehnsucht, kein Zweifel – nur noch die Wahrheit der Vernunft. Als Oxenstierna davon erfuhr, hatte er wie ein Wahnsinniger getobt: „Die Königin muss verrückt geworden sein!" Dann hatte sie Tränen in seinen Augen schimmern sehen. Doch der Reichsrat hatte ihre Abdankung letztlich hinnehmen müssen, auch wenn mehrere mutige Männer noch in letzter Minute versuchten, sie umzustimmen. In der Versammlung hatte sich von jedem Stand der Erste erhoben, um die Königin zu bitten, ihren Entschluss noch einmal in Frage zu stellen, an ihr Volk zu denken, an ihre Pflicht, an ihren Vater und an den Willen Gottes.

Als Letztes war der Sprecher der Bauern vorgetreten, ein grobschlächtiger Mann in Holzpantinen. Seine Rede war schlicht gewesen, doch seine Worte, aufrichtig und ohne Schmeicheleien, hatten sich tief in ihr Gedächtnis eingeprägt: „Bei Gott dem Herrn, gnädige Frau, was habt Ihr vor?", hatte er freimütig gefragt und sie stolz und gleichzeitig bittend angesehen. „Es bedrängt uns zu vernehmen, dass Ihr diejenigen verlassen wollt, die Euch so lieben, wie wir es tun. Kann es Euch denn besser ergehen? Ihr seid die Königin all dieser Länder, und wenn Ihr dieses große Königreich verlasst, wo bekommt Ihr wieder ein solches her? Behaltet Eure Krone auf dem Haupt und bleibt in Gang, gute gnädige Frau, und bleibt das Zugpferd, so lange Ihr lebt, und wir werden unser Bestes tun, Eure Last zu tragen."

Doch sie wollte nicht mehr, das Zugpferd war müde, sie hatte sich entschieden. Nach einer offiziellen Abdankungszeremonie hatte Christina mit kleinem Gefolge ihr Land verlassen. Zunächst war sie über Hamburg in das katholisch beherrschte Antwerpen gereist, wo sie die spektakulären Gemälde von Rubens und van Dyk besichtigte und das Leben feierte, dann ging es weiter nach Brüssel, in die Hauptstadt der Spanischen Niederlande. Weihnachten hatte sie dort, hinter verschlossenen Türen und vor nur wenigen Zeugen, ihr erstes Bekenntnis zur katholischen Kirche abgelegt. Später, in Innsbruck, hatte sie sich dann öffentlich bekannt. Vor dem Altar der Hofkirche hatte sie das apostolische Credo und die Absage an den Glauben ihrer Väter gesprochen: „*Credo in Deum Patrem omnipotentem* ... Ich glaube an den einen Gott. Den allmächtigen Vater, Schöpfer des Himmels und der Erde ...", hatte sie begonnen, und als die Worte nicht fließen wollten, als sie sich verhaspelte, hatte sie die Augen geschlossen, um nicht dem vorwurfsvollen Blick ihres Vaters zu begegnen, der sie aus dem Altarbild anzustarren schien. „Und an Jesus Christus, seinen eingeborenen Sohn, unseren Herrn ... geboren aus der Jungfrau Maria ... und ich glaube, dass die heilige Eucharistie der wahre Leib und das wahre Blut Jesu Christi sind ... Ich glaube an die eine heilige katholische apostolische römische Kirche, Mutter aller Kirchen ... ich gelobe Gehorsam den römischen Päpsten, den Nachfolgern Petri, Stellvertretern Jesu Christi ... ich übernehme die Lehren, wie auf dem Konzil von Trient festgelegt und verkündet, und ich entsage allen Häresien, wie die Kirche ihnen entsagt ... ich glaube an den wahren katholischen Glauben, ohne den niemand gerettet werden kann ..." Dann war sie nach Rom weitergereist.

Christina seufzte. Das Vergangene beschwor weitere Erinnerungen herauf, so bitter, wie es der merkwürdige Geruch des Meeres war, der ihr in diesem Augenblick entgegenschlug. Es schien, als hätte der Sturm in den Untiefen der See gewühlt und den Schlick längst vergessener Zeiten mit sich an die Oberfläche gerissen. Plötzlich meinte sie, ein Geräusch zu hören, die Ahnung einer menschlichen Regung. Sie wollte sich umdrehen, doch der Unbekannte hatte ihre Hände gepackt und drückte sich gegen ihren Rücken. Sie spürte Küsse auf ihrem Haar, das Gewicht des Verlangens, das sie lähmte.

„Monaldesco", sie konnte seinen Namen nur krächzen und schluckte. Was für ein Bastard, dachte sie, doch die Entschlossenheit seiner Küsse erregte sie. Jede Härte, jede Gegenwehr war von ihr abgefallen, und das Vorhersehbare reizte sie wie nichts anderes in diesem Moment.

„Pesaro", der Graf wies vage in Richtung Küste. „Dort drüben sind wir uns zum ersten Mal begegnet." Wieder spürte sie Küsse auf ihren Locken, die sich rasch ihrem Hals näherten.

„Kommt!" Mit letzter Kraft riss sie sich los, packte Monaldesco am Arm und zog ihn mit sich unter Deck. Wenn mich das Verlangen schon quält, dachte sie, will ich seine Erfüllung doch wenigstens steuern und nach meinen Vorstellungen inszenieren.

Atemlos stieß Christina die Tür zu ihrer Kabine auf, wo Maria mit einem Schluchzer aus dem Schlaf auffuhr. Das Kind sah fürchterlich aus. Im Schein der Öllampe glühte sein Gesicht wie Feuer, und die Augen flackerten im Wahn.

„Sie fiebert!" Erschrocken stieß Christina Monaldesco zur Seite und nahm Maria in den Arm. Noch bevor sie sich nach dem Grafen umdrehen konnte, hörte sie, wie er zur Tür hinausstürzte.

„Die Pest", fluchte Monaldesco, während er sich panisch an Deck flüchtete. „Wir haben die Pest an Bord!"

SECHS

Auf dem Weg nach Frankreich, Sommer anno 1656

„Das Kind muss von Bord." Die Worte des Grafen drangen durch die Tür in Christinas Kabine. Seine Stimme war heiser vor Aufregung und Zorn, sein Ton scharf wie nie, Messer blitzten darin auf. „Es ist eine Gefahr für uns alle."

Die Königin schüttelte den Kopf. Sie weigerte sich zu glauben, das Mädchen habe die Pest, und verdrängte den Gedanken, es könne sterben. Maria hatte in den vergangenen Tagen heftig gefiebert, doch sie zeigte keines der typischen Pestsymptome, die ihr in Rom so deutlich vor Augen geführt worden waren. Matt und blass lag das Kind in ihren Armen, und Christina hatte längst jede Vorsicht vergessen und pflegte es ohne Furcht vor Ansteckung. Gemeinsam mit Emanuela umsorgte sie die Kranke in ihrer Kabine. Die Frauen flößten ihr Tee und Suppe ein, kühlten ihre heiße Stirn, legten ihr Wadenwickel an und hielten ihre Hand, wenn ein Fiebertraum sie quälte und ihren kleinen Körper mit Krämpfen schüttelte.

„Monaldesco, beruhigt Euch, es ist nicht die Pest, es ist ein Fieber. Öffnet die Tür, seht sie Euch an. Es geht Maria heute besser."

Christina hörte den Grafen leise fluchen, er ging einige Schritte vor der Kabinentür auf und ab. Wütend knallten die Absätze seiner Stiefel auf die Planken des Schiffes. „Sie muss von Bord! Wenn die Mannschaft von der Kranken erfährt, wird sie meutern. Das

Kind gefährdet all unsere Pläne. Denkt an Neapel, denkt an die Krone und an Eure Zukunft."

„Wenn Ihr stillhaltet, wird keiner merken, dass Maria krank ist. Und nun benehmt Euch wie ein Ehrenmann, Monaldesco, und öffnet diese Tür, bevor ich Euch von Bord schicken lasse. Ich will Euch sehen, wenn ich mit Euch spreche – das ist mein königlicher Befehl."

Es vergingen lange Minuten, dann schob sich die Tür einen Spalt breit auf. Vorsichtig spähte Monaldesco in den Raum, ein Tuch vor Mund und Nase gebunden.

„Ihr seid albern, Marchese. Wäre es wirklich die Pest, läge ich schon fiebernd neben dem Kind. Seht her", Christina drückte Maria einen Kuss auf die im Schlaf gerunzelte Stirn. „Es ist nicht mehr als ein Fieber. Weiß Gott, wie viele solcher Anfälle ich als Kind überstehen musste."

„Ist das Fieber wirklich gesunken?"

„Wenn ich es Euch doch sage. Maria ist noch schwach und schläft viel, aber sie kann Wasser und Tee bei sich behalten und fantasiert nicht mehr."

„Trotzdem meine ich, dass wir das Kind von Bord schaffen sollten."

„Wie stellt Ihr Euch das vor? Sollen wir Maria vielleicht in eines der Beiboote setzen und hoffen, dass sie mit Gottes Hilfe an die Küste treibt?"

„Wir könnten sie zumindest auf eines der Begleitschiffe übersetzen."

„Maria bleibt bei mir, das ist mein letztes Wort!"

Ärgerlich runzelte Monaldesco die Stirn, er schien nach weiteren Argumenten zu suchen, um Christina umzustimmen. „Majestät, in wenigen Stunden könnten wir in Genua anlegen. Wenn aber die Hafenbehörden erfahren, dass wir das Fieber an Bord haben, wird man uns dort nicht ankern lassen. Die Angst vor der Pest ist zu groß. Denkt doch an Neapel, denkt an das große Ziel."

„Dann gehen wir woanders an Land. Ihr glaubt doch nicht, ich lasse mich von irgendwelchen Hafenbehörden entmutigen."

„Majestät", bittend, fast flehend, sah Monaldesco sie an, dann riss er sich den Pestschutz herunter und trat in die Kabine. „Zum Teufel auch", fluchte er und schleuderte das Tuch quer durch den Raum. Wie eine Schwalbe segelte es durch die Luft. „Wenn Gott will, dass Euch nichts geschieht, wird Er wohl auch meine Seele verschonen." Mit raschen Schritten durchquerte er die Kabine und kniete sich vor das Bett, auf dem Christina gemeinsam mit Maria lag. „Wie geht es Euch, Majestät?"

Seine Angst vor der Seuche war übermächtig. Als Monaldesco in das verzerrte Gesicht des Kindes geblickt hatte, traf ihn die Wucht seiner Panik. Wie von Sinnen war er an Deck geflüchtet, hatte allen Atem aus seinen Lungen herausgehustet und einen herzhaften Fluch ausgestoßen. Dann, schon etwas ruhiger, hatte er sich Rum kommen lassen und einen randvoll gefüllten Becher in einem Zug heruntergestürzt. So gestärkt, fühlte er sich in der Lage, über das Schicksal des Kindes und das seiner Mission nachzudenken.

Das fiebernde Mädchen musste von Bord – sofort, bevor die Seuche weitere Opfer forderte. Er spürte, dass er seinem Ziel, die Königin und mit ihr die Krone von Neapel zu erobern, sehr nahe war. Doch um es zu erreichen, musste Christina von dem Mädchen getrennt werden – nicht auszudenken, was von all den herrlichen Plänen bliebe, wenn die Königin selbst erkrankte. Er musste dafür sorgen, dass dieses dahergelaufene Kind schon bald nicht mehr als eine schmerzliche Erinnerung im Leben der Königin sein würde. Also war er wieder hinuntergestolpert und hatte versucht, Maria aus der Kabine herauszuholen.

Doch die Königin war schneller gewesen. Sie hatte sich mit

ihrer Zofe und dem Kind eingeschlossen und weigerte sich störrisch, Maria ihrem Schicksal zu überlassen. „Je weniger Menschen mit ihr in Berührung kommen, desto besser für uns alle“, hatte sie ihn angeschrien, als er sich wild gegen die Tür der Kabine geworfen hatte. „Ihr müsst einen kühlen Kopf bewahren, Monaldesco. Ihr müsst uns hier unten versorgen und eine Erklärung für unsere Abwesenheit von Deck finden.“

Er war nicht gegen ihre Sturheit angekommen, und in seiner Verzweiflung hatte er sogar überlegt, die Tür zu ihrer Kabine mit der Axt zu zertrümmern, die der Schiffszimmermann zwischen seinem Werkzeug verwahrte. Christina, die seine Unbeherrschtheit spürte, hatte ihn zur Vernunft gebracht. „Keine Dummheiten jetzt, Marchese“, hatte sie ihm durch die Tür zugezischt, „sonst werden wir es alle bereuen.“

Und so hatte er den Boten zwischen der abgeschlossenen Welt der Kranken und der Welt der Nichtsahnenden, der unbekümmerten Seefahrer, gegeben. Er hatte Essen und Trinken nach unten befördert und oben an Deck die Nachricht einer leichten Verstimmung der Königin verbreitet. In den langen Stunden der Heimlichkeiten hatte sich die verschlossene Kabinentür, hinter der sich der Kampf gegen das Fieber abspielte und durch deren Holz hindurch er den flüsternden Stimmen der Frauen und dem Stöhnen des Kindes lauschte, in das Tor zu einer apokalyptischen Szenerie verwandelt. In seiner Vorstellung hatte er schreckliche Bilder gesehen. Er hatte sich ausgemalt, wie zuerst das Kind, von der Pest entstellt und unter schrecklichen Krämpfen, gestorben wäre. Danach wäre die Zofe erkrankt, schnell jeden Lebenswillen verlierend, bevor die Königin selbst, die strahlende, starke, lebendige Christina, von der Starre des Todes erfasst worden wäre.

Zuletzt hatte er sich der Kabine nur unter größter Selbstbeherrschung nähern können, zitternd, ein Tuch vor Mund und Nase geschlungen und immer in Sorge, dass ihn tödliche Stille empfangen und das Fieber sein grausames Werk vollendet haben könnte. Sein Bedarf an Rum war in den letzten Tagen ins Ungeheuerliche gestiegen, und er hatte die misstrauischen Blicke der anderen gespürt, die sich wohl langsam fragten, was sich Seltsames unter Deck abspielen möge. Er musste die Königin endlich dazu bewegen, das Kind von Bord zu bringen. Es kann doch nicht sein, dass unsere Zukunft von diesem dahergelaufenen Kind abhängt, hatte er gedacht, während er immer wieder gereizt gegen Gott und alle Erinnyen fluchte.

Als die Königin ihn endlich wieder zu sich ließ, hatte er dennoch gezögert. Was, wenn dort drinnen doch die Seuche wütete? Wenn ihn die Frauen in ihrer Verzweiflung mit sich in den Tod reißen wollten?

Er hatte sich nicht entschließen können, die Tür aufzustoßen. Die Klinke widerstand seinem Druck, sie schien zu glühen, und überhaupt konnte man meinen, das Holz der Tür habe sich in massives Eisen verwandelt. Dann endlich hatte er vor den Frauen gestanden, ein lächerliches Geschöpf der Angst, das las er in ihren Blicken, und seine Erleichterung über die strahlende Gesundheit der Königin ließ ihn an ihrem Bett niedersinken.

Doch das Mädchen hatte sich erholt, er sah es sofort. Marias Augen blickten ihn furchtlos an, und fast meinte er, ihre kindliche Unschuld könne auf den morastigen Grund seines Wesens blicken. Du entkommst mir nicht, dachte er, du entkommst mir nicht. Dann küsste er die Hand der Königin und sonnte sich in ihrem Glanz.

Das kleine Geschwader der päpstlichen Galeeren hatte im Morgengrauen seine Anker vor der Stadt geworfen. Die Ankunft der Schiffe war dem Hafenmeister schon in der Nacht gemeldet worden, vom alten Leuchtturm aus hatten die Wachen die vier Galeeren in einiger Entfernung ausmachen können. Die Schiffe kamen aus Rom, aus der pestverseuchten Stadt, und es hieß, die Seuche sei mit den Reisenden wie ein lautloser Schwarm des Schreckens über das Meer gekommen.

Michele d'Antonio war ein gelassener Mann, ruhig, untersetzt und in seinen Mußestunden allen irdischen Genüssen zugetan. Kein feindlicher Angriff, kein Piratenüberfall hatte den Genueser Hafenmeister in den vergangenen Jahren aus der Ruhe bringen können. Mit kühlem Kopf und sicherer Hand hatte er den Hafen und seine wunderbare Stadt vor Habgier und Zerstörungswut bewahrt. Doch die päpstlichen Galeeren und ihre Passagiere, allen voran die sagenumwobene Königin Maria ohne Land, die darauf warteten, an Land zu gehen, setzten ihm stärker zu als jeder feindliche Angriff.

„Was soll ich tun?" Ratlos wandte er sich an seinen Ersten Offizier. Gemeinsam standen die Männer auf dem Kai der gewaltigen Hafenanlage und blickten zu den Schiffen, deren päpstliche Wappen herausfordernd im Morgenlicht funkelten. Die Stadt in ihrem Rücken umfasste den Hafen und die Küste mit weiten Armen. Sie beherbergte reich geschmückte Patrizierhäuser und Paläste und war durch wehrhafte Befestigungsanlagen geschützt. Hinter den Stadtmauern stieg das Gebirge des Apennin steil an.

„Sie dürfen auf keinen Fall an Land kommen. Wenn nur einer von ihnen das Fieber in sich trägt, ist Genua verloren."

„Es sind Galeeren des Papstes, sein Wappen ist nicht zu übersehen, und die Königin ist Gast und Schutzbefohlene Seiner Heiligkeit. Wir können uns nicht gegen den Heiligen Vater und gegen Rom stellen."

„Wir könnten ihnen empfehlen, an einem unbewohnten Küstenstreifen an Land zu gehen."

„Die Königin wird auf ein Empfangszeremoniell bestehen."

„Es heißt, sie sei anders als viele Würdenträger und pfeife auf langweilige Empfänge und Begrüßungsreden."

„Sie soll angeblich Hosen tragen ..." D'Antonio legte seinen

Arm auf die Schulter des Offiziers. „Trommelt die Männer zusammen, dann lasst uns übersetzen. Vom Boot aus können wir gefahrlos mit der römischen Delegation sprechen."

Wenige Minuten später bewegte sich eines der kleinen Patrouillenboote auf die *Padrona* zu. Die Soldaten legten sich in die Riemen, Gischt spritzte auf, und nach kurzer Zeit war die Galeere fast in Rufweite.

An Bord des Schiffes schien sich die Kunde von ihrer Ankunft schon verbreitet zu haben. Der Hafenmeister beobachtete, wie sich das Deck füllte. Er sah den Kapitän und einige Matrosen der Galeere, die aufmarschiert waren, daneben andere Männer, offensichtlich von adligem Stand, und an ihrer Spitze eine seltsame Person mit flatterndem Haar, weiten Hosen und stolzem Blick. In der einen Hand hielt sie einen Degen, die andere ruhte auf der Schulter eines ebenso verwilderten Geschöpfes von kleinerem Wuchs.

„Das muss die Königin sein." Vage zeigte d'Antonio auf die Person, die ihm wie eine Sagengestalt entgegenleuchtete. Im morgendlichen Zwielicht, das über dem Wasser lag, konnte er nicht entscheiden, ob sie nun mehr männliche oder weibliche Züge trug. „Ich wusste nicht, dass die Schwedin ein Kind bei sich hat. Oder ist es etwa ein Zwerg?"

Ehrfürchtig verbeugte er sich in Richtung der Königin und wies auch seine Männer an, es ihm gleichzutun. „Etwas näher heran", befahl er dem Offizier, der die Männer instruierte. „Damit sie uns hören können."

Als die *Padrona* in Rufweite war, kletterte d'Antonio schwerfällig auf eine der Ruderbänke. „Seid willkommen", rief er aus alter Gewohnheit und weil ihn die Schönheit der Amazone verwirrte herüber. „Mein Name ist Michele d'Antonio, Hafenmeister und stolzer Bürger von Genua. Was ist Euer Begehr?"

Ein Mann meldete sich zu Wort, eine dunkle, fast hagere Gestalt mit selbstbewusster, schneidender Stimme. „Wir grüßen Euch und

Eure Stadt, Hafenmeister. An meiner Seite seht Ihr Ihre Majestät, Königin Maria Alexandra. Wir kommen ..."

An dieser Stelle unterbrach ihn die Amazone barsch und ergriff ungeduldig das Wort: „Ich habe es lieber, man nennt mich Königin Christina", nickte sie in Richtung des Hafenmeisters. „Um es kurz zu machen: Wir wollen anlegen, um nach Frankreich weiterzureisen."

D'Antonio nickte ergeben. Der Auftritt der Königin gefiel ihm. Jetzt, wo er sie aus der Nähe sah, nur wenig mehr als eine Plankenlänge entfernt, konnte er in ihr klares Gesicht blicken, das von unsagbar blauen Augen beherrscht wurde. Seefahrer hatten ihm immer wieder vom strahlend blauen Eis des Nordmeeres berichtet. Jetzt wusste er, wie er es sich vorstellen konnte. Was mache ich nur, fragte er sich und knetete in seinem Rücken unschlüssig die Hände.

„Aus Rom erreicht uns schreckliche Kunde: Die halbe Stadt ringt mit dem Tod, die Pest, so sagt man, wütet in ihren Mauern."

Die Königin nickte wieder. „Wir sind seit etwas mehr als einer Woche auf dem offenen Meer unterwegs und frei von jeder Seuche. Ich gebe Euch mein Wort."

Ihre Stimme war fest und bestimmt, und der Hafenmeister wollte ihr vertrauen. Doch als er den Begleiter der Königin scharf anblickte und dieser plötzlich den Kopf zur Seite drehte, zögerte er. Dann schüttelte d'Antonio den Kopf. „Ich würde Euch gern Glauben schenken, Hoheit. Aber wer kann schon sagen, ob sich die Pest nicht in Eurem Gepäck eingenistet hat? Ihre Dämpfe sind nicht zu kontrollieren, und ich zähle wohl mehr als dreißig Personen allein an Bord der *Padrona*."

Der Hafenmeister drehte sich halb zur Seite und zeigte auf Genua, das sich im morgendlichen Licht wie eine schlafende Schönheit ausstreckte. „Die Menschen dort vertrauen dem Schutz meiner Männer. Die Stadt hat Griechen, Römer, Karthager, Sarazenen und Berberpiraten überstanden, stolze Kreuzfahrer sind von hier aus in See gestochen, um das Heilige Land zu befreien, und unser großer Sohn Christoph Kolumbus hat die Neue Welt entdeckt. Bei allem Respekt, ich werde nicht zulassen, dass Euer Gefolge das Land betritt und die Seuche in die Stadt hineinträgt.“

Er meinte, ein Lächeln über das Gesicht der Königin huschen zu sehen. Dann fluchte sie herzhaft in einer ihm unverständlichen Sprache. „Hafenmeister, man erwartet uns in Paris. Wir reisen im Auftrag seiner Heiligkeit Papst Alexander VII.“

D'Antonio wusste nicht, ob das der Wahrheit entsprach oder ob die Königin die päpstlichen Wappen auf ihren Galeeren nicht ein wenig großzügig auslegte. Auf keinen Fall wollte er sich den Zorn der heiligen römischen Kirche zuziehen.

„Wir können Euch mit Proviant versorgen, und ein Priester wird Eure Schiffe segnen. Marseille liegt nur wenige Tagesreisen entfernt, und die Franzosen werden ihren Gast gewiss willkommen heißen.“

„Ihr seid ein sturer Kopf, Michele d'Antonio von Genua. Wir könnten an einem weniger bevölkerten Kai anlanden und würden sofort weiterreisen.“

„Es tut mir leid, Hoheit, meine Kais sind für Euch gesperrt. Bitte versteht mich nicht falsch, zwischen der Republik Genua und allen, die das päpstliche Wappen tragen, soll es keine feindlichen Gefühle geben. Doch ich kann nicht anders handeln als zum Besten der Stadt.“

In diesem Moment traf die Morgensonne das Gesicht der Königin. Ihre Augen leuchteten auf, sie schleuderten Blitze, dann legte sich die Königin in einer ärgerlichen Bewegung die Hände schützend über die Lider. Sie blickte ein letztes Mal auf die für sie unerreichbare Stadt, dann drehte sie sich um und verließ grußlos das Deck.

Die Verhandlungen waren beendet, und der Hafenmeister gab

seinen Leuten ein Zeichen, das Boot zu wenden. Auf der Rückfahrt überkam ihn das köstliche Gefühl, noch besser als gut gehandelt zu haben. Wenig später schickte er einen Priester und Kisten mit Proviant und Delikatessen, die an Bord der vier Galeeren gehievt wurden. Ein wohlschmeckender Gruß der Genueser, die erleichtert glaubten, Gott und ihr listiger Hafenmeister hätten sie wieder einmal vor großem Unheil bewahrt.

Die Meeresgötter ruhten nun in den Tiefen der See, das Meer schien zu schlafen, und gegen Ende des Monats erreichte die *Padrona* mit ihren drei Begleitschiffen die Stadt Marseille. Auch hier mussten die Galeeren in einiger Entfernung zum Hafen vor Anker gehen, und Christina konnte von Deck aus beobachten, wie ein wilder Mob, Pöbel und Gesindel, gegen die Landung der römischen Schiffe protestierte. „Sie haben die Pest an Bord", kreischten die Menschen. „Weist sie ab!"

Wieder musste Christina mit den Behörden der Stadt verhandeln, doch dieses Mal unterstützte sie Kardinal Mazarin aus dem fernen Paris. Er sandte einen Vertreter, der barsch verlangte, man möge die Königin in Würden und mit Salutschüssen empfangen. Die Kanonenschläge gingen zwar im Geschrei der feindlich gestimmten Marseiller unter, doch nachdem die Königin der Bevölkerung ein üppiges, dreitägiges Festgelage spendiert hatte, versöhnte sich die Stadt mit ihrem Gast, und alle Bedenken gegen die Landung der Königin ertranken in Strömen von Wein. Plötzlich bejubelten die Leute ihr königliches Blut, ihren sagenhaften Ruf, ihren Mut und ihre im Wind flatternden Hosen.

Von Marseille aus machten sich die Reisenden auf den Weg nach Paris. Alle Reit- und Packpferde hatten die Seereise gut überstanden, und so kam der Zug auf den gepflegten französischen Straßen, die mit quadratischen Steinen gepflastert waren, gut voran. Kardinal Mazarin hatte dafür gesorgt, dass die Königin und ihr Gefolge von einheimischen Soldaten begleitet wurden, die, auf Trommeln und Trompeten musizierend, voranmarschierten. Ein lärmender Tross zog nach Norden durch die Lavendelfelder der Provence, über deren Blüten Tausende weißer Schmetterlinge schaukelten. Jeder Fanfarenstoß ließ die Falter erschrocken auffliegen, und so schien eine pudrige Wolke geflügelter Himmelswesen die Reisenden zu begleiten.

Kaufleute, die den Zug in Postkutschen oder auf ihren schnellen Mietpferden überholten, berichteten von einer bunten Schar ähnlich einem Zug fahrender Schausteller, die von einem herrischen Kerl in Adelskostüm und einer ungezähmten Amazone angeführt wurden. Von Station zu Station schossen die Gerüchte um diesen seltsamen Tross, der nun durch das Tal der Rhône der Stadt Lyon entgegenritt, wilder ins Kraut, und die Bewohner Lyons erwarteten schließlich nicht weniger als eine Truppe Feuer schluckender, Rad schlagender Gaukler, die exotische, nie gesehene Wesen und eine Chimäre - halb Frau, halb pferdefüßige Sagengestalt - mit sich führten. Aufgeregt machten sich die Lyoner daran, den Zug der Königin ohne Land in allen Ehren zu empfangen. Vertreter des Adels, der Stadt, der Seidenweber und Tuchfärber studierten Grußworte ein, um die Königin willkommen zu heißen.

Königin Christina und ihr Gefolge zogen an einem späten Augustabend in die alte Weberstadt Lyon ein. Im Schein Tausender Fackeln, die ihr zu Ehren zwischen den Türmen aus rotem Stein, den Wendeltreppen und in den engen, gewundenen Gassen entzündet worden waren, sah Christina die Würdenträger der Stadt in banger Erwartung in ihren Festroben schwitzen.

Die Königin war von der langen Reise erschöpft, die vergangenen Reisetage zu Pferde und in der unbequemen Kutsche waren anstrengend gewesen. Sie sehnte sich nach einem Bett, auch wenn sie jetzt noch nicht zur Ruhe finden konnte, und Maria, die neben ihr in der Kutsche saß, war bereits eingeschlafen. Der Kopf des Mädchens war auf ihren Schoß gerutscht, und die vom Schlaf nur leicht geröteten Wangen zeigten, dass das Kind alle Nachwirkungen des Fiebers überstanden hatte.

In den letzten Tagen hatte Maria zu ihrer Fröhlichkeit zurückgefunden. Unter den verdrießlichen Blicken Monaldescos hatte sie ihr Pferd lachend durch die violetten Blütenfelder getrieben, sodass sie vom Duft des Lavendels ganz und gar bestäubt gewesen war. Das Mädchen hatte jedes französische Wort, das am Wegesrand fiel, aufgesogen und sprach bereits nach wenigen Tagen ein so selbstverständliches Französisch, als sei es ihre Muttersprache.

„Monaldesco!“ Christina winkte den Grafen zu sich heran, der neben ihrer Kutsche ritt. „Schickt die Kavaliere nach Hause. Ich möchte mich zurückziehen. Sie sollen sich die Reden für morgen aufheben.“

„Hoheit ...“ Der Graf sah sie ungläubig an. „Das könnt Ihr nicht tun.“

Christina fixierte ihn scharf. Auch Monaldesco wirkte müde, die Strapazen der Reise waren ihm anzusehen, schließlich waren sie bereits seit mehreren Wochen unterwegs. Fast schien ihr Rom mittlerweile nicht mehr als eine Erinnerung zu sein, in ihrem Tagebuch hatte Christina notiert, dass das Reisen, die Rastlosigkeit, das Hinfiebern auf ein Ziel ihrem Wesen mehr entsprachen als die Zufriedenheit des Residierens.

Christina gähnte. In den vergangenen Tagen hatte ihr nächtliches Lager aus kargen, von Flöhen und Wanzen bevölkerten Verschlägen bestanden, in Poststationen, die am Weg lagen. Heute wollte sie das bequeme Bett auskosten.

Doch Monaldesco gab nicht auf. „Die Stadt hat Euch zu Ehren einen festlichen Empfang vorbereitet. Ihr könnt Euch nicht einfach zurückziehen und ihre Gastfreundschaft verschmähen. Noch in hundert Jahren werden die Bürger der Stadt von diesem Abend sprechen."

„Geschwätz, mein Lieber, nichts als Geschwätz. Seht sie Euch doch an, diese dickbäuchigen Langeweiler. Was habe ich von ihnen zu erwarten, nichts als Schnörkel und umständliche Verbeugungen. Die Seidenweber sind bekannt für ihre endlosen Erzählungen."

„Kardinal Mazarin wird nicht amüsiert sein, wenn Ihr seine Landsleute derart brüskiert. Frankreich ermöglicht Euch ein neues Leben. Ihr solltet alles tun, um den Franzosen zu gefallen."

„Monaldesco, versteht Ihr nicht, ich bin müde. Ich muss mich ausruhen, ich bin nicht zu Höflichkeiten aufgelegt."

„Und zu anderem?" Gerissen sah sie der Marchese unter halb gesenkten Lidern an, etwas Lauerndes lag in seinem Blick.

„Was meint Ihr damit?"

„Etwas Amüsanteres als die Begegnung mit diesen, wie nanntet Ihr sie doch gleich, dickbäuchigen Langeweilern ...? Die Stadt ist bekannt für ihre *traboules*, die geheimnisvollen Durchgänge zwischen den alten Häusern. Die verschwiegenen Gassen sind berüchtigt für allerlei Vergnügliches."

„Schurke!" Die Erinnerung an ihren Traum flammte auf. Christina schlug mit der Hand nach dem Grafen, doch der wich geschickt aus, und sie verfehlte ihn. Der Ruck ließ Maria aus dem Schlaf auffahren. Seufzend richtete sie sich auf und fuhr sich mit den Händen durch die Haare. Dann lehnte sie sich schläfrig gegen Christina.

„Sind wir angekommen?"

„Wir sind in Lyon."

„Ich bin so müde."

„Wir beziehen gleich Quartier, der Bürgermeister stellt uns ein Stockwerk in seinem Palais zur Verfügung. Wir gehen sofort zu Bett und lassen das Ehrenkomitee seine Reden unter unserem

Fenster halten. Vielleicht schlafen wir über die langweiligen Tiraden ein."

Von draußen klopfte Monaldesco an das Fenster der Kutsche. „Hoheit, die Lyoneser sind einigermaßen bestürzt über Euren Wunsch nach Ruhe. Ich habe sie auf morgen vertröstet. Dann wird auch der Herzog von Guise in der Stadt erwartet, um Euch auf Eurer Weiterreise an den französischen Hof zu begleiten."

„Kardinal Mazarin schickt mir Henri de Lorraine, den Herzog von Guise?"

Der Herzog und Erzbischof von Reims war für ein Jahr König von Neapel gewesen und hatte später einige Jahre in spanischer Gefangenschaft zubringen müssen. Nach seiner Freilassung hatte er noch einmal erfolglos versucht, Neapel einzunehmen. Er galt als Soldat und Abenteurer, hatte aber auch den Ruf, klug und kultiviert zu sein.

„Er wird Euch noch mehr Hintergründe und Wissenswertes über Neapel und die Krone verraten können und Euch auf Eure neue Heimat und Aufgabe vorbereiten."

„Ausgezeichnet. Noch ein Grund mehr, den morgigen Tag ausgeschlafen zu beginnen."

„Wir haben unser Quartier gleich erreicht, Hoheit. Während Eure Zofen das Nachtlager vorbereiten, möchte ich Euch noch einige Briefe bringen. Der Kurier hatte auch eine eilige Sendung aus Stockholm im Gepäck."

„Gut, dann erwarte ich Euch, Graf. Aber ich warne Euch: Ich bin erschöpft und nicht zu Spielchen aufgelegt."

Während die Kutsche vor dem mächtigen Palast des Bürgermeisters hielt und Kisten und Truhen unter den Verbeugungen des Maître auf die Gästetrakte verteilt wurden, während ein üppiges Nachtmahl, roter Wein von den Hängen der Rhône und seidene Laken mit dem Wappen der Stadt auf den königlichen Gast warteten, zog sich Christina mit dem Marchese in eines der Arbeitszimmer zurück. Ein Schreibtisch stand darin, einige Stühle sowie mit Samt gepolsterte Bänke, und üppige Seidenvorhänge rahmten die beiden Fenster zum Hof. Monaldesco zündete die Kerzen eines silbernen Kandelabers an, dann zog er die Vorhänge zu, die sich wie ein festlicher roter Schleier vor die Fenster legten.

„Ein Schreiben aus Rom ist darunter." Geschäftig zog der Graf einen Brief aus der Kassette des Kuriers und reichte ihn Christina. An der eigenwilligen Schrift auf dem Kuvert konnte sie erkennen, dass der Absender Kardinal Azzolino war.

„Ich werde den Brief später lesen." Sie schob das Papier unter ihr Hemd.

„Dann habe ich ein Schreiben aus Paris ..."

Christina nickte, und Monaldesco öffnete den Brief mit einer geübten Handbewegung. Er überflog die wenigen Zeilen und wies auf das prächtige Siegel: „Kardinal Mazarin schlägt vor, dass Ihr auf Schloss Fontainebleau vom französischen Hof empfangen werdet. König Ludwig erwartet Euch dort für Anfang September."

Christina setzte sich auf eine der gepolsterten Bänke und lehnte sich müde gegen die Wand. Sie schloss die Augen und stellte sich vor, wie sie das herrliche Schloss vor Paris erreichten. Sie hatte schon viele Stiche der prächtigen Anlage gesehen, die von italienischen Baumeistern errichtet worden war. Die eleganten Gärten mit ihren Wasserläufen und die berühmten Springbrunnen mit vielen hundert Röhren waren vom Großvater des jungen König Ludwig angelegt worden. Die Anlage sollte sich mitten im dichten, wildreichen Wald von Fontainebleau befinden. Der junge König, so hieß es, hielt sich mit Vorliebe dort auf, um sich seiner Jagdleidenschaft hinzugeben.

Wieder nickte sie und wies Monaldesco mit einer matten Handbewegung an, das nächste Schreiben zu öffnen. Ihre Gedanken schweiften ab. Sie schloss die Augen und suchte das Bild des Waldes, der Schloss Fontainebleau umgab. Würden sich die Blätter schon herbstlich färben, während sie sich dort aufhielten? Sie träumte sich ein wogendes Farbenmeer aus roten und goldenen Tönen herbei, tausende Vögel, die aus den Baumkronen zu ihr herablachten. Wie in weiter Ferne hörte sie, wie der Graf den Brief geräuschvoll entfaltete. Plötzlich bemerkte sie, dass der Marchese verstummt war.

„Hat es Euch die Sprache verschlagen?" Sie schlug die Augen wieder auf und sah, dass sich Monaldesco von ihr abgewandt hatte. In seinen Händen hielt er ein Blatt, auf dem sie das Siegel des schwedischen Königs erkennen konnte.

„Schlechte Nachrichten?" Sie wollte aufstehen, doch plötzlich fehlte ihr jede Kraft. Mit einer Hand griff sie nach den seidenen Vorhängen, der Stoff in ihren Händen fühlte sich so glatt und kühl wie Fischhaut an.

„Der König schreibt ..." Monaldesco drehte sich wieder zu ihr. Sein Gesicht war nun ausdruckslos, sie konnte nicht darin lesen.

„Er schreibt ..." Der Graf straffte sich und räusperte sich gequält.

„Er schreibt ... dass Eure liebe Freundin Ebba Sparre vor einigen Wochen im Kindbett verstorben ist."

„Belle ..." Christina wollte schreien, doch sie konnte nicht. Etwas schien in ihrer Kehle festzustecken. Sie keuchte. Ihre Hand krallte sich noch stärker in den Vorhang, und sie spürte, wie sich der Stoff unter ihrem Zug spannte. Belle, meine Belle – war alles, was sie denken konnte.

„Ich will den Brief sehen ...", krächzte sie und griff nach dem Bogen. Wie im Rausch überflog sie die Zeilen. „*... meine liebe, verehrte Christina ... ich bin untröstlich, Euch heute diese Nachricht senden zu müssen ... ein rasendes Fieber ... kein Arzt konnte helfen ... das Kind lebt, ein winziges, gesundes Mädchen ... der Hof trauert mit Euch ...*"

Es konnte nicht sein. Ihre Belle, ihre wunderschöne, rosige, lächelnde Belle nur noch moderndes Fleisch, und sie, Christina, hatte sie in die Ehe gedrängt, die zu dieser verhängnisvollen Schwangerschaft geführt hatte. Sie hatte Belle verlassen, um ihren selbstsüchtigen Traum zu leben. Ihr wurde übel, sie musste sich hinlegen, und noch im Hinabgleiten spürte sie, wie die Arme des Grafen sie fest umschlangen und ihr den Atem nahmen.

Es war wie damals, plötzlich sah sie den Sarg des Vaters vor sich, sie spürte den Körper der Mutter in ihrem Rücken, ihren unerbittlichen Griff, roch die Totenkerzen, den Geruch nach Verwesung, der durch das Zimmer strich.

Dann schwebte sie über allem. Sie sah, wie Monaldesco sich über ihren Körper beugte, ihn an sich drückte, küsste, immer weiter vorandrängte. Sie sah seine Hände, die überall waren und die Frau erkundeten, die dort vor ihm lag. Die ihren reglosen Körper Schicht um Schicht entblößten.

Sie wollte sich wehren, stark sein, nicht zulassen, was unweigerlich geschehen würde, doch ihr Körper war taub und gehorchte ihrem Flehen nicht. Alles, was sie tun konnte, war, ihre Hand noch stärker in den Vorhang zu krallen. Einen Halt zu suchen in den Wogen dieser stürmischen See, die sie wie Treibgut mit sich riss. Und in einem letzten Aufbegehren zog sie noch fester an dem Stoff, der plötzlich nachgab, herabstürzte und ihre nun tobenden Körper wie ein Wasserfall unter sich begrub.

Es war Nacht. Sanft wie ein kühler Schatten legte sich die Seide um die Liebenden, vereinte ihren Atem und verhüllte Verlangen und Hilflosigkeit mit dem Reichtum und Stolz der alten Stadt.

SIEBEN

Frankreich, auf dem Weg nach Paris, September anno 1656

Heiterkeit bahnte sich ihren Weg. Christina spürte ein Kribbeln, das sich in ihrem Innersten ausbreitete wie Luftbläschen, die an die Oberfläche stiegen. Mühsam unterdrückte sie ein Kichern, sie schluckte und räusperte sich, dann las sie die Zeilen vor, die ihr Verfasser mit schwarzer Tinte auf den Bogen Papier gesetzt hatte. *„Sie will durchaus eine Amazonin vorstellen. Zumindest ist sie ebenso wild und stolz als ihr Vater, der große Gustav Adolf."* Amüsiert senkte sie den Brief in ihren Händen und sah Monaldesco lächelnd an. Der Marchese parierte gelassen ihren Blick, während sich seine Mundwinkel zu einem Lächeln verzogen, das seine Augen nicht erreichte.

Christina ließ sich nicht irritieren. „Hört, was er weiter schreibt", fuhr sie fort und holte Luft, um einen männlichen Tonfall zu imitieren. *„Sie ist sehr höflich und holdselig. Sie spricht acht Sprachen und insbesondere die französische so geläufig, als ob sie in Paris geboren wäre. Sie besitzt mehr Wissen als unsere Akademie mitsamt der Sorbonne. Sie versteht sich auf Gemälde wie auf alle Dinge sehr wohl. Ihr sind die Streiche, die an unserem Hof gespielt werden, besser als den Hofleuten selbst bekannt. Mit einem Wort, sie ist eine ganz außerordentliche Person. Da sie jetzt nach Paris geht, so werden Sie sich von der Königin bald selbst ein Urteil machen können."*

Monaldesco nickte, dann streckte er die Hand aus und nahm

den Brief des Herzogs von Guise wieder an sich. „Der Kurier wartet vor der Tür, ich werde das Siegel ersetzen, dann kommt das Schreiben noch vor uns in Fontainebleau an."

„Was hattet Ihr erwartet? Einen Hinterhalt?"

„Es ist besser zu wissen, mit wem man es zu tun hat. Der Herzog hat immer noch exzellente Verbindungen nach Neapel. Was etwa wäre, wenn er eine eigene Verschwörung plante, um den Thron für sich zurückzugewinnen?"

Christina nickte. Sie hatte Monaldesco freie Hand gelassen, die Korrespondenz des Herzogs umzuleiten und nach Verräterischem zu durchleuchten. Im Durcheinander der Reise war es leicht, die Postkuriere abzufangen, Kassetten mit Dokumenten auszutauschen, Siegel zu brechen und wieder zu ersetzen. Der Marchese verstand sich auf dieses Handwerk, und Christina genügte ein Blick, um einen geheimen Code zwischen harmlosen Mitteilungen zu entdecken. Die Korrespondenz mit Kardinal Azzolino hatte ihre Augen für verschlüsselte Nachrichten geschult, und noch in Rom hatte sie der Freund in einigen geheimen Techniken unterwiesen. Gemeinsam hatten sie den Code studiert, den der große Caesar in den Gallischen Kriegen benutzt hatte, und seine Technik der Buchstabenverschiebung in ihren eigenen Briefen genutzt. Sie hatten sich die gotische Fraktur, Hieroglyphen und das mittelalterliche *Alphabetum Kaldeorum*, das zur Verschlüsselung diplomatischer Texte diente, angeeignet oder ihre Botschaften durch Zahlenchiffren verschlüsselt. Schließlich hatten sie für sich einen ganz eigenen Code entwickelt, der nur ihnen beiden bekannt sein sollte.

Auch der jüngste Brief, den der Freund aus Rom geschickt hatte, war verschlüsselt gewesen. Es war ihre Verabredung, ihr Vergnügen, doch hinter der Leichtigkeit des Spiels lag wie eine zweite Ebene das Misstrauen Azzolinos gegenüber Christinas Begleitern. In seinen Briefen, deren warmherziger Ton durch die Verrätselung hindurchsickerte, ließ er nicht davon ab, Monaldesco und seine Männer als Strolche, Hühnerdiebe und Vagabunden zu beschimpfen. *„Die Besten, meine liebe Christina“*, hatte er geschrieben, *„sind doch ohne Überzeugung, während die Schlechtesten, die Schuldigen, erfüllt sind von ihren leidenschaftlichen Plänen.“* Ahnte er etwas von der Verschwörung?

Christina blickte Monaldesco nach, der sich aus dem dunklen Schankraum der Wirtschaft entfernte, in die sie für ihre Mittagsrast eingekehrt waren. „Azzolino“, seufzte sie in Gedanken und achtete nicht auf das Personal, das sie eifrig bediente. Wein war gekommen, frisches, noch warmes Brot, gebratenes Fleisch und reife, süße Früchte. Ein appetitlicher Duft lag in der Luft. „Gut, dass Ihr mich nicht sehen könnt, mein lieber Freund.“

Seit der merkwürdigen Episode in Lyon waren erst wenige Tage vergangen, und sie fühlte sich beschämt und schuldig, wenn sie an den Akt zurückdachte. Nicht ihr eigenes Verlangen hatte ihren Körper beherrscht, sondern Monaldescos Wille. Und in ihrer Erstarrung, ihrer Trauer um den Tod der Freundin, hatte sie ihm nichts entgegensetzen können. Im Gegenteil: Ihr Körper schien sich dem Begehren des Grafen aus freien Stücken hingegeben zu haben. Entsetzt hatte sie bemerkt, wie sich alles Amazonenhafte ihres Wesens unter der Umarmung der seidenen Vorhänge in weibliche Nachgiebigkeit verwandelt hatte. Die Tränen, das erhitzte Blut in ihren Adern, alle geheimen Säfte schienen sich zu einem rauschhaften Fluss zu vereinigen, der durch ihren Körper schoss und ihren Verstand mit sich riss.

Als es vorbei war, als die Wucht des Höhepunktes sie wieder in sich selbst zurückgeschleudert hatte, hatte sie die Flucht ergriffen. Entsetzt war sie durch die Gänge des Nachtquartiers geirrt, atemlos, bis sie endlich das Zimmer gefunden hatte, in dem Emanuela und Maria auf sie warteten. Sie hatte ihre Blicke gespürt, mit denen sie Christina musterten, ihr zerwühltes Haar, die fehlenden Kämme darin, hatte gemerkt, wie sie den Schweiß an ihrem Körper registrierten, ihren Geruch, ihre Demütigung. Doch sie hatten wie Komplizinnen geschwiegen. Emanuela hatte ihr das Essigwasser gereicht, mit dem sie sich gründlich wusch und alles aus sich herausspülte, was fremd war. Und in der Nacht, die furchtbar gewesen war, sich endlos dehnend und ohne jeden Schlaf, hatte Maria, die nach Rosmarin und kühlem Moos duftete, ihre Hand gehalten.

Seitdem verhielt sich Monaldesco Christina gegenüber rätselhaft. Sie hatten nicht über das Geschehene gesprochen, noch nicht, keine Andeutung über das Geheimnis, das sie nun teilten, war gefallen. Der Graf scheint seinen Triumph in keiner Weise auskosten zu wollen, dachte Christina erleichtert. Er war zuvorkommend, aber von demütigender Höflichkeit, energisch in seinem Handeln, das ganz auf Fontainebleau, Paris und Neapel ausgerichtet schien.

Schritte schreckten Christina aus ihren Gedanken auf. „Mein Lieber!“ Erfreut winkte sie den Herzog von Guise heran. „Setzt Euch zu mir.“ Sie wies ihm einen Platz an ihrem Mittagstisch und forderte ihn auf, sich zu bedienen. Ein Diener brachte Geschirr und Besteck, während Christina selbst den herrlichen Wein ausschenkte. „Soeben sprach ich mit meinem Stallmeister über Euch.“

Der Herzog lächelte geschmeichelt, die dunklen Locken seiner höfischen Perücke wippten auf seinen Schultern. Hochgewachsen, männlich, klug und charmant, war er ihr ein angenehmer Begleiter und Gesprächspartner. Seit der Abfahrt aus Lyon hatten sie einige gemeinsame Stunden mit Unterhaltungen in ihrer Kutsche verbracht, und schon eilten ihnen Gerüchte voraus, die Königin ohne Land tändele mit dem Herzog und Abenteurer hinter zugezogenen Gardinen.

„Ich habe Neuigkeiten aus Paris und Fontainebleau.“ Ihr Gast biss herzhaft in ein großes Stück Wildschweinbraten. Krachend zermalmten seine Zähne die fettig glänzende Kruste. „Können wir nach der Rast darüber sprechen?“

Christina nickte. Genauso wie Monaldesco, der sie nur unter

vier Augen vom Fortschreiten der Verschwörung unterrichtete, zog es der Herzog vor, der Königin seine Nachrichten im Geheimen zu überbringen. Auch er schien jeden weiteren Mitwisser ausschließen zu wollen.

Wenig später teilten der Herzog und Christina die wenig komfortable Reisekutsche miteinander. Eigentlich bevorzugte es die Königin, den größten Teil der Tagesstrecke reitend zu bewältigen, doch das intime Gespräch verlangte nach einem geschützten Raum. Der Wagen, der in der Nachmittagshitze durch Felder und bewaldete Hügel nach Norden rollte, war ein Kokon, der sie gegen die Außenwelt abschottete.

„Ich habe Euch etwas mitgebracht." Der Duc reichte Christina vorsichtig ein kleines Buch.

„Descartes?" Überrascht blickte Christina dem Herzog in die Augen, als hoffte sie, dort eine Antwort auf ihre Frage zu finden. Was wollte er ihr damit sagen?

Der Herzog nickte. Seine Lider waren halb geschlossen, nach dem Mittagsmahl wirkte er zwar satt und schläfrig, doch seine Pupillen zuckten wie die eines Raubtieres, das bereit war zum Sprung. „Ich dachte, seine Schriften könnten Euch in der Trauer um Eure Freundin trösten. Seine Gedanken waren mir in vielen Situationen hilfreich. Wie ich hörte, war Descartes in Stockholm Euer Gast."

„Er ist dort gestorben." Christina blätterte das Buch in ihrem Schoß auf und blickte auf das Porträt des Philosophen. „Er hat die Kälte nicht vertragen."

Wieder nickte der Herzog, und er begann leise, die Worte seines berühmten Landsmannes zu zitieren: „Wir Menschen sind geboren für viel größere Freuden und ein viel größeres Glück, als wir sie auf dieser Erde erleben können. Wir werden die Toten dereinst wiederfinden, und zwar mit der Erinnerung an das Vergangene ..."

Christina bemerkte, dass ihr Tränen in die Augen stiegen. „Ich trage die Schuld daran", flüsterte sie und wandte den Kopf zur

Seite, damit der Herzog den Moment der Schwäche nicht bemerkte. „Ich bin schuld am Tod von Belle, und auch Descartes ist nur gestorben, weil er zu mir nach Stockholm kam. Beide sind nicht mehr in dieser Welt, weil sie meinem selbstsüchtigen Willen gehorchten." Durch das kleine Fenster der Kutsche sah sie Maria, die auf ihrem Pferd durch die Felder preschte. Ihr Bild fügte sich in die Landschaft ein, das Blau des Himmels umschloss ihre Gestalt mitsamt dem wild galoppierenden Pferd. Ein Kobold, der durch die Luft zu fliegen schien.

„Es ist allein Gottes Wille ..." Die Stimme des Herzogs holte sie zurück aus ihren Gedanken. „Erzählt mir von Descartes."

„Ich habe ihn an meinen Hof geladen, ein Jahr nachdem der Westfälische Frieden geschlossen worden war. Der französische Botschafter in Stockholm unterstützte mich. Chanut schrieb die schmeichelhaftesten Briefe nach Egmont, doch Descartes wollte nicht kommen. Die Umstände der Reise schreckten ihn, er wollte nicht, so drückte er sich aus, als ein exotischer Elefant im Land der Bären dienen."

„Dennoch ist er Eurer Einladung gefolgt."

Christina lachte bitter auf. „Ich habe ihm die Entscheidung abgenommen. Ich schickte Chanut mit einem meiner Admiräle nach Frankreich, sie holten ihn einfach in Egmont ab. So haben wir den Widerspenstigen doch noch gezähmt."

„Wie war Euer Eindruck? Leider war es mir nie vergönnt, Descartes kennen zu lernen." Der Duc lehnte sich gespannt vor, schließlich hatte sein berühmter Landsmann Mathematik, Physik und Philosophie gleichermaßen revolutioniert.

Christina blickte auf ihre Stiefelspitzen. Descartes war zunächst eine Enttäuschung gewesen, erinnerte sie sich an ihre erste Begegnung. Klein und dicklich, humpelnd und mit schmalen Lippen war er vor sie getreten. „Ein großer Mann, der nichts von einem großen Mann besaß", antwortete sie ehrlich.

Ich war enttäuscht, dachte sie, und er verstimmt. Trotzdem blieb die Begeisterung für die Schriften des Philosophen. „Er tadelte mich, dass ich die alten Griechen so begierig las. Sie hätten uns nichts zu sagen, erklärte er mir. Ihre Werke zu studieren sei keine Naturwissenschaft, sondern Geschichte. Nichts könne als wahr anerkannt werden, es sei denn, man beweise es."

„Ihr hieltet dagegen?"

„Ich ordnete an, er möge ein Libretto für ein neues Ballett – er nannte es *„Die Geburt des Friedens"* – verfassen, das ärgerte ihn. Dann bat ich ihn, die Statuten für meine seit Langem versprochene Akademie für schwedische Gelehrte aufzusetzen. Er gab sich Mühe, doch er wollte zurück nach Hause. Im Januar des folgenden Jahres, es war der wohl kälteste Monat in diesem kalten Jahrzehnt, trafen wir uns jeden Tag frühmorgens in meiner Bibliothek, um über seine Arbeiten und die menschliche Unvollkommenheit zu sprechen. Ich sah, dass er unentwegt zitterte, doch ich dachte mir nichts dabei. Sein kleiner Körper war in die dicken Pelze gehüllt, die ich ihm geschenkt hatte. Er konnte doch unmöglich frieren."

„Man sagt, in Frankreich hätte er seine Vormittage am liebsten zu Hause in seinem Bett am Ofen verbracht."

„Ich bitte Euch, er war doch ein Mann. Er hat als junger Soldat an der Eroberung Prags teilgenommen."

„Und trotzdem zitterte er ..."

„Vier Wochen später lag er mit Fieber im Bett. Ich schickte ihm meine besten Ärzte, doch er vertraute ihnen nicht und zog es vor, sich mit einem Gebräu aus kochendem Wasser und Tabak zu kurieren. Zuletzt war er so schwach, dass kein Aderlass mehr half. Eine Lungenentzündung tat ihr Übriges, und er starb, still und gefasst. Als ich an sein Totenbett trat, sah ich, dass ein Lächeln auf seinen Lippen lag. Er wirkte zufrieden und war wohl erleichtert gewesen, dass er sich nun endlich aus dem Leben und aus meiner Gesellschaft hatte stehlen können."

Wieder blickte Christina hinaus in die Felder. Das Korn, silbrig und von schweren Ähren gekrönt, wisperte im Wind, als ob auch darin eine Verschwörung vor sich ginge. Maria war aus ihrem Blickfeld verschwunden, dafür sah sie Monaldesco, der auf Höhe der Kutsche ritt. Ihr war, als spürte er ihren Blick in seinem Nacken. Plötzlich drehte er sich zu ihr um und starrte sie an. Wie gefesselt hing sie in seinem Blick.

„Sein Tod muss ein Schock für Euch gewesen sein." Die Stimme des Herzogs erreichte sie aus der Ferne, doch sie antwortete ihm nicht. Ja, dachte Christina, ja, ich fühlte mich schuldig, noch heute fühle ich mich schuldig. Reuevoll hatte sie sich an die Planung einer prächtigen Beerdigung gemacht. Descartes sollte neben den schwedischen Königen in der Riddarholmskirche ruhen. Ein Grabmal aus Marmor hatte ihr vorgeschwebt, Inschriften der größten Geister sollten es schmücken. Doch über die Planungen verging die Zeit, und so musste der große Mann und Katholik zunächst auf Stockholms Friedhof für die Ungetauften unter die Erde. Sein Grab war statt mit einem Stein mit einem provisorischen Brett gekennzeichnet worden, dann war Descartes aus ihren Gedanken verschwunden. Über die Pläne zur Abdankung hatte sie das ehrende Andenken an diesen Mann, dessen Weisheiten ihr so viel bedeuteten, vergessen.

Sie seufzte. „Es schmerzt mich bis heute." Vor ihren Augen sah sie den Erdhügel, unter dem Descartes sterbliche Überreste lagen, die ärmliche Tafel darauf: *„Unter diesem Steine ruht ..."* Nicht einmal einen Gedenkstein hatte der Franzose bekommen.

„Lasst uns von etwas anderem reden. Was wolltet Ihr mir mitteilen?"

„Es geht um Euren Empfang in Fontainebleau." Der Herzog hatte verstanden und nahm das Buch zurück. „Der König wird wohl erst einige Tage nach Euch eintreffen, wichtige Geschäfte halten ihn in Paris auf. Kardinal Mazarin hat mich gebeten, das

Empfangskommando zu übernehmen. Man wird Euch mit einer Festwoche willkommen heißen, Konzerte, Tanz, Ballett und Theater. Der Hofstaat möchte Euch kennen lernen, allen voran die Herzogin von Montpensier. Der Erste Minister bittet Euch, Stillschweigen über alle Verabredungen zu wahren. Die ganze Angelegenheit muss vorerst geheim bleiben. Ihr seid lediglich auf Durchreise nach Stockholm."

Für einen Augenblick war Christina verstimmt. Nicht der König, ja nicht einmal sein Erster Minister würden sie empfangen. Was war ihnen Neapel dann wert? Doch sie ließ sich ihren Ärger nicht anmerken. „La Grande Mademoiselle, ich wollte sie schon seit Langem kennen lernen. Als ich noch in Stockholm lebte, haben wir uns einige Male geschrieben."

„Ihr wisst, dass sie eigentlich auf Schloss Saint Fargeau im Burgund in der Verbannung lebt?"

Christina nickte. Ihr war bekannt, dass sich die Herzogin während des zweiten Aufstands der oppositionellen Fronde gegen ihren Vetter, den jungen König Ludwig, gestellt hatte. Doch der Kampf des Pariser Parlaments und der Prinzen gegen die Politik einer absoluten königlichen Macht war gescheitert. Nun tat sie alles dafür, wieder ins gesellschaftliche Leben zurückzukehren.

„Man wird ihr den Besuch auf Fontainebleau also erlauben?"

Der Herzog zuckte mit den Schultern. „Es sieht so aus, der Hof hat ihr verziehen. Und nachdem der König endlich für volljährig erklärt worden ist und die Regentschaft seiner Mutter offiziell beendet, ist die Ordnung in Frankreich wiederhergestellt. Die Krönung und Salbung des Königs in Reims haben dem inneren Frieden im Land gedient."

Christina neigte sich vor und berührte den Herzog vertraulich am Arm. „Sagt mir, was für ein Mensch ist der König?"

„König Ludwig? Er ist ganz und gar außerordentlich." Der Herzog geriet ins Schwärmen, und fast schien es Christina, als ob sie einem Jüngling lauschte, der sich in verliebten Träumen verlor. Begeistert leuchteten seine Augen auf, und das Haar der Perücke wippte. „Schon seine Geburt erschien vielen als glückliche Fügung, denn die Ehe seine Eltern war mehr als zwanzig Jahre ohne Nachkommen geblieben. Die Franzosen gaben dem Knaben deshalb den Beinamen *Dieudonné* ..."

„Der Gottgegebene ...", murmelte Christina.

„... und als Vierjähriger wurde Ludwig als König inthronisiert, doch seine Mutter Anna von Österreich und Kardinal Mazarin regierten, bis man den König vorzeitig für volljährig erklärte. Mazarin beteiligte den König Schritt für Schritt an der Macht, sodass Ludwig gut auf sein Amt vorbereitet war. Trotz seiner Jugend ist er ein starker Regent mit scharfem Verstand."

„Wie alt ist König Ludwig heute?"

„Er feiert in diesen Tagen seinen achtzehnten Geburtstag."

„Was liebt er?"

„Die Wissenschaften und die Kunst. Ludwig hat die Absicht, die besten Künstler - Architekten, Maler, Poeten, Musiker und Schriftsteller - für sein Land arbeiten zu lassen. Außerdem genießt er es zu tanzen. Er ist ein guter Reiter, ein leidenschaftlicher Jäger, dem Schauspiel und besonders der Musik ist er zugetan. Er kleidet sich mit großer Sorgfalt, und es heißt, dass selbst die schönsten Frauen augenblicklich seinem Charme verfallen. Dabei ist er höflich und zuvorkommend, er zieht sogar vor den Mägden seinen Hut."

Christina lachte ungläubig auf. „Das ist wohl seiner Jugend zuzuschreiben?"

„Nein, nein ...", der Herzog schüttelte den Kopf. „Das ist sein Naturell. Man sagt, er vereine das Beste seiner Vorfahren, das Beste der Bourbonen, Medici und Habsburger in seinem Blut."

„Ich werde ihn bald kennen lernen", murmelte Christina. Sie freute sich auf den jungen König, auf seine jugendliche Frische, seine Präsenz, die Fülle seiner Ideen und Gedanken. „Und Mazarin?“, fragte sie weiter.

„Ehrgeizig und klug, sein Einfluss ist gefürchtet. Eigentlich ist der Erste Minister Italiener von Geburt, doch schon als kleines Kind kam er mit seinem Vater, einem General, nach Paris.“

„Was bezweckt er mit Neapel?“

„Sein Einfluss auf den König schwindet, es bleibt ihm nicht mehr viel Zeit, um noch politisch Macht auszuüben; und Neapel für Frankreich zu gewinnen ist schon lange sein Ziel. Neapel ist wertvoll, schon aufgrund der Nähe zum Papst. Von dort aus könnte Frankreich entscheidenden Einfluss auf die katholische Kirche nehmen. Deshalb muss es jetzt, mit Eurer Hilfe, gelingen, die Spanier in Neapel zu entmachten.“

„Warum kehrt Ihr nicht auf den Thron zurück?“

„Frankreich kann keinen französischen Statthalter nach Neapel schicken, das würde als Okkupation betrachtet werden und einen neuen großen Krieg heraufbeschwören. Doch wenn man Euch einsetzt, eine unverheiratete, kinderlose Monarchin, bliebe die ganze Sache eine neapolitanische Angelegenheit, die man in Europa kaum beachten wird. Damit schafft Frankreich Tatsachen. Nach Eurem Tod könnte Neapel dann ohne großes Aufheben an den Bruder des Königs und an Frankreich fallen.“

„Es sei denn, ich könnte doch noch einen Erben vorweisen.“ Gespannt wartete Christina auf die Reaktion des Herzogs. Als er sein Gesicht verzog, lachte sie laut auf. „Ein Scherz, mein Lieber, nur ein Scherz.“ Übermütig winkte sie Maria zu, die an der Kutsche vorbeigaloppierte.

„Was hat es mit dem Kind auf sich?“ Der Herzog von Guise sah sie jetzt neugierig an. „Man sagt, es sei Euch zugelaufen.“

„Maria? Sie hat mein Herz erobert.“ Christina schwieg einen Moment. Sie wusste nicht, ob ein Mann dieses Gefühl verstehen konnte. Insgeheim fürchtete sie, dass ihre Zuneigung zu dem Kind einer ganz und gar mütterlichen Regung entspringen könnte. Einem Gefühl also, das sie sich eigentlich verboten hatte. Merkwürdig, dachte sie, Monaldesco hat mich nie danach gefragt.

Der Herzog blieb ausdruckslos. „Man sagt zudem, es habe keine Eltern."

„Jeder Mensch hat Vater und Mutter. Aber wir kennen sie nicht, wir wissen nicht, woher Maria kommt. Man hat sie wohl vor vielen Jahren in Rom ausgesetzt. Sie erinnerte sich jedoch an den Klang der französischen Sprache, und in den vergangenen Wochen hat sie das Französische fast wie von selbst gelernt. Manchmal denke ich, sie stammt aus diesem Land." Über das Wappen der Anjou, das man bei Maria gefunden hatte, wollte sie noch nicht sprechen. „Ich hatte gehofft, hier in Frankreich etwas über die Familie des Kindes zu erfahren."

„Wo wollt Ihr beginnen? Auch in Frankreich gibt es Legionen von Findelkindern."

„Ich werde Gespräche führen und mich nicht entmutigen lassen."

Die Kutsche holperte über ein unebenes Stück Straße, und sie hörten den Kutscher fluchen. Ein Stück vor ihnen ritt Maria jetzt am Rande eines Feldes entlang. Sie ließ ihre Beine baumeln, und die Gräser streiften ihre nackten Fußsohlen. Nur wenige Pferdelängen entfernt folgte ihr Monaldesco, in seinem schwarzen Rock ein Schatten im Rücken des Mädchens. Fast hatte Christina den Eindruck, als verfolge er das Kind. Dafür, dass ihm Maria ein Ärgernis ist, hält er sich recht oft in ihrer Nähe auf, dachte sie. Dann ließ sie sich treiben und von den Gedanken dieses Reisetages forttragen, während sich die Kutsche dem Ziel der Fahrt näherte.

Die Königin wirkte erleichtert, als sich das Château von Fontainebleau vor der dunklen Kulisse des Waldes abzeichnete. Das hufeisenförmig errichtete Jagdschloss mit seinen fünf Höfen, der eindrucksvolle Kanal, in dem sich die nach italienischen Vorbildern gestalteten Fassaden spiegelten, und der Park, der wie verzaubert war mit seinen Alleen und Blumenrabatten, schienen ihr vom ersten Moment an Kraft und Zuversicht zu schenken. Energisch und mit weit ausholenden Bewegungen schritt sie das Gelände ab, als wollte sie die Anlage in Besitz nehmen. Und während sie erfreut mit ihren Händen über Rosen, Glockenblumen und Lilien strich, neigte sich ihr der Garten des Königs freundlich zu.

Der Herzog von Guise begleitete Christina. Stolz und kenntnisreich führte er sie in die Architektur des Schlosses und in die ebenso eigensinnige höfische Gesellschaft ein. Während einer kurz gehaltenen Empfangszeremonie im Vestibül – so kurz, dass die Königin ihre Ungeduld beherrschen konnte und ihr Lächeln nicht verlor – stellte ihr der Herzog einige Damen des Hofes vor, die den berühmten Gast mit sanften, nach Rosenwasser duftenden Wangenküssen begrüßten. Ungerührt und fest wie eine Eiche aus den Wäldern Fontainebleaus stand der Herzog an ihrer Seite und kommentierte flüsternd das Defilee des neugierigen Adels. „Die Marquise de Rambouillet, brillant ... Mademoiselle de Scudéry, sie betreibt einen eigenen Salon ... Mademoiselle de Montpensiers, die Cousine des Königs ... Wir sprachen ja bereits über die Herzogin." Erstaunt beobachtete er, dass selbst die intrigantesten Gestalten, die das komplizierte Geflecht des Hofes hervorgebracht hatte, beim Anblick der Königin verstummten und wie Stubenkatzen schnurrten. Im Licht der Kerzen funkelten die kostbarsten Juwelen Frankreichs, doch ihre Trägerinnen warteten geduldig und hinter ihren Fächern flüsternd darauf, der berühmten Königin ohne Land vorgestellt zu werden. Wenn sie an die Reihe kamen, erkundigten sie sich mitfühlend nach den Verhältnissen in Rom, den Anstrengungen der Reise und der Gesundheit der Königin.

Auch Christina entging die Verzückung der Gesellschaft nicht. *„Die Damen sind ganz rasend, mich zu küssen. Kommt es etwa* *daher, dass ich einem Mannsbild ähnlich sehe?"*, notierte sie in ihrem Tagebuch.

Wie üblich hatte die Königin nicht viel Aufheben um ihr Äußeres gemacht. Der Hof von Fontainebleau, diese Gesellschaft eitler, auf jede Äußerlichkeit bedachter Ästheten, in der sich auch die Männer ganz selbstverständlich schminkten, staunte über ihr achtloses Verhältnis zu ihrem Äußeren. Christinas am Rücken geschnürtes Mieder ähnelte einem Männerwams, und das weiße Hemd hing über der viel zu weiten Hose hervor. Die Königin trug keine Handschuhe, und die von der Reise sonnengebräunten Hände und ihr vernachlässigter Teint verblüfften die Hofdamen, erschreckten sie gar, bevor die lebendige Schönheit ihrer Augen, ihr Charme und die Mischung von Stolz und Stärke in ihrem Gesicht dafür sorgten, dass die wilde Natur der Schwedin doch über alle Maßen gefiel.

Erstaunt registrierte der Herzog, dass Christina ein Abend der Ruhe, zelebriert mit einem ausgiebigen Bad, genügte, um Atem zu schöpfen. Dann stürzte sie sich in die Woche der Vergnügungen. Zur Verblüffung aller, die sie kannten, kokettierte sie nun mit weiblichen Röcken, kostbaren Stoffen und mädchenhaften Perücken. Viel Lob für ihren Auftritt bekam die Königin für einen Rock aus grauer Seide und ein Mieder aus feuerrotem, feinem Wolltuch, beides mit goldenen und silbernen Verzierungen und Spitzen besetzt. Ihre blonde Perücke war mit einem eleganten Chignon verziert und ihr Hut mit schwarzen Federn geschmückt. Sie hatte sich sogar gepudert, und ihre blauen Augen strahlten noch heller als sonst.

Immer an ihrer Seite, wie ein Glück bringendes Maskottchen, das Kind – ähnlich kostbar gekleidet und mit einem seligen Lächeln in seinem fröhlich gespannten Gesicht. Auf den Gesellschaften strich es durch den Wald aus Seidenröcken, befühlte die Stoffe, versteckte sich unter den raschelnden Bahnen, sog den geheimnisvollen Duft der Frauen ein und lächelte, wenn es sich beobachtet fühlte, um dann einen Platz zu suchen, von dem aus alles zu überblicken war. Das Mädchen gleicht einem Gefäß, dachte der Herzog bisweilen, das alle Eindrücke in sich aufzunehmen scheint. Er war sich sicher, dass die Beobachtungen des Kindes letztlich der Königin zuflossen.

Auffallend zurückhaltend präsentierte sich dagegen Graf Monaldesco in Fontainebleau. Der Herzog von Guise wusste nicht, wie er sich diesem rätselhaften Begleiter der Königin nähern sollte. Der Vertraute Christinas gab sich unnahbar, immer mit wichtigen Gesprächen, geheimen Dokumenten und anderem beschäftigt, zog er sich in die Kabinette und Arbeitszimmer des Gästetraktes zurück. Monaldesco empfing Gesandte, die aus dem Nirgendwo zu kommen schienen, Kuriere schwirrten mit seinen Botschaften in alle Himmelsrichtungen davon und verloren sich dann im Dickicht der Wälder. Der Herzog hatte den Eindruck, als vermeide der Graf jedes Gespräch mit ihm. Alle wichtigen Informationen, die die Verschwörung betrafen, erreichten ihn über seine undurchsichtigen Kanäle, ja, fast war es so, als suchte er gar keine offizielle Bestätigung für sein Wissen. All seinen Plänen haftete die Mystik eines religiösen Erlebnisses an, das er eifersüchtig bewachte und mit niemandem teilen wollte.

Und sein Verhältnis zur Königin? Der Herzog hätte Neugierigen wenig darüber berichten können. Er ahnte, dass nicht nur die neapolitanische Sache, sondern Leidenschaft den Grafen und die Königin miteinander verband. Befanden sich beide im selben Raum, war die Atmosphäre wie aufgeladen: Jede Flamme schien heller aufzuleuchten und Funken zu sprühen, der Duft der Rosen schwer und sinnlich aus den Blumenbouquets zu quellen und der Wein in den Kelchen schien wie Champagner zu perlen. Doch nie beobachtete er eine Berührung zwischen den beiden oder ein anderes sichtbares Zeichen, das auf ein Verhältnis schließen ließ. Auch seine

Spione konnten ihm nicht mehr mitteilen, als dass die Königin nach einem Tag voller Lustbarkeiten, nach Empfängen, Festessen, Theater- und Ballettaufführungen, nach Feuerwerk und Tanz bester Laune, singend und das müde Kind im Arm in ihre Gemächer entschwand, wo sie von ihren verschwiegenen Zofen erwartet wurde.

Ein besonderes Vergnügen bereitete Christina die Begegnung mit der Grande Mademoiselle. Beide Frauen liebten raffinierte Gespräche und körperliche Anstrengungen, besonders das Reiten und die Jagd. Wie die Königin besaß die Herzogin einen erlesenen Geschmack. Während ihrer Verbannung hatte sich Mademoiselle de Montpensiers den schönen Künsten gewidmet, auf Schloss Saint Fargeau war ein Theater eingerichtet worden, und sie hatte dort sogar eine Druckerpresse aufstellen lassen, auf der sie ihre eigenen Werke vervielfältigen ließ. Die Frauen entsprachen einander in ihrer Bewunderung für große Männer und große Ideale sowie in ihrer leidenschaftlichen Verachtung der Ehe, die sie für sich ablehnten.

Tagsüber trafen sie sich zum Federballspiel in den Gärten von Fontainebleau und trieben mit fliegenden Röcken und unter dem Applaus der Höflinge die Federkugel über das Netz. Neben dem Ball wechselten scharfzüngige Argumente die Seiten, und die Spielerinnen verblüfften die anwesenden Zuschauer mit ihrem Wissen und Intellekt. Schon bald galt das Spiel als ein Höhepunkt des täglichen Programms, und immer mehr Schaulustige versammelten sich zwischen den Rabatten und staunten über die Höhenflüge weiblicher Schlagfertigkeit.

Auch die abendlichen Aufführungen der *Comédie-Française* waren mit der Ankunft der Königin um ein Spektakel bereichert worden. Wie ein ungezogenes Balg räkelte sich Christina bei den Aufführungen in ihrem Sessel, schwang die Beine erst rechts, dann links über die Lehnen und ließ alle Anwesenden tief unter ihre

Röcke blicken, bevor sie immer weiter in die Polster rutschte, bis sie schließlich ganz und gar darin zu versinken drohte. Oft hatte sie das Mädchen bei sich, dem sie die Handlung erklärte. Gefiel ihr eine Szene, lobte sie diese laut, indem sie herzhaft fluchte und ihre Lieblingsverse wiederholte. Wurde die Handlung ruhiger, versank sie in Träumereien und drückte das Kind wie ein Hündchen an sich.

Trotz oder gerade wegen ihres außergewöhnlichen Charakters eroberte Christina die Herzen der Hofgesellschaft im Sturm. Allein der König ließ auf sich warten. Erst gegen Ende der Festwoche erreichte die römische Delegation die Nachricht, König Ludwig erwarte die Königin – in den nächsten Tagen und in Paris. Und so brach der Zug der Königin ohne Land nach einer letzten Wildschweinjagd auf, die Stadt an der Seine zu erobern.

Es war am Nachmittag des achten September anno 1657, eines herrlich warmen, nach schwarzen Beeren und welken Rosen duftenden Spätsommertages, als Christina auf dem Rücken ihres Zelters den Rand von Paris erreichte. Vor der Königin und ihrem Gefolge lagen der Hof und die Hauptstadt Frankreichs, die größte Stadt der Welt und, so dachte Monaldesco, der Mittelpunkt des guten Geschmacks.

Zur Begrüßung der amazonenhaften Königin hatte König Ludwig einhundertdreißig Kompanien seines Heeres aufmarschieren lassen. Mehr als zweiundzwanzigtausend Soldaten mit polierten Rüstungen, Ritter und Edelmänner in Uniform, mit Schwertern und Federn geschmückt, säumten die Straßen. Dazu das einfache Volk, Männer, Frauen und Kinder, Alt und Jung. Ganz Paris jubelte der Königin zu und schwenkte blaue und gelbe Bänder, die schwedischen Farben. Die Luft war von den Hochgesängen der Franzosen erfüllt, und als der Zug nach mehreren Stunden endlich das Stadttor passierte, feuerten die Geschütze der Bastille ihre Salven, und die Männer der königlichen Schweizergarde bildeten eine Eskorte für die Königin.

„Das ist das großartigste Spektakel, das ich je erlebt habe.“ Christina war überwältigt. Immer wieder brach sie während des Einmarsches in Jubel aus und drehte sich zu Monaldesco um. Der Graf ritt an ihrer Seite in die Stadt ein, er führte sein Pferd nur wenige Schritte hinter der Königin. In ihrer Euphorie sah Christina so begehrenswert aus wie noch nie. Ihr leuchtendes Haar schien in der tief stehenden Sonne in Flammen aufzugehen, Lippen und Wangen schimmerten in verführerischem Rot, die Augen glänzten und strahlten. Dann brach sie aus der Eskorte der Gardisten aus, sie ergriff die Hände der winkenden Pariser, nahm Blumen entgegen, um sie später wieder in die Menge zu werfen, und wechselte ein paar Worte mit den verzückten Franzosen. Sie spielt mit ihren Reizen, dachte Monaldesco, sie scherzt mit den Parisern, doch in dem Getöse versteht man ja kaum sein eigenes Wort. Was für ein Empfang – eine Erinnerung fürs Leben.

Der Graf konnte nicht anders, er musste jeder Bewegung der Königin mit Blicken folgen, und misstrauisch überwachte er die Reaktionen der Pariser. Ihre stürmische Zuneigung, der Druck der Massen gegen die Eskorte, die Begeisterung, die fast in Ekstase umzuschlagen schien, empfand er als bedrohlich. Je näher die Menschen rückten, je enger die Gasse hinunter zum Louvre wurde, desto aufgeregter schlug sein Herz. Jeder Schuss, der die Massen erschreckt, jedes Geräusch, das ein Pferd scheuen lässt, wird eine Katastrophe auslösen, dachte er. In ihrer Panik werden sie uns alle zertrampeln.

Doch die Massen wogten friedlich, sie dehnten lediglich die Zeit, und so zog sich die Begrüßung der Königin in die Länge. Noch nie hatte ein königlicher Gast Ähnliches erlebt. Für die Fahrt hinunter zur Place Royale, die normalerweise nur wenig mehr als eine Stunde dauerte, benötigte der Zug fünfmal so viel Zeit. Erst am Abend erreichten sie dort die seit Stunden wartenden Hofdamen, Edelleute und Kirchenmänner, dann bewegten sie sich im nächtlichen Fackelschein auf den Louvre zu.

„Ich brenne darauf, den König zu sehen", schrie Christina Monaldesco zu. Inzwischen war sie ganz und gar aufgelöst. Die Freude über den überwältigenden Empfang hatte auch die letzten Barrieren, die seit Lyon zwischen ihnen gestanden hatten, weggerissen. Sie zügelte ihr Pferd, ließ sich auf seine Höhe zurückfallen, und fast hatte er den Eindruck, als wollte sie ihm um den Hals fallen. Maria, die ebenfalls knapp hinter der Königin geritten war, warf ihm einen finsteren Blick zu, dann verschwand sie in den Massen.

„Ich bin mir nicht sicher, ob uns König Ludwig heute Nacht noch empfangen wird. Bis wir den Palast erreicht haben, ist es Mitternacht. Vielleicht hat er sich schon mit einer Mätresse zurückgezogen."

„Dann sollten wir es ihm gleichtun."

Überrascht hielt Monaldesco die Luft an. Die Königin musste über sein verdutztes Gesicht lachen. „Wir sind am Ziel, mein lieber Stallmeister", setzte sie hinzu. „Wir sind am Ziel, und wir wollen diese Nacht feiern. Wir wollen sie uns zu eigen machen, und morgen früh wird die Sonne über einem neuen Europa aufgehen." Trunken vor Glück beugte sie sich zu ihm, und in einer akrobatischen Verrenkung drehte sie sein Gesicht ihren Lippen entgegen und küsste ihn inmitten der Menge.

Der Kuss war unglaublich. Verlangen raste durch seinen Körper, ein Gefühl des Triumphes über die Welt, über jedes Mittelmaß und jeden Zweifel, und er verfluchte die Pariser, die ihre Ankunft vor dem Louvre hinauszögerten.

Durch die Massen ging ein Raunen. Applaus brandete auf. Wo hatte man so etwas schon einmal gesehen? Eine Königin, die ihren Galan vor den Augen der Welt küsste. Monaldesco spürte, wie sich die Hitze der Königin auf das Volk übertrug. Eine Welle der Erregung schwappte durch die Straßen, Unbekannte fielen einander in die Arme, Liebespaare drückten sich schamlos aneinander, und junge Mädchen weinten vor Verzückung. Die Bewegung setzte sich fort, erfasste immer mehr Menschen, bis die Straßen und Plätze von ekstatischem Rauschen erfüllt waren und die Luft brodelte.

Der neue Tag hatte eben begonnen, als der Zug den Louvre am rechten Seineufer erreichte. Der große Palast, der noch immer unvollendet war, wurde vom König meist gemieden. Seine Baustellen, Zeugen der architektonischen Vorlieben aller französischen Könige, die die einstige Trutzburg über Jahrhunderte zu einer Residenz verändert und erweitert hatten, störten seinen Blick, dem es nach Harmonie und Schönheit verlangte.

„König Ludwig plant, den Hof nach Versailles zu verlegen, und lässt nur noch das Nötigste verrichten“, erklärte Monaldesco und zeigte auf einige Rohbauten, deren nackte Fassaden wie Wunden im Mondlicht klafften.

Christina nickte atemlos. Trotz allem war der Bau gewaltig: seine vier Flügel im Stil der Renaissance, die lange Galerie, die den Tuilerienpalast mit dem Louvre verband, das Wissen um die erlesenen Kunstwerke, die sich hinter den Schlossmauern verbargen.

„Kardinal Mazarin residiert im Louvre, ebenso seine Mätressen und ein Großteil des Hofstaats“, fuhr der Graf fort.

Inzwischen stockte der Zug, denn die Schweizergarden marschierten in den rechteckigen Innenhof ein. Auch hier brannten Fackeln in gewaltiger Zahl, die den dunklen Hof in eine strahlende Bühne verwandelten, sodass die Vögel in den Gärten verwirrt begonnen hatten, den Morgen mit ihrem Gesang zu begrüßen.

„Der Kardinal.“ Monaldesco sprang von seinem Pferd und griff in die Zügel des Zelters. Tatsächlich hatte es sich der Erste Minister nicht nehmen lassen, die Königin persönlich zu begrüßen. Aus der Menge der Höflinge stachen sein rotes Gewand und die stolze

Gestalt mit der hohen Stirn hervor – ein Fürst der Kirche und der Krone, mächtig und gefürchtet.

Der erste Eindruck, dachte Monaldesco. Der erste Eindruck muss gelingen.

„Führt mich zu ihm." Christina beugte sich zum Grafen hinab. „Ich werde erst absteigen, wenn wir den Kardinal erreicht haben."

„Das ist ein Affront, Christina." Monaldesco versuchte, die Königin umzustimmen, doch im selben Moment wusste er, dass es zwecklos war. Sie will sich auf keinen Fall als Bittstellerin präsentieren, dachte er. Sie will zum Ausdruck bringen, dass sie sich nicht unterordnen wird.

„Ich werde mich doch keiner Purpurnase an den Hals werfen", bestätigte Christina seinen Gedanken und warf ihm einen langen, übermütigen Blick zu.

„Voran", rief sie über den mit Teppichen ausgelegten Hof, „voran!" Und mit einem Satz preschte der Zelter vor, während die Gardisten erschrocken auseinanderfuhren und sich eine breite Gasse bildete, an deren Ende sie der Kardinal mit unbewegter Miene erwartete.

Monaldesco hielt den Atem an. Was macht sie, dachte er entsetzt. Was macht sie nur? Sie setzt sich über jede Etikette des Hofprotokolls hinweg. Gebannt beobachtete er den Husarenritt der Königin, sie trabte quer über den Platz, vorbei an den sprachlosen Höflingen, bis sie ihr Pferd unmittelbar vor den Stufen, auf denen der Erste Minister wartete, zurückriss. Der Zelter bäumte sich auf, tänzelte für Sekunden auf den Hinterbeinen, dann ließ sich Christina über seinen Rücken hinabgleiten und verbeugte sich wie ein Offizier vor dem Kardinal.

„Eminenz", rief sie in die Nacht, „die Königin ohne Land steht Frankreich zu Diensten."

ACHT

Paris, Herbst anno 1656

Der Louvre mit den Hundertschaften seiner Bewohner und Lakaien, allen voran der Erste Minister, geschminkt und parfümiert, hatte Christina mit offenen Armen empfangen. „Ich bin bewegt von der Begeisterung, die Paris mir schenkt", hatte die Königin Kardinal Mazarin gedankt. „Mir, einer Tochter des Nordens, ist es vergönnt, das neue Herz der Kunst und Kultur von Europa zu erleben, und schon jetzt ahne ich, dass ich mich der Seele dieser Stadt nicht werde entziehen können."

Wenig später geleitete man sie hinauf in ihre Räume, und den geflüsterten Bemerkungen des Herzogs von Guise konnte sie entnehmen, dass man die königlichen Gemächer für ihren Aufenthalt vorgesehen hatte.

„Man hat Euch ein besonderes Bett zugedacht", erklärte der Herzog, der Christina über Treppenfluchten und Flure, die so breit wie Straßen waren, durch eine Unzahl von Sälen und ein Spalier stummer Höflinge hindurch sanft in ihre Gemächer dirigierte. Er wies auf das opulente Möbel mit seinen weißen, goldbestickten Atlasvorhängen. In der Zugluft der geöffneten Fenster bauschten sich die Vorhänge wie Segel, und das Bett ähnelte einem Vergnügungsschiff in den königlichen Gärten. „Ein Geschenk von Kardinal Richelieu an König Ludwig XIII. Man sagt, es beschere dem Schlafenden besonders vergnügliche Träume."

Christina war beeindruckt. „Es ist fast so groß wie ein Königreich“, erwiderte sie und schlug den schweren, knisternden Vorhang zur Seite. Eine Kaskade von Kissen und Seidendecken ergoss sich vor ihren Augen. „Ich bin mir sicher, dass ich vorzüglich darin ruhen werde.“ Sie ließ die Stoffbahnen zurückgleiten und dankte dem Herzog mit einem Nicken.

Unter Verbeugungen und anderen Gunstbezeugungen rauschten die Diener und Höflinge hinaus auf die Flure. Zuletzt verabschiedete sich der Herzog von Guise. „Der morgige Tag ist den Gelehrten von Paris versprochen, die Mitglieder der Akademie werden Euch ihre Aufwartung machen.“

„Wann treffen wir mit dem Ersten Minister zusammen?“ Ungeduldig zog Christina Graf Monaldesco, der sich bis jetzt im Hintergrund gehalten hatte, an ihre Seite.

„Kardinal Mazarin wird sich mit Euch in Verbindung setzen“, erwiderte der Herzog. Er unterdrückte ein Gähnen, inzwischen hatte der frühe Morgen die Nacht abgelöst, und milchiges Licht sickerte durch die Vorhänge in den Raum. „Genießt die Stadt und ihre Gesellschaften. Die Pariser brennen darauf, Euch näher kennen zu lernen. Ich bin mir sicher, dass Ihr in den kommenden Wochen nicht über Langeweile klagen werdet.“

„Aber ich ...“

„Hoheit ...“ Monaldesco berührte ihren Arm. „Ihr seid in Frankreich, und die Franzosen sind begeistert. Die Verhandlungen werden zu gegebener Zeit aufgenommen. Der Kardinal hat Euch gewiss nicht nach Paris bestellt, um Euch dann wochenlang warten zu lassen. Der Herzog hat Recht: Lasst Euch von der Stadt bezaubern – alles Weitere wird sich finden.“

Die beiden Männer nickten sich zu. Es war das erste Mal, dass Christina Einvernehmen zwischen ihnen beobachtete. „So habt eine gute Nacht, Herzog“, wünschte sie. Ihr Blick heftete sich auf die Sonnenflecken, die sich im weißen Himmel des Bettes verfingen. „Ich sollte wohl besser einen guten Morgen wünschen“, murmelte sie und unterdrückte ein Gähnen. Dann entließ sie den Reisegefährten und befahl auch den Zofen, die Räume zu verlassen.

Nach dem Trubel der Begrüßung bedrückte sie die Stille. Ernüchterung breitete sich in ihr aus und gab ihr ein Gefühl der Leere. Sie wünschte, sie hätte Monaldesco diese Nacht nicht versprochen. Sie wollte allein sein, ihre Gedanken sammeln, sich vorbereiten auf die Verhandlungen mit dem Kardinal. Der alte Fuchs Mazarin würde ihr Neapel nicht als Geschenk präsentieren. Schon in den Verhandlungen um den Westfälischen Frieden hatte er sein ganzes politisches Geschick offenbart. Er tat alles zur Mehrung von Frankreichs Macht, sein Name galt der Welt als Inbegriff diplomatischer Kunst. An Schlaf, das wusste sie, war jetzt ohnehin nicht mehr zu denken.

„Die Mädchen haben Euch ein Bad bereitet." Monaldesco trat hinter sie und umfing sie sanft mit seinen Armen. „Kommt", flüsterte er, „das Wasser wird Euch guttun".

Vorsichtig führte er sie in eines der angrenzenden Zimmer, wo in einer Kupferwanne mit heißem Wasser Lavendelblüten auf der Oberfläche schwammen. Sie nickte. „Ruft mir eine Zofe."

Monaldesco schüttelte den Kopf. Er drückte sie auf einen Sessel, kniete sich vor sie hin und begann geschickt, die schmutzverkrusteten Stiefel von ihren Füßen zu lösen.

„Ihr sollt das nicht tun", wehrte sie ihn ab, doch er ließ sich nicht beeindrucken. Nach den Stiefeln folgte die nicht weniger schmutzige Reithose, dann das verschwitzte, welke Hemd. Sie trug nur noch ein dünnes Leinenhemdchen, als er sie wieder an sich zog.

Kühl blickte er an ihrem Körper herab, dann drehte er sie herum und begann, die letzten Schleifen in ihrem Nacken zu lösen.

Er demütigt mich, durchfuhr es Christina, als sie spürte, wie das Hemd über ihre Brüste und zu Boden glitt. Seine Hände folgten dem Weg des Stoffes, strichen über ihre Schultern, streiften die aufmüpfigen Brustwarzen, wo sie kurz verharrten, um dann weiter hinunterzuwandern und schließlich für einen köstlichen Moment ihre Scham bedeckten. Dann hob er sie ohne Anstrengung hoch, nahm sie wie ein Kind in seine Arme und ließ sie sachte hinab in die Wanne gleiten.

Die Hitze traf sie wie ein Schock. Das Wasser ist viel zu heiß, dachte sie und wollte aufspringen, doch Monaldesco drückte ihre Schultern unter das glühende Nass. „Es ist gut“, flüsterte er, „es ist gut.“ Seine Stimme war sanft wie die eines Engels.

Und richtig, die Hitze schien sich aufzulösen und verwandelte sich in wohltuende Wärme. Ihr Körper entspannte sich, sie ließ sich tiefer hinabgleiten, während der Graf ihre Schultern mit kreisenden Bewegungen massierte.

„Genießt diesen Moment“, drang seine Stimme in irgendeinen fernen Winkel ihres Bewusstseins vor. Dann hörte sie, wie sich eine Tür leise öffnete und schloss.

Christina musste geschlafen haben, denn sie hatte ihn nicht zurückkommen hören. Erst als sie spürte, dass Monaldesco sie aus dem Wasser hob, öffnete sie die Augen.

Der Graf hatte seine Kleider abgelegt und trug jetzt einen Hausmantel. Unter dem Seidenstoff zeichnete sich sein sehniger Körper ab, die schlanken Beine, die schmalen Hüften und die kaum behaarte Brust. Auch er hatte sich vom Staub der Reise befreit, seine Haut roch frisch, eine Kräuteressenz überdeckte den Geruch nach Pferden, Schweiß und dem Unrat der Straßen. Nur eine Ahnung von den Anstrengungen der Reise nahm sie wahr, von den Wochen unterwegs, und dahinter, als winzige Spur nur, die Gerüche Roms, der glühenden Rosmarinzweige in den Kohlebecken des Palazzo Farnese.

In der kühlen Morgenluft begann sie zu zittern, und Monaldesco trug sie rasch hinüber in das Bett des alten Königs. Er schlug die Decken zurück, während sie sich wie ein Äffchen an ihn klammerte, dann glitt sie zwischen die Laken und zog ihn mit sich, um ihr Verlangen zu stillen.

Sein Körper, der ihr fremd begegnete und doch schon so vertraut erschien, ergriff Besitz von ihrer Blöße. Sie spürte, wie Monaldesco ihre Erregung genoss und diese mit kühlen, wenig zärtlichen Bewegungen steuerte. Energisch trieb er ihre Lust voran, als wollte er sie mit all seiner Kraft bezwingen, bis er sich in ihr verströmte und sie ihn wimmernd von sich schob.

Bastard, dachte sie, und doch ruhte sie für einen Moment ganz und gar erfüllt neben ihm. Später würde sie verwundert in ihrem Tagebuch notieren, dass sich Gefühl und Verlangen bisweilen so wenig harmonisch zueinander verhielten. *„Es ist doch so, dass das Herz nicht lieben will, was die liederliche Lust begehrt."*

Der Graf war eingeschlafen. Im frühen Licht, das nun immer dreister in die Suite fiel, konnte sie sein Gesicht studieren. Die geschlossenen Augen ließen es zur Ruhe kommen, jede Anspannung und Kraft war daraus verschwunden. Fast wirkte es harmlos – weder hässlich noch besonders schön. Ein Mann, dachte sie, nur ein Mann. Und doch verführerischer als ein Cupido.

Vor ihren Augen erschien die Reihe ihrer Liebhaber: zuerst Carl Gustav, ihr Vetter, dem sie in ihren schwärmerischen Mädchenbriefen *„ewige Liebe"* und *„Treue bis in den Tod"* geschworen hatte. Doch ihre Begeisterung für den jungen Studenten war bald verflogen und die Heimlichtuerei aufregender als die Verliebtheit selbst gewesen. Einen letzten Liebesdienst hatte sie ihm und sich erwiesen, als sie ihm Jahre später die schwedische Krone angeboten hatte.

Mit achtzehn Jahren hatte sie sich in den vier Jahre älteren Magnus de la Gardie verliebt. Der große, kräftige Mann, ein Sohn des Großmarschalls General Jakob de la Gardie und der schönen Ebba Brahe, einer Jugendliebe ihres Vaters, war nach fast zehn Jahren des Reisens und Studierens nach Schweden zurückgekehrt.

Sie waren nicht nur ein Liebespaar, sie waren wie Komplizen gewesen, und für kurze Zeit hatte Christina ihn zum Hauptmann ihrer Wache ernannt. Doch seinen Heiratsantrag hatte sie nie angenommen. Dafür hatte sie ihren Schwarm mit Reichtümern und Schätzen überhäuft, und als Magnus wenige Jahre später eine ihrer Cousinen zur Frau nahm, galt er als der reichste Mann von Schweden.

Dann kam Gräfin Ebba Sparre, und sie, die junge, wunderbare Belle, schenkte ihr alles, was sie sich von der Liebe erträumt hatte. Warum nur habe ich dich verlassen, schluchzte Christina auf, von den Gedanken an die tote Geliebte bewegt, und einmal mehr musste sie um ihre Freundin weinen. Doch ihre Tränen trösteten und wiegten sie auch. Schniefend zog sie sich die Decke bis über die Augen, leise, um Monaldesco nicht zu wecken.

Der Geruch nach körperlicher Liebe, der sie umfing, war überwältigend. Erinnerungen an Belle stiegen in ihr auf, weitere Bilder ihrer Verliebtheit: die Zärtlichkeiten, die die Freundin ihr schenkte, ihre Küsse, die nach Honig schmeckten, ihre köstlich duftende Haut, das lange, fedrige Haar, die feuchte Höhle ihrer Weiblichkeit, der Duft nach Moschus, Erde und von Tau benetztem Moos.

Weinend begann Christina, ihren nackten Körper zu streicheln. Sie suchte die Orte auf, die Belle besonders geliebt hatte, Halsbeuge und Scham, die Innenseite ihrer Schenkel, die vollen Brüste. Und während sie die Landkarte ihrer Liebe befuhr, löste sich ihre Trauer in Müdigkeit auf.

Der Schlaf kam wie ein Freund zu ihr. Christina glitt in seine Arme und schlief so tief wie lange nicht mehr. Erst als ihr nach einigen Stunden das kalte Herz Gustav Adolfs im Traum erschien, wachte sie erschrocken auf. Doch im Himmel des königlichen Bettes, in den sie angstvoll starrte, hatte sich lediglich das Sonnenlicht verfangen. Und in der Helligkeit des Tages verflüchtigte sich bald jeder Gedanke an die metallene Büchse. Der Geruch der Totenkerzen verwehte.

Es war später Vormittag geworden, man hatte sie lange schlafen lassen. Verwirrt richtete sich Christina auf, dann blickte sie auf die andere Seite des Bettes. Sie war allein, Kissen und Decken schienen unberührt, als ob nichts geschehen wäre, Monaldesco hatte sich unbemerkt davongeschlichen.

Erleichtert sprang Christina aus dem Bett und suchte nach einem Hemd. Sie fühlte sich frisch und erholt. Schnell spritzte sie sich etwas von dem kalten Lavendelwasser aus der Wanne ins Gesicht. Als sie auf dem Schlosshof Hochrufe hörte, öffnete sie die Fenster, winkte hinaus und warf Münzen hinab. Mit wirrem Haar und nackten Beinen begrüßte sie Paris, und das Volk, das schon seit Stunden auf eine königliche Geste gewartet hatte, brach in Jubel aus.

Wie es der Herzog von Guise angekündigt hatte, gehörte der Tag der gelehrten Gesellschaft von Paris. In schwarze Roben gekleidet, hatten sich die Vertreter der Universität im Schloss eingefunden, die Repräsentanten des Parlaments waren an ihren roten Festtagskleidern zu erkennen. Jede Gruppe hatte sich mit blumigen Begrüßungsreden, Ansprachen und Lobpreisungen gewappnet, die die Königin geduldig ertrug.

Soeben war Olivier Patru, ein Dichter und Mitglied der *Académie française*, vorgetreten, und mit halbem Ohr vernahm der Herzog von Guise seine verspielten Worte: „... Es gibt keine Frucht, keine Blume der schönen Wissenschaften, die Sie nicht eingesammelt hätten. In dem ganzen Umkreis der Naturgeschichte ist nichts, was Ihr weitläufiger Geist nicht durchdrungen hätte. Eure Majestät haben getan, was nur sehr wenige Männer tun können und noch kein einziges Frauenzimmer zuvor versucht hat."

Christina lächelte, doch hinter ihrem Lächeln verbarg sich ein Schatten, der in sich gekehrte Blick der Sorge, dachte der Duc.

„Was ist mit Euch?“ Vorsichtig beugte er sich zu ihr hinab. „Wie ich hörte, habt Ihr im Bett des Königs ausgezeichnet geschlafen.“

Christina nickte. „Ihr seid wie immer bestens informiert“, flüsterte sie zurück. „Es ist Maria ...“

„Das Mädchen, was ist mit ihm?“

„Sie ... ist verschwunden. Gestern Abend sah ich sie noch im Zug, sie ritt schräg hinter mir. Als wir den Louvre erreichten, winkte ich ihr zu. Doch später ... ich weiß es nicht. Heute Morgen konnte ich sie nicht finden.“

Die Königin wirkte nervös. Unruhig knetete sie ihre Hände und spielte mit dem Dolch an ihrem Gürtel. Der Herzog versuchte sich zu erinnern. Als sie in die Stadt einzogen waren, hatte er das Kind mehrmals aus den Augenwinkeln gesehen. „Ich weiß, dass ich Maria noch im Schlosshof beobachtet habe“, erwiderte er. „Nach der Begrüßung durch Kardinal Mazarin gab es ein Durcheinander, bis sich Euer Gefolge mit dem Gepäck auf die Gemächer verteilt hatte. Vielleicht hat sich das Kind einen anderen Schlafplatz gewählt. Habt Ihr schon in den Gesinderäumen und den Ställen suchen lassen?“

Christina zuckte mit den Schultern. „Ich bin heute Morgen spät aufgewacht. Bis mir bewusst war, dass Maria nicht bei den Zofen geschlafen hatte, war es Zeit aufzubrechen. Ich habe noch nichts veranlassen können.“ Hilflos hob sie die Arme, und Monsieur Patru, der seinen Lobgesang soeben beendet hatte, wertete die Geste der Königin als Lob. Lächelnd verbeugte er sich und zog sich zurück.

„Ich werde meine Diener verständigen.“ Sofort winkte der Herzog einen der Lakaien heran, die im Hintergrund der Begrüßungszeremonie folgten. Leise flüsternd gab er seinen Auftrag weiter.

Dann drehte er sich wieder zur Königin. „Was ist mit Graf Monaldesco?"

„Was soll mit ihm sein?" Irritiert sah die Königin ihn an.

Der Herzog von Guise hatte bereits am Morgen mit dem ersten Schluck schwarzen Kaffees den Klatsch des Tages zu hören bekommen. „Die Königin hat ihren Stallmeister in der Nacht nicht zur Ruhe kommen lassen", hatte ihm sein Erster Diener augenzwinkernd mitgeteilt. „Der Graf hat das Bett der Königin erst gegen acht Uhr verlassen."

„Nichts", antwortete der Duc heiter. „Ich hörte nur, er hätte ebenso vorzüglich geschlafen wie ihr. Vielleicht hat er gestern Abend noch etwas beobachten können?"

„Später, wenn der Empfang beendet ist, werde ich ihn fragen." Misstrauisch sah Christina den Herzog an. „Was ist Euch noch zugetragen worden, mein lieber Freund? Hat man Euch berichtet, dass die Königin ohne Land ein paar vergnügliche Stunden in den Armen des Grafen verbrachte? Hat man Euch glauben machen wollen, dass sie nach der Peitsche verlangte? Dass sie ihrem Stallmeister den Schweiß auf die Stirn trieb?"

Obwohl Christina flüsterte, schien sich ihre Stimme zu überschlagen. Schon blickten einige der Gelehrten fragend auf die Königin.

„Ich bitte Euch, Hoheit ..." Verlegen schüttelte der Herzog den Kopf. Er hatte die Königin nicht verärgern wollen. Eigentlich liebte sie frivole Scherze, und für gewöhnlich trieb sie diese sogar noch auf die Spitze. „Es steht mir nicht zu, über Euren Schlaf zu urteilen." Vorsichtig begann er das Thema zu wechseln. „Hat Maria Verbindungen nach Paris? Vielleicht hat sie etwas gesehen, was sie an ihr Elternhaus erinnert hat?"

„Ja, das ist mir auch schon durch den Kopf gegangen. Es kann sein, dass sie mit mir sprechen wollte, mich aber im Trubel des gestrigen Tages nicht erreicht hat."

„Das Mädchen wird zurückkehren, da bin ich mir sicher." Erleichtert registrierte der Graf, dass ihm das Manöver gelungen war.

„Maria weiß, wo sie mich findet." Achselzuckend drehte sich die Königin wieder zu den geladenen Gästen. „Aber es lässt mir doch keine Ruhe ...", murmelte sie, als der nächste Redner aus den Reihen der Gelehrten vortrat und mit seinem Vortrag begann.

Er war am Ziel. Berauscht hatte Monaldesco am Morgen das Bett und die Suite der Königin verlassen. Dann hatte er sich, den Flur hinunter, in seine Räume zurückgezogen, um einen Bericht an die neapolitanischen Verschwörer und Komplizen zu verfassen. Er berichtete ihnen vom triumphalen Einzug der Königin in Paris, von der Begrüßung durch Kardinal Mazarin, von der euphorischen Stimmung Ihrer Majestät. *„Wir werden bald mit Truppen bei euch sein"*, schloss er seinen Brief. *„Wir werden kommen, um die Stadt zu befreien. Haltet euch bereit!"*

Was er nicht nach Neapel berichtete, waren seine eigenen Pläne, die Stadt und den Thron betreffend. Seine geheimen Absichten. Nach der Nacht mit Christina fühlte er sich so stark wie lange nicht. Wieder hatte er ihre Schwäche genossen, ihr Unvermögen, sich gegen seine Begierde, gegen ihr Selbst und ihr Verlangen zu wehren. Ihr Körper, all ihre Weiblichkeit, die sie sonst so geschickt zu verbergen wusste, hatten sich ihm, seiner Kraft und Männlichkeit, unterworfen. Und als er sie geliebt hatte, hemmungslos und ausschweifend wie es ihm gefiel, hatte er ihr Vergnügen gespürt, das ihn schnell auf einer ungekannten Welle der Lust davongetragen hatte.

Die Befriedigung nach dem Akt war stärker gewesen als bei jeder anderen seiner zahlreichen Affären und bezahlten Vergnügungen. Weder die zügelloseste Gräfin noch das devoteste Freudenmädchen hatten diesen Überschwang an Gefühlen und Hoffnungen je in ihm freisetzen können. Monaldesco spürte, dass er

Christina in eine willige Gefährtin verwandeln, dass er sich zu ihrem Herrn aufschwingen konnte.

Noch ein paar Nächte an ihrer Seite, einige Akte der Verführung und des vieldeutigen Liebesspiels, der Linderung ihres wilden Verlangens, und er wäre ihr ein unverzichtbarer Begleiter. Auch in Neapel würde sie nicht von ihm lassen können. Er wäre ihr Ratgeber, ihr Einflüsterer und der mächtigste Mann des Königsreiches. Vielleicht sogar ihr Statthalter, ihr Vizekanzler, ihr Regent, falls sie es doch vorziehen sollte, in Rom zu bleiben? Und wenn er sie schwängern könnte, wenn sein Samen Besitz ergriff von ihrem königlichen Körper, dann wäre ihr gemeinsamer Sohn der Erbe Neapels, und er der Vater des Thronfolgers. Er wäre reich und mächtig für den Rest seines dann herrlichen Lebens.

Seine Gedanken rasten voran, und er malte sich sein neapolitanisches Leben aus. Wie viele Suiten würde er im Palast über den Klippen beziehen können? Welche Pferde sollten in den Ställen auf ihn warten? Eine Kutsche aus Gold und Silber? Ein eigenes Schiff? Jedenfalls ein neues Wappen, kostbare Kleider, Pelze, Juwelen und andere Schätze. Und kostspielige Mätressen, denn irgendwann würde sich die Leidenschaft für den Körper der Königin wohl erschöpft haben. Erst recht nach einer Schwangerschaft, die Christinas festes Fleisch in welke Lappen verwandeln und ihr jedes Vergnügen an Körperlichkeiten rauben könnte.

Ein Geräusch störte seine Gedanken. Es dauerte einen Moment, bis Monaldesco das Klopfen an seiner Zimmertür erkannte. Noch bevor er reagieren konnte, öffnete sich die Tür einen Spalt breit, und Maria schlüpfte in den Salon. Verblüfft blickte der Graf auf das Mädchen. Die Kleine schien noch nicht geschlafen zu haben, ihre Augen lagen in dunklen Höhlen, den Schatten der Nacht. Trotzdem wirkte sie nicht müde, und es gelang ihr, dem Blick des Grafen trotzig standzuhalten. „Graf Monaldesco“, sagte Maria in einem forschen Ton, der Mut und Selbstbewusstsein verriet, „ich bitte Euch, lasst die Königin zur Ruhe kommen. Eure nächtliche Gesellschaft tut ihr nicht gut. Sie leidet an Euren Absichten."

Monaldesco lachte auf. Was ist das für eine Komödie, die hier gespielt wird, dachte er. Was traut sich dieses Balg? Laut fragte er: „Wer schickt dich, Maria? Wer schickt dich zu mir?"

„Niemand", antwortete sie und kam einen Schritt näher. „Ich sorge mich um die Königin."

„Du sorgst dich um die Königin? Lächerlich ..." Monaldesco schnaubte, und er spürte, wie sich Wut in ihm staute. Warum schleicht dieses Kind noch immer um die Königin herum, fragte er sich. Warum hat das Fieber sein Werk nicht vollendet? Warum ist es nicht über Bord gegangen? Oder in den Feldern Frankreichs verschwunden? Er schalt sich für seine Versäumnisse, denn auf der Reise hatten sich immer wieder Möglichkeiten ergeben, das Mädchen aus dem Tross zu entfernen. Meine Erfolge bei der Königin haben mich träge und sorglos werden lassen, dachte er.

„Ihr tut ihrer Seele nicht gut. Schon Kardinal Azzolino warnte die Königin vor Eurer Gesellschaft ..."

„Azzolino, Azzolino", kalt äffte Monaldesco die Stimme des Mädchens nach. Mit der flachen Hand schlug er wütend auf das Schreibpult. „Lass die Purpurnasen aus dem Spiel. Ich verbitte mir diesen Ton. Und jetzt geh schlafen. Lass mich allein, ich habe zu tun."

Stur schüttelte die Kleine den Kopf, und Monaldesco begann sich zu fragen, ob der Besuch allein dem Übermut dieses furchtlosen Mädchens zuzurechnen war. Wer oder was steckte wirklich dahinter? Hatten Kardinal Azzolino und die Mitglieder der *Squadrone Volante* ihr Netz bis nach Paris spinnen können? Besaß der Kardinal Verbündete im Zug der Königin? Hatten sie das Mädchen vorgeschickt, eine erste Warnung, ein Hinweis darauf, dass die Gegenseite über alle verschwörerischen Pläne informiert war?

Das wäre eine Katastrophe. Wenn der Heilige Vater zu früh von ihrem Vorhaben erführe, wäre alles umsonst gewesen. Nie würde er das Komplott gegen Spanien offen unterstützen können. Fieberhaft durchkämmte Monaldesco seine Erinnerung an alle Gespräche mit Informanten nach undichten Stellen. Doch da war kein Leck, nichts, das er nicht doppelt und dreifach abgesichert hätte. Er musste versuchen, das Mädchen auszuhorchen.

„Also gut ..." Monaldesco schob seinen Stuhl zurück und stand auf. Er bemühte sich, seiner Stimme einen harmlosen Klang zu verleihen. Langsam bewegte er sich auf Maria zu, die mitten im Raum stehen geblieben war, die Tür im Rücken, als ob sie sich einen Fluchtweg offenhalten wollte. „Kannst du mir erklären, was genau dich bedrückt?"

„Ich sorge mich um die Königin. Das ist alles", wiederholte Maria verschlossen.

„Wer sorgt sich noch um die Königin?"

Maria zuckte mit den Schultern. „Ich habe mit niemandem darüber gesprochen."

„Vielleicht hat jemand mit dir gesprochen? Vielleicht sogar die Königin selbst, hat sie sich über mich beklagt?"

Maria schüttelte den Kopf. „Sie sieht nicht, was ich sehe."

„Und, was siehst du?"

Monaldesco stand nun direkt vor dem Mädchen. Er blickte auf das Kind hinab, sah das dunkle, lockige Haar, das ihm schon wieder bis über die Ohren reichte, sah seinen sehnigen, noch knabenhaften Körper, den trotzig aufgeworfenen Mund. In ein paar Jahren wird Maria den Männern den Kopf verdrehen, dachte er plötzlich, und für einen Moment bewunderte er ihren Mut und Stolz, die Aura einer Heiligen.

„Ich habe Euch beobachtet, und da ist etwas, was Ihr der Königin verschweigt. Etwas Zerstörerisches liegt in Eurem Blick, vielleicht nimmt es sonst niemand wahr."

Der Graf lachte auf, gleichzeitig packte er das Mädchen wie

einen Welpen im Nacken und schüttelte es grob. Maria war leicht, es kostete ihn keine Mühe, sie hochzuheben. Er schüttelte sie noch einmal, dann ließ er sie plötzlich zu Boden fallen.

Maria stieß einen Schrei aus, bevor sie hart mit dem Kopf aufschlug und benommen stöhnte. Monaldesco stand nun mit gespreizten Beinen über ihrem kleinen Körper, bereit, eine Flucht mit Tritten zu verhindern. „Soll ich dir zeigen, was ich mit der Königin gemacht habe", keuchte er und spürte, wie sich Wut und Lust zu einem gefährlichen Verlangen vermischten. Hatte er jemals einen so jungen Körper besessen? Vage Erinnerungen an zitternde Mädchen, Vögelchen gleich, die sich in den Straßen der großen Städte verkauften, rauschten durch seine Gedanken und feuerten sein Verlangen weiter an. Er unterdrückte ein Stöhnen.

„Du bist doch eine Freundin der Purpurnasen. Komm, ich zeige dir, wie es die Kirchenmänner treiben. Zieh dich aus!"

Maria blieb stumm, doch ihre Augen schienen ihn auszulachen. Ihre Furchtlosigkeit reizte ihn bis zum Äußersten.

„Zieh dich aus!" Monaldesco ging in die Knie. Während er mit einer Hand das Mädchen zu Boden drückte, zerrte er ihr Stiefel und Hose hinunter. Dann schob er das Hemd hoch und entblößte ihren Körper.

Für einen Moment hielt er inne. Der Anblick des Mädchens ließ ihn keuchen. Seine Blicke glitten über die herzzerreißende Nacktheit der Kleinen, verschlangen die süße milchfarbene Haut, bemerkten die noch glatte Scham, die sanft geschwollenen Brüste. Dann roch er Maria, ihren Duft, reiner als das köstlichste Rosenwasser, der ihm fast die Sinne raubte. Was war das für ein Gegensatz zu dem reifen Körper Christinas, den er noch vor wenigen Stunden besessen hatte. Und doch war das kein Mädchen mehr, das da vor ihm lag. Es war ein himmlisches Wesen, das sich ihm offenbarte.

„Du bist so weit, kleiner Engel", keuchte er, fast besinnungslos vor Verlangen. Er schob sich auf Maria und drückte seine Hand auf ihren Mund. Dann bog er ihre Schenkel auseinander, hob ihre Hüften an und mit einem köstlichen, harten Stoß war er in ihr.

Maria schrie nicht auf, wie er es erwartet hatte, sie biss ihm in die Hand. Plötzlich hatte sie sich aus ihrer Erstarrung gelöst, und ihre Fäuste trommelten auf seinen Schultern. Dann begann sie, ihn zu kratzen. Ihre Nägel gruben sich in seinen Rücken und drangen bis an den Knochen vor.

Doch sein Gewicht ließ ihr keine Chance, und in seiner Raserei war er nicht mehr zu bremsen. Warm und wie mit Samt ausgeschlagen empfing ihn ihre Höhle, und mit einem vagen Bedauern bemerkte er, dass er nicht ihr erster Mann war. „Verdammte Purpurnasen“, ächzte er auf, als er viel zu schnell kam. „Diese gottverdammten Purpurnasen ...“

Dann sackte er stöhnend über dem Mädchen zusammen, und Maria nutzte den Moment der Schwäche und biss ihm ins Ohr. Der Schmerz, wild und rasend, brachte ihn wieder zu sich. Alles Himmlische war von dem Kind gewichen, und fluchend schlug er Maria ins Gesicht. Sie wehrte sich heftiger, schlug und biss und kratzte wie eine Wildkatze. „Ersaufen sollte man dich“, fluchte Monaldesco, „ersaufen.“ Er schlug heftiger zu, und ihre Nase begann zu bluten. Der nächste Schlag traf die Schläfe des Mädchens. Marias Kopf sackte zur Seite, sie war bewusstlos.

Monaldesco setzte sich auf und schloss seine Hosen. Seine Hand blutete, und auch am Hals spürte er ein warmes Rinnsal, das von seiner Ohrmuschel tropfte und in den Kragen hinablief. Ärgerlich wischte er das Blut mit ihrem Hemd ab, dabei fiel ihm ein ledernes Säckchen auf, das Maria wie ein Amulett um den Hals trug. Neugierig riss er es ab. Er löste das Band, faltete den Beutel auseinander und zog ein schimmerndes Tuch daraus hervor.

„Das Wappen der Anjou“, entfuhr es ihm erstaunt, als er die Stickerei darauf entdeckte. Nachdenklich betrachtete er das Gesicht des Kindes. Er strich Maria das Haar aus der Stirn und fuhr mit den Fingern prüfend die Konturen ihrer Lippen nach. „*Mon Dieu* ... Was war ich blind“, entfuhr es ihm. „Himmel und Hölle, was waren wir alle blind.“

Fluchend steckte er Tuch und Beutel in seine Tasche, dann fesselte er Maria mit einem Gürtel und rollte sie in eine Decke ein. Mühsam stopfte er das schlaffe Bündel in eine seiner Reisetruhen. Er ließ seine Diener kommen und befahl ihnen, die Truhe in den Ställen auf einen Wagen zu verladen. Wenig später verließ das Gespann mit seiner Fracht den Schlosshof und schob sich durch die Menge der Schaulustigen, die sich auf dem weiten Platz versammelt hatten.

Christina hatte das Ende der Veranstaltung mit mühsam erzwungener Geduld erwartet. Lob und Verehrung der größten Köpfe Frankreichs schmeichelten ihr, doch mit jeder weiteren Stunde, die ohne Nachricht von Maria verstrich, sorgte sie sich mehr. Sie fühlte sich so allein, wie sie sich seit Marias Sprung in ihr Leben nicht mehr gefühlt hatte. Eigentlich war nach dem Empfang der Akademiemitglieder ein Besuch des Theaters im Palais Royal geplant gewesen. Die Pariser Gesellschaft erwartete die Königin dort mit einem der von ihr so geliebten frivolen Spitzbubenstücke der *Commedia dell'Arte*. Aber die Königin ließ auf sich warten. Sie hatte ihr Personal in ihren Salon befohlen und befragte Zofen und Köche, Stallburschen und die Abenteurer aus Monaldescos Gefolge nach dem Verbleib des Mädchens.

„Wer hat Maria gesehen?“ Unruhig wie ein gefangenes Tier strich Christina mit weiten Schritten an der Fensterfront ihres Salons entlang. Unter ihren Stiefeln knarrte das honigfarbene Parkett, während hinter den Fenstern die Hochrufe der Pariser zu hören waren. Noch immer hielten sich Schaulustige auf dem Schlossplatz auf, die begeistert aufschrien, wenn sich ein Schatten hinter den Vorhängen der königlichen Suite abzeichnete. „Wer kann mir sagen, wo sie sich aufhält?"

Die Stallburschen schüttelten die Köpfe. Sie hatten in den Pferdeboxen gesucht, auf den Heu- und Strohböden, hinter den Futterkisten und in den Sattelkammern. Sogar in den dampfenden Misthaufen hatten sie gestochert und die Hühner aufgescheucht, die dort nach Würmern, Larven und anderem Getier kratzten.

Ebenso waren die Küchen, Weinkeller und Vorratsräume abgesucht worden. Die Zofen hatten das Reisegepäck durchwühlt, in den Räumen und Korridoren geforscht, Schränke geöffnet, Betten aufgedeckt, geheime Verbindungstüren zwischen den Zimmern entdeckt und in dunkle Gänge gespäht. Die Lakaien des Ersten Ministers waren informiert worden, auch die Wachen und Garden hielten inzwischen Ausschau nach dem Mädchen. Doch niemand hatte auch nur eine Spur von ihm entdecken können.

„Wenn sich Maria vor uns versteckt hält, wird sie niemand finden", warf Emanuela ein. Die Zofe hatte das Kind wohl als eine der Letzten gesehen, noch im Palast, als man die Schlafplätze, Zimmer und Suiten verteilt hatte. „Der Louvre ist riesig. Allein in diesem Flügel befinden sich mehr als hundert Räume. Wie sollen wir jeden Winkel kontrollieren? Maria könnte hinter unserem Rücken durch die geheimen Gänge von einem Versteck ins nächste huschen."

„Warum sollte sich das Kind vor uns verbergen?" Einer der Abenteurer trat vor, eine dunkel gekleidete Gestalt aus dem Gefolge des Stallmeisters. Sein Name war ihr entfallen.

„Richtig, was hat sie sich wieder für Kapriolen in den Kopf gesetzt?" Monaldesco ergriff das Wort, seine Stimme war hart und unbeugsam – wie immer, dachte Christina, wenn es um Maria geht.

Auch sie hatte sich diese Fragen gestellt. Warum war Maria so plötzlich verschwunden? Was hatte sie entdeckt oder erlebt, dass sie sich ohne ein Wort davongestohlen hatte? War sie auf die Spur ihrer Familie gestoßen? Oder war sie enttäuscht, dass Christina bislang so wenig erreicht hatte? Vielleicht wollte sie es nun auf eigene Faust in der französischen Hauptstadt versuchen, um Antworten auf ihre Fragen zu finden. Oder hatte es gar einen Unfall gegeben? War sie verletzt und hoffte verzweifelt auf Hilfe? Hatte sie sich nachts heimlich davongeschlichen, um die Stadt zu erkunden, und war das Opfer einer zwielichtigen Gestalt geworden? Oder – und das war die schlimmste aller Möglichkeiten – hatte sie beobachtet, was sich am Morgen in Christinas Schlafzimmer abgespielt hatte? Hatte sie sich entsetzt und erschrocken abgewandt von der Frau, der sie vertraut und deren Unterwerfung ansehen zu müssen sie verwirrt hatte? War sie vor den Bildern geflohen, die nur verstehen konnte, wer Hingabe erlebt hatte? Der Verlangen spürte und keine Grenzen zuließ.

Christina blickte auf Monaldesco. In diesem Moment fiel es ihr selbst schwer, die Ereignisse der vergangenen Stunden einzuordnen. Was ist das nur, dachte sie. Woran liegt es nur, dass ich mich ihm nicht entziehen kann? Dass ich mich wieder und wieder mit ihm beschäftigen muss. Leise sagte sie: „Ich habe keine Erklärung. Ich weiß es nicht. Doch ich möchte, dass wir weitersuchen. Ich werde eine Belohnung aussetzen ..."

Monaldesco schüttelte den Kopf. Sie sah, dass er ihre Antwort erwartet hatte und sie doch nicht akzeptieren konnte.

„Das Mädchen hat Recht", sagte er und wies auf Emanuela. „Wir werden das Kind in diesem Labyrinth aus Zimmern und Korridoren nicht finden. Es spielt Euch einen Streich, kümmert Euch nicht darum."

Christina schüttelte energisch den Kopf, doch sie entließ das Personal mit einem Wink. Als Monaldesco den Salon verlassen wollte, befahl sie ihn zu sich. Aufmerksam studierte sie sein Gesicht. Die undurchdringlichen Augen beherrschten nun wieder seine Züge, und sie wunderte sich, wie viel Macht von ihnen ausgehen konnte. An seinem linken Ohr entdeckte sie eine Wunde, und in einem Anflug von Scham fragte sie sich, ob sie selbst dafür verantwortlich war. Wortlos deutete sie auf die Verletzung.

Monaldesco nickte spöttisch. „Ein Wundmal der Liebe", erwiderte er, doch seine Stimme klang weniger selbstgefällig, als sein Blick ihr weismachen wollte. Er kam auf sie zu und lächelte maliziös. „Wollt Ihr einen Blick auf meinen Rücken werfen, Liebste?"

„Nein." Sie ließ sich nicht auf sein Spiel ein und drehte sich um. „Ich möchte über Maria sprechen. Ihr müsst mir einige Eurer Männer geben. Ich werde Aushänge drucken lassen, die in der Stadt verteilt werden müssen. Welche Summe für eine Belohnung haltet Ihr für aussichtsreich?

Sie hörte, wie der Graf ausatmete. Er schien sich zu sammeln, nach einem Räuspern antwortete er: „Das Mädchen ist keine einzige Münze aus Eurer Börse wert. Eine Belohnung wird lediglich Gauner und Betrüger auf den Plan rufen. Man wird Euch Locken schicken, irgendwelche Lumpen als ein Lebenszeichen, als Beweis ihrer Unversehrtheit, doch am Ende werdet Ihr mit leeren Händen dastehen. Man wird Euch enttäuschen."

„Warum gönnt Ihr mir das Mädchen nicht?" Christina drehte sich wütend zu Monaldesco um. Sie sah, dass er auf sie zugegangen war, eine Armlänge trennte sie voneinander, und seine körperliche Präsenz war unerhört. Sie trat einige Schritte zurück. „Warum neidet Ihr mir das Kind?"

„Liebste Christina", Monaldesco ignorierte ihren Wunsch nach Distanz und trat einen weiteren Schritt auf sie zu. „Liebste Christina, ich neide Euch nichts. Im Gegenteil, ich wünsche Euch die Erfüllung Eurer Träume." Seine Stimme sank zu einem kehligen Flüstern herab. „Ich kann Euch Eure Wünsche erfüllen, und Ihr wisst das. Ich habe Euch nach Paris geführt, ich werde Euch nach Neapel bringen. Und ich werde dafür sorgen, dass sich jede Eurer königlichen Sehnsüchte erfüllt. Und wenn Ihr es wünscht, werde ich nach einem neuen Kind suchen, dessen Ihr Euch annehmen könnt.

Sagt mir, wonach Ihr Euch sehnt, und ich sorge dafür, dass Ihr es bekommt."

Christina stockte der Atem. Sie konnte nicht glauben, was sie gehört hatte. Ich muss mich täuschen, dachte sie. Es kann doch nicht sein, dass ihm alles austauschbar ist und ihn nichts Menschliches berührt. Entsetzt suchte sie in seinen Augen nach einer Spur von Mitgefühl – nach irgendeinem Gefühl.

Monaldesco versuchte, ihre Hand an seinen Mund zu ziehen, doch sie schüttelte ihn ab. Eine Vielzahl von Eindrücken strömte auf sie ein. Er zerstört, was sein könnte, dachte sie, und er zerstört, was war. Sie wollte ihn jetzt nicht mehr sehen.

„So kommen wir nicht weiter", sagte sie energisch und befahl ihm, Suchtrupps in die Stadt zu schicken. „Sobald die Aushänge aus der Druckerpresse kommen, werden wir sie verteilen. Ich werde mich persönlich darum kümmern, dass die Blätter überall in der Stadt zu finden sind."

„Hoheit, wir müssen auf die Wünsche des Ersten Ministers Rücksicht nehmen. Es kann sein, dass wir schon bald zu Verhandlungen zusammentreffen, auch der König wird Euch empfangen wollen. Was soll der Hof denken, wenn bekannt wird, dass der königliche Gast im Schlamm der Straßen nach einem Findelkind wühlt? Ihr untergrabt Eure Autorität, Euren Ruf und damit Euer ganzes Kapital."

„Ich pfeife auf meinen Ruf. Marias Leben ist mir wichtig. Vielleicht hat sie die Vergangenheit eingeholt?" Christina hustete. Ein Schmerz hatte sich in ihrer Brust eingenistet, schon seit dem Vormittag. Doch sie wollte sich keine Schwäche erlauben, erst musste das Kind gefunden werden. Mit einem Wink scheuchte sie Monaldesco auf die Flure hinaus, und es war ihr egal, dass er sie in diesem Moment wohl für wahnsinnig hielt.

NEUN

Paris, Herbst anno 1656

Wie glücklich würde sie sein, wenn sie die vergangenen Tage aus ihrem Leben löschen könnte. Bedrückt und in Sorge um Maria, ließ sich Christina durch die Straßen der Stadt treiben. Das alte Paris war noch überall sichtbar, es war, als wäre der Schleier der Zeit durchlässig, als schimmerten vergangene Epochen durch das prächtige Gewand der Stadt hindurch. Eben noch öffneten Boulevards und Plätze den Blick auf eine strahlende Zukunft Frankreichs, und im nächsten Moment fand sich Christina unversehens in engen, verschlungenen Gassen wieder, wo sie sich in Acht nehmen musste, um nicht zwischen die Karren und Kutschen der Pariser zu geraten. Auf den Straßen des Marktviertels herrschte ein gefährliches Gedränge, Schilder, die über Werkstätten und Läden baumelten, priesen Waren und Wunder an, die im Inneren der Buden auf Käufer warteten, und an den Mauern hingen Anschläge, die alles rühmten, von Theateraufführungen bis zu Heilkräutern gegen irgendwelche Zipperlein. Stadtschreier zogen über die Plätze, und vor verschlossenen Türen standen, bettelnd und frierend, verlassene Kinder.

Christina drängte sich durch die Massen der geschäftigen Menschen. Sie hatte sich einen Hut tief ins Gesicht gezogen, und ihr dunkler Wollumhang, den sie sich nachlässig übergeworfen hatte, verbarg alles, was königlich war. Unbeirrbar stapfte sie durch den Matsch der Straßen, durch Abfall und Kot; niemand hatte sie davon abbringen können, selbst nach dem Kind zu suchen. Noch immer nagte ein Gefühl von Misstrauen an ihr, ein dumpfes, innerliches Schwanken. Sie glaubte nicht daran, dass Monaldesco und seine Männer mit derselben Beharrlichkeit nach Maria suchten, wie sie selbst es nun schon seit Tagen tat. Wie sie es tun musste. Sie war sich sicher, wenn sie nur lange genug durch die Straßen streifte, wenn sie nicht aufgäbe zu suchen, wenn sie keinen Zweifel an einem guten Ende zuließe, könnte sie das Mädchen finden.

Maria, Maria, Maria – wie ein Echo ihrer Liebe zu dem Kind hallte dessen Name in ihren Gedanken. Bisweilen meinte sie, seinen dunklen Haarschopf inmitten einer Schar Kinder zu entdecken, sein Profil in einem zugigen Winkel zu erspähen. Doch jedes Mal war es ein unbekanntes Gesicht, das sie verwundert anblickte, wenn sie es mit einem Aufschrei an sich zog. Es war, als ob sie einem Trugbild nachjagte. So wanderte sie stundenlang durch das überschäumende Paris, bis sie nachts erschöpft in den Louvre zurückwankte, für zwei oder drei Stunden in das königliche Bett fiel, in dem sie unruhig schlief, nur um sich morgens erneut auf die Suche zu machen. Sie wusste, dass die anderen glaubten, die Hoffnung, die sie nun blendete, machte sie auch ungeeignet für die Mission, die sie nach Frankreich geführt hatte. Sie hatte Mazarin vertrösten lassen, und Monaldesco tobte. Doch da war auch jemand, der sie nachts entkleidete und wusch, der sie in saubere Hemden und Hosen hüllte, die Stiefel wienerte, die Taschen mit Essbarem füllte, der sie mit Kraft auflud und sie dann wieder in den Tag entließ. Einmal war sie für einen Moment aus den Untiefen des Schlafes aufgetaucht und hatte den Grafen wahrgenommen, selbstlos und ganz und gar vertieft in seinen Dienst an ihrem Körper. Sein Geruch war ihr in die Nase gestiegen, eine Welle, wie schäumende Gischt, dann war sie durch mehrere Ebenen der Wachheit wieder in den Schlaf hinabgeglitten. Konnte es sein, dass der Graf doch nicht so unerbittlich war, wie er vorgab zu sein? Ein Januswesen, doppelgesichtig und widersinnig in seinem Handeln?

Christina wusste nicht, wie viele Tage sie schon nach Maria suchte. Es konnten drei oder vier gewesen sein, aber vielleicht war auch schon eine Woche vergangen. Paris war die größte Stadt, die sie je besucht hatte, drei- oder viermal so groß wie Rom und dreißig oder vierzigmal größer als Stockholm, und niemals wollte sie sich vorwerfen müssen, auch nur ein einziges Viertel, eine einzige Gasse nicht durchsucht zu haben. So hastete sie durch die Straßen, warf den Kopf nach links und rechts, um keine noch so kleine Spur des Kindes zu übersehen. Sie hustete beständig, denn die Schmerzen in ihrer Brust waren schlimmer geworden, und die Bilder der Stadt drangen wie Wirklichkeitssplitter in sie ein.

Manchmal glaubte sie, ihren Vater neben sich zu spüren. Sein Herz schlug in ihrer Brust, sie fühlte, dass er ihr seine Kraft verlieh und sein unbändiger Wille sie vorantrieb. Wie hatte sich der große Gustav Adolf auf seinen Feldzügen gefühlt, fragte sie sich. War er ein Getriebener oder war sein Wille der Antrieb seines Handelns gewesen? Immer wieder hatte man ihr erzählt, der König sei den Menschen wie ein Heiliger erschienen, beseelt von seinem Auftrag, den lutherischen Glauben gegen die kaiserlichen Machtinteressen der Habsburger zu verteidigen. Der Krieg war aus seiner Welt nicht wegzudenken gewesen, er war ein fester Bestandteil seines Lebens, ein Instrument seiner Macht. Die Welt pries jene am höchsten, die ihn erfolgreich zu führen verstanden.

Doch auch den großen Gustav Adolf, den Löwen, den Retter des Glaubens, hatten Zweifel geplagt. Einmal hatte er ihr einen merkwürdigen Satz in einem seiner Briefe geschrieben. Und das war keine Mitteilung für ein Kind gewesen, es war vielmehr ein Geständnis, ein dunkles Geheimnis, eine Ahnung, etwas, das sie erst viel später verstanden hatte: „*Wo der Glaube verblasst, stellt sich das schlimme Gefühl ein, dass das Leben hier und jetzt das einzige ist, das es gibt.*" Vielleicht war sein Kampf gegen alles Katholische nicht mehr als ein Anrennen gegen die eigenen bohrenden Zweifel gewesen? So wie sie, seine Tochter und Erbin, eine Antwort auf alle ihre Fragen in der Kunst und Philosophie, in den schöpferischen Werken der Menschheit selbst suchte, war seine Antwort Zerstörung gewesen, die Vernichtung des schmerzhaft wütenden Zweifels. Und doch hatte ihn sein Anrennen gegen sein inneres Schwanken am Ende selbst vernichtet.

Aus dem Dunkel der Marktgassen kommend, hatte Christina das Ufer der Seine erreicht. Sie blinzelte in die Herbstsonne, die schräg über die Kaimauern flutete. An einer Brücke, dem Pont Marie, sah sie die Stände der Bouquinisten mit den Tischen und Bücherkisten voll schwerer Folianten. Der Bücherkai war bekannt in Paris, bisweilen verbargen sich Schätze zwischen den Stapeln der Straßenhändler.

Neugierig trat sie an einen Stand und ließ den Blick über die Auslage schweifen. Sie entdeckte einige ihr bekannte Werke, Tacitus, Ovid, Homer, dazwischen sonderbare Schriften, ein abstruses Werk zur Heilkunst, eine Abhandlung über den Aderlass, etwas Arabisches, das sie nicht entziffern konnte. Wahllos nahm sie einen Folianten in die Hand und strich über seinen ledernen Einband.

„Madame", aus dem Schatten der Kaimauer löste sich eine Gestalt, ein Mann mittleren Alters, mit schütterem, schulterlangem Haar und einem Hut, wie auch sie ihn trug. In der Hand hielt er einen Becher mit rotem Wein. „Sucht Ihr etwas Bestimmtes?"

„Nein", Christina schüttelte den Kopf. Sie war überrascht, dass der Bouquinist sie auf den ersten Blick als Frau erkannt hatte. „Warum leistet Ihr Euch keinen Laden? Die Ware ist gut, das sehe ich." Sie griff nach dem Homer, es war die *Ilias*, eines der ältesten Werke der abendländischen Literatur überhaupt. Kupferstiche illustrierten das Epos über den Trojanischen Krieg. Sie hustete.

Der Bouquinist lachte. Er stellte den Becher mit Wein auf dem Tisch ab, drehte ihr den Rücken zu und trat wieder in den Schatten. Sie sah, dass er etwas suchte. Über die Schulter rief er ihr zu: „In einem Laden kann man sich nicht sonnen, wenn einem danach ist. Ich mag den freien Himmel, und nur hier kann ich mit den Spatzen plaudern. Etwas Wein?“ Plötzlich drehte er sich wieder um und hielt ihr einladend einen gefüllten Becher entgegen. „Der Tropfen ist gut, er wird Euch stärken und alle Eure Sinne beleben.“

„Danke.“ Zuerst wollte Christina ablehnen, doch der Rotwein lockte, sie merkte, dass sie durstig war, und griff mit einer dankbaren Geste danach. Gierig trank sie in großen Schlucken, bis sie den Becher fast gelehrt hatte. Die lindernde Wärme des Weins legte sich wohltuend über den Schmerz in ihrer Brust.

„Ich kann Euch den Homer empfehlen.“ Der Händler zeigte auf das Buch, das sie immer noch aufgeschlagen vor sich hielt.

Jetzt lachte auch Christina, und für einen Moment dachte sie, dass sie das erste Mal seit Tagen so etwas wie Heiterkeit verspürte. „Ich habe die *Ilias* schon als Kind gelesen und die *Odyssee* dazu.“

Der Bouquinist zog die Augenbrauen in die Höhe. „Und, wie ist Euer Urteil Homer betreffend?“

Christina trank den letzten Schluck Wein und stellte den Becher vor sich ab. „Ich ziehe Odysseus vor. Ich meine, die Helden der *Illias* sind nicht fähig, eigene Entscheidungen zu fällen. Ihr Handeln ist von göttlichen Weisungen bestimmt.“

Der Händler nickte, als ob er sie verstünde. Er kramte in einer Kiste und zog einen weiteren Band hervor. „Dann empfehle ich Euch Dante Alighieri – *Die Göttliche Komödie*.“

Christina nickte und schnalzte anerkennend mit der Zunge. „Ihr habt einen erlesenen Geschmack. *La Divina Commedia* ...“, sie ließ den italienischen Titel der Dichtung auf der Zunge rollen, „... ist mir bereits bekannt. Dante entwirft darin die Idee von einer besseren Gesellschaft.“

„In Übereinstimmung mit der göttlichen Weltordnung und der Bibel.“ Der Bouquiniste trank ihr bewundernd zu. „Ihr seid nicht von hier, habe ich Recht? Woher kommt Ihr?“

Christina wollte ihre Identität nicht preisgeben, sie fürchtete einen Menschenauflauf, wenn sich herumsprechen sollte, dass die Königin ohne Land ganz ohne Wachen und Eskorte durch die Stadt spazierte. „Aus Rom“, antwortete sie ausweichend, dabei tastete sie nach ihrem Hut, um zu prüfen, ob sich ihr blondes Haar noch darunter verbarg.

„Und vor wem versteckt Ihr Euch?“

Fragend blickte sie den Buchhändler an.

„Die Maskerade, ich meine den Jüngling, den ihr vorgebt zu sein.“

„Bequemlichkeit.“ Christina tat die Bemerkung mit einer Handbewegung ab. „Die Hosen und Stiefel bedeuten meine Freiheit. In Pantoffeln und Rock müsste ich mich auf einem Sessel durch die Straßen tragen lassen. So wäre mir das Vergnügen unseres Gespräches sicherlich entgangen.“

Der Bouquinist nickte und grummelte zustimmend. „Und der Dolch?“, fragte er neugierig. Er zeigte auf die Waffe Gustav Adolfs, die unter Christinas Gürtel hervorblitzte.

„Zu meiner Sicherheit. Ihr wisst doch, wie viel Gesindel sich auf den Straßen herumtreibt.“ Christina griff nach einem weiteren Buch und wog es unentschlossen in ihren Händen. Wieder hustete sie. „Ich werde weiterziehen, vielen Dank für den Wein.“

Der Mann nahm ihr das Buch aus den Händen. „Mir scheint, Ihr sucht nach etwas anderem?“

Christina blickte dem Händler für einen Moment fest in die Augen. Sie zögerte. „Ich suche nach einem Kind“, erklärte sie dann. „Einem Mädchen. Vor vier oder fünf Tagen ist es verschwunden.“

Der Bouquinist schien sich nicht über ihre Antwort zu wundern. „Noch etwas Wein?“

Er bückte sich und langte nach seiner Flasche. Christina sah, dass sie fast leer war. Im Schatten der Mauer lagen bereits drei geleerte Flaschen. Erst jetzt bemerkte sie, dass Wangen und Nase des Händlers die leicht violette Färbung des maßlosen Trinkers hatten. Sie schüttelte den Kopf. „Ich werde weitersuchen."

„Vorgestern hat man hier am Kai ein Bündel aus dem Wasser gefischt." Der Bouquinist zeigte auf den Fluss, der sich träge durch die Stadt schob. Unter den Bögen der Brücke hatte sich Unrat gesammelt, darunter Holz und der aufgedunsene Kadaver eines Hundes. „Es soll ein Kind gewesen sein."

„Großer Gott!" Christina spürte, dass ihr die Knie nachgaben. Sie stützte sich auf den Büchertisch. „Lebt es?" Ihre Stimme überschlug sich.

„Ich war nicht dabei, hab geschlafen." Der Händler wies auf die leeren Weinflaschen. „Vielleicht weiß mein Nachbar mehr." Er deutete auf den nächsten Stand. „Philippe ...", rief er hinüber. „Philippe, was ist aus dem Kind geworden, das man hier aus der Seine gefischt hat?"

Der Bouquinist mit dem Namen Philippe blickte auf und kam ein paar Schritte auf sie zu. „Weiß nicht", murmelte er und zuckte mit den Schultern. „Hab nichts mehr gehört."

Christina wechselte an seinen Tisch. „Hat es gelebt? Was habt Ihr gesehen?" Sie musste sich beherrschen, um den Händler nicht bei den Schultern zu packen und zu schütteln. Der Mann sah sie erstaunt an. „Als wir das Jaulen hörten, dachten wir, es seien Welpen, die jemand loswerden wollte. Aber dann ist doch einer die Böschung runter und hat den Sack an Land gezogen." Er machte eine Pause. „War 'ne Göre drin, hat noch nach Luft geschnappt." Grinsend imitierte er das Geräusch eines erstickenden Menschen.

„Wie alt war das Kind? Wie sah es aus? Wo ist es jetzt?" Aufgeregt zerrte Christina den Bouquinisten am Arm.

„Sachte, sachte, Madame." Der Händler musterte sie abschätzig.

Dann rieb er Daumen und Zeigefinger gegeneinander. „Wie wäre es, wenn Ihr eines meiner Bücher kauftet?"

Christina verstand, der Kerl wollte Geld für seine Informationen. Wütend wühlte sie in den Taschen ihrer Hosen. Sie fand ein Stück Brot, etwas Schinken, einen zerknitterten Brief von Azzolino, den sie noch nicht gelesen hatte. Konnte es sein, dass sie den Louvre heute Morgen ohne eine einzige Münze in der Tasche verlassen hatte?

„Ich habe nichts bei mir." Die Gedanken rasten ihr durch den Kopf. „Aber ich könnte Euch einen Schuldschein unterschreiben. Mein Name hat ... einigen Wert."

Die Bouquinisten lachten. „Mein Name hat einigen Wert ...", grunzte Philippe. „Am Ende behauptet dieses Möchtegernbürschchen noch, es sei eine der Favoritinnen des Königs." Er lachte und schlug sich auf die Schenkel. „Nein, nein", er schüttelte sich und schien zu überlegen. Dann zeigte er auf das Messer, das Christina an ihrem Gürtel trug. „Ihr könntet damit bezahlen."

Es war der Dolch ihres Vaters, der Dolch des großen Königs Gustav Adolf. Entsetzt griff Christina danach und schüttelte den Kopf. „Er ist zu kostbar, ich kann ihn Euch nicht geben."

„Ich könnte Euch noch einiges erzählen ..." Der Händler mit dem Namen Philippe sah sie lauernd an.

Christina fühlte, wie das Metall in ihren Fingern glühte. Ihr Vater hatte den Dolch immer bei sich getragen, auch im Schlaf hatte er sich nicht davon getrennt. Als sie seine Leiche auf den Schlachtfeldern bei Lützen gefunden hatten, hielt er die Waffe so fest umklammert, dass sich die Klinge in das Fleisch seiner Hand eingegraben hatte. Noch im Tod schien er den Dolch nicht hergeben zu wollen. Erst viel später hatte Reichskanzler Oxenstierna ihn aus der starren, wächsernen Hand des Königs lösen können und der jungen Königin wie einen Talisman überreicht. Noch einmal schüttelte sie den Kopf und trat einen Schritt zurück. „Ihr müsst mir helfen, guter Mann“, flüsterte sie. „Und wenn es nun Euer Kind wäre, das Ihr verzweifelt suchtet?“

„Ich muss zwölf Blagen durchbringen und verkaufe nur jeden zweiten oder dritten Tag ein Buch. An meinen Anstand könnt Ihr appellieren, wenn alle Mäuler gestopft sind.“ Der Händler schüttelte den Kopf.

„Ich unterschreibe Euch einen Schuldschein. Ich komme zurück und bezahle Euch, was Ihr verlangt.“

„Papier ist geduldig. Was mache ich, wenn Ihr nicht zurückkehrt? Wer steht für Euer Versprechen ein?“

Christina straffte sich und ballte ihre Hände zu Fäusten. In ihrem Nacken spürte sie den Atem des großen Gustav Adolf. Sie konzentrierte sich, unterdrückte ihre Wut auf den Bouquinisten, den Husten und allen Schmerz, der sich in ihrer Brust aufgestaut hatte, und sagte mit betont ruhiger Stimme: „Gebt mir ein Papier, ich stelle Euch einen Wechsel über zwei Silbermünzen aus.“

Die Bouquinisten schwiegen, doch sie konnte eine Veränderung an ihren Mienen ablesen. Die beiden spürten, dass sie in das Gesicht einer Autorität geblickt hatten. Schließlich zuckte Philippe mit den Schultern. Mürrisch schob er Christina einen seiner Folianten hinüber und schlug den Buchdeckel auf. „Schreibt dort hinein – und vergesst das Datum nicht.“

Christina nickte knapp. Sie bekam Feder und Tinte, setzte in schwungvollen Buchstaben ihren Wechsel unter das Frontispiz und unterschrieb mit ihrem Namen: Christina Alexandra von Wasa.

„Voilà“, ungeduldig deutete sie einen Punkt hinter ihrem Namen an. „Nun erzählt mir, was Ihr beobachtet habt.“

Philippe nahm das Buch wieder an sich und schlug es zu, ohne die Unterschrift noch einmal zu prüfen. Verblüfft, so schien es ihr, über die erstaunliche Wandlung der Unbekannten. „Das Kind war nicht bei Sinnen.“

„Nicht bei Sinnen?“

„Bewusstlos, es atmete, aber reagierte nicht.“

„Wo ist es jetzt?“

Philippe wischte sich plötzlich müde über die Augen. Christina beobachtete, wie sein Blick über die neun Bögen des Pont Marie auf das andere Seineufer glitt. Häuser stapelten sich darauf, und sie wunderte sich, wie die Brücke dem Gewicht der Bauwerke standhielt. „Sie haben es weggebracht, vielleicht zu den Nonnen oder in ein Armenhaus.“

Christina hielt den Atem an, endlich würde sie etwas erfahren. „Wie heißt die nächste Kirche?“, fragte sie heiser, denn die Armenhäuser und Krankenlager befanden sich meist in der Nähe der Kirchen, die Pflege war den Nonnen vorbehalten.

„Unsere liebe Frau von Paris – Notre-Dame ...“ Der Händler zeigte über die Brücke auf die Ostspitze der Île de la Cité. Vor dem fast violett schimmernden Himmel zeichneten sich die mächtigen Türme der Kathedrale ab. Die Nachmittagssonne spiegelte sich in der gewaltigen Fensterrose der Westfassade und hüllte den Bau in ein gleißendes Leuchten. Christina hatte die Kirche, ein Meisterwerk der alten Baukunst, noch nicht besuchen können, doch sie wusste, dass das Bauwerk von vollkommener Schönheit war. Die Proportionen der Fassade etwa basierten auf dem Prinzip des Quadrats. Darin, so hieß es, wurde das Ideal des heiligen Augustinus verwirklicht: eine Architektur, deren ausgewogene Formen auf dem innereren Verhältnis musikalischer Zusammenklänge beruhten, die ihrerseits die harmonische Ordnung des Universums widerspiegelten. Im Inneren der Kathedrale verwandelte sich die von Fenstern durchbrochene Mauer in gleißendes Licht. Berühmt waren auch die Grotesken, die von der oberen Balustrade auf die Stadt hinabblickten. Die Fantasiefiguren, Monster und Dämonen, wehrten bösen Zauber ab.

Vom Ufer der Seine aus konnte Christina die Grotesken als winzige Vorsprünge an der Fassade ausmachen. Konnte es sein, dass sich Maria dort, irgendwo im Schatten der mächtigen Kathedrale befand, ohnmächtig, hilflos einer fremden Welt ausgeliefert? Aber wie war das Kind überhaupt in diese Situation geraten? Und war das Bündel aus der Seine wirklich Maria gewesen? Die Fragen schossen ihr durch den Kopf. Christina fühlte sich verwirrt und unruhig. Sie wollte keine Zeit mehr verlieren. Ohne noch länger auf die Männer zu achten, lief sie auf die Seinebrücke zu, den Blick fest auf Notre-Dame gerichtet. Erst als sie hastig den Fluss überquerte, merkte sie, dass ihr einer der Bouquinisten über den Pont Marie folgte. Es war der Händler, der ihr den Wein angeboten hatten. Als er sie mit langen Schritten eingeholt hatte, legte er seine Hand auf ihren Arm.

Christina wollte ihn abschütteln und weitergehen, sie musste schnell vorankommen, doch der Bouquinist ließ sich nicht abweisen. „Ich begleite Euch“, keuchte er, und sie konnte hören, wie er sich anstrengen musste, Schritt zu halten. „Paris ist mein Zuhause, ich kenne die Île de la Cité genau, ich weiß, wo wir die Armenhäuser finden. Ich kann Euch helfen, das Kind zu suchen.“

Christina sah ihn erstaunt an. „Bei mir gibt es kein Geld mehr zu holen“, knurrte sie unwirsch und hustete. „Und ich schwöre Euch, ich werde den Dolch nicht hergeben, solange ich lebe.“

Der Bouquinist grunzte unwirsch. Sie sah, dass er eine Flasche aus seiner ausgebeulten Manteltasche zog und hastig daraus trank. „Ich schäme mich für Philippe. Es war nicht recht von ihm, Geld von Euch zu verlangen. Aber die Zeiten sind hart, und er hat wirklich einen Haufen Kinder zu versorgen – und ein unersättliches Weib dazu.“

Christina schüttelte den Kopf, aber sie verlangsamte ihr Tempo. „Wo würdet Ihr mit der Suche beginnen?“

„Die Insel ist der älteste Teil von Paris, und soviel ich weiß, gab es schon in der Nähe der Kathedrale Saint-Étienne, also dem Vorgängerbau von Notre-Dame, ein Hospiz für Kranke und Sterbende.

Es muss an der Ostspitze der Insel liegen, bei den Kapellen von Notre-Dame."

„Geht voran, ich folge Euch." Christina machte dem Händler ein Zeichen, sie zu überholen. Im dichten Gedränge war es zu mühsam, nebeneinander zu gehen. „Wie ist Euer Name?", fragte sie. „Wem folge ich da eigentlich?"

„Gustave." Der Bouquiniste lachte. „Wie Euer großer Herr Vater – Gustave Adolfe ..."

Die französische Aussprache nahm dem Namen seine Schärfe, trotzdem zuckte Christina zusammen. Der Bouquinist hatte sie erkannt, offenbar an ihrer Unterschrift. Konnte sie ihm vertrauen? Sie blickte auf seinen breiten Rücken, der sich vor ihr durch die Menschenmenge schob, um ihr den Weg frei zu räumen. Rhythmisch bewegten sich seine Schultern im Gegenschwung zu den weit ausgreifenden Schritten. Im nächsten Moment fiel zwischen einigen niedrigen Häusern hindurch die Nachmittagssonne auf seinen Rücken und tauchte seinen alten braunen Umhang in goldenen Glanz. Vielleicht ist es ein Zeichen, dachte sie, und sie beschloss, Gustave zu vertrauen.

Sie liefen eine Zeit lang schweigend hintereinander her, bis sich die engen Gassen auf einen weiten Platz öffneten. Wie ein Bergmassiv schob sich die Kathedrale mit ihrer mächtigen Fassade in ihren Weg. Der überwältigende Eindruck, den der Bau auf sie machte, verschlug Christina den Atem. „Wartet einen Moment, Gustave", hielt sie ihren Begleiter hustend zurück. Dann lief sie auf den Eingang von Notre-Dame zu und berührte den Stein der Kathedrale. Über den drei Portalen erblickte sie eine Reihe von überlebensgroßen Statuen. Sie wusste, dass die achtundzwanzig Figuren ursprünglich die Könige von Juda darstellten, jetzt jedoch für den Herrschaftsanspruch der französischen Könige standen.

„Madame", Gustave winkte sie wieder zu sich. „Hier entlang."

Er zeigte auf den nach Süden ausgerichteten Teil des Bauwerks und begann, es Richtung Osten zu umrunden.

Christina folgte ihm, obwohl sie liebend gern einen Blick in das Innere der Kathedrale geworfen hätte. Doch der Gedanke an Maria trieb sie weiter.

Als sie an der Kirche vorbeiliefen, sahen sie den angrenzenden erzbischöflichen Palast und die Schatzkammer des Erzbistums. Dahinter erstreckten sich einige kleinere Bauten, die auf Christina wirkten wie zufällig arrangiert. Vor einem der Portale warteten Menschen in einer Schlange. Einige Bettler, Mütter mit kleinen Kindern auf den Armen, gebeugte Männer, alt und auf Krückstöcke gestützt.

„Das Armenhaus." Gustave zeigte auf den dunklen Eingang, wo eine Nonne in weißer Tracht die Bittsteller empfing und eintreten ließ. Aus der Ferne wirkte sie wie ein Engel, und die Tür erschien Christina wie ein Sinnbild der himmlischen Pforte.

Sie wollte an der Schlange vorbeieilen, doch Gustave zog sie zurück. „Wir müssen warten. Jeder, der hier ansteht, hat seine Sorgen." Er wies auf ein dürres Mädchen, das kaum älter als Maria sein konnte und doch ein kleines, jammerndes Kind in seinen Armen wiegte. Unter seinem ärmlichen Hemd zeichneten sich die Rundungen seines schwangeren Leibes ab, das Mädchen erwartete ein weiteres Kind.

Etwa fünfundzwanzig Menschen harrten mit ihnen aus, aber die Nonne winkte die Wartenden zügig in das Gebäude, und schließlich konnte Christina vortreten und ihr Anliegen nennen.

„Ich, nein, wir suchen ein Kind", beeilte sie sich, den fragenden Blick der Ordensschwester zu beantworten. Dann hakte sie sich vertraulich bei Gustave ein, um ihren lauteren Absichten Nachdruck zu verleihen. „Ein Mädchen von etwa zehn Jahren." Mit der freien Hand zeigte sie die ungefähre Körpergröße Marias.

Die grünen Augen der Nonne blickten sie unbewegt an, dann

senkte sie ihren Blick und studierte eine eng beschriebene Liste. „Könnt Ihr mir einen Namen nennen?“, fragte sie. Sie schien sich nicht über Christinas Aufzug zu wundern.

„Maria.“

„Wir haben einige Findelkinder hier, aber es ist keines mit dem Namen Maria darunter.“

Gustave räusperte sich. „Man hat vor einigen Tagen ein Kind aus der Seine gefischt und es dann wohl hierher gebracht.“

Die Nonne blickte wieder auf. „Ja, ich erinnere mich daran. Das arme Ding.“ Sie zog Christina und Gustave ins Gebäude und winkte eine weitere Nonne heran, der sie etwas ins Ohr flüsterte. „Schwester Aurelie wird Euch zu dem Kind führen.“ Sie machte eine Geste, die Christina wie ein Segen anmutete. Dann wandte sie sich dem nächsten Bittsteller zu.

Schwester Aurelie führte sie schweigend durch einen langen Korridor, hohe Rundbogenfenster ließen Licht herein, das in breiten Bahnen auf den grauen Boden flutete. Schließlich öffnete sich der Gang in einen Saal mit einer hohen Balkendecke. Weiß gekalkte Wände und ein Kruzifix an der Stirnseite des Raumes verliehen ihm einen sakralen Charakter. Auf Strohmatratzen lagen die Kranken in langen Reihen. Christina sah Alte mit eingefallenen Gesichtern und hohlem Blick, über deren Schultern der Tod linste, neben Jungen, die sich in Krämpfen wanden oder fieberten. Im hinteren Teil des Raumes gebar eine Frau ein Kind. Ihre Schreie gellten durch den Saal und übertönten das Seufzen und Stöhnen der Kranken. Das junge Mädchen, das sich eben noch vor ihnen in der Schlange befunden hatte, lag nun zusammengekrümmt auf einer Matratze nahe bei der Tür. Sie hatte die Augen geschlossen und zitterte. Das Wickelkind hatte sie an ihre Brust gedrückt, ein leises Wimmern drang aus dem Bündel hervor. Zwischen den Kranken gingen Schwestern hin und her und versorgten die Bedürftigen mit Wasser und einem stillen Gebet auf den Lippen.

„Das ist der Saal für die Kranken, die wir bei uns aufnehmen können." Die Schwester zeigte in den Raum, dann führte sie Christina und Gustave vorsichtig durch eine Reihe mit Kranken.

Wo waren die Kinder? Christina wunderte sich, denn zwischen den Kranken entdeckte sie nur zwei oder drei Jungen und Mädchen. Jedes Mal, wenn sie in ein Paar weit aufgerissener Augen blickte, das von Einsamkeit, Schmerz und Trauer erzählte, suchte sie darin einen Hinweis auf Maria. Noch immer hatte sie sich in Gustaves Arm eingehängt, und sie war froh, dass er sie stützte. Die Erwartung, Maria zu finden, und die Angst davor, enttäuscht zu werden, raubten ihr den Atem, und sie hustete pausenlos.

Die Schwester hatte eine Holztür am Ende des Saals erreicht und öffnete diese leise. Dahinter lag ein schummriger Gang, dann folgte eine Treppe, die nach unten führte. Nach der Helligkeit und den Geräuschen des Krankensaals waren die Stille und das diffuse Licht beklemmend. Je weiter sie die Treppe hinabstiegen, desto feuchter und kühler wurde die Luft, die nach Weihrauch und Kerzenwachs roch.

Warum lassen sie die Kinder hier unten liegen, fragte sich Christina, und im nächsten Moment schon befiel sie eine schreckliche Ahnung. Plötzlich kam ihr der Petersdom in den Sinn, ihre Erkundungen in den Katakomben der Kirche. Dort unten lagen die Toten, die Vergessenen. Es gab keinen Zweifel, sie stiegen in eine Gruft hinab.

„Sie ist tot", schluchzte sie auf und krallte sich noch heftiger an Gustave. Ihr Begleiter legte schützend seinen Arm um sie, und trotz des immer heftigeren Geruchs nach Weihrauch nahm sie seinen weingeschwängerten Atem wahr, seine Stimme, die hilflos tröstende Worte in ihr Ohr murmelte.

Die Treppe endete in einem niedrigen Raum, in dem es nur unter dem Scheitelpunkt des Gewölbes möglich war, aufrecht zu stehen. Im Licht der Totenkerzen, die in den Wandvorsprüngen brannten, sahen sie einige Körper auf Tischen und Bänken liegen, sie waren mit Tüchern zugedeckt.

„Die Toten der vergangenen Nacht." Die Schwester hatte sich zu ihnen gedreht, ein Ausdruck von Mitgefühl spiegelte sich auf ihrem blassen Gesicht. „Der Herr sei mit ihnen." Sie bekreuzigte sich. „Die Totengräber kommen am Abend und holen die Leichname ab. Die Toten bekommen von der Kirche ein Armenbegräbnis. Aber vielleicht möchtet Ihr Euer Kind selbst bestatten lassen?"

Gustave schüttelte den Kopf. „Es ist nicht unser ...", setzte er an, doch dann verstummte er.

Christina schluchzte, Schmerz und Trauer überwältigten sie, und sie schämte sich nicht, ihre Gefühle und den Strom der Tränen zuzulassen. Benommen folgte sie Schwester Aurelie an einen Tisch und nickte, als diese sie fragend ansah. Vorsichtig schlug die Nonne das Tuch zurück.

Der kleine Körper darunter war schmal, blaue Flecken überzogen die Brust, ein Arm wirkte seltsam verdreht, so, als gehöre er nicht dazu. Die dunklen Haare fielen matt bis auf die Schultern, und die Haut war blass und wächsern, die Hülle einer Nymphe. Die Augen des Kindes hatten die Nonnen geschlossen.

Christina strich dem Mädchen vorsichtig über das Haar und ließ ihre Hand für einen Moment auf seiner Stirn ruhen, so, als wollte sie dessen Seele, dieses Gespinst menschlichen Seins, bergen. Dann zog sie das Leichentuch wieder über den Körper. Sie schluchzte noch einmal auf, doch ihre Tränen flossen nicht vor Kummer, sondern aus Erleichterung. „Das ist nicht Maria", flüsterte sie, „das ist nicht meine Maria." Dann spürte sie, wie sich ihr Bewusstsein von ihrem Selbst trennte. Wieder schien sie über ihrem Körper zu schweben, ihre Welt zu verlassen. Sie sah, wie Gustave ihren schlaffen Leib auffing und an sich drückte, dann fiel sie hinab in ein schwarzes Nichts.

Das Sonnenlicht tat gut, es streichelte seinen Körper, ließ die Kälte langsam aus den Gliedern weichen. Fröstelnd kroch es noch weiter in die Nische hinein, die sich vor ihm in dieser gewaltigen Wand auftat. Es presste sich gegen den Stein und spürte die Wärme, die das Mauerwerk über den Tag gespeichert hatte. Langsam ließ das Zittern nach. Als es sein Ohr gegen die Wand aus Steinen drückte, meinte es, Musik zu hören. Die Töne beruhigten es, streiften eine Erinnerung, eine Ahnung, die in ihm wohnte. Erschöpft sackte es in sich zusammen und legte den Kopf auf die Knie.

Einsamkeit. Furcht. Verzweiflung. Das Mädchen wusste, dies alles hatte es schon einmal erlebt. Und in manchen Momenten dachte es, ein nicht enden wollender Albtraum quäle es. Doch dann erinnerte es sich: Es war aufgewacht aus einem Traum, der noch schrecklicher gewesen war. Es hatte die Augen geöffnet und sich in einer fremden Umgebung wiedergefunden. Man hatte es gefesselt, und nun blickte es in unbekannte Gesichter, hörte Worte, die es kannte, aber nicht mehr verstand. Panik hatte es erfasste, als es die Unbekannten auf sich zukommen sah, und es war geflohen, obwohl der Schmerz in seinem Körper brüllte wie eines der Ungeheuer aus seinen Albträumen. Die Angst hatte ihm ungeheure Kräfte verliehen, und irgendwie war es ihm gelungen, die Fesseln abzustreifen.

Doch schlimmer als die Erinnerung daran war die Ungewissheit, der Strudel der Gedanken in seinem Kopf: Wer bist du? Wer bist du? Wer bist du? Das Kind fand keinen Anker, keinen Halt. Immer, wenn es im Strom seiner inneren Welt nach einem Fetzen griff, der vorbeigespült wurde, entglitt ihm die Erinnerung wieder wie ein zappelnder Fisch. Es war, als wäre sein Körper nicht mehr mit seinem Wesen verbunden. Es wusste sich nicht zu helfen.

Das Kind blickte sich vorsichtig um. Es war nicht allein. Menschen bevölkerten den Platz vor dem Gebäude, das es fast magisch angezogen und in dessen Mauernischen es Schutz gesucht hatte.

Es beobachte die vorbeiziehenden Leute und versuchte, an ihnen etwas zu entdecken, das auch für sein eigenes Leben gelten könnte. Es sah Händler, die von den Märkten der Stadt zurückkehrten, ihre Karren mit den Waren gefüllt, die an diesem Tag keinen Käufer gefunden hatten. Kinder stoben unter fröhlichem Gelächter über den Platz, dazwischen einige Priester und ein seltsames Paar, zwei Männer, die sich aufeinander stützten.

Die beiden kamen langsam auf die Nische zu, in der sich das Kind versteckt hatte, und es presste sich so eng an die schützende Wand, dass es meinte, mit ihr zu verschmelzen. Irgendetwas war merkwürdig an dem Gespann. Die Tatsache, dass sie sich öffentlich so vertraut miteinander gaben, konnte es nicht sein. Das Mädchen sah, dass es kein Liebespaar vor sich hatte. Es war vielmehr so, als ob sie einander Halt gaben, sich eine Stütze waren. Der eine, etwas kleiner von Statur, hing am Arm des anderen, ließ sich mitziehen, und seine zierlichen Füße in den derben Stiefeln stolperten hinterher.

Die Stiefel ... Das Kind spürte einen Schauer über seinen Rücken laufen. Die Erinnerung an eine Begegnung blitzte in ihm auf, der nahe Blick auf ein Paar Stiefel, ein Bild, das der Beginn von etwas Einzigartigem gewesen war. Es musterte den Burschen noch einmal genauer, die Hosen, das Hemd unter dem Umhang, die blauen Augen, die sich plötzlich auf das Kind richteten. Wärme durchströmte es wie ein köstliches Geschenk.

Dann hörte es einen Schrei, der wie etwas Unbegreifliches über den Platz hallte. „Maria!“ Der Bursche – oder war es gar kein Mann? – löste sich von seinem Begleiter und stürzte auf das Kind zu. Noch ein Schrei, dann drückte das Wesen es an sich, hob es hoch und bedeckte sein Haar mit Küssen. „Maria, Maria, Maria“, stammelte es, und wie eine Flamme, die plötzlich aufflackerte und ein warmes Licht verströmte, setzte die Erinnerung des Mädchens wieder ein.

Der Anblick des Kindes war ein Schock gewesen. Es war ihm unbegreiflich, wie das Mädchen hatte überleben können. Er hätte das Kind, oder vielmehr die Kiste mit dem Bündel Mensch darin, doch in die Seine werfen sollen, so wie er es ursprünglich geplant hatte. Aber als Monaldesco mit der Kutsche am Flussufer gestanden hatte, als es eigentlich kein Zurück mehr gab, war er vor der Endgültigkeit seines Vorhabens zurückgeschreckt. Das Bild des nackten Mädchens war ihm in den Sinn gekommen, und erstaunt hatte er bemerkt, dass sich ein Gefühl wie Bedauern in seine Welt schlich. So hatte er den Wagen gewendet und war in einen dunklen Winkel der Stadt gefahren. Dort, so hatte er gehofft, würde Maria vom Chaos der Menschenmassen verschlungen werden. Und dennoch war sie vom Schlund der Stadt wieder ausgespien worden, fast unversehrt und direkt vor die Füße der Königin.

Hinter den verschlossenen Türen seines Salons hatte Monaldesco getobt, nach außen jedoch trat er so besonnen und umsichtig wie je auf. Was gab es für ihn nicht alles zu bedenken! Christina war vollkommen erschöpft in den Palast zurückgekehrt, das Kind in ihren Armen. Wankend hatte sie es bis in ihre Räume geschafft, dann war sie zusammengebrochen. Starker Husten und hohes Fieber schüttelten sie, als die Zofe sie fand. Der Leibarzt des Königs musste kommen, zudem wollten Kardinal Mazarin und auch der König selbst informiert und beruhigt werden, denn beide waren längst irritiert über die Verzögerung der geplanten Verhandlungen. Und dann war da noch dieses Unglück in Gestalt des Kindes. Wie sollte er Maria begegnen? Sollte er leugnen, alles abstreiten, wenn sie ihn anklagte? Könnte er alle Vorwürfe zerreden, sie auf eine Fantasie, einen Traum, die Eifersucht des Kindes auf den Liebhaber der Königin zurückführen? Würde die Königin ihm oder Maria Glauben schenken?

Er hatte Angst vor der ersten Begegnung mit dem Mädchen gehabt, sein Herz hatte geklopft, und seine Hände waren feucht gewesen. Allem Hass Maria gegenüber zum Trotz quälte ihn jetzt die Erinnerung an seine Tat. Er wusste, dass er jedes Maß verloren hatte. Seine Schuld hatte dem Kind Macht über sein Leben verliehen.

Und doch hatte Maria ihn nicht verraten. Bei ihrer ersten Begegnung nach den Ereignissen der vergangenen Tage hatte sie zusammen mit Christina im Bett gelegen. Die Königin musste sich erholen, das Fieber war durch einige Gaben von Sonnenhut gesenkt worden, doch der Husten ließ nicht nach. Die Ärzte wollten keine Lungenentzündung riskieren und hatten Christina befohlen, ihrem Körper Schlaf zu gönnen. Und die Königin gehorchte. Der Graf konnte sehen, wie erschöpft Christina war, ihre Augen flackerten, und die Adern an den Schläfen pulsierten matt wie die Flügel eines sterbenden Schmetterlings. Selbst die sonst widerspenstigen Haare rahmten ihr Gesicht wie Seegras. Christina flüsterte ihre Wünsche Maria zu, diese unterrichtete Emanuela, und die Zofe wiederum informierte Monaldesco oder jeden anderen, den die Wünsche und Befehle der Königin betrafen.

Als der Graf an ihr Bett vorgelassen worden war, schenkte ihm Christina ein erschöpftes Lächeln. „Seht Ihr", flüsterte sie, „ich hatte Recht. Ich habe sie gefunden." Dann hatte sie ihre Augen wieder geschlossen. Es schien ihm, als gleite sie zwischen Wach- und Traumphasen hin und her, und er hätte nicht sagen können, ob sie ihn wirklich wahrgenommen hatte.

Das Mädchen war seinem Peiniger ohne jede Furcht begegnet. Maria hatte ihn mit einem kalten Blick gedemütigt, einem Blick, der ihn jeden ihrer Gedanken spüren ließ: Ich weiß, was Ihr mir angetan habt. Ich erinnere mich an jede Einzelheit, ich habe nichts vergessen. Aber ich werde schweigen. Ich werde schweigen, wenn Ihr die Königin erlöst, wenn Ihr allein ihrem Willen folgt und sie in ihren Plänen bestärkt.

Monaldesco hatte genickt, er wusste, für den Augenblick blieb ihm nichts, als sich auf den Pakt mit dem Kind einzulassen. Maria hatte diese Partie für sich entschieden. Die nächste, so schwor er sich, würde er gewinnen.

ZEHN

Frankreich, Herbst anno 1656

„Meine liebste Christina“, schrieb Kardinal Azzolino, die weich gerundeten Buchstaben wie Wolkenbilder auf das Pergament gesetzt, und Christina freute sich darauf, in seine römische Welt einzutauchen. Bisweilen kam es ihr so vor, als hätte sie den Freund erst vor wenigen Tagen verlassen, so präsent war er in ihrem Leben und in ihrer inneren Welt. Dann sprach sie mit ihm, teilte ihre Gedanken mit ihm, stellte sich eine Begegnung vor. Sie sah seine Augen, die spöttisch auf ihrem Gesicht ruhten. Dabei war sie vor mehr als zwei Monaten aus Rom abgereist, und die Botschaften des Kardinals hatten sie zuletzt nur noch in unregelmäßigen Abständen erreicht. Und nun hatte sie seinen Brief mehr als zehn Tage bei sich getragen, befühlt und doch nicht geöffnet. Das Papier war unter ihren unentschlossenen Berührungen zerknittert, das Siegel brüchig geworden. Zuerst war es die Suche nach Maria gewesen, die sie davon abgehalten hatte, die Zeilen des Freundes in Ruhe zu lesen. Dann war sie krank geworden, schwer krank, und die Botschaften des Kardinals waren für einen Moment belanglos geworden. Christina hatte all ihre Kraft sammeln müssen, um ihren rebellischen Körper daran zu erinnern, dass er ihr Diener war. Dass er sich ihrem Willen zu fügen habe. Während sie sich ganz auf ihre Genesung konzentriert hatte, war ihr die Welt um sie herum zu einem undeutlichen Nichts verschwommen.

Christinas Wille hatte tagelang mit ihrem strauchelnden Körper gerungen. Während der Fieberschübe hatte sie gespürt, wie sich der quälende Husten (von den Lippen der spitzhütigen Ärzte hatte sie die todbringende Diagnose einer Lungenentzündung ablesen können) für einen schrecklichen Moment auf ihr Herz zubewegte. Eine Last, kalt und schwer wie nasser Schnee, hatte ihren Brustkorb eingedrückt und die Rippen knirschen lassen. Christina hatte Furcht verspürt, Angst um ihr Leben. In ihren fiebrigen Träumen sah sie das tote Herz des Vaters, drohend schwebte es über ihr, im Himmel ihres Bettes, und versprach keinen Trost, sodass sie schreiend erwachte. Auch die Mutter war ihr erschienen, heftig atmend und anklagend mit dem Finger auf sie zeigend, dann der gewaltige Leichnam des toten Kanzlers Oxenstierna. Zuletzt war Belle durch ihre Träume gehuscht. Ein dichter Schleier aus Schneeflocken hatte ihr Gesicht verdeckt, doch ihr helles, fast kindliches Lachen war wie aus weiter Ferne durch den Sturm zu ihr gedrungen.

Maria, die in diesen Tagen an ihrer Seite wachte, so wie Christina vor Wochen am Krankenlager des Mädchens ausgeharrt hatte, tröstete und stärkte sie mit ihrer kindlichen Zuversicht. Sie kühlte ihre heiße Stirn mit Rosenwasser, flößte ihr verdünnten Wein und Honig ein und flüsterte beruhigende Worte, wenn ein Hustenkrampf ihren Atem lähmte und sie zu ersticken glaubte. Matt und keuchend hatte sie ihre Hand auf Marias Herz gelegt und so über Stunden an der Brust des Kindes verharrt. Sie hatte den Herzschlag des Mädchens gespürt, diesen steten, festen, unerschrockenen Rhythmus, und schließlich schien es ihr, als ob sich ihr eigener Puls nach und nach dieser klaren Melodie anpasste. Am nächsten Tag begann sie sich besser zu fühlen, ihre Wangen röteten sich, und am Abend konnte sie das Bett für einen kurzen Gang durch ihren Salon verlassen. Monaldesco war gekommen, unendlich erleichtert über ihre Genesung. Bei seinem Anblick, der sie seltsam aufgewühlt zurückließ, hatte

Christina gedacht, dass sie den Kampf gegen seine sinnliche Macht nicht würde gewinnen können, weil sie dann wohl gegen das Leben selbst ankämpfen müsste.

Der Graf hatte ihr die guten Wünsche der Franzosen überbracht, des Königs und seines Ersten Ministers Mazarin. Dann hatte er sie an die Briefe erinnert, die darauf warteten, gelesen zu werden. Er hatte ihr ein ganzes Bündel gereicht, Nachrichten aus Stockholm, Hamburg und Rom. Das Schreiben Azzolinos war auch darunter gewesen, obwohl sie sich zu erinnern meinte, das Papier zuletzt auf ihren Wanderungen in ihren Hosentaschen gespürt zu haben.

Christina kehrte zu dem Brief in ihren Händen zurück. „*Meine liebste Christina*", noch einmal las sie den Gruß des Freundes, und sofort sah sie sein Gesicht vor sich, den großzügigen Mund, die wachen Augen. Wie eine Umarmung umfingen sie seine Worte. „*Wie freue ich mich, von Euch zu hören*", entzifferte sie mühelos den gemeinsamen Code, und aus dem warmen Ton des Römers klang freundlich seine Stimme heraus:

„Ich sehe Euch vor mir, Euren Ritt durch Frankreich. Hier in Rom heißt es, Ihr wäret in Paris eingezogen, der französische König habe Euch empfangen und Euch die Stadt zu Füßen gelegt. Schon spekuliert man über eine glanzvolle Verbindung zwischen dem französischen Königshaus und dem Hause Wasa. Ihr könnt daraus entnehmen, dass der Klatsch selbst in diesen Zeiten, in denen der Pesthauch noch immer durch die Stadt streicht, nicht auszurotten ist. Wie zäher Nebel lungert er in den Gassen. Inzwischen sind viele Familien ausgelöscht, ganze Straßenzüge verwaist, und immer noch türmen sich die Toten in den Straßen. Jeder Römer hat wenigstens einen nahen Verwandten an die schreckliche Seuche verloren. Täglich läuten die Totenglocken, und wenn es Begräbnisse gibt, dann werden gleich zehn Verstorbene und mehr auf einmal

bestattet. Särge sind inzwischen unerschwinglich geworden, und jeder Tischler ist ein gemachter Mann.

Wen die Krankheit trifft, den lässt sie nicht mehr los. Aber es gibt auch Wundersames zu berichten: Ich habe von Fällen gehört, wo sich Kranke erholt haben sollen. Auch scheint die Seuche nicht jeden zu befallen, der mit ihr in Berührung kommt. Wenige Glückliche bleiben gesund, obwohl sie mit Pestkranken zusammengelebt oder diese gepflegt haben. So lag ein Säugling viele Tage an der Brust seiner toten Mutter, bis man ihn völlig unversehrt fand und rettete. Die Doctores haben keine Erklärung dafür. Ich bin mir sicher, dass Vorsicht und Reinlichkeit vor dem Pesthauch schützen. Ich wasche meine Hände mehrmals täglich in Essigwasser, halte mich von den Kranken und Toten fern und schlage ein Tuch vor Mund und Nase, wenn ich das Haus verlasse. Gottlob bin ich bei bester Gesundheit, und ich wünsche Euch dasselbe. Auch der Heilige Vater ist – abgesehen von einem leichten Schnupfen – in guter Verfassung, jedoch quält ihn die Sorge um die ihm anvertrauten Seelen. Gebe Gott, dass dieses Unglück ein Ende findet, bevor auch die letzte gute Christenseele ihren Glauben an die Barmherzigkeit des Herrn verloren hat. Wie soll man auch eine Mutter trösten, die erst den Ehemann und dann alle vier Kinder an die Pest verloren hat? Es sind schreckliche Zeiten, meine liebe Christina, und mein einziger Trost ist, Euch in Sicherheit vor dem tödlichen Atem der Krankheit zu wissen. Ihr habt wohl daran getan, die Stadt zu verlassen, und ich hoffe, Eure Reise führt Euch an das gewünschte Ziel. Wie verhält sich Euer Stallmeister, dieser – verzeiht mir – Gauner Monaldesco? Und welche Pläne treibt der französische König voran? Hier in Rom heißt es, König Ludwig sei zu einem Frieden zwischen Frankreich und Spanien bereit. Sind das alles Gerüchte, oder ist etwas daran, das uns alle – allen voran die Squadrone Volante *– hoffen lassen kann?*

Meine liebe Christina, für Euch nur die besten Wünsche. Denkt an mich und betet für Rom! Ich küsse Euch vielmals und sende einen Kuss für meine kleine Freundin Maria, Euer getreuer Freund, Kardinal Decio Azzolino.“

Christina ließ den Brief sinken. Es war so ganz und gar unverkennbar Azzolino, der sie nach den Plänen des französischen Königs fragte, aber stillschweigend darüber hinwegging, dass sie sich noch immer in Frankreich aufhielt und nicht nach Stockholm weitergereist war. Sie war sich nicht sicher, ob er ihre Absichten nicht längst durchschaut hatte. *„Ich hoffe, Eure Reise führt Euch an das gewünschte Ziel …“* Es schien ihr, als wäre es längst kein Geheimnis mehr, dass ihr Stockholm nur als Vorwand für ein anderes Vorhaben gedient hatte.

Christina seufzte, auch sie hatte von den Gerüchten gehört, dass sich das französische und spanische Königshaus nun doch annäherten. Wenn die beiden Kontrahenten Frieden schlössen, wäre Neapel für Frankreich wertlos und ihre Aussicht auf den Thron von Neapel ein für alle Mal verloren. Monaldesco drängte darauf, nun endlich den französischen König aufzusuchen und die Verträge zu unterzeichnen. Er hatte ihr versichert, dass der Monarch bereit sei, die Königin in Compiègne zu empfangen, etwa fünfzig Meilen nördlich von Paris. Im Nebenzimmer packten Emanuela und Maria bereits das Gepäck für die Reise, Pferde und Kutschen waren bestellt, die Abfahrt für den nächsten Morgen angesetzt. Doch zunächst musste sie ihrem Freund antworten und ihm einen Bericht über die rätselhaften Ereignisse der vergangenen Tage senden. Sie wollte ihm schildern, wie glücklich sie war, von allen Schmerzen befreit zu sein und auch Maria wieder bei sich zu haben. *„Liebster Azzolino, treuer Freund und Ziel meiner Gedanken“*, begann sie ihren Brief, den sie mit Blick auf den Schlossplatz des Louvre schrieb. Kutschen rollten lärmend über das Pflaster, einzelne Reiter erreichten den Königssitz im Galopp. *„Wie wohl ist mir und wie* *fröhlich schlägt mein Herz, wenn Nachrichten aus Rom mich erreichen ...“*

Die Fahrt nach Compiègne war unbequem. Ein heißer Wind fuhr über die trockenen, abgeernteten Felder, trieb Staub und welke Blätter vor sich her und erschöpfte die Reisenden. Die Reisegruppe, darunter die Brüder Santinelli und Graf Monaldesco sowie die Zofen und das Mädchen, unterbrach die Fahrt bei Schloss Chantilly, etwa auf der Hälfte der Strecke, um dort zu übernachten. Auch Kardinal Mazarin, der eigentlich später aus Paris nach Compiègne hatte aufbrechen wollen, war dort bereits eingetroffen. Auf dem mit Kupfer gedeckten Schlossdach wehte seine Fahne mit dem italienischen Familienwappen, und ein Lakai überbrachte der Königin nach ihrer Ankunft die Einladung des Kardinals zu einem abendlichen Bankett. Kardinal Mazarin hatte Christina zu Ehren ein, wie er sich ausdrückte, intimes Essen arrangieren lassen, doch als sie in den Festsaal geführt wurde, blendete sie das Licht hunderter Kerzen, und etwa fünfzig Gäste warteten an funkelnden Tischen auf sie. An eine Unterhaltung mit dem Ersten Minister unter vier Augen, auf die sie so sehr gehofft hatte und für die sie sich Sätze von Witz und brillanter Schärfe zurechtgelegt hatte, war nicht zu denken. Christina hatte sich Frankreich empfehlen wollen, doch nun fühlte sie sich von Mazarin beobachtet, und sie musste sich zwingen, Haltung zu bewahren in diesem taktischen Spiel, in dem der Franzose offenbar alles im Fluss halten wollte – bis zur letzten Sekunde.

Unruhig und den nächsten Reisetag herbeisehnend, widmete sich Christina nur halbherzig den Speisen, die ihr aufgetragen wurden. Ganz in Gedanken, achtete sie auch nicht auf die beiden Reiter, die sich spät, gegen Ende des Essens, in den Saal schlichen. Kardinal Mazarin begrüßte die Fremden jedoch unter höflichen Verbeugungen und stellte der Königin die beiden Männer wenig später als zwei der vornehmsten Edelleute Frankreichs vor. Christina wollte nicken und sich wieder über eine Schale mit Konfekt beugen, doch dann erkannte sie König Ludwig und seinen Bruder Philipp von Anjou. Neugierig und aus einer Laune heraus hatten sie die knapp dreißig Meilen von Compiègne nach Chantilly im Galopp zurückgelegt und präsentierten sich ihrem Gast nun inkognito in der Kleidung gewöhnlicher Edelleute. Unter den tief in die Stirn gezogenen Hüten blickte ihr aus rotwangigen Gesichtern die Zukunft Frankreichs entgegen.

Da Christina zuvor ihre Porträts im Louvre studiert hatte, erkannte sie den König und seinen Bruder auf den ersten Blick. Es war, als stiegen die Königskinder plötzlich von der Leinwand eines dieser Herrscherporträts herab, so wunderlich erschien ihr der unerwartete Auftritt.

Amüsiert und geschmeichelt, ließ sie sich auf Mazarins Komödie ein. Sie hob ihr Glas mit rotem Wein und trank den Gästen lächelnd zu. „Zumindest der eine sieht so aus, als sei er dazu geboren, eine Krone zu tragen", bemerkte sie und reichte dem König die Hand zum Kuss. Vor sich sah sie einen sanften, gut aussehenden jungen Mann, etwas außer Atem durch den schnellen Ritt, während der jüngere Herzog einen hübschen, aber recht schüchternen Eindruck auf sie machte. Maria, die sie später zu ihrer Meinung über den König befragte, antwortete ihr, König Ludwig sei ihr trotz seiner wenig pompösen Kleidung wie in strahlendes Licht getaucht erschienen, „funkelnd, leicht und glücklich wie ein Sommervogel, der sich in den Himmel aufschwingt". Christina meinte, aus seiner Haltung Stärke ablesen zu können, Entschlussfreude und Führungswillen. Sie fühlte sich in seiner Gegenwart wohl, seine Gesten waren schmeichelnd gewesen, sein Blick forschend und reif. Die Begegnung, so unwirklich sie ihr rückblickend auch erschien, belebte sie wie ein magisches Versprechen auf ihr zukünftiges Leben.

Das Schloss von Compiègne lag vor ihnen, und das dämmrige Licht des Herbstnachmittages hockte wie ein erschöpftes Fabelwesen auf seinen Dächern. Graf Monaldesco zügelte sein Pferd, Schaum tropfte aus dem Maul des Tieres, die letzten Meilen hatten sie in wildem Galopp zurückgelegt, allen voran Christina in ihrer rastlosen Ungeduld. „Lasst uns den König von Frankreich begrüßen", hatte sie in den Wind geschrien. „Lasst uns Frankreich dienen, dieser stolzen Nation."

Fast schien es Monaldesco, als wiederholte sich der triumphale Einzug von Paris, wenn auch in maßvolleren Dimensionen. Auch hier drängelten sich die Menschen auf dem Weg hinunter zum Schlosshof. Vier Kompanien der königlichen Leibwache säumten die schmale gepflasterte Straße zwischen den Alleebäumen, hinzu kamen eine Kompanie schottischer Garden und Gendarmen und etwa zweihundert Reiter, so schätzte der Graf, berittene Musketiere und Abordnungen von Edelleuten aus verschiedenen Regionen Frankreichs. Am Ende dieser Ehrengarde war ein Großteil des französischen Hofes angetreten, um den königlichen Gast zu begrüßen. Im Zentrum sah der Graf die pompöse Gestalt der Königin von Frankreich. Anna von Österreich, Ludwigs Mutter, glich einer Sonne, um die der Hofstaat sich in einem Strahlenkranz gruppiert hatte. Ehrendamen, Kavaliere, Musiker, Geistliche und etliche Damen, die ihren Platz am Hofe allein ihrer Schönheit oder einer weitläufigen Verwandtschaft mit dem Ersten Minister verdankten, starrten auf die Amazone. Hinter ihren wippenden Fächern tuschelten die Schönheiten aufgeregt miteinander. Den König jedoch sah Monaldesco nicht.

Der Hofstaat von Compiègne wird verblüfft sein, wenn die Königin vor ihnen steht, durchfuhr es Monaldesco. Nie war ihm die Sorglosigkeit ihres Auftritts so bewusst gewesen wie vor der Kulisse des herausgeputzten französischen Adels.

Christina amüsierte sich über den höfischen Prunk ihrer Gastgeber, die in der Repräsentation nicht nur ein Zeichen der Macht sahen, sondern glaubten, dass der glanzvolle Auftritt Macht erst erzeuge. „Die Eitelkeit schlägt hier wohl tausend Pfauenräder", lachte sie. Im Kontrast zu den exquisiten Gewändern, in die sich der französische Adel kleidete, hatte Christina am Morgen einen derben Rock angezogen, der ungeniert ihre Knöchel zeigte, sowie ein Männerhemd, das sie heute ausnahmsweise locker am Hals zusammengebunden hatte. Wie immer hatte ihr Aufzug etwas Nachlässiges, ja Vagabundenhaftes, und allein ihre strahlenden Augen, ihre königliche Haltung und ihr unbändiger Stolz unterstrichen ihren edlen Stand.

Monaldesco beobachtete die Königin während der Empfangszeremonie. Man sieht Christina ihren ungebundenen, ungezügelten Geist an, dachte er. Ihr sonnenverbrannter Teint und die ungepflegten Hände zeigen ihre Verachtung für jede Konvention. Vielleicht verkörpert sie die formlosen Sitten einer noch fernen Zeit.

Monaldesco hatte sich inzwischen eingestanden, dass er diesen jungenhaften Charme jedem wächsernen, pfirsichhäutigen Zierpüppchen vorzog, das der Adel für gewöhnlich hervorbrachte. Und er sehnte sich nach Christinas Körper, nach der Rauheit ihrer Leidenschaft, nach ihrem unstillbaren Lebenshunger, glühend, voller Unruhe und Wucht. Der wilde Ritt auf Compiègne zu hatte ihn an das taumelnde Glücksgefühl erinnert, das allein die Königin in ihm wecken konnte. Der heiße Wind, der noch immer über die Felder strich, hatte seinen Körper mit einem Schweißfilm überzogen und rief ein schmerzhaftes Verlangen nach körperlicher Liebe in ihm wach.

Seitdem Maria zurückgekehrt war, hatte er das Bett der Königin nicht mehr geteilt. Doch diese Zurückhaltung fiel ihm schwer, und er wusste nicht, wie lange es ihm noch gelänge, den unausgesprochenen Pakt mit Maria zu erfüllen. Wenn erst die Verträge mit dem französischen König unterzeichnet wären, so hoffte er, könnte er sich wieder Christinas Körper bemächtigen. Dann sollte auch Maria endgültig aus ihrem gemeinsamen Leben verschwinden. Das Lilienzeichen, das er bei dem Mädchen entdeckt hatte, war eine Gefahr für das gesamte Unterfangen. Und sein Geheimnis, das er zumindest in Teilen enträtselt hatte, wollte er mit niemandem teilen. Wie einen kostbaren Schatz trug er das Zeichen nun selbst, verborgen in dem Beutel unter seinem weiten Hemd, an einer goldenen Kette um den Hals. Ein Pfand gegen die Mächtigen. Seine größte Sorge war, dass sich Maria doch noch der Königin anvertrauen könnte, dass sie ihr seine Schuld offenbarte, seinen von zwielichtigem Ehrgeiz getriebenen Geist. Dass sie zerstörte, was er sich in seinen Träumen errichtet hatte.

Christinas Besuch in Compiègne war auf eine Woche ausgelegt. Nach dem Empfang im Schlosshof geleitete man die königlichen Gäste unter Fanfarenklängen in ihre Suiten. Obwohl sich König Ludwig nicht zeigte, hatte er dafür sorgen lassen, dass dort ein heißes Bad auf die Königin wartete. Er hatte Hofdamen für seinen Gast abstellen lassen, die für ihr leibliches Wohl sorgen und die mehr als erstaunliche Tatsache kaschieren sollten, dass die berühmte Königin ohne Land, die Verbündete der Franzosen, völlig mittellos und gewissermaßen ohne Gefolge gekommen war. Als unterhaltendes Programm für die kommenden Tage waren Bankette, Schauspiele und Ausflüge zu den umliegenden Kirchen und anderen sehenswerten Bauwerken geplant. Auch ein Jagdausflug mit dem König war vorbereitet.

Am zweiten Abend ihres Aufenthaltes bat Kardinal Mazarin Christina auf eine Unterredung in seine Suite. Neapel, endlich. Die Königin hatte Monaldesco befohlen, sie zu begleiten. Wie üblich fehlte auch Maria nicht, die den Grafen keines Blickes würdigte. Sie hing an Christinas Arm, in ein Kleidchen aus gelber Atlasseide gehüllt, die auch Christina mit prachtvollen Drapierungen schmückte und ihren Körper als letzte sommerliche Versprechung umfing. Dazu zierten, wie Monaldesco erstaunt bemerkte, Bernsteinkämme die königlichen Haare, die von Emanuela zu einer höfischen Frisur arrangiert worden waren.

Aus der Suite des Kardinals schlug ihnen Rosmarinduft und der Klang von Harfenspiel entgegen. Das Kraut glimmte in zahlreichen Kohlebecken und verströmte seinen Wohlgeruch. Ein Duft wie Meertau, dachte Monaldesco, während er eine ganz in schwarze Seide gehüllte Harfenspielerin beobachtete, die ihrem Instrument verzauberte Melodien entlockte. Mit ihrem rötlichen Haar, das in dichten Wellen über ihre Schultern flutete, wirkte die Musikerin wie ein mystisches Nachtwesen. Zusammen mit den venezianischen Spiegeln, den Golddekorationen und Edelsteinmosaiken in den Tischen, den Teppichen, Fellen und silberdurchwirkten Vorhängen und Bordüren unterstrich ihre Erscheinung den delikaten Geschmack des Kardinals. Es war bekannt, dass Mazarin Prunk liebte, alles, was funkelte und zu den Sinnen sprach. Der Hofklatsch sagte dem Italiener außerdem eine Vorliebe für Seidenhemden und eine Schwäche für Juwelen und junge Mädchen nach. Allerdings gab es auch Gerüchte, der Kardinal und Königinmutter Anna von Österreich hätten ihre Seelenverwandtschaft schon vor Jahren durch eine heimliche Hochzeit besiegelt und mehr als die Vormundschaft über den jungen König miteinander geteilt.

Irritiert bemerkte Monaldesco, dass Kardinal Mazarin alle Fenster mit Gobelins verhängt hatte, so als wolle er das Tageslicht aus seinem Leben ausschließen und sich eine eigene Welt schaffen. Es schien, als hätte sich der Fürst der Diplomaten hinter den Stoffen verschanzt.

„Majestät!“ Der Kardinal begrüßte die Königin mit einem Handkuss, den Christina freudig nickend entgegennahm. „Bitte folgt mir in mein Reich.“

Mazarin zeigte auf eine opulent gedeckte Tafel in den Tiefen des Raumes. Auf einem Schreibpult sah Monaldesco im Vorbeigehen ein Bündel von Christinas Briefen liegen. Einige waren noch nicht geöffnet worden, doch eine begeisternde und mitreißende Ansprache, die der Kardinal zu Christinas Ehren hielt, besänftigte sein Misstrauen schnell. Im Anschluss deklamierte Mazarin Petrarca und Dante für seine Gäste. Sein Vortrag war sicher, sein Ausdruck gemessen, und die Verse versetzten die Zuhörer für einen Moment zurück in die liebestrunkenen Welten einer vergangenen Zeit.

„Bravo!", applaudierte Christina, als die letzte Strophe verklungen war, und hingerissen ließ sie sich von Kardinal Mazarin an die Festtafel führen, um Platz zu nehmen. Goldgrundiger Florentiner Brokat mit Figuren, Brunnen und Vögeln aus silberner und grüner Seide schmückte den Lehnstuhl und entlockte Christina weitere Komplimente. Auch das Menü, darunter gebratenes Geflügel in einem Mus aus Äpfeln und Trauben, gebackener Fisch mit Limettensaft, Honignüsse, kandierte Orangen- und Zitronenspalten sowie heißer Wein und Orangenlikör, betörte ihre Sinne, und die heiteren Tischgespräche kreisten um Kunst und Literatur.

Monaldesco ließ das Tischgespräch an sich vorbeiziehen. Beeindruckt gab er sich dem zur Schau gestellten Reichtum des Kardinals hin. Mazarin führte die Geschäfte des Königs und hatte sich selbst dabei offenbar nicht vergessen. Als Machtmensch beweist er seine Fähigkeit, die Staatsgeschäfte zu führen, indem er auch die seinen florieren lässt, dachte er anerkennend. Mazarins Bibliothek, so hieß es jedenfalls, umfasste mehr als neuntausend Bände, und auch als Kunstsammler, so registrierte Monaldesco, beschränkte er sich offensichtlich auf das Beste der italienischen Antike und Renaissance. Erstaunt bemerkte der Graf, dass der Kardinal trotz seiner hageren Gestalt enorme Mengen der Delikatessen verschlingen konnte. Christina lobte den gebackenen Fisch, während das Kind lediglich von den Süßigkeiten probierte und dann zwischen den kulissenhaften Interieurs verschwand. Rotwangig und vom Wein beseelt, gab Christina Märchenhaftes aus den dichten Wäldern Schwedens zum Besten.

Monaldesco studierte den Kardinal aufmerksam. Die Franzosen nannten den Italiener boshaft den „Schurken aus Sizilien“, doch in allen diplomatischen Verhandlungen galt er selbst dem größten Feind als Virtuose. Mazarin hatte graublaue Augen, nicht schwarze, wie man es von einem Italiener erwarten könnte. Mazarinblau, dachte Monaldesco. Ein kaltes Blau, das ist wohl die Farbe seines Ehrgeizes. Er bemerkte das kastanienbraune Haar, den gelockten Bart und roch sein parfümiertes Wasser, mit dem er seine Umgebung, ja selbst seinen Lieblingsaffen, üppig besprengte, so wie ein Hund sein Revier markiert. Der Kardinal musste Monaldescos Blicke gespürt haben, doch seine Miene blieb ausdruckslos. Er schien sein Gesicht nach Bedarf in eine weiße Leinwand verwandeln zu können, auf die er die jeweilige Rolle, die er annahm, projizierte, um sie hinterher wieder auszulöschen.

Als die Kerzen schon fast heruntergebrannt waren und der Orangenlikör serviert wurde, lenkte Kardinal Mazarin das Gespräch auf die neapolitanische Sache. Nach einigen Floskeln und einleitenden Wendungen ließ er sich ein Schriftstück reichen, rollte es umständlich aus und las die wichtigsten Punkte des Vertrags vor, der offensichtlich bereits ohne ihr Wissen ausgearbeitet worden war: „Es werden viertausend französische Soldaten bereitstehen und die Neapolitaner gegen die Spanier unterstützen. Ihr, verehrte Christina, werdet die nächste Königin von Neapel sein.“ Er schaute mahnend auf, fast erwartete Monaldesco, einen erhobenen Zeigefinger zu sehen. „Frankreich darf erwarten – Frankreich bittet sich aus –, dass Ihr Euer privates Leben nicht ändert.“

Christina nickte und wechselte einen schnellen Blick mit Monaldesco. Sie hatte verstanden: „Ihr spielt auf eine mögliche Eheschließung an, Exzellenz. Keine Sorge, ich lebe frei, und ich werde das bis an mein Lebensende tun. Ich werde als Vertreterin Frankreichs in Neapel regieren, bis der König einen Erben gezeugt hat oder sein Bruder Philipp von Anjou bereitsteht."

Mazarin lächelte, mit kühlem Charme, wie Monaldesco fand. „Nach Eurem Tode, meine Hochverehrte, also wie wir alle hoffen erst in vielen Jahrzehnten, wird Neapel als Provinz der Nation Frankreich zufallen."

Christina wedelte ungeduldig mit den Händen. „Wir sind uns einig, Exzellenz. Lasst mich den Kontrakt unterzeichnen. Ich bin mir sicher, dass sich dieser Vertrag – nennen wir ihn den Vertrag von Compiègne – höchst erfreulich für beide Seiten gestalten wird." Dann ließ sie sich Feder und Tinte reichen und setzte ihren Namen unter die Schriftstücke, die mehrere Seiten umfassten. Lächelnd sah sie auf. „Wann wird der König unterzeichnen?"

„Ich werde dem König die Dokumente so schnell wie möglich vorlegen."

„Dann lasst uns auf unseren Pakt trinken, verehrter Kardinal." Christina hob das Glas, dessen Inhalt einen orangenbitteren Duft verströmte, und leerte es in einem Zug. Monaldesco beobachtete, dass Flüssigkeit von ihrem Mundwinkel rann und das Kinn hinablief, bis sie auf den Seidenstoff ihres Kleides tropfte. Er wunderte sich über die Königin, die ganz gegen ihre Prinzipien etwas unterschrieb, was sie nicht selbst diktiert hatte. Hastig stürzte auch er seinen Likör hinunter, der wie Feuerzungen in seiner Kehle brannte. Mit einem Federstreich war er zu einem Statisten in der neapolitanischen Sache geworden.

Wie befreit nahm Christina schnell und selbstbewusst das Heft der weiteren Verhandlungen in die Hand. Ohne Scham brachte sie die ihr nun zustehenden Gelder zur Sprache. „Wie verfahren wir mit den Subsidien, Exzellenz?" Sie wies auf ein Papier, das Monaldesco aus seiner mitgebrachten Dokumentenrolle hervorzog.

Mazarin nickte freundlich. „Selbstverständlich werde ich die Bürgschaftserklärungen unterzeichnen, damit Euch die Kriegsschuld Frankreichs ausbezahlt wird. Wir werden Eure Apanage zu einer Sache der französisch-schwedischen Freundschaft machen. Lasst mir die Dokumente hier." Nachlässig reichte er die Papiere, die Monaldesco in Christinas Sinne vorbereitet hatte, an einen seiner Diener weiter. Der Graf sah, wie sie auf den Stapel von nicht gelesenen und ungeöffneten Dokumenten auf seinem Schreibtisch wanderten.

Doch Christina ließ weitere Fragen auf den Kardinal niederprasseln: „Wo werdet Ihr die Soldaten stationieren?", wollte sie von ihm wissen. „Werden die Männer in Paris oder in Marseille auf den Marschbefehlt warten? Wer bekommt das Kommando über die Truppen? Welche Unterhändler werden die französischen Soldaten dem neapolitanischen Heer eingliedern? Liegen Euch Pläne vom Castel Nuovo vor?"

Kardinal Mazarin wand sich unter dem Trommelfeuer ihrer Fragen. Und er geizte nun mit seinen Worten. Er will Zeit gewinnen, erkannte Monaldesco, er kann sich noch nicht festlegen. Er jongliert mit weiteren Optionen, Christina von Schweden ist nur eine mögliche Variante für das Komplott gegen Spanien.

„Hoheit", hörte er den Kardinal antworten. „Wir haben dieses Papier nun unterzeichnet. Euer Wort steht für alle Zeiten unter dem Vertrag von Compiègne. Es ist ein Siegel Eures Versprechens. Vertraut auf Frankreich, vertraut darauf, dass der König den neapolitanischen Thron nicht den Spaniern überlassen will."

Christina lehnte sich behaglich in ihrem Lehnstuhl zurück. Plötzlich war Maria wieder an ihrer Seite, und wie betäubt registrierte der Graf, dass die Königin ihr liebevoll über das Haar strich. Sie wandte den Kopf von den Männern ab, ihr Blick glitt zu der Harfenspielerin, und Monaldesco beobachtete, wie die Königin ihren Vortrag und ihre engelsgleiche Gestalt auf sich wirken ließ. „Mein Hof wird ein Hort der schönen Künste sein, die Barberini werden vor Neid erblassen", flüsterte sie. Und nach einer kurzen

Pause fuhr sie fort: „Und Ihr, verehrte Eminenz, Ihr seid Italiener, Mitglied des Kardinalskollegiums, bedenkt doch, nirgendwo könntet Ihr größer sein als in Italien."

Monaldesco schluckte und räusperte sich erschrocken. Hatte er sich verhört? Maßte sich die Königin tatsächlich an, Kardinal Mazarin den Heiligen Stuhl zu versprechen?

Der Kardinal lächelte gelassen und ging nicht weiter auf den unerhörten Vorschlag ein. „Nun, nun, meine Verehrteste, wir wollen sehen, was die Zeit an unsere Ufer spült." Er erhob sich und bot der Königin den Arm, um sie hinauszubegleiten. An der Tür verbeugte er sich tief vor Christina, bevor er seine Lippen zu einem angedeuteten Handkuss spitzte. „Ich muss Euch bitten, mir Euren Vertrauten Graf Monaldesco noch für einen Moment zu überlassen. Da sind noch einige Dokumente, die ich mit ihm durchsehen möchte."

Christina sah ihn überrascht an, doch dann nickte sie. „Ich danke Euch für diesen wunderbaren Empfang." Sie drehte sich, um auch der Harfenspielerin zuzunicken, dann sprang sie übermütig über die Türschwelle. Das Kind an der Hand, rauschte sie auf den langen Fluren davon.

Kardinal Mazarin schloss die Tür, und Monaldesco, der von der Bitte des Kardinals ebenso überrascht war wie die Königin, trat einige Schritte zurück und sah, wie das gewinnende Lächeln des Ersten Ministers von einer Sekunde zur anderen erstarb.

„Auf ein Wort, Marchese", dirigierte der Kardinal seinen Gast in die Mitte des Raumes, während Diener und Lakaien gemeinsam mit der Harfenspielerin den Salon durch eine in der Wand verborgene Tür verließen.

„Exzellenz?" Monaldesco wusste nicht, was ihn erwartete. Die Verträge, soweit sie Neapel betrafen, waren soeben von ihrer Seite unterzeichnet worden. Was wollte der Kardinal von ihm?

„Was haltet Ihr von den Vorschlägen der Königin?" Mazarin

blickte ihn forschend an. Die blauen Augen schienen einen Bannstrahl auf ihn zu werfen.

„Die Vorschläge der Königin – ich verstehe nicht ..."

„Die neapolitanische Sache. Wenn ich richtig informiert bin, seid Ihr es, der hinter der soeben getroffenen Vereinbarung steckt."

„Nun ...", erwiderte Monaldesco irritiert. Versuchte der Kardinal, ihn gegen die Königin auszuspielen? „Ich habe mir lediglich erlaubt, die Königin auf die neapolitanischen Missstände aufmerksam zu machen", antwortete er vorsichtig.

„Man hat mir zugetragen, dass es nicht allein die Liebe zu Neapel ist, die Euch antreibt."

„Exzellenz, Ihr sprecht in Rätseln." Monaldesco beschloss, sich nicht auf das Spiel des Kardinals einzulassen. Ihm schien es, als wollte ihn sein Gegenüber einschüchtern. Was wusste Mazarin von seiner Leidenschaft für Christina?

„Gut, dann muss ich mich deutlicher ausdrücken. Ihr seid kein Unbekannter, Graf. Seitdem Ihr Euren Platz auf der Bühne der europäischen Diplomatie eingenommen habt, haftet Euch der Makel der Käuflichkeit an. Wohin treibt Euch Euer Ehrgeiz dieses Mal?"

„Ich diene der Königin, und ich diene allen Neapolitanern, die dem spanischen Joch entkommen wollen."

„Vor Euren Diensten muss man sich in Acht nehmen. Korrigiert mich, wenn ich mich irre: Ihr plündert die Kasse der Königin, so viel ist sicher. Gewiss treibt Ihr auch Euer Spiel mit Neapel, denn von dort bezieht Ihr ebenfalls Gelder. Und dann kümmert Ihr Euch noch um Delikateres, die Person der Königin betreffend."

Heuchler, dachte Monaldesco. König, Kardinal und Königin – auch in Frankreich sprach man von einer Einheit, einer Liebesmacht. Und auch der Kardinal bereicherte sich unverhohlen an der königlichen Schatulle. Energisch schüttelte er den Kopf. „Nichts von dem, was Ihr gegen mich vorbringt, ist für Euch oder für Frankreich von Belang. Bedenkt: Ich bin es gewesen, der die Königin überhaupt erst für Neapel gewonnen hat. Wo findet Frankreich besseres Personal für seine neapolitanische Rochade?“

„Da irrt Ihr Euch, mein Freund.“ Spöttisch zeigte der Kardinal mit dem Finger auf seine Brust. „Eure Bettgeschichten interessieren Frankreich durchaus. Die Königin darf uns keinen Nachkommen präsentieren. Dann wäre der Vertrag von Compiègne nicht mehr wert als das Papier, auf dem er geschrieben steht.“

Monaldesco konnte ein Lächeln nicht unterdrücken. „Wie Euch Ihre Hoheit soeben persönlich versichert hat, denkt sie nicht daran, sich an einen Mann zu binden. Sie wird niemals heiraten, und jedes Kind, das aus einer wie auch immer gearteten Beziehung hervorgehen könnte, wäre illegitim. Es hätte keinen Anspruch auf einen Thron. Es wäre ... ein Nichts.“

Kardinal Mazarin schüttelte den Kopf. Monaldesco sah, dass sich zwischen seinen Brauen eine steile Falte gebildet hatte. „Christina von Wasa könnte das Kind auch ohne einen passenden Vater anerkennen. Es wäre ihrem Eigensinn durchaus zuzutrauen, uns alle zu brüskieren. Sie hat schon immer das Unwahrscheinlichste unternommen, denkt nur an ihre Abdankung. Glaubt Ihr, irgendeiner ihrer Untertanen hätte diesen unerhörten Akt für möglich gehalten? Die Tochter des großen Gustav Adolf verrät das Erbe des Vaters ... Sie wird auch in Zukunft auf ihren Eigensinn, oder sagen wir Starrsinn, beharren. Sie wird ihre eigenen Wege gehen.“

„Exzellenz, im Vertrauen ...“ Monaldesco war versucht, den Ersten Minister am Arm zu packen. „Die Königin wird sich nicht gegen Frankreich stellen. Sie ist beseelt von der Idee, Neapel zu befreien. Und sie ist auf Frankreichs Großzügigkeit angewiesen. Sie braucht das Geld, dringend.“

Kardinal Mazarin winkte mit einer müden Handbewegung ab. „Das ist kein Geheimnis.“ Er schwieg einen Moment. „Lasst mich eines klar sagen, Graf Monaldesco. Frankreich will Neapel. Und Frankreich vertraut Christina von Wasa – aber nicht um jeden

Preis. Und vielleicht auch nicht für alle Zeiten. Wir haben verschiedene Optionen, Eure geliebte Königin ohne Land ist nur eine davon. Ihr seid noch nicht am Ziel, mein italienischer Freund." Dann entließ er seinen Gast mit einem spöttischen Lächeln, und Monaldesco wusste, dass der Verbündete auch sein ärgster Widersacher sein konnte.

Königin Christina hinterließ einen merkwürdigen Eindruck in Frankreich. Ihr starker, ungezähmter Auftritt fand viele Bewunderer. Die Hofdamen fächerten das Geflüster des Adels hinaus aus den Salons, in die Korridore, vor die Schlösser und hinein in die Straßen und Gassen der Franzosen. „Jeder, der mit ihr zusammentrifft, ist von ihrem Temperament und Witz berührt", sagten die einen, deren Worte Maria bei Hofe aufschnappte. „Mit ihrer Intelligenz und ihrem ungeheuren Wissen bezähmt sie jedes Misstrauen", lobten andere an den abendlichen Tafeln, wenn Anekdoten aus dem Umfeld des Königs das Tischgespräch beherrschten. „Ihre Gesellschaft lässt jedes Bankett zu einem unvergesslichen Ereignis werden. Und auf der Wildschweinjagd ist sie eine verlässliche Schützin, sie galoppiert wie ein Bursche durch das Unterholz."

Maria flogen diese Worte zu, ein surrender Mückenschwarm, der Christina unablässig folgte. Das Mädchen jagte ihnen nach, fing sie ein und prüfte sie gewissenhaft auf ihren Gehalt. Manches trug Maria der Königin zu. „Verehrte Christina", sagte sie und breitete dann die Zitate wie kindliche Schätze vor ihr aus. Die Königin lachte über den Eifer des Kindes, strich ihm über die Wangen und schüttelte erstaunt den Kopf. „Wenn sie nur alle ihre Bemerkungen überdenken würden, statt jede meiner Regungen mit ihrem Geschwätz zu einer Ungeheuerlichkeit zu erklären." Sie hatte sich vorgenommen, sich das Gerede nicht mehr zu Herzen zu nehmen.

Doch Maria konnte ihm nicht entkommen. In ihrer kindlichen Perspektive, unter den Tischen, Bänken, Röcken und hinter den

Vorhängen, wo sie den Äußerungen des Hofstaats lauschte, nahmen die freundlichen oder abfälligen Bemerkungen die seltsamsten Formen an. Sie genoss jedes Lob, spürte aber auch den Spott beinahe körperlich, verwechselte tatsächliche Begebenheiten mit dem Klatsch darum und war gekränkt von Pamphleten, in denen man Christina als kleine, untersetzte Bucklige beschrieb, als ungehobelte Halbwilde, Lesbierin, Witzfigur und Hure.

Denn Maria hatte Königin Christina zu ihrer Schutzpatronin erwählt. Ihre Christina, das war die Frau, die sich ihrer angenommen hatte. Eine Königin, die sie wie ihresgleichen behandelte und deren Wärme und Herz sie vor einem namenlosen Leben auf den Straßen Roms bewahrt hatten. An ihrer Seite hatte sie zu sich gefunden, eine Würde gewonnen, ihren Namen mit Klang erfüllt.

Auch wenn ihre Herkunft noch immer von einem Rätsel verschleiert war, fühlte sie sich doch geborgen und beschützt. Sie vertraute darauf, dass die Königin ihr Versprechen einlösen würde, nach ihren Wurzeln zu forschen. Maria konnte die Ungewissheit über ihre Herkunft ertragen, so wie sie sie schon während ihrer Zeit im Armenhaus der römischen Priester nicht als Last, sondern als Versprechen empfunden hatte. Die Hoffnung, die über ihrem Schicksal schwang, trug sie. Kein Zweifel hätte ihre Lebenslust lähmen können.

Die Ereignisse, die Maria auf der Suche nach ihren Wurzeln widerfahren waren, hatte sie tief in ihrem Inneren verschlossen. Die Gewalt, die ein Priester ihr angetan und die sie aus dem Armenhaus auf die Straßen Roms getrieben hatte, war dort zu einem undeutlichen Schmerz eingeschmolzen, ebenso wie alle Grausamkeiten, die Graf Monaldesco ihr in seiner Raserei zugefügt hatte. Maria war überzeugt, dass es besser sei, das Unaussprechliche zu verschweigen. In ihrer Vorstellung glich der nicht benannte Schrecken einem nie gewesenen, und indem sie das Verbrechen vor der Welt verheimlichte, löschte sie es aus. Selbst wenn Christina etwas von den Vorgängen ahnt, so dachte sie, könnte ich sie doch nicht benennen. Maria fehlten die Worte für die Verletzungen an ihrem Körper und an ihrer Seele. Gleichzeitig, so ahnte sie, war ihr Schweigen auch ihre Stärke. Monaldesco gegenüber hatte sie an Macht gewonnen. Der Graf fürchtete ihre Gegenwart, sie war das stumme Zeugnis seiner Schuld. Ihr Schweigen könnte die Königin vor der Verderbtheit des Marchese retten, so wie Christina wiederum Maria vor dem Abgrund der Erinnerungen bewahren konnte.

ELF

Compiègne und Lagny, Herbst anno 1656

Die Versprechen des Vertrags von Compiègne stärkten Christina, überschwänglich begrüßte sie die Aussicht auf ein neues Leben. Die Verhandlungen mit dem französischen Königshaus waren beendet, das diplomatische Taktieren eingestellt, bald sollte der Ruf zu den Waffen erfolgen und Neapel wie eine reife Frucht in ihren Schoß fallen. Der Titel einer „Königin ohne Land" ist Vergangenheit, dachte Christina. Nicht mehr als die Erinnerung an eine Zwischenzeit und an etwas Vorläufiges, Formloses. Aus den Nebelschleiern der Zukunft bildete sich das Versprechen von Macht und Reichtum heraus.

Die Franzosen gingen davon aus, dass Christina Frankreich nun verlassen und auf direktem Weg nach Italien zurückkehren würde. An eine Weiterreise nach Schweden, so wie sie die Königin immer wieder vorgeschützt hatte, glaubte niemand mehr. Fast war es ein offenes Geheimnis, dass sich Königin Christina von Rom aus irgendwann nach Neapel begeben würde. Auch der Heilige Vater, der noch immer mit dem Kampf gegen die Pest beschäftigt war, hatte seiner verehrten Tochter Maria Alexandra brieflich empfohlen, in die Arme der Kirche zurückzukehren: „*... kommt zurück, Majestät, und empfangt die liebende Sorge der heiligen katholischen Kirche*".

Doch Christina zeigte keine Eile, Frankreich zu verlassen. Sie blieb noch einige Tage in Compiègne, um das Gefühl des Triumphes auszukosten. Und sie reiste in Gedanken. Tagträumend sah sie sich bereits in Neapel residieren. „Wir werden am Meer leben", versprach sie Maria. „Unser Palast liegt auf den Klippen, von dort soll die Sicht an klaren Tagen bis an die Strände Afrikas reichen. Manchmal trägt der Wind den Wüstensand über die See bis in die Gärten des Castel Nuovo, wo er Blüten und Blätter mit Zuckerstaub pudert."

Christina sehnte sich danach, dem gierigen Lamento der Möwen zu lauschen, ihren unerschrockenen Raubvogelflug über dem Meer zu beobachten und dabei zuzusehen, wie sich die scheinbar trägen Körper vom Wind schaukeln ließen, bis sie sich ganz unerwartet kopfüber in die Wellen stürzten. Die Tauben der römischen Plätze, aufgeplustert und behäbig, kamen ihr dagegen wie schwerfälliges Fußvolk vor.

Gemeinsam mit Monaldesco entwarf sie Uniformen, Monogramme und Dekorationen für ihr neues Leben. „Der neapolitanische Thron bedeutet spanische Reichtümer und französische Subsidien bis an das Ende meiner Tage", jubelte sie. „Es gibt keinen Grund mehr, sparsam zu sein." Sie bestellte Geschirr und Bestecke, Stoffe und Briefpapier, das Wappen in blau-goldenen Farben gedruckt, darunter ihr künftiges Signet *„Christina, Königin von Neapel"*. Dann diktierte sie dem Grafen Listen mit Kostbarkeiten, die sie erwerben wollte, sobald sie Neapel erreicht hatte. Bilder und Statuen waren darunter, ganze Bibliotheken, die sie zu ihren Beständen hinzufügen wollte. Sie ließ optische Instrumente anfertigen, denn sie wollte auf den Klippen von Neapel eine Sternenwarte errichten. Sie warb Musiker an und gab ein Werk für eine Krönungsmesse in Auftrag. Jeden Tag erschienen Auftragnehmer in ihren Salons, die besten Dekorateure und Arrangeure, Schneider, Kunsthandwerker und Kunsthändler Frankreichs. Christina beglich die Forderungen dieser Herren mit den letzten Juwelen, die ihr geblieben waren. Sie gab ihnen den Schmuck ohne Reue und vertraute darauf, schon bald wieder über Gold und Edelsteine zu verfügen.

In den ersten Oktobertagen verließ sie mit ihrem Gefolge Compiègne. Gegen den ausdrücklichen Wunsch des Papstes hatte sie es sich in den Kopf gesetzt, Frankreichs berühmteste Kurtisane zu besuchen. Ninon de Lenclos, die sich seit einiger Zeit im Kloster von Lagny aufhielt, war ihr bereits durch einen Briefwechsel bekannt, den sie noch von Stockholm aus mit der Französin geführt hatte. Vor einiger Zeit war die Salonière jedoch vom Hof verbannt worden, nachdem sie – wie die Gesellschaft raunte – ihre Reize dort zu offen und dem falschen Günstling dargeboten hatte.

Christina brannte darauf, der Frau zu begegnen, die den Franzosen als unvergleichliche Schönheit und Meisterin des klugen Gesprächs galt. „Ninon de Lenclos hat schon immer Wert auf ihre Unabhängigkeit gelegt", erklärte sie Maria ihren Wunsch, die Kurtisane kennen zu lernen. „Sie denkt wie ich über die Freiheit. Sie hat nie geheiratet und hatte doch unzählige Liebhaber. Man sagt, sie nehme die Liebe wie einen leichten, heiteren Tanz, und über die Religionen denke sie, dass sie Einbildungen seien und nichts Wahres verkörperten. Sie ist nicht nur eine Liebesdienerin, sie ist auch eine Philosophin. Und sie gilt als intime Kennerin des französischen Adels. Sie kennt wohl jeden Seitensprung, jede Liaison, jedes Balg, das aus einer Liebelei hervorgegangen ist. Vielleicht kann sie uns dein Monogramm deuten."

Christina wusste, dass das Tuch mit dem eingestickten Wappen verschwunden war. Maria hatte ihr weinend erklärt, sie habe den Schatz wohl bei ihrem Irrlauf durch Paris verloren. Doch die Königin besaß noch die Kopie des Zeichens, die sie für Holstenius angefertigt hatte. Nachdem die Suche nach Marias Geheimnis in Rom vorläufig beendet worden war, hatte sie die Zeichnung vom vatikanischen Bibliothekar zurückgefordert und zwischen den Seiten ihres Tagebuchs aufbewahrt.

Das Kloster von Lagny, rund achtzehn Meilen östlich von Paris gelegen, empfing die Besucher an einem für die Jahreszeit ungewöhnlich warmen Tag. Die Hitze stand über der Kapelle und dem strengen Klosterbau, und die Luft über den Gebäuden schien zu flimmern, als spiegelten sich die Geschichten seiner Vergangenheit darin. Im Inneren der Anlage war es jedoch angenehm kühl. Die alten, dicken Mauern bannten jeden Sonnenstrahl, und kühles Wasser aus den Tiefen des klösterlichen Brunnens erfrischte die Reisenden. Schweigend reichten ihnen die Mönche einen Becher verdünnten Wein und frisch gebackenes Brot, das in zähes Olivenöl aus der Klosterküche getunkt wurde.

Christina sah sich um, während sie darauf warteten, von der berüchtigten Dame empfangen zu werden. Die Abtei Saint-Pierre war vor mehr als tausend Jahren von irischen Mönchen erbaut worden, dann durch die Normannen und später durch zwei verheerende Brände zerstört worden. Doch ein ums andere Mal hatten die Mönche ihr Heiligtum aus der Asche wiederauferstehen lassen, um demütig und in strengen architektonischen Formen die Wunder des Herrn zu loben. „Es gibt kein Ende", murmelte einer der Mönche, der ihre Gedanken zu lesen schien. „Wir stehen unablässig am Anfang der Ewigkeit."

Ninon de Lenclos begrüßte Königin Christina mit ausgebreiteten Armen und küsste sie auf die Wangen, bevor sie in einen höfischen Knicks hinabsank. Lächelnd reichte Christina ihr die Hand, um sie wieder an ihre Seite zu ziehen. „Endlich", sagte sie. „Ich hätte Euch schon viel früher aufsuchen sollen, bitte entschuldigt meinen späten Besuch."

Die Kurtisane wischte die Entschuldigung mit einer ungeduldigen Handbewegung, die jeden Beobachter aus Christinas Gefolge an die Gesten der Königin erinnerte, zur Seite. „Unsinn", sagte sie. „Wie ich hörte, haben Euch wichtigere Geschäfte als der Besuch bei einer alten Dame nach Frankreich geführt."

Jetzt war es an Christina, geschmeichelt zu lächeln. Beiläufig betrachtete sie Ninon de Lenclos. Die Französin war sechs Jahre älter als sie selbst und noch immer von einer fast mädchenhaften Schönheit. Lockiges Haar umspielte ein regelmäßiges Gesicht, das von vollen Lippen beherrscht wurde. Über der kleinen Nase leuchteten grüne Augen, die von dichten Wimpern und sanft geschwungenen Brauen gerahmt wurden. Die Figur der Kurtisane, die ihre zahlreichen Kinder den jeweiligen Vätern zur Erziehung überlassen hatte, war tadellos, und eine üppige Brust quoll aus dem tiefen Dekolletee.

„Ihr werdet noch als Achtzigjährige die Männer bezaubern", rief Christina bewundernd, während sie der Schönen in ihre Unterkunft folgte. „Erzählt mir aus Eurem Leben."

Ninon de Lenclos hatte sich, so gut es eben ging, in einer der Gästezellen des Klosters eingerichtet. Teppiche und dekorative Stoffe nahmen den dunklen, feuchten Steinwänden die Strenge, Kissen und einige kostbare Pelze ließen die Ahnung eines luxuriösen Pariser Salons durch die kargen Räume wehen. Mit herzlicher, wohlklingender Stimme begann Ninon de Lenclos zu erzählen, während sie die Gäste mit Likör und Konfekt bewirtete.

„Ihr wisst, ich wurde in Paris geboren, meine Eltern gehörten dem niederen Adel an. Meine Mutter versuchte, mich religiös und in Ehrfurcht vor Gott zu erziehen, doch mein Vater ließ mich meinen Neigungen folgen und unterstützte meinen Wunsch, mich mit Literatur und Musik zu beschäftigen. Meine kleine Nase", spöttisch wies sie in ihr Gesicht, „und mein Witz führten mich schließlich bis an den königlichen Hof."

„Eine Einladung zu Eurem Salon war immer eine große Ehre."

Ninon de Lenclos lächelte wehmütig. „Nun empfange ich meine Gäste nicht weniger komfortabel, findet Ihr nicht?" Sie breitete die Arme aus, als wollte sie die Welt umarmen.

Christina trank von ihrem Likör und setzte das Glas auf einem zierlichen Intarsientisch ab. „Ich werde dem König schreiben, dass ich Euch an seinem wunderbaren Hof vermisst habe."

„Mir geht es gut. Ihr müsst Euch nicht um mich sorgen. Die Abkehr vom höfischen Leben hat mich von vielen Zwängen befreit. Ich kann mich nun den Menschen zuwenden, die mir wirklich am Herzen liegen. Und wenn es mich nach einem Liebhaber verlangt, dann findet sich ein Weg hinter die Klostermauern." Verschwörerisch wies sie auf ein kleines Fenster. „Ich habe keinen Grund, mich zu beklagen, und mein Gefühl sagt mir, dass auch dieser Palast nur eine Station auf meinem Lebensweg ist."

Christina nickte. Sie schob Maria von ihrem Schoß und drehte ihr Gesicht ins Licht der Kerzen, der Kurtisane entgegen. „Was seht Ihr hier, meine Liebe?"

Ninon de Lenclos wirkte wenig überrascht, als hätte sie geahnt, dass das Gespräch eine solche Wendung nehmen würde. Freundlich winkte sie Maria zu sich und studierte ihr Profil. „Ein hübsches Ding, ohne Zweifel", antwortete sie. „Die Proportionen sind klassisch und ausgewogen. Die Nase ist erhaben, das Kinn stolz, die ausgeprägten Wangenknochen lassen auf eine große Zukunft hoffen, und die Augen ...", für einen Moment verstummte sie und versenkte sich in Marias schüchternen Blick. „Die Augen sind wie ein Geheimnis, dunkel und doch von einem magischen Feuer erleuchtet." Vorsichtig fuhr sie mit ihren Händen über den Körper des Mädchens. „Tadellose Haltung, ein entzückender Knochenbau, vielleicht ein wenig mager. Wie alt ist das Kind?"

Christina schüttelte den Kopf. „Wir wissen es nicht genau. Maria ist ein Findelkind, sie wuchs in einem Armenhaus in Rom auf. Vielleicht elf Jahre?"

Die Kurtisane nickte. „Sie ist also nicht Eurem Schoß entsprungen? Dann ..."

Christina lachte. „Sie ist mir in den Schoß gefallen. Ich habe mich ihrer angenommen."

„Nun, wenn Ihr sie erzieht, wenn sie nur ein Quäntchen Eures Wissens und Eures freien Geistes übernimmt, so prophezeie ich Maria eine große Zukunft als Salonière. Die europäischen Höfe werden sich um sie reißen, wenn sie erst einmal das richtige Alter hat."

„Nein, nein, Ihr missversteht mich." Christina unterdrückte ein Kichern und zog Maria beschützend in ihre Arme. „Ich werde die Kleine nicht gegen ihren Willen den Männern in die Arme treiben. Ich forsche nach ihrer Vergangenheit, einer Spur ihrer Eltern, ihrer Familie."

„Hier? Bei mir?" Jetzt war Ninon de Lenclos doch überrascht. Ratlos strich sie sich die Locken aus dem Gesicht und wartete auf eine Antwort.

Christina nickte. „Ich werde Euch einen Hinweis geben." Vorsichtig zog sie die Zeichnung mit dem unbekannten Wappen aus der Tasche und reichte sie der Kurtisane. „Maria trug dieses Zeichen bei sich, als man sie fand. Es war eingestickt in ein Tuch, und wir haben es als ein Wappen aus der Anjou-Linie gedeutet ..."

„Verbunden mit dem päpstlichen Wappen."

„Ja, das ist rätselhaft. Bislang haben wir keine Antwort darauf finden können. Aber Maria erinnerte sich an die französische Sprache, ich denke, sie könnte aus Frankreich stammen."

„Das Wappen der Anjou ..." Nachdenklich drehte sich Ninon de Lenclos zum Fenster. Sie stand auf und ging einige Schritte auf und ab. Christina fiel auf, dass ihr Gang den Bewegungen einer Tänzerin ähnelte, federnd, geschmeidig und von sinnlicher Eleganz.

„Die Linie der Anjou ist weit verzweigt, die Liste der Grafen und Herzöge aus diesem Haus unendlich lang. Um das Jahr tausend stieg es sogar zu einer dominierenden Macht in Westfrankreich auf. Das Reich der Anjou erstreckte sich eine Zeit lang von den Pyrenäen bis nach Schottland."

„Bis Anjou wieder der französischen Krondomäne eingegliedert wurde", fügte Christina hinzu.

„Richtig. Das Reich der Anjou fand damit sein Ende, die Gebiete wurden nun von der Krone direkt regiert, bis ... lasst mich nachdenken ..." Ninon de Lenclos schloss für einen Moment die Augen. „Bis König Ludwig IX. seinen jüngeren Bruder Prinz Karl um die Mitte des 13. Jahrhunderts mit der Grafschaft belehnte. Karl I. von Anjou war ein skrupelloser Machtmensch und einer der mächtigsten Männer seiner Zeit. Er beendete die Herrschaft der Staufer in Süditalien und übernahm das Königreich von Sizilien."

„Ja, diese Seitenlinie der Anjou regierte bis ins 14. Jahrhundert hinein in Neapel", nickte Christina.

„Nach dem Tod des letzten Herzogs Karl IV. zog König Ludwig XI. Anjou als erledigtes Lehen wieder der Krondomäne ein. Der Titel eines Herzogs von Anjou wurde seitdem an diverse königliche Prinzen verliehen." Ninon de Lenclos stutzte einen Moment, sie dachte nach. „Während der Religionskriege im letzten Jahrhundert gehörte Anjou überwiegend der Katholischen Liga an."

„Könnte das ein Hinweis auf eine Verbindung zum Vatikan, zum päpstlichen Siegel sein?"

Die Kurtisane war ratlos. „Ich weiß es nicht. Alles, was mir noch einfällt, ist, dass der Bruder des Königs, Philipp von Bourbon, nicht nur ein Prinz von Frankreich und Navarra ist, sondern auch den Titel des Herzogs von Anjou führt."

Christina dachte an das weiche Gesicht des Siebzehnjährigen zurück, in das sie erst vor weniger als zwei Wochen geblickt hatte. Sie versuchte, eine Verbindung zwischen dem Prinzen und Maria zu finden, irgendeine Ähnlichkeit. „Aber wie passt das zusammen? Sie kann kein Kind von Prinz Philipp, sein und auch nicht die Tochter seines Vaters. König Ludwig XIII. starb 1643, und Maria muss 1645 oder noch ein Jahr später zur Welt gekommen sein."

„Was macht Euch da so sicher?" Ninon de Lenclos ließ ihren

Blick noch einmal auf dem Mädchen ruhen. „Und wenn sie nun doch etwas älter ist, als wir annehmen? Sie ist mager, ja, aber sie beginnt sich zu entwickeln. Ihre Reife setzt vielleicht verspätet ein, sie hat nie an üppig gedeckten Tafeln gegessen, vielleicht sogar eine Zeit lang gehungert. Ein Mangel an Nahrung, ein Mangel an Zuwendung und Liebe kann das bewirken. Blutet sie schon?"

„Guter Gott, nein ..." Christina schüttelte den Kopf und strich Maria, die sie fragend anblickte, beschwichtigend über das Haar. Doch nicht mein kleines Mädchen, dachte sie. Sie erinnerte sich an ihr eigenes Unglück, die Kapitulation ihres Körpers vor seiner natürlichen Bestimmung. Wie alt war sie gewesen? Dreizehn oder vierzehn Jahre? Plötzlich hatte sie die Szene vor Augen. Sie hatte sich schon einige Tage nicht wohl gefühlt, war müde und verfroren gewesen und eines Morgens von Krämpfen geweckt worden. Als die Mädchen ihr aus dem Bett helfen wollten, hatten sie bemerkt, dass die kleine Königin blutete. Dunkelrotes, fast braunes Blut hatte ihr Nachthemd beschmutzt, rann ihre Beine hinab und tropfte wie das Zeugnis eines schändlichen Lasters auf die weißen Laken.

Ich bin vom Teufel besessen, war Christinas erster Gedanke gewesen. Dann, nur einen winzigen Augenblick später, hatte sie Scham befallen. „Geht weg, verschwindet", hatte sie ihre Mädchen angeschrien, die sie mit einem mitleidigen Lächeln besänftigen wollten. „Lasst mich allein." Dann hatte sie begonnen, wütend gegen den Spiegel zu treten, der, groß wie ein Schrank, in ihren königlichen Gemächern stand. Ihr hysterisches Geschrei hatte die Leibwache in den Raum stürzen lassen, doch die Soldaten hatten es nicht gewagt, ihre Hand gegen die rasende kindliche Königin zu erheben.

Erst die Tante hatte sie mit einer Ohrfeige zur Besinnung gebracht. Dann hatte sie das schluchzende Wesen zu sich auf den Schoß gezogen und mit wenigen Worten ihr Schicksal benannt.

„Königin Christina, Ihr seid nun eine Frau", hatte sie geflüstert. „Gott hat diese Last allen Frauen auferlegt. Aber Eure Bürde ist eine stolze Last: Ihr werdet Eurem Land einen Thronfolger gebären können."

Christina erinnerte sich, dass sie dabei gedacht hatte, wie ungeheuerlich es war, dass Gott dies zulassen konnte. Hatte sie nicht eben noch den Körper eines Knaben besessen, stark und rein und unverwundbar? Fähig, ein Land zu regieren, dazu ausersehen, dem großen Gustav Adolf auf den Thron zu folgen? Und nun sollte die Schwäche der Weiblichkeit über sie kommen? Alles Zarte, Weinerliche, Zimperliche? Christina erinnerte sich, dass sie in diesem Moment beschlossen hatte, nicht Gottes Willen zu folgen, sondern ihrem eigenen Wollen. Sie sperrte sich gegen das Reifen ihres Körpers, übersah alle Rundungen, die sich zögerlich herausbildeten, ließ keinen weiblichen Gedanken zu. Und sie hatte Erfolg gehabt. Bis heute kamen ihre Blutungen in unregelmäßigen Abständen, doch wenn ihr Körper sie an das Frausein erinnerte, fühlte sie sich jedes Mal elend und erniedrigt.

„Lasst Maria etwa dreizehn Jahre alt sein", holte Ninon de Lenclos Christina in die Gegenwart zurück. „Das könnte doch möglich sein."

„Dann wäre sie im Jahr 1644 geboren worden."

„Und könnte nicht ganz ein Jahr zuvor gezeugt worden sein. Im Jahr 1643 lebte König Ludwig XIII. noch", flüsterte die Kurtisane. Sie hielt sich einen Finger an die Lippen und deutete auf die Tür. „Wir sollten leise sprechen."

„Ihr meint tatsächlich, Maria könnte ein Kind des alten Königs sein, eine Halbschwester König Ludwigs XIV.?" Christina schloss die Lider. Das Bett des alten Königs kam ihr in den Sinn. Dieses verschwenderische Möbel, in dem sie gerade noch genächtigt und in dem sie sich Monaldesco unterworfen hatte.

„Nein, nein, das ist nur eine vage Idee. Das könnte aber das Zeichen der Anjou erklären ...“ Die Kurtisane schüttelte den Kopf. Christina öffnete die Augen und bemerkte, dass sich ihre Wangen vor Aufregung gerötet hatten.

„Aber nicht den päpstlichen Schlüssel. Und warum ist das Kind überhaupt verlassen worden – ausgesetzt in einer Kirche in Rom? Was ist mit der Mutter?“

„Ja, was ist mit der Mutter, und wer ist sie? Wem hat sich König Ludwig am Ende seines Lebens zugewandt?“

„Eine letzte Liebe?“

„Er war ein empfindsamer und tief religiöser Mensch. Seinen Triumph über den Kaiser und die spanischen Könige bezahlte er mit schweren Gewissensbissen. Und man sagt, er hegte lange Zweifel daran, ob die beiden Söhne, denen Anna von Österreich nach so vielen fruchtlosen Ehejahren schließlich das Leben schenkte, wirklich von ihm stammten.“

Christina hielt den Atem an. Die unglückliche Ehe der Habsburgerin, der man heute eine Verbindung mit Kardinal Mazarin unterstellt, dachte sie. Sollten ihre beiden Söhne tatsächlich mit dem Ersten Minister gezeugt worden und damit nicht königlichen Blutes sein? Dann säße mit König Ludwig XIV. ein illegitimer Herrscher auf dem Thron, die Königsmacht Frankreichs wäre in Gefahr und wohl das gesamte Gefüge Europas. Und Maria? Sie wäre ein Schlüssel zu einem der am besten gehüteten Geheimnisse der alten Welt. Sie sah Ninon de Lenclos an, schüttelte ungläubig den Kopf und blickte dann zu Maria. Wer bist du, dachte sie. Der Grund für einen neuen großen Krieg?

Die Kurtisane schien ihren Gedanken zu folgen. „Nein, nein, nein“, murmelte sie. „Wir haben zu schnell gedacht und irgendetwas übersehen. Das kann nicht sein. Dieses Kind würde nicht leben, wenn es so wäre. Man hätte es schon in der Stunde seiner Geburt getötet. Nach dem Tod des Königs wäre es schutzlos gewesen, ein Balg von königlichem Blut, die einzige Trägerin des Bourbonenblutes wäre eine Gefahr für die Söhne der Königin gewesen. Anna von Österreich hätte alles dafür getan, dass niemals auch nur der geringste Zweifel an der Legitimität ihrer Söhne aufgekommen wäre. Sie hätte jeden, der anderes behauptete, töten lassen."

„Aber es wäre eine Antwort." Christina musste aufstehen und sich bewegen. Am liebsten hätte sie die Zelle verlassen, um ein paar Schritte auf dem Kreuzgang zu gehen. Doch draußen wartete Monaldesco, und die Mönche gingen ihrem besinnlichen Tageslauf nach. „Wenn die Mutter nun schon kurz nach der Empfängnis Frankreich verlassen hat?", dachte sie laut. „Vielleicht war sie sich der Gefahr bewusst, und sie hat versucht, das Kind zu retten?"

Ninon de Lenclos blieb skeptisch, ihr schönes Gesicht zweifelte unter hochgezogenen Brauen. „Aber warum ist es dann ausgesetzt worden? Hat seine Mutter den falschen Menschen vertraut?"

„Wir werden keine Antwort finden."

„Vielleicht ist es auch besser so. Wen habt Ihr in Rom in das Rätsel eingeweiht?"

„Nur einen Menschen, den vatikanischen Bibliothekar. Lucas Holstenius wird das Geheimnis für sich behalten können. Ich vertraue ihm."

Ninon de Lenclos strich Christina über den Arm. „Macht Euch keine Sorgen. Nehmt das Mädchen und kehrt nach Italien zurück."

„Ich würde Maria so gerne eine Antwort geben."

„Ich werde sehen, ob ich noch etwas in Erfahrung bringen kann. Kardinal Mazarin müsste die Antwort kennen. Ihr wisst, dass er sich mit Anna von Österreich verbunden hat?"

Christina nickte und stellte sich für einen Moment die Königinmutter in den Armen des Kardinals vor. „Ich habe davon gehört. Und seine Vorliebe für junge Mädchen?"

„Er kann wohl trennen zwischen den Gelüsten des Körpers und den Bedürfnissen des Geistes. Es heißt, der Kardinal und die Königin seien Seelenverwandte. Und die Königin ist eine gelassene Frau. Sie schätzt seine Intelligenz, seinen Einfluss und die Aura seiner Macht. Sie wird ihm seine amourösen Abenteuer mit den kleinen Gänschen wohl verzeihen können. Solange er sich nicht auch noch den jungen Männern am Hofe zuwendet."

„Eine kluge Frau ...", murmelte Christina. Plötzlich hatte sie das Bedürfnis, Ninon de Lenclos an sich zu ziehen. Sie umarmte ihre Gastgeberin, bevor sie sich mit einigen Wangenküssen von ihr verabschiedete. „Ich danke Euch sehr für diesen Empfang. Ich danke Euch für die Antworten, die Ihr gefunden habt, und für Eure Zeit. Ich werde Euch nicht vergessen."

„Und ich werde Maria nicht vergessen." Die Kurtisane kniete sich vor das Mädchen und strich ihm über die Wangen. „Kleine Prinzessin", flüsterte sie. „Sei gut zu deiner Ziehmutter. Wer du auch sein magst – liebe das Leben. Wenn du glücklich bist, werden dich die Antworten von allein finden."

Monaldeso hatte beschlossen, im Schatten des Kreuzgangs auf die Königin zu warten. Er war enttäuscht, dass Christina ihn nicht zu ihrem Treffen mit Ninon de Lenclos gebeten hatte. Die Salonière war von berauschender Schönheit, und der kurze Blick, den er von ihr hatte erhaschen können, beschäftigte seine Fantasie für eine Weile. Faul überließ er sich seinen wohligen Gedanken, bis ihm in den Sinn kam, wie lange er schon nicht mehr bei Christina gelegen hatte. „Verdammtes Balg", entfuhr ihm ein Fluch, bevor er sich darauf besann, sich nicht vor den schweigsamen Mönchen ein Blöße zu geben. Er stellte sich vor, wie in diesem Moment Christina der Kurtisane gegenübersaß, das Mädchen auf dem Schoß. Seitdem Maria wieder aufgetaucht war, hing sie noch stärker an dem Kind, und alles, was er erreichen wollte, hatte sich in sein Gegenteil verkehrt. Die Bindung zwischen der Königin und dem Mädchen war stark wie nie.

Maria, Maria, Maria ... Monaldesco wusste, dass er seinen Hass auf das Kind nur noch schwer kontrollieren konnte. Sobald er es ansah, stand ihm die Szene in seinen Räumen vor Augen. Das Mädchen, das unter ihm lag – schwach und doch zugleich von einer beängstigenden Stärke. Inzwischen schämte er sich zutiefst für die Lust, die ihn übermannt hatte, für die Schwäche seines Fleisches. Hatte Gott die Kleine gerettet, damit sie ihm als beständige Mahnung seiner Sünden erschiene? Damit sie ihn in seine Schranken wies? Oder war das Mädchen Teil eines noch größeren, göttlichen Plans?

Und welche Rolle spielte er auf dieser Bühne des Welttheaters? Schließlich hatte der Herr ihm dieses seltsame Wappentuch in die Hände gespielt. Das Zeichen der Anjou vereint mit dem des Papstes, dachte er. Vorsichtig tastete er nach dem Beutel, den er noch immer unter seinem Hemd trug. Bisweilen meinte er, das Leder glühe auf seiner Haut. Das Kind musste königlichen Blutes sein, das war sein erster Gedanke gewesen. Es könnte dem französischen Königshaus entstammen. Vielleicht war Maria sogar die Anwärterin auf einen Thron, den Thron von Neapel, oder den von Frankreich gar? Stand ihr die Krone zu, die er für Christina erringen wollte? Er kannte die Gerüchte um den jungen französischen König und seinen Bruder. Waren sie wirklich königlichen Blutes, oder hatte Königin Anna ihren Schoß tatsächlich Kardinal Mazarin dargeboten?

Eigentlich war es nur eine Frage der Zeit, bis auch Christina die richtigen Schlüsse aus dem Wappen zog, das auch ihr bekannt sein musste. Vielleicht erklärte das auch ihr Interesse an dem Kind, diese lächerliche Vernarrtheit in das Mädchen? Die Königin, das wusste er, suchte ganz gewiss nach einer Antwort, die Marias Schicksal erklärte. Und sie würde keine Ruhe geben, bevor sie nicht alle dunklen Winkel in Marias Vergangenheit beleuchtet hätte. Vielleicht war das auch der Grund für ihren Besuch bei

Ninon de Lenclos, schließlich galt die Kurtisane als eine der besten Kennerinnen des französischen Adels?

Nachdenklich umrundete Monaldesco den Kreuzgang zum dritten Mal und entschloss sich, einen Blick in die kleine Kirche zu werfen. Von außen machte das Gebäude einen schlichten Eindruck. Er sah ein Längsschiff mit niedrigen Seiten, ein Querschiff ohne Vorsprung, einen flachen Chorraum und ein Portal mit einem viereckigen Glockenturm. Nachdem er durch eine schmale Holztür vom Kreuzgang in das Querschiff der Kirche getreten war, blickte er in das Hauptschiff mit seinem Kreuzgewölbe. Der Kirchenschmuck beschränkte sich auf die Kapitelle der Säulen, die alle unterschiedlich waren. Monaldesco ging langsam durch den Mittelgang und ließ sich dann schwer auf eine der Bänke fallen.

Er war allein, kein Mönch, keiner der Bauern aus der umliegenden Gemeinde störte seine Gedanken mit einem gemurmelten Gebet. Erleichtert blickte er auf den Altar. Das Altarbild zeigte eine Mariendarstellung, die Mutter mit Kind. Es war nicht besonders kunstvoll gemalt, die Züge des Jesuskindes wirkten starr und maskenhaft. Der weite Mantel der heiligen Maria war von einem stumpfen Blau. Trotzdem gab das Bild seinen umherirrenden Gedanken Halt, und er versuchte, sich in die Szene zu versenken, um Ruhe zu finden.

Das Gespräch mit Kardinal Mazarin hatte Monaldesco verwirrt, bisweilen fühlte er sich sogar niedergeschlagen. Immer wieder gingen ihm die Worte des Kardinals durch den Kopf, seine unterschwelligen Drohungen, die wenig verlässlichen Aussagen Neapel betreffend. Noch immer, so kam es ihm vor, war nichts gewonnen. Im Gegenteil: Der Erste Minister erschien ihm wankelmütiger denn je und allein von persönlichen Interessen getrieben. Wenn dem Kardinal nur die geringsten Zweifel an Christinas Absichten kommen sollten, würde sein Wort, das ahnte er, nichts mehr gelten. Der

Vertrag von Compiègne war noch nichts wert, und er teilte Christinas Euphorie nicht.

Die vergangen Tage waren eine Qual gewesen. Die Königin hatte ihn mit ihren Plänen und Anweisungen in Atem gehalten. Ständig hatte sie ihm mit neuen Ideen in den Ohren gelegen. „Mein lieber Monaldesco“, hallte ihre Stimme in seiner Erinnerung wider. „Formuliert mir dieses, bringt mir jenes in Erfahrung ...“ Er hatte stundenlang über Listen und Inventaren gebrütet und ihre Aufträge an Handwerker, Musiker und andere findige Geister weitergereicht. Während er die auf Papier gebannten Wünsche Christinas studierte, hatte er ihr Gesicht vor Augen, den nach Neapel gerichteten Blick, das Funkeln, in dem sich schon das irre Blau des Mittelmeeres spiegelte. Die Vorfreude der Königin schmerzte ihn wie eine tiefe Wunde.

Was sollte er tun? Gebannt folgten seine Augen den winzigen Staubflocken, die auf einer Bahn von goldenem Licht durch das Kirchenschiff tanzten. Er könnte den Ereignissen, die er einmal in Gang gesetzt hatte, ihren Lauf lassen. Dann wäre er nicht nur der Gunst Christinas ausgeliefert, sondern auch den Launen des Kardinals. Sollte Mazarin eine bessere Lösung für Frankreich und sein eigenes Wohl finden, wäre jede Hoffnung auf Neapel dahin und sein Schicksal für alle Zeiten an das Leben einer verbitterten, auf die Almosen des Papstes angewiesenen Königin ohne Land gebunden.

Monaldesco fühlte, wie sein Herz in seiner Brust rumorte. Schon seit Tagen quälte er sich mit einer Entscheidung. Ja, er begehrte Christina. Jede Nacht, die er – gefesselt an einen kindlichen Pakt – allein in seinem Bett verbrachte, vergrößerte seine Qualen, die sich wie Messerstiche in seine Eingeweide bohrten. Aber war sein Verlangen nicht auch an das Versprechen von Ruhm und Reichtum gebunden? Würde es ihn nach einer Frau verlangen, die keinerlei Macht mehr für sich beanspruchen könnte, noch nicht einmal die Macht des Geldes? Wäre Christina, all ihrer königlichen Attitüden und ihres Stolzes entledigt, noch ein Wesen, das er lieben könnte? Fesselte ihn die Frau, die sich hinter all diesen Schichten herrschaftlicher Stärke verbarg? Und wer war sie eigentlich?

Er musste ein Gespür für das Machbare bekommen. Die Stille, die in der Kirche herrschte, tat ihm gut. Sie legte sich wie ein seidiges Gewand um sein Gemüt. Das bescheidene Gotteshaus strahlte eine Atmosphäre aus, die ihn berührte. Sie schafft eine Welt, die aus der Zeit gefallen scheint, dachte er. Im Gegensatz zu den prunksüchtigen Gebäuden in Paris oder Rom, in deren innerer Gestaltung sich immer auch der Wille nach Macht ausdrückt und wo in allen Winkeln das Flüstern der von dieser Macht Besessenen zu hören war, strahlte sie Reinheit aus. Hier floss die Zeit träge dahin und klärte seinen Kopf.

Neapel und Rom, Frankreich und Spanien – in seinen Gedanken verschob Monaldesco die Bausteine seiner Welt. Er gruppierte sie um, gab ihnen ein neues Gewicht, und plötzlich war es Spanien, das ihm als das solideste, verlässlichste Fundament seiner Wünsche erschien. Ich muss mich absichern, die Habsburger in meine Pläne mit einbeziehen, überlegte er. Es ging nicht darum, die Seiten zu wechseln, sondern auf Sieg zu setzen und sich gegen jede Widrigkeit abzusichern. Denn was sollte geschehen, wenn Frankreich nun doch seinen Frieden mit den Spaniern schloss? Wenn sich Bourbonen und Habsburger plötzlich versöhnten? Und wenn sich das Rätsel um Maria tatsächlich als ein Geheimnis um die Macht in Europa entpuppte?

Monaldesco sah König Ludwig XIV. vor sich, den *Dieudonné*, die angeblich gottgegebene Machtfülle und strahlende Verkörperung des französischen Traums. Und er sah das dunkle Habsburger Blut, das dank seiner Mutter Anna von Österreich in den Adern des Bourbonen floss. Im nächsten Moment drängte sich das Bildnis der spanischen Infantin Maria Theresia in den Vordergrund. Die Möglichkeit einer politischen Heirat, eines Friedensschlusses zwischen Frankreich und Spanien im Ehebett, leuchtete grell wie ein Blitz in seinen Gedanken auf. Eine starke Allianz, stärker als jedes Gerücht um den französischen Thron. Hinter diesem Bild verblasste ein für Frankreich nutzloses Neapel.

Monaldesco atmete erleichtert aus. Er hatte sich entschieden. Er würde neue Furchen ziehen, aus denen seine Zukunft sprießen konnte. Er würde die französische Saat nicht unterpflügen, aber er könnte Platz schaffen für eine spanische.

Noch einmal hielt er inne, um in der Stille Kraft zu schöpfen für seine Kämpfe. War es Gott gewesen, der ihm eine Antwort auf seine Fragen gesandt hatte, oder doch der Teufel? Der Graf atmete noch einmal tief durch und stand auf. Als er die Kirche verließ, begegnete ihm ein Mönch, der ihn freundlich anlächelte. „Die Königin sucht nach Euch, hoher Herr."

Monaldesco nickte. Als er Christina am Brunnen des Kreuzgangs stehen sah, wo sie hastig ein Glas Wasser herunterstürzte, wusste er, dass sich auch ihre Welt verändert hatte.

ZWÖLF

Pesaro, Herbst und Winter anno 1657

Über die eisigen Alpen, durch Savoyen und mit einem winzigen Gefolge kehrte Königin Christina im Herbst nach Italien zurück. Die Nachrichten aus Rom, die sie in versiegelten Briefen erreichten, klangen hoffnungsvoll. Die Pest schien fast bezwungen, und nur noch wenige Tote waren zu beklagen. Christina beschloss, in Pesaro an der Adriaküste Quartier zu beziehen. „Wir können hier abwarten, wie sich die Lage in Rom entwickelt“, erklärte sie Monaldesco. „Kardinal Azzolino schreibt mir, dass man uns auf Kosten des Papstes im Palazzo della Rovere unterbringen wird. Dort wartet ein alter Freund Azzolinos auf uns. Vizelegat Monsignore Lascaris wird sich um unser Wohl kümmern. Sobald Rom pestfrei ist, brechen wir auf. Aber vielleicht ist es dann auch schon Zeit, in Neapel einzuziehen.“

Pesaro, das auf den Mauern einer alten etruskischen Stadt errichtet worden war, hatte seine Blütezeit vor mehr als zwei Jahrhunderten erlebt. Bei ihrer Ankunft in der Hafenstadt konnte Christina einige Bauten der frühen Renaissance bewundern. Besonders der Palazzo Ducale, in dem die Herrscherfamilie der Sforza residierte, und der weite Platz der Piazza del Populo, dessen Brunnen mit Seepferdchen und Tritonen verziert war, gefielen Christina über die Maßen, und sie notierte ihre Eindrücke in ihrem Tagebuch. Seit ihrem Aufbruch aus Rom hatte es sich mit vielen eng beschriebenen Seiten über die Reise gefüllt. Die Freude, bald wieder in Rom einzuziehen, die Grenzen des Kirchenstaates zu queren und von dort aus nach Neapel aufzubrechen, ließ Christina blühen, und die Bewohner Pesaros erlebten ihren Gast als beschwingte Amazone, die neugierig durch die engen Straßen strich, mit Kindern und Alten scherzte und allzu aufdringliche Verehrer mit einem losen Spruch in die Schranken wies.

Doch Christinas Überschwang hielt nicht lange an. Gerade hatte sie den Reisetruhen einen Platz im Palazzo della Rovere zugewiesen und sich von den Strapazen der Alpenquerung erholt, als Gerüchte aufkamen, die von einem baldigen Frieden zwischen Frankreich und Spanien berichteten.

„Was soll das heißen?" Außer sich vor Wut bestellte sie Monaldesco ein und bellte ihn an. „Wie erklärt Ihr Euch diese Gerüchte? Will man uns hintergehen? Können wir Kardinal Mazarin nicht mehr vertrauen?" Ungeduldig forschte sie im Gesicht des Grafen nach einer Antwort.

Monaldesco war offenbar nicht ganz so erschüttert, wie sie es erwartet hatte. Schon bei ihrer Abreise aus Frankreich hatte sie gespürt, dass der Marchese in seinen Gedanken häufig abwesend war. Er ist mit entfernteren Dingen beschäftigt, dachte sie. Der Graf gab sich bestürzt, unsicher, nachdenklich, doch hinter dem vordergründigen Schleier seiner Entrüstung meinte sie, etwas Kühnes aufblitzen zu sehen.

„Ich empfehle Euch, Kardinal Mazarin zu schreiben. Der Erste Minister muss sich erklären, er kann die Vorgänge nicht unkommentiert lassen", riet ihr Monaldesco schließlich, nachdem er eine Weile unschlüssig in ihrem Salon auf und ab gewandert war. Christina, die ihn aufmerksam beobachtete, bemerkte, dass sich sein Gang verändert hatte. Fast schien es ihr, als hätte sich der Stolz aus seiner Gestalt zurückgezogen. „Frankreich ist Euch verpflichtet. Wartet nicht ab, Hoheit, handelt so, wie es Eure Art ist!"

Christina befolgte den Rat des Stallmeisters und eilte an ihr

Schreibpult. Sie entwarf einen Brief an Mazarin, in dem sie ihn bat, die Nachrichten zu dementieren, die die Welt mit lähmendem Stillstand bedrohten. *„Ich liebe den Sturm“*, schrieb sie und spürte dabei förmlich, wie ihr die Orkanböen des Weltgeschehens ins Gesicht schlugen, *„und ich fürchte die Windstille.“* Zwischen die Zeilen streute sie ihre Ängste, die unausgesprochene Furcht vor dem Scheitern. Wenn Frankreich und Spanien tatsächlich einen Frieden schlössen, wenn das Bollwerk der Rivalitäten plötzlich in sich zusammenfiele, wären alle ihre Hoffnungen auf den Thron von Neapel dahin. Aussichten, die sie bisher für sicher gehalten hatte und die der Quell ihrer sprudelnden Lebenskraft waren.

Die so plötzlich wiederaufkeimenden Zweifel drückten Christinas Stimmung, und von einem Tag auf den anderen stellte sie ihre Spaziergänge durch Pesaro ein. Mürrisch verbarrikadierte sie sich hinter den Mauern des Palazzo della Rovere und widmete sich über den Herbst und Winter Marias Bildung und Erziehung. Ganz so, wie sie es selber in ihrer Kindheit erfahren hatte, stellte sie ein ehrgeiziges Curriculum für das Mädchen zusammen. Sie ließ das Kind die großen Humanisten lesen, vertiefte sein Wissen der französischen Sprache, nahm Latein hinzu und lehrte es auch ein wenig Deutsch und Schwedisch sowie Mathematik und Astronomie. Verblüfft stellte sie fest, wie viel ihr der Unterricht auch selbst bedeutete. Durch die Fragen des Kindes erschloss sich ihr der vertraute Stoff aufs Neue, bereichert um die Sichtweise des Mädchens.

Maria war fleißig und wissbegierig, aufmerksam folgte sie den Lektionen, die Christina in ihrem Salon abhielt. Genau wie die Königin begeisterte sie sich für alte Geschichte und die Sagen der Antike. Gemeinsam spielten sie Schach, und dabei erzählte Christina ihr von den Lehrmeistern ihrer Kindheit, den alten Männern Schwedens. Sie ließ Johan Matthiae vor ihrem geistigen Auge erscheinen, ihren betagten, weisen Lehrer, dessen eigentümlicher Geruch nach Tabak, Erde und Rauch sie aus der Vergangenheit anwehte, wenn sie von ihm sprach. In ihren Erinnerungen umwölkte volles Haar das Haupt des Lehrers wie einen Heiligenschein, und sie hatte das Gefühl, dass die Eigenarten ihres Wesens seinem Wissen entsprungen waren.

Auch Axel Oxenstierna stand ihr in diesen wintertrüben Tagen vor Augen. Nie hatte sie vergessen, wie ihr der Reichskanzler die Nachricht vom Tod des Vaters überbrachte. Der Alte hatte der Prinzessin das, was sich auf den Feldern seiner letzten großen Schlacht ereignet hatte, wie eine Episode aus den alten Heldensagen geschildert. Es war ein Stück Geschichte gewesen, das sie – wie von der Wirklichkeit getrennt – in ihrem Wissensschatz gespeichert hatte. Für sie war es nicht der Tod des Vaters, es war der Tod des großen Königs Gustav Adolf. *„In der Dunkelheit, nach der Schlacht bei Lützen"*, so erinnerte sie sich an die Worte des Kanzlers, die sie in ihrem Tagebuch notiert hatte, *„begannen die schwedischen Söldner, den königlichen Leichnam zu suchen. Man fand ihn unter einem Berg von Toten, nackt bis aufs Hemd. Gustav Adolf war durch einen Schuss in die Schläfe getötet worden, aber er wies noch andere Verletzungen auf, einen Dolchstoß und einen Schuss in die Seite, zwei Schüsse in den Arm und einen in den Rücken."*

Oxenstierna hatte seine kindliche Königin nicht geschont und dem Mädchen alles, was er von den fernen Ereignissen erfahren hatte, berichtet. Wort für Wort: *„Viele konnten nicht glauben, dass der große König wie ein Söldner gefallen war, und bald breiteten sich Gerüchte aus, der König sei einem Verrat zum Opfer gefallen."* Auch der große Oxenstierna selbst hatte die schrecklichen Nachrichten zunächst nicht wahrhaben wollen. Die Lutheraner hatten sofort die Parole ausgegeben, der König sei nicht tot, sondern nur verwundet, und es hieß, dass die Kaufleute in London noch Tage später wetteten, dass Gustav Adolf noch lebte. Der Kanzler hielt sich in Frankfurt auf, als ihm der Tod des Königs bestätigt wurde, und die Neuigkeiten, die seine Welt zum Wanken brachten, hatten ihm, so beichtete er der kleinen Königin, die erste schlaflose Nacht seines Lebens beschert.

„Nach und nach gelang es uns zu begreifen, dass dem König, der zu Beginn der Schlacht einen Angriff der Reiterei gegen die Kaiserlichen geleitet hatte, in den Arm geschossen worden war und er deshalb die Gewalt über sein Pferd verloren hatte“, hatte er der jungen Königin berichtet. *„Im dichten Nebel war er von seiner Reitereskorte getrennt und erneut verwundet worden. Er war aus dem Sattel gefallen, aber seine Stiefel hatten sich in den Steigbügeln verfangen, und er war noch eine Strecke über den Boden geschleift worden. Als er schließlich frei kam, war es ihm nicht mehr möglich gewesen aufzustehen, und ein letzter Kopfschuss eines feigen Schützen setzte seinem Leben ein Ende.“*

Christina hatte diese offenen, nüchternen Schilderungen der letzten Stunden ihres Vaters immer als erlösend empfunden. Als Kind hatte sie die Ereignisse als etwas von der Wirklichkeit Losgelöstes betrachten können. Es war etwas Abstraktes für sie, geschichtliche Fakten, die zu lernen waren und die zwar etwas mit dem schwedischen Reich, aber nichts mit ihrem Leben und ihrer Person selbst zu tun hatten. Die Worte Oxenstiernas waren wie leblose lateinische Vokabeln, abgespeichert in ihrer Erinnerung, und sie meinte, den Bericht des Kanzlers noch heute Wort für Wort aufsagen zu können: *„Die Soldaten transportierten den Leichnam des Königs auf einem Pulverwagen zu einem Weiler in der Nähe des Schlachtfelds, und dort reinigten sie ihn von Blut und Schmutz“*, hallten die Worte in ihrer Erinnerung wider. *„Dann brachten die Männer des Königs sein Blut in die Dorfkirche und markierten die Stelle mit seinem Wappen. Über Nacht lag der königliche Leichnam vor dem Altar, und als der Morgen anbrach, machte man sich endlich daran, einen hölzernen Sarg zu zimmern. Darin brachte man den Toten in die benachbarte Stadt Weißenfels. Im Erkerzimmer des* *alten Geleithauses am Markt wurde er aufgebahrt und vom königlichen Apotheker einbalsamiert.“*

Christina war froh um die kostbaren letzten Nachrichten über das Schicksal ihres Vaters. Sie meinte, an Maria beobachten zu können, wie das Mädchen unter dem ungewissen Schicksal seiner Eltern litt. Obwohl Maria sie nie drängte und jeden Stillstand akzeptierte, glaubte sie, eine starke Sehnsucht, ja fast schon eine Art Besessenheit bei ihr zu erkennen, die sie auch selbst bei der Suche nach den Wurzeln des Mädchens antrieb. Christina wusste, dass die Frage, wer sie wirklich war, Maria ihr ganzes Leben lang begleiten würde. Und vielleicht war sie von dem Gefühl beherrscht, verlassen worden zu sein, in zwei Hälften geteilt zu sein, die wieder zueinander finden mussten.

Ninon de Lenclos jedenfalls hatte Wort gehalten und begonnen, am französischen Hof nach Antworten suchen zu lassen. *„Es wird nicht einfach sein“*, schrieb sie nach Pesaro, *„denn ich bin nicht selbst vor Ort und muss mich deshalb vertrauenswürdiger Mittelsmänner bedienen, aber ich werde die alten Geschichten wieder mit Leben füllen. Und es wird Antworten geben, ich bin mir sicher. Man wird meine Nachforschungen am Hof bemerken. Wie ein Kiesel, den man in einen See wirft, werden sie dort Wellen auslösen, die immer weitere Kreise ziehen und irgendwann auf das Ufer treffen. Früher oder später wird es eine Reaktion geben.“*

Christina wusste nicht genau, warum ihnen die Kurtisane half. War es aus Rache an König Ludwig XIV., der sie von seinem Hof verstoßen hatte? War es ein anderes persönliches Interesse? Oder berührte sie das Schicksal des Mädchens einfach und war sie von seiner Geschichte genauso fasziniert wie Christina selbst?

Die Königin schrieb nach Frankreich, herzlich und offen. Sie schrieb nach Stockholm, reserviert und kühl, nach Hamburg, um ihre letzten Barschaften besorgt, und nach Rom in mehr als freundschaftlichen Worten. Doch der Winter in Pesaro schien nicht vergehen zu wollen. Im Dezember und Januar warf ein missmutiger Wind die Wellen der Adria gegen die Küste und überschwemmte den Strand und einige tiefer gelegene Straßen und Plätze des Ortes. Es war ein harmloser Sturm im Vergleich zu den winterlichen Unwettern an den schwedischen Küsten, und Christina kommentierte die Aufregung im Ort mit einem Schulterzucken. Dennoch führten die Ereignisse Christina ihre Machtlosigkeit vor Augen. Denn als eine Abordnung der Stadt mit dem Bürgermeister an der Spitze im Palazzo della Rovere erschien und seinen prominenten Gast um eine Spende bat, konnte sie nichts zur Reparatur der Schäden beisteuern, nicht einen einzigen Scudo. Ihre Kasse war leer, es fand sich noch nicht einmal mehr ein silberner Knopf darin. Nun war also auch Mazarins Geld ausgegeben, und sie konnte keinen Schritt mehr tun, ohne den Papst oder Kardinal Mazarin erneut um Geld anzugehen.

Nie hatte Christina sich in einer ähnlich würdelosen Situation befunden. Selbst nach ihrer Abdankung hatte sie nicht vor einem solchen finanziellen Abgrund gestanden. Zweihunderttausend Reichstaler pro Jahr hatte sie mit den schwedischen Reichsräten ausgehandelt – eine angemessene Summe. Damals war vereinbart worden, dass diese Apanage von mehreren schwedischen Gebieten aufgebracht werden sollte, unter anderem von der Stadt Nyköping und den beiden großen Inseln Gotland und Öland. Christina hatte zusätzlich eine estnische Insel für sich beansprucht und Ländereien in Mecklenburg und Pommern, die ihrem Vater einst als Kriegsbeute zugefallen waren. Auch die baltische Stadt Wolgast gehörte ihr. Bei der Vertragsunterzeichnung hatte sie fest daran geglaubt, dass die Einnahmen aus diesen Gebieten mehr als ausreichend waren. Doch hatte sie nicht bedacht, dass die Gelder ausbleiben könnten. Der Gedanke daran erzürnte sie und stürzte ihre Laune ins Bodenlose.

„In Pesaro gibt es nichts, womit man sich die Zeit vertreiben könnte“, beklagte sie sich bei Monaldesco. „Es ist ein ödes Nest, und bisweilen denke ich, dass ich nicht den langen Weg von Stockholm nach Italien gegangen bin, um an der Grenze des Kirchenstaates in einem morschen Schloss festzusitzen und auf Nachrichten aus Paris zu warten. Außer Kirche und Purpurnasen spielt sich hier ja doch nichts ab.“

Christina war überrascht, mit wie viel Geduld Monaldesco das Warten und die erneute Ungewissheit ertrug. Tagsüber sah sie ihn kaum, entweder schloss er sich in seine Räume ein, oder sie beobachtete, wie er das Anwesen zu einem langen Ausritt verließ. Seine Miene blieb undurchsichtig, seine Augen waren tief und gleichzeitig in die Ferne gerichtet, aber er war freundlich, höflich und gehorchte ihren Befehlen. Dennoch vermisste sie sein beharrliches Drängen, was Neapel betraf, und sie konnte nicht glauben, dass sich ihr Stallmeister mit der Situation arrangiert hatte. Sie waren Neapel doch schon so nahe gewesen. „Wir müssen abwarten“, war stets seine gelassene Antwort, wenn sie ihn wieder einmal antreiben oder nach Paris schicken wollte. „Wir müssen abwarten.“

Ebenso eigenartig war, dass sich Monaldesco damit abzufinden schien, nicht mehr in ihr Schlafzimmer zu gelangen. Während der wenigen kostbaren Ruhestunden wollte sie Maria bei sich haben. Christina war so dankbar, dass das Kind wie durch eine himmlische Fügung zu ihr zurückgefunden hatte, dass sie keine nächtliche Trennung mehr duldete. Außerdem glaubte sie immer noch, dass Marias Verschwinden durch ihre Liebesnacht mit dem Stallmeister verursacht worden war. Sie wagte es nicht, Maria darauf anzusprechen. Doch ihr Verzicht auf Körperlichkeiten war ein Eingeständnis von Schuld und eine stille Bitte um Vergebung.

Monaldesco, der sich plötzlich ruhig und geduldig gab, schien das zu spüren, und er akzeptierte offensichtlich ihren Wunsch. Er hatte keinen weiteren Versuch mehr unternommen, nachts das Bett mit ihr zu teilen, und auch tagsüber verhielt er sich distanziert und so, als wäre ihm ihr Körper gleichgültig.

Christina registrierte seine Zurückhaltung, und sie akzeptierte sein Verhalten. Bisweilen fehlten ihr seine körperliche Nähe, der Rausch seines Verlangens und das seltsame Vergnügen, das sie erfasste, wenn er Macht über ihren Körper hatte. Doch Christina lenkte ihre Sehnsüchte auf ein einziges Ziel: Neapel, dieses Andersland, das sie, wenn es erst erobert war, wieder mit allem, woran es ihr mangelte, beschenken würde.

In dieser selbst gewählten Einsamkeit blieb Christina nichts, als ihre Briefe in die Welt zu schicken. Sie verbrachte viele Stunden in ihren Zwiegesprächen mit den Mächtigen und Freunden, die als schwarzes Tintencraquelé von ihr flossen. Sie schrieb auch an ihren Freund Holstenius in der Vatikanischen Bibliothek und beklagte den Mangel an geistiger Anregung in Pesaro. *„Die Werke Platons sind hier so selten wie Einhörner“*, seufzte sie. Dann konnte sie es nicht lassen, Holstenius auf das Rätsel anzusprechen. *„Denkt Ihr noch an das Zeichen?“*

Auch Kardinal Mazarin erhielt über den Winter dutzende Briefe von ihr, in denen sie darauf drängte, dass endlich etwas geschah, Geld verlangte, eine Reaktion forderte. Doch aus Frankreich erreichten sie lediglich zwei Antworten, in denen der Kardinal sie kühl und bestimmt darauf hinwies, dass sie nicht nach Frankreich zurückkommen dürfe. Wenigstens aber, und das war ihr ein Trost und neue Hoffnung zugleich, verstummten die Gerüchte um einen Friedensschluss zwischen Frankreich und Spanien so plötzlich, wie sie aufgekommen waren.

Kardinal Azzolino bekam in diesen Wochen regelmäßig Post aus Pesaro. Doch es war nicht Königin Christina, die ihn so verschwenderisch bedachte, sondern sein Vertrauter Monsignore Lascaris, der ihm das Leben der Königin in der Provinz schilderte. Er schrieb von ihren Launen, ihren seltsamen Gewohnheiten und den vielen hundert Briefen, die den Palazzo della Rovere in alle Himmelsrichtungen verließen. Sein Ton war freundschaftlich und offen, aber dennoch besorgt. Obwohl Lascaris wusste, dass Azzolino mehr als freundschaftliche Gefühle für die Königin hegte, verheimlichte er ihm nicht, dass ihn die Verschwendungssucht der Königin ängstigte und dass er dem Gefolge, das Christina umgab, nicht traute.

Inzwischen hieß es in Rom, dass Christina ihren Vertrauten Monaldesco wieder nach Frankreich geschickt habe. Azzolino ahnte, dass sie in Verhandlungen mit dem französischen Königshaus stand, doch er konnte ihre Absichten nicht deuten. Plant Christina etwa, nach Paris überzusiedeln, fragte er sich. Erhofft sie sich mehr Einfluss, Geld und Macht in Frankreich? Oder hat sie sich auf die Seite derer geschlagen, die Kardinal Mazarin nach dem Tod des Heiligen Vaters auf dem Papstthron sehen wollen?

Papst Alexander VII. hatte, bevor er vor zwei Jahren auf den Heiligen Stuhl gewählt worden war, als Kardinal Fabio Chigi in diplomatischen Diensten des Vatikans gestanden. Sein Vorgänger hingegen, Innozenz X., war durch die Ränkespiele der mächtigen Familienpatronin Donna Olimpia Maidalchini bis in das höchste Amt emporgestiegen. Christina, so erinnerte sich Azzolino, hatte die Matriarchin nicht mehr persönlich kennen gelernt. Schwerreich und ebenso krank, war diese noch vor Christinas Ankunft in Rom verstorben. Doch die Freundin kannte alle Geschichten über die einflussreiche Frau, und sie wusste von den Plänen der *Squadrone Volante*, mit denen Azzolino sie selbst vertraut gemacht hatte. Es schien ihm nicht völlig abwegig, dass sich seine Freundin plötzlich in der Rolle einer Papstmacherin gefiel. Wäre es nicht eine absurde Laune der Geschichte, so sagte er sich, wenn ausgerechnet eine konvertierte Lutheranerin den nächsten Papst auf den Thron hieven würde?

Der Heilige Vater selbst war inzwischen achtundfünfzig Jahre alt. Der Kampf gegen die Pest hatte ihn altern lassen. Im vergangenen Jahr war er täglich mit den schrecklichen Folgen der Seuche für Rom und für die Gläubigen beschäftigt gewesen. Das Leid der Menschen hatte ihn nicht nur in der Seele angerührt, sondern auch körperlich geschwächt. Seine Haare waren nun ganz weiß, die Gicht hatte ihn gebeugt und ein nervöses Zittern seine Hände befallen. Trotzdem hielt Alexander VII. die Fäden der Macht fest in den Händen, und an seinen Tod mochte niemand denken. Auch ein potenzieller Nachfolger war nicht in Sicht. Die Kardinäle der *Squadrone Volante* versuchten noch immer, die Verwaltung der päpstlichen Länder zu reformieren. Sie planten eine Modernisierung, wie sie viele Nachbarstaaten in den vergangenen Jahrzehnten durchgeführt hatten, und wollten sich selbst in der Position hoher Beamter sehen und nur die besten Kandidaten küren.

Azzolino hatte mit Christina ausführlich über die Vorhaben der *Squadrone Volante* gesprochen. Nun fragte er sich, ob er ihren Ehrgeiz unwillentlich angestachelt hatte. Besorgt schrieb er nach Pesaro und versuchte, Christina ein Wort über ihre Absichten zu entlocken. Doch die Freundin wischte seine Fragen mit nichtssagenden Floskeln beiseite. Stattdessen berichtete sie ihm von den Fortschritten des Mädchens und ihrer eigenen Sehnsucht nach den Mauern Roms. „*Ich habe mir so viele wunderbare Dinge vorgenommen, die ich machen möchte, sobald ich wieder bei Euch bin*", schrieb sie. „*Ich möchte neue Opern sehen und dem Wasserspiel der Brunnen Roms lauschen. Ich werde den Cavaliere Bernini besuchen und die Marktfrauen auf dem Campo dei Fiori begrüßen. Und ich werde Euch in meine Arme schließen.*"

Im Frühjahr schien Christina aus ihrer Lethargie zu erwachen. Azzolino erreichte die Nachricht, dass die Königin ihren Stallmeister tatsächlich nach Paris gesandt habe. Etwas später schickte sie auch Santinelli hinterher, wohl um Monaldesco anzutreiben. Doch aus Frankreich drangen keine Meldungen nach Rom. Es schien, als ob Kardinal Mazarin die Boten der Königin nicht einmal empfangen hatte. Azzolino erfuhr lediglich, dass man der Königin fünfzehntausend Scudi aus der Schatulle des Königs zukommen ließ. Monsignore Lascaris wusste zu berichten, dass Christina eigentlich wohl dreihunderttausend Scudi gefordert hatte.

Wenig später tauchte Santinelli in Rom auf. Christinas Haushofmeister regelte Geschäftliches und versetzte die letzten Stücke aus dem Besitz seiner Herrin. Es war nicht mehr viel, was sich zu verkaufen lohnte, ein wenig Silberbesteck, Kochgeschirr aus Kupfer, einige Bücher und Zeichnungen, von denen sich Christina schweren Herzens trennen wollte. Schon vor ihrer Abreise hatte sie ihre wertvollsten Stücke bei Azzolino deponiert. Nun ließ der Kardinal einige Dinge von einem Mittelsmann aufkaufen, um sie der Freundin später zurückzugeben. Sein Herz blutete, wenn er sich die geplünderten Salons des Palazzo Farnese vorstellte. Eine Rückkehr in den Palast am Tiber schien für Christina ausgeschlossen, die Familie der Farnese war nicht bereit, die Königin weiterhin dort zu beherbergen und ihren zweifelhaften Ruf auf sich zu ziehen.

Azzolino hoffte, dass sich für sie eine neue Herberge in Rom finden ließe. Der Papst war in diesen Wochen nicht besonders gut auf Christina zu sprechen. Ihre ominöse Reise, die sie offensichtlich nicht nach Schweden geführt hatte, ihr fast schon öffentliches Geplänkel mit Kardinal Mazarin und dem französischen Königshaus und zuletzt der freche Besuch bei Ninon de Lenclos hatten den Heiligen Vater verärgert, und der Bericht über den Besuch bei der französischen Kurtisane hatte sogar einen heftigen Gichtanfall bei ihm ausgelöst, der ihn für mehrere Tage ans Bett gefesselt hatte.

Immer wieder beschwor Azzolino die Freundin in seinen Briefen, den Papst mit einigen versöhnlichen Zeilen zu beruhigen. *„Der Heilige Vater ist Garant für Euer Wohl hier in Rom. Seine Sympathie Euch gegenüber ist der Schlüssel zur päpstlichen Schatulle.*

Ohne den Rückhalt des Papstes werdet Ihr in dieser Stadt vor verschlossenen Türen stehen. Ich vermisse Euch, ich möchte Euch hier in Rom an mich ziehen, und ich unternehme alles, was in meiner Macht steht, um Euch ein herzliches Willkommen zu bereiten. Aber Ihr müsst der Mutter Kirche entgegenkommen. Ihr dürft Euch nicht vor den Mahnungen des Papstes verschließen. Ich sehne mich nach Euch, Christina, und es liegt allein an Euch, mich zu trösten."

Doch Christina antwortete ihm nur vage und ausweichend. Und auch den Heiligen Vater erreichte keine Entschuldigung, die sie persönlich unterzeichnet hätte. Azzolino konnte die Distanz, die ihm aus Christinas Schreiben entgegenschlug, nicht deuten. Es war nicht die räumliche Entfernung, die das Trennende zwischen ihnen markierte, und auch nicht die Zeit – sie hatten sich seit mehr als anderthalb Jahren nicht gesehen –, die sich wie eine Wand zwischen sie drängte. Der Kardinal spürte, dass sich Christina verändert hatte, und er grübelte über die Ursachen dieser Wandlung.

Monaldesco – das war seine erste Erklärung gewesen. Auch in Rom hatten ihn die Berichte erreicht, dass der Stallmeister bis in das Bett der Königin vorgedrungen war. Doch er konnte sich Christinas Wandlung nicht allein durch einen körperlichen Akt erklären. Azzolino glaubte fest, dass seine Bindung zu Christina jeder geschlechtlichen Regung entwachsen war, und er störte sich nicht an dem Gedanken eines erregten Stallmeisters in ihrem Bett. Vielmehr fürchtete er um Christinas Seelenheil. Was hatte sie so erschüttert, dass sie sich ihm gegenüber so verschlossen gab? Warum teilte sie nicht mit ihm, was sie offensichtlich so bedrückte?

Wenn Christina vor ihm stünde – und Azzolino rief sich ihr Wesen vor Augen, den wachen Blick, die stolze Haltung, das spöttische Lächeln –, würde sie die Augen vor ihm niederschlagen. Und das war nicht die Christina, die er vor den Toren Roms verabschiedet hatte. Das war nicht die Frau, die er zu lieben meinte. Das war ein unglücklicher, ein rastloser Mensch, der nach einem Hafen suchte.

Christina fühlte sich im Stich gelassen. Seit mehr als einem halben Jahr saß sie nun in der Provinz fest, ohne dass Neapel oder auch nur Rom für sie erreichbar waren. Monaldesco war ohne jeden Erfolg aus Frankreich zurückgekehrt, und Santinelli hatte aus Rom gemeldet, dass sich die Tore des Palazzo Farnese nicht mehr für sie öffnen würden. Frankreich soll wohl zu meinem Schicksal werden, dachte sie, und sie meinte, keinen weiteren Tag in Pesaro zu überstehen.

Sobald das Wetter nach den endlosen Wintermonaten besser geworden war, hatte sie begonnen, das hügelige Hinterland und die Küste zu erkunden. Gemeinsam mit Maria hatte sie Ausritte aufs Land unternommen, Grotten erforscht und den Frühling auf den Lichtungen der Wälder begrüßt. Sie hatten die alten Schlachtfelder Julius Caesars besucht, dem Atem der alten römischen Geschichte nachgespürt und an der Küste versucht, Fische zu fangen.

Maria war zu Beginn des Frühjahrs in die Höhe geschossen. Arme und Beine hatten sich wie junge Triebe im Sonnenlicht gestreckt, und nach wenigen Wochen passte das Kind kaum noch in seine Hosen und Hemden, sodass Christina einige ihrer eigenen Kleidungsstücke kürzen ließ und an das Mädchen abtrat. Auch die körperliche Reife des Kindes schien von einem Moment zum anderen voranzuschreiten, als ob sich die Natur einer vergessenen Tochter erinnerte und alle verlorene Zeit auf einmal nachholen wollte. Plötzlich sprangen Marias Brüste wie Knospen auf, ihre Scham bedeckte sich mit einem Flechtwerk feiner Haare, und selbst der Geruch des Mädchens veränderte sich. Christina hatte bei dem Gedanken an Maria den süßlich herben Duft von gerösteten Maronen in der Nase, doch jetzt nahm sie an ihr eine Note wahr, die ihr wie eine Verlockung erschien. Wenn sie nun nachts neben dem

Mädchen lag und verstohlen an seinen Haaren roch, meinte sie, in eine blühende Wiese, ja in einen Garten der Freude einzutauchen, in dessen Tiefen sie auch die Erinnerungen an Belle wiederfinden konnte.

Als im Frühsommer tatsächlich die Blutungen des Mädchens einsetzten und auch der Unterricht so weit fortgeschritten war, dass Maria nichts mehr mit dem dürren Kind gemein hatte, das die Königin bei sich aufgenommen hatte, glaubte Christina, lange genug in ihrem Zwinger ausgeharrt zu haben. Ich muss jetzt handeln, dachte sie, ich werde noch wahnsinnig in diesen beengten Verhältnissen, und ich kann mich nicht den Entscheidungen der anderen ausliefern. Ohne das Einverständnis des Kardinals einzuholen und sogar ohne die königliche Erlaubnis abzuwarten, durch Frankreich zu reisen, verließ sie Pesaro und machte sich erneut auf den Weg nach Paris.

Die Reise durch die bekannten sommerlichen Landschaften ging nur langsam voran. Christinas spontaner Entschluss, so schnell wie möglich aufzubrechen, hatte den Stallmeister überrumpelt. Pferde und Reisewagen waren in einem erbärmlichen Zustand, und immer wieder fehlte es ihnen an Proviant. Christina musste unterwegs jagen oder einige Silberknöpfe ihrer Kleider gegen Brot und Schinken versetzen. Wo ihnen im vergangenen Jahr noch Jubel und Begeisterung entgegengeschlagen waren, blickten die Reisenden jetzt in verschlossene Gesichter. Der lästige Geldmangel erlaubte es ihnen nicht, Quartier zu beziehen, und so campierte die Königin mit ihrem kleinen Gefolge unter freiem Himmel am Wegesrand. Mehr als einmal meinten die Franzosen, eine Hochstaplerin vor sich zu sehen, denn schließlich stand ihnen ein Weib in zerschlissenen Hosen gegenüber. Ungläubig verfolgten sie den erbärmlichen Lumpenzug der seltsamen Königin durch ihr Land.

Unter diesen Umständen brauchte Christinas Zug für die Strecke fast doppelt so lang wie beim ersten Mal. Die kühleren Oktobertage waren bereits angebrochen, als Christina auf Schloss Fontainebleau eintraf, wo sie auf eine Einladung des Königs an den Hof warten musste. Niemand war über ihre Ankunft informiert worden, und ihr unerwarteter Besuch stürzte den Schlossverwalter in Verlegenheit. Wo, so schien er sich bei ihrer Begrüßung zu fragen, sollte er diesen ungebetenen Gast einquartieren? Christina beobachtete, wie der Kiefer des Mannes unentwegt malte und seine Hände hinter seinem Rücken arbeiteten.

Schließlich fasste sich der Mann ein Herz. Er erinnerte sich der stolzen Feste des vergangenen Jahres, er sah die Königin in ihren Seidenroben vor sich und beschloss, seinen lebhaften Erinnerungen zu trauen und nicht diesem tristen Moment, in dem ihm die Königin wie eine liederliche Zigeunerin begegnete. Ihr Teint war noch dunkler geworden, und Hemd und Hosen schienen lediglich von einigen um ihren Körper geknoteten Lederriemen gehalten zu werden. „Folgt mir", wies er die Königin und ihr Gefolge an und führte sie zu einer bescheidenen Suite in der Vogtei des Schlosses. Die Räumlichkeiten, winzig und mit nur einem Bett ausgestattet, grenzten an die berühmte Hirschgalerie, deren Wände mit Jagdtrophäen ganzer Fürstengenerationen geschmückt waren.

Christina schnaubte empört auf und überlegte einen Moment, ob sie den Verwalter für seine Unverschämtheit auspeitschen lassen sollte. Sie sah Monaldesco an. Fast unmerklich schüttelte der Stallmeister den Kopf. Dieses Mal waren sie nicht auf Einladung des Königs gekommen. Seufzend nickte sie und entließ den Verwalter, der sich erleichtert zurückzog.

„Ihr werdet zunächst mit dem Gefolge in den Stallungen schlafen müssen." Christina wartete auf eine Reaktion Monaldescos.

Der Stallmeister lächelte. „Es ist die erste Nacht seit Wochen, die wir unter einem festen Dach verbringen werden." Dann verschattete sich sein Gesicht. „Ich hatte Euch gewarnt, Ihr seid derzeit nicht erwünscht in Frankreich. Aber Euer Starrsinn ...", er brach ab und drehte sich um. Energisch scheuchte er das Gefolge aus dem Raum, schloss die Tür mit einem Ruck und schob den Riegel vor.

Christina sah ihn sprachlos an. Was war in ihn gefahren, dass sich Monaldesco ihr gegenüber so vergaß? Die Reise war anstrengend gewesen, gewiss. Sie fühlten sich alle erschöpft und waren durchgeschüttelt bis auf die Knochen. Ihre Beine schmerzten schon seit Wochen, und sie meinte, sich nicht mehr an einen unbeschwerten, quasi körperlosen Zustand erinnern zu können. Aber sie nahm all diese Strapazen doch nur für das gemeinsame Ziel auf sich. „Neapel", flüsterte sie. „Ihr glaubt doch noch daran?"

Monaldesco schwieg lange. „Wir waren ..." Seine Stimme brach, er verstummte.

„Nein, wir sind ..." Christina ging auf ihn zu und nahm seine Hände. Seit Wochen waren sie sich nicht so nah gewesen, und sie fühlte seinen Puls unter ihren Fingern pochen, unruhig und rebellisch. Sie sog seinen Geruch ein und forschte in den Tiefen seines Blickes nach einer Antwort.

Monaldesco wich nicht aus, aber er blieb ihr fern, so als könne er sich jeden Moment dazu entschließen, still aus der Tür zu gehen und zu verschwinden.

„Ich bin bereit, für Euch zu sterben ... Erinnert Ihr Euch an Eure Worte?" Christina zog Monaldesco noch näher zu sich heran. Dieser Geruch, dachte sie, als sie der vertraute Duft nach wild schäumender See umnebelte und von der sicheren Küste fortriss. Wie kann ein Mensch nur so intensiv und unergründlich nach Meer riechen? „Ich habe Euch nie von meinem Traum erzählt", flüsterte sie in sein Ohr und grub ihre Nase in sein Haar. „Als wir uns kennen lernten, träumte ich, dass wir eine Kanone von der Engelsburg abfeuerten. Die Kugel schlug in einen Palast ein, ließ seine Mauern einstürzen, und wir flohen von der Burg hinab, über den Tiber und hinein in die Gassen Roms." Christina sog die Luft ein. „Wir verirrten uns, gerieten in immer schmalere Gänge, bis wir schließlich atemlos voreinanderstanden. Wir lachten, hielten uns vor Lachen, und schließlich umschlangen wir einander, bis unser Gelächter in Verlangen umschlug. Wir ließen uns fallen und von unserer Lust davontragen."

Sie küsste Monaldesco, und für einen Moment spürte sie seine Gier nach ihrem Körper. Seine Lippen öffneten sich, er antwortete, drängte ihr entgegen, schmiegte sich an sie und flutete sie mit seinen Geheimnissen.

Seine Hitze schwappte über zu ihr, sie begann sich darin aufzulösen, seufzte wohlig und spürte, wie ein Punkt in ihrem Inneren zu glühen begann. Ihr Körper verlor seine Form, und sie ließ sich treiben, stöhnte auf.

Plötzlich drängte sich etwas zwischen sie und stieß sie zur Seite. „Nein ..." Ein unergründlicher Schrei traf sie wie ein Schlag gegen die Schläfen.

„Maria."

Monaldesco zuckte zusammen und löste seine Arme von ihr. Er stieß sie zurück, und Christina fiel auf die Knie.

„Maria." Beruhigend legte sie ihre Arme um das Mädchen und zog es zu sich herunter. „Es ist nichts, es ist nichts", tröstete sie das Kind. „Ich bin einverstanden, du wirst es verstehen, irgendwann."

Sie sah den Marchese an, bemerkte sein verzerrtes Gesicht, seine Wut auf das Mädchen, seinen kaum gezügelten Hass. Dann blickte sie auf das Kind, das kein Kind mehr war, und sah denselben Hass in ihren Augen. Und sie sah noch mehr: Bei Monaldesco mischten sich Verlangen und maßlose Gier in seinen Hass. In Marias Augen sah sie den Glanz der Liebe, und sie verstand. Erschöpft atmete sie aus. Sie lauschte ihrem Atem, dann wies sie auf die Tür.

Monaldesco sah sie lange an, doch dann drehte er sich um und ging.

„Ich werde sofort nach Paris schreiben, dass man uns mehr Platz zur Verfügung stellt“, rief Christina ihm nach. Doch sie wusste, dass es nicht das war, was der Marchese von ihr erwartete.

Die Tiere standen noch vor den Stallungen. Monaldesco schnappte sich sein Pferd, saß auf und preschte über das Pflaster, die Allee hinauf, hinein in den Herbstwald und davon. Die kalte Luft, die ihm scharf ins Gesicht und unter den Mantel fuhr, tat ihm gut. Er spürte, dass er zitterte, und trieb das Pferd noch heftiger an. Im Galopp schmiegte er sich gegen den dampfenden Körper des Tieres, und er meinte, mit dem Pferdeleib verschmelzen zu können. Die vertraute Kraft des Tieres beruhigte seine Gedanken.

Vor einem Jahr noch hatten sie hier, in den Wäldern von Fontainebleau, gejagt. Vor einem Jahr noch war Neapel ihr gemeinsames Ziel gewesen. Vor einem Jahr noch, dachte Monaldesco, hat sich die Königin für mich entschieden. Jetzt war er nicht mehr in Jagdstimmung. Die Zurückweisung durch Christina, in einem Moment, in dem noch nicht alles verloren schien, hatte seine Welt zerbrechen lassen. Er spürte den Riss, der sich wie eine eiternde Wunde durch seine Gedanken fraß.

„Was denkt Ihr Euch dabei?“, schrie er in den Wind und gegen die gleichgültige Kulisse der Bäume. „Warum tut Ihr das?“ Wütend trat er dem Pferd in die Flanken, und das Tier brach zur Seite aus. Dahin, dahin, dahin ... Gemeinsam und vereint bis in die letzten Winkel ihres Daseins, hätten sie Kardinal Mazarin, Neapel, Frankreich, ja die Welt bezwingen können.

Doch jetzt blieb ihm nichts, als die Scherben seiner Mission zusammenzusetzen und seinen Rettungsplan voranzutreiben. Monaldesco zügelte das Pferd, bis es unter einem Baum zum Stehen kam. Fast behutsam wendete er das Tier und ließ es gemächlich zum Schloss zurücktraben.

Ich habe alles vorbereitet, dachte er und fühlte sich plötzlich erleichtert. Ich habe einen Grund, meine Treue aufzukündigen. Ich muss nicht länger loyal sein, vielleicht ist es sogar besser für Neapel. Noch heute wollte er die vorbereiteten Dokumente auf den Weg bringen und die andere Seite informieren. Und dann war da noch das Wissen um das Mädchen. Ein Geheimnis, das ihn stärkte. Er spürte den Lederbeutel auf seiner Brust, ein Faustpfand seiner Zukunft. „Graf Monaldesco“, presste er zwischen den Lippen hervor, „wählt immer die richtige Seite auf dem Schlachtfeld der Mächtigen.“

Die folgenden Tage und Wochen verbrachte Christina damit, weitere dringende Briefe an Kardinal Mazarin nach Paris zu schicken. In ihrer Vorstellung sah sie die versiegelten Schriftstücke auf einem ungeordneten Haufen im Salon des Ersten Ministers liegen, lockend und mahnend zugleich. Sie sah den Kardinal, der eines nach dem anderen öffnete, las und seine Weisungen erteilte. Doch dann erfuhr sie, dass der Kardinal nach einem Schwächeanfall Ruhe benötigte. Mazarin ließ ihr ausrichten, er könne sie weder besuchen noch am Hof empfangen.

Nach dieser vorerst letzten Nachricht aus Paris sah sie ein, dass alles, was für sie von Bedeutung war, in Rom lag, und plötzlich sehnte sie sich dorthin zurück. Wir sollten uns von den Franzosen verabschieden, dachte sie. Wir sollten uns auf den Heimweg machen. Doch ein innerer Widerstand, ihr Stolz, niemals aufzugeben, und ein letzter glimmender Funke Hoffnung hielten sie zurück. Immer wieder griff sie zu den Briefen Azzolinos. Seine Stimme und Sprache trösteten sie. *„Meine geliebte Freundin Christina, nehmen Sie meine freundschaftliche Umarmung und das Versprechen meiner Zuneigung bis in den Tod.“*

Mitte November, nach langen Wochen und mehr als ein Jahr nach ihrem Zusammentreffen in Chantilly, kam Kardinal Mazarin endlich nach Fontainebleau, um Christina über die Fortschritte in der neapolitanischen Sache zu informieren. „Es stehen viertausend Soldaten unter dem Befehl von Jacques Marquette zum Abmarsch bereit“, teilte er ihr während eines abendlichen Diners mit. „Sie stehen in Eurem Dienste, im Dienste der zukünftigen Königin von Neapel, Christina von Wasa. General Marquette wird mit diesem Heer in den nächsten Tagen nach Neapel aufbrechen.“

Christina konnte das Gehörte kaum glauben. Sprachlos blickte sie Kardinal Mazarin an und vergaß, zu essen und zu trinken. „Wann rechnet Ihr mit einem Erfolg, Exzellenz?“

„Wenn sich die Dinge günstig entwickeln, wird die Mission bis zum achten Dezember abgeschlossen sein, und Ihr, Christina von Schweden, werdet zu Eurem Geburtstag als Königin von Neapel in die Stadt einziehen“, lächelte Mazarin.

War das die Wende, der Moment, an den sie alle schon nicht mehr geglaubt hatten? Ein Wunder? Trunken vor Freude gab sich Christina an diesem Abend allen herrlichen Siegesträumen hin, die sie wieder wie eine stürmische See überrollten.

DREIZEHN

Fontainebleau, Herbst und Winter anno 1657

Der morgendliche Ritt durch die herbstlich gefärbten Wälder war Christina unverzichtbar geworden. Seit der Rückkehr nach Schloss Fontainebleau hatte die Königin ihre Suite jeden Tag im Morgengrauen verlassen. Ihr Weg führte sie durch den Schlosspark und hinein in den dichten Gürtel der Eichen-, Kiefern- und Buchenpflanzungen. Der alte königliche Wald war für die Hetzjagd mit Hundemeuten angelegt worden. Doch zwischen den gepflegten Flächen stieß sie immer wieder auf wildes Dickicht, ein Chaos von Pinien und Birken, Farn und Beerengestrüpp, Schluchten und Steinbrüchen. In der Dämmerung funkelte das von Tau benetzte Laub, als sei es mit winzigen Juwelen besetzt. Alle Farben des Herbstes – ein feuriges Rubinrot, das sanfte Smaragdgrün, die satten Gold- und filigranen Silbertöne – ließen den Wald kostbar wie das Werk eines wahren Künstlers erscheinen.

Christina stellte sich vor, wie ein Maler die Wälder von Fontainebleau abbilden würde. Sie sah eine schlichte, aber freie Komposition – keine wirklichkeitsgetreue Abbildung, sondern vielmehr eine Impression aus Licht und Farbe, den Eindruck einer sinnlichen Erscheinung. Verwischte Tupfer, grobe Pinselstriche, flimmernde Farben: ein Sog, dem sich der Betrachter nur schwer entziehen konnte.

„Die Maler sollten hinaus in die Natur ziehen“, erklärte sie Maria, die an ihrer Seite ritt, ihre Idee einer neuen Kunst. „Das Abbild der Natur, so, wie sie sich in diesem Moment vor unseren Augen darstellt, kann nicht im Atelier gelingen. Dieses Licht, die Farben ... Die Malerei hat keine erzählende Aufgabe, sondern ist doch ein sinnlicher Akt, sie muss Gefühle einfangen."

Bald sprachen Christina und Maria von ihrer „Zauberstunde", wenn sie zum Morgenritt aufbrachen. Zu dieser Zeit verschwamm der Wald in diesigem Licht, als wäre er nicht von dieser Welt. Er gab sich rätselhaft und verträumt. Im Frühnebel duckten sich die merkwürdigsten Gestalten auf den Lichtungen, und erst beim Näherkommen sahen sie, dass es sich um eine Gesellschaft fleischig behüteter Pilze oder um eine Hasenschule handelte, die erschreckt ins Unterholz stob.

Der Wald erzählte den Reiterinnen jeden Tag eine neue Geschichte. Manchmal war seine Stimme freundlich und verspielt. Er führte ihnen seine heiteren Seiten vor, tanzendes Laub, flirrende Lichtspiele, Käfer und die letzten Schmetterlinge, die wie berauscht durch die Luft taumelten. Ein anderes Mal schien sich die vertraute Kulisse des Waldes in ein undurchdringliches Rätsel zu verwandeln. Alles Bekannte hüllte sich in Dunstschleier und war ein abweisendes Geheimnis.

Christina genoss jeden ihrer Ausritte, die frische, kühle Luft klärte ihre Gedanken und stimmte sie auf den Tag ein. Gemeinsam mit Maria beobachtete sie das Wild. Die Tiere folgten, von eigensinnigen Gewohnheiten angetrieben, einem inneren Rhythmus. Der Blick auf das äsende Damwild und die Schönheit und Erhabenheit der Natur lenkten sie ab von ihren Gedanken an Neapel und den Ausgang der Verschwörung.

Selbst Monaldescos Kapriolen verblassten im schwermütigen Novemberlicht für einen Moment. Seit ihrer letzten, fast intimen Zusammenkunft, die Maria so abrupt beendet hatte, lebten sie wie Fremde nebeneinander her. Monaldesco wich ihr aus und umgab sich mit seltsamen Gestalten. Der Graf hatte die namenlosen und allen Blicken ausweichenden Männer als Jesuiten eingeführt. Er behauptete, die Gesandten wollten mit ihm über die Zukunft Europas sprechen.

Auch Christinas Sorgen um einen möglichen Verräter in den eigenen Reihen rückten vor dem morgendlichen Schauspiel in den Hintergrund. Schon in Pesaro hatte Monsignore Lascaris sie gewarnt, dass sich jemand an der königlichen Post zu schaffen mache. Einige Siegel waren offensichtlich beschädigt und nachlässsig ersetzt worden, und Lascaris hatte Christina geraten, vorsichtig zu sein und ihre Korrespondenz besser zu überwachen.

Kurz nach ihrer Ankunft in Fontainebleau hatte sie deshalb an den Postmeister in Lyon geschrieben und ihn gebeten, die königlichen Briefe zu kontrollieren. Gewöhnlich wurde die Post in einer versiegelten Kassette befördert, an verschiedenen Stellen jedoch öffnete man das Kästchen, um weitere Schreiben dazuzulegen oder andere zu entnehmen, die in der Nähe zugestellt werden sollten. Christina hatte nun darum gebeten, jeden Brief, der an sie oder ein Mitglied ihres Hofstaates gerichtet war, durch einen gewissenhaften Kurier zuzustellen und ihr persönlich in die Hand zu legen.

So war sie auch in den Besitz einiger Schriftstücke gelangt, die an Graf Monaldesco adressiert und deren Absender offensichtlich, das war dem chiffrierten Inhalt zu entnehmen, in den Neapel-Plan eingeweiht waren. Christina hatte Kopien von diesen Schreiben angefertigt und das Original dann, mit einem täuschend echten Siegel versehen, an Monaldesco aushändigen lassen. Noch konnte sie sich die Vorgänge nicht erklären, doch sie ahnte, dass das Projekt einen Punkt erreicht hatte, der mehr als kritisch war. Bisweilen glaubte sie, an den Rand eines Abgrundes gekommen zu sein. Und der Traum von Neapel lag zerbrochen auf seinem Grund.

Wieder fühlte sie sich auf sich selbst zurückgeworfen, ratlos und verletzt in ihrem Stolz. Im festen Glauben an Frankreich, an Kardinal Mazarin und im sorglosen Vertrauen auf den Marchese hatte sie ihren Ruf und den letzten Rest ihres Vermögens eingesetzt. Sie brauchte eine eigene Krone, um nicht als lächerliche, mittellose Träumerin dazustehen. Es war nicht nur der Titel, es waren ein Hof, Ländereien, ein Volk, die sie so dringend wie nichts anderes benötigte. Ihr Stolz verlangte danach – und ihr Selbstverständnis. Doch von einem Angriff auf Neapel war nichts zu hören. Jeden Tag fragte sie sich: Wo befinden sich die Truppen? Stehen die Neapolitaner auf unserer Seite? Warum unterlässt man es, mich mit Nachrichten zu versorgen?

Christina hatte erkannt, dass sie einen Verbündeten in Fontainebleau brauchte, eine vertrauenswürdige Instanz, einen loyalen Freund, wie Kardinal Azzolino es ihr war. Doch Rom schien ihr fast noch ferner als Neapel zu sein, und in Fontainebleau gab es eigentlich nur eine einzige geeignete Person: Sie dachte an Pater Le Bel, den Prior des Klosters von Fontainebleau. Vor einigen Tagen hatte sie den Zelter durch ein Stück Wald hindurch und über die Felder zum Kloster gelenkt und den Pater auf ein Gespräch vor die Tore seines Klosters gebeten.

„Ich habe Euch etwas Vertrauliches mitzuteilen", hatte sie das Gespräch eröffnet, während Pater Le Bel verdutzt nickte. Er war ein kleiner Mann, wenig größer als ein Kind, das in einer viel zu weiten Soutane steckte, dachte Christina. Doch sein Blick war wach und verriet Besonnenheit.

Pater Le Bel verstand. „Selbstverständlich stehen unsere Zusammenkünfte unter dem Siegel des Beichtgeheimnisses", versicherte er der Königin.

Das hatte Christina als Versicherung genügt. Ohne weitere Vorreden hatte sie dem Pater ein kleines, dreimal versiegeltes Bündel Papiere in die Hände gelegt. „Gebt mir diese Dokumente zurück, wenn ich danach verlange", hatte sie gesagt. „Gleichgültig wann und wo ich Euch frage. Und notiert Euch Ort, Datum und Stunde des Empfangs genau."

Pater Le Bel hatte sie noch einmal seiner Verschwiegenheit versichert, dann war er ins Kloster zurückgekehrt. Ihre Zusammenkunft hatte nicht länger als eine halbe Stunde gedauert, und Christina hatte ihren Ritt fortgesetzt, als sei nichts geschehen.

Inzwischen waren vier Tage vergangen, und an diesem Morgen präsentierte sich ihnen der Wald wie ein verletzliches Wesen – ein hinfälliger, schwer atmender Organismus. Vom Schloss aus kommend waren sie ein Stück die südliche Allee hinaufgeritten, die in ihrer Verlängerung aus der Grafschaft hinaus und in Richtung Paris führte. Nach einem guten Stück, das sie im Galopp zurückgelegt hatten, öffnete sich rechter Hand ein Waldweg, der sie von der Straße weg in einen schmalen Korridor aus Buchen und Eichen führte. Der Waldboden war von welkem Laub, duftenden Mooskissen und Farnen überzogen, und die Hufe der Pferde sanken tief ein. Fast geräuschlos ritten sie parallel zur Straße – unsichtbar für die Welt, wie umfangen von einem Schutzmantel aus herbstlichem Blattwerk.

Plötzlich hörten sie eiliges Hufgetrappel, ein Trupp Soldaten ritt die Allee zum Schlosshof hinunter.

„Das ist General Marquette." Christina erschrak, als sie aus ihrem Versteck heraus das bekannte Gesicht erblickte. Kardinal Mazarin hatte Marquette vor einigen Wochen mit der Neapel-Mission betraut.

„Wird er erwartet?" Leise deutete Maria auf die vorbeiziehenden Soldaten. „Bringt er Euch Nachricht?"

Christina legte ihren Zeigefinger auf die Lippen. Sie beobachtete die Männer. Marquette hatte sie zu diesem Zeitpunkt am allerwenigsten erwartet, er sollte doch mit der Flotte vor Neapel stehen. Alles an seiner Erscheinung, dachte sie, die zerknitterte, staubige Uniform, die gebückte Haltung, verrät die Niederlage.

Christina hielt den Atem an. „Ich will seine Nachrichten nicht hören."

Die Soldaten zogen an ihnen vorbei, dreißig Männer, der Schatten des Scheiterns lag über ihnen. Und als der letzte der Reiter schon ein Stück entfernt war, ließ sich Christina vom Pferd gleiten. Sie merkte, dass ihre Knie zitterten, und sank ins Moos. Die von Tau benetzten Pflanzen – tausend winzige, tastende Finger – umfingen sie, eine alles verschlingende Umarmung.

Nie habe ich mit einer Niederlage gerechnet, dachte Christina erschüttert. In Gedanken sah sie ihren Schreibtisch vor sich, darauf die gedruckten Briefbögen mit dem stolzen, golden-blauen Wappen und darunter, in mächtigen Buchstaben: *„Christina, Königin von Neapel"*.

Maria setzte sich an ihre Seite. „Der Boden ist kalt."

Christina sah durch sie hindurch. „Warum sind die französischen Truppen gescheitert? Wie konnte das passieren?" Sie spürte, dass sich die Feuchtigkeit durch ihre Kleider sog. Wütend krallte sie ihre Hände in das Moos, riss ganze Büschel davon aus und schleuderte sie in Richtung Straße. Schwarze Erde rieselte auf ihre Hosen, und grimmig rieb sie den Schmutz in den Stoff. Das Wühlen in der Erde tat ihr gut, Sand knirschte unter ihren Fingernägeln. Tiefer und tiefer grub sie ihre Hände in den Boden und schaufelte mehr Erde über sich. Sie wollte Wald sein, darin versinken, überwuchert von immergrünem Kraut, zu einem Teil der Ewigkeit werden. Nur noch ruhen und nicht mehr nach vorne sehen müssen. In die Gruft der Toten hinabsinken.

„Ich habe seit Monaten gespürt, dass man meine Pläne beobachtet", flüsterte sie. „Man hat meine Korrespondenz überwacht, doch ich habe es nicht wahrhaben wollen. Ich habe meine Ahnungen mit diesen Ausritten betäubt, ich habe Zerstreuung gesucht, noch mehr Briefe geschrieben. Ich habe ihn tanzen lassen." Sie hielt den Atem an und wartete darauf, dass sie ihren Körper verließ, schwerelos über ihrem Schicksal schwebte. Davon, davon ...

„Wen habt Ihr tanzen lassen?" Maria hatte nach ihren Händen

gegriffen und hielt sie fest. Als Christina nicht antwortete, rüttelte sie an ihren Schultern.

Christina atmete aus.

„Nein, er hat mich tanzen lassen."

„Der Graf?"

Christina nickte. Tränen liefen ihr nun über das Gesicht, und sie drehte den Kopf zur Seite, damit das Mädchen ihre Enttäuschung, die Scham, die Reue nicht sah. „Ich habe es einfach nicht wahrhaben wollen. Ich habe gegen meine Gefühle gelebt, ich habe nur in die Zukunft sehen wollen und das Jetzt verdrängt. Ich habe alles verloren. Alles, alles ..."

Maria klopfte die Erde von Christinas Kleidern. Sanft strich sie über ihre Wange, sie umschloss ihren Kopf mit beiden Händen, warm und zärtlich. Vorsichtig drehte sie Christinas Gesicht zu sich.

„Er ist es nicht wert. Keine einzige Träne ..."

Es war nicht das Kind, das da sprach. Die Worte schienen einem Universum der Vernunft zu entspringen.

„Ich habe doch jeden Mann besiegen können. Ich habe sie alle durchschaut – den großen Oxenstierna, Papst Alexander, Kardinal Mazarin. Ich habe sie alle getäuscht. Aber ihm habe ich nie auf den Grund blicken können." Christina schniefte und wischte sich die Tränen vom Gesicht.

„Da ist kein Grund. Er ist ein Nichts, das endlos Böse."

Erschrocken sah Christina Maria an, fixierte ihre Augen. Klar und von einem schmalen goldenen Reif gerahmt, hielten die Pupillen ihrem Blick stand.

„Was hast du da gesagt?"

Jetzt blickte Maria zur Seite. „Er ist das Böse", flüsterte sie.

„Was weißt du von ihm, Maria?"

Das Mädchen schüttelte den Kopf. „Ich kann Euch nur erzählen, was ich selbst erfahren habe."

Christina klopfte ungeduldig die Erde von ihren Hosen und

sprang auf. Zu schnell – ein Schwindel ließ sie gegen einen Baumstamm taumeln. „Was ist geschehen?"

„Als ich verschwand ...", Maria begann zu flüstern, so als fürchtete sie, dass man sie für ihre Worte bestrafen könnte. „Ihr habt mich nie gefragt und dachtet wohl, ich hätte mich im Trubel des Empfangs in der Stadt verlaufen. Aber ... es war Monaldesco."

„Der Graf? Was hat er damit zu tun?"

„Ich erinnere mich nicht mehr an alles." Marias Stimme war kaum zu verstehen. „Aber ich weiß noch, dass ich in seine Räume kam und mit ihm sprach. Ich bat ihn, Euch nicht länger nachzustellen. Ich sagte ihm, dass seine Nähe Euch nicht guttäte."

„Du wolltest mich vor ihm beschützen?"

Maria nickte. „Er war ärgerlich, wütend, warf mich zu Boden und schlug mich, bis alles um mich herum schwarz wurde. Was dann geschah, weiß ich nicht. Als ich die Augen wieder aufschlug, lag ich gefesselt in einem Haufen Unrat, irgendwo in der Stadt. Ich konnte mich befreien und kroch durch die Straßen, bis ich bei der Kirche Schutz fand. Dort habt Ihr mich gefunden."

Christina keuchte. „Er hat dich geschlagen und dann aus dem Palast geschafft?"

Maria nickte, der Ring aus Gold war aus ihren Augen verschwunden.

„Maria ..." Christina kniete sich vor das Mädchen und sah es mit festem Blick an. „Da ist noch mehr, das spüre ich. Vertraust du mir? Erzähl mir alles, was geschehen ist. Graf Monaldesco gehört zu meinem Hofstaat, er ist mein Untertan. Meine königliche Würde verleiht mir die Macht, ihn für seine Taten zu bestrafen."

Das Mädchen schüttelte wieder den Kopf. Dann schmiegte es sich gegen Christina, um ihre Liebe einzufordern, und die Königin spürte, wie Marias Herz raste.

„Was hat er dir angetan?"

Maria schwieg, und Christina strich mit ihren von Erde verschmierten Händen über ihren Rücken. „Ich kann ihn nur anklagen, wenn ich seine Verbrechen kenne."

„Vielleicht war es meine Schuld, ich habe ihn gereizt."

Die Ahnungen setzten sich unvermittelt zu einem Bild zusammen. Plötzlich begriff Christina. Es war, als wäre sie dabei gewesen. Sie konnte seine Raserei förmlich spüren, die Geräusche der Lust, die Angst und den Ekel des Mädchens. Seine unfassbare Gewalt über ihren heiligen Körper.

„Bastard." Sie zog Maria noch enger zu sich heran, während die furchtbaren Bilder über sie hereinstürzten. Ein Wirbel von nassem, faulem Laub, das sie begrub und ihr die Luft nahm. Er hat sich an einem Kind vergangen, dachte sie und atmete heftig. Er hat Maria ihrer Würde beraubt, er hat seine Gier nicht zügeln können, obwohl er kurz zuvor noch bei mir gelegen hat. Sie zitterte und dachte: Wie viele Schichten liegen zwischen ihm und der Wahrheit?

„Staub, Staub, Staub ..." Erschöpft ließ sich Christina wieder ins Moos fallen. Sie musste handeln, endlich auf ihren Weg zurückfinden. Viel zu lange schon hatte sie sich von Monaldesco vorführen lassen. Sie spürte einen Ruck durch ihren Körper gehen. Ihr Vater, ihr unsichtbarer Begleiter, hatte nicht wie sie die Chance gehabt, nach der großen Niederlage wieder aufzustehen. Sie war endlich bereit zu handeln. Zornesröte brannte auf ihren Wangen und flutete ihren Körper mit Energie.

Was konnte sie tun? Sie schloss die Augen und versuchte, das Bild ihres Vaters heraufzubeschwören. Seine Gelassenheit, seine Ruhe und Kraft. „Gott hat dir das Zeichen der Hoheit verliehen", hörte sie seine Stimme, die den Gesang des Waldes übertönte. „Dein Recht zu herrschen ist angeboren, niemand kann es dir nehmen."

Die Männer des Kardinals erreichten Schloss Fontainebleau in den frühen Morgenstunden. Graf Monaldesco lag noch im Bett – inzwischen hatte sich eine bequemere Kammer als der Pferdestall für ihn gefunden –, als Reiter auf den Schlossplatz sprengten. Laute Stimmen drängten sich in seine Träume, der Ruf nach der Königin.

Fluchend schlug Monaldesco die Decken zurück und tastete nach seinen Hosen und Stiefeln. Christina musste um diese Zeit noch auf ihrem Morgenritt sein, das wusste er. Eigentlich hätten ihr die Reiter begegnen können. Hastig stopfte er das feste Hemd in die Hosen und spritzte sich kaltes Wasser aus einem Becken ins Gesicht. Nun würde er die Delegation empfangen müssen.

Auf dem Schlossplatz wartete General Marquette. „Wo ist die Königin?", brüllte er und schlug mit der Gerte nach einem Insekt, das ihn belästigte.

„Guten Morgen, Sir."

„Ich will die Königin sprechen, Mann. Wir haben keine Zeit für Höflichkeiten."

„Königin Christina von Schweden befindet sich auf ihrem morgendlichen Ausritt", antwortete der Graf kühl. „Ich werde ihr einen Boten nachschicken. Ihr kommt mit einer wichtigen Nachricht nach Fontainebleau?" Aus den Augenwinkeln heraus studierte er die Mienen der Soldaten. Die Männer sahen erschöpft aus, ihre Uniformen waren staubig. „Ich nehme an, Ihr überbringt uns keine freudige Botschaft, Sir?"

General Marquette stieß einen Fluch aus. Drohend ließ er seinen Wallach auf ihn zutraben.

„Neapel?" Monaldesco blieb stur und trat keinen Schritt zur Seite.

„Ich will die Königin sprechen ..." Der General befahl seinen Männern, abzusitzen. „Wir werden hier im Schlosshof warten. Lasst uns Wein bringen und etwas zu essen, meine Männer sind müde."

„Wie Ihr wünscht." Monaldesco drehte sich um und gab die Befehle weiter. Er musste sich beherrschen, nicht in Gelächter auszubrechen. War das alles, was von der triumphalen Neapel-Mission geblieben war? Ein Haufen verzweifelter Männer, ein General, der gedemütigt nach einer Mücke schlug? Hatte Kardinal Mazarin schon Nachricht erhalten? Er stellte sich den eitlen Strategen vor, der wutschnaubend durch seine Gemächer tobte, eine Horde kreischender Affen im Schlepptau. Wie würde er dem König begegnen, wenn er ihm die Niederlage beichten musste?

Für Monaldesco war es nun an der Zeit, das Feld zu räumen. Neapel erwartete ihn – nicht als Befreier, aber als einen Verbündeten der Mächtigen. Die Spanier würden sich erkenntlich zeigen, nicht zuletzt dafür, dass er ihnen die französischen Pläne bis ins Detail hatte melden können. Die Befreiung Neapels musste warten, aber sie war nicht aus der Welt. Vielleicht könnte er zu einem späteren Zeitpunkt noch einmal Geschichte schreiben und das europäische Gefüge verändern? Schließlich besaß er ein wertvolles Pfand. Doch zunächst musste er Frankreich verlassen. Sein Dienst bei der Königin ohne Land war beendet, und er hatte nicht vor, sich ihrem Zorn auszusetzen. Früher oder später würde man seinen Verrat aufdecken und ...

Ein Schrei gellte über den Schlossplatz. Maßlose Wut, Zorn, Trauer und Enttäuschung schwangen darin mit und ließen alles und jeden verstummen. Dann ein zweiter Schrei, sein Name: „Monaldesco!" Erschrocken wirbelte er herum.

Christina war zurück, doch was er sah, was da mit Furor auf ihn zugestürmt kam, schien vielmehr eine Art entfesselter Waldgeist zu sein. Die Königin war über und über von Erde und Moos bedeckt. Die Flechten hingen ihr wie Zöpfe in den Haaren und rieselten aus ihrem Hemdkragen. Donnernd galoppierte sie auf den Hof und richtete sich in ihren Steigbügeln auf. Dann zeigte sie anklagend auf ihn. „General Marquette, ich befehle Euch: Nehmt den Verräter fest."

Sie hat mich, dachte er. Das verdammte Balg hat mich verraten.

Es war vorbei, und ihm blieb nichts, als Haltung zu bewahren. „Sie hat den Verstand verloren“, schnaubte er und zwang sich zu einem überlegenen Lächeln. „Die Königin ohne Land hat den Verstand verloren.“

Nie hatte sie klarer geblickt. Sie sah, dass sich der Stolz aus seiner Gestalt zurückgezogen hatte. Nicht mehr als eine entleerte Seele war von ihm geblieben, und der Marchese bot eine jämmerliche Figur: blass und zitternd stand er da, das Gesicht von einer lächerlichen Grimasse entstellt. Angst schwamm in seinen Augen.

„General Marquette, ich befehle Euch, nehmt den Verräter fest. Graf Monaldesco hat sich des Hochverrats schuldig gemacht.“

Sie bemerkte, dass man sie verwirrt anblickte, aber sie hatte keine Zeit, auszuholen und sich zu erklären. Der Marchese durfte nicht entkommen. „Los“, flüsterte sie Maria zu. „Benachrichtige Pater Le Bel. Sag ihm, dass ich die Dokumente benötige - sofort.“

Das Mädchen nickte und preschte davon.

„General Marquette“, Christina schüttelte das Moos aus ihrem Haar. „Ich habe Beweise, dass dieser Bastard dort die Neapel-Pläne verraten hat. Ich bitte Euch, haltet ihn fest, bis ich Euch die Dokumente zeigen kann.“

„Was wisst Ihr von dem Verrat?“ General Marquette sah sie erstaunt an. Auf seinen Fingerzeig hin umstellten einige Männer den Marchese. „Ich bin hier, um Euch zu benachrichtigen. Ihr könnt noch nichts von der Niederlage wissen. Es hat uns kein Kurier überholt.“

„Ich sehe die Katastrophe, ich sehe Euch die Niederlage an.“ Christina schwang sich von ihrem Pferd und versuchte mit einem Griff, ihr Haar zu ordnen. Sie war froh über ihre Hosen und Stiefel, die ihr Geltung verschafften. „Was ist geschehen?“

General Marquette saß ebenfalls ab, kam an ihre Seite und verbeugte sich tief. „Als unsere Flotte vor Neapel eintraf, sahen wir uns einhundert Schiffen mit spanischen Soldaten gegenüber. Sie waren bereit für den Kampf. Der Herr allein weiß, wer die Spanier über unseren Angriff unterrichtet hat. Ihr habt Recht, Hoheit, es muss Verrat im Spiel gewesen sein."

„Ihr habt den Angriff abgebrochen?"

„Nachdem meine Weisung ausdrücklich lautete, jede kriegerische Auseinandersetzung zu vermeiden, gab ich nach zwei Tagen den Befehl zum Rückzug. Es tut mir leid, Hoheit."

Christina nickte. Sie versuchte Monaldesco in die Augen zu sehen, doch der wandte sich ab. Wie viele Täuschungen liegen zwischen ihm und der Wahrheit, dachte sie. Wo ist der Mann, dem ich mich hingegeben habe? Sie stöhnte auf. War das der Preis für ihr maßloses Verlangen nach der Welt, die Vergeltung für ihr sündiges Leben?

Jetzt blickte Monaldesco auf, als ob er Hoffnung schöpfte. „Christina", keuchte er wie ein Verwundeter, „Hoheit, kommt doch zu Euch. Die Nachricht, der Schock haben Euch verwirrt. Ihr irrt Euch, ich stehe auf Eurer Seite, ich bin über diese Nachricht ebenso betroffen, wie Ihr es seid."

„Haltet den Mund, Marchese, sonst lasse ich Euch auf der Stelle die Zunge herausreißen", fluchte sie. „Maria hat mir alles erzählt." Sie merkte, dass sich zäher Schleim in ihrem Mund gesammelt hatte, und angewidert spuckte sie aus.

„Da hört Ihr es, Sir ..." Monaldesco wandte sich an den General. „Die Königin vertraut dem Geschwätz eines Kindes, eines Straßenkindes. Sie ist vollkommen verrückt. Schaut sie Euch doch an, sie hat sich wie ein Hund im Dreck gewälzt. Das ist der Auftritt einer Wahnsinnigen."

„Schweigt!" Christina schlug ihm mit aller Kraft ins Gesicht. Der Graf taumelte in die Arme seiner Bewacher.

„Hoheit ..." Die Stimme des Generals drang an ihr Ohr. „Wir

sollten die Angelegenheit im Schloss klären. Ich schlage vor, dass wir uns hineinbegeben." Er griff nach ihrem Arm.

Christina schüttelte ihn ab. „General, alle Welt soll hören, was ich zu sagen habe. Eure Männer sollen meine Zeugen sein. Und nun antwortet mir: Was verdient jemand, der Verrat begeht? Was verdient jemand, der mich täuscht? Der mich monatelang zum Schein unterstützt? Der Kardinal Mazarin, ja sogar den Papst in seinem Vorhaben bestärkt, die Übermacht der Spanier zu beenden, um sie dann zu hintergehen, und dessen teuflischer Plan es ist, mich, die Barbarin aus dem Norden, die hergelaufene Schwedin, vor aller Welt als Kriegslüsterne darzustellen? Als solche würde ich gelten, General, hätten Sie sich nicht an Ihren Befehl gehalten und zu den Waffen gegriffen." Sie holte tief Luft. „Ihr fragt Euch, warum dieser Verräter so handelte? Weil er selbst niemals als Herrscher in Neapel hätte walten können und weil er seine Rache, seinen Hass nicht anders zu befriedigen weiß, als zuzusehen, wie ich scheitere in meinem Hunger nach Macht und in den Abgrund stürze."

Monaldesco starrte sie an, er saugte sich an ihren Augen fest. Und in diesem Moment konnte sie seine Gedanken lesen: Wie ist es möglich, las sie da, dass sie von meinen Verhandlungen und meiner Korrespondenz mit dem spanischen Statthalter weiß? Jede Zusammenkunft mit meinen Vertrauensleuten war als Diskussion mit Jesuitenpatern über die Vereinigung Europas getarnt gewesen, und jede kleinste Mitteilung war chiffriert und, in der Bibel versteckt, von Hand zu Hand gegangen.

„Maria", flüsterte sie, und er verstand. „Maria, Maria, Maria ... Ich kann Euch nicht verzeihen."

Sie wandte sich an General Marquette. „Ich erwarte Pater Le Bel. Der Priester hat für mich einige Dokumente verwahrt, die Briefe werden die Schuld des Angeklagten beweisen. Welche Strafe verlangt dieser Verrat?"

Der Blick des Generals flackerte. „Auf Hochverrat steht die Todesstrafe. Ihr könntet sofort die Hinrichtung befehlen."

„Christina ..." Monaldesco riss sich los und stürzte vor ihr auf die Knie. Alles, was gewesen war, jedes geteilte Gefühl, jedes Zueinander, das Chaos ihrer Leidenschaft, rief sich ihr schmerzlich in Erinnerung.

Sie wandte sich ab und blickte die Allee hinauf. An ihrem Ende sah sie Reiter auf das Schloss zukommen, es waren Pater Le Bel und Maria. „Der Beweis", murmelte sie, „lasst uns in die Hirschgalerie gehen."

Mit dieser Reaktion hatte er nicht gerechnet. General Marquette hatte gedacht, dass die Königin tobte, dass sie ihn einen Feigling, Nichtsnutz und Versager schimpfte. Dass sie seine Erklärung – den offensichtlichen Verrat – als billige Entschuldigung abtäte, der die Niederlage kaschieren sollte. Doch dann sprach die Königin selbst von Verrat, und mehr noch: Sie präsentierte ihm den Spion, und bevor er eingreifen konnte, hatte sie den Kerl – ihren Geliebten, wie man ihm zugeflüstert hatte – binnen Sekunden und kraft ihrer königlichen Würde zum Tode verurteilt.

In den Räumen der Hirschgalerie, deren Wände die Trophäen vergangener Zeiten zierten, legte sie ihm ihre Beweise vor. Ein Geistlicher war gekommen, Pater Le Bel, der Prior von Fontainebleau, der ihr umständlich ein Bündel geheimnisvoller Papiere überreichte.

„Prüft die Siegel, General", hatte sie ihn aufgefordert, und nachdem er einen Blick auf den roten Lack geworfen hatte, brach sie die Versiegelung und überreichte die Briefe dem Beschuldigten, Graf Monaldesco. „Erkennt Ihr diese Briefe?", fragte sie ihn ernst.

Monaldesco verneinte, doch seine Stimme zitterte, als ob er sich anstrengen müsste, die Wahrheit hinter einer Fassade der Gleichgültigkeit zu verbergen. In dem Bündel hatten sich lediglich Abschriften von Dokumenten befunden, eine Kopie nur des Verrats. Jetzt ließ sich die Königin die Originale bringen, zeigte sie dem Grafen, beschuldigte ihn wieder des Geheimnisverrats und forderte ihn auf, zu gestehen, dass Handschrift und Unterschrift von seiner Hand stammten.

Immer noch leugnete der Marchese, doch die Königin ließ sich nicht beirren. Sie förderte weitere Schriftstücke zutage, persönliche Briefe, die die Handschrift Monaldescos eindeutig bewiesen.

Jedes weitere Leugnen war sinnlos, ja lächerlich, und Graf Monaldesco sah ein, dass er sich nur noch tiefer in Schuld verstrickte. Nun versuchte er, sich aus dem Netz der Lügen zu befreien, und behauptete, mit den Briefen keine bösen Absichten verfolgt zu haben. Er habe lediglich weitere Unterstützer werben und die Welt auf die Seite der Neapolitaner ziehen wollen, stammelte er.

Die Königin lachte ihn aus. Dann stellte sie weitere Fragen. Monaldesco behauptete immer und immer wieder, unschuldig zu sein. Er versuchte, andere zu beschuldigen, die Brüder Santinelli, Kardinal Azzolino, sogar Mazarin, doch die Namen, die er anführte, vergrößerten den Zorn der Königin nur. Jeder der Anwesenden sah, wie sie vor Wut schäumte. Ihr wildes Haar stand in alle Himmelsrichtungen ab, die schmutzige Kleidung und das Knallen ihrer Peitsche, die sie immer wieder durch die Luft sausen ließ, unterstrichen ihren Wunsch nach Strafe und Vergeltung.

Als Monaldesco merkte, dass er die Königin nicht mehr auf seine Seite ziehen konnte, sank er erneut auf die Knie und flehte sie um Vergebung an. Sofort zogen die Männer der Königin den Degen und zwangen den Marchese wieder auf die Füße.

„Ihr müsst mir ein letztes Wort gewähren“, bat Monaldesco nun mit dünner Stimme, in der Todesangst schwang.

Fast zwei Stunden lang schritt er mit der Königin die Galerie auf und ab, verteidigte sich, beteuerte seine Loyalität und flehte sie an, ihm doch zu glauben. Es sei alles ein Missverständnis, und die

Niederlage vor Neapel beruhe auf einer Verkettung unglücklicher Umstände. Er bedauere dies alles sehr, doch die Königin könne ihn nicht für die Versäumnisse der anderen verantwortlich machen.

Christina hörte ihn an, während einige ihrer Männer mit gezückten Degen dabeistanden. Niemand konnte sagen, ob sie in diesen Stunden mit sich selber kämpfte oder ob sie dem Verräter jede Möglichkeit einräumen wollte, sich zu verteidigen.

Schließlich wandte sich die Königin an Pater Le Bel. „Seht, mein Vater, und seid mein Zeuge, dass ich nicht voreilig urteile und dass ich diesem Verräter mehr Zeit zu seiner Verteidigung gelassen habe, als jedes Gericht fordern könnte", sagte sie. Ihr Gesicht war blass, die Lippen nahezu blutleer, und General Marquette befürchtete, die Königin sei einer Ohnmacht nah.

Sie schwieg einen Moment. Der General beobachtete, wie ein Schauer ihren Körper erfasste und sie schüttelte. Dann sprach sie ihr Urteil, wieder gefasst und ernst: „Mein Pater, ich lasse Euch diesen Menschen zu Euren Händen. Sorgt für seine Seele und bereitet ihn auf den Tod vor."

Für einen Moment waren alle wie erstarrt. Dann fielen Pater Le Bel und Graf Monaldesco gleichzeitig vor der Königin auf die Knie. Le Bel flehte sie um Gnade für den Marchese an.

Doch die Königin ließ nicht mit sich reden. „Ich kann keine Gnade walten lassen", sagte sie und bat den Pater, sich zu erheben. „Graf Monaldesco ist ein Verräter und Verbrecher. Ich habe ihm meine Geldgeschäfte und meine geheimsten Gedanken anvertraut und Gott weiß, was noch. Ich habe ihn als meinen Vertrauten betrachtet und mit Geschenken und anderen Wohltaten überhäuft. Und er hat es mir mit Betrug und Verrat gedankt. Ganz zu schweigen von anderen Dingen, die ich hier nicht aussprechen will und um derentwillen ihn sein Gewissen in alle Ewigkeit richten wird."

Jetzt schwieg Pater Le Bel. Er reichte dem Marchese die Hand und zog ihn an seine Seite. Eigentlich überragte ihn der Graf um einen Kopf, doch das Todesurteil hatte Monaldesco gebrochen. Nicht mehr als ein Schatten, schluchzend und in sich zusammengefallen, war von dem stolzen Diplomaten geblieben.

Königin Christina verließ die Hirschgalerie, ohne sich noch einmal nach dem Verurteilten umzublicken.

„Hoheit ..." Pater Le Bel folgte ihr und schien noch eine letzte Bitte um Gnade an sie richten zu wollen.

Auch General Marquette wandte sich nun an die Königin. „Hoheit, lasst dem Grafen Barmherzigkeit widerfahren."

Die Königin jedoch blieb ungerührt. „Ich kann Eure Bitte nicht erfüllen. Graf Monaldesco hat sich mir gegenüber eines ungeheuerlichen Verrats und ebensolcher Grausamkeit schuldig gemacht, er kann weder Gnade noch Mitleid erwarten. Er selbst hat in seinem Leben niemals Mitgefühl gegenüber einem Schwächeren gezeigt. Er hat die Schwachen gequält, und jetzt hat er sie verraten. Der Marchese ist verloren."

Sie schwieg einen Moment, dann verwies sie auf ihr souveränes Recht. „Meine Entscheidung ist nicht ohne Vorbild. Auch die französischen Könige haben Hinrichtungen angeordnet."

„Aber sie befanden sich in ihrem eigenen Land", wagte Pater Le Bel einzuwenden. „Verzeiht, Hoheit, aber Ihr seid in einem fremden Land zu Gast. Bedenkt die Folgen Eures Handelns. Der französische König wird entsetzt sein. Er wird denken, dass Ihr seine Gastfreundschaft missbraucht habt. Ihr werdet ihm nie wieder unter die Augen treten können."

Doch die Königin war mit keinem Argument von ihrer Entscheidung abzubringen. „Ich schulde dem französischen König keine Treue, jedenfalls nicht die eines Untertans", schnaubte sie ungeduldig. „Ich besitze das Recht der Herrscherin, über meine eigenen Untertanen Gericht zu halten – wo und wann immer es sein muss. Und dieser Mann da hat sich freiwillig in mein Gefolge begeben. Ich bin eine souveräne Königin, und ich habe mein Handeln vor niemand anderem als vor Gott zu verantworten. Die Treulosigkeit und der Verrat des Marchese sind beispiellos und von historischem Gewicht. Dieses Verbrechen verdient den Tod, selbst vor dem Jüngsten Gericht werde ich auf meinem Urteil bestehen."

„Aber kann man den Marchese nicht dem französischen Gesetz überstellen?" Noch immer versuchte Pater Le Bel, das Schreckliche abzuwenden, und General Marquette bewunderte den kleinen Mann für seinen Mut.

„Mein verehrter Pater Le Bel", wies ihn die Königin ungeduldig zurück. „Ich schätze Euren Einsatz für dieses Menschenleben, doch ich werde nicht von meinem Urteil abrücken. Ich bestehe auf meinem Recht, über meine Untertanen zu Gericht zu sitzen. Und ich werde den König und auch Kardinal Mazarin persönlich über meine Entscheidung informieren. Und nun bitte ich Euch, kümmert Euch um Graf Monaldesco und sein Seelenheil. Helft ihm, sein Gewissen zu erleichtern, und bereitet ihn auf den Tod vor."

Unglücklich kehrte Pater Le Bel in die Galerie zurück. Unter Tränen umarmte er den Grafen und forderte ihn auf, den Tod anzunehmen und an sein ewiges Heil zu denken.

Bei diesen Worten schrie Monaldesco auf. Dann sank er zu Boden und begann seine Beichte. Lateinische, französische und italienische Worte strömen aus ihm heraus, immer wieder schrie er verzweifelt auf, und alle Zeugen waren bis auf den Grund ihrer Seele von dem Unglück des Mannes erschüttert.

Noch bevor ihm Pater Le Bel die Absolution erteilen konnte, betrat Ludovico Santinelli die Galerie. Ohne zu zögern hob er seinen Degen gegen den Freund: „Marchese, bittet Gott um Gnade, denn Ihr müsst nun sterben."

Mit der Waffe drängte er den Grafen voran bis an das Ende der Galerie. Dort stieß er seinen Degen mit einer heftigen Bewegung in Monaldescos Brust.

Der Graf schrie auf und sprang in die Höhe, worauf einige Jagdtrophäen auf ihn herabstürzten. Entsetzt griff er nach dem Degen, doch in diesem Moment zog Santinelli die Waffe zurück und schnitt ihm dabei drei Finger ab.

„Der Graf trägt eine Panzerung." Anklagend zeigte Santinelli auf seinen verbogenen Degen und führte einen weiteren Hieb gegen das Gesicht des Verräters aus.

Schreiend flüchtete Monaldesco in die Arme des Paters, der ihm nun die Absolution erteilte und ihn von seinen Sünden freisprach. Als Buße legte er ihm auf, geduldig seinen Tod zu ertragen und denen zu vergeben, die ihm diesen antäten.

Monaldesco schluchzte, doch er warf sich auf den Bauch und wartete auf den Todesstoß.

Ein zweiter Mann aus der Wache der Königin trat vor und versetzte ihm einen Hieb, der ein Stück des Schädelknochens abtrennte. Blut quoll hervor und tränkte das schwarze Haar des Grafen, es strömte über das Parkett und sickerte in den Boden.

Schreiend deutete Monaldesco auf seinen Nacken und der Mann stieß zwei oder drei Mal zu, ohne Schaden anzurichten, da das Hemd nach oben gerutscht war.

Das Töten dauerte schrecklich lange. Entsetzt wandten sich einige der Zeugen ab oder verbargen das Gesicht zitternd in den Händen. Pater Le Bel ging auf den Gequälten zu und forderte ihn noch einmal auf, Gott um Vergebung zu bitten. Dann stieß die Wache erneut zu und durchbohrte Monaldescos Kehle.

Der Marchese fiel auf Pater Le Bel und rang noch weitere quälende Minuten mit dem Tod. Rasselnd stieß er unverständliche Worte hervor – „die Lilie Frankreichs ... Maria ... der Thron ..." – während der Geistliche den Himmel und alle Heiligen anrief.

Schließlich tat Monaldesco seinen letzten Atemzug, und Pater Le Bel begann zu beten. Santinelli jedoch packte den leblosen Körper, schüttelte Arme und Beine des Toten, knöpfte seine Hosen auf und durchsuchte alle seine Taschen. Er fand nur ein kleines Messer, ein Gebetbuch und um den Hals des Toten einen ledernen Beutel, den die Hiebe nicht beschädigt hatten. Er brachte den Beutel der Königin.

Christina zitterte, aber sie hatte endlich Stärke bewiesen – die Stärke einer beherzt Handelnden. Nach ihrem Urteil fühlte sie sich so befreit wie nach ihrem Thronverzicht. Eine schwere Last war von ihr genommen. Gegenüber der Angst und Verzweiflung, die sie zuvor gelähmt hatten, war sie jetzt unempfindlich geworden.

Es muss zu einem Ende gebracht werden, dachte sie, als Monaldesco sie in der Hirschgalerie um Gnade angefleht hatte. Nie mehr wollte sie den Geruch dieses Mannes atmen, seinen Wellenschlag an ihren Ufern spüren. Nie mehr sich seinen Launen ausliefern, nie mehr seinen Einflüsterungen folgen, denen sie niemals gefolgt wäre, wenn – ja wenn ...

Natürlich hatte sie die Bemerkungen der anderen gehört: „Die Wahnsinnige ...“, flüsterte es aus den Reihen der Soldaten, „für sie gelten keine Regeln. Dieses Weib ist ein Ungeheuer ...“. Aber sie hatte die eigenen Zweifel abschütteln können, nur das Zittern war geblieben, ein rastloser Schauer, der durch ihren Körper raste und sie an das Leben erinnerte, an die freie, radikale Form des Lebens, die sie für sich gewählt hatte.

Wie hatte sich Monaldesco vor ihren Augen gewandelt: Jetzt, unmittelbar auf der Schwelle des Todes, war der vernichtende Blick aus seinen Augen verschwunden. Nichts ließ mehr auf den Unbezwingbaren schließen, auf den strahlenden Helden, den kühnen Visionär, den seelenlosen Verführer.

Christina fragte sich: Treten die wahren Züge eines Menschen erst in der Nähe des Todes so deutlich hervor? Oder war sie die ganze Zeit einer Täuschung aufgesessen, einem Zerrbild ihrer

Träume? In ihrem Kopf lärmten die Worte Azzolinos, die Mahnung des Freundes, die er ihr vor ihrer Abreise nach Frankreich mitgegeben hatte: „Mir ist nicht wohl, Euch in der Gesellschaft dieser Schurken zu wissen. Diese Gauner kennen keinen Anstand und keine selbstlose Tat, Christina. Sie alle meinen, dass ihnen das Leben mehr schuldet, als es ihnen gibt, und sie sind bereit, sich ihr Glück mit Gewalt zu erzwingen." Was für ein schockierender Hang zur Zerstörung lauert doch in diesem Mann, dachte sie. Kardinal Azzolino hatte es sofort erkannt.

Monaldescos Hinrichtung dauerte viel länger, als sie erwartet hatte. Sie hatte gedacht, dass die Entscheidung für oder gegen seinen Tod die längste Zeit in Anspruch nehmen würde. Dem Akt des Tötens selbst hatte sie keine Bedeutung zugemessen. Christina hatte einen Hieb, maximal zwei, veranschlagt, einen schnellen, entschlossenen Stoß, der den Verräter ins Jenseits warf. Doch ihre Wachen, allen voran Santinelli, mussten sich so zaudernd und zögerlich wie Waschweiber angestellt haben. Immer wieder gellten die Schreie des Verwundeten durch die Flure der Hirschgalerie und fanden den Weg in ihre Suite. Seine Schreie klagten sie an, und plötzlich schien sie es zu sein, die ein Verbrechen beging.

Maria hielt sich die Ohren zu, sie konnte das Leid des Sterbenden nicht ertragen. Doch Christina setzte sich Monaldescos Qualen aus. Sie sah ein Tier vor sich, das langsam zu Tode gehetzt wurde, und fast meinte sie, dabei Genugtuung zu empfinden. Es war eine verstörende Erfahrung, nie hätte sie gedacht, dass sie der Hinrichtung eines vertrauten Menschen so gelassen gegenüberstehen könnte. Selbst als Monaldesco endlich verstummt war, blieb sie ruhig, bis auf ein leichtes Zittern ihrer Hände.

Monaldescos Leichnam wurde vor die Tür geschleift, in einer Reisekiste verstaut und wenige Stunden später im Garten von Fontainebleau begraben. Erst da musste sie für einen Moment die Tränen zurückhalten.

Nach der Hinrichtung fühlte sich Christina tagelang wie betäubt. Sie wollte Reue empfinden, doch sie fühlte nichts, nur Wut auf das Schicksal, das sie so gebeutelt hatte.

VIERZEHN

Fontainebleau, Paris und Rom, anno 1657 bis 1658

Die Nachricht verbreitete sich wie ein Lauffeuer durch Europa: „Sie hat ihn getötet, die Königin ohne Land hat ihren Galan töten lassen. Sie muss den Verstand verloren haben."

Nach der Hinrichtung des Grafen hatte Christina zunächst den französischen König und seinen Ersten Minister informiert und ihnen ihre Gründe für das Todesurteil erläutert: *„Dieser Mann, der Marchese Gian Rinaldo Monaldesco, ist ein schrecklicher Verräter gewesen, der uns allen den größten Schaden zugefügt hat ... Er hat unser Vertrauen missbraucht und unsere Feinde gestärkt. Seinetwegen ist Neapel verloren."* Dann schrieb sie Kardinal Azzolino und bat ihn, den Papst über den Vorfall in Fontainebleau zu unterrichten. *„Ich habe im Rahmen meiner Rechte gehandelt. Auch nach meiner Abdankung ist mir das Privileg erhalten geblieben, über meinen Hofstaat zu richten, und zwar wo immer ich mich auf dieser Welt befinde."*

Christina hatte versucht, sich vorzustellen, wie die Welt auf die Hinrichtung reagieren würde. Sie hatte mit Protest gerechnet, jedoch auch auf Verständnis und Mitgefühl gehofft, vielleicht sogar auf Bewunderung seitens der Verbündeten, auf ein Lob von ihnen dafür, dass sie ein Komplott aufgedeckt und sie alle vor Schlimmerem bewahrt hatte. Doch der Applaus aus ihrem Lager blieb aus. Stattdessen traf sie verstörendes Schweigen. Es schien, als verharrten alle, Freunde wie Verbündete, in bestürzter Ratlosigkeit.

„Die Römer sind wie gelähmt vor Entsetzen", schrieb Azzolino nach vielen Tagen bangen Wartens. Christina las seinen Brief mit zitternden Händen, und ihr Herz klopfte wild gegen die Rippen, denn ihr lag viel an dem Urteil des Freundes. *„Eure Tat ist so ungeheuerlich, dass sich alle Welt vor den wahren Hintergründen verschließt. Dieses Weib, so höre ich auf den Straßen, ist ein Ungeheuer. Sie lässt ihre Liebhaber erstechen, wenn sie ihrer überdrüssig geworden ist. Was habt Ihr nur getan, liebste Christina? Ich erkenne Euch in diesem ungeheuerlichen Akt nicht wieder."*

Auch König Ludwig schwieg auf ihren Brief. Und Mazarin schickte ihr erst drei Wochen nach der Hinrichtung kommentarlos die Bürgschaftsdokumente über ein Fünftel ihrer Forderungen zu. Die Summe war lächerlich, und Christina rechnete sich schnell aus, dass sie und ihr Gefolge mit diesem Teil der Kriegsschuld Frankreichs an Schweden kaum ein Jahr in Rom würde leben können. Nichts war gewonnen, und wenn sie Bilanz zog, ehrlich und ohne falsches Pathos, so musste sie sich eingestehen, dass sie das neapolitanische Abenteuer ihr letztes Geld und auch noch ihren letzten zweifelhaften Ruf gekostet hatte.

Wenige Tage später traf ein zweites Schreiben des Kardinals in Fontainebleau ein. Mazarin empfahl ihr nun, von einem Duell zu sprechen, bei dem Monaldesco umgekommen sei. *„Ihr seid keine Königin mehr, Ihr besitzt keine Untertanen mehr, Ihr konntet nicht mehr Gericht abhalten und niemals eine Hinrichtung befehlen. Es gab kein förmliches Verfahren, keinen Prozess und Richter und keinen königlichen Henker. Monaldescos Tod war ein grausamer Willkürakt."*

Christina war von den Worten des Kardinals verletzt, und sie antwortete barsch: *„Wir Nordländer sind aus recht hartem Holz und an sich gar nicht feige ... Seid überzeugt, dass ich gerne alles tun will, um Euch zufriedenzustellen – außer einer Sache: Furcht zu empfinden. Ihr wisst, dass sich ein Mensch von über dreißig*

Jahren nicht gerade vor Kleinigkeiten ängstigt. Und ich für meinen Teil finde es leichter, jemanden hinrichten zu lassen, als davor zurückzuschrecken. Zu meinem Vorgehen gegen Graf Monaldesco kann ich nur sagen, dass ich an dem betreffenden Tag nicht zu Bett gegangen wäre, ohne so zu handeln, wie ich es tat. Ich habe keinen Anlass zur Reue, aber viele Gründe, zufrieden zu sein. Dies ist meine Auffassung über diese Sache."

Doch die Franzosen blieben stur. Zuletzt nahmen die königlichen Akten den Tod des Grafen als Folge eines Duells in die Diplomatenberichte auf. Christina wusste, dass sie Kardinal Mazarin in eine schwierige Lage gebracht hatte. Ihr Beharren auf dem Verrat des Grafen hatte den Klatsch über Duelle und Liebesaffären auf ein mögliches politisches Komplott gelenkt und das Geheimnis um die Neapel-Mission fast enthüllt. Aber sie konnte sich nicht verstellen.

Ich kann nicht anders handeln, dachte sie, wenn sich Zweifel bei ihr einstellten. Selbst wenn ich einen Thron verloren habe, darf meine Souveränität keinen Schaden nehmen, denn darin liegt mein Selbstverständnis begründet. „*Trotz meiner Abdankung, trotz meiner materiellen Zwänge und meines kleinen Gefolges bin ich doch zur Herrscherin geboren*", notierte sie in ihrem Tagebuch. „*Königin von Neapel oder nicht, ich bin eine Königin, und die Welt hat das zur Kenntnis zu nehmen.*"

Kurz darauf ließ der Papst Christina wissen, dass sie in der Heiligen Stadt vorerst nicht willkommen sei: „*Nach diesem fürchterlichen Unglück mit Graf Monaldesco ersuchen Wir Euch dringend, Eure Rückkehr nach Rom in das späte Frühjahr zu verschieben. Die Gemüter hier sind von dem Vorfall zu erregt, und jeder hofft, dass nicht Ihr der Anlass für dieses Duell wart.*"

Dann traf sie auch die Ablehnung der königlichen Familie. Aus dem Umfeld des französischen Hofes hieß es, die Königinmutter sei schockiert über die Tat, die den französischen Boden mit Blut befleckt habe. Alle am Hof seien entsetzt über die abscheuliche

Rache, die Christina genommen habe, und der König und sein Bruder machten sie für den Vorfall und Skandal verantwortlich.

Christina sammelte die Schreiben der Freunde und Verbündeten in ihrem Tagebuch. *„Nun ist offenbar geworden, wie wenig zivilisiert ich bin“*, kommentierte sie die Reaktionen bitter. *„Ich habe ihnen gezeigt, dass meine Natur zu äußerster Grausamkeit fähig ist ... Selbst der Papst nennt mich nun eine Barbarin, die, barbarisch erzogen, wie eine Barbarin denkt. Er wünscht, dass ich mich nach Avignon begebe – in sichere Entfernung zur heiligen Stadt.“*

Die Zurückweisung durch die Welt überlagerte jede Trauer um Monaldesco und jede weitere Auseinandersetzung mit seinem Verrat. Nicht mehr die Tat stand im Mittelpunkt ihrer Gedanken, sondern die ablehnenden Reaktionen auf ihr Handeln. Reue, Schuld oder Entsetzen empfand sie nicht.

Nach dem Schock über Christinas Tat setzte zu Beginn des Winters in den Salons der Hauptstädte die Suche nach einem Motiv für die Hinrichtung Monaldescos ein. Unterdessen fiel Schnee in den Wäldern von Fontainebleau, sanft und alles verzeihend deckte er die Landschaft zu, und wenn Christina zu ihrem morgendlichen Ausritt aufbrach, durchstießen die Hufe der Pferde knirschend die Kristallschicht des eisigen Bodens. Ihr Atem gefror vor ihren Augen zu winzigen Schneeflocken, doch die Kälte machte sie unempfindlich gegen die schmerzhaften Botschaften aus Rom und Paris.

Selbst als Azzolino ihr schrieb, auch in Rom kursiere das Gerücht, Monaldesco sei Christinas Liebhaber gewesen, blieb sie gelassen. Er habe sie sattgehabt, und sie habe mit der rasenden Wut einer Abgewiesenen reagiert, vermeldete der Freund den Klatsch. Dann schilderte er das weitere Gerede: *„In diplomatischen Kreisen heißt es auch, Monaldesco habe im Sold der Spanier gestanden. Ihr sollt wohl Eure eigenen Pläne für Neapel gehabt haben, und der*

Graf hat sie verraten. Ach, Christina, wie soll ich Euer Verhalten hier in Rom verteidigen?"

Azzolino beschuldigte sie nicht, er hielt sich mit Vorwürfen zurück, doch Christina ahnte, dass das Geflüster um das Todesurteil für immer mit ihrem Namen verbunden sein würde. „Noch in hundert Jahren werden sie mir das Schicksal des Grafen vorhalten", beklagte sie sich bei Maria. „Dabei ist es unser Leben, sind es meine und deine Seele, die durch die Machenschaften dieses Schurken fast vernichtet worden wären. Aber wir können uns nicht gegen die Vorwürfe wehren. Zu viele geheime Absprachen und Intimitäten kämen ans Licht und wären für immer in der Welt. Ich könnte es nicht ertragen, dass sich jedermann einbildete, mein innerstes Wesen zu kennen."

Außerdem wollte sie die Welt nicht auf Maria aufmerksam machen. Nachdem der Lederbeutel mit dem Schleier unter Monaldescos Habseligkeiten entdeckt worden war, fürchtete sie um die Sicherheit des Kindes. Pater Le Bel hatte ihr von den letzten Worten des Sterbenden berichtet, und deren Abfolge – „die Lilie Frankreichs ... Maria ... der Thron ..." – ließen sie an Ninon de Lenclos und ihre Mutmaßungen denken. Auch Monaldesco hatte Marias Herkunft wohl mit der königlichen Familie in Verbindung gebracht. Vielleicht war das sogar der Grund für seinen Versuch, Maria aus dem Weg zu räumen? Ein Mädchen aus irgendeiner adligen Familie Frankreichs wäre ihm gleichgültig gewesen, doch eines von königlichem Blut, eine Prinzessin und Anwärterin des Bourbonenthrons gar, hätte seine Neapel-Pläne gefährden können. Wenn es tatsächlich stimmte, dass der französische König und sein Bruder nicht von königlichem Blut waren, dann musste Kardinal Mazarins ihr Vater sein. Königin Anna und der Erste Minister hätten ganz Frankreich, ganz Europa getäuscht, niemals hätte Philipp von Bourbon einen Anspruch auf das Königreich Neapel geltend machen können. Und Christina selbst könnte nie als seine Stellvertreterin einspringen. Monaldesco war doch davon besessen gewesen, sich der Stadt zu bemächtigen. Nichts anderes hatte seine Welt bestimmt. Maria war ihm als gefährliche Rivalin erschienen.

„Wir werden nach Rom zurückkehren", schwor Christina dem Mädchen auf ihren Ausritten. „Wir werden in Frankreich überwintern, aber wenn der Frühling kommt und die Welt alle Lasten des alten Jahres abschüttelt, den Karneval feiert und nicht mehr Rückschau hält, werden wir aufbrechen. Bis wir in Rom eingetroffen sind, ist Gras über die Sache gewachsen, der Sommer lacht, und wir werden uns wieder in der Heiligen Stadt einquartieren können. Und dann werden wir auch das Geheimnis um deine Familie lösen. Wir waren einfach nicht beharrlich genug. Die Schlüssel des heiligen Petrus verraten es: Ich bin überzeugt davon, dass wir im Vatikan eine Spur finden werden."

Vorsichtig begann Christina gegen Ende des Jahres, Kardinal Azzolino auf ihre Rückkehr nach Rom vorzubereiten. *„Die Franzosen dulden mich, aber sie sähen es lieber, wenn ich nach Rom zurückkehrte. Ich könnte eine Zeit lang auf eigenen Beinen stehen und wäre nicht auf die Schatulle des Papstes angewiesen. Ich bin mir sicher, dass ich die Freundschaft des Heiligen Vaters erneut gewinnen kann und seine väterliche Gunst wieder auf mich abstrahlt."*

Und tatsächlich: Nach einer kurzen Visite in Paris, zu der sich Christina selbst eingeladen hatte und bei der sie jeden Tag auf größere Kälte und Ablehnung stieß, beschloss sie, Frankreich endgültig den Rücken zu kehren. Abgemagert, nervös und mit den ersten silbernen Strähnen im Haar reiste sie Anfang April 1658 aus Fontainebleau ab, in ihrem Gefolge nur noch wenige der Begleiter, die ihr zu Beginn der Verschwörung von Rom nach Paris gefolgt waren. Wie immer ritt Christina ihrem Zug voraus, wie immer schonte sie keinen der Mitreisenden: zwölf Stunden Ritt pro Tag, ein paar Stunden Schlaf in der Poststation, bevor sie im Morgengrauen die Reise fortsetzten. In Marseille schifften sich die Reisenden nach Ostia, dem Hafen von Rom, ein.

Es war Mitte Mai 1658, als Christina wieder in der Heiligen Stadt eintraf, von allen verlassen und im Herzen der Welt nicht willkommen. Als sie an Deck des Schiffes das Anlegemanöver verfolgte, wurde ihr bewusst, dass sie dieses Mal kein Triumphzug in die Stadt geleiten würde. Keine adligen Reitergarden, kein staunendes Volk, keine Versammlung der kirchlichen Würdenträger. Niemand war erschienen, die Königin ohne Land zu begrüßen. Niemand winkte ihr zu – niemand, bis auf einen einzigen, dessen Hand sich in der Ferne zum Gruß reckte. „Ein Freund ist uns geblieben", murmelte sie mehr zu sich selbst als zu Maria, die neben ihr an der Reling stand. Dann zeigte sie auf Kardinal Azzolino, dessen leuchtend roter Umhang sich vor dem Hintergrund der Hafenbaracken abzeichnete, und hob die Hand, um ihrerseits den Freund zu grüßen.

Fast zwei Jahre waren vergangen, rechnete Kardinal Azzolino nach. Zwei Jahre, dachte er, in denen sich das Leben aller so gewaltsam verändert hat. Die Pest hatte die Stadt bezwungen, nahezu, doch als alle Hoffnung dahin gewesen war, hatte der schwarze Tod, wohl aus einer Laune heraus, beschlossen weiterzuziehen. Seine Spuren verloren sich hinter den Grenzen des Kirchenstaats. In den vergangenen Monaten war die Ewige Stadt langsam aus ihrem Todesschlaf zum Leben erwacht. Jetzt wurde in den Kirchen wieder gebetet und gesungen, auf den Baustellen ging die Arbeit an den großen Projekten voran, Marmor, Travertin und Unmengen von Holz wurden auf Eselskarren in die Stadt geschafft, und im Petersdom begann der Cavaliere Bernini, einen gewaltigen Reliquiarsessel aus Bronze, die *Cathedra Petri*, zu schaffen. Er sollte den Holzthron schützen, der als Stuhl des heiligen Petrus galt. Tausende Wanderarbeiter waren in die Stadt zurückgekehrt, die Märkte öffneten wieder, und auf den Straßen zeigten sich die Römer ohne Furcht vor dem tödlichen Atem der Pest.

Auch das politische Leben Roms begann, zu alter Stärke zurückzufinden. Alle diplomatischen Bemühungen der *Squadrone Volante* hatten während der Leidenszeit geruht, doch in Europa hatte das Karussell der Macht nicht stillgestanden. Die Schweden unter König Karl Gustav, Christinas Nachfolger und Vetter, führten wieder einmal Krieg. Nach der Eroberung Polens und der bevorstehenden Niederlage der Dänen hatte der König seine Armee gen Süden geführt und marschierte nun auf Brandenburg zu.

Niemand wollte, dass die Schweden ihre Kämpfe noch weiter nach Europa hineintrugen, und der französische König, ihr Verbündeter, hatte sie ermahnt. Zu schrecklich und zu nah waren allen noch die Erinnerungen an den Großen Krieg, dessen Wunden nur langsam vernarbten.

Auf der anderen Seite versuchte der Papst seit einiger Zeit, Frankreich und Spanien, die seit fünfundzwanzig Jahren miteinander im Krieg lagen, auszusöhnen. Die politische Bühne füllte sich wieder, und in den Salons und geheimen Zirkeln spannen die Diplomaten, Gesandten und Spione an ihrem undurchdringlichen Netz aus Täuschung und Wahrheit.

In diesem fast unschuldigen Moment des Neubeginns erschien die Königin ohne Land wieder in der Stadt. Natürlich war niemand gekommen, um die Geächtete zu begrüßen. Es hieß sogar, der Papst habe seinem Gefolge ausdrücklich verboten, Königin Christina willkommen zu heißen. Die Quais in Ostia waren verwaist, noch nicht einmal die Hafenarbeiter schienen zu wissen, welchen Passagier das Schiff beförderte, dessen Taue sie soeben an Land zogen und dort befestigten. Fluchend und schreiend erledigten die Burschen ihre Arbeit.

Es ist der wohl ungünstigste Moment, um an ein vergangenes Leben anzuknüpfen, dachte Azzolino und spähte angestrengt in

Richtung des Schiffes, um einen ersten Blick auf Christina zu erhaschen. Jeder Römer will das Vergangene hinter sich lassen, und für viele ist die Königin ohne Land Teil dieser Vergangenheit. In den Augen der Bevölkerung ist sie eine Schuldige, eine Frau ohne Zukunft. Viele können ihr nicht verzeihen, dass sie es gewagt hat, über das Leben eines Mannes zu richten. Und niemand interessiert sich dafür, welche Schuld Graf Monaldesco auf sich geladen hat.

An Deck des Schiffes nahm er eine vertraute Bewegung wahr, ein wildes Kopfschütteln, Locken, die vom Sonnenlicht angestrahlt wurden und darin aufzuleuchten schienen. Christina! schoss es ihm durch den Kopf. Das ist Christina. Freude durchströmte ihn, ein fröhlicher Rausch, und er trat aus dem Schatten der Hafenbaracken und winkte ihr zu.

Auch Christina hatte ihn entdeckt. Er sah, wie sie sich zur Seite wandte und mit einer jungen Frau – war das Maria? – sprach, dann zeigte sie auf ihn und hob die Hand in einer königlichen Geste zum Gruß.

Die Königin sah schlanker aus, als er sie in Erinnerung hatte. Das weiße Männerhemd und die dunklen Hosen konnten nicht verbergen, dass die Ereignisse an ihr gezehrt hatten und der Kummer noch immer an ihr nagte. Als er näher kam, bemerkte er, wie sehr sie sich verändert hatte. Sie sah nicht älter aus, aber irdischer. Nicht mehr so unwirklich. Ihre Haut wirkte nackt, der Blick müde, der Mund schmal. Und Maria? Das Mädchen war kein Kind mehr, sondern stand da als junge Frau. Ihre dunklen Locken und der schlanke, blühende Körper bildeten einen seltsamen Kontrast zu der von Skandalen gezeichneten Gestalt der Königin, die so verletzlich wie eine Blüte wirkte, die ein Windstoß würde knicken können.

Trotzdem fühlte Azzolino, wie sich seine Freude über das Wiedersehen zu einem Gefühl steigerte, dass er für sich als eine Ahnung von Liebe bezeichnen wollte. Jede Faser seines Körpers sehnte sich nach einer Berührung mit ihr, und als Christina endlich vor ihm stand und ihn lachend an sich zog, meinte er, das Feuer göttlicher Vollkommenheit in ihrer Umarmung zu spüren. Wild drückte sich der Dolch ihres Vaters gegen seine Hüften.

„Azzolino“, rief sie atemlos und bedeckte sein Gesicht mit Küssen. „Wie schön, dass Ihr gekommen seid, um die Geächtete zu empfangen. Mein Freund, mein Freund ...“

„Christina“, noch einmal zog Azzolino die Freundin in seine Arme. „Ihr habt mir gefehlt, und bisweilen habe ich geglaubt, Euch in diesem Leben nicht wiederzusehen. Was habt Ihr Euch nur dabei gedacht, Euch in das neapolitanische Abenteuer zu stürzen? Denn das war es doch, was Euch aus Rom fortgetrieben hat?“

Christina schüttelte den Kopf, doch dann sprudelte das Geheimnis endlich aus ihr heraus. „Es war kein Abenteuer, es war eine Vision, das Versprechen einer Krone. Kardinal Mazarin hat mich gebraucht, er musste einen Statthalter, eine Königin auf Zeit, für Neapel finden. Denn bevor Ludwigs Bruder abkömmlich gewesen wäre, sollte die Thronfolge Frankreichs gesichert sein. Sie mussten einen anderen Monarchen finden, mich, der den Thron für Philipp warmhalten konnte. Jemand, der nicht mehr ganz jung war und keinen Erben hatte, der in Zukunft einen Anspruch auf den Thron anmelden könnte. Ich war bereit, und wäre der Plan nicht verraten worden, wäre ich in Neapel eingezogen.“

„Ihr wäret wieder eine richtige Königin gewesen, mit einer Krone, einem Königreich und ...“

„... und mit französischem Geld. Ich hätte wieder die Stellung einnehmen können, die mir von Geburt aus zusteht. Hier in Rom werde ich diese Rolle nie besetzen können. Der Papst wird immer über mir stehen, und was die Förderung der Künste anbelangt, so werden mich die Barberini, Pamphili oder eine andere Familie von fabelhaftem Reichtum zeitlebens in den Schatten stellen.“

„Aber Ihr wäret in Neapel gewesen, nicht in Rom."

Christina lachte leise auf. „Mein Lieber, das wäre doch keine Entfernung gewesen. Neapel liegt nicht einmal zweihundert Meilen von Rom entfernt, wir hätten uns jederzeit sehen können, wenn uns die Sehnsucht gequält hätte."

„Nun ...", Azzolino wandte sich Maria zu und strich ihr über die Wangen. Das Mädchen reichte ihm inzwischen bis zur Schulter, und sein Körper schien sich auf eine kaum zu beschreibende Weise entfaltet zu haben. „Ihr seid zwar nicht mit einer Krone, dafür aber mit einem Juwel zurückgekehrt. Wie hat das Kind sich nur entwickelt? Als ich Euch aus Rom verabschiedet habe, hüpfte ein Kobold an Bord der *Patrona*, und jetzt sehe ich eine Dame vor mir." Azzolinos Blick fiel auf Marias Hosen und Stiefel. „Nun ja ...", er räusperte sich und zog die beiden Frauen mit sich zu seiner Kutsche, die im Schatten der Hafengebäude wartete. „Es ist wohl doch eine Amazone und kein Schmetterlingspüppchen aus ihr geworden. Aber das war ja auch nicht anders zu erwarten."

Auf dem Weg zurück in die Stadt versuchte der Kardinal, die Königin von einem Blick auf die Straßen abzuhalten. Doch als sie das Stadttor der Porta del Populo passiert hatten, lehnte sich Christina neugierig aus dem Wagen. Sie sah den Strom der Menschen auf den Straßen, die der Kutsche des Kardinals keine Beachtung schenkten. Sie sah die Paläste und Kirchen unter einem von leichten Schleiern bewölkten Himmel, deren überschwängliche, selbstvergessene Pracht sie vermisst hatte. Und sie sah die Schmähschriften, die in der ganzen Stadt klebten und auf denen man sie als *„Königin ohne Reich"*, *„Christin ohne rechten Glauben"* und *„Frau ohne Scham"* beschimpfte.

Betroffen sah Christina ihren Freund an.

„Es ist noch nicht vorbei, Christina", antwortete Azzolino auf ihren Blick. „Der Papst wird sich weigern, Euch zu empfangen, man wird Euch aus dem Weg gehen, und die meisten Eurer alten Freunde werden sich verleugnen lassen. Ihr habt Glück, dass Euch Kardinal Mazarin seinen römischen Palast zur Verfügung stellt, denn ihr wäret sonst nirgendwo untergekommen. Aber Ihr werdet es schaffen. Ich bin mir sicher, dass Ihr die Römer wieder auf Eure Seite ziehen könnt. Erinnert Euch der alten Christina, die strahlend in die Ewige Stadt einzog. Knüpft an dieses Leben an, an Eure Begeisterung für die schönen Künste. Ich werde Euch zur Seite stehen, und mit etwas Glück können wir auch Eure Kasse wieder füllen."

Christina nickte wie betäubt. „Kardinal Mazarin hat mich mit einer kleinen Summe ausgestattet. Und ...", sie schwieg einen Moment, als ob sie einen alten Traum verabschieden müsste. „Und ich könnte die Uniformen, die für meine zukünftige Garde gedacht waren, verkaufen. Außerdem besitze ich noch mein Krönungsgewand."

Azzolino winkte ab. Er wusste von diesem letzten Schatz, der sich noch in Christinas Besitz befand, denn sie hatte ihm die herrliche Robe einmal gezeigt. Der Stoff des Kleides war mit Perlen und Kronen aus Gold bestickt. Christina hatte dieses Symbol ihrer Königsmacht bei ihrer Abreise aus Schweden mitgenommen und all die Jahre gehütet. „Ihr solltet dieses unersetzliche Stück nicht für Brot und Kerzen verpfänden", widersprach er ihr. „Es wird uns gelingen, Eure Finanzen wieder auf ein solides Fundament zu heben", sagte er und wies auf die Fassade des Petersdoms, dessen Vorplatz sie soeben erreicht hatten. Stolz hob sich die weite Fläche mit dem Obelisken und den Brunnen von der Enge des umgebenden Viertels ab. Der Palazzo Mazarini lag nur einen Steinwurf von der Residenz des Papstes entfernt.

„Mein lieber Azzolino ...", antwortete Christina und griff nach seiner Hand. „Ich weiß, dass wir dieses Gespräch schon einmal führten. Licht und Schatten, so erinnere ich mich an meine Antwort von damals. Licht und Schatten ... Ich gebe gern zu, dass meine Lage im Moment nicht blendend ist, aber ich bin immer noch eine Königin."

„Und ich wäre der Letzte, der daran zweifeln würde." Azzolino küsste ihre Hand und bemerkte die rissige Haut und Schwielen auf den Handflächen. Vorsichtig drehte er ihre Hände um und bedeckte die Wunden der langen Reise mit sanften Küssen. „Ich bin Euer Freund, und ich werde immer zu Euch halten."

„Der Sturm wird sich legen." Maria meldete sich zu Wort, schüchtern wiederholte sie die Worte der Königin. Der Kardinal nickte ihr zu und griff auch nach ihrer Hand. Der Kreis der Vertrauten schloss sich, und als die Kutsche vor dem Palazzo Mazarini hielt, hatte das Geheimnis ihrer Liebe die Freunde zu einem Bund verschworen.

Der Sommer war mit der Ankunft in Rom und allen notwendigen Erledigungen verflogen. Der Herbst, die Zeit heiterer Abendgesellschaften und nicht enden wollender Konzerte, zog mit einer vorsichtigen Annäherung an die kirchlichen Würdenträger und vornehmen Familien der Stadt vorbei. Azzolino hatte unermüdlich für Christinas Rückkehr in die römische Gesellschaft geworben, und die Königin selbst verhielt sich so zahm und demütig wie nie zuvor in ihrem Leben. Kein Skandal, noch nicht einmal eine offene Rechnung, kein unter Röcken hervorblitzendes Bein oder zu tief ausgeschnittenes Männerhemd hatte den Römern Anlass für Klatsch geboten. Die wilde Amazone schien gezähmt zu sein.

An Weihnachten war es so weit, dass die Kardinäle der Königin ohne Land wieder ihre guten Wünsche für das neue Jahr sandten. Boten klopften an die Tore des Palazzo Mazarini und überbrachten versiegelte Briefe sowie Kuchen und andere Köstlichkeiten. Glücklich las Christina die Post der Kurie und seufzte erleichtert auf. Nach den prächtigen Messen zum Weihnachtsfest, der engelsgleichen Musik in den Chören und der friedlichen Stimmung auf den Straßen fühlte sich Christina endlich wieder willkommen.

„Ich habe wieder einen Namen in der Stadt", sagte sie zu Maria, als sie abends beisammensaßen. Unbestimmt zeigte sie durch die Fenster des Salons in die Nacht, die sich wie ein schwarzes Tuch über die Stadt und den Vatikan gesenkt hatte. Vereinzelt sprühten die Fackeln einer vorbeieilenden Kutsche Lichtblitze gegen das Glas. „Rom neigt sich mir zu, Azzolino hat ein Wunder vollbracht. Seine Beharrlichkeit, seine Liebe zu mir, zu uns, hat alles Gerede verstummen lassen." Christina nahm einen tiefen Schluck Wein und kicherte leise. „Der Papst verlangt als letztes Zugeständnis, dass wir den Palazzo Mazarini räumen. Azzolino meint, der Heilige Vater störe sich daran, dass unser Domizil genau gegenüber seinem Palast liegt." Die Königin solle das Gesindel mitnehmen, aus dem sich ihr königlicher Hofstaat zusammensetzte, hatte der Heilige Vater Kardinal Azzolino angewiesen.

Maria nickte. Nach dem Essen hatte sie sich mit einem Buch ans Feuer gesetzt, züngelnd schlugen die Flammen aus dem Kamin in den Salon. Getrocknete Pinienzapfen, die Maria ins Feuer warf, verbreiteten einen Duft nach Harz und Zimt. Nach einer turbulenten Weihnachtswoche mit fröhlichen Gesellschaften war dies der erste Abend, an dem sie ungestört miteinander reden konnten.

„Wird der Kardinal eine Residenz für Euch finden können?"

„Ja, ohne Azzolinos Hilfe würden wir uns wohl schwertun." Christina streckte die Hand nach Maria aus und zog sie näher zu sich heran. Müde lehnte das Mädchen den Kopf gegen ihre Knie, und die Vertrautheit dieser Geste ließ Christina an Belle denken. Ein Stich, der Schmerz der Erinnerung, bohrte sich durch ihre Brust. „Seit meine Diener im Palazzo Farnese gehaust haben, bin ich bei allen römischen Familien unerwünscht." Sie strich Maria durchs Haar, das ihr über die Schultern sprang und auch das winzige Muttermal verdeckte, das zwischen ihren Schulterblättern saß.

„Weißt du noch, wie wir dir das Haar geschoren haben?“, flüsterte sie und wickelte sich eine Locke um den Finger. „Das ist jetzt fast drei Jahre her“, murmelte sie mehr zu sich selbst als zu Maria. „Du bist ein anderer Mensch geworden, die schöne Maria, *la belle Maria ... Belle.*“

Plötzlich ärgerte sie sich darüber, dass schon wieder mehr als ein halbes Jahr vergangen war, ohne dass das geheimnisvolle Wappen entschlüsselt war und sie ihr Versprechen hatte einlösen können. Sie hatte Briefe mit Ninon de Lenclos gewechselt, doch die Kurtisane war bei ihren Nachforschungen am französischen Hof auf beharrliches Schweigen gestoßen. „*Ich bin mir sicher, dass wir einer wichtigen Spur folgen*“, hatte sie Christina nach Rom geschrieben. „*Und ich weiß, dass die Mächtigen alles daransetzen, dass dieses Rätsel niemals gelöst wird. Stellt Euch vor, Maria wäre die, für die wir sie halten. Europa stünde in Flammen! Aber solange ich mich nicht selbst an den Hof begeben darf, solange ich nicht mit Menschen sprechen kann, die König Ludwig XIII. verbunden waren, muss alles Spekulation bleiben. Ich habe keinen Beweis, und meine Ahnungen werden Euch nicht weiterhelfen.*“

Auch Lucas Holstenius hatte das Rätsel um das Lilienzeichen in ihrer Abwesenheit beschäftigt. Christinas Briefe aus Pesaro hatten ihn daran erinnert. Er hatte die Zeit der Pestquarantänen genutzt und sich noch tiefer in die ältesten Bestände seiner Bibliothek vorgearbeitet. Bei ihrem ersten Treffen nach Christinas Rückkehr hatte er ihnen noch mehr Wappen und Embleme gezeigt, die er in den ältesten Verzeichnissen seines Archivs entdeckt hatte. Außerdem hatte er sich mit dem Ursprung des Lilienwappens bei den Merowingern beschäftigt. Christina wiederum hatte Holstenius von den Mutmaßungen der Kurtisane berichtet. Nun sah sie, dass Maria in einem der Bücher blätterte, die er ihnen überlassen hatte.

„Was hast du entdeckt?“ Neugierig spähte sie dem Mädchen

über die Schultern und versuchte, die alte Schrift auf den fleckigen Seiten zu entziffern.

Maria schüttelte den Kopf. „Es ist die Geschichte der Merowinger, von den ersten Königen bis zum Ende ihrer Dynastie.“

Christina schwieg einen Moment. Auch sie hatte in ihrer Jugend einiges über das sagenhafte Königsgeschlecht gelesen. Die schaurigen Geschichten hatten sogar ihre kindlichen Träume bevölkert, in denen sie ihr eigenes Schicksal mit dem der Merowinger verknüpfte.

„Ich erinnere mich an König Merowech, der als Begründer des alten Herrscherhauses gilt“, antwortete sie. „Von ihm stammen alle späteren Merowinger ab. Und ich weiß, dass die Familie ständig von inneren Kämpfen bedroht war. Viele Merowingerkönige kamen durch Mord ums Leben, weshalb ihre Söhne oft schon als Kinder den Thron bestiegen.“

„Das hat mir Holstenius auch erzählt.“ Maria stand auf und legte das Buch zur Seite. Sie zeigte auf die Karaffe mit Wein, die noch auf dem Tisch stand. „Darf ich?“

Christina nickte. Es war das erste Mal, dass sie dem Mädchen einen Becher Wein gestattete. Ein weiterer Schritt auf dem Weg zur Frau, dachte sie, und zum ersten Mal fragte sie sich, wie es gewesen wäre, ein eigenes Kind in die Welt zu entlassen.

„Was habt ihr noch besprochen?“ In den vergangenen Wochen hatte die Königin es erlaubt, dass Maria Lucas Holstenius in der Vatikanischen Bibliothek besuchte.

„Er hat mir von König Childerich I., dem Sohn des Merowech, erzählt. Man hat wohl vor einigen Jahren seine Grabstätte in der alten französischen Königsstadt Tournai gefunden und darin zahlreiche kostbare Beigaben entdeckt: Waffen und Schmuck, darunter einen Siegelring, kostbare Gewandnadeln und hunderte winziger Bienen oder Zikaden aus Gold ... König Ludwig soll die Stücke von seinem Vater geerbt und nun in Paris in seinem Besitz haben.“

„König Ludwig ...", murmelte Christina, dann nickte sie. „Childerichs Sohn, König Chlodwig I., ist uns bereits bei unseren Nachforschungen begegnet."

„Ja, er vergrößerte das Frankenreich und nahm den katholischen Glauben an", sagte Maria. „Am Weihnachtstag des Jahres 498 ließ sich Chlodwig zusammen mit dreitausend Franken von Bischof Remigius in Reims taufen. Er war es, der die *Fleurs de lys*, das Marienzeichen, zu seinem Wappen wählte. Um das Jahr 500 galt das Reich der Merowinger als ein katholisch-christliches, der Untergang des Heidentums in der Mitte Europas war besiegelt. Neben König und Heer war die Kirche zur dritten tragenden Säule des Frankenreichs geworden", fasste Maria ihr Wissen selbstbewusst zusammen. „Später teilte Chlodwig das Reich dann unter seinen vier Söhnen, doch drei der Linien starben aus, nur die Familie Chlothars überlebte. Chlothar II. und Dagobert I. waren die letzten mächtigen Herrscher aus dem Geschlecht der Merowinger. Seit 687 herrschten die aus den Arnulfingern und Pippiniden hervorgegangenen Karolinger."

„Doch das Zeichen der *Fleurs de lys* hat seine Bedeutung nie verloren", murmelte Christina. „Es ist noch immer ein mächtiges Herrschaftszeichen, wer es trägt, gilt vielen als unverletzlich."

„Holstenius meint, das Zeichen sei direkt auf eine Sage zurückzuführen, die von einer heiligen oder göttlichen Abstammung des Geschlechts erzählt."

„Er behauptet, es führt direkt auf Jesus Christus zurück?"

„Nicht ausdrücklich. Er sagt, es beziehe sich auf ein altes, erwähltes göttliches Wesen. Die Lilie, so meint er, könne auch als Kelch, als ein Gefäß gedeutet werden. Er sprach von einem Gral ..."

„Weißt du, was du da sagst?" Christina sprang auf und senkte ihre Stimme zu einem Flüstern. „Der Gral, der Heilige Gral ... der geheimnisvollste und größte Schatz der Christenheit. Maria, du darfst mit niemanden darüber sprechen."

Maria hatte Christinas Ausbruch erstaunt beobachtet. Lächelnd drehte sie sich nun zur Königin um und legte ihre Hand besänftigend auf ihren Arm. „Holstenius sagte, es sei eine Sage. Niemand weiß Genaueres darüber. Vielleicht ist es nur eine alte Geschichte, die die Merowinger selbst in die Welt gesetzt haben, um ihren königlichen Anspruch zu festigen und ihr Ansehen zu steigern."

„Das Quasigöttliche ..." Marias Worte verschwammen zu einem undeutlichen Gemurmel. In Christinas Kopf wirbelten Fetzen der Erinnerung durcheinander. Die Stimme ihres alten Lehrers Johan Matthiae drang zu ihr durch: „Das Erscheinungsbild der Merowinger war von langen Haaren geprägt, was bereits auf dem Siegel Childerichs I. erkennbar ist", flüsterte sie seine Worte. „Alle Mitglieder des Geschlechts der Merowinger sollen über dem Herzen oder zwischen den Schulterblättern ein Zeichen in Form eines Kreuzes gehabt haben. Angeblich besaßen die Merowingerkönige ein enormes Charisma. Es wird berichtet, sie seien Heiler und Hellseher gewesen." Christina wusste, dass die letzten Merowinger trotz ihrer Machtlosigkeit respektiert worden waren. Ihre Nachfolger mussten lange Zeit Rücksicht auf die alte, tief verwurzelte Tradition nehmen, nach der nur Merowinger zur Königswürde legitimiert waren. Bis zuletzt schrieb man ihnen einen göttlichen Charakter zu. Sie waren die Urahnen aller französischen Herrschaftsgeschlechter.

„Was ist der Heilige Gral?" Marias Stimme schob sich wieder in ihr Bewusstsein vor und verdrängte die des Lehrers.

„Was meint Ihr mit geheimnisvollster und größter Schatz der Christenheit?", fragte das Mädchen. „Und warum darf ich nicht darüber reden?"

„Eigentlich ist es die Geschichte eines Suchenden, ein fantastisches Abenteuer, eine Erzählung mit vielen Wendungen", murmelte Christina. „Schon als Kind habe ich sie kennen gelernt, mein Lehrer ließ mich die Romane lesen, und wir sprachen darüber."

„Wie alt ist die Geschichte?"

„Ich erinnere mich, dass die Legende vom Heiligen Gral wohl aus dem zwölften Jahrhundert stammt, auch die Artussage, die bekannteste darunter, entstand vor etwa fünfhundert Jahren. Und so ist dieser Glaube an ein rätselhaftes, heiliges Etwas, das sich allen Ungläubigen entzieht, noch heute lebendig."

„Holstenius bekam leuchtende Augen, als er über den Gral sprach", nickte Maria.

„Ja, ich kann mir denken, dass ihn das Geheimnis fasziniert. Ein in den Büchern, in den Erzählungen verborgener Schatz ..."

„Woher stammt das Wort Gral?"

„Soviel ich weiß, ist seine Herkunft nicht restlos geklärt, aber das Wort kommt in vielen Sprachen vor: Im Altfranzösischen kennt man *graal,* was ‚Gefäß' oder ‚Schüssel' bedeutet. Im Altspanischen heißt es *grial,* und im Altportugiesischen steht *gral* für ein Trinkgefäß."

„Es handelt sich also tatsächlich um einen Gegenstand, um einen Kelch?" Maria stutzte. Vorsichtig trank sie einen Schluck Wein und verzog die Nase, die sich wie ein welkes Blatt kräuselte. Dann betrachtete sie nachdenklich den Becher in ihren Händen.

„Das ist eines der Geheimnisse der Geschichte", schüttelte Christina den Kopf. Gedankenverloren griff sie nach der Karaffe und schenkte sich etwas Wein nach. „Alle Überlieferungen beschreiben den Gral als eine Art Reliquie, die höchstes Glück und ewiges Leben verspricht. Ein Gralskönig bewacht den Schatz und hofft auf einen Auserwählten, der das Geheimnis des Grals enthüllt und ihn selbst von einem Fluch befreit. Dann wird der Erwählte selbst zum neuen Hüter des Grals."

„Das hört sich wie ein altes Märchen an."

Christina nickte. „Dieser Held wird in den Geschichten, die ich kenne, Parzival, Gawain, Galahad oder Bors genannt. Er wächst abseits der Welt auf und vereint in sich Unschuld, Reinheit und Mut. Irgendwann verlässt er seine Heimat, um der bedeutendste Ritter seiner Zeit zu werden. Am Hof von König Artus erkennt man schließlich seine Bestimmung, er wird zum Ritter geschlagen und in die Gemeinschaft der Tafelrunde aufgenommen. Der Held erwirbt sich Ansehen, erst durch seinen kühnen Umgang mit den Waffen und dann durch seine naive Art, denn er setzt sich einfach auf den Platz, der stets für den Auserwählten freigehalten wurde. Damit wird deutlich, dass es sich bei dem Narren nur um den Erwarteten handeln kann."

„Und dann beginnt die Suche ...?"

„Ja ..." Christina erinnerte sich an die unterschiedlichen Fassungen des Heldenepos, die sie wie im Rausch gelesen hatte. Bisweilen hatte sie sich vorgestellt, dass auch ihr Vater, der große König Gustav Adolf, ein Auserwählter gewesen sei, bereit, den Gral zu finden und die Völker Europas zu versöhnen. „Der Held verändert sich während der Suche, er erwirbt sich zu seinem Mut auch Erfahrung. Zuletzt gelingt es, das Geheimnis des Heiligen Grals zu enthüllen."

„Und worin liegt nun das Göttliche begründet? Was bedeutet das alles?" Maria gähnte, der Wein machte sie schläfrig.

„Mein Lehrer, der alte Pastor Johan Matthiae, erklärte mir, dass sich die Gralsgeschichte schon früh mit christlichen Traditionen verband. Der Gral wurde etwa als der Kelch verstanden, den Christus beim letzten Abendmahl mit seinen Jüngern benutzt und in dem Josef von Arimathäa das Blut Christi unter dessen Kreuz aufgefangen hatte. Dieser Glaube fand sich dann auch in den Gralslegenden wieder."

Maria schloss die Augen, als horchte sie in ihr Inneres hinein. „Was hat das alles mit mir zu tun, mit meiner Geschichte und meinem Rätsel?"

Christina schüttelte den Kopf. Sie ärgerte sich über ihr Halbwissen. „Ich weiß es nicht, Maria", seufzte sie. „Aber ich brenne darauf, mehr zu erfahren. Morgen werden wir Lucas Holstenius und seine großartigen Bücher besuchen. Das hätte ich längst wieder tun sollen."

FÜNFZEHN

Rom, Ende anno 1658

Die Skulpturen des Cavaliere Bernini leuchteten wie von Laternen angestrahlt in der kühlen Dezembersonne auf, die sich an der Fassade des Petersdoms brach. Die Pracht des Marmors raubte Christina den Atem. Wie viel Wahrheit liegt doch in der Schönheit, dachte sie. Es ist, als ob die Ewigkeit spricht und auf ihren Platz in dieser Welt pocht.

Maria und die Königin hatten den Vatikan durch das Tor des Arco delle Campane betreten. Sie standen vor den Portalen der Peterskirche, und Christina zeigte hinunter auf den Petersplatz, wo hunderte Arbeiter beschäftigt waren, die gewaltige Fläche zur schönsten Bühne der Welt umzugestalten.

„Meister Bernini ist in seinem Element." Begeistert wies Christina das Mädchen auf die ersten sichtbaren Spuren des geplanten Umbaus hin. Pflastersteine bedeckten die Fläche rund um den Obelisken und zwischen den beiden Brunnen. „Er plant, die beiden Plätze, also den kleineren direkt vor der Kirche und den größeren weiter unten, miteinander zu verbinden", deutete sie die Skizzen, die ihr der Künstler vor einigen Wochen bei einem Werkstattbesuch gezeigt hatte. „Den Größeren gestaltet er zu einem quer liegenden Oval, und Kolonnaden aus Säulen und Pfeilern säumen den gesamten Platz. Das Pflaster senkt sich zur Platzmitte hin ab, und wenn der Heilige Vater später von hier oben das Volk segnet, wird er Abertausende von Gläubigen als sein Volk überblicken können."

Maria nickte, geduldig folgte sie Christinas Ausführungen. Mit einer Hand schützte sie die Augen vor der Sonne, die sie blendete. „Warum fallen die Kolonnaden so gewaltig aus?“ Sie wies auf die ersten makellosen Säulen und Pfeiler, die sich am Rand des Platzes in den Winterhimmel reckten.

„Bernini sagt, die Kirche Petri sei die Mutter aller Kirchen, und daher müsse sie Kolonnaden haben, die ihre Kinder wie mit mütterlich ausgebreiteten Armen aufnimmt, um sie in ihrem Glauben zu bestärken. Die Irrgläubigen umfängt sie, um sie der Kirche zuzuführen, und die Ungläubigen, um sie im wahren Glauben zu erleuchten. Auf den Kolonnaden sollen sich mehr als hundert Heiligenstatuen erheben, und dieser Plan hat den Heiligen Vater überzeugt. Stell dir vor, wie die Gläubigen in einigen Jahren aus den engen Gassen der Stadt auf dieses vollkommene Feld hinaustreten werden. Die Kunst Berninis wird ihnen den einen Schöpfer und Weltenlenker vor Augen führen, auch noch in hunderten von Jahren.“

„... Und begierig werden sie der Stimme des Heiligen Vaters lauschen und über den Glanz ihre irdischen Sorgen vergessen ...“

„Holstenius!“ Überrascht fuhr Christina herum. Der Bibliothekar stand vor ihr. Spöttisch lächelnd verbeugte er sich vor der Königin und deutete einen Handkuss an. „Welche Freude, Euch zu sehen, meine liebe Christina. Meine Diener meldeten mir Eure Ankunft, und das schöne Wetter hat mich dazu verleitet, Euch über den Belvedere-Hof entgegenzukommen. Ich finde, wir sollten ein wenig durch die päpstlichen Gärten flanieren. Dieser Tag ist zu schön, um ihn zwischen dem Staub alter Bücher zu vergeuden.“

Verschwörerisch zwinkerte Holstenius der Königin zu. Christina begriff, dass es dem Freund weniger um das herrliche Wetter als um den Inhalt ihres Gespräches ging. Offenbar fürchtete er die wachen Ohren der päpstlichen Spitzel, selbst in der Intimität seiner heiligen Bibliothek.

„Was sagt Ihr?“, fragte er mehr aus Höflichkeit, denn schon bot er ihr den Arm und führte seine Gäste galant plaudernd um die Kirche herum und mitten hinein in die Stille der Vatikanischen Gärten.

Maria staunte. Hinter dem mächtigen Felsen des Petersdoms erstreckte sich ein wunderbarer Park. Selbst Wald und wilde Tiere, Quellen, Wasserfälle und seltene Gewächse könne man darin finden, erläuterte Holstenius.

„Der Garten des Herrn“, lachte Christina. „Nach meiner Ankunft in Rom, als ich noch im Vatikan logierte, habe ich hier einige Spaziergänge unternommen.“

Der Park war wirklich herrlich: Gepflegte Partien, Blumenrabatten, sogar riesige Plateaus mit Gemüse- und Kräuterzüchtungen, gepflanzte Baumgruppen, Brunnen und Terrassen gingen in der Tiefe in wilde Natur über.

„Seht doch nur, das Wäldchen aus Steineichen und Lorbeerbüschen am Hang des Hügels.“ Begeistert zeigte Christina auf die urwüchsigen Bäume, deren winterlich kahle Kronen sich vor einem Felsen abzeichneten.

Nur wenige Menschen waren zu sehen, Gärtner, die sich um die Pflege der Anpflanzungen kümmerten, und einige schemenhafte Gestalten, Priester und Kardinäle, die, auf den Wegen wandelnd, im Gebet versunken schienen.

„Ich kenne einen besonderen Ort.“ Holstenius wies auf eine Gruppe von Pinien im mittleren Teil des Parks. Vom Petersdom und den Palästen aus kann man die Bäume nicht sehen, aber wer dort oben steht, hat den gesamten Garten im Blick.“

Christina nickte, und Maria lief ihnen voraus, quer über eine von Zapfen und Nadeln bedeckte Ebene und auf die bezeichnete Stelle am Hügel zu.

„Ihr habt mit dem Kind über den Heiligen Gral gesprochen“, sagte sie, als sie die Pinien erreicht hatten, die sich wie Schirme über ihnen aufspannten. In der Ebene, sozusagen zu ihren Füßen, lag der Chor des Petersdoms, und ihr Blick fiel auf die Wölbung der Apsis, hinter deren Mauern Berninis Schöpfung der *Cathedra Petri* entstand. Links davon, neben der Sixtinischen Kapelle, sah sie die lang gestreckten Mauern der Vatikanischen Bibliothek, an die sich weitere päpstliche Palastbauten anschlossen. Wenn sie nach rechts blickte, am Dom vorbei, tauchten außerhalb der vatikanischen Mauern die engen Gassen des Borgo und das grün schimmernde Band des Tibers aus dem Durcheinander der Stadt auf. Aus der Ferne schien ihr der Erzengel Michael zuzuwinken, der auf der Spitze der Engelsburg wachte. Die Statue erinnerte an ein Wunder, das sich unter Papst Gregor dem Großen ereignet haben sollte. Angeblich war der Engel vor mehr als tausend Jahren auf der Burg erschienen, um dem Volk, das für ein Ende der Pest betete, ein Gotteszeichen zu senden.

Holstenius räusperte sich, bevor er antwortete. „Ihr wisst, dass ich die Zeit Eurer Abwesenheit genutzt habe“, sagte er.

Dankbar registrierte Christina, dass der Freund weder Frankreich noch Neapel erwähnte.

„Vielleicht erinnert Ihr Euch, dass Ihr mich bei Eurem ersten Besuch hier in der Bibliothek fragtet, wo sich die Geheimnisse der Kirche verbergen?“

Christina nickte ihm ungeduldig zu.

„Nun, ich antwortete damals, dass sich die Geheimnisse immer im tiefsten und dunkelsten Teil der Bibliothek verbergen.“

„Der beste Platz, um Bücher zu verstecken“, fiel Christina ihm ins Wort, „ist schließlich ein Haufen Bücher ... Holstenius, ich bitte Euch, nun kostet Euren Triumph nicht so aufdringlich aus.“

Holstenius lachte. Seine Augen blitzten vor Vergnügen, und Christina sah ihm an, dass er eine wichtige Entdeckung gemacht hatte.

„Um es kurz zu machen, Hoheit: Ihr erinnert Euch, dass ich

nach unserer Suche in den Katakomben zunächst die Lust verloren hatte, weiter nach dem Zeichen zu forschen. Dann ...“, Holstenius zögerte für einen Moment, bevor er fortfuhr, „dann seid Ihr aus Rom abgereist, und ich dachte, es wäre schön, Euch bei Eurer Rückkehr ein Ergebnis zu präsentieren, als eine Art Geschenk. Ich setzte mich also wieder an die alten Folianten. Nachdem ich mich mehrere Wochen mit den Wappen und Emblemen der verschiedenen Anjou-Linien beschäftigt hatte und dabei immer wieder auf das alte Geschlecht der Merowinger stieß, beschloss ich, noch einmal alles zu lesen, was die päpstliche Bibliothek über das älteste französische Königsgeschlecht besitzt. Ihr könnt Euch vorstellen, dass mir die Zeit nicht lang wurde. Irgendwann begegneten mir die alten Gralslegenden, denn in den Deutungen der *Fleurs de lys* stößt der Leser immer wieder auf die Kelchsymbolik des Lilienwappens. Es ist wie eine Art Urtext, der den Suchenden auf eine zweite Ebene lenkt, die sich hinter dem Vordergründigen verbirgt.“

Vorsichtig nahm Holstenius Marias Hände und führte sie an der Handwurzel zusammen, sodass sie ein nach oben geöffnetes V bildeten. Lächelnd blickte er sie an. „Die ursprünglichste aller Liliendarstellungen ist das V, das Abbild des Kelches.“

„Das Marienzeichen der Lilie stellt also eigentlich keine Blüte dar, sondern verweist auf ein Gefäß, vielleicht sogar auf den geheimnisvollen Gral?“, folgte Christina den Gedanken des Bibliothekars. „Aber das ist eine Sage, nicht mehr als eine von Efeu umrankte Legende ...“ Sie schüttelte den Kopf.

„Ihr könnt mir glauben, meine liebe Christina, die Zeit der Pest war lang und die Zeit Eurer Abwesenheit aus der Stadt noch länger. Auch wenn ich zu Beginn skeptisch war und Euren Ahnungen nicht folgen wollte, hat mich das Rätsel doch beschäftigt. Ich habe alles gelesen, bin jedem Hinweis nachgegangen und habe Schränke und Winkel in den Archiven entdeckt, von deren Existenz ich nicht einmal wusste. Der Staub in diesen dunklen Ecken“, Holstenius kicherte und rümpfte gleichzeitig die Nase, „muss noch aus den Zeiten der Evangelisten stammen."

„Wir freuen uns auf Euren Vortrag", hakte Christina spöttisch ein. Sie ging ein paar Schritte um die Pinien herum. Trotz der freundlichen Nachmittagssonne kroch die Dezemberkälte an ihren Beinen hoch, und sie war froh, dass sie sich den alten Fuchspelz ihres Vaters umgeworfen hatte. Auch Maria war warm gekleidet: Über den derben Reithosen trug sie schwere Lederstiefel, ein pelzbesetzter Umhang mit Kapuze verhüllte Hemd und Weste. Sie hatte einige der Pinienzapfen aufgesammelt, warf sie in die Luft und jonglierte. Trotzdem sah Christina an ihren Augen, dass sie den Worten Holstenius' aufmerksam folgte.

„Gut, ich springe also zunächst knapp fünfhundert Jahre zurück", antwortete der Bibliothekar unbeeindruckt von ihrem Spott. „Gegen Ende des zwölften Jahrhunderts hat, wie Ihr sicherlich wisst, der Franzose Robert de Boron erstmals die Bedeutung des Grals mit christlichen Aspekten aufgeladen: Der Gral sei der Kelch, schrieb der Dichter in seinem Roman *Estoire dou Graal*, der beim Letzten Abendmahl verwendet wurde und in dem Josef von Arimathäa das Blut Christi vom Kreuz aufgefangen habe, so wie es im Nikodemusevangelium berichtet wird. Später sei Josef dann, so behauptete es jedenfalls de Boron in seinem Werk, vor den Römern mit dem Gral nach England geflüchtet."

Holstenius machte eine kurze Pause und räusperte sich. „Nun, ich denke, dass der Dichter in der Figur des Josef von Arimathäa eine christliche Strömung beschreibt, die abseits der Amtskirche steht. Dieser Josef verkörpert das ferne Echo der Urchristen, die in der Gralsgemeinde und im Kult um den Gral weiterleben. Der Gral selbst erinnert mich an eine der alten Blut-Christi-Reliquien. Er steht in der Tradtion der Eucharistie, also der leibhaften Gegenwart des Blutes Christi im Abendmahl."

Christina nickte gespannt, und Holstenius fuhr mit seinen Ausführungen fort. „Etwas später kam das Thema dann in der deutschen Literatur wieder auf, durch Wolfram von Eschenbachs Bearbeitung eines älteren französischen Gralsromans. Eschenbach erweiterte die Erzählung in seinem *Parzifal.* Und er ließ seinen Helden nun aus dem Herrscherhaus der Anjou kommen." Holstenius nickte Maria zu und formte mit seinen Händen das stilisierte Lilienzeichen. „Das Marienzeichen, der Gral, die Lilie der Merowinger geht auf die Familie der Anjou über."

„Laut Eschenbach stammt der Held also aus dem Hause Anjou, das wiederum aus der Linie der Merowinger hervorgegangen ist, und er ist würdig, das Marienzeichen oder den Gral zu empfangen", dachte Christina laut mit.

„Und warum ist er würdig?" Holstenius' Stimme sank zu einem Flüstern herab. Aufgeregt räusperte sich der Bibliothekar.

Christina schüttelte den Kopf und zog Maria zu sich heran, um sich an ihrer Nähe zu wärmen.

„Das Blut", flüsterte Holstenius. „Es ist die Blutlinie ... Was uns die Alten in ihren Dichtungen sagen wollen, ist, dass der Held, also der Auserwählte, ein Nachkomme und der Erbe des Erwählten selbst ist."

Christina schwieg.

„Was bedeutet das?" Unwillkürlich hatte auch Maria ihre Stimme zu einem Flüstern herabgesenkt, als sie die Worte des Bibliothekars wiederholte. „Der Erbe des Erwählten ...?"

„Holstenius meint, der Held, also der Ritter aus dem Hause Anjou, stamme von Jesus Christus höchstpersönlich ab. Und die Lilie der Anjou, der Kelch oder Gral, sei ein Zeichen dafür."

Christina unterdrückte ein nervöses Kichern. Dann ließ sie Maria los und packte den Freund bei den Schultern. „Das kann nicht Euer Ernst sein, Holstenius. Ihr habt Euch von den alten Geschichten täuschen lassen und Euch ihnen wehrlos ergeben. Ihr seid den Schreiberlingen und ihren Fantasien auf den Leim gegangen. Die Sehnsucht nach einem Mysterium treibt Euch an. Alle Welt weiß, dass Jesus Christus am Kreuz starb und seine Jünger hinterließ, damit sie seine Worte in die Welt trugen. Sie waren seine Erben."

„Das ist die Geschichte, die uns die Kirche erzählt. Diese Kirche, die ihr dort unten vor Euch seht, diese Burg des organisierten Glaubens. Dieser durch die Jahrhunderte weit verzweigte Bund von Männern: abertausende von kirchlichen Beamten und Würdenträgern und schließlich der Heilige Vater selbst, der sich als Erbe Petri und im weitesten Sinne als Stellvertreter Jesu Christi auf Erden versteht." Holstenius lachte auf. „Bei Gott, Christina. Denkt Ihr, ich wäre nicht jedem Zweifel nachgegangen, bevor ich das Ungeheuerliche auch nur zu denken wagte? Ihr könnt mir glauben, dass Ihr der einzige Mensch in ganz Rom seid, den ich je mit diesen Vermutungen belasten werde. Ihr seid eine Frau des Wortes und der Wissenschaften, genauso wie ich ein Mann des Wortes und nicht des Glaubens bin. In diesem Moment, hier in der Natur und unter Gottes Himmel, fühle ich mich frei, diese Gedanken zu formulieren. Ich glaube nicht, dass ich in meiner Bibliothek und innerhalb der päpstlichen Paläste darüber gesprochen hätte. Aber wenn man alle diese Texte gründlich studiert und ihre Spuren verfolgt, dann gelangt man unweigerlich auf eine mysteriöse, ja, ich würde sogar sagen mystische Ebene. Ich denke, dass sich dort etwas verbirgt, das viele nicht zu denken wagen. Eine Wahrheit, die über Vergangenheit und Gegenwart hinausreicht."

Christina wandte sich um und sah auf die Kuppel des Petersdoms herab, deren Schatten nun langsam den Hügel hinaufkrochen. „Kein Wunder, für diesen Gedanken könnte jeder Freigeist am Pfahl der Römischen Inquisition landen", sagte sie. „Oder in der Hölle. Was also sind Eure Beweise?"

„Worte, nichts als Worte", antwortete Holstenius hastig. Christina bemerkte, dass er trotz der Kälte unter seinem dünnen Mantel vor Aufregung schwitzte. Immer wieder blickte er sich um. „Bei meiner Suche bin ich in den Archiven auf ein bislang unbekanntes Evangelium gestoßen – das Philippusevangelium.

Christina sah ihn erstaunt an. „Ich habe noch nie davon gehört."

„Die Bibel hat es nicht in ihren Kanon aufgenommen. Diese alte Schrift ist so geheim, dass sie in keinem päpstlichen Verzeichnis, noch nicht einmal in einem der geheimen Unterverzeichnisse der Vatikanischen Bibliothek aufgeführt ist. Vielleicht weiß nicht einmal mehr der Heilige Vater von ihrer Existenz. Als ich zwischen einem Haufen bedeutungsloser Schriften auf den Kodex stieß, war ich wirklich in den dunkelsten Teil der Bibliothek vorgedrungen. Der Staub der Jahrhunderte bewachte sein Geheimnis."

„Warum kamen Euch die Schriften bedeutsam vor?"

„Sie wurden von einem Band zusammengehalten, das mit einem der ältesten Liliensiegel versehen war, das ich je gesehen habe. Das Siegel machte mich neugierig, und ich streifte das Band ab und begann zu lesen. Dort steht ...", Holstenius legte eine Pause ein. „Dort steht also in einem der Verse geschrieben: *Und die Gefährtin von Christus ist Maria Magdalena.* Der Text ist lückenhaft, das Papyrus brüchig, aber ich meine dort weiter zu lesen, dass der Herr sie mehr als die anderen Jünger liebte und sie auch zärtlich auf den Mund küsste."

„Die Hure Maria Magdalena war die Gefährtin des Herrn?

„Zur Hure wurde sie erst viel später, und wenn man dem Weg der alten Schriften von Beginn an folgt, wird deutlich, wie die Männer der Kirche ihre Bedeutung verschleierten und herabsetzten, bis sie die war, als die sie uns heute erscheint: die Sünderin. Von der Geliebten wurde sie zur Ausgestoßenen herabgewürdigt."

„Was habt Ihr noch gelesen?"

„Die Schrift sagt, dass Maria Magdalena nach dem Kreuzigungstod ihres Geliebten gemeinsam mit Josef von Arimathäa geflohen ist. Sie soll dabei von Jesus schwanger gewesen sein. Deshalb trug sie bei ihrer Flucht buchstäblich das Blut Christi mit sich. Das aus dieser Verbindung entstandene Kind wäre somit der eigentliche Schatz und das größte Geheimnis der Christenheit. In diesem Kind und seinen Nachfahren leben somit Jesus Christus und sein Blut bis heute fort. Eine Dynastie entstand, auch im weltlichen und politischen Sinne. Jesus Christus entstammte dem Hause David, sein Stammbaum reichte zurück bis auf den mächtigen König David von Israel und Juda. Er hatte Anspruch auf den Thron von Jerusalem."

Christina stöhnte auf. „Das ... das ist ungeheuerlich. Das königliche Blut Jesu begründete das Haus der Merowinger und floss später in die Blutlinie des Hauses Anjou über? Die Familie der Anjou besteht bis heute fort, dann müsste es also einen Nachkommen Jesu Christi geben. Wenn nur ein Fünkchen von alldem stimmt, würde das unser gesamtes Weltbild in Flammen setzen und in sich zusammenstürzen lassen." Sie zeigte auf die Kuppel des Petersdoms. „Dieser Palast wäre nicht mehr als die Trutzburg einer Gruppe von Heuchlern und Betrügern. Nicht der katholischen Kirche stünde das Erbe des Herrn zu, sondern einer uns nicht bekannten Familie oder Person aus dem Hause Anjou, deren Linie sich bis auf Jesus Christus zurückverfolgen ließe. Nicht allein die katholische Kirche spräche im Namen des Herrn, sondern auch ein weltlicher Erbe, der Erbe des Throns von Jerusalem." Sie dachte nach. „Könnte man einen Stammbaum der Nachkommen von Jesus und Maria Magdalena aufstellen?"

„Glaubt mir, ich habe es versucht." Aus den Taschen seines Mantels zog Holstenius einige Blätter hervor. Christina sah, dass sie mit wirren Linien und Kürzeln bedeckt waren. „Es sind zu viele Namen, zu viele Linien, die einander kreuzen und über Jahrhunderte die Blutlinie verschleiern. Die Spur könnte nach mehr als tausendsechshundert Jahren nicht verwickelter sein."

Atemlos meldete sich Maria zu Wort. „Aber es muss doch eine Spur geben. Alle diese alten Geschichten tragen doch einen Funken Wahrheit in sich."

„Maria hat Recht", nickte Holstenius. „Bei Wolfram von Eschenbach etwa ist der Gral eine Art von Stein oder Steingefäß, er nennt ihn *lapis exillis*. Auf diesem Stein sollen die Namen der zum Gral Berufenen erscheinen."

„Die Namen der Erben, eine Art Ahnentafel also ...", murmelte Christina. „Und diese Niederschrift, den Beweis der Blutlinie, sucht die Menschheit seit Jahrhunderten vergebens?"

„Eschenbach bezeichnet die Gralsritter in seinem *Parzival* als ‚Templeisen', und ich frage mich, ob nicht die Templer eine Zeit lang Hüter des Heiligen Grals gewesen sein könnten. Der Gral, so heißt es in den Schriften immer wieder, sei im Besitz der Templer gewesen."

„Noch so eine Geschichte ..." Christina versuchte sich an ihr Wissen über die Tempelritter zu erinnern. „Der Templerorden entstand in der Folge des Ersten Kreuzzugs, wohl um das Jahr 1118. Er sollte die Ideale des adligen Rittertums mit denen der Mönche vereinen", erklärte sie Maria.

„Warum nannten sie sich Templer?" Maria nahm ihr akrobatisches Spiel mit den Pinienzapfen wieder auf.

„Ihr voller Name lautete ‚Arme Ritterschaft Christi und des salomonischen Tempels'", half Holstenius. „König Balduin II. von Jerusalem hatte dem Orden einst einen Flügel seines Palastes auf dem Tempelberg als Quartier überlassen. Die Tempelritter hatten sich nämlich verpflichtet, alle Pilger, die damals ins Heilige Land zogen, vor Überfällen zu schützen."

„Und wie sind sie mit der Gralsgeschichte in Verbindung gekommen?", kam Maria wieder auf das Thema zurück.

„Wenn es denn eine Verbindung gibt", murmelte Christina skeptisch. „Um den Orden ranken sich so viele Rätsel und Geheimnisse, dass der wahre Kern seiner Geschichte heute kaum noch zu erkennen ist.“

Holstenius nickte und senkte seine Stimme abermals zu einem Flüstern herab, als fürchtete er, die Vögel in den Zweigen über ihnen könnten das Gehörte weitertragen. „Der Orden war zunächst sehr erfolgreich, die Ritter bekamen großzügig Land geschenkt, insbesondere in Frankreich, aber auch in England, Spanien, Portugal und Italien. Im Heiligen Land gehörten die Burgen Baghras, Roche Roussel und Darbsal zu den Besitzungen der Templer. Anno 1139 wurde der Orden von Papst Innozenz II. erneut bestätigt und dem Papst direkt unterstellt. Damit waren die Templer für weltliche Herrscher nahezu unantastbar. Außerdem begannen die Mönchsritter, Geld gegen Zinsen zu verleihen. Ihr Ruf war dabei so gut, dass auch Muslime ihre Dienste in Anspruch nahmen. Doch nach dem Fall Outremers, also nach der Eroberung der vier Kreuzfahrerstaaten durch die Muslime, sank ihr Stern.“

„Outremer ...“, Maria nicke aufgeregt. „Ich habe diesen Namen schon einmal gehört.“

„Nach dem Sturz von Akkon, der letzten christlichen Hauptstadt Outremers, im Mai 1291 mussten die Templer die verbliebenen Burgen auf dem Festland kampflos räumen. Der Orden zog sich nach Zypern zurück“, sagte Christina. „Wenig später klagte man die Mitglieder des Ordens der Ketzerei und Sodomie an.“

Holstenius ergriff aufgeregt das Wort. „Die Templer wurden die Opfer einer gewaltigen Verschwörung“, zischte er. „Ich habe Dokumente gefunden, die eine Verstrickung des damaligen Papstes in die Vorgänge belegen.“

Beschwichtigend griff Christina nach seinen Händen. „Worauf seid Ihr gestoßen?“

„Es gibt Hinweise, dass der französische König Philipp IV. wohl über einen neuen Kreuzzug nachdachte. Das Geld dafür wollte sich der hoch verschuldete Philipp von den Templern besorgen, indem er den Orden vernichtete und seine Güter beschlagnahmte", stieß Holstenius hervor. „Der Heilige Vater war zu dieser Zeit vom französischen König abhängig. Zu Beginn des 14. Jahrhunderts regierte Papst Clemens V. die Kirche vom französischen Avignon aus. Außerdem drohte Philipp dem Heiligen Vater mit einem Ketzerprozess gegen dessen Vorgänger und Mentor Bonifatius VIII., der bis 1303 Papst gewesen war. Hinzu kam die Drohung des Königs, die Kirche Frankreichs abzuspalten, falls der Papst den Templern die Unterstützung nicht entzog. Sollte er sich weiter schützend vor die Ketzer stellen, würde er selber zum Ketzer, argumentierte König Philipp."

Christina wollte Holstenius unterbrechen, aber der Bibliothekar fuhr atemlos fort. „Am 14. September 1307, dem Fest der Kreuzerhöhung, wurde der geheime Haftbefehl von Philipp IV. unterzeichnet, und zwar gegen die Gesamtheit der Templer. Die weißen Ritter seien zu verhaften, der Heiligen Inquisition zu überstellen und ihre Besitztümer zu beschlagnahmen. Die Verhaftungswelle kam völlig überraschend für die Templer. Mehr als tausend Männer landeten binnen Stunden hinter Gittern. Es sollen nur zwölf Ritter entkommen sein, darunter lediglich ein einziger Würdenträger."

„Das ist mir bekannt, lieber Holstenius", unterbrach Christina den Bibliothekar ungeduldig. „Die Untersuchung der Inquisition zog sich über Jahre hin, unter Folter gestand der Großmeister Jacques de Molay zunächst seine Schuld, widerrief dann aber kurz darauf. Anno 1312 löste Papst Clemens V. den Orden auf, zwei Jahre später wurde der letzte Großmeister des Templerordens in Paris auf dem Scheiterhaufen verbrannt, obwohl man ihn eigentlich zu lebenslanger Kerkerhaft verurteilt hatte. Da er aber wohl nochmals widerrief und alle Beschuldigungen gegen den Orden erneut zurückwies, galt er als rückfälliger Ketzer, und man verbrannte ihn nach damals geltendem Recht."

„Noch auf dem Scheiterhaufen soll er den Papst und den französischen König verflucht haben“, flüsterte Holstenius und konnte ein Lächeln nicht unterdrücken. „Und genau wie es der Fluch Jacques de Molays vorhergesagt hatte, starben Papst und König binnen eines Jahres.“

„Was geschah mit den überlebenden Templern?“, fragte Maria, die Holstenius fasziniert gefolgt war.

„Die meisten von ihnen flohen wohl nach Schottland, wo der päpstliche Befehl nicht ausgerufen worden war, und es gibt Gerüchte, dass der Orden dort weiter existierte“, wusste Holstenius.

Christina unterbrach ihn. „Holstenius, Ihr schweift ab. Ihr spracht von einer ungeheuren Verschwörung ...“

„Die Prozessakten gegen den Templerorden lagern in meinem Archiv“, nickte der Bibliothekar. „Die Protokolle sind geheim, aber nicht so geheim, dass ich sie bei meiner Suche nicht hätte finden können. Man kann daraus das Kräftemessen zwischen Papst Clemens und König Philipp von Frankreich ablesen. Schließlich kam es zu einem Kompromiss zwischen den beiden, der zu Lasten der Templer ging. Die Hintergründe sind kompliziert, aber um es kurz zu fassen: Der Papst bestätigte in einem Erlass die Gottunmittelbarkeit des Königtums, und er verfügte die Vernichtung der Bulle *Unam sanctam* aus den Unterlagen des Vatikans. Der Vorrang des Papstes über das Königtum wurde damit zurückgenommen. Zum Ausgleich blieben die Reichtümer der Templer bei der Kirche und gingen unter anderem in den Besitz des Johanniterordens über.“

„Auch das ist uns mehr oder weniger bekannt ...“

„In den Schriftstücken, die ich gefunden habe, steht aber, dass der Papst die eingekerkerten Ordensmitglieder keineswegs gänzlich im Stich gelassen hat und den angeblichen Ketzern sogar förmlich die Absolution erteilte. Was immer die Anklage gegen den mächtigsten Ritterorden des Christentums hervorgebracht hatte, kirchenrechtlich ist es ihnen zunächst vergeben worden.“

„Und trotzdem wartete der Flammentod auf den Großmeister?“

„Das ist es, was ich meine", nickte Holstenius erregt. „Jacques de Molay wurde nicht wegen der Vorwürfe verbrannt, die Philipp von Frankreich gegen den Orden vorgebracht hatte. Er musste sterben, weil er unter der Folter wohl etwas anderes gestanden hatte.

„Der Gral?"

„Ja. Er hatte zugegeben, dass die Großmeister des Templerordens von der Blutlinie Jesu Christi wussten und das Erbe des Herrn schützten. Über die genauen Details schweigen sich die Dokumente aus, aber ich bin mir sicher, dass die Templer tatsächlich von einem Nachkommen des Erlösers ausgingen und dieses Wissen durch die Jahrhunderte trugen, bis in unsere heutige Zeit."

„Ihr meint also auch, dass der Orden im Untergrund weiter existiert haben könnte?"

„Man sagt, dass er von Schottland aus im Geheimen weiterbestand und dass es eine ununterbrochene Linie von Großmeistern von Jacques de Molay bis heute gibt. Inzwischen sollen die Templer wieder in ganz Europa verteilt sein."

„Papperlapapp ... Holstenius, das ist Unsinn. Ihr wollt behaupten, dass es Nachkommen Jesu Christi gibt und dass das Wissen darum durch die Jahrhunderte hindurch von einem geheimnisvollen Bund von Mönchsrittern bewahrt wurde? Ihr wisst, ich schätze Euren Sachverstand und Euren freien Geist, aber in diesem Punkt kann ich Euch nicht folgen. Außerdem: Was hat das alles mit Marias Zeichen zu tun? Wir suchen nach den Eltern des Mädchens und nicht nach einem Hebel zum Umsturz der Welt."

Nachdrücklich klopfte Holstenius auf die Papiere in seinen Händen. „Ich bin davon überzeugt, dass Maria eine Rolle in dem Ganzen spielt."

Maria riss die Augen auf. „Warum glaubt Ihr das?", fragte sie erschrocken.

„Dein Zeichen, das Tuch, das man bei dir fand. Ich habe sein Kreuzsymbol entschlüsselt." Triumphierend kramte Holstenius nach einem weiteren Papier in seinen Jackentaschen. „Das hier ist das Kreuz des Templerordens“, sagte er und zeigte auf die Abbildung eines roten Kreuzes auf weißem Grund. „Das Erkennungszeichen des Ordens war in der Gründungsphase zunächst nur ein weißer Mantel über weißem Habit. Anlässlich des Zweiten Kreuzzugs anno 1147 wurde dieser Mantel mit einem roten Kreuz über der linken Schulter versehen. Zu Beginn verwendeten die Templer ein gleichschenkliges Kreuz, das später zu dem Tatzenkreuz weiterentwickelt wurde, das wir heute kennen. Dieses steht für die Leiden Christi, seine rote Farbe ist das Symbol des von Christus vergossenen Blutes, aber es bedeutet auch das Leben.“ Holstenius holte Luft und fuhr fort. „Gelegentlich jedoch verwendeten die Templer auch ein Kruckenkreuz, also ein Kreuz mit Querbalken an den Enden.“ Er zeigte auf Maria. „Wie auf deinem Tuch. Zudem kann das Kruckenenkreuz auch, und hier schließt sich der Kreis, für Jerusalem stehen, also für die Heilige Stadt selbst.“

„Guter Gott, Holstenius, Ihr wollt aus diesen Zeichen, der Lilie und den Kreuzen, tatsächlich nicht weniger als den Umsturz unserer Welt ablesen.“ Christina schnaubte unwirsch auf. „Es tut mir leid, aber ich kann Euch nicht mehr folgen.“ Sie zeigte hinunter auf den Petersdom. „Ich kann nicht glauben, dass diese Burg des christlichen Glaubens auf Betrug und Verleumdung gegründet ist.“

„Es ist kein Betrug, liebe Christina“, widersprach Holstenius. „Es ist Geschichte, oder besser nur eine Geschichte, und von der gibt es unendlich viele Versionen und Erzählweisen. Genauso wie uns der Heilige Gral in verschiedenen Bildern und Bezeichnungen erscheint. Schaut doch nur ...“ Umständlich kniete sich Holstenius hin und zeichnete mit einem Stock zwei Worte in den Sand: *San Greal* – Heiliger Gral. Lächelnd blickte er zu Christina empor. „Man könnte aber auch Folgendes lesen.“ Wieder zeichnete er Buchstaben in den Sand, und Christina las nun: *Sang real.*

„Königliches Blut“, murmelte sie skeptisch. „Also ein Hinweis auf die angebliche Blutlinie? Demnach wäre Maria Magdalena tatsächlich die Gefährtin oder gar Ehefrau Jesu Christi gewesen, die von ihm ein Kind empfangen hätte?" Sie schüttelte den Kopf. „Das ist nicht mehr als eine geistreiche Wortspielerei. Seht doch ..." Nun ließ sie sich ebenfalls auf die Knie fallen, um hastig einige Buchstaben zu kritzeln. „‚*Fleurs de lys*'", las sie vor. „Wenn man diese Worte schnell spricht und sie miteinander verschmelzen, könnte man aber auch etwas anderes verstehen." Wieder schrieb sie etwas in den Sand und las es dann kichernd vor: „‚*Fille de Louis*' – Ludwigs Tochter. Ihr seht also, mein Lieber, so kommt man immer zum Ziel."

Bevor Holstenius ihr antworten konnte, fiel ihnen Maria ins Wort. „Ich kenne diese Worte", keuchte sie und zeigte wie in Trance auf Holstenius' Schrift. „Pater Paolo hat sie mich damals gelehrt. ‚Maria' und ‚*Sang real*'", sie zeichnete die Buchstaben ebenfalls in den Sand. „Das waren die Worte, die er mir zu schreiben beibrachte."

„Und Jesus schrieb mit dem Finger in den Staub ...", zitierte Holstenius beinahe tonlos eine Passage aus den Evangelien.

Christina schlug die Hände vors Gesicht. „Das kann nicht sein", murmelte sie ungläubig. „Das darf nicht sein."

SECHZEHN

Rom, Frühjahr anno 1659

Es war Azzolino gelungen, ein neues Domizil für die Königin anzumieten, und im Frühjahr bezog Christina den etwas heruntergekommenen Palast in Trastevere. Der Palazzo Riario, einst für einen Kardinal aus der Familie Riario erbaut, musste renoviert werden, doch sein Park, der bis an die Hänge des Gianicolo reichte, war ein Garten Eden. Eine verwunschene Insel der Ruhe, üppig und wild, die jeden Gedanken an die Welt hinter den Hecken und Mauern ausblendete und deren Blattwerk den Himmel zu rahmen schien. Ein Spaziergang durch den Park begeisterte Christina mit der überbordenden Fülle der Vegetation. Pinien, Platanen und Palmen schmückten die weitläufige Ebene, Blumen und Blätter schimmerten in warmen Farben, und in den zahlreichen Brunnen und im Becken der fröhlichen Kaskade konnte sie Frösche und winzige silbrige Fische beobachten. In den Baumkronen stritten Eichhörnchen und smaragdfarbene Sittiche lautstark um die besten Plätze.

Während der Bauarbeiten, die sich bis in den Sommer hinzogen, wohnte Christina, vom Duft der Orangenblüten und dem Gesang der Zikaden umgeben, in einem Sommerhaus im Park. Es stand auf der Kuppe des Gianicolo, und von dort genoss sie den Blick über die Gärten hinunter zum hufeisenförmigen Palast bis in die engen Gassen Trasteveres hinein und weiter auf die Paläste des gegenüberliegenden Tiberufers.

Auch der massige Felsen des Petersdoms lag zu ihren Füßen.

Sein Anblick war Christina tägliche Mahnung, das Rätsel um Marias Herkunft, ja vielleicht sogar um das Fundament der katholischen Kirche zu lösen, und die Königin stürzte sich mit wieder belebtem Schwung auf die Suche nach den Wurzeln des Kindes. Es schien, als hätte sie ihr Leben wie einen Handschuh gewendet. Der Traum von Neapel hatte sich in den Nebelschleiern des Gewesenen aufgelöst.

Lucas Holstenius hatte ihnen Unglaubliches berichtet, und Christina wollte dem Freund in seinem Forscherdrang nicht nachstehen. Auch wenn sie noch zweifelte, waren seine Gedanken verführerisch, und bei allem Grübeln hatte sie keinen logischen Fehler in den Argumenten des Bibliothekars entdecken können. Holstenius hatte ihr die Dokumente gezeigt, von denen er gesprochen hatte, und besonders die mehr als tausendjährigen Handschriften des Philippusevangeliums hatten sie berührt. Dessen Worte, subtil und von bestechender Klarheit, zeugten von der Liebe des Chronisten zu seinem Herrn und Erlöser Jesus Christus. Der Evangelist, so dachte Christina, trifft den Ton eines großen Erzählers: beschwörend, genau und farbig.

Beglückt und gegen den Rat des Bibliothekars, die Ergebnisse ihrer Forschungen mit keinem Kirchenmann zu teilen, konnte Christina nicht anders, als ihrem Freund Azzolino von den Entdeckungen in der Vatikanischen Bibliothek zu erzählen. Sie vertraute ihren Gefühlen.

Kardinal Azzolino war nun fast täglich Gast in ihrem Haus, er hatte ihren Hofstaat ausgetauscht und einen Großteil ihrer Diener durch verlässliches Personal ersetzt. Außerdem kümmerte er sich um die Finanzen der Königin. Das Sommerhaus, entlegen, verwunschen und wie aus einer anderen Welt, hatte Christina eine passende Kulisse zu ihrem fantastischen Bericht geboten.

Azzolino war Christinas Ausführungen zunächst schweigend gefolgt. Begeistert hatte sie den Freund für das Philippusevangelium erwärmen wollen. „Die Sprüche, etwa die Gedanken über Adam und das Paradies, die Sätze über Akte des Schaffens und Zeugens und über die Sakramente im Allgemeinen sind wunderbar. Sie berühren mein Herz", hatte sie geschwärmt. Dann war sie zum Kern des Textes gekommen. „Und genau wie es Holstenius uns erzählt hat, nimmt Maria Magdalena dort die Stellung des Lieblingsjüngers ein, die in den biblischen Evangelien des Neuen Testaments Johannes zukommt."

Holstenius hatte es Christina nicht erlaubt, das Original mitzunehmen, um es genauer zu studieren, aber sie hatte einige Passagen in der Bibliothek kopiert und in ihr Tagebuch übertragen. Euphorisch hatte sie ihrem Freund die Übersetzung des griechischen Textes vorgetragen: *„Er – also Jesus –"*, so hatte Christina erläuternd angemerkt, *„zeigte sich den Großen als Großer und den Kleinen als Kleiner. Er zeigte sich Engeln als Engel und Menschen als Mensch. Als er seinen Jüngern in seiner Herrlichkeit erschien auf dem Berge, wurde er groß, aber erst nachdem er die Jünger groß gemacht hatte, damit sie ihn sehen könnten in seiner Größe."*

Azzolino hatte andächtig genickt. Christina war überrascht, dass er ihren Bericht so ruhig hinnahm. „Das ist eine schöne Stelle", hatte er ihr bedächtig zugestimmt und ihren Eifer belächelt. „Er zeigt die Vielfalt und das Wesen Jesu und betont die menschliche Seite des Herrn. Dem Griechisch nach zu urteilen, wurde es aber höchstwahrscheinlich erst im späten dritten Jahrhundert nach Christus verfasst", hatte er zu Bedenken gegeben. „Es besitzt also kaum Anspruch auf Zuverlässigkeit."

„Ach was: Viele Texte der Bibelevangelien sind nicht viel älter als dieser. Warum verschweigt die Kirche also ausgerechnet die Existenz dieses Evangeliums?", hatte Christina gefragt. Auch Maria, die dazugekommen war, hatte dem Gespräch gelauscht. Auf der Terrasse des Sommerhauses hatte sie sich immer wieder gespannt in ihrem Sessel vorgeneigt, die Augen konzentriert zusammengekniffen und die Freunde fixiert.

„Die Schrift wurde wohl als eine Art Gleichnis auf das Verhältnis zu Christus und vielleicht auch auf das zur Kirche begriffen. Sie verlieh denen eine Stimme, die sich als eine Art Gegenbewegung zu der Strömung verstanden, die später die Kirche wurde, wie wir sie heute kennen. Diesen Urchristen war die persönliche Inspiration immer wichtiger als die Stellung in einer förmlichen Hierarchie. Den Wert individuellen Wissens und der Inspiration zu betonen, stellt aber die Autorität des Heiligen Vaters in Frage, auch heute noch."

Christina nickte. „Ich kann verstehen, dass Hieronymus als Urheber unseres Bibelkanons Schwierigkeiten mit derartigen Schriften hatte. Aber ich sehe keinen Grund, warum man diese wertvollen Stellen des Philippusevangeliums bis heute versteckt und ignoriert. Sie könnten auch zur Kenntnis genommen werden, ohne sie als verbindlich anzusehen. Es gibt gewiss Stellen in solchen Sammlungen, die zusammen mit der biblischen Schrift tiefere Einsichten bringen könnten. Auch für den überlieferten Jesus ist das Herz maßgeblich, nicht nur der Verstand."

„Liebste Christina", hatte Azzolino daraufhin lachend erklärt, „damit würdet Ihr unserer heiligen und unfehlbaren katholischen Kirche nahelegen, an sich selbst zu zweifeln. Die Texte fanden keinen Eingang in das Neue Testament, weil sie Zweifel an der Wahrheit der heiligen Kirche säten. Und wenn man nun den Schilderungen der Beziehung zwischen Jesus und Maria im Philippusevangelium glaubt, dann kann das ja nur heißen, dass die kanonischen Evangelien in dieser Hinsicht Fälschungen sind und die katholische Kirche nichts anderes ist als eine große Verschwörung gegen den wahren Glauben und das Leben Jesu. Aber auch das ist, nachdem was Holstenius Euch offenbart hat, bis zum Beweis des Gegenteils nicht mehr als eine Glaubenssache und keine wissenschaftliche Erkenntnis – und damit wäret Ihr wieder am Anfang aller Rätsel. Ihr dreht Euch im Kreis."

Christina hatte heftig mit dem Kopf geschüttelt und sofort widersprochen. „Im Philippusevangelium findet sich ein Abschnitt, wo die Frauen im Gefolge Jesu benannt werden. Im Kreis des Messias befand sich, wie wir wissen, mehr als nur eine Maria. Da gab es Maria, die Gottesmutter, deren Schwester, die auch Maria hieß, und Maria Magdalena. Letztere bezeichnet das Philippusevangelium erläuternd als Gefährtin Jesu. Das mag Euch bei flüchtigem Lesen wenig spektakulär erscheinen, aber das ist es nicht. Im Originaltext, und ich hatte die Schrift vor Augen, steht da im Griechischen *koinonos*, und das kann man zwar mit Gefährte übersetzten, richtiger wäre aber wohl Partner, und zwar auch im Sinne einer körperlichen Verbindung. Spinnt man den Gedanken weiter, ergeben sich doch einige interessante Fragen."

„So, wie ihr es formuliert, könnte man davon ausgehen, dass das Philippusevangelium die beiden als Paar, vielleicht sogar als Ehepaar sieht", hatte Azzolino eingeworfen. Offensichtlich fand er Gefallen an ihrem Gedankenspiel. Seine Augenbrauen jedenfalls, und Christina wusste, dass dies ein untrügliches Zeichen für sein Interesse war, zeigten steil nach oben.

„Auf jeden Fall ergibt die Textstelle nur Sinn, wenn es nicht allein um den Ausdruck freundschaftlicher Zuneigung ging, sondern auch um einen besonderen Vertrauensbeweis", hatte Christina erwidert. „Warum wäre Maria Magdalenas Rolle als Gefährtin des Herrn sonst so stark betont worden? Der Evangelist will uns ihre Bedeutung für das Leben Jesu und für das Christentum vor Augen führen."

Erfreut hatte sie festgestellt, wie sich das erregte Kribbeln, das sie angesichts eines großen Geheimnisses stets erfasste, in ihrem Körper ausbreite. Vom Haaransatz bis zu ihren Fußsohlen meinte sie einen nicht enden wollenden Schauer zu spüren. „Könnte es nicht bedeuten, dass Maria auch in anderer Beziehung die Favoritin des Meisters war? Was, wenn ursprünglich sie der Lieblingsapostel war – der Fels, auf dem Jesus seine Kirche errichten wollte? Sie, Maria Magdalena, und nicht Petrus? Dann hätte man wohl über ihrem Grab den größten Dom der Christenheit errichten müssen."

Doch Azzolino blieb skeptisch. Er hatte vorgeschlagen, hinunter in den Park zu gehen, und dabei seinen Arm um Christinas Schultern gelegt. „Wenn Ihr die Bibel aufmerksam lest, Christina, findet Ihr auch dort Hinweise auf eine besondere Beziehung zwischen Jesus und Maria Magdalena. Bei seiner Kreuzigung ergriffen, abgesehen von Johannes, alle anderen Jünger die Flucht. Maria Magdalena blieb ihrem Herrn treu bis zur Stunde seines Todes, und das trotz der Gefahr für ihr Leben. Und nachdem der Messias zu Grabe getragen war, war sie es, die den Toten salben wollte, und sie war es auch, die als Erste am leeren Grab stand. Jesus erschien ihr und tröstete sie. Egal war sie ihm offenbar nicht. Bemerkenswert ist ebenso, dass der wiederauferstandene Messias nicht nur Maria Magdalena zuerst erschien, es war auch keiner seiner späteren Apostel anwesend."

„Seht Ihr", war Christina ihm erregt ins Wort gefahren. Die körperliche Nähe zu Azzolino hatte ihr Temperament noch gesteigert. Seine freundschaftliche Umarmung gab ihr Halt und bestärkte sie, ihre Gedanken weiter voranzutreiben, bis über die Klippen der Konventionen. „Bedenkt man das offizielle Bild, das von Maria Magdalena existiert, dann muss man sich schon wundern, dass ausgerechnet ihr die frohe Botschaft verkündet wurde und nicht Petrus. Die angeblich geläuterte Hure soll die zentrale Rolle in diesem so wichtigen Moment der christlichen Lehre spielen? Die schöne Sünderin soll die einzige Zeugin der Auferstehung sein, durch ihren Mund wird die Botschaft vom ewigen Leben verkündet?"

Azzolino nickte. „Ich gebe zu, das ist der Augenblick, wo selbst der Heilige Vater an der von unserer Kirche verbreiteten Version der Geschichte zweifeln könnte. Ihr seid also nicht von der Überzeugung abzubringen, dass Maria Magdalena mehr war, als ihr später von den Kirchenvätern zugestanden wurde? Dass ihre Rolle nachträglich heruntergespielt wurde, in welchem Ausmaß auch immer?"

„Nein, und ich meine sogar, dass eigentlich Maria Magdalena Kirchenoberhaupt werden sollte."

Azzolino hatte sie scharf angeblickt. Von seinen Augen konnte Christina ablesen, dass er nicht bereit war, ihren Gedanken weiter zu folgen. Entschieden hatte er widersprochen. „Das ist nichts als Spekulation. Selbst wenn Texte wie das Philippusevangelium unterdrückt worden sein sollten, liefert das keinen Beweis für Eure Behauptungen."

„Ihr irrt Euch, denn Ihr seid Eurem Glauben verhaftet. Ihr müsst die Texte wissenschaftlich betrachten, frei von jeder Sentimentalität." Heftig, fast schon zornig, hatte ihn Christina angefahren. Sie hatte nicht wahrhaben wollen, dass der Freund sich weigerte, dem klaren, leuchtenden Pfad, den das Philippusevangelium wies, zu folgen. „Dann erkennt Ihr auch, dass Maria Magdalena die Gefährtin Jesu war. Doch die Heilige wurde von den Männern der Amtskirche zur Hure erklärt, um den eigenen Machtanspruch nicht zu gefährden. Denkt doch nur: Was wäre, wenn sie ein Kind unter dem Herzen getragen hätte?"

„Niemand weiß und niemand wird je beweisen können, ob sie zum Zeitpunkt ihrer Flucht schwanger war, ob sie gar eine Blutlinie gründete und ob sie, wie der erste gesalbte König Israels, zum Stamme Benjamin zählte, dem auch das Land um Jerusalem gehörte, ob also die vermeintliche Ehe von Jesus und Maria Magdalena dynastisch war."

„Holstenius meint, ihre Spuren wurden aus den Evangelien getilgt, weil man sie und ihre Nachfahren, die einen Anspruch auf den Thron von Jerusalem gehabt hätten, schützen wollte. Zugegeben: Das klingt abenteuerlich. Ob schließlich die Merowingerkönige Nachfahren ebendieser Verbindung waren, ob die Könige von Frankreich heute noch dieses quasi göttliche Blut in sich tragen, lässt sich wohl nie beweisen, aber es lässt sich eben auch nicht widerlegen, mein liebster Azzolino." Christina hatte den Freund enger zu sich herangezogen und ihren letzten Trumpf in dieser Sache aufgedeckt. „Holstenius meint, dass Maria, unsere Maria hier, eine Rolle in dieser Geschichte spielt."

Azzolino hatte sie fassungslos angesehen, und Christina hatte ihm nun endlich alles berichten können, angefangen bei dem seltsamen Schleier mit den Templerkreuzen und dem Lilienzeichen der Anjou, den Maria bei sich getragen hatte, weiter über die Spekulationen Ninon de Lenclos und die letzten Worte Monaldescos bis hin zu allen Vermutungen, die Holstenius bezüglich des Zeichens und der Blutlinie entwickelt hatte.

Azzolino war sprachlos gewesen. „Warum habt Ihr nicht früher mit mir darüber gesprochen?", hatte er schließlich erwidert, und in seiner Stimme schwang heiser die Enttäuschung mit. Dann hatte er sich abrupt von ihr verabschiedet. „Ich möchte allein sein und über Eure Worte nachdenken", hatte er Christina erklärt. Und während sie an den Hängen des Gianicolo stand und über die Gärten blickte, sah sie, wie der Kardinal mit hochgezogenen Schultern davonlief, bis seine Gestalt mit dem Laub der Büsche verschmolz und nicht mehr zu sehen war.

Endlich stand Christinas kleiner Hof nicht mehr im Mittelpunkt von Skandalen. Endlich hatte sich auch ihre finanzielle Lage ein wenig beruhigt. Azzolino hatte alle Werte, die er in ihrem Haushalt auftreiben konnte, zusammengetragen und bilanziert. Er hatte Kontakt mit ihrem Hamburger Bankier aufgenommen, Anweisungen für die geordnete Rückzahlung der Kredite übermittelt und alle noch verbliebenen Schmarotzer, Gauner und Nichtsnutze aus ihrem Hofstaat entfernt. An ihre Stelle hatte er fleißige Leute gesetzt, viele davon aus seiner Verwandtschaft oder seiner Heimat, den Marken. Nun zeigte sich, dass die Königin zwar wenig besaß, aber nicht vor dem Abgrund stand, wie sie es selbst vermutet hatte. Sie besaß immer noch einige wertvolle Kunstschätze, und mit ein wenig Geschick und gutem Willen würde sie ein anständiges Leben in Rom führen können. Die Miete für den Palazzo Riario war gering, dafür mussten die Gärten gepflegt werden. Aber dieser Auflage kam Christina gerne nach.

Ordnung in das Chaos ihrer Verhältnisse zu bringen, war Azzolinos Art, ihr seine Liebe und Zuneigung zu beweisen. Und endlich hätte Christina in bescheidenem Rahmen das kultivierte Leben führen können, von dem sie immer geträumt hatte. Sie hätte sich glücklich ihren Büchern, ihrer Musik und ihren Gärten zuwenden können, dachte Azzolino.

Doch Christina hatte sich bereits ein neues Ziel gesetzt. Nun war es Maria, deren Schicksal sie in den Mittelpunkt ihres Lebens gestellt hatte, und der Enthusiasmus der Königin ließ ihn das Schlimmste befürchten.

Wie kommt es, dass die Königin immerzu die Unmöglichste aller möglichen Unternehmungen für sich beansprucht, fragte sich Azzolino. Wenn sich Christina nicht von ihrem Vorhaben abbringen ließe, sah er sie bereits in einen neuen Skandal verwickelt. Und schlimmer noch: Sollte sie an der absurden Idee festhalten, dass sich eine Blutlinie von Jesus Christus über die Dynastien der Merowinger und Anjou bis in die Gegenwart, womöglich bis an die Wiege des Findelkindes Maria, zog, könnten ihre Verdächtigungen die Burg des katholischen Glaubens bis in ihre Grundfesten erschüttern. Die Kurie, der Heilige Vater, ja die Gesamtheit der katholischen Welt würden sich gegen die Königin stellen, sie verstoßen und aus der Kirchengemeinschaft ausschließen. Und womöglich könnte die Kirche ein noch grausameres Exempel an ihrer Tochter und deren ketzerischen Gedanken statuieren. Die Arme der Römischen Inquisition reichten immer noch bis in die höchsten Ebenen der kirchlichen Verwaltung. Und eine als barbarisch und männermordend verschriene Amazone würde sich vor einem Tribunal schwertun, ihre Unschuld und ihren rechten Glauben zu beweisen. Christina müsste um ihr Leben fürchten.

Nachdem Königin Christina ihn mit ihren haarsträubenden Verschwörungstheorien konfrontiert hatte, machte sich Kardinal Azzolino auf den Weg zurück in den Vatikan. Er wollte sich Lucas Holstenius vorknöpfen und ihn bitten, die verworrene Geschichte aufzuklären. Vielleicht lösten sich bei diesem Gespräch seine schlimmsten Befürchtungen in Wohlgefallen auf, und am Ende bliebe nichts als eine der absonderlichen Fantasien der Königin, ein Luftschloss, über den Wolken erbaut. Aufgeregt vorangetrieben, doch ebenso schnell beendet und vergessen wie so viele ihrer wilden Projekte vorher.

Als Azzolino den lang gestreckten Saal der Vatikanischen Bibliothek betrat, fiel ihm auf, dass er lange nicht mehr dort gewesen war. Der Geruch von Staub und Gelehrsamkeit stieg ihm in die Nase, und das dämmrige Licht, das indirekt in den Lesesaal fiel, erinnerte ihn an den Beginn seiner kirchlichen Laufbahn. Damals hatte er ein regelmäßiges Quellenstudium betrieben und sich immer wieder Kodizes und andere Sammlungen aus dem geheimnisvollen, unergründlichen Bauch der Bibliothek bringen lassen. Jung und ehrgeizig, hatte er nächtelang über den Schriften gesessen, das Wissen der Jahrhunderte aufgenommen und die Interpretationen der unterschiedlichsten Autoren miteinander verglichen und verknüpft. Plötzlich war er sich nicht mehr so sicher, ob es ihm gelänge, die Worte des Philippusevangeliums zu ignorieren.

Lucas Holstenius blickte erstaunt von seiner Lektüre auf, als der Kardinal an seinen Arbeitstisch trat. „Kardinal Azzolino", nickte er zur Begrüßung, als sich seine Überraschung nach wenigen Sekunden gelegt hatte. „Was kann ich für Euch tun?"

Azzolino hatte seinen Besuch nicht angemeldet, als Mitglied der Kurie standen ihm die Türen der Bibliothek offen. Zu den Aufgaben des Bibliothekars oder seiner Gehilfen gehörte es, die Kardinäle jederzeit mit der gewünschten Lektüre zu versorgen. Solange sich die Schrift nicht auf dem Index der verbotenen Bücher befand. Grummelnd erwiderte er den Gruß des Bibliothekars. „Ich habe ein persönliches Anliegen", sagte er und wies mit einer flüchtigen Bewegung auf den hinteren Teil des Saales. „Vielleicht können wir uns an einem verschwiegeneren Ort unterhalten?" Aus dem Augenwinkel heraus sah er, dass sich einer der Bibliothekarsgehilfen in ihre Richtung bewegte.

Holstenius verstand. „Ich hatte der Königin dazu geraten, nicht darüber zu sprechen", murmelte er entschuldigend, als ob ihn das von allen Vorwürfen freisprechen könnte. „Folgt mir, Kardinal", sagte er. Dann wandte er sich an seinen Gehilfen und erklärte, er wünsche, nicht gestört zu werden.

„Was ist das für eine absonderliche Geschichte?", stellte Azzolino den Bibliothekar zur Rede. Sie hatten einen geschützten Winkel zwischen den Bücherschränken erreicht und konnten offen reden. „Was versucht Ihr der Königin einzureden? Wisst Ihr nicht, dass Ihr uns damit buchstäblich in Teufels Küche bringt?"

Holstenius ließ die Vorwürfe von sich abprallen. Selbstbewusst hatte er sich gegen einen der Schränke gelehnt, die Hände vor den Bauch gefaltet. „Kennt Ihr das Zeichen, Exzellenz?", fragte er.

„Das Zeichen?" Für einen Moment wusste Azzolino nicht, wovon sein Gegenüber sprach. Verwirrt schüttelte er den Kopf.

„Das Zeichen des Mädchens. Das Tuch, das man bei ihm fand?"

„Die Königin erwähnte etwas in der Art."

Holstenius langte in eine der Taschen seiner Jacke und zog ein Stück Papier hervor. „Ich habe eine Kopie." Gelassen streckte er dem Kardinal das zusammengefaltete Blatt entgegen, das Christina ihm wieder überlassen hatte.

Azzolino zögerte. Plötzlich hatte er das Gefühl, als ob er die Annahme verweigern sollte. Eine seltsame Schwingung ging von diesem Dokument aus, und als er vorsichtig danach griff, meinte er ein nervöses Zucken in den Händen zu spüren, das sich schnell auf den ganzen Körper übertrug. Hastig faltete er den Bogen auseinander und strich ihn glatt. „Die Lilie und vier Kreuze", murmelte er. „Und daraus meint Ihr nun, den Umsturz der katholischen Welt ablesen zu können?"

„Auf dem Tuch ist auch ein päpstliches Wappen eingestickt", antwortete Holstenius pikiert. „Ich bin ein Mann der Wissenschaft und kein hergelaufener Geschichtenerzähler." Dann begann er, alle Fakten zusammenzutragen.

Azzolino hörte dem Gelehrten schweigend zu. Holstenius stützte seine Beweisführung auf unzählige Quellen. Er schleppte die schweren Folianten zur Wappenkunde herbei, die unzähligen Abschriften der Parzival-Romane, die Mutmaßungen über den Heiligen Gral und eine geheimnisvolle Blutlinie. Zuletzt präsentierte er ihm die fragilen Blätter des Philippusevangeliums, die er ihm behutsam überreichte.

„Dieses Rätsel beschäftigt die Christenheit seit dem Tode Jesu. Die brillantesten Geister haben sich ihre Köpfe zerbrochen, um eine Erklärung zu finden, die allen Zweifeln standhält. Und plötzlich taucht ein Mädchen auf, ein Findelkind mit einem geheimnisvollen Zeichen, das seine Herkunft erklären soll. Das Kind erinnert sich der französischen Sprache, vielleicht kommt es ursprünglich aus Frankreich und entstammt der Linie der Anjou. Es ist offensichtlich von einem alten Pater beschützt und aufgenommen worden, obwohl sich dessen Bruderschaft bislang nur um Pilger gekümmert hat. Ein Rätsel, das sich wunderbar in das Gralsuniversum einfügt."

„Aber ein Tuch?" Geduldig hatte Azzolino gewartet, bis der Bibliothekar seine Thesen dargelegt hatte. Der Vortrag hatte den Gelehrten erschöpft, seine Wangen waren gerötet, und Schweißperlen hatten sich auf seiner hohen Stirn gesammelt. Mit dem Handrücken wischte er darüber. Holstenius muss über sechzig Jahre alt sein, dachte Azzolino. Die Aufregung um seinen Fund strengt ihn an. „Würde man dem Spross der edelsten, ja heiligsten Familie nicht etwas weniger Empfindliches mitgeben? Ein Siegel etwa oder ein anderes Kleinod, das Jahrhunderte überdauern und weder Feuer noch Fäulnis zum Opfer fallen könnte."

Holstenius nickte. „Darüber habe ich auch schon nachgedacht. Doch dieses Tuch ist feiner gewebt als Seide. Es wirkt, als ob es nicht von dieser Welt sei. Es ist ein fast himmlisches Gespinst, und vielleicht ist es ja bereits durch viele Jahrhunderte gereist?"

Azzolino stutze, seine Gedanken huschten durch die Zeit. Schließlich räusperte er sich. „Jedenfalls ist es ein gängiges christliches Motiv. Es passt in das Universum der Blutswunder und Blutsreliquien, in der Bibel und in den päpstlichen Chroniken wimmelt es geradezu davon", gab er zu. „Denkt nur an das Tuch der heiligen Veronika ..."

„Ihr meint das Schweißtuch Jesu, einen der kostbarsten Schätze der Christenheit?" Holstenius blickte verdutzt auf. „Dieser Gedanke ist mir noch gar nicht gekommen."

Azzolino biss sich auf die Lippen. Nun gab er dem Feuer der Verschwörung auch noch Nahrung. Doch dann fasste er sein Wissen bereitwillig zusammen: „Es ist auch als heiliges Antlitz, als *Volto Santo*, oder als wahres Bild Jesu, als *Vera Ikon*, bekannt. Aus der *Vera Ikon* wurde dann später volkstümlich ‚Veronika', abgeleitet von einer fiktiven Heiligen namens Veronika. Daneben gibt es wohl noch ein zweites, ähnliches Tuch, das *Mandylion* von Edessa. Die ersten Berichte über die Reliquie tauchten im sechsten Jahrhundert im Königreich Edessa auf, als ein persisches Heer die Stadt in Mesopotamien belagerte. Folgt man der Version des dortigen Bischofs, wurde es eingemauert über einem Stadttor gefunden. Das offenbar von Gott gesandte Bild wurde zum Feldzeichen der verzweifelten Bürger von Edessa, und mit ihm gelang es, die Angreifer zu vertreiben." Azzolino überlegte einen Moment. „Sofort nach dem Auftauchen des Tuches wurden Geschichten gesponnen über seine Herkunft, seine Entstehung. Ein früherer König von Edessa habe mit Jesus in Verbindung gestanden, hieß es, und der habe ihm das Tuch geschickt, um ihn von einer Krankheit zu heilen. Oder: Eine mitleidige Frau habe Jesus auf der Via Dolorosa den Schweiß vom Gesicht gewischt, worauf sein Bild auf dem Tuch erschienen sei."

„Und im Johannesevangelium", fiel Holstenius hastig ein, „gibt es eine Passage, die beharrlich und im Gegensatz zu den drei anderen Evangelien von der Existenz eines Schweißtuches im Grab berichtet."

„Die Wunder, die von diesen Bildtüchern berichtet wurden, waren zahlreich", nahm Azzolino den Faden wieder auf. „Es gibt wohl alte Quellen, die behaupten, das Bild von Edessa habe sich auf ein anderes Stück Stoff übertragen lassen, indem man beide aufeinanderlegte. Die Bilder vermehrten sich, sie wurden verehrt und als heilig, ja als Beweis für das Göttliche betrachtet. Sie waren so begehrt, dass Kriege um sie geführt wurden." Er schwieg einen Moment und dachte nach. „Später behaupteten drei Städte, in seinem Besitz zu sein: Rom, Genua und Paris."

Holstenius nickte. „Die Chroniken sagen, dass die *Vera Ikon*, das Veronikatuch, im Heiligen Jahr 1350 in der alten Peterskirche öffentlich gezeigt wurde. Der Andrang der Gläubigen und Pilger war so groß, dass es sogar zu Todesfällen kam. Vielleicht ist es ja identisch mit dem Tuch aus Edessa? Heute wird es jedenfalls im Petersdom aufbewahrt."

„Und dann gibt es noch das Turiner Grabtuch ", dachte Azzolino laut, „das sogenannte *Santa Sindone.*“ Er wusste nicht, wohin sie ihr Gedankenspiel führte, dennoch ließ er sich, seltsam erregt, von der Unterhaltung weitertreiben. „Ein Leinentuch, das den Abdruck des Leichnams Jesu Christi zeigen soll – wie ein auf das Tuch geworfener Schatten. Es tauchte um die Mitte des 14. Jahrhunderts auf. Doch wo kam es her?“

„Aus Frankreich.“ Holstenius' Aufregung hatte sich noch gesteigert. Sein Kopf war inzwischen so rot wie Azzolinos Kardinalsgewand. „Der erste nachgewiesene Besitzer des Grabtuches war Geoffroy de Charny, er kämpfte im Hundertjährigen Krieg auf der Seite Frankreichs. Zeit seines Lebens schwieg er sich über die Herkunft des Tuches aus, aber er stiftete eine Kirche zu Ehren der heiligen Maria in seinem Sprengel Lirey. Anno 1355 wurde es ebendort zum ersten Mal öffentlich gezeigt, doch der Bischof Heinrich von Poitiers weigerte sich, das Grabtuch als echt anzuerkennen. Im folgenden Jahr fiel Ritter Geoffroy in einer Schlacht, ein weiteres Jahr später gewährten dann zwölf Bischöfe des Heiligen Stuhls in Avignon all denen Erlass ihrer Sünden, welche die Kirche Sainte Marie zu Lirey und deren Schätze aufsuchten und für die Seele des Ritters beteten. Später bestätigte Papst Klemens das Grabtuch als Reliquie.“

„Noch ein Tuch, und es taucht etwa zur selben Zeit in den Überlieferungen auf wie der Schleier der Veronika. Ist das Zufall? Hatten vielleicht die Kreuzritter oder die Templer die Reliquien mit nach Europa gebracht? Aber wie kam das Tuch schließlich nach Turin?“

„Um die Mitte des 15. Jahrhunderts gelangte es in den Besitz des Hauses Savoyen, und seit 1578 wird es in der Kathedrale von Turin aufbewahrt, wo es sich auch heute noch befindet.“

„Wer war dieser Geoffroy de Charny?“ Murmelnd begann Azzolino, zwischen den Bücherschränken auf und ab zu gehen. Diese Geschichten beginnen mich zu faszinieren, dachte er erschrocken.

Es ist wirklich so, wie Christina sagte. Ein Baustein führt bei dieser Suche zum nächsten.

Holstenius begann ihm zu folgen. „Nun, er muss ein beeindruckender Mann gewesen sein. Der französische König Johann jedenfalls sah in Charny einen geeigneten Mann, um ihn bei der Gründung des Sternenordens zu unterstützen“, erklärte er. „Für diesen neuen Ritterorden hatte er die Statuten ausgearbeitet. Zuvor hatte Charny bereits seine Interpretation des Ritterideals in einem Buch festgehalten. Es entstand wohl zwischen 1350 und 1351 und sollte der praktischen Unterweisung der Ritter dienen und die Ideale des Rittertums propagieren. Es heißt, dass es durch die Artussage beeinflusst wurde.“

Azzolino stöhnte. „Ein wundersames Tuch, oder sind es mehrere? Ein Ritter und sein Ritterorden, eine Schrift mit Verweis auf die Artussage, eine Kirche, die der heiligen Maria, vielleicht sogar der heiligen Maria Magdalena gewidmet ist – ein großes Geheimnis und eine kostbare Reliquie. Ich wollte Klarheit, als ich zu Euch kam, Holstenius. Jetzt entlasst Ihr mich mit noch mehr Fragen in die Dunkelheit.“

„Es kommt noch besser.“ Der Bibliothekar unterdrückte ein Lächeln und strich sich die schweißnassen Haare aus der Stirn. „Einer der Söhne König Johanns, des Förderers Geoffroy de Charnys, taucht plötzlich als Ludwig I. von Anjou in den Chroniken auf. Er gilt als Begründer des jüngeren Hauses der Anjou und war unter anderem Graf und Herzog von Anjou und König von Neapel und Jerusalem. Nach 1382 vereinte er das Lilienwappen der Anjou mit dem des Jerusalemkreuzes. Seine Titelansprüche vererbte er an seinen Sohn Ludwig II. Dessen Tochter, Maria von Anjou, heiratete schließlich 1422 König Karl VII. von Frankreich. Das Blut der jüngeren Anjou-Linie ist seitdem mit der Blutlinie der französischen Könige verschmolzen. Die Blutlinie ... sie existiert bis heute fort. König Ludwig XIII. muss dieses Blut in sich getragen haben, und wenn alle Gerüchte um die Abkunft der Söhne wahr sind, wenn er tatsächlich mit einer anderen Frau ein Kind gezeugt hat ..." Holstenius verstummte.

Azzolino schüttelte ungläubig den Kopf. „Die Geschichte wird mir unheimlich. Egal, wie sehr man versucht, die Fäden der Überlieferungen und Mysterien zu entwirren, es kommen immer mehr Knoten und Anknüpfungspunkte zum Vorschein. Vielleicht gelingt es uns ja doch, ein Bild daraus zu weben? Ein Bild, das bis zur Wiege unseres Glaubens, in die Geheimnisse von Kreuz und Blut, Tod und Auferstehung unseres Erlösers und Herrn Jesus Christus führt."

„Es muss noch ein weiteres Zeichen geben."

„Und wo sollen wir danach suchen?"

„Wir?" Holstenius blickte den Kardinal amüsiert an. „Haben wir Euch nun doch infiziert?"

„Ich kann nicht leugnen, dass mich Eure Spekulationen faszinieren. Aber letztlich bin ich ein Mann des Glaubens, und ich werde mich nicht gegen die heilige katholische Kirche stellen. Sagen wir so: Ich suche nach einem Zeichen, mit dem ich Euch beweisen werde, dass Ihr einer Täuschung aufgesessen seid. Und dass Ihr Euch in der Auslegung der rätselhaften Überlieferungen von einem Hirngespinst lenken lasst."

Holstenius reichte ihm die Hand. „So sei es also", murmelte er feierlich. „Ich bin froh, einen vernünftigen Mahner in unserer Runde zu wissen."

Als sie nachdenklich auseinandergingen, sah Azzolino, dass sich einer der Bibliothekarsgehilfen ganz in ihrer Nähe aufgehalten hatte. Scheinbar gleichgültig sortierte er Bücher in die Schränke zurück. Im nächsten Moment blickte der Bursche auf und nickte Kardinal Azzolino unmerklich zu, und plötzlich fühlte er sich unbehaglich unter dem forschenden, hintergründigen Blick des Unbekannten.

Nach Rom zurückzukehren war wie ein Nachhausekommen gewesen. Viel mehr noch als die Königin hatte Maria es genossen, die vertrauten Gassen zu erkunden, die alten Schleichwege der Straßenkinder zurückzuerobern und sich wie ein Schatten zwischen den Fassaden der Häuser zu bewegen. Nach den Jahren des Reisens und der Unsicherheit genoss sie die Geborgenheit, die ihr das Sommerhaus auf dem Gianicolo bot. Auf dem Hügel fühlte sie sich jedem weltlichen Einfluss entzogen, und wenn die Stadt im diesigen Licht verschwamm, war es, als wäre hinter ihr keine Welt mehr.

Maria fühlte, dass sie die Sicherheit zurückgewann, die ihr durch Monaldescos Gewalt und sein Vergehen geraubt worden war. Sein Tod hatte sie von einer beständigen, diffusen Furcht vor etwas Unaussprechlichem erlöst, doch selbst als sein Körper schon lange tot war, hatte seine Seele sie noch lange in ihren Träumen verfolgt. Erst die Vertrautheit Roms und die Intimität des Sommerhauses verschlossen dem Geist des Toten jeden Zutritt zu ihrer Seele.

Endlich konnte sie sich wieder ihrer Vergangenheit öffnen. In den zurückliegenden Monaten hatte sie schreiben und lesen gelernt, als hinge ihr Leben davon ab, und die Macht über die Welt der Buchstaben half ihr, das Verlangen nach Antworten zu lindern. Gemeinsam mit Holstenius hatte sie die viele Jahrhunderte alten Dokumente studiert, die vor Staub und Tintenfraß knisterten, und die endlosen Namenskolonnen der Merowinger- und Anjou-Dynastien nach einem Hinweis auf ihre Familie durchforstet.

Wer war sie? Und was hatten die vielen unausgegorenen Gedanken, die der vatikanische Bibliothekar und die Königin zusammen gesponnen hatten, mit ihrer Geschichte zu tun? Sie wusste, dass die Thesen der beiden gefährlich waren und dass ihr Zeichen von einem Geheimnis umgeben war. Ein Geheimnis, das vielleicht bis zu Jesus Christus zurückreichte und dessen Aufdeckung die katholische Kirche niemals akzeptieren konnte. Die christliche Lehre geriete ins Wanken, hatte Holstenius geflüstert.

Die Königin jedenfalls war von den Entdeckungen des Bibliothekars ganz und gar berauscht. Nachdem sie Graf Monaldesco und alle Neapel-Pläne von einem Tag auf den anderen aus ihrem Kopf verbannt hatte, kreisten ihre Gedanken nur noch um Maria, ihre Ziehtochter und Gefährtin. Immer wieder befragte sie das Mädchen nach den Erinnerungen an ihre ersten Lebensjahre. Und Maria versuchte, sich in diese Zeit zurückzuversetzen.

Besonders gut gelang ihr das am Abend, wenn sie müde war und alle Ablenkungen des Tages von ihr abfielen. Kurz bevor sie einschlief, konnte sie sich vage an das Gesicht des Paters erinnern. Sie sah seine warmen Augen, die breite, zerklüftete Nase, die buschigen Augenbrauen und darüber den kahlen, glänzenden Schädel, in dessen Spiegel das Kerzenlicht flackerte. Bisweilen meinte sie, seine Stimme hören zu können, ein freundlicher, beruhigender Tonfall wehte sie aus der Vergangenheit an, doch die vom Alter brüchige Stimme flüsterte nichts anderes als Alltäglichkeiten.

„Du musst immer wieder üben, diesen Zustand zu erreichen", riet die Königin, die an ihrer Seite wachte und behutsam versuchte, sie mit Fragen in das Reich ihrer Erinnerung zu locken. „Als ich ein Kind war, konnte ich mich in eine Art Trance versetzen, und in diesem quasi körperlosen Zustand überwand ich alle zeitlichen und räumlichen Grenzen. Ich konnte bei meinem Vater sein, obwohl er bereits tot war, ich konnte mich in ein längst vergangenes Abenteuer zurückversetzen, und bisweilen hörte ich auf zu atmen. Manchmal glaubte ich, unsterblich zu sein."

Maria ahnte, dass die Königin in den Erinnerungen ihrer jungen Freundin einen Hinweis auf das Rätsel zu finden hoffte. „Holstenius meint, dass es neben dem Tuch ein weiteres Zeichen geben muss", erklärte sie. „Ein Siegel oder Wappen aus Stein oder Metall vielleicht, das Jahrhunderte überdauert haben könnte und uns einen zusätzlichen Hinweis auf die Blutlinie der Anjou liefert."

Doch Maria kam nicht über einen bestimmten Punkt ihrer Erinnerung hinaus. „Es ist wie eine Wand", sagte sie, wenn sie sich wieder in die Vergangenheit hinabgleiten ließ. „Es kommt mir vor, als ob ich vor einer Tür stehe, die sich nicht öffnen lässt. Manchmal scheine ich zu wissen, was sich dahinter verbirgt. Doch bevor ich diesen Gedanken zu Ende denken kann, verschwimmt das Bild, und alles rauscht zurück in den Schlund der Vergangenheit."

„Du darfst dich nicht quälen, dann blockierst du das Erinnern." Die Königin hatte es sich angewöhnt, an ihrer Seite zu liegen, wenn sie auf ihre Traumreise ging. Sie nahm Maria in ihre Arme und strich ihr über das Haar. Wenn die Freundin nicht weiterkam, begann Christina von Schweden zu erzählen, von den Feldzügen ihres Vaters oder auch von Belle, ihrer geliebten Belle. „Manchmal erinnerst du mich an sie", sagte sie. „Ein Ausdruck in deinen Augen, eine Bewegung, die Art, wie du deine Locken zurückwirfst. Es durchfährt mich wie ein Blitz, und der Schmerz über ihren Tod nimmt mir den Atem. Ich weiß, dass viele glauben, ich sei sprunghaft und ließe mich von einem Moment zum nächsten treiben. Aber das stimmt nicht. Die Erinnerungen an alle Menschen, die mir je etwas bedeutet haben, trage ich in mir, und immer wieder suchen sie mich auf. In meinen Gedanken kann ich zu ihnen finden. Mein Vater, der große König, begleitet mich, und ebenso meine Lehrer, Oxenstierna und Matthiae, selbst das Bild Monaldescos ist nicht verloschen. Ich erinnere mich an die Seite des Mannes, die mich zu verführen vermochte, nicht an seine achselzuckende Skrupellosigkeit."

Maria nickte und versuchte, sich dem Strom ihrer Gedanken zu überlassen. Sie ließ sich treiben, umschiffte Klippen und Strudel, die sie in eine andere Richtung drängen wollten, doch irgendwann endete ihre Reise, sie strandete und kam nicht weiter.

„Die Erinnerung verschwimmt, es ist, als ob eine Schrift verwischt, die ich eben noch lesen konnte", klagte sie. „Jemand nimmt einen Schwamm und löscht die Buchstaben von einer Tafel oder zertritt die Zeichen im Sand. Alles wird zu Staub."

„Alles wird zu Staub", wiederholte Christina ihre Worte nachdenklich. „Alles wird zu Staub ..."

„Dabei habe ich im Sand, im Staub, das Schreiben gelernt", murmelte Maria.

Christina blickte sie scharf an. „Warum habt ihr im Sand geübt? Gab es keine Tafel, keine Kreide, die ihr hättet nutzen können?"

Maria zog die Nase kraus. „Pater Paolo sagte, so sei es am besten, im Sand würden wir keine Spuren hinterlassen. Um mit mir zu üben, nutzte er die Mittagsruhe, wenn niemand im Hof war. Er setzte sich mit mir auf den Boden und begann, die Buchstaben mit einem Stock oder seinem Finger vorzuzeichnen. Ich malte die Zeichen nach. Wir übten so lange, bis ich unsere Namen schreiben konnte. Wenn wir fertig waren, verwischten wir die Spuren."

„Warum nur lehrte er dich die Worte *Sang real?*" Christina schüttelte den Kopf. „Hat er dir nie etwas über deren Sinn verraten? Wolltest du nicht wissen, was sie dir mitteilen sollten?"

Maria schloss die Augen und schwieg. Nach einer Weile seufzte sie. „Ich bin mir sicher, dass er etwas dazu sagte. Vielleicht zeichnete er auch dazu." Hilflos zuckte sie mit den Schultern. „Das ist genau der Punkt in meinen Erinnerungen, an dem ich nicht weiterkomme. Es ist zwecklos."

Die Königin nahm ihre Hände und zog sie an sich. „Wenn wir das Rätsel lösen wollen, müssen wir noch einmal nach Santo Spirito in Sassia zurückkehren. Ich bin mir sicher, dass die Kirche ein Schlüssel zu deinen Erinnerungen ist. Vielleicht hilft dir die vertraute Umgebung? Vielleicht kommen die Bilder zurück, wenn du die Kulisse deiner Kindheit vor Augen hast?"

Maria wandte sich ab. Die Vorstellung, an den Ort ihrer Kindheit zurückzukehren, war ihr fast so unerträglich wie jeder Gedanke an das Verbrechen Monaldescos. Doch die Königin hatte Recht: Ein Besuch der Pilgerkirche könnte die Tür in die Vergangenheit vielleicht einen Spalt breit öffnen.

SIEBZEHN

Rom, Frühjahr anno 1659

Die nächste Zusammenkunft fand im Sommerhaus auf dem Gianicolo statt. Christina hatte Holstenius und Azzolino in ihre provisorische Residenz gebeten, um dort in Ruhe die weiteren Schritte zu planen. Ich muss unseren Besuch in der Pilgerkirche besser vorbereiten, dachte sie. Ihre Diener hatte sie in die Gärten befohlen, damit die Freunde auf der Terrasse ungestört miteinander reden konnten. Das Crescendo der Sittiche in den Bäumen ließ nichts von ihren Worten an fremde Ohren dringen. Wie ein schützender Kokon umfing sie das weite Grün des Parks. „Ich scheue mich, in den Mauern des Vatikans über unseren Verdacht zu sprechen", sagte sie mit Blick auf die Kuppel des Petersdoms. „Die Distanz lässt unseren Gedanken Freiheit."

Christina war erleichtert, dass sich Azzolino zu ihnen gesellt hatte. Sie wusste, dass der Freund den Thesen des Bibliothekars skeptisch gegenüberstand und dass es seine Absicht war, diese zu widerlegen und sie selbst vor einem weiteren Skandal zu bewahren. Doch zu ihrem Erstaunen ergriff der Kardinal nach ihrer Begrüßung erregt das Wort.

„Wir müssen uns darüber klar sein, dass wir hier und heute an den Grundfesten des Christentums rütteln", mahnte er. „Wenn wir etwas zu dieser Sache notieren, sollten wir uns auf einen geheimen Code verständigen."

Holstenius und Christina waren einverstanden, und sie einigten sich nach kurzer Diskussion auf die Verschlüsselung, die der Kardinal und die Königin bereits früher in ihrem Briefwechsel verwendet hatten.

Dann verlangte Azzolino, das Tuch zu sehen.

Christina nickte Maria zu, die den Stoff mit einer zärtlichen Geste aus dem Lederbeutel fischte und ihn dem Kardinal reichte.

Azzolino spannte das Tuch vorsichtig zwischen den Händen und hielt es schweigend ins Licht. „Es ist ein Schleier, ein durchscheinendes Tuch", murmelte er. „So fein wie Schmetterlingsflügel oder Spinnweben." Vorsichtig untersuchte er die Stickerei und den spitzengesäumten Rand. „Die Spitzen rahmen es wie ein Bild."

„Das ist ein guter Gedanke." Christina nickte. „Sie rahmen es wie ein Bild", wiederholte sie seine Worte. Plötzlich stutzte sie. „Bewegt euch nicht", flüsterte sie. „Seht ihr den Schatten darauf?"

Zum ersten Mal betrachtete sie den Schleier bei Tageslicht und unter einem wolkenlosen Himmel. Die Sonnenstrahlen schienen die Farbe des Tuchs zu verändern, plötzlich verschmolzen die gold- und honigfarbenen Töne darauf zu einem Bild.

„Ein Gesicht", schrie Maria überrascht und sprang auf.

„*Il volto santo* ... das Heilige Gesicht ..." Holstenius bekreuzigte sich stammelnd.

Ein Schauer fuhr Christina über den Rücken. Was sie sah, war ihr durch so viele Meisterwerke der Malerei bekannt, und doch schien es ihr nun ganz neu. Ein lebendiges Gesicht blickte sie wie aus einer Monstranz heraus an: ein bärtiger Mann mit langem, gescheitelten Haar, die schmale Nase angeschlagen und verletzt. Die rechte Wange wie geschwollen, der Bart teilweise ausgerissen, der Mund leicht geöffnet. Die offenen, mandelförmigen Augen zeigten Erstaunen, Verblüffung und Erbarmen. „Mein Gott", murmelte sie erschrocken.

Azzolino schien zu beten, seine Lippen bewegten sich, die Hände zitterten. Plötzlich löste sich der Schleier aus seinem Griff und segelte wie ein welkes Blatt zu Boden. Wie Nebel, der im Sonnenlicht verdunstete, zog sich das Bild darauf zurück. Als Maria das Tuch vom Boden aufhob, schimmerte es in einem perlmuttfarbenen Ton. Es blieb durchscheinend, doch hatte es sich ihren Blicken verschlossen. „Was war das?“, fragte sie erschüttert.

„Wir haben es alle gesehen.“ Christina musterte die Gesichter der Freunde. Holstenius wirkte aufgewühlt, überwältigt. Schweißperlen sammelten sich auf seiner Stirn, und immer wieder murmelte er wie zur Beschwörung „*il volto santo*“. Azzolino schien ganz und gar in sich versunken, er schwieg. Und Maria flatterte umher wie ein aufgeregter Vogel; einem plötzlichen Verlangen folgend, küsste sie den Schleier. „Es ist wie ein Spiegel“, sagte sie außer Atem. „Es ist eine Botschaft, eine Botschaft meiner Familie.“

Azzolino schüttelte den Kopf und legte seinen Arm um das Mädchen. „Es ist ein Wunder.“ Dann wandte er sich an Holstenius. „Was wisst Ihr über das *Volto Santo*?“

Der Bibliothekar schnaufte, er schien noch nicht wieder ganz bei sich zu sein.

„Holstenius!“

Langsam kehrte Farbe in das Gesicht des Freundes zurück. „Das Heilige Antlitz, das Mandylion von Edessa, das Tuch der Veronika, die *Santa Sindone* – es ist das älteste Abbild Jesu Christi, das wahre Porträt seiner Person. Es ist nicht von Menschenhand geschaffen und war Vorbild aller späteren Christusbilder”, stieß er hervor.

„Einen Moment“, unterbrach ihn Kardinal Azzolino. „Ihr vermischt die unterschiedlichsten Legenden und Reliquien miteinander.“

Doch Holstenius ließ sich nicht beirren. „Seht Euch doch den Schleier an, er ist feiner gewebt, als es von Menschenhand möglich scheint. Und es ist keine Farbe, kein Pinselstrich darauf zu erkennen. Und dann diese Erscheinung, diese Vision, dieses, ich kann es nicht anders sagen ... dieses *Volto Santo.* Es ist wie ein Urbild aller Christusbilder."

„Und die Stickereien?" Kardinal Azzolino schüttelte den Kopf. Er nahm den Schleier noch einmal vorsichtig in die Hände und hielt ihn gegen das Licht. Aus einem bestimmten Winkel heraus betrachtet, leuchtete ihnen das Bild wieder entgegen. „Der Saum ist wohl später hinzugefügt worden, genauso wie die Stickerei. Das Tuch selbst wirkt älter auf mich."

„Es birgt so viele Rätsel", murmelte Christina. „Wo sollen wir mit der Suche beginnen?"

Azzolino reichte den Schleier an Maria, die ihren Schatz nach einem letzten prüfenden Blick wieder in den Lederbeutel gleiten ließ. „Wir beginnen dort, wo sich das *Volto Santo* verbirgt." Mit der Hand zeigte er auf den Petersdom. „Wie wir alle wissen", er nickte in die Runde, „wird der Schleier der Veronika, das Heilige Antlitz oder auch *Volto Santo* genannt, im Petersdom bewahrt. Seit dem sechsten Jahrhundert berichtet man von diesem geheimnisvollen Bild: von einem Porträt Christi auf einem zarten Schleier, das nicht von Menschenhand gemalt sei."

An dieser Stelle nickte auch Holstenius. „ Seit dem achten Jahrhundert ist der Schleier unter den Schätzen Roms bezeugt."

Azzolino ließ sich durch die Unterbrechung nicht beirren. „Das Mittelalter verehrte die heilige Veronika als jene mitfühlende Frau, der Jesus sein wahres Gesicht, die sogenannte *Vera Ikon*, geschenkt habe. Das Veronikatuch wurde zum kostbarsten und bekanntesten Schatz der Stadt. Ein Blick auf das Tuch bildete den wichtigsten Moment, den Abschluss jeder Pilgerreise zum Grab Petri. Bis zum Bau des neuen Petersdomes zog die Reliquie Millionen Pilger nach Rom. Sie war deshalb auch eine wichtige Einkommensquelle für die Kirche. Während der Heiligen Jahre wurde es jeden Freitag und an allen Feiertagen, später sogar an jedem Sonntag und in der Karwoche täglich vor der Kirche den Menschen gezeigt. Wir alle wissen, dass man nach Rom nie nur der Päpste wegen kam, nach Rom pilgern die Menschen, um das Gesicht Gottes zu sehen."

Christina nickte zustimmend. „Das Tuch der Veronika und der Bau des neuen Petersdoms waren Anlass für Martin Luthers Schrift gegen das Papsttum. Von der Reliquie schrieb er, dass der Papst mit ihr die Pilger täusche."

Azzolino schwieg einen Moment, dann breitete er einige Skizzen und Aufzeichnungen, die er mitgebracht hatte, vor ihnen aus. „Am 18. April 1506 wurde mit dem Bau des Petersdoms begonnen. Den Grundstein", Azzolino entrollte einen Bauplan der Kirche, „legte man genau an der Stelle, an der später der erste Hauptpfeiler des Doms errichtet wurde, jener Pfeiler, der zur Schatzkammer dieser wunderbaren Reliquie werden sollte. In seinem Inneren liegt das Tuch seitdem, hinter dicken Mauern und von fünf Schlössern bewacht."

Christina nickte wieder, sie hatte das Innere des Petersdoms genau vor Augen. Wie auf einer Leinwand sah sie den Kuppelraum vor sich, die gewaltigen Pfeiler, die den Altar umstanden und auf denen die Kuppel Michelangelos ruhte. Neben dem Petrusgrab rahmten sie die größten Schätze ein, die die Päpste in Rom außer den Gebeinen der Apostel verwahrten. An Maria gewandt wies sie auf die vier Pfeiler, deren Querschnitte auf Azzolinos Plänen verzeichnet waren. „Rechts hinter dem Altar hält eine Frauenstatue aus weißem Marmor an einem der Pfeiler ein Kreuz in die Höhe. Sie stellt Helena dar, die Mutter Kaiser Konstantins des Großen, die im Jahr 324 in Jerusalem das Kreuz Christi wiedergefunden hatte und es mit anderen kostbaren Reliquien der Passion nach Europa brachte", erklärte sie. „Der heiligen Helena gegenüber hat der Cavaliere Bernini in den zweiten Pfeiler einen römischen Hauptmann mit Lanze und wehenden Gewändern gesetzt. Es ist Longinus, der römische Offizier, der mit einem Speer den Tod Christi feststellte. Alten Schriften zufolge ist Longinus danach einer der ersten Christen geworden, bevor er später selber als Märtyrer hingerichtet wurde. Seine Lanze, der heilige Speer, ist eine bedeutende Reliquie. Links vom Longinuspfeiler erinnert der Andreaspfeiler an die dritte wichtige Reliquie des Vatikans, den Schädel des Apostels."

„Die vierte und gleichzeitig allererste Reliquie des Petersdoms und der Christenheit aber ist der Schleier der Veronika", fiel Holstenius wieder ein. „*Sancta Veronica Ierosolymitana* ist in den Sockel des mächtigen Pfeilers eingemeißelt, ‚Die heilige Veronika aus Jerusalem'. Über der Inschrift hält eine Frau in Marmor einen Schleier mit den Gesichtszügen Christi in die Höhe. Alle vier Reliquien sollten also zusammen im Petersdom aufbewahrt werden, ein weniger pompöses Gotteshaus kam wohl für das heilige Bild Christi nicht in Frage."

„Wer von Euch hat den Schleier der Veronika schon einmal gesehen?" Christina blickte fragend in die Runde.

Maria schüttelte den Kopf, Holstenius ebenso. „Meines Wissens wurde er 1601 zum letzten Mal öffentlich gezeigt."

„Das stimmt nicht", widersprach Azzolino. „Das Tuch wird auch jetzt noch jedes Jahr einmal gezeigt – am fünften Sonntag der Fastenzeit hält man es zur Nachmittagsvesper auf der Loggia des Veronikapfeilers in die Höhe. Jedermann kann es dann sehen."

„Einmal im Jahr, und dann für einen kurzen Moment und aus weiter Entfernung." Christina schüttelte den Kopf. „Als ich nach Rom kam, bat ich den Papst, den Schleier sehen zu dürfen. Doch der Heilige Vater vertröstete mich – mich, die berühmteste Konvertitin der Ewigen Stadt."

„Er kannte Eure Skepsis den Reliquien gegenüber, und Euer Verhalten danach ..." Azzolino verstummte.

Christina sah ihn von der Seite an. „Ich bitte Euch, wie viele Fußknochen kann ein Mensch denn haben? An wie vielen Kreuzen hat Jesus gelitten, wie viele Lanzen quälten ihn?"

„Ich habe die Veronika gesehen ..." Azzolino richtete seinen Blick wieder auf den Petersdom. „Einmal sogar von Nahem, ich konnte ein *Ave Maria* vor dem Schleier beten."

„Und?", riefen Christina und Holstenius wie aus einem Mund. „Was habt Ihr gesehen?"

„Es war ... ein dunkler, bronzefarbener Fleck auf dem Tuch, es sah aus wie getrocknetes Blut. Mit etwas Fantasie waren die Konturen eines Gesichtes zu erkennen. Ich musste lange schauen, bis sich mir die Züge erschlossen. Ein schimmerndes Goldblech fasst das Gesicht ein, die lange Nase, den Mund, die Augenbrauen. Ich hatte den Eindruck, es sei eine Malerei, eine sehr feine Malerei."

„Malerei ... also doch von Menschenhand geschaffen?", fragte Holstenius.

„Es hinterließ nicht den Eindruck von etwas Unfassbarem. Ich sah kein ... Wunder." Hilflos zog Azzolino die Schultern nach oben, seine Hände sanken schlaff in den Schoß und strichen dann verlegen über seinen Rock.

Holstenius atmete aus, er war zufrieden. „Hinter den Kulissen des Vatikans jedenfalls heißt es, dass sich der Schleier seit dem Neubau des Petersdoms verwandelt habe. Nie wieder habe die Reliquie einen so starken Eindruck auf die Gläubigen gemacht wie vor dem Bau des Petersdoms. Damals war es ein Tuch, das das Gesicht Christi entschleierte, statt es zu verhüllen. Jetzt scheint alles Lebendige daraus verschwunden zu sein, sagt man. Es sei ein totes Bild, behaupten jene, die es gesehen haben."

Azzolino nickte zögernd. „Das stimmt. Viele im Klerus zweifeln an der Echtheit der Reliquie, hinter vorgehaltener Hand heißt es, das Tuch der Veronika sei verschollen. Es ist, nun, sagen wir, eines der großen Geheimnisse des Vatikans. Denn öffentlich würde niemand den Verlust zugeben wollen: Das heiligste Bildnis der Christenheit verschwunden, aus dem sichersten, gewaltigsten Tresor der katholischen Welt! Käme das heraus, wäre es eine Katastrophe. Nein, mehr als das ... Es wäre schlimmer als alle Folgen der Reformation zusammengenommen."

Christina atmete laut aus. Sie konnte kaum glauben, was sie soeben gehört hatte. Kardinal Azzolino, ihr Freund, dieser maßvolle, bedächtige, vertrauenswürdige Mann der Kirche, sprach von Täuschung. Und, schlimmer noch, die Zirkel der kirchlichen Macht schienen sich mit diesem Betrug an den Gläubigen und Pilgern abzufinden. Sprachlos sah sie zu Maria hinüber, die gedankenverloren das Säckchen mit dem Tuch in ihren Händen wiegte. Was, um Himmels willen, dachte sie, hat es nur mit diesem Schleier auf sich? Ist es ein zweiter Schleier, eine Kopie, eine Fälschung, oder haben wir hier tatsächlich einen der größten Schätze der Christenheit vor uns: Die Botschaft des Herrn und den Beweis für das Göttliche?

Beschwichtigend griff Azzolino nach ihrer Hand, doch sie befreite sich aus seinem Griff.

„Diesen Gerüchten muss man auf den Grund gehen", hörte sie sich mit seltsam fremder Stimme sagen. „Es kann doch nicht sein, dass die heilige Kirche die Welt täuscht."

Holstenius meldete sich zu Wort. „Wenn es tatsächlich eine Täuschung ist, dann hat sie unter Papst Urban VIII. begonnen."

„Der große Barberini-Papst?" Vor ihren Augen sah Christina das gewaltige Fresko im Festsaal des Palazzo Barberini. Dann hörte sie eine Stimme in ihrem Innern: „Ich will zu den Gelehrten zählen und niemals zu den Heuchlern." Das waren ihre Worte, die Worte des widerspenstigen Kindes, doch die Stimme, die zu ihr gesprochen hatte, war die ihres Vaters.

Holstenius holte sie aus ihren Gedanken zurück. „Vor etwas mehr als dreißig Jahren, am 18. November 1626, ist die neue Peterskirche von Papst Urban VIII. eingeweiht worden. Doch nicht die Weihe des neuen, gewaltigen Gotteshauses gilt als das bedeutende Ereignis jener Jahre, sondern die Darbietung des neuen Christus- und Gottesbildes, das danach um die Welt ging.“ Triumphierend deutete er auf zwei Bücher, die er mitgebracht hatte. „Von offenen hin zu geschlossenen Augen.“

Azzolino beugte sich über die Bücher. Schnell übersetzte er den lateinischen Titel: *„Kleines Werk des allerheiligsten Schweißtuches der Veronika.* Es ist ein Inventar aus dem Jahr 1618“, erklärte er. „Vor dem Neubau des Petersdoms sollten noch einmal der Bestand und die Position aller Schätze der alten Basilika festgehalten werden.“

Auf der Titelseite des Buches sahen sie Christus, als Abbildung des Veronikaschleiers in Medaillengröße: der offene Blick, der geöffnete Mund, der schüttere Bart, das lange, gescheitelte Haar. So hatten sie das Antlitz eben auch auf dem Schleier erblickt. Das zweite Buch, eine jüngere Kopie des Inventars aus dem Jahr 1635, zeigte ebenfalls ein Christusporträt. Doch es bildete den Sohn Gottes in anderer Weise ab. Unwillkürlich zuckte sie zusammen. Es ist das Gesicht eines Toten, dachte Christina. Die Augen Jesu waren geschlossen, der Maler hatte ihn nicht als Lebenden wiedergegeben.

„Was ist passiert?“ Christina verstand, worauf Holstenius hinauswollte. „Robert Campin, Jan van Eyck, Rogier van der Weyden, Albrecht Dürer, Tizian, Raffael – alle großen Meister vergangener Zeiten malten das Gesicht Christi mit offenen Augen in der Tradition der alten Veronikabilder. Es sind schließlich die Augen, die ein lebendes Gesicht ausmachen.“ Sie dachte an Belles Porträt, das auch in ihr Sommerhaus mit eingezogen war und auf dem die Augen der Geliebten jeden Morgen im Sonnenlicht funkelten.

„Und dann, zu Beginn seiner Amtszeit, lässt Papst Urban VIII. alle Kopien der Veronika unter Androhung der Exkommunikation verbieten und die im Kirchenstaat befindlichen sogar einsammeln, um sie zu verbrennen", nickte Azzolino. Er schüttelte den Kopf. „Kein Mensch hat damals verstanden, was in den Papst gefahren war."

„Es ist wie ein Umsturz in der Kunst." Christina fuhr fort: „Auch die Augen auf dem marmornen Veronikaschleier im Petersdom sind geschlossen."

„Das Gesicht auf einem Bild schließt plötzlich die Augen, die mehr als ein Jahrtausend lang geöffnet waren", murmelte Holstenius. „Und nun fällt uns dieses Tuch in die Hände, dieser seltsame Schleier, von dem aus Jesus Christus uns entgegensieht."

„Was bedeutet das alles?" Maria hatte den Lederbeutel wieder geöffnet und zog das Tuch noch einmal hervor. „Warum habe ich das Bild vorher nie gesehen?"

„Ich denke, es benötigt einen bestimmten Lichteinfall, der die Fasern wie von innen heraus leuchten lässt", murmelte Christina. „Ein physikalisches Phänomen, ein Meisterwerk oder vielleicht doch ein Wunder."

Azzolino sprang auf und trat an den Rand der Terrasse, den Blick immer noch auf den Petersdom gerichtet. Dann drehte er sich abrupt zu ihnen um. „Ich weiß nicht, was uns dieses Tuch mitzuteilen hat. Und ich weiß nicht, ob es eine Verbindung zu dem Schleier der Veronika gibt. Doch die Zeichen darauf sind eine Botschaft, eine sehr geheime Botschaft. Was ich aber nun weiß und was ich immer schon ahnte, ist, dass die Reliquie während der Bauarbeiten aus der alten Petersbasilika verschwunden sein muss. Alles, was Papst Urban VIII. danach inszenierte, geschah, um den Verlust zu vertuschen. Niemals hätte die Kirche öffentlich eingestehen können, dass der kostbarste Schatz der Christenheit verloren gegangen war."

„Gerade in dem Moment, als man den mächtigen Tresor für die Reliquie fertig gestellt hatte." Holstenius konnte ein Lächeln nicht unterdrücken. Und plötzlich vermochte keiner von ihnen mehr an sich zu halten. Irres Lachen bahnte sich seinen Weg, es war die Absurdität ihrer Gedanken, die aus ihnen herausbrach.

„Wir werden dieses Rätsel niemals lösen", grunzte Azzolino und verschluckte sich. „Es ist zu groß, zu gewaltig." Er lachte und hustete gleichzeitig.

„Das Blut Jesu, Maria Magdalena, die Familien der Merowinger und Anjou, die Templer, der Gral, ein heiliges Tuch, oder sind es mehrere? Das alles ergibt einfach keinen Sinn." Christina wischte sich die Tränen aus den Augenwinkeln. „Es muss eine einfache Erklärung geben. Doch wir wollen um jeden Preis ein Geheimnis sehen."

„Oder alles ist genau so." Maria hielt das Tuch über ihren Köpfen, und wieder leuchtete ihnen das transparente Bild wie ein Wasserzeichen entgegen.

„Er zeigte sich den Menschen als Mensch." Die Botschaft des Philippusevangeliums ging Azzolino nicht aus dem Kopf. Und noch ein Satz, ebenso klar und eindringlich, hatte sich in seinen Gedanken festgesetzt: „Oder alles ist genau so." In ihrer halb kindlichen, halb erwachsenen Unbekümmertheit hatte Maria ausgesprochen, was sie alle nicht zu denken wagten. Die These, die so ungeheuerlich war, dass sich die Freunde vor ihrer Wucht mit einem albernen Lachen hatten schützen müssen.

„Oder alles ist genau so." Azzolino saß in der Vatikanischen Bibliothek und brütete über den Bauplänen des neuen Petersdoms. Holstenius hatte ihn mit weiteren Zeichnungen, Skizzen und päpstlichen Chroniken dazu versorgt. Der Bibliothekar selbst versuchte, so wie es die Runde auf dem Gianicolo beschlossen hatte, die Geschichte der *Vera Ikon* zu rekonstruieren. Wann war das erste Bild wirklich bezeugt? Und wann genau hatten sich die Augen des Erlösers geschlossen? Christina, so hatten die Freunde gemeinsam entschieden, sollte in den wichtigsten Kirchen Roms nach Veronikabildern suchen. Vielleicht war eines der alten Stücke in einer dunklen Seitenkapelle dem Bildersturm Urbans VIII. entgangen?

„Wir müssen wissen, wonach wir suchen sollen, wenn wir mit Maria noch einmal nach Santo Spirito in Sassia zurückkehren", hatte Christina sie zu Recht ermahnt. „Es macht keinen Sinn, auf das Glück und auf eine zufällige Entdeckung oder Erinnerung Marias zu hoffen. Pater Paolo ist seit mehr als drei Jahren tot, seine Gebeine ruhen in der Gruft der Kirche, und vielleicht kann sich schon niemand mehr an den Toten und seinen Zögling erinnern. Außerdem will ich keinen unnötigen Wirbel verursachen. Wenn wir dort nach einem Hinweis suchen, müssen wir schnell und unauffällig sein."

Die Pläne türmten sich vor ihm zu einem Stapel auf. Langsam und gründlich arbeitete sich Azzolino durch die Dokumente. Holstenius hatte ihm eine zweite Öllampe bringen lassen, und die feinen Linien auf den alten Zeichnungen waren trotz des diffusen Lichtes gut zu erkennen. Gebannt starrte Azzolino auf die Grundrisse. Was sich aus den Papieren herauslesen lässt, dachte er, ist zum einen die verlässliche Tradition in der Geschichte des Petersdoms. Dort, wo sich heute der bronzene Baldachin des Cavaliere Bernini über dem alten Armengrab des Petrus spannte, hat schon Kaiser Konstantin die erste prächtige Basilika zu Ehren des Apostelfürsten errichten lassen. Im Jahr 326 ist die Kirche durch Papst Sylvester I. geweiht worden, fast tausendzweihundert Jahre hat sie überdauert. Und dann gibt es vor etwa hundertfünfzig Jahren diesen ungeheuren Bruch: Die wunderbare Basilika wird plötzlich unter Papst Julius II. abgerissen und durch den neuen, gewaltigen Petersdom ersetzt. Hatte die größte und prächtigste Kirche des Erdkreises Zeugnis von der Macht des Rovere-Papstes ablegen sollen, so wie viele es vermuteten?

Die Mitte dieses gigantischen Baus, so wusste Azzolino, sollte ursprünglich von seinem kolossalen Grabmal beherrscht werden, an dem Michelangelo jedoch gescheitert war. Und die dafür nötigen Summen waren so monströs gewesen, dass Luthers Zorn auf Rom sich nicht zuletzt an den Methoden entzündet hatte, mit denen diese Mittel von den Gläubigen abgepresst werden sollten. Der für die Kirche lukrative Ablasshandel hatte mit zur Kirchenspaltung und den nachfolgenden Glaubenskriegen geführt.

Wäre es ohne den Neubau überhaupt zur Krise, zur Reformation und zum großen, dreißig Jahre währenden Krieg gekommen, fragte er sich und hielt einen Moment inne. Es war vollkommen still in der Bibliothek. Eine friedliche Stille. Holstenius hatte sich in einen entfernten Winkel des Saals zurückgezogen, und auch seine Gehilfen hatten sich entfernt.

Dass die frühere Petersbasilika wegen Baufälligkeit abgerissen werden musste, bezweifelte Azzolino. In den Unterlagen, die er studiert hatte, war nichts über einen gravierenden Schaden zu finden gewesen. Andere Basiliken haben die Jahrhunderte unversehrt überstanden, dachte er, und er sah die mächtigen Kirchen wie San Giovanni in Laterano oder San Paolo fuori le Mura vor sich, kolossale Zeugen der alten Zeit. In Rom haben selbst die Bauten aus vorchristlicher Zeit, die Tempel der Alten, überdauert, wunderte er sich.

Umso rätselhafter erschien ihm nun dieser Abriss. Jedes Überbleibsel, jedes alte Mauerstück darf in Rom stehen bleiben, dachte er. Warum musste dann die alte Basilika nach mehr als tausend Jahren so plötzlich verschwinden?

Der Grundstein zum neuen Petersdom, so las Azzolino in den Chroniken, war außerhalb der alten Apsis im Freien gelegt worden. Azzolino konnte auf den alten Plänen von Bramante erkennen, dass der Architekt den ersten der Pfeiler, den Veronikapfeiler, von Beginn an mit einem Treppenhaus und einer Art Schatzkammer versehen hatte. Er war also tatsächlich zu einem Tresor für die

Kronreliquie des Vatikans ausgebaut worden, der die Päpste die allermeisten Pilger verdankten. Azzolino sah auch, dass das Grab Petri vom Umbau völlig unberührt geblieben war. Es ist nie um dieses Grab gegangen, und auch das für Papst Julius II. stand nicht im Mittelpunkt des Neubaus. Der neue Petersdom war vor allem als großartiger, neuer Schrein für das wundersame Christusbild gebaut errichtet worden. Dass ebendieses aus dem Peterdom verschwunden ist, dachte Azzolino, lässt sich wohl als eine Art göttlicher Streich verstehen. Er lächelte und rollte die Pläne wieder zusammen. Holstenius würde sie später wieder an ihren Platz zurückbringen.

Was war jetzt zu tun? Wie konnten sie überprüfen, was sich heute im Tresor des Veronikapfeilers befand? Azzolino stand auf und begann zwischen den Bücherschränken auf und ab zu gehen. In der Stille des Raumes lauschte er seinen eigenen Schritten, die sich über den kostbaren Mosaikboden der Bibliothek bewegten.

Was hatte er empfunden, als er das vermeintliche Veronikatuch einmal hatte sehen dürfen? Azzolino erinnerte sich: Der Domherr hatte es ihm nach mehreren schriftlichen Anträgen und unter größter Geheimhaltung in der Sakristei gezeigt, doch den Veronikapfeiler selbst hatte er nie betreten dürfen.

Bei seinem Blick auf das Tuch hatte Azzolino bemerkt, dass der Schleier im Lauf der Jahrhunderte offenbar verblasst war. Er hatte die Goldplatte wahrgenommen, die die kleine Tafel abdeckte und nur einen Ausschnitt des Antlitzes frei ließ. Von Augen, Nase und Mund hatte er aber fast nichts mehr erkennen können. Nur über der Stirn hatte er braune Farbe gesehen, die das Haar andeutete. Der Bart lief in Streifen derselben Farbe aus, und auch auf der Wange befand sich ein brauner Fleck.

Ja, es seien fast nur Schatten zu erkennen, hatte sich der Domherr entschuldigt, als Azzolino ihn zweifelnd angeblickt hatte. Es war einfach nur ein dunkler Fleck, von kostbarem Gold gerahmt. Schnell hatte er sein Gebet gemurmelt: *Ave Maria, piena die grazia, il Signore é con te* ... sei gegrüßt, Maria, du bist voll der Gnade, der Herr ist mit dir ... Dann war das Tuch wieder in seinem dunklen Tresor verschwunden. *Ave Maria* ... Ave Maria Magdalena ...?

Azzolino ließ seinen Blick über die Rücken der Bücher streifen, die die Bibliothek um ihn herum versammelte. Das Wissen der Welt. Es war nicht so, dass die Reliquie im Vatikan nicht weiterhin verehrt wurde. Es bekam sie nur kaum einer mehr von Nahem zu Gesicht. Und dieser Bruch der Tradition fiel mit dem Bau der neuen Peterskirche zusammen. Wie konnte etwas so plötzlich aus dem Bewusstsein der Welt verschwinden, was vorher ganz selbstverständlich von Schriftstellern wie Petrarca und Dante und natürlich einer Reihe von Päpsten erwähnt worden war und dessen Existenz auch die besten Maler und Künstler Europas in zahlreichen Meisterwerken bezeugt hatten?

Und wer konnte ihm die Schlösser zum Schleier der Veronika noch einmal öffnen? Oder sollte er sich selbst Zutritt zum Allerheiligsten verschaffen? Der Domherr hatte Azzolino damals anvertraut, dass die einzelnen Schlüssel zum Tresor an verschiedenen Orten im Vatikan aufbewahrt wurden.

Ein Geräusch durchbrach die Stille, Azzolino hörte Schritte, die sich näherten. Der Bibliothekar war zurück.

In den vergangenen Stunden hatte Holstenius sich ganz den Berichten über das Tuch der Veronika hingegeben. Die päpstlichen Chroniken, das *Liber Pontificalis*, waren sein Führer durch die Vergangenheit gewesen. Schnell und präzise, so wie er es auf seinem langen Weg als Wissenschaftler und Bibliothekar gelernt hatte, eignete er sich die Fakten an, um dann weitere Quellen hinzuzuziehen. Vieles von dem, was er der Runde auf dem Gianicolo bereits erklärt hatte, war nicht mehr als eine vage Erinnerung an uralte

Texte gewesen, die er irgendwann einmal in seinem Leben studiert hatte. Nun trieb ihn die Gewissheit zurück zu Kardinal Azzolino.

„Ich hatte Recht." Triumphierend rieb Holstenius die Hände gegeneinander. „Der Veronikaschleier wurde 1601 zum letzten Mal öffentlich gezeigt. Weitere Vorführungen sind nicht mehr in den päpstlichen Chroniken verzeichnet."

„Und 1608 wurde die Veronikakapelle abgerissen, die berühmte Reliquie hätte also in Bramantes Tresor umziehen müssen." Azzolino zog die Augenbrauen hoch. „Und dieser bedeutsame Akt ist nicht in den Chroniken verzeichnet worden? Hundert Jahre Bauarbeiten und dann: nichts? Keine Prozession, kein Festakt, keine Messe?"

Holstenius schüttelte den Kopf. „Der Schleier schien dem Heiligen Vater plötzlich nicht mehr wichtig zu sein."

Die Männer schwiegen einen Moment. Mit einer unwirschen Handbewegung verscheuchte Holstenius einen der Bibliothekarsgehilfen, der sich in ihre Richtung bewegt hatte.

„Wir müssen herausfinden, woher das Tuch kam." Azzolino strich mit der Hand über die Rücken der Bücher, die die beiden Männer umrahmten. „Stammt das Heilige Gesicht aus dem leeren Grab Christi in Jerusalem – so wie das Grabtuch aus Turin? Und wenn es so ist: Warum erzählen die Evangelien nicht davon? Oder die Apostelgeschichte? Oder wenigstens die Briefe des Paulus?"

Holstenius schüttelte energisch den Kopf. „Ihr vergesst, dass Objekte aus Gräbern in der jüdischen Welt als unrein galten." Eine abwehrende Geste unterstrich seine Worte. „Das Christentum ist aber aus der alten jüdischen Tradition heraus entstanden. Es wäre also damals völlig unmöglich gewesen, sofort davon zu berichten – einmal um die Verkündigung selbst nicht zu beschmutzen, zum anderen aber auch, um die Sicherheit des oder der Tücher zu gewähren. Wäre offen davon erzählt worden, wäre der Schatz gefährdet gewesen. Jeder Feind der ersten Christen hätte versucht, ihn zu vernichten."

„Aber wann und wo wird das Heilige Gesicht denn erstmals eindeutig in den Quellen bezeugt?"

„In einer Legende aus dem sechsten Jahrhundert. Es ist dieses alte syrische Fragment, das Ihr bereits erwähnt hattet. Dort heißt es, das Christusbild sei im Jahr 574 aus Kamuliana, einem Flecken bei Edessa im Osten des byzantinischen Reiches, nach Konstantinopel überführt worden. Dieses Bild galt von Anfang an als nicht von Menschenhand gemacht. Mehr noch: Es sei weder von Menschenhand gemalt noch gewebt worden, heißt es. Es sei ein Geschenk Gottes."

Azzolino nahm die Informationen regungslos in sich auf. „Gibt es noch mehr Dokumente dazu?"

Holstenius nickte. „Es gibt eine Predigt aus dem siebten oder achten Jahrhundert, die das Bild aus Kamuliana als bekannt voraussetzt. Damals soll dieses Bild nach Caesarea in Kappadozien gebracht worden sein. Irgendwann im achten Jahrhundert verschwindet es jedoch aus allen byzantinischen Quellen."

„Was war passiert?"

„Im Osten tauchten in jener Zeit die Araber anstelle der Perser als neue Gegner auf, erklärte Bilderfeinde. Patriarch Germanos I., so heißt es aus jener Zeit, habe das Wunderbild beim Ausbruch des Bildersturmes dem Meer anvertraut. Wie von selbst sei es nach Rom geschwommen, wo der Heilige Vater höchstpersönlich es aus dem Wasser geborgen habe."

Holstenius schwieg einen Moment, damit Azzolino die Informationen verarbeiten konnte. Als dieser nickte, fuhr er fort. „In Rom taucht im Jahr 753 in der Chronik der Päpste ein nicht von Menschenhand gemachtes Christusbild auf, das Papst Stephan II. barfuß in einer feierlichen Prozession durch die Stadt trug, um die Langobarden vor einem Angriff auf die Stadt abzuhalten. Manche halten es heute für die alte, mannshohe Ikone, die, wie Ihr sicherlich wisst, in einer Kapelle neben der Lateransbasilika verwahrt wird. Jedenfalls kommt in Rom die Rede von einer Veronika, die dem Herrn das Gesicht auf dem Weg zur Kreuzigung abgewischt haben soll, erst im zwölften Jahrhundert auf."

Azzolino räusperte sich, seine Stimme klang belegt. „Und was meint Ihr, wann ist das Bild nun tatsächlich selbst nach Rom gekommen?"

„Ich würde sagen, es kam wahrscheinlich um 705 unter Papst Johannes VII., in die Stadt. Aus Konstantinopel verschwand es wohl nach dem Jahr 695, nachdem der byzantinische Kaiser Justinian II. von dort ins Exil verjagt worden war. Als er die Stadt im Jahr 705 zurückeroberte, gelang es ihm selbst mit Hilfe der Folter nicht mehr zu erfahren, wo das Bild abgeblieben war. In Konstantinopel blieb es verschwunden."

„Und warum hört man dann eine ganze Weile nichts mehr davon?" Holstenius lachte. „In Rom durfte es sehr lange nicht gezeigt werden, weil Byzanz noch Besitzrecht daran hatte und es zurückfordern konnte."

„Es ist also aus Konstantinopel gestohlen worden und tauchte dann in Rom wieder auf. Eine Geschichte von Lug und Betrug, von Raub und vielleicht sogar Mord ..." Azzolino schüttelte sich. „Das Tuch, die Tücher, wir wissen es nicht, scheint mir ähnlich begehrt zu sein wie der Heilige Gral."

Holstenius nickte. „Es gibt viele Parallelen. Die Geheimnisse und Legenden, die Kämpfe, die darum geführt wurden. Das Turiner Grabtuch wurde bisweilen mit den Templern und der Artussage in Verbindung gebracht."

„Der größte Schatz der Christenheit ..." Azzolino stockte. Plötzlich fixierte er den Bibliothekar mit einem merkwürdigen Blick. „Was wäre", flüsterte er, „wenn das Grab- oder Schweißtuch und der Heilige Gral identisch wären? Wenn die Sage um den Heiligen

Gral wieder nur eine Art Verschleierung wäre, die den Schatz schützen sollte? Eine Art geheimer Code der frühen Christen, der sich im Laufe der Jahrhunderte verselbstständigte. Und dessen wahren Kern heute niemand mehr enthüllen kann."

Holstenius stockte der Atem. Die Bücher um ihn herum begannen vor seinen Augen zu tanzen. „Der Heilige Gral ... das wahre Bild Christi ... sein Blut und sein Erbe ... der Beweis für das Göttliche ...", murmelte er und taumelte. „Ich muss mich setzen."

Azzolino führte den Bibliothekar zu einem Stuhl. Keuchend ließ sich Holstenius darauf fallen. „Und Maria Magdalena?", schnaufte er. „Was ist mit Maria Magdalena? Die Blutlinie ..."

Azzolinos Lippen umspielte ein feines Lächeln. „Jedermann weiß, dass Maria Magdalena bei der ersten Fußsalbung einen Schleier getragen hat, der – so steht es in der Bibel – zwar ihre Haare bedeckte, aber nichts verhüllte, so zart sei er gewesen. Maria Magdalena, die Sünderin, die Jesus mehr als alle anderen geliebt hatte. Die am Kreuz stand, als weder Thomas noch Petrus mehr da waren. Die bei seinem Begräbnis zugegen war, wo auch von keinem Apostel außer Johannes die Rede ist, und die ihn schießlich als Erste wieder lebendig sah, als sie im Morgenrauen zu seinem Grab lief, um ihn ein letztes Mal zu salben, zu beweinen und zu küssen."

„Die dem Herrn vielleicht ihren Schleier auf das Gesicht gelegt hatte, so wie es Sitte war", ergänzte Holstenius aufgeregt.

„Ja, wer sonst sollte diesen Schleier im Grab Christi zurückgelassen haben? Von Josef von Arimathäa wird berichtet, dass er von Pilatus den Leichnam Jesu erbat und ein großes Leinentuch für die Bestattung kaufte ..."

„Das Grabtuch aus Turin ...", fiel Holstenius ein. „Bei dem groben Stoff wird es sich kaum um den Veronikaschleier handeln."

Azzolino fuhr fort. „Von den römischen Legionären wird es auch nicht stammen, sie hatten ja selbst um das Gewand des Gekreuzigten gewürfelt. Und Maria, die Mutter Jesu, wird sie einen derart kostbaren Schleier getragen haben? Wenn eine unter den Begleiterinnen Jesu als Besitzerin eines kostbaren Schleiers in Frage kommt, dann ist es Maria aus Magdala. Wer, wenn nicht sie, wird ihrem Liebsten ihr kostbarstes Tuch als letzte Liebesgabe ins Grab mitgegeben haben?"

„Und dann erhielt sie den Schleier von Jesus zurück. Nach der Auferstehung hinterließ er ihr sein Bild, die Botschaft des Glaubens?" „Und vielleicht auch noch seinen Erben, also sein Blut?"

Holstenius blickte an die Decke der Bibliothek. Die Fresken kamen ihm plötzlich wie kindische Malereien vor. „Kardinal Azzolino, wir müssen verrückt sein", stöhnte er.

„Warten wir ab, was die Königin dazu sagen wird." Azzolino unterdrückte ein Lachen. „Ach was, ich fürchte, sie wird begeistert sein."

Schwerfällig erhob sich Holstenius von seinem Stuhl und richtete sich auf. „Mein lieber Kardinal Azzolino", sagte er flüsternd, „und Ihr behauptet immer noch, uns in allem widerlegen zu wollen?"

Nachdem die Freunde das Sommerhaus verlassen hatten, begann Christina über ihren Auftrag nachzudenken. Hatte sie auf ihren Streifzügen durch die römischen Kirchen eines der alten Christusporträts gesehen, ohne zu wissen, was sie da vor sich hatte? Hatte es dem Vorbild der Veronikareliquie entsprochen? Waren die Augen des Erlösers geöffnet oder geschlossen gewesen? In Gedanken wanderte sie noch einmal durch die unzähligen dämmrigen Kirchen, die sie in den vergangenen Jahren besucht hatte.

Doch es war kein Kirchenraum, sondern eine alte Handschrift mit der frühen Darstellung eines Christusbildes, die ihr zuerst in den Sinn kam. Sie meinte, das Bild in einer prächtigen alten Chronik, vielleicht aus dem 13. Jahrhundert, schon einmal gesehen zu haben. Die Illustration hatte Papst Innozenz III. gezeigt, der das Veronikabild den Gläubigen zusammen mit der Bibel präsentierte. Christina erinnerte sich plötzlich genau an das freundliche Gesicht eines bärtigen Mannes mit markanter Nase, dessen langes Haar in der Mitte gescheitelt war und dessen Hals und Ohren nicht sichtbar waren. Seine Augen, sie sah es deutlich vor sich, waren geöffnet gewesen. Wo hatte sie das Bild nur schon einmal gesehen? Christina kam nicht darauf. Ich werde Holstenius fragen müssen, dachte sie.

Dann fiel ihr die kleine Kirche ein, die nicht weit entfernt vom Palazzo Riario lag: Santa Cecilia. Das uralte Gotteshaus versteckte sich im Gewimmel der Gassen von Trastevere. Zwei oder drei Mal hatte sie die winzige Basilika besucht, weil es auf der Empore ein einzigartiges Bild zu sehen gab: einen königlichen Christus vor blutrotem Hintergrund.

„Maria", rief sie und war bereits dabei, den Hügel hinabzulaufen. „Maria, ich muss etwas überprüfen."

„Ich komme mit." So schnell und ungestüm wie ein junges Pferd galoppierte das Mädchen an ihr vorbei, und im Laufen bemerkte Christina, wie sich der Körper ihres Zöglings weiter verändert hatte. Die langen, schlanken Mädchenbeine mündeten in der Rundung eines weiblichen Hinterteils. Über die Schultern, die sich im schnellen Lauf rhythmisch bewegten, fluteten die dunklen Locken, und wenn die Königin aufschloss und an Marias Seite lief, sah sie Brüste wie im fröhlichen Tanz auf und ab wippen. Belle! dachte sie wieder einmal und ließ sich zurückfallen. Wie meine Belle.

„Wohin gehen wir?" Maria war am Gartentor des Palazzo Riario stehen geblieben und wartete auf Christina. „Oder soll ich im Stall Bescheid geben, dass wir Pferde benötigen?"

Christina schüttelte den Kopf und atmete geräuschvoll aus. „Was für ein Rennen ... Als ich ein Kind war, konnte ich sogar meinen Cousin und die Stallburschen besiegen."

Maria nickte, doch Christina bemerkte, dass sie sie mit einem Blick bedachte, aus dem nicht mehr nur grenzenlose Bewunderung entsprang. War das Zweifel? Ein erstes trotziges Aufbegehren gegen die Autorität der Älteren?

„Santa Cecilia", antwortete sie knapp. „Erinnerst du dich an die kleine Kirche im Ripagrandeviertel?"

„Ich erinnere mich an die Skulptur der Heiligen."

Christina nickte anerkennend. Die Kirche war nach der frommen Cäcilie benannt worden. Eine Legende besagte, die Heilige habe ihrem Ehemann Valerianus in der Hochzeitsnacht gestanden, ihre Keuschheit werde von einem Engel bewacht. Wenn er sich zum Christentum bekehrte, werde er ihn sehen können. Valerianus hatte sich taufen lassen und nach seiner Rückkehr den Engel tatsächlich erblickt. Doch das Ehepaar war von den Römern als Christen erkannt worden und starb den Märtyrertod. Zu Beginn des Jahrhunderts hatte man die unverwesten Körper der beiden gefunden, und der Bildhauer Stefano Maderno hatte eine Skulptur der Heiligen in der Körperhaltung geschaffen, in der man die Tote gefunden hatte.

„Die Kirche soll über den Resten des Hauses der heiligen Cäcilie und ihres Mannes Valerianus errichtet worden sein. Nebenan gründete man ein Kloster."

Während sie miteinander redeten, hatten sie schon fast den abgelegenen Winkel, in dem die Kirche lag, erreicht. In diesem alten Viertel, in dem die kleinen Häuser wohl seit mehr als tausend Jahren ununterbrochen bewohnt waren, schmiegte sich die Basilika an das etwas jüngere Kloster. Christina wusste, dass in den Ställen des Klosters Nonnen die Lämmer großzogen, aus deren Wolle der Heilige Vater die päpstliche Stola, das *Pallium*, weben ließ. Sie sollte ihn an die verlorenen Schafe erinnern, die der gute Hirte auf seinen Schultern aus der Wüste trug.

Über den Klosterhof, in dem bald die Rosenstöcke aufblühen würden, erreichten sie das hölzerne Portal der Basilika und öffneten die Tür. Apsismosaiken im Chor und ein kostbares Ziborium, in dem die Hostie aufbewahrt wurde, unterstrichen die Heiligkeit des Ortes. Auf der Empore, die sie über eine schmale, hölzerne Treppe mit ausgetretenen Stufen erreichten, versteckte sich das Bild, das Christina in Erinnerung geblieben war: Jesus Christus vor einem tiefroten Hintergrund.

Gespannt trat Christina näher an das Bild heran und winkte Maria zu sich. „Ich habe mich nicht geirrt, es ist tatsächlich in der alten Tradition der Veronikabilder gemalt."

„Es ähnelt dem Bild auf meinem Schleier." Maria zog das Tuch aus ihrem Beutel, doch im Halbdunkel der Kirche wiederholte sich das Wunder nicht.

„Die Ohren sind vom Haar verborgen, die lange Nase, die geschwollene Wange, der Mittelscheitel, der leicht geöffnete Mund ..."

„... und die geöffneten Augen."

„Es muss vor dem Bildersturm durch Papst Urban VIII. entstanden sein, hier oben, versteckt auf der Empore, hat es die gefährliche Zeit überstanden."

„Da irrt Ihr Euch." Eine Stimme aus dem Nichts. Erschrocken fuhren Maria und die Königin zusammen. Aus einer Nische löste sich die Gestalt einer Nonne. Ihr graues Gewand und der schwarze Schleier hatten sie im dämmrigen Licht nahezu unsichtbar werden lassen. Die Frau nickte ihnen zu und tat so, als sähe sie nicht, dass Maria den Schleier hastig in den Lederbeutel zurückstopfte. „Das Bild war lange Zeit im Kloster versteckt. Die Äbtissinnen haben es vor der Zerstörung bewahrt. Wir haben es erst vor drei oder vier Jahren in die Kirche zurückgebracht und an diesem abgeschiedenen Ort wieder aufgehängt. Ist es nicht wunderbar?“

„Euer Handeln war mutig.“ Christina lächelte der Nonne zu. „Was könnt Ihr uns noch über das Bild erzählen?“

„Ich weiß, dass es eines der letzten Christusbilder nach alter Tradition ist. Kennt Ihr das Jesusbild aus der Jesuitenkirche Il Gesù?“

Christina verneinte.

„Es ist kurz vor dem Veronikaverbot durch Papst Urban VIII. entstanden, ein Gesicht ganz und gar ohne Konturen und Haare.“

„Und mit geschlossenen Augen?“

„Ja, die Lider sind geschlossen. Es heißt, Papst Gregor XV., er regierte nur kurz, von 1621 bis 1623 ...“

„... also vor Papst Urban ...“, warf Christina ein.

„... habe die Kopie ausdrücklich genehmigt. Wenn Ihr das Bild gesehen hättet, wüsstet Ihr, warum Urban VIII. danach jede weitere Darstellung verboten hat.“

„Weil die Päpste bei einem derart nichtssagenden Bild das ganze selbst für Reliquienschwindel halten mussten?“ Das war also der Auslöser für das Bilderverbot, dachte Christina. Das Bild aus Il Gesù schien eine Kopie des neuen Schleiers zu sein, der sich nun in Sankt Peter befand. Die Kopie einer Fälschung, die so wenig überzeugend war, dass sie niemand von Nahem sehen durfte. Nur die neue Veronikadarstellung mit geschlossenen Augen war seither erlaubt, das weniger eindrucksvolle, weniger lebendige, weniger wahre Bild Jesu Christi. Jede Erinnerung an den alten Veronikaschleier sollte verblassen und aus dem Bewusstsein der Welt verschwinden. Das Verlangen der Menschen nach dem Veronikabild sollte verlöschen, um den Betrug der Kirche zu vertuschen.

Die Nonne nickte und legte den Finger auf ihre Lippen. „Wenn Ihr mehr zu dem Veronikabild erfahren wollt, geht nach Santo Spirito in Sassia. Kennt Ihr die Kirche im Borgo?“

Christina und Maria nickten sprachlos.

„In den alten Zeiten hatten die Päpste bestimmt, das Bild jeden zweiten Sonntag nach dem Epiphaniefest am sechsten Januar in einem Rahmen in feierlicher Prozession von der alten Petersbasilika zur Kirche des alten Hospitals von Santo Spirito in Sassia hin- und zurückzutragen."

„Epiphanias - das Fest der Erscheinung Christi ... Wann war das?" Christina hatte ihre Sprache wiedergefunden.

„Ich meine, die Tradition stammt aus dem 13. Jahrhundert. Wie auch immer ... Von der Veronikakapelle an der alten Peterskirche bis zu Santo Spirito in Sassia benötigte die Prozession etwa eine Viertelstunde. Alle Welt konnte das Bild damals sehen, alle Welt staunte und betete das Veronikatuch an. Allen, die wegen des Schleiers nach Rom kamen, wurde ein vollkommener Ablass aller Sündenstrafen versprochen. Es war ein Fest, der Heilige Vater verteilte Geschenke an die Armen und gab zum Schluss den Segen. Durch dieses Fest bekam die Peterskirche den Rang, den sie heute noch hat."

Christina nickte. Das ergibt Sinn, dachte sie. Denn die eigentliche Kirche des Papstes war ja ursprünglich San Giovanni in Laterano gewesen, die Johanneskirche auf dem Lateran. Das war die erste Basilika, die Kaiser Konstantin in Rom hatte bauen lassen.

„Warum interessiert Ihr Euch für das alte Veronikabild?" Neugierig suchte die Nonne Christinas Blick. Dann stutzte sie und schrak zurück. „Verzeiht mir, Hoheit, jetzt erkenne ich Euch." Sie knickste, richtete sich auf und trat einige Schritte zurück. „Ich werde der Äbtissin Bescheid geben, dass die Königin ohne Land zu Besuch ist."

Christina lächelte geschmeichelt. „Das ist nicht nötig", sagte sie. „Wir sind zufällig in die Kirche geraten. Das Bild", sie drehte sich um und begann auf die Treppe zuzugehen, „hat uns gefallen.

Vielleicht kommen wir noch einmal zurück und schauen es uns genauer an."

Immer noch lächelnd, begann sie in das Kirchenschiff hinabzusteigen. Maria folgte ihr, den kleinen Lederbeutel in der Faust verborgen.

SIEBZEHN

Rom, Frühjahr anno 1659

Nun gab es keine Ausflüchte mehr. Christina wusste, dass sie die englische Pilgerkirche aufsuchen mussten. Sie hatte ein Gespräch mit den Freunden abgewartet, in dem Azzolino und Holstenius sie über die erstaunlichen Ergebnisse ihrer Suche unterrichtet hatten. Zwei Tage später, es war einer der ersten heißen Vormittage des Jahres, und das Licht fiel schon fast senkrecht durch die Häuserschluchten, machte sie sich zusammen mit Maria und dem Kardinal auf den Weg nach Santo Spirito in Sassia. Holstenius ließ sich entschuldigen. In den vergangenen Tagen hatte er sich schwach und erschöpft gefühlt. Er führe dies auf die Aufregung um ihren Fund zurück, hatte Azzolino erklärt. Der Bibliothekar wolle sich mit seinen Büchern zurückziehen und alle Spuren noch einmal überdenken. Außerdem hoffe er, auf weiteren Bauplänen des Veronikapfeilers Hinweise zu finden, die ihnen einen Zugang zum Tresor ermöglichten. Vielleicht gab es eine geheime Notiz Bramantes, die sie bislang übersehen hatten? Wenn sie bei der Pilgerkirche keinen Hinweis finden sollten, müssten sie als Nächstes in der Schatzkammer des Pfeilers nach einem Schlüssel für das Rätsel suchen.

Auf dem Weg nach Santo Spirito in Sassia, den sie zu Fuß und inkognito zurücklegten, rief sich Christina ins Gedächtnis, was sie bereits über die Kirche wusste. Das Gotteshaus lag im Borgo vor den Mauern des Vatikans, und vom Palazzo Riario aus gingen sie, am Tiber entlang und durch die gepflasterten Gassen des alten Viertels hindurch, weniger als eine halbe Stunde. Das Gebäude der Pilgerkirche war noch nicht alt. Christina hatte sich bei ihrem Freund, dem Cavaliere Bernini, erkundigt: Der Architekt, Antonio Sangallo der Jüngere, hatte das Gotteshaus vor etwas mehr als hundert Jahren erbaut. Sie wusste, dass die Kirche einen Vorgängerbau aus dem achten Jahrhundert ersetzt hatte. Damals waren rund um die Peterskirche Ansiedlungen entstanden, um die Pilger zu beherbergen, die sich in Rom und am Ziel ihrer Wallfahrt niederlassen wollten. Die Herberge der englischen Pilger war nach und nach um ein Hospital, eine Kirche und einen Friedhof erweitert worden. Die neue Kirche verdiene vor allem wegen ihrer Fassade Beachtung, hatte Bernini ihr erklärt. Im Inneren, daran erinnerte sich Christina noch von ihrem ersten Besuch vor mehr als drei Jahren, verfügte das Kirchenschiff über eine schöne Kassettendecke und einige kostbare Gemälde. Hinter der Kirche für die englischen Pilger schloss sich das weitläufige Gelände des Hospitals an, das fast bis hinunter zum Ufer des Tibers reichte.

„Was habt Ihr vor?" Azzolino unterbrach ihre Gedanken.

Christina blickte zur Seite und unterdrückte ein Lächeln. Der Kardinal hatte seine scharlachrote Soutane abgelegt und trug ein einfaches schwarzes Priestergewand. Die schulterlangen Haare hatte er am Hinterkopf zusammengefasst, was seinem Profil einen exotischen, ja fast verwegenen Ausdruck verlieh. „Kein Mensch wird Euch in diesem Aufzug erkennen", kicherte sie und strich ihm eine Haarsträhne, die sich gelöst hatte, hinters Ohr.

„Ich fühle mich wie unsichtbar", brummte Azzolino, und Christina registrierte amüsiert, dass sie ihn in seiner Eitelkeit getroffen hatte. Sie selbst hatte ihre üblichen Hosen gegen einen schlichten dunklen Rock ihrer Zofe und ein graues Schultertuch eingetauscht, ein Kopftuch bedeckte ihr helles Haar. Tatsächlich fielen sie in der Masse der Passanten, die sich auf dem Weg zu den Märkten durch den Borgo schoben, nicht weiter auf. Priester gab es in Rom zu Tausenden, und Christina mischte sich in ihrer einfachen Tracht geschickt unter die vorbeieilenden Römerinnen.

Sie hatten verabredet, dass Maria ihnen in einigem Abstand folgen sollte, damit sie sich nicht als Dreigespann verrieten, denn das Trio aus Königin, Kardinal und Kind war in Rom so bekannt wie der Heilige Vater selbst. Im geschützten Innenhof von Santo Spirito in Sassia wollten sie wieder zusammentreffen.

„Wir nutzen die Zeit der Mittagsandacht und suchen mit Maria nach dem Ort, an dem sie mit Pater Paolo das Schreiben übte. Ich bin mir sicher, dass die Worte, die sie von ihm lernte, Bedeutung für uns haben. Wenn wir Maria dort mit ihren frühesten Eindrücken konfrontieren, könnte sie sich vielleicht an weitere Details erinnern."

Azzolino nickte. „Wir müssen behutsam vorgehen. Die Wucht der Erinnerungen kann über das Mädchen kommen und alles blockieren."

Christina schwieg einen Moment. Sie wusste, welche Macht die dunklen Erinnerungen an ihre Kindheit noch immer über ihr eigenes Leben hatten. Die Bilder ihres toten Vaters, ihrer herzlosen Mutter beherrschten nach wie vor ihre Träume. „Was schlagt Ihr vor?"

„Wir dürfen sie nicht allzu sehr drängen. Maria muss die Zeit bekommen, die sie benötigt. Wir müssen sie selbst ihren Weg finden lassen und uns im Hintergrund halten ..."

„Haben wir denn die Zeit?" Christina wusste selbst nicht, warum sie sich von dem Rätsel so bedrängt fühlte. „Seitdem uns das Gesicht auf dem Schleier erschienen ist", flüsterte sie, „habe ich das Gefühl, dass uns nicht mehr lange bleibt, die Zeichen zu deuten. Mal schrecke ich auf, weil ich fürchte, dass sich das Gesicht nie wieder zeigen wird. Dann kommt es mir so vor, als ob man uns beobachtet. Ich höre Stimmen, die sich gegen uns verschwören, ich begegne Schatten, die mich davor warnen, an der katholischen Lehre zu zweifeln."

„Was soll ich darauf antworten?" Azzolino hob hilflos die Schultern. Christina wusste, dass er mit seinem Engagement für ihre Sache sein gesamtes Sein und Selbstverständnis in Frage stellte. Längst war er von ihren Zweifeln an seiner Kirche infiziert. Wie sollte er in Zukunft damit umgehen?

Eine Gruppe von Pilgern kam ihnen aus der Richtung des Petersdoms entgegen. Christina blickte in beseelte Gesichter, die verzückt waren vom Glanz der vatikanischen Pracht. Wie viele Täuschungen verbergen sich noch hinter den Mauern des Petersdoms, dachte sie, und wieder hatte sie das Schleierbild vor Augen. War es tatsächlich das Tuch der Veronika, das berühmte und vermeintlich verschollene *Volto Santo*?

Azzolino schienen ähnliche Gedanken zu beschäftigen. „Früher oder später werden unsere Nachforschungen im Vatikan auffallen. Die Gehilfen in der Bibliothek beäugen meine Gespräche mit Holstenius bereits misstrauisch, sie wundern sich, was wir so plötzlich miteinander teilen. Sie müssen sich fragen, warum ich in den vergangen Tagen fast ununterbrochen im Lesesaal gesessen habe. Das ist seit Jahren nicht mehr vorgekommen. Vielleicht glauben sie an eine Verschwörung. Als Mitglied der *Squadrone Volante* stehe ich ohnehin unter besonderer Beobachtung durch die konservativen Kardinäle."

„Ihr habt Euch nichts vorzuwerfen." Christina blickte sich um. Die Worte des Freundes machten sie nervös. Am Ende der Gasse meinte sie, Marias dunkle Locken aufspringen zu sehen. „Ist es nicht so, dass Ihr mich vor meinen Irrtümern schützen wollt? Dem Heiligen Vater gegenüber könntet Ihr Euch immer rechtfertigen." Sie lockerte das Tuch um ihre Schultern, die Mittagsluft wurde immer wärmer.

„Ihr vergesst die Macht der Folter." Auch Azzolino hatte seine

Stimme unwillkürlich gesenkt. „Stellt Euch nur vor, sie holen sich das Mädchen."

Ein Schauer jagte Christina über den Rücken. Wieder blickte sie sich um, doch sie konnte Maria nicht entdecken. „Kein Wort mehr", bat sie Azzolino. „Wir stehen am Beginn von etwas Großem ... Das Abenteuer des Wissens. Es ist die Perspektive, die unsere Wirklichkeit bestimmt."

Von der Piazza Santo Spirito ließen sie sich mit dem Strom der Passanten auf das Portal der Kirche zutreiben. Drei Stufen erhoben das Gebäude über den weltlichen Grund des Viertels.

„Sollen wir kurz eintreten und dort auf Maria warten?" Azzolino stemmte sich gegen die schwere Tür, die das mystische Halbdunkel des Kirchenschiffs vom Alltag trennte. Sehnte er sich nach der beruhigenden Atmosphäre im Innern? Wie das Zirpen von Grillen schlugen ihnen die rhythmisch gemurmelten Gebete der Priester entgegen, die Mittagsandacht hatte soeben begonnen.

Christina zog den Kardinal am Ärmel seines Priestergewandes zurück. „Lasst uns um die Kirche herumgehen und den Zugang zum Innenhof suchen. Dort wird zu dieser Stunde niemand sein."

Behutsam ließ Azzolino die Kirchentür wieder ins Schloss fallen und folgte ihr um das Gebäude herum. Auf der nördlichen Seite des Längsschiffes fanden sie ein offenes Tor, das sie auf einen Innenhof führte. Neugierig sah Christina sich um. Sie hatte sich den Hof anders vorgestellt. Hinter der Mauer öffnete sich ein kleiner, gepflasterter Platz, der von weißen Rosenbüschen gesäumt war. Bienen umschwirrten die ersten Blüten, die sich soeben in der Mittagssonne geöffnet hatten, und der Duft von Rosenöl wehte über den Platz. Eine schmale Holzpforte ermöglichte einen seitlichen Zugang zum Kirchenschiff, etwa auf der Höhe des Chorraumes. Vielleicht war es auch die Tür zur Sakristei, überlegte Christina. Ein weiteres Tor schien zu den angrenzenden Gebäuden des Hospitals zu führen.

„Wo kann Maria hier das Schreiben gelernt haben?" Auch Azzolino sah sich ratlos um. „Der Hof ist gepflastert, kein Sand, kein Staub weit und breit."

„Vielleicht ist er erst vor Kurzem umgestaltet worden, nachdem Maria die Gemeinschaft verlassen hat?" Christina unterdrückte einen Fluch und schüttelte ratlos den Kopf. Wie um sich abzulenken, ging sie auf die blühenden Rosen zu und atmete ihre Aromen ein. Es sind die ersten Rosen des Jahres, dachte sie. Dann umrundete sie einmal den Platz, sie zählte achtundachtzig Schritte. Ungeduldig trat sie wieder auf die Straße hinaus, um nach Maria zu sehen. Das Mädchen war, mitten im römischen Straßentrubel, auf dem Vorplatz der Kirche stehen geblieben. Es schien Christina, als sammle Maria Mut, um die Stätte ihrer Kindheit wieder betreten zu können. Energisch winkte sie ihr zu.

Es war seltsam, Königin Christina und Kardinal Azzolino durch die Straßen Roms zu folgen. Die Freunde schritten zügig voran, die Königin in der Maskerade einer Marktfrau, der Kardinal als einfacher Priester gekleidet. Die beiden liefen nicht direkt Seite an Seite, doch Maria beobachtete, wie sich Königin und Kardinal von Zeit zu Zeit unterhielten, und die Vertrautheit ihrer Gesten ließ darauf schließen, dass sich die beiden Passanten doch näher kannten, als sie nach außen hin vorgaben.

Maria lächelte. Der Weg durch den Borgo erinnerte sie an ihre Zeit als Straßenkind. Damals waren die Jungen und Mädchen zu zweit oder dritt hinter den Römern hergeschlichen, um ihnen in einem unbeobachteten Moment und im Schutz des Gedränges einen Münzbeutel aus der Tasche oder unter dem Rock hervorzuziehen. Wenn der Diebstahl auffiel, lenkten die Komplizen den Bestohlenen durch einen inszenierten Tumult ab, während der Dieb mit seiner Beute durch einen geheimen Gang zwischen den Häusern entkommen konnte. War alles gut gegangen, traf sich die Bande in ihrem Versteck und teilte das Diebesgut auf.

Plötzlich hatte Maria die Gesichter der anderen Kinder vor Augen. Gigi, dieser flinke Strolch, der sein ganzes Leben auf der Straße verbracht hatte und dessen Erfahrung und Dreistigkeit ihn ganz selbstverständlich zum Anführer der Bande hatten werden lassen. Mateo, der Schweigsame, den seine Eltern fast totgeprügelt hatten und der die Gefahren der Straße der familiären Hölle vorzog. Francesco, den sie nur den Einäugigen nannten, weil ihm in einer Prügelei ein Auge ausgeschlagen worden war. Und Mauri, Nanna, Fido und die vielen Namenlosen ...

Fast alle hatten sie auch ihre Erfahrungen mit den Priestern und Purpurnasen gemacht. Die Jungen schwiegen darüber, die Scham über das Geschehene übertünchten sie mit rüden Worten und einer kalten Unnahbarkeit. Nanna wiederum gab vor, dass ihr das Gefummle nichts anhaben könne, und wenn Geld und Essen knapp waren und die Kinder hungerten, stellte sie sich abends an einen der einschlägig bekannten Plätze und ließ sich gegen ein paar Scudi unter den verschlissenen Rock schauen. Zu ihrer Sicherheit nahm sie Gigi und Mateo mit, die in einem Versteck auf sie warteten und jedem zudringlichen Freier, der sich nicht an den verabredeten Handel hielt, davonjagten.

Maria selbst hatte die Verletzungen ihres Körpers und den Verlust ihrer Unversehrtheit nie ganz überwunden. Je näher sie der Kirche von Santo Spirito in Sassia kamen, desto stärker wurde das Gefühl von Ohnmacht und Zorn, das sie doch in einem entlegenen Winkel ihrer Seele so gut verschlossen glaubte. Ich werde nie vergessen können, dass mir dort, wo ich mich beschützt und geliebt fühlte, Gewalt angetan worden ist, erkannte sie bestürzt. Und dieser Angriff auf meine Seele hat mich von dem Ort vertrieben, den ich bis dahin als Zuflucht betrachtet hatte.

An den bröckelnden Fassaden der einfachen Häuser vorbei, die kleine Läden und Werkstätten beherbergten, folgte Maria den Freunden, doch ihre Gedanken beschritten eigene Wege. Sie erinnerte sich an Pater Paolo, an die Liebe, die der Priester für sie empfunden hatte, und die Fürsorge, die er ihr auf seine väterlich behütende Weise gezeigt hatte. Nie war sie hungrig zu Bett gegangen, nie hatte es ihr an Nahrung oder Zuneigung gemangelt. Und auch die Frage nach ihren Eltern hatte sie nie wirklich beschäftigt, bis Pater Paolo selbst ihr kurz vor seinem Tod den Lederbeutel mit dem Schleiertuch darin überreicht hatte.

„Dieser Schatz ist nur für dich“, erinnerte sie sich an seine Worte, die bereits auf das Mysterium verwiesen hatten. „Darin ist ein Geschenk, eine Erinnerung an deine Familie. Das Tuch wird dir alle Fragen nach deiner Herkunft beantworten, und wenn du die Zeichen erkennst, wirst du verzeihen können. Der Schleier ist kostbar, sehr kostbar. Zeige ihn nur den Menschen, denen du wirklich vertraust. Und gib ihn niemals her. Hüte ihn so, wie ich dich behütet habe.“

Maria erinnerte sich, dass sie den Alten wohl so erschrocken angeblickt hatte, dass er ihr beruhigend über das Haar strich. „Ich bin alt, Maria. Zu alt für diese Welt. Gott wird mich bald zu sich befehlen, aber meine Liebe wird immer um dich sein und dich auf deinen Wegen beschützen, so wie meine Vorgänger deine Vorfahren beschützt haben. Unser gemeinsamer Weg wird bald zu Ende gehen, aber was dann kommen wird, ist vielleicht der Beginn einer neuen Zeit. Versprich mir, dass du den Zeichen folgen wirst.“

Maria hatte genickt, und doch nichts verstanden. Denn plötzlich hatte der Tod im Raum gestanden, seinen mächtigen Schatten geworfen. Nie hatte sie geglaubt, dass Pater Paolo sterben könnte. Dass er sie allein lassen würde. Und dieser Lederbeutel mit dem merkwürdigen Tuch darin war nur ein schwacher Trost für sie gewesen.

Doch jetzt erinnerte sie sich seiner geflüsterten Worte: „... aber meine Liebe wird immer um dich sein und dich auf deinen Wegen beschützen, so wie meine Vorgänger deine Vorfahren beschützt haben."

Maria blieb stehen und ließ sich ganz in ihre Gedanken zurückfallen. Hatte er ihr die Zeichen nicht doch gedeutet, hatte er nicht doch einen Hinweis gegeben, wonach sie suchen sollte? Wie es die Königin sie gelehrt hatte, tauchte sie in den Strom der Erinnerung ab und ließ sich treiben. Mit dem Blick auf die Fassade der Pilgerkirche tauchten die Bilder wieder auf, die sie für mehr als vier Jahre in einem unzugänglichen Winkel ihrer Erinnerungen versteckt hatte: Die letzten gemeinsamen Stunden mit Pater Paolo, das wächserne Gesicht des Alten, seine von der Gicht verkrüppelten Hände, die ihr, schon kalt und kraftlos, wieder und wieder über die Wangen strichen. Dann der Anblick des Toten, die anderen Priester, die sie aus dem Raum drängten, ihr keine Zeit am Totenbett ließen und ihr jede persönliche Trauer verwehrten. Plötzlich war sie nur noch eine von vielen. Jedes Gefühl von Einzigartigkeit, das ihr Pater Paolos Liebe verliehen und ihr Selbstbewusstsein begründet hatte, war von ihr genommen worden. Und sie war schutzlos gewesen. Nur wenig später hatte einer der namenlosen Priester, die für einige Zeit in der Gemeinschaft von Santo Spirito in Sassia Unterschlupf gefunden hatten, sich ihres Körpers bemächtigt.

Maria versuchte, diesen Gedanken nicht zuzulassen, ihn zu überspringen, doch die Bilder brachen wütend hervor. Sie sah sich auf ihrem Lager liegen, ein Alkoven in einem der Räume des Hospitals. Es war Nacht gewesen, die dunkelste Stunde, irgendwann zwischen den Gebeten. Ein Schatten war auf ihr Bett gefallen, sie hatte kein Gesicht erkennen können, und in einer blitzschnellen Bewegung hatte sich eine Hand auf ihren Mund gepresst. Starr vor Schreck hatte sie sich nicht wehren können. Und der Schmerz, der durch ihren Körper raste, als dieses fremde, furchtbare, entsetzliche

Etwas an einer Stelle in ihren Leib vordrang, an der sie keine Möglichkeit dazu vermutet hatte, hatte sie sprachlos werden lassen.

Wie hatte Pater Paolo zulassen können, dass man sie derart verletzte? Und dass dieser Widerling am nächsten Morgen ungestraft in der Messe erscheinen konnte, um den Herrn zu preisen. Sie hatte gebetet, dass ein Blitz auf ihn niederfahren und ihn in Stücke reißen möge. „Aber meine Liebe wird immer um dich sein und dich auf deinen Wegen beschützen ...", das waren doch die Worte ihres geliebten Ziehvaters gewesen. Und sie hatte darauf vertraut.

Als sich der Schatten in den folgenden schlaflosen Nächten wieder und wieder ihrem Bett näherte und sich ihren Körper mit der Gewalt des Stärkeren gefügig machte, war sie geflohen.

Sie hatte alles hinter sich gelassen, jede Erinnerung war begraben gewesen unter einer undurchdringlichen Schicht des Entsetzens. Aber in diesem Moment, als sie die Kirche wiedersah, die gleichgültig auf den Strom der geschäftigen Römer herabblickte, brach alles hervor und überschwemmte sie mit jäher Erkenntnis.

Zitternd überließ sich Maria dem Wirbel der Bilder und suchte nach dem einen, das ihre Fragen beantworten sollte. Als sie plötzlich die Königin sah, die winkend auf die Straße hinausgetreten war, war sie sicher, einen Schlüssel zur Vergangenheit gefunden zu haben.

Maria schien verändert, als sie endlich durch das Tor in den Innenhof trat. Azzolino fand, dass sie größer wirkte, aufrechter, wie befreit von einer Last, die sie bisher niedergedrückt hatte. Kann es sein, dass sich ein Mensch in weniger als einer halben Stunde derart wandelt, fragte er sich. Er sah hinüber zu Christina. Auch die Königin schien eine Veränderung bemerkt zu haben, doch sie sagte nichts. Stattdessen breitete sie die Arme aus, um deutlich zu machen, dass Maria sich umsehen sollte.

Maria nickte. Sie war blass, aber gleichzeitig glühte ihre Stirn, als ob eine Schlacht dahinter tobte. In der Hand, die etwas zitterte, hielt sie den Lederbeutel. Mit großen Schritten überquerte sie den Innenhof und steuerte ohne zu zögern auf das Tor zu, das zu den Gebäuden des Hospitals führte.

Die Königin und der Kardinal folgten ihr überrascht. „Ich hatte angenommen, dass sie von diesem ersten Hof gesprochen hatte, wenn sie uns von ihren Lektionen berichtete", flüsterte die Königin Azzolino zu. „Ich hatte ihre Erzählungen immer mit der Kirche in Verbindung gebracht, nie mit den Krankenlagern."

„Vielleicht hätte wir die beiden Teile als Einheit sehen sollen", flüsterte Azzolino zurück.

Der zweite Innenhof war größer als der erste, seine lang gestreckte Form bildete ein Rechteck. Rings um den Platz erhoben sich die Gebäude, in denen die Kirche die Kranken und Alten pflegte. Dort fanden die Pilger, die nach Rom kamen, Hilfe, wenn sie auf der Reise oder in der Heiligen Stadt erkrankt waren.

Auch dieser Platz war menschenleer, zumindest fast. Am anderen Ende fegte eine gebückte Gestalt das Pflaster. Das gleichmäßige Rascheln des Reisigbesens auf den Steinen drang zu ihnen herüber.

Christina blickte Maria auffordernd an, doch das Mädchen schüttelte erneut den Kopf. Langsam überquerte es den Platz, und Azzolino sah, dass es auf einen weiteren Durchgang zusteuerte. Das Tor führte auf einen dritten Innenhof, und der Kardinal wunderte sich, dass sich hinter den Fassaden der Kirche ein derart verwinkeltes Ensemble aus Gebäuden, Plätzen und Durchgängen präsentierte. In seinem Kopf versuchte er, sich einen Bauplan der Anlage vorzustellen. Ein gleichschenkliges Dreieck baute sich vor seinen Augen auf, an dessen Spitze, in Richtung des Petersdoms, die Kirche lag. Die Basis, so folgerte er, musste vor vielen hundert Jahren der Tiber gebildet haben, inzwischen verlief dort eine Uferstraße am Fluss entlang.

Holstenius würde uns jetzt das Lilienzeichen vor Augen führen, dachte er und musste unwillkürlich lächeln. Und tatsächlich, wenn man von oben auf die Anlage blicken könnte und die Anordnung der Gebäude auf ein Blatt Papier zeichnete, würde man die V-Form – den Kelch, hörte er die Stimme des Bibliothekars leise flüstern – erkennen können, eine Art architektonisches Lilien- oder Marienzeichen.

„Mir ist kein Gebäudeensemble in Rom bekannt, dass einen derart merkwürdigen Grundriss hat." Azzolino sah Christina in die Augen, und die Königin lächelte zurück. Verblüfft registrierte er, dass sie ihm die Hände entgegenstreckte und das V-Zeichen formte. „Holstenius wird seine Freude haben, wenn wir ihm davon berichten."

„Man könnte auch sagen, dass die Anlage wie ein Pfeil oder Stachel auf den Petersdom weist. Es scheint fast so, als ob die beiden Gebäude miteinander in Beziehung stehen."

„Oder genauer in Konkurrenz zueinander. Mir kommt der Gedanke, dass die feierlichen Prozessionen mit dem *Volto Santo* von Sankt Peter nach Santo Spirito in Sassia und zurück mehr waren als ein Zurschaustellen der Reliquie. Vielleicht war es auch eine Art Triumphmarsch?"

„Wie meint Ihr das?" Christina sah ihn irritiert an.

„Ich weiß es auch nicht, es ist nur ein Gefühl. Aber könnte es nicht ursprünglich auch eine Machtdemonstration gewesen sein gegenüber einer Gemeinschaft, die diesen Schatz ebenfalls für sich beanspruchte? Wenn wir unseren bisherigen Überlegungen folgen, so stehen sich doch die Mächtigen der katholischen Amtskirche und die Anhänger einer anderen, auf Maria Magdalena und der Blutlinie Christi begründeten Urgemeinschaft gegenüber. Und im Laufe der Jahrhunderte scheint der Beweis für die Blutlinie auf den verschlungensten Wegen und wie eine Trophäe die Seite gewechselt zu haben."

„Ihr meint, der Schleier der Veronika war zunächst im Besitz der Nachfahren Christi und fiel dann – ob rechtmäßig oder durch Raub – in die Hände der Amtskirche, die seine Herkunft verschleierte und ihn für ihre Zwecke nutzte, bis er auch aus deren Tresor in der neuen Peterskirche wieder verschwand?“

„Ja, so etwas in der Art. Jedenfalls scheint auch die Prozession nach Santo Spirito in Sassia auf mehreren Ebenen lesbar zu sein. Vordergründig war sie als Zurschaustellung des Heiligen Gesichts gedacht ... Ein Anreiz für die Pilger, um nach Rom zu kommen.“

„Und für Volk und Pilger bediente man sich der wundersamen Legende der heiligen Veronika, die den kostbaren Schleier einst erhalten haben soll“, fiel Christina ein.

Azzolino nickte. „Gegenüber der anderen Seite, also der einst so mächtigen Blutlinie, die die Häuser der Merowinger und Anjou und vielleicht auch die Gemeinschaft der Templer miteinander vereinte, konnte man so demonstrieren, dass sich das Heiligtum nun für alle Zeiten in den Händen der Kirche befand. Unerreichbar für alle, die die Legitimation und Unfehlbarkeit der heiligen katholischen Lehre und des Heiligen Vaters anzweifelten. Ohne dieses Ahnenbild, die Botschaft der Blutlinie, ohne den Gral oder wie auch immer man den Schatz bezeichnen will, standen die Nachfahren Christi und ihre Anhänger buchstäblich mit leeren Händen da.“

„Übermut und Überheblichkeit, die dann wohl bestraft worden sind ...“

Sie schwiegen.

Maria hatte inzwischen den dritten Torbogen erreicht und winkte ihnen zu, ihr zu folgen. An der gebeugten Gestalt vorbei, einer greisen Frau, wie Azzolino sah, die etwas Unverständliches hinter ihnen hermurmelte, erreichten sie den letzten Hof. Auch dieser war gepflastert, doch in einem Winkel, in dem sich ein Olivenbaum gegen ein verwittertes Stück Mauer lehnte, war die Pflasterung um den Stamm herum kreisförmig durchbrochen.

Wie alt mag dieser Baum sein, dachte Azzolino. Er sah so aus, als ob er dort schon seit Jahrhunderten stand. Vielleicht hatte es ihn schon gegeben, als die Kirche an diesem Ort gegründet wurde, überlegte er.

„Unsere Vorfahren sagten, dass das Mittelmeer mit dem Olivenbaum beginnt und mit ihm endet", flüsterte er Christina zu. „Baum und Region bilden eine Einheit, die sich von den kalten und feuchten Provinzen des Nordens und den dürren Wüstengebieten des Südens und des Orients abhebt. Der Olivenbaum ist unsere Identität."

Maria steuerte auf den Baum mit seinen schmalen, silbernen Blättern zu. Wie in Trance strich sie über die Rinde des Stammes, als fühlte sie seinen Puls, seine Energie, die ihn seit Jahrhunderten an dieser Stelle gegen den Stein arbeiten ließ. Dann sank sie plötzlich auf die Knie und begann, Wörter in den Sand zu schreiben.

Vorsichtig näherten sich Königin und Kardinal, sie knieten sich hinter Maria in den Staub, um über ihre Schultern blicken zu können, ohne das Mädchen zu unterbrechen.

Maria zeichnete Buchstabe um Buchstabe, sie schrieb und fuhr mit der Hand darüber, schrieb wieder und wischte aus. Ihre Hand zitterte, die Buchstaben waren schwerfällig wie von einem ungeübten Schreiber in den Sand gesetzt. Fremde Zeichen. Nichts erinnerte an die fließende und gleichmäßige Handschrift, die Maria doch inzwischen besaß.

„Das ist nicht unsere Maria", flüsterte die Königin heiser in Azzolinos Ohr. „Das ist das Findelkind, das schreibt. Der Baum scheint sie in ihre Vergangenheit zurückzuführen."

Azzolino folgte den Fingerübungen des Mädchens wie gebannt. „Was schreibt sie nur?", fragte er. „Der Text scheint viel länger zu sein als die Zeilen, die wir bereits kennen."

„Ist das Latein?" Genauso wie er selbst versuchte die Königin, den Zeichen zu folgen.

Azzolino nickte. „Ich glaube schon ... etwas Latein ist darunter." Leise murmelte er die Worte vor sich hin, die er zu erkennen glaubte, sein durch die Arbeit in der päpstlichen *Cifra* geübtes Auge enträtselte die Botschaft. „Ich lese hebräische, griechische und lateinische Buchstaben." Er schwieg und konzentrierte sich auf die Worte. Dann atmete er überrascht aus. „Da steht: *Jesus von Nazareth, König der Juden,* auf Hebräisch, Griechisch und Lateinisch. Und dann noch: *Mein Gott, mein Gott, warum hast du mich verlassen.*"

„Das ist der Kreuzestitel, der Schuldspruch Jesu, den ihm die Römer auf dem Weg zum Galgen umgehängt hatten. Sie verspotteten seinen Anspruch auf die Königswürde", flüsterte Christina erregt zurück. „Und dann ... das sind doch die letzten Worte Jesu Christi am Kreuz."

Azzolino nickte erneut. „Die Evangelien berichten davon."

Christina starrte angestrengt auf die Zeichen. „Ich kann es nicht lesen ...", schüttelte sie enttäuscht den Kopf.

„Der Text ist wie im Hebräischen von rechts nach links geschrieben, in allen drei Sprachen, auch das Griechische und Lateinische."

„Ein geheimer Code?"

„Vielleicht. Aber eigentlich sieht es so aus, als wären die Zeilen von einem Juden notiert worden. Es könnte die hastige Niederschrift eines Augenzeugen sein. Es ist die Überlieferung eines Momentes, ein Bild dieses Augenblicks, das durch die Jahrhunderte gereist ist."

Christina nickte. Ich kann es vor mir sehen", flüsterte sie plötzlich, um Maria nicht in ihrer Konzentration zu stören. Sie schloss die Augen. „Es ist Freitag früh", reiste sie zurück in die Vergangenheit, „Jerusalem ist voller Menschen, die vor dem Sabbat noch schnell auf dem Markt einkaufen, Geschrei dringt durch die Straßen, als Jesus über den Platz gestoßen wird. Auf dem Tempelplatz hat schon das Schlachten der Lämmer für das Paschafest begonnen. Pilger drängen in die Stadt. In dieses Durcheinander stolpert Jesus hinaus, den panischen Schafen entgegen, blutverklebt, staubbedeckt, das Kreuz auf der Schulter, an dem der Schuldspruch des Pilatus hängt. Die Hirten und Schaftreiber werden die hebräische Abkürzung kaum lesen können. Den Schriftgelehrten aber, die ihn ausgeliefert haben, fährt der Spott der Römer wie ein Dolch in die Knochen: So sieht er aus, euer König ... Jesus von Nazareth, König der Juden."

Azzolino unterbrach die Königin und deutete auf Maria. Das Mädchen hatte begonnen, den Namen des Paters und seinen eigenen unter die Zeilen zu setzen. Zum Schluss schrieb sie die Worte *Sang real* in den Staub und ließ sich erschöpft nach hinten fallen.

Christina fing sie in ihren Armen auf.

„Das ist es", flüsterte Maria. „Ich habe mich erinnert."

„*Jesus von Nazareth, König der Juden*", begann Azzolino, die Botschaft noch einmal vorzulesen. „*Mein Gott, mein Gott, warum hast du mich verlassen. Paolo, Maria, Sang real ...*" Er seufzte. „Das ergibt keinen Sinn."

Er stand auf und lehnte sich gegen den Baumstamm. Sein Gehirn versuchte, die Botschaft hinter den Buchstaben zu entschlüsseln.

„Vielleicht ist die Blutlinie gemeint, von Jesus Christus, dem König der Juden und Sohn Gottes, über Pater Paolo bis zu Maria?", versuchte Christina eine Antwort zu finden.

„Dann gehörte der Priester dazu? War er Teil der Blutlinie?" Azzolino schüttelte den Kopf. Einige Oliven fielen herab und rollten über die Buchstaben im Sand.

„Wir sollten sie wieder auswischen", sagte Christina und zeigte in Richtung der Kirche, „das Mittagsgebet ist bald vorbei."

„Einen Moment noch." Azzolino beugte sich noch einmal über

die Zeichen im Sand. „Der Olivenbaum, der Kreuzestitel, der Staub: Das passt zusammen."

„Wie meint Ihr das?" Christina blickte ihn fragend an.

Azzolino versuchte, die vielen Eindrücke in seinem Kopf zu sortieren. „Wie es die Bibel festlegt, dürfen die Lampen, die auf den Altären vor dem Bildnis Christi brennen, nur mit Olivenöl gespeist werden", murmelte er. „Die Nachricht könnte uns sagen wollen, dass wir hier, an diesem Ort, dem Bild und der Botschaft Jesu begegnen. Und noch etwas: Der Ölberg in Jerusalem heißt im Hebräischen auch Olivenberg. Jesus zog vom Ölberg aus in Jerusalem ein, am Ölberg weinte er über den von ihm vorhergesehenen Untergang der Stadt, am Fuß des Berges, im Garten Getsemani, nahmen die Römer ihn gefangen, und vom Ölberg ist er in den Himmel aufgefahren. Der Olivenbaum ist ein Verweis auf das Leben Jesu."

„Und das Bild und die Botschaft Jesu, meint Ihr, könnte der Schleier sein?", fragte Christina. „Aber dann müsste es hier doch noch einen Hinweis auf das Schleierbild geben. Und wie sollen wir darin einen Anhalt für Marias Herkunft finden?"

„Maddalena ..."

Hinter ihnen war das greise Weib aufgetaucht, den Besen humpelnd hinter sich herziehend. „Maddalena", rief sie noch einmal und stürzte auf Maria zu. Sie ließ den Besen fallen und sank mit einem glücklichen Lächeln an der Seite des Mädchens nieder. „Maddalena ... Da bist du wieder."

Maria blickte die Alte erschrocken an. Doch dann sah Azzolino die Freude des Wiedersehens auf ihrem Gesicht aufleuchten.

„Anna", rief sie. Sie sprang auf und schloss die zitternde Greisin in ihre Arme. „Ihr lebt noch, und Ihr seid immer noch hier."

Azzolino und die Königin waren verwirrt zur Seite getreten. Geistesgegenwärtig stellte sich Azzolino vor die Buchstaben im Sand.

„Ich hatte es dem weißen Ritter versprochen", murmelte die

Alte und löste sich aus der Umarmung des Mädchens. „Ich hätte dich fast nicht wiedererkannt, so groß bist du geworden. Und dann die Hosen“, missbilligend zeigte sie auf Marias Beine. „Wenn das der weiße Ritter gesehen hätte.“

„Der weiße Ritter“, flüsterte Christina Azzolino zu. „Habt Ihr das gehört? Ein Templer? Hier?“

Maria drehte die Alte den beiden entgegen und stellte sie ihnen vor.

„Anna lebt hier im Hospital, sie hat den Padres früher geholfen. Sie pflegte Pater Paolo in seinen letzten Wochen, er ließ sich nur von uns beiden helfen“, erklärte sie.

„Warum nennt Ihr das Mädchen Maddalena?“, fragte Christina.

„Der weiße Ritter hat sie auf den Namen Maria Magdalena getauft, kurz nachdem sie hier in der Kirche gefunden wurde. Ich fand immer, Maddalena passe besser zu ihr als Maria.“ Die Stimme der Alten zitterte vor Gebrechlichkeit und Rührung. „Sie war schon immer ein Wildfang.“

„Und der weiße Ritter? War das Pater Paolo?“

Die Alte dachte nach und stützte sich auf Maria. Azzolino versuchte, ihr Alter zu schätzen. Das Gesicht der Frau war eingefallen und von einem dichten Netz von Falten überzogen. Früher mag sie so groß wie Maria gewesen sein, dachte er, doch die Last der Jahre hat sie auf Kindergröße zusammenschrumpfen lassen.

„Es ist ein Geheimnis“, murmelte sie, und der Kardinal merkte, dass sich verschiedene Welten im Kopf der Alten überlagerten. Behutsam tastete er sich weiter vor. „Wir sind Freunde“, schmeichelte er. „Wir wollen Maria helfen.“

Das Gesicht der Frau hellte sich auf. „Der weiße Ritter sagte, dass sie zurückkommen wird“, murmelte sie. Dann sprudelten die Worte plötzlich aus ihr hervor: „Ich habe den Hof immer gekehrt, wie ich es versprochen habe. Aber ich weiß nicht, wo die Ritter geblieben sind.“ Sie schwieg.

Christina schüttelte unmerklich den Kopf.

Azzolino dachte nach. „Pater Paolo ... der weiße Ritter", murmelte er. „Wenn tatsächlich einige Templer die Verfolgung in Schottland überlebt haben, dann hätte der Orden im Untergrund weiterexistieren können, wie es immer wieder heißt. Und vielleicht trauten sich nachfolgende Generationen zurück aufs Festland und kamen sogar bis nach Rom."

„Ihr meint, dass Santo Spirito in Sassia ein Zentrum der Templer gewesen sein könnte?"

„Die Kirche der englischen Pilger mag zumindest als Tarnung gedient haben, ein geheimer Treffpunkt. In einer Pilgerkirche konnten die Templer aus ganz Europa zusammenkommen, ohne dass sie als Fremde auffielen. Wenn unsere Theorie stimmt, konnten die Ritter hier dem Schatz nahe sein und eine Gelegenheit abwarten, den Schleier, also ihren Gral, ihren Beweis für die Blutlinie Christi, wieder in Besitz zu nehmen."

„Und so saßen sie vor den Toren des Vatikans, viele hundert Jahre lang, bis es ihnen während der Bauarbeiten am Petersdom endlich gelang, den Gral wieder in die Hände zu bekommen ..."

Azzolino lächelte gequält. „Ich weiß, das hört sich absurd an. Uns fehlt die Bestätigung für die Echtheit des Schleiers und eine Erklärung dafür, warum er dann zuletzt ausgerechnet Maria übergeben wurde."

„Wir müssen gehen", Christina zeigte noch einmal auf die Kirche. Orgelmusik drang leise zu ihnen herüber und das Crescendo eines abschließenden Gesangs. „Wir sollten ein anderes Mal wiederkommen und weitersuchen."

Der Kardinal nickte. Es muss doch etwas zu finden sein, dachte er enttäuscht, während er mit den Füßen die Botschaft im Staub auswischte.

Der Sand knirschte unter seinen Schuhen, aber da war noch etwas anderes, Hartes. Erstaunt ging er in die Knie und wischte den

Sand mit den Händen zur Seite. Eine alte Steinplatte kam zum Vorschein, auf der ein Kreuz eingemeißelt war, darunter ein lateinischer Spruch: *Non nobis domine, non nobis, sed tuo da gloriam.*

„Das gleiche Kreuz wie auf meinem Tuch ..." Maria half ihm, die Platte freizulegen, während sich Christina immer wieder nervös umsah.

„Ja, es ist ein Kruckenkreuz." Azzolino schnaufte vor Anstrengung. „Und das Motto der Templer: Nicht uns, oh Herr, nicht uns, sondern deinem Namen sei Ehre. Wir sind auf eine Spur der Tempelritter gestoßen."

„Das Zeichen, das Zeichen", jammerte die Alte. „Sie fiel auf die Knie und versuchte, den Sand wieder über das Kreuz zu schaufeln. „Niemand darf es sehen."

Maria nahm sie tröstend in die Arme. „Wir suchen doch nach meiner Familie", wollte sie die Greisin besänftigen.

„Aber das ist ja das falsche Kreuz", krächzte Schwester Anna plötzlich triumphierend. „Es ist nur ein Grab, ein altes Grab der weißen Ritter." Mühsam rappelte sie sich wieder auf und humpelte um den Olivenbaum herum. Verschwörerisch winkte sie Maria zu. „Hier ...", sagte sie und zeigte auf etwas hinter dem Stamm.

Azzolino folgte dem Mädchen. Auf der Rückseite des Olivenbaumes, dort, wo der Stamm fast mit der alten Mauer verschmolz, war das Kreuz noch einmal schwach auf einem Stein zu erkennen. Wer nicht danach suchte und dazu nah an den Stein herantrat, konnte das verwitterte Zeichen nicht erkennen.

Maria atmete aufgeregt. „Der Stein lässt sich herausziehen", keuchte sie. „Ich erinnere mich, dass mir Pater Paolo das Versteck vor vielen Jahren gezeigt hat, ich hatte es völlig vergessen."

Azzolino spürte, wie sein Herz zu rasen begann. Vorsichtig tastete er den Stein ab. Tatsächlich war er nicht fest in der Mauer verfugt und ließ sich bewegen. Langsam zog er ihn hervor und reichte ihn Maria. In dem Hohlraum dahinter ertasteten seine Hände ein in Leder eingeschlagenes Paket, etwa in der Größe eines Buches. Er wusste nicht, was er denken sollte. Vorsichtig zog er es hervor.

„Die Priester kommen zurück." Christina wies aufgeregt in Richtung Kirche, von wo Schritte und Stimmen herüberdrangen und anzeigten, dass die Andacht beendet war. „Schnell, schnell ..."

Hektisch setzte Azzolino den Stein in die Mauer zurück. Christina hatte inzwischen die Grabplatte wieder mit Sand bedeckt.

Den Fund unter die Arme geklemmt und mit gesenktem Haupt verließ Azzolino als Erster den Hof. Hinter ihm folgte Christina, das Kopftuch fest um die Haare geschlungen. Maria war, nach einer hastigen Umarmung mit der Alten, über den Olivenbaum auf die alte Mauer geklettert und von dort in einem unbeobachteten Moment auf die Uferstraße des Tibers hinabgesprungen. Es war derselbe Weg, den sie gewählt hatte, als sie vor vier Jahren Santo Spirito in Sassia verlassen hatte.

ACHTZEHN

Rom, Frühjahr anno 1659

Nun fühlte er sich doch zurückgelassen. Gereizt strich Holstenius durch die Räume seiner herrlichen Bibliothek. Wie viele Schritte waren es vom großen Lesesaal bis in die hinterste Kammer des Palastes? Wie viele bis zu den angrenzenden Geheimarchiven des Vatikans? Ein Labyrinth, geformt aus abertausenden von Akten und vielleicht noch mehr Büchern. Es war ihm so vertraut wie ein seit Jahrzehnten beschrittener Pfad. Jeder Gang, jede Kammer hatten ihren eigenen Geruch nach altem Pergament, nach Staub und Sporen und Gelehrsamkeit, und bisweilen meinte er, den Weg hindurch auch mit geschlossenen Augen finden zu können. Hatten seine schlurfenden Füße über die Jahre nicht Spuren in die Marmorböden gegraben? Eine Fährte seines Wissens und seiner Interessen.

Zügig und ohne Rücksicht auf sein Herz, das von Zeit zu Zeit erschöpft gegen seine Rippen stolperte, arbeitete sich Holstenius durch die Säle und die Reihen der Bücherschränke und Tische, die die Schätze der Bibliothek bargen. Schließlich hatte er das Archiv erreicht. Auch hier verwahrten Möbel aus Pappelholz die unzähligen Bündel von Akten. Die meisten der Schränke waren mit Flügeldrachen und gekrönten Adlern verziert, dem Wappen der Papstfamilie Borghese. Sie standen entlang der Wände, während sich in der Mitte der Säle insgesamt zwanzig kleinere Schränke befanden, von denen zwölf das Wappen der Familie Pamphili trugen, der Papst Innozenz X. angehört hatte. Es zeigte eine Taube mit Olivenzweig im Schnabel. Auf den übrigen Büchermöbeln prunkte das Wappen der Familie Chigi, der Papst Alexander VII. entstammte: ein Berg mit sechs Gipfeln und darüber ein Stern mit acht Zacken. Papst Alexander hatte auch das Obergeschoss des Palastes für das Archiv geöffnet, drei Säle und eine Flucht angrenzender Kammern und Flure.

Holstenius war dazu übergegangen, die Akten nicht länger hierarchisch, sondern alphabetisch zu ordnen. Der Bestand an Briefen, Chroniken, Protokollen, Verträgen und anderen Schriftstücken war in den letzten hundert Jahren dramatisch angewachsen, und die systematische Ordnung hatte schließlich über die Willkür triumphiert. Doch in den abgelegenen Bereichen, dort, wo die ältesten Aufzeichnungen und Dokumente des Vatikans lagerten, verlor sich die dem Chaos mühsam abgetrotzte Struktur, und die Schriftrollen und Kodizes führten ihr eigenes, versteckes Leben. Bisweilen hatten sie für viele Jahrhunderte ungestört in der Dunkelheit gelegen. Einige kostbare Stücke waren darüber verrottet, und wenn man sie schließlich aus ihrem Schlaf weckte und aus den dunklen Schränken zerrte, zerfielen sie im Tageslicht augenblicklich zu Staub. Bisweilen glaubte Holstenius, dass sich die Aufzeichnungen der Alten störrisch den indiskreten Blicken der Wissbegierigen verschlossen.

Das Philippusevangelium befand sich nicht, wie es ein unbedarfter Besucher vielleicht erwartet hätte, bei den Schriften der Evangelisten, sondern zwischen botanischen Aufzeichnungen. Das Lilienwappen seines Siegels und auch sein Inhalt – wohl Erkenntnis und Gift zugleich – hatten den Kodex zwischen die Sammlungen zu giftigen Pflanzen und Pilzen und deren Auswirkungen auf den menschlichen Körper geraten lassen. Immer wieder amüsierte sich Holstenius über die eigenwillige Platzierung und den hintergründigen Humor seiner Vorgänger. Seine Entdeckung des Evangeliums, so hatte er Königin Christina anvertraut, beruhte eher auf Zufall als auf seinem Wissen und einer logischen Vorgehensweise.

„Der beste Platz, um Bücher zu verstecken, ist schließlich ein Haufen Bücher", murmelte er und räusperte sich. In der Einsamkeit des Archivs tat es gut, die eigene Stimme zu hören. Wie viele Selbstgespräche hatte er hier schon in den langen, arbeitsreichen Nächten geführt?

Während die Königin und der Kardinal der Pilgerkirche einen Besuch abstatteten, wollte sich Holstenius noch einmal mit den Passagen zu Maria Magdalena beschäftigen und, wenn ihm bis zur Rückkehr der Freunde noch Zeit blieb, darüber nachdenken, in welchen Bücherschränken er nach weiteren Aufzeichnungen über das *Volto Santo* und Bramantes Tresor suchen könnte. Er hatte bereits alle Schränke, in denen Schriften zu den Heiligen, den Reliquien und Schätzen, zu physikalischen Phänomenen, Prozessionen und Frauennamen (Veronika!) aufbewahrt wurden, durchsucht.

Wo können diese Dokumente lagern, fragte er sich immer wieder. Holstenius war sich sicher, dass es weitere schriftliche Zeugnisse über den wunderbaren Schleier, über den größten Schatz der Kirche, geben musste. Er spürte es geradzu körperlich, dass in einem der Schränke, nicht weit von ihm entfernt, Antworten über dessen Verbleib warteten. Jeder noch so geheime Prozess der Inquisition ist bis ins kleinste Detail dokumentiert, dachte er. Jede Folterzange ist beschrieben, jedes Wort, dass die Gequälten unter ihrem Wirken herausschrien, aufgezeichnet. Es kann einfach nicht sein, dass das größte Rätsel und das größte Unglück in der Geschichte des Vatikans unerwähnt geblieben ist. Es muss doch eine Kommission zur Aufklärung des Falles gebildet worden sein. Es muss Akten über die Vorfälle geben. Und auch Papst Urban VIII. wird seinen Befehl über die Vernichtung der alten Veronikakopien zu Papier gebracht haben.

Als der Bibliothekar zu der Kammer kam, in der das Philippusevangelium lagerte, stutzte er. In dem kleinen Raum brannte Licht, das durch den Türspalt hinaus auf den dunklen Flur fiel. Rot und blau schimmerten die Schmuckornamente im weißen Marmor des Bodens. Welcher Eindringling machte sich an den kostbaren Dokumenten zu schaffen? Auf Zehenspitzen näherte sich Holstenius der Tür und blickte vorsichtig hinein, die Hände instinktiv zu Fäusten geballt. Wie laut und wie lange würde er um Hilfe schreien müssen, bis seine Gehilfen ihn hier in diesem Winkel finden würden?

Das Licht einer Öllampe blendete Holstenius, und für einen Moment musste er die Augen schließen und blinzeln. Dann, durch die noch halb geschlossenen Lider, glaubte er ein himmlisches Wesen zu sehen. Eine Gestalt saß an dem schmalen Lesetisch aus Pappelholz. Holstenius nahm eine weiße Soutane wahr, die leuchtete wie von einer Aureole umgeben, dazu einen weißen Schulterumhang und eine ebensolche Scheitelkappe. Erstaunt zuckte er zurück. Als sich der Unbekannte umdrehte, blitzte ein goldenes Brustkreuz im Schein der Öllampe auf.

„Ihr seid es, Heiliger Vater." Holstenius sank zitternd auf die Knie und versuchte, seine Überraschung und Furcht zu verbergen. Mit gebeugtem Haupt näherte er sich dem Papst und drückte demütig einen Kuss auf das Gold des Fischerrings.

Papst Alexander VII. nickte. Mit der herrischen Geste der Macht befahl er ihm, sich zu ihm an den Tisch zu setzen. Holstenius sah, dass der Heilige Vater das Philippusevangelium studiert hatte. Der brüchige Kodex aus Papyrus lag ausgebreitet vor ihm. Ein vages Gefühl von Bedauern durchflutete Holstenius, als er die fleckigen und an den Seiten ausgefransten Dokumente sah. Sie sind also doch nicht so geheim, dachte er.

„Eure Heiligkeit kennen die Schrift ...?" Er wies auf die Blätter und blickte dem Papst erstaunt ins Gesicht.

Die Augen des Heiligen Vaters funkelten. Sie waren gerötet – vor Empörung oder vor Müdigkeit?

„Dachtet Ihr, eine ungeheuerliche Entdeckung gemacht zu haben?" Alexander VII. verzog den Mund zu einem schmalen Lächeln, das seinen grauen Bart an den Spitzen zittern ließ. „Ihr scheint zu vergessen, dass mir die Bibliothek und das Archiv der Päpste immer am Herzen lagen.“

Holstenius nickte. Natürlich wusste er, dass Alexander VII. ein großer Freund der Kunst und der Wissenschaften war. Er betätigte sich sogar selbst als Dichter. Und er hatte ihm dieses Heiligtum anvertraut. Aber musste er deshalb auch alle Schätze und Geheimnisse des Archivs kennen? Musste ihm das Wissen seiner Vorgänger vertraut sein?

Der Heilige Vater schien seine Gedanken lesen zu können. „Seit der Zeit der Apostel bewahren die Päpste alle Schriften, die ihr Wirken dokumentieren, sorgfältig auf“, dozierte er. „Das gesamte Schriftgut wurde von alters her gesammelt, es folgte den Päpsten sogar in ihre verschiedenen Residenzen.“

Holstenius schwieg. Er spürte, dass sein Herz nur mühsam schlug. Die Brüchigkeit des Papyrus, dachte er, das durch viele Jahrhunderte in der päpstlichen Kanzlei verwendet worden war, die Ortswechsel und die politischen Umwälzungen haben dafür gesorgt, dass das Archivgut aus den frühesten Zeiten fast vollständig verloren gegangen ist. „Ein Großteil der Bestände aus der Zeit vor dem achten Jahrhundert ist bis heute verschollen“, erwiderte er, als der Papst nicht wieder ansetzte.

Alexander VII. ließ sich nicht beirren. Während er die Papyrusbögen sorgfältig wieder zusammenlegte, sagte er: „Ab dem elften Jahrhundert wuchs die Anzahl der Archive. Im 15. Jahrhundert wurden die kostbarsten Dokumente hier in Rom in die Engelsburg verlegt. Erst Papst Paul V. ließ die Bullen- und Brevenregister, die Kammerbücher und die Sammlungen der bis in das Pontifikat Pius V. reichenden Dokumente in die Säle neben der Bibliothek bringen – das Vatikanische Geheimarchiv entstand. Den Päpsten war immer bewusst, dass sich brisantes Material in ihren Akten befindet. Und dass sie Verantwortung tragen. Das Philippusevangelium war mir schon aufgrund seines außerordentlichen Alters bekannt. Aber die Schriften haben immer ungestört und unbeachtet in ihrer Kammer geschlummert – bis vor wenigen Wochen."

Holstenius beobachtete, wie sich das Lächeln, die Ahnung eines Lächelns, aus dem Gesicht des Papstes zurückzog. Die steile Falte auf seiner Stirn vertiefte sich.

„Wer hat Eure Heiligkeit informiert?"

Der Papst schüttelte den Kopf. „Das Evangelium selbst hat zu sprechen begonnen", knurrte er. „Zuerst war seine Stimme kaum wahrzunehmen, ein Flüstern nur, das durch die Flure kroch, aber außerhalb der heiligen Mauern des Vatikans nicht zu vernehmen war. Doch inzwischen haben sogar Außenstehende davon erfahren, und es scheint mir, als wolle man die Kirche einer Verschwörung bezichtigen."

Als der Heilige Vater fortfuhr, stieß er seine Worte in schrillem Kommandoton aus. „Doch diese Stimmen – ich nenne keine Namen, um niemanden für alle Zeiten schuldig zu sprechen – müssen verstummen." Vage wies der Papst mit seiner Hand in Richtung des Gianicolo, an einen ihnen beiden bekannten Ort. „Ihr müsst sie zum Schweigen bringen, Holstenius. Ihr müsst ... Es wird unser aller Unglück sein, sollten diese Stimmen von den Gläubigen gehört werden. Ein Sturm würde sich erheben und über die heilige Kirche hinwegfegen. Danach wäre nichts mehr so, wie es einmal war. Die heilige Ordnung Europas, ja der Welt wäre dahin."

Während Alexander VII. sich mühsam von seinem Stuhl erhob und den Kodex an seinen Platz zurücklegte, meinte Holstenius, die Stimme eines Propheten zu hören. Ein Brausen erhob sich, das sich zwischen den Bücherschränken verstärkte und wie ein furchtbares Echo von dort zurückgeworfen wurde: „Und ich sah in der rechten Hand dessen, der auf dem Thron saß, ein Buch, beschrieben innen und außen, versiegelt mit sieben Siegeln", donnerte die Stimme. „Und ich sah einen starken Engel, der rief mit großer Stimme: Wer ist würdig, das Buch aufzutun und seine Siegel zu brechen? Und niemand, weder im Himmel noch auf Erden, noch unter der Erde, konnte das Buch auftun und hineinsehen. Und ich weinte sehr, weil niemand für würdig befunden wurde, das Buch aufzutun und hineinzusehen. Und einer von den Ältesten spricht zu mir: Weine nicht! Siehe, es hat überwunden der Löwe aus dem Stamm Juda, die Wurzel Davids, aufzutun das Buch und seine sieben Siegel ..."

Der Heilige Vater zitierte eine Passage aus der Offenbarung des Johannes, und Holstenius wusste, wie der apokalyptische Text fortfuhr: „Und ich sah mitten zwischen dem Thron und den vier Gestalten und mitten unter den Ältesten ein Lamm stehen, wie geschlachtet", murmelte er wie um Vergebung bittend. „Es hatte sieben Hörner und sieben Augen, das sind die sieben Geister Gottes, gesandt in alle Lande. Und es kam und nahm das Buch aus der rechten Hand dessen, der auf dem Thron saß. Und als es das Buch nahm, da fielen die vier Gestalten und die vierundzwanzig Ältesten nieder vor dem Lamm, und ein jeder hatte eine Harfe und goldene Schalen voll Räucherwerk, das sind die Gebete der Heiligen, und sie sangen ein neues Lied: Du bist würdig, zu nehmen das Buch und aufzutun seine Siegel; denn du bist geschlachtet und hast mit deinem Blut Menschen für Gott erkauft aus allen Stämmen und Sprachen und Völkern und Nationen und hast sie unserm Gott zu Königen und Priestern gemacht, und sie werden herrschen auf Erden."

Es war wie ein Rausch, und er konnte nicht aufhören, die heiligen Worte zu flüstern. „Und ich sah, und ich hörte eine Stimme vieler Engel um den Thron und um die Gestalten und um die Ältesten her, und ihre Zahl war vieltausendmal tausend. Die sprachen mit großer Stimme: Das Lamm, das geschlachtet ist, ist würdig, zu nehmen Kraft und Reichtum und Weisheit und Stärke und Ehre und Preis und Lob. Und jedes Geschöpf, das im Himmel ist und auf Erden und unter der Erde und auf dem Meer und alles, was darin ist, hörte ich sagen: Dem, der auf dem Thron sitzt, und dem Lamm sei Lob und Ehre und Preis und Gewalt von Ewigkeit zu Ewigkeit! Und die vier Gestalten sprachen: Amen! Und die Ältesten fielen nieder und beteten an."

Der Papst drehte sich wieder zu Holstenius. „Ich bin mir sicher, dass Ihr die Botschaft verstanden habt. Das Geheimnis dieses Textes ist zu groß, als dass es die Menschen begreifen könnten."

„Und das Geheimnis des *Volto Santo*?" Holstenius beschloss trotzig, sich nicht einschüchtern zu lassen.

Alexander VII. sah ihn mit leerem Blick an. „Wir sind beide alt, Holstenius. Gott wird uns bald vor seinen Thron befehlen. Wie viele Generationen werden nach uns kommen? Wie viele Männer und Frauen werden den Mut aufbringen, die Wahrheit zu schauen? Blickt nicht nach hinten, seht nach vorne. Das Christentum ist diese eine Person. Das Christentum ist diese eine Gegenwart. Das Christentum ist dieses eine Gesicht: Jesus Christus. Er ist das, was man in ihm sieht. Das *Volto Santo* kann den Glauben stärken, aber nicht ersetzen. Der Heilige Geist macht den Menschensohn sichtbar, wie der Sohn den Vater gezeigt hat."

Holstenius schüttelte den Kopf. „Ich bin Wissenschaftler, ich suche immer nach der Wahrheit. Jede Täuschung ist mir zuwider, und dieses Spiel ist der heiligen Kirche nicht würdig."

„Dieses Spiel, wie Ihr es nennt, ist ein Akt der Barmherzigkeit. Was ist die Wahrheit nach all dieser Zeit? Was ist Glauben? Die Wahrheit, das wisst Ihr so gut wie ich, würde die Welt in den Abgrund stürzen. Habt Ihr die schrecklichen Folgen des Großen Krieges schon vergessen? Jede weltliche Demut wäre dahin, jedes Vertrauen in die Obrigkeit und in die von Gott gewollte Ordnung erschüttert. Ein Sturz ins Bodenlose, was sage ich, ein Sturz hinab in die Hölle ..."

„Auch die Wahrheit ist heilig ..."

„Aber sie hat ihre Zeit. Und ihre Zeit wird kommen." Der Papst fasste den Bibliothekar am Arm. „Die Kirche steht vor einem großen Sieg“, flüsterte er. „Frankreich und Spanien werden Frieden schließen, schon bald. Die wichtigsten katholischen Mächte umarmen sich, und sie tun dies zum Wohl der Völker. Wer seid Ihr, dass Ihr in diesem historischen Moment Zweifel säen wollt? Und die Königin …“ Der Heilige Vater schloss für einen Moment die Augen. „Niemand wird diesem Weib Glauben schenken. Und niemand wird diese Wahrheit, die einen neuen großen Krieg nach sich zöge, hören wollen.“

Widerstrebend ließ sich Holstenius vor die Tür der Kammer führen. Ein Schatten trat ihnen entgegen, und überrascht bemerkte er, dass sie auf dem Flur erwartet wurden. „Kardinal Rospigliosi …“

Der Kardinal schaute durch Holstenius hindurch. Ernst verneigte er sich vor dem Papst, als erwarte er eine Anweisung von ihm.

Es war bekannt, dass der hagere Staatssekretär und päpstliche Vertraute einen Großteil der Amtsgeschäfte des Papstes führte. Mit dem Ende der Pest war auch die Kraft des Heiligen Vaters verbraucht gewesen, hieß es. Die Römer flüsterten, Papst Alexander VII. sei derzeit nicht mehr als eine Marionette im Spiel der konservativen Kardinäle. Die Pest habe ihn erschöpft und seinen Reformwillen gebrochen.

Holstenius sah, dass Kardinal Rospigliosi Siegelwachs und eine Kerze in der Hand hielt. Papst Alexander nickte ihm zu, und sprachlos verfolgte Holstenius, wie der Kardinal die Tür zur Kammer verschloss und anschließend sorgfältig versiegelte. Als das Wachs von der Tür tropfte, drückte der Heilige Vater seinen Siegelring in die rotglänzende Masse. Unter seinem Namenszug prägte sich das Bild des fischenden Petrus darin ein.

„Ich verfüge, dass diese Kammer ab sofort verschlossen bleibt“, sagte der Papst mit matter Stimme. Und mit einem Blick zu Holstenius setzte er hinzu: „Glaubt mir, mein Sohn, es ist zum Wohle der Menschheit."

Azzolino konnte es kaum erwarten, das in Leder gehüllte Paket zu öffnen. Was auch immer sich darin befand, es musste viele Jahre in seinem Mauerversteck gelegen haben. Der Kardinal hoffte, dass das Leder, das inzwischen steif und brüchig war, Feuchtigkeit und Schimmelfraß von dem geheimnisvollen Schatz ferngehalten hatte. Was hielt er da in seinen Händen? Obwohl sie sich beeilten und die Höfe von Santo Spirito in Sassia im Laufschritt hinter sich gelassen hatten, balancierte er das Paket so vorsichtig in den Armen wie einen Säugling, den eine Amme wiegte.

Als sie die Gärten des Palazzo Riario erreicht hatten, atmete er auf. Auch Christina, die fast noch schneller als er selbst vorangestürmt war, holte tief Luft. Ihr Gesicht war vom Laufen gerötet, das Kopftuch auf die Schultern gesunken, und Strähnen hellen Haares hatten sich aus einem Knoten am Hinterkopf gelöst.

Maria, die am Tiberufer auf sie gewartet hatte und ihnen dann wieder mit etwas Abstand gefolgt war, traf bald darauf unversehrt ein. Stürmisch umarmte sie die Königin. Azzolino sah, dass sich Spannung, Freude und Übermut auf ihrem Gesicht spiegelten.

Doch es war Christina, die ihre Neugierde nicht mehr zügeln konnte. „Ich bitte Euch, Azzolino", flehte sie, „öffnet endlich das Paket."

„Hier, im Garten?" Irritiert sah er die Königin an. „Wir sollten warten, bis wir das Sommerhaus erreicht haben."

Die Königin machte eine gleichgültige Handbewegung. „Meine Gärtner sind im hinteren Teil des Parks beschäftigt", sagte sie und wies auf die Pflanzungen am Fuß des Gianicolo. „Es wird uns niemand stören. Und wenn wir uns dort an den Brunnen stellen, wird es von Weitem so aussehen, als ob wir uns an den Wasserspielen erfreuen." Sie zeigte auf einen Schalenbrunnen, der nur wenige

Schritte entfernt von ihnen eine zierliche Fontäne in die Luft spuckte. In seiner Mitte schnellte ein steinerner Delfin aus den Fluten. Smaragdfarbene Sittiche saßen auf dem Schalenrand und schienen zu plaudern. Von Zeit zu Zeit tauchten sie ihre Schnäbel in das Wasser ein und tranken.

Azzolino ging auf den Brunnen zu. Warum nicht, dachte er. Die Spannung war kaum noch auszuhalten, und er fühlte sich so aufgeregt wie vor der Priesterweihe. Damals hatte er geglaubt, dass ihn die Ordination auf eine höhere Ebene heben würde. Doch nachdem die Hand des Bischofs sein Haupt gestreift hatte, nach dem Weihegebet, der Salbung und der Überreichung von Kelch und Hostienschale hatte er nur eine entsetzliche Leere in sich gespürt. Trotzdem war er sich sicher gewesen, dass er sein Leben in den Dienst der Kirche stellen und den Schatz des Glaubens hüten würde.

Am Brunnen stoben die Sittiche auseinander. Die Flügel der Vögel raschelten wie Papier im Wind. Für einen Moment meinte der Kardinal, tausenden bedruckten Buchseiten hinterherzueilen, die ein unheimlicher Sog davonwirbelte.

Azzolino lehnte sich mit dem Rücken gegen die Marmorschale, um das Leder vor dem feinen Sprühnebel des Wassers zu schützen. Die Luft roch nach Piniennadeln und nassem Gras. Christina folgte ihm und lugte über seine Schulter. Er spürte ihren Atem an seinem Ohr, und das sinnliche Kitzeln lief seinen Rücken hinunter. Maria setzte sich auf den äußeren Rand der Brunnenschale und tauchte die Hände in das Wasser ein.

Vorsichtig schlug Azzolino das Leder auseinander. Er hatte erwartet, eine Tafel oder ein Buch darunter zu finden. Größe und Gewicht des Pakets hatten darauf schließen lassen, und unterwegs hatte er insgeheim gehofft, eine gebundene Aufzählung von Namen zu finden, einen Stammbaum, die Blutlinie, irgendetwas, das ihre Thesen bestätigte. Doch als er das Leder, das in mehrenen Lagen fest um das Objekt gewickelt war, endlich entfernt hatte, seufzte er enttäuscht auf: „Ein Rahmen“, murmelte er, „ein kaputter Rahmen.“

Christina nahm ihm das quadratische Holz, das sich um eine gesprungene Kristallscheibe spannte, ungeduldig aus der Hand. „Ein merkwürdiger Rahmen“, sagte sie und drehte das Fundstück hin und her. „Das Bild, das sich einmal darin befunden hat, konnte von vorne und hinten betrachtet werden.“

Tatsächlich bestanden sowohl Vorder- als auch Rückseite aus Glas, im Rahmen selbst waren farbige Figuren in das Holz geschnitzt. Azzolino forderte den Rahmen zurück und untersuchte die Schnitzereien genauer.

„Sind das Heilige?“ Maria beugte sich über das Holz und tastete die Reliefs mit den Fingerspitzen ab.

Christina und Azzolino nickten. „Da sind acht kleine Fenster“, sagte Christina. „Und darin, wunderbar gearbeitet, Apostel, Heilige und Engel.

„Und mitten unter ihnen, fast lachend, die Gottesmutter im blauen Gewand, mit ausgebreiteten Armen.“ Azzolino staunte. „Aber warum ist dieser kostbare Rahmen in einem so schlechten Zustand? Einge der Einlegearbeiten scheinen sogar herausgefallen oder vielleicht auch herausgebrochen zu sein.“

„Vielleicht ist der Rahmen gestürzt?“

„Aber wo ist das geschehen? Und was hat sich darin befunden?“

„Der Schleier ...“ Maria zog das Tuch aus dem Lederbeutel und legte es über den Rahmen. Die Maße stimmten, der Schleier passte genau in das innere Quadrat. „Es ergibt doch Sinn, den Schleier von vorne und von hinten betrachten zu können.“

Azzolino staunte. „Das ergibt Sinn, in der Tat. Dann könnte der Rahmen aus dem Tabernakel der ehemaligen Veronikakapelle stammen, in der das Schleierbild aufbewahrt wurde, bevor das Gebäude dem Umbau weichen musste.“

„Vielleicht ist das die Erklärung?" Christina nahm den Rahmen noch einmal in die Hand und hielt ihn wie den Schleier gegen das Licht. „Vielleicht ist das Bild beim Umbau gestürzt?"

„Aber wer hätte diesen Schatz jemals fallen lassen?" Azzolino hatte auf einmal einen alten Holzschnitt vor Augen. Auf dem Bild war die Darbietung der Veronika, also des wahren Bildes Christi, vor Pilgern zu sehen, und zwar in einem Rahmen, der ihrem Fundstück glich.

„Und wenn es ein Raub war, ein Überfall ...", dachte Christina laut. „Wenn es zu einem Handgemenge kam und der gerahmte Schleier den Dieben aus den Händen rutschte und auf dem Steinfußboden der Kapelle zerschlug?"

„Das würde den Riss durch den Kristall erklären." Azzolino deutete auf den größten Spalt, der sich von oben nach unten quer über die Scheibe zog. „Ein zerbrochener, blinder Spiegel", murmelte er.

„Und das Gegenstück." Christina spannte den Schleier zwischen ihren Händen und hielt ihn ins Licht. Obwohl Azzolino die Manifestation des Bildes bereits einige Male staunend verfolgt hatte, fuhr ihm das Antlitz des Erlösers, das sich nun wieder zeigte, erneut durch Mark und Bein. „Für diesen Rahmen mit zwei Glasscheiben gibt es nur ein Gegenstück: den Schleier, ein durchsichtiges Bild, das man von beiden Seiten betrachten konnte, wie eine Hostie in einer Monstranz. Deshalb hatte der Rahmen vorne und hinten eine Kristallscheibe. Gut möglich, dass daher überhaupt die Idee der Montranz kommt, und vielleicht auch die der eucharistischen Anbetung: der Vorstellung, dass sich Gott als weiße Oblate zwischen zwei Kristallscheiben durch die Straßen tragen lässt. Dieser Rahmen erschließt uns das alte Mysterium."

„Und er wäre der Beweis, dass wir tatsächlich die echte *Vera Ikon* bei uns tragen. Aber warum haben die Diebe den Schleier dann aus ihm herausgenommen?"

„Weil es keine Diebe waren. Der oder eher diejenigen, die das Schleierbild an sich nahmen, sahen sich als seine rechtmäßigen Besitzer an. In ihren Augen hatte ihnen die Kirche den Schleier einst geraubt und ihn dann als ihre Reliquie ausgegeben, die ihr plötzlich zugekommen sei. Aber der Schleier war nie als Reliquie oder Schatz zu verstehen, er war und ist die Botschaft Jesu an seine Nachkommen. Er verkörpert seine Gestalt, sein Wesen, sein Blut. Und deshalb haben sie das Tuch auch wieder aus dem Rahmen entfernt: Im übertragenen Sinne war er sein kirchliches Gefängnis. Er presste es in das Gedankenkorsett der heiligen katholischen Kirche."

Azzolino blickte Christina staunend an. Vor seinen Augen sah er die Ritter, die sich das Chaos der Bauarbeiten zunutze machten, die nachlässigen Wachen in der Veronikakapelle überwältigten und Tuch und Rahmen schließlich nach einem Handgemenge aus dem Vatikan entführten. „Die Diebe sind nicht weit gekommen", stellte er fest. „Noch nicht einmal bis auf die andere Seite des Tibers ..."

„Ihr sollt sie nicht Diebe nennen ..." Ärgerlich schlug Maria mit der Hand auf das Wasser, und die Spritzer trafen Azzolino im Nacken. Er schüttelte sich. „Dieses Tuch ist als Geschenk zu mir gekommen", fuhr sie fort. „Es gehört meiner Familie, keiner Diebesbande."

Christina legte Maria besänftigend eine Hand auf die Schulter. „Wollt ihr wissen, was ich denke?", fragte sie. Ohne die Antwort der Freunde abzuwarten, begann sie zu sprechen: „Das Schleierbild ist tatsächlich das Vermächtnis Jesu. Der Herr hinterließ es niemand anderem als seiner Liebe: Maria Magdalena. Und er hinterließ der Welt sein Blut. Maria Magdalena war schwanger, und sie schenkte einem Erben das Leben. Jesus und Maria begründeten also eine Dynastie, die Blutlinie, von der uns so viele Erzählungen bis heute berichten. Vielleicht hatten Maria und ihr Kind die Kirche Jesu führen sollen und dazu das Königsreich Jerusalem, das wohl ihr weltliches Erbe gewesen wäre. Doch nach dem Tod des Herrn waren Mutter und Kind in großer Gefahr. Die ersten Christen wurden verfolgt, und zwar nicht nur von den Römern. Viele starben den Märtyrertod. Die Anhänger Jesu beschlossen also, der Welt vorerst nichts von diesem Erbe mitzuteilen. Vielleicht hofften sie, dass die Zeit die Gemüter beruhigen und ihnen helfen würde, den Anspruch des Nachfolgers durchzusetzen. Vielleicht war es ihnen aber auch genug, dass sie von dem Geheimnis und der leiblichen Auferstehung Christi wussten, die ein Erbe ja auch verkörperte. Sie begannen also, ihr Wissen zu verschleiern, nur einige wenige Christen der Urgemeinde waren eingeweiht. Diese Gemeinschaft der Wissenden schützte die Nachkommen Jesu und trug sein Vermächtnis, den Beweis des Göttlichen und den Schatz des wahren Glaubens, durch die Zeiten."

„Der Schleier wurde daraufhin mit dem Marienzeichen versehen und mit den Jerusalemkreuzen."

„Genau. Das erklärt auch, warum die Nachfahren Christi das Marienzeichen, die Lilie, zu ihrem Wappen wählten. Sie folgten dem Vorbild des Schleiers. Das Blut Jesu begründete die Dynastie der Merowinger, während aus den frühen Christen, die nicht in das Geheimnis eingeweiht waren, die mächtige Amtskirche hervorging. Spätestens im dritten Jahrhundert gab es zwei Lager: die geheime Gemeinschaft der Wissenden und die Mehrheit der Ahnungslosen. Zu diesem Zeitpunkt gewann jedoch die Kirche an Macht, und schließlich bestand keine Chance mehr, das Rad zurückzudrehen und beide Lager wieder zusammenzuführen. Selbst wenn die Amtskirche einen Erben Jesu akzeptiert hätte, wäre sie nicht mehr bereit gewesen, ihre Glaubensmacht zu opfern. Die Jagd nach dem Schleier begann, der die Menschen so sehr faszinierte, und im achten Jahrhundert geriet er tatsächlich in die Fänge der Kirche."

„Aber das Bild war inzwischen so bekannt, dass man es nicht einfach zerstören konnte“, spann Azzolino den Faden aufgeregt weiter. Er spürte, dass Christina auf der richtigen Spur war.

Christina nickte und fuhr fort. „Also entschloss sich die Amtskirche, das Schleierbild für ihre Zwecke zu nutzen. Die Legende der Veronika entstand, das Bild wurde zu einer Reliquie umfunktioniert, zu einem Schatz, den es zu bewachen galt, wie das päpstliche Wappen in seinem Saum zeigt. Aus dem Geschenk des Herrn war ein Instrument zum Geldverdienen geworden. Und es ging um sehr viel Geld. Über die Jahrhunderte pilgerten Hunderttausende nach Rom, um die *Vera Ikon* zu sehen und anzubeten. Gleichzeitig versuchten die Nachfahren Jesu und ihre Beschützer alles, um den Schleier wieder zurückzubekommen. Er war schließlich ihr einziger Beleg für ihre Wahrheit, ihr Allerheiligstes.“

„Der Gral? Die Templer?“ Azzolino fuhr sich nervös mit den Fingern durch das Haar.

„Das Wissen um den Ursprung des Tuches war inzwischen, viele Jahrhunderte später, zu einem Mythos geworden. Allerdings war es nicht viel mehr als ein Flüstern, eine Legende, das Staubkorn aus einer längst vergangenen Zeit. Vielleicht hatten die Wissenden daher das Symbol des Grals und die Geschichte von der Suche nach ihm wie einen geheimen Code in die Welt gesetzt, um sich durch die Jahrhunderte und über Sprach- und Ländergrenzen hinweg zu verständigen und um das Geheimnis vor dem Vergessen zu bewahren. Und die Templer? Sie waren die Nachkommen der Wissenden, ihr Motto verweist auf ihren uralten Auftrag, das Lob des Herren durch die Zeit zu tragen. Ihr Bund oder Orden könnte von Beginn an im Verborgenen existiert haben. Seine weißen Ritter waren die Schutzmacht der Nachkommen Christi. Bereit, die Erben und den Schleier bis aufs Blut zu verteidigen, wie es Jacques de Molay 1314 ja auch bewies. Er ließ sein Leben für das Geheimnis.“

„Aber die Kreuzzüge? Die plötzliche Macht der Templer?“ Azzolino schüttelte den Kopf. „Das passt nicht zusammen. Wenn Ihr Recht hättet, müssten die Templer das Licht der Öffentlichkeit wie der Teufel das Weihwasser gescheut haben."

„Um das zwölfte Jahrhundert muss etwas geschehen sein, was das Gleichgewicht der Kräfte verschob. Vielleicht kam es zu einem geheimen Abkommen zwischen der Kirche und dem Orden, ein Handel um den Thron von Jerusalem. Es könnte doch sein, dass den Päpsten zu dieser Zeit die Macht über das Heilige Land wichtiger war, als der Besitz des Schleierbildes – und sie boten es den Templern im Tausch dafür an. Vielleicht glaubten die Kirchenmächtigen inzwischen selbst an ihre eigene Veronikalegende und hatten den Glauben an den heiligen Ursprung des Bildes längst verloren? Ihr dürft nicht vergessen, dass mittlerweile wieder einige Jahrhunderte vergangen waren. Und die Macht der Zeit und des Vergessens ist gewaltig. "

„Doch der Handel kam nicht zustande. Schießlich eroberten die Muslime die letzten christlichen Bastionen im Heiligen Land, und die Templer mussten fliehen. Jerusalem und damit auch das Veronikatuch waren zunächst für sie verloren."

„Die Kreuzzüge verkamen zu einem tödlichen Gerangel um Geld und Macht, und tausende starben. Der Pakt mit den Templern wurde der Kirche zu gefährlich, als der französische König, von Geldgier getrieben, gegen die Mönchsritter und den Papst agierte. Papst Urban hätte die Templer wohl begnadigt, wenn sie dem Wissen um das Schleiertuch, um den Gral, abgeschworen hätten."

Azzolino nickte. „Aber einige Templer entgingen dem Komplott und überlebten im Untergrund. Und auch die Blutlinie Christi existierte fort. Inzwischen war sie wohl mit dem Blut der Anjou verschmolzen."

„Ja, die weißen Ritter blieben in der Nähe des Schleiers. Einige von ihnen wählten Santo Spirito in Sassia zu ihrem Versteck, andere hielten sich in der Nähe der Erben auf, wo auch immer diese lebten. Spätestens um 1608, mehr als achthundert Jahre, nachdem es ihnen abhanden gekommen war, gelang es den weißen Rittern doch noch, das heilige Tuch aus dem Vatikan zu befreien. Mit dem Umbau des Petersdoms hatten die Päpste sie geradezu dazu eingeladen. Sie versteckten den heiligen Schleier in Santo Spirito in Sassia und warteten darauf, das Tuch und seinen rechtmäßigen Besitzer zusammenbringen zu können."

„Aber dann muss etwas schiefgegangen sein." Azzolino blickte wieder auf den Rahmen in seinen Händen.

„Wem gehörte das Tuch?" Maria sah Christina gespannt an.

„Die Blutlinie der Anjou ist weit verzweigt ... Man müsste alle Linien verfolgen ..."

„Mit Fulko von Anjou verschmolz die Dynastie auch mit dem französischen Königshaus."

„Es ging nicht nur um einen moralischen Anspruch, sondern auch um das Königreich Jerusalem, um Neapel, und, und, und ..." Azzolino sah hinauf zum Sommerhaus. Er meinte, auf der Terrasse eine Gestalt zu sehen, die auf sie herabblickte. „Pater Paolo dachte wohl, dass König Ludwig XIII. das Blut des Herrn in sich trug."

Christina schüttelte unwirsch den Kopf, und der Knoten in ihrem Nacken löste sich vollständig auf. „Und so stehen wir wieder vor der Frage, welche Rolle Maria in dieser unglaublichen Geschichte spielt."

Azzolino wendete den Rahmen hin und her. „Was erzählt uns dieser Rahmen noch?"

„Und was ist mit der Botschaft Pater Paolos?" Maria schmiegte sich gegen Christina.

„Du hast Recht, Maria." Der Kardinal schloss die Augen und rief sich die Schrift in Erinnerung. *„Jesus von Nazareth, König der Juden. Mein Gott, mein Gott, warum hast du mich verlassen. Paolo, Maria, Sang real"*, murmelte er. „Paolo, Paolo ... Paulus ..."

„Oder Saulus ...“, fügte Christina nachdenklich hinzu. „Der Apostel war der wichtigste Missionar des Urchristentums.“

„Als griechisch gebildeter Jude und gesetzestreuer Pharisäer verfolgte Paulus zunächst die Anhänger des gekreuzigten Jesus von Nazaret, dem er selbst nie begegnet war. Doch auf einer Reise nach Damaskus erschien ihm der auferstandene Christus.“

„Er stürzte zu Boden und hörte, wie eine Stimme zu ihm sagte: ‚Saul, Saul, warum verfolgst du mich?‘ Er antwortete: ‚Wer bist du, Herr?‘ Und dieser sagte: ‚Ich bin Jesus, den du verfolgst.‘“

„Danach verstand er sich als von Gott berufener Apostel des Evangeliums für die Völker. Als solcher verkündete er vor allem Nichtjuden den auferstandenen Jesus Christus. Er bereiste den östlichen Mittelmeerraum und gründete christliche Gemeinden. Durch seine Paulusbriefe blieb er mit ihnen in Kontakt. Paulus gilt vielen als der eigentliche Gründer des Christentums.“

„Ich bin Jesus ...“, wiederholte Maria. „Ich bin Jesus ...“

„Paulus ist ein Zeuge des wiederauferstandenen Christus. Er selbst erwähnte seine Begegnung mit dem Auferstandenen mehrmals. Und er betonte, dass das von ihm verkündete Evangelium nicht menschlicher Art sei, sondern eine unmittelbar von Gott geoffenbarte an ihn gerichtete Botschaft.“

„Er hat nicht Jesus Christus selbst gesehen, er hat den Schleier gesehen“, rief Maria dazwischen. „Wie haben wir uns gefühlt, als wir das Gesicht zum ersten Mal sahen? Erschien uns darauf nicht ein lebendiges Gesicht! Es war doch wie die Auferstehung eines Toten. Was ist mit Paulus geschehen?“

„Er soll zusammen mit Petrus den Märtyrertod erlitten haben. In den Paulusakten heißt es, er sei in Rom unter Kaiser Nero durch das Schwert hingerichtet worden. Möglicherweise fand er im Zuge von Neros Christenverfolgung im Jahr 64 den Tod. Eine Kreuzigung wäre ihm dann als römischem Bürger wohl erspart geblieben.“

„Gibt es ein Grab?“ Maria sprang vom Brunnen herunter.

„San Paolo fuori le mura“, erwiderte Christina nachdenklich. „Es heißt, sein Grab befinde sich unter der Pauluskirche vor den Toren Roms.“

„Könnte sich dort eine weitere Botschaft verbergen?“

„Aber wo sollen wir suchen?“ Christina schlug die Hände vors Gesicht. Durch die Finger hindurch murmelte sie: „Die Basilika ist gewaltig. Und das sogenannte Paulusgrab ist, soviel ich weiß, leer. Man hat den römischen Sarkophag dort schon einmal geöffnet, doch bis auf Knochenreste hat man nichts gefunden.“

„Das ist nicht ganz richtig“, warf Azzolino ein, er konnte ein Lächeln nicht unterdrücken. „Ich habe gehört, dass in dem steinernen Sarkophag mit Gold verzierter purpurner Leinen und ein Stück blauer Stoff entdeckt wurden. Auch sie lagern heute im Tresor des Petersdoms.“

Christina und Maria fingen gleichzeitig an, Fragen zu stellen. Abwehrend hob der Kardinal die Hände. „Mehr weiß ich nicht“, schüttelte er den Kopf.

„Noch mehr Tücher“, stellte Christina fest. „Verbirgt sich darauf ein weiterer Teil der Botschaft? Paulus hatte doch ursprünglich den Beruf des Webers erlernt, vielleicht konnte er das Bild des Schleiers kopieren. Das würde erklären, warum von so vielen unterschiedlichen Tüchern die Rede ist. Warum sich der Schleier vervielfältigte. Paulus schuf die ersten Kopien der *Vera Ikon.* Er trug das Bild Jesu auf seinen Missionsreisen rund um das Mittelmeer. Sie wurden als Beweis für das Göttliche betrachtet.“ Sie legte ihren Arm um Azzolino, und die Berührung ließ einen wohligen Schauer durch seinen Körper rieseln. Nicht zum ersten Mal stellte er sich vor, wie es wäre, Christina zu küssen.

NEUNZEHN

Rom, Frühjahr anno 1659

Das Sommerhaus war verlassen gewesen, als die Männer eintrafen. Christinas Zofe hatte ihnen die Türen geöffnet und sie gebeten, im Salon auf die Königin zu warten. Offensichtlich hatte sich das Mädchen schnell von dem Schock erholt, den Heiligen Vater bewirten zu dürfen. (*Wann hatte sich der Papst je in die Behausung eines seiner Untertanen begeben?,* sollte Holstenius später in seinen Erinnerungen notieren.) Nur wenige Augenblicke nach dem Eintreffen der hohen Gäste servierte sie Wein und Konfekt, stirnrunzelnd zwar, aber mit sicherer Hand, höflich und zurückhaltend. Sie machte ihrer Herrin alle Ehre.

Holstenius dagegen schwitzte. Der Schweiß lief ihm über die Stirn und brannte in seinen Augen. Er spürte, wie das Wasser über seinen Rücken rann und sich seinen Weg durch seine Kleidung bahnte. Er fühlte sich wie ein Ertrinkender. Die Ereignisse der vergangenen Stunden trieben ihn hilflos auf den Wogen einer gärenden See davon. Ich muss die Königin warnen, war sein einziger Gedanke. Wenn sie mit dem Mädchen zurückkehrt, wird man ihnen den Schleier abnehmen. Wie kann ich sie erreichen?

Sein Blick fiel auf das Frauenporträt, das den Salon schmückte. Das Bildnis dieser allen Zeiten entrückten jungen Frau beherrschte den Raum. Holstenius wusste, dass es sich bei der Schönen um Ebba Sparre handelte. Die Königin hatte ihm von Belles Rolle in ihrem Leben erzählt. „Das Bild bedeutet mir mehr, als Ihr Euch vorstellen könnt, Holstenius", hatte sie damals gesagt, und ihre Augen hatten sich für einen Moment mit Tränen gefüllt. „Und wenn ich bei meiner Abreise aus Stockholm nur ein Andenken hätte mitnehmen können, wäre es wohl dieses Bildnis gewesen. Es ist ein direkter Zugang zu meinem Herzen."

„Christina, Christina, Christina ...", murmelte Holstenius, während er seinen Blick auf dem Porträt ruhen ließ und versuchte, in die lebhaften Augen der Schwedin einzutauchen. Er konzentrierte sich, fixierte das schwarze Oval der Pupillen und versuchte, der Königin seine Gedanken zu schicken. Tatsächlich war es so, als ob ein geheimnisvoller Sog von der Schönen ausginge, der den Betrachter mit sich in die Tiefe des Bildes riss.

Holstenius wusste nicht, was der Papst und sein Staatssekretär planten. Doch das Gespann war gefährlich und unberechenbar, die Ereignisse in der Bibliothek hatten es ihm bewiesen. Fast kamen sie ihm wie das schlangenköpfige Ungeheuer aus den Mythen der Alten vor. Eine Hydra ... In den Erzählungen aus der Vorzeit schnellte das Monstrum plötzlich aus den Tiefen des Meeres hervor, um Viehherden zu zerreißen und Felder zu verwüsten. Schrecklich und nahezu unbesiegbar.

Der Heilige Vater und sein Handlanger würden nicht zimperlich sein. Die Kirche wollte den Schleier zurück, das hatte der Papst während der Fahrt auf den Gianicolo unmissverständlich und in drastischen Worten erklärt. Dass das *Volto Santo* wieder aufgetaucht sein musste, hatte der Heilige Vater aus den Aktivitäten der Freunde schließen können. Erschrocken hatte Holstenius begriffen, dass jedes Buch, jedes Dokument, das sie befragt hatten, dem Staatssekretär gemeldet worden war. Es gab ein geheimes Warnsystem in den Archiven, das Alarm schlug, wenn bestimmte, sensible Akten aus ihrem Jahrhundertschlaf geweckt wurden. Wie dieses System funktionierte, wer daran beteiligt war, konnte Holstenius nicht sagen. Aber in den vergangenen Stunden hatte er begriffen, dass nichts im Verborgenen blieb, was in der Bibliothek geschah. Alle Freiheit, die er in den Büchersälen und auf seinen Reisen durch die Zeit empfunden hatte, war Täuschung gewesen. Seine Welt war nicht mehr als ein Zerrbild des Glücks gewesen, vollkommen zwar, aber doch nicht real. Wie von einer Glaskugel umschlossen und für die wachsamen Blicke der Mächtigen jederzeit einsehbar. Ein winziger Kosmos nur innerhalb der undurchdringlichen Weiten des Vatikans. Holstenius wusste nicht, ob er je dorthin würde zurückkehren können.

Der Papst und Kardinal Rospigliosi tuschelten miteinander, sie hatten den Wein in ihren Gläsern nicht angerührt. „Ihr wisst wirklich nicht, wo sich die Königin aufhält?", fragte der Kardinal, und in seiner Stimme lag ein schneidender Unterton. Ungeduldig sprang er auf und setzte seinen hageren Körper in Bewegung. Lauernd wie ein Raubtier auf Beutezug streifte er durch den Salon, wobei er Christinas verbliebene Gemälde einem prüfenden Blick unterzog.

Holstenius schüttelte den Kopf. „Es ist allgemein bekannt, dass sich die Königin von ihren Gelüsten treiben lässt. Sie kann überall sein: auf einem Ausritt, einem Spaziergang oder einem Marktbesuch."

„Und dieses Kind ist immer an ihrer Seite?"

Sie wissen von dem Mädchen, durchfuhr es Holstenius. Es geht ihnen nicht nur um den Schleier. Wieder verneinte er, aber der Staatssekretär sah ihn zweifelnd an. Drohend baute er sich vor ihm auf, dann beugte er sich zu ihm hinunter, und sein vergifteter Atem schlug ihm ins Gesicht.

„Ihr wollt doch sicherlich wieder zu Euren Büchern zurückkehren", zischte er. „Ihr wollt doch sicherlich nicht, dass Euch die Kirche für Eure ketzerischen Gedanken bestraft? Ich denke da zum Beispiel an Eure private Sammlung. Was für ein gewaltiges Feuer sich daraus entfachen ließe ..." Rospigliosi breitete die Arme aus, und ein verzücktes Lächeln flackerte über sein Gesicht. „Ein wunderbares Feuer ... Niemand wird diesen Brand löschen können. Asche zu Asche, Staub zu Staub ...“

Der Schock fraß sich wie ätzende Säure durch Holstenius' Gedanken. Er rang nach Atem, und für einen Moment schien sein Herz auszusetzen. Ein furchtbarer Schmerz wütete in seiner Brust, und er krümmte sich. Meine Bücher, war sein einziger Gedanke, meine herrlichen Bücher. Dieser Schurke hatte es tatsächlich auf seine private Bibliothek abgesehen, auf seinen ganz persönlichen Schatz: fast dreitausend Bände, die er über die Jahre erworben hatte und die in seiner römischen Wohnung in ihren Schränken auf ihn warteten.

Holstenius konnte nicht antworten. Erst nach einer ihm endlos erscheinenden Zeit meinte er wieder atmen zu können, und er versuchte, tief Luft zu holen. „Das wagt Ihr nicht“, stöhnte er und richtete sich mühsam auf. „Ihr und Eure Schergen ...“ Zitternd zeigte er auf die Tür, hinter der die Söldner der Schweizergarde zum Schutz des Heiligen Vaters warteten. „Die Zeit wird Euch widerlegen“, drohte er. Mit letzter Kraft stieß er dem Kardinal eine Faust vor die Brust. „Die Wahrheit lässt sich nicht verbergen, nicht für alle Zeiten.“ Dann sackte er zurück auf den Sessel und beschloss, sich der in seinem Rücken lauernden Ohnmacht hinzugeben.

Die Freunde machten sich schweigend an den Aufstieg zum Sommerhaus. Noch immer hielt Azzolino Christina an sich gedrückt, keiner von beiden hatte Anstalten gemacht, sich aus der Umarmung zu lösen. Christina sah, dass Maria ihre schüchternen Zärtlichkeiten lächelnd beobachtete.

Von Trastevere führte ein schmaler Weg, der von Kutschen befahren werden konnte, den Gianicolo hinauf und von hinten an das Sommerhaus heran. Vom Park aus war der Hügel über schmale Gartenwege und moosbewachsene Stufen zu bezwingen.

Es war inzwischen noch wärmer geworden. Der Park lag in der prallen Mittagssonne, doch die Bäume und Sträucher auf dem dicht bewachsenen Hügel boten ihnen Schatten. Auch die Sittiche hatten sich in die kühlen Baumkronen zurückgezogen.

Als sie etwa die Hälfte des Weges zurückgelegt hatten, hörten sie von weiter oben Pferdewiehern. Christina zuckte zusammen, ihre eigenen Rösser standen in den Stallungen unten am Palast. „Wer kann das sein?", fragte sie, während sie sich mit einer Drehung aus Azzolinos Armen löste.

Der Kardinal packte Maria bei den Schultern und zog sie zu sich. Besorgt sah er zum Sommerhaus hinauf, aber die grüne Wand aus Buschwerk und Bäumen verdeckte ihm die Sicht. Die Sonne, die schräg durch das Laub rieselte, blendete ihn. „Vielleicht ist Holstenius schon eingetroffen ... aber wollte er nicht zu Fuß kommen?", wunderte er sich.

Christina nickte. Unruhig trat sie von einem Bein auf das andere. Totes Laub raschelte unter ihren Füßen. „Irgendetwas stimmt dort oben nicht", murmelte sie. Ein merkwürdiges Gefühl überkam sie, und sie versuchte, in sich hineinzuhorchen. Während sie sich konzentrierte, meinte sie eine Stimme zu hören. War das ihr Vater, der sie vor einer Gefahr warnte? Ein dumpfes Rauschen dröhnte in ihrem Kopf, das bedrohlich anschwoll. Sie schloss die Augen.

Ein dunkler See wie aus schwarzem Samt, nur von einigen rötlichen Blitzen beleuchtet, breitete sich vor ihr aus. Dann begann das Bild zu flackern, Nebel legte sich vor die Lichtpunkte und gefror zu einem Schatten.

„Vater", rief sie, doch im selben Moment wusste sie, dass diese Gestalt keine Ähnlichkeit mit dem großen König besaß. Es war Holstenius, der sie mit durchdringendem Blick fixierte. Sein Mund öffnete sich, aber sie konnte ihn nicht hören.

„Holstenius", keuchte sie, „Er ist in Gefahr. Er will uns warnen. Wir müssen ihm helfen." Zitternd öffnete sie die Augen.

Azzolino stellte keine Fragen. Er zog Maria noch näher zu sich heran und drehte sie in Richtung Palast: „Lauf und versteck dich unten in der Stadt, sodass dich niemand findet“, befahl er dem Mädchen. „Und gib den Schleier nicht aus der Hand ...“

„Wann kann ich zurückkommen?“ Marias dunkle Augen richteten sich auf Christina. Für einen winzigen Moment flackerte Panik darin auf. Dann war ihr Blick wieder klar.

Die Königin dachte einen Augenblick nach. „Wir geben dir ein Zeichen“, antwortete sie. „Wenn alles in Ordnung ist, werden wir das Lilienkreuz mit Kreide unten an das Gartentor malen. Komm erst zurück, wenn du das Zeichen siehst. Ich werde auf dich warten.“

Das Mädchen nickte, und Christina schloss es in die Arme. „Wir sehen uns bald wieder“, flüsterte sie Maria zu. Noch einmal sog sie den vertrauten Duft des Mädchens ein, dann gab sie ihm einen Kuss auf die Stirn. „Das Lilienkreuz wird dich zu mir zurückbringen.“

Im nächsten Moment lief Maria den Hügel hinab. Sie duckte sich, huschte wie ein wildes Tier zwischen Büschen und Sträuchern hindurch, und nach wenigen Augenblicken hatte das Wäldchen sie verschluckt.

„Und was machen wir?“ Azzolino sah Christina hilflos an, dann bemerkte er, dass er den Rahmen noch bei sich trug. Erschrocken streckte er ihr das Paket entgegen.

„Wir verstecken ihn hier im Gebüsch.“ Christina nahm das Bündel, ging in die Knie und schob es unter einen Strauch, um dessen Stamm Farn wucherte. Als sie die Farnwedel zur Seite drückte, schlug ihr der modrige Geruch von Feuchtigkeit entgegen. „Sobald wir wissen, was dort oben los ist, holen wir den Rahmen wieder ab.“

Azzolino war einige Schritte vorausgegangen und horchte in die Stille des Wäldchens hinein. Nur das Summen der Insekten war zu hören. Plötzlich flatterten die Sittiche in den Baumkronen auf. Ihr Flügelrauschen ging wie ein Aufschrei durch das Gehölz, und im nächsten Moment waren sie von Soldaten umstellt.

Die Männer kamen wie aus dem Nichts. Sie trugen blaue Exerzieruniformen und waren mit Hellebarden und Schwertern bewaffnet.

„Schweizergardisten", entfuhr es Azzolino.

Der Heilige Vater ist hier, wusste Christina sofort. Sie funkelte die Söldner trotzig an. „Ich protestiere. Ihr befindet euch auf königlichem Grund und Boden. Dieser Park hier, das ist mein Reich, hier bin ich souveräne Herrscherin. Dürfte ich also erfahren, was zum Teufel hier vorgeht. Du da ..." Christina zeigte herrisch auf den am nächsten stehenden Soldaten.

Der Offizier lief rot an, verlegen trat er vor und verbeugte sich mit einem leichten Kopfnicken vor Christina. „Wo der Heilige Vater ist, ist auch die Schweizergarde, Majestät", antwortet er, ohne ihr in die Augen zu schauen. „Wir haben geschworen, dem regierenden Papst treu, redlich und ehrenhaft zu dienen und unser Leben für ihn hinzugeben."

„Ja, ja, ja ... Geschwätz." Christina wedelte resolut mit den Armen. „Der Papst residiert im Vatikan – dort ..." Sie zeigte den Hügel hinunter in Richtung des Petersdoms. „Niemals fiele es ihm ein, mich hier zu besuchen. Er würde mich zu sich in seine Gemächer bitten."

„Wir haben den Befehl, Euch hinaufzubringen." Ein weiterer Söldner von höherem Rang trat vor. „Man erwartet Euch." Mit der Spitze seiner Hellebarde wies er in Richtung des Sommerhauses. Die Geste wirkte respektlos, fast bedrohlich. „Bitte, Majestät ... Wir folgen Euch."

Christina schüttelte trotzig den Kopf, obwohl eine innere Stimme ihr riet nachzugeben.

Azzolino sah sie besorgt an, alle Farbe war aus seinem Gesicht gewichen, und in seinem schwarzen Priestergewand wirkte er wie ein Todesengel aus einem der Gemälde Caravaggios.

„Wo ist das Mädchen?“ Die Männer begannen, mit den Hellebarden in den Büschen herumzustochern. Die Klingen mähten Farn und Gräser nieder, ein grässliches Geräusch. Es dauerte nicht lange, bis sie auf den Rahmen stießen.

„Da ist etwas ...“ Zwei Gardisten gingen in die Knie und förderten das Paket zutage. Ohne es zu öffnen, reichten sie das Bündel an den Hauptmann weiter, der es vorsichtig in sein Wams steckte.

Azzolino schlug die Hände vors Gesicht, während Christina mit dem Fuß aufstampfte. „Das gehört mir“, schrie sie und sprang auf den Hauptmann zu. Mit einem wütenden Fußtritt stieß sie seine Hellebarde zur Seite, gleichzeitig versuchte sie, ihm das Paket zu entreißen.

Die Söldner gaben ihrem Anführer sofort Deckung, mit wenigen, geübten Handgriffen drängten sie Christina zur Seite.

„Verdammt, was fällt euch ein“, wehrte sie sich fluchend.

Der Hauptmann schüttelte den Kopf, doch aus seinem Blick konnte sie ablesen, dass er nicht mit ihrer Gegenwehr gerechnet hatte. „Das genügt nun, Majestät. Wir gehen hinauf, und es wäre besser, Ihr würdet uns folgen, ohne noch einmal die Beherrschung zu verlieren. Ihr wollt doch nicht, dass wir Gewalt anwenden oder Euch festnehmen müssen?“

Rasender Zorn tobte durch Christinas Körper. Warum haben wir Maria den Rahmen nicht mitgegeben? fragte sie sich wütend. Am liebsten hätte sie sich auf den Boden geworfen und mit den Fäusten auf die Erde getrommelt. Doch ihr Stolz zwang sie, stehen zu bleiben. Hochmütig funkelte sie die Gardisten an, doch sie spürte, dass ihre Zähne vor Anspannung klapperten.

Azzolino warf ihr einen fragenden Blick zu. Sie las Besorgnis darin und die Angst um Maria. Schließlich kapitulierte sie und nickte ihm zu. Schweigend reichte sie ihm den Arm und ließ sich die Treppen hinaufziehen.

Ein Großteil der Schweizergardisten folgte ihnen mit unbeweglichen Mienen, einige Soldaten blieben zurück und machten sich daran, den Hügel und Park zu durchsuchen.

Christina war zornig, das sah er. Zornig wegen seines Versagens. Und sie hatte Recht. Wie hatte er nur so gedankenlos sein können, den Rahmen bei sich zu behalten? Er hatte doch auch gespürt, dass etwas nicht stimmte. Er dankte Gott, dass sie Maria rechtzeitig fortgeschickt hatten. In den Gassen der Stadt würde sie so schnell niemand finden. Azzolino war überzeugt, dass sich das Mädchen im Trubel der Menschenmassen unsichtbar machen konnte, sie hatte schon einmal auf den Straßen überlebt.

Was würde Christina und ihn auf dem Gianicolo erwarten? Als sie aus dem bewaldeten Streifen hinaustraten und das Sommerhaus vor sich liegen sahen, bemerkte er weitere Soldaten. Das Häuschen war von Schweizergarden umstellt. Gewöhnlich standen etwa zweihundert Männer im Dienst des Papstes, Azzolino schätzte, dass sich etwa vierzig bis fünfzig von ihnen auf dem Hügel befanden.

Der Hauptmann nickte den wartenden Männern zu und bedeutete den Gefangenen dann, ihm ins Haus zu folgen. Im Gehen und aus den Augenwinkeln heraus sah Azzolino, dass die Kutsche des Papstes etwas abseits hinter einer gewaltigen Steineiche wartete. Das päpstliche Wappen, Tiara und Schlüssel, schimmerte auf den Wagentüren. Mit einer Bewegung machte er Christina auf das Gefährt aufmerksam.

Durch das einfache, gemauerte Portal und den schmalen Flur betraten sie Christinas Salon. Das Bild, das sich ihnen bot, war grotesk. Im Zentrum der Szene, auf dem geschnitzten Sessel, der normalerweise Christina vorbehalten war, hatte der Papst Platz genommen. In dem gewaltigen Möbel, das Christina scherzhaft als ihren Thron bezeichnete, verlor sich sein schmaler Körper, und der in sich zusammengesunkenen Gestalt fehlte jegliche Autorität. Es war das erste Mal, dass Azzolino das Zusammenspiel von äußerlichem Pomp und Macht so deutlich ins Auge sprang. Gott jedenfalls, so dachte er, war in diesem Moment nicht in der Nähe des Heiligen Vaters.

Kardinal Rospigliosi dagegen glühte vor heiligem Ernst und Geschäftigkeit. Er stand mitten im Raum, breitbeinig unter seinem Kardinalsgewand und beide Fäuste in die Hüften gestemmt. Seine Augen blitzten, und auf seinen Wangen zeichneten sich hektische Flecken ab, als ob er die Strecke vom Vatikan bis hinauf auf den Gianicolo zu Fuß zurückgelegt hätte. Triumphierend lachte er auf, als sie den Salon betraten.

Halb verdeckt, die Beine von sich gestreckt, hing Holstenius in einem Sessel. Auch seine Arme baumelten schlaff herab, und sein grauer Kopf war auf die Brust gesackt. Im ersten Moment dachte Azzolino, der Freund schliefe. Doch ein zweiter Blick sagte ihm, dass der Bibliothekar das Bewusstsein verloren hatte. Erschrocken eilte er an die Seite des Freundes und tastete dessen Puls. Als er fühlte, wie das Leben schwach in den Adern des Gelehrten strömte, atmete er erleichtert aus.

„Was ist hier los?“ Christina stürmte voran. Energisch verlangte sie Auskunft über die Ereignisse in ihrem Haus. „Warum treibt man mich wie eine Bergziege den Hügel hinauf, Exzellenz?“ Sie schien weder den Papst noch Holstenius zu bemerken und konzentrierte sich ganz auf die Person des Kardinals.

Azzolino beobachtete, dass sich Stolz und Empörung wie eine Rüstung um sie gelegt hatten. Fast war es so, als ob ihr Körper glühte. Das Licht, das durch die hohen Fenster fiel, überzog ihre Gestalt mit einem goldenen Schimmer.

„Majestät ..." Kardinal Rospigliosi senkte die Arme und verschränkte sie hinter seinem Rücken. „Den Heiligen Vater treibt die Sorge um das Wohl der Kirche. Es heißt, dass Ihr im Besitz einer Reliquie seid, die nicht in dieses Haus gehört." Spöttisch blickte er an Christina herunter, und Azzolino fragte sich, ob sie sich nach ihren Hosen und Reitstiefeln sehnte. Er selbst fühlte sich in dem einfachen Priestergewand nicht wohl, und es kam ihm so vor, als ob ihn der Kardinal nicht ernst nähme. Ja, vielleicht hatte er ihn in dieser Maskerade noch nicht einmal erkannt.

„Das ist Unsinn." Christina holte tief Luft und straffte die Schultern. „Ich besitze nichts, was die Kirche für sich reklamieren könnte."

„Wir haben etwas gefunden ..." Der Hauptmann trat vor und überreichte Kardinal Rospigliosi den in Leder eingeschlagenen Rahmen. „Es lag versteckt im Park, unter einem Busch. Ich habe einige Männer im Garten zurückgelassen, die nach dem Mädchen suchen."

Kardinal Rospigliosi wechselte einen raschen Blick mit dem Papst, dann nahm er das Paket an sich. „Gut, Ihr könnt mit Euren Männern draußen warten."

Als sich die Türen hinter den Soldaten geschlossen hatten, wickelte der Kardinal das Leder ab, dann stutzte er. „Wo ist das Tuch?", fauchte er.

„Ich weiß nicht, wovon Ihr sprecht." Nun war es an Christina, die Augenbrauen spöttisch in die Höhe zu ziehen.

„Der Schleier, das Tuch der Veronika, die *Vera Ikon*, Ihr wisst, was ich meine." Anklagend hielt er den kaputten Rahmen ins Licht, sodass der Papst sah, dass der kostbare Inhalt fehlte.

„Ich habe diesen Rahmen nie zuvor gesehen." Azzolino bemerkte, dass Christina sich in der Rolle der Unschuld zu gefallen begann. „Das Tuch der Veronika habe ich übrigens auch nie sehen dürfen ...“ Sie nickte in Richtung des Papstes. „Ich dachte immer, es sei nicht mehr als eine Legende, ein frommes Märchen ... Ein Heiligtum für das Volk.“

„Maria Alexandra ...“ Die Stimme des Papstes erhob sich unerwartet, schien über dem Sessel zu schweben und an Kraft und Autorität zu gewinnen. „Es geht hier nicht um das Schicksal eines Einzelnen, es geht um das Wohl unzähliger Menschen und vieler Völker. Ich weiß, Ihr habt einen Narren an diesem Kind gefressen, aber wenn es im Besitz des Schleiers ist, dann bitte ich Euch, sorgt dafür, dass das heilige Tuch in den Vatikan zurückkehren kann.“

„Also sind all diese Geschichten wahr?“ Christina drehte Kardinal Rospigliosi den Rücken zu und kniete vor dem Sessel des Papstes nieder.

Azzolino hielt den Atem an. Fast fürchtete er sich vor der Antwort des Papstes, nach der sie sich in den vergangenen Wochen doch so gesehnt hatten.

„Was ist schon die Wahrheit?“ Der Heilige Vater lächelte wehmütig und faltete die Hände in seinem Schoß wie zum Gebet. „Wahr ist, dass der heilige Schleier nicht mehr im Besitz der Kirche ist. Aber er muss zurückkehren, sein Geheimnis ist nicht für die Welt da draußen bestimmt.“ Alexander VII. zeigte hinunter auf Rom, das in friedlichem Glanz zu ihren Füßen lag. „So viele Kriege sind schon um dieses Tuch geführt worden, doch unter der Obhut der Päpste hat sich der Schleier in einen Friedensstifter verwandelt. Die Pilger kamen in die Heilige Stadt, um das Antlitz des Herrn anzubeten. Wer es sah, verließ Rom als neuer Mensch.“

„Wer hat den Schleier gestohlen?“ Christina war noch ein Stück näher an den Papst herangerutscht.

„Ketzer, Irre, Verschwörer, der Teufel ...? Eine Macht, die sich nicht mit den gegebenen Verhältnissen der Welt abfinden will.“

Der Blick des Heiligen Vaters fixierte einen Punkt im Nirgendwo.

„Ihr meint die Macht der Kirche?"

„Ich meine die göttliche Ordnung der Welt ..."

„Und was ist mit der Blutlinie, den Nachkommen Christi? War es nicht Maria Magdalena, die eigentlich die Gemeinschaft der Christen führen sollte?" Christina konnte nicht mehr stillsitzen und sprang wieder auf.

Azzolino hörte, wie Kardinal Rospigliosi nach Luft schnappte.

„Und die Templer, die Kreuzzüge, der Neubau der Peterskirche ..." Sie schleuderte die Worte wie Messer von sich.

„Einflüsterungen des Teufels ... Eine Verschwörung gegen den wahren Glauben." Der Papst schlug das Kreuzzeichen. „Alle diese Geschichten, Romane und Bilder haben Eure Fantasie erhitzt. Die Kirche allein ist der wahre Körper Christi."

Azzolino hoffte, dass sich Christina nicht um Kopf und Kragen redete.

„Und das Mädchen?" Sie lachte triumphierend auf. „Die *Fleurs de lys*, Pater Paolo, der weiße Ritter, Santo Spirito in Sassia?"

„Die Geschichte eines armen Irren, den das Schleierbild in seinen Bann gezogen und nicht mehr losgelassen hat." Der Papst schüttelte resigniert den Kopf und gab seinem Staatssekretär ein Zeichen, an seiner statt weiterzusprechen.

Kardinal Rospigliosi fuhr fort. „Pater Paolo hat den Schleier wohl schon in seiner Jugend gesehen, als die Prozessionen mit dem *Volto Santo* noch von der alten Peterskirche zur Pilgerkirche führten. Es war bekannt, dass er ein großer Verehrer des heiligen Schleiers war. Er war geradezu besessen vom Tuch der Veronika."

„Und als sich die Gelegenheit ergab, ist er einfach in die alte Veronikakapelle marschiert, hat die Wachen überwältigt und den Rahmen samt Schleier gestohlen? Zu seinem Privatvergnügen?

Eine einzelne Person, ich bitte Euch ..." Azzolino sah, dass Christina die Augen verdrehte.

Kardinal Rospigliosi ließ sich nicht beirren. „Wir wissen nicht, wie er in den Besitz des Schleiers kam. Fakt ist, dass das Tuch während der Bauarbeiten verschwunden ist. Wie Ihr Euch sicherlich denken könnt, war das eine Katastrophe für die heilige katholische Kirche. Papst Gregor XV. hat sich von diesem Verlust nicht mehr erholt, er starb als gebrochener Mann. Und sein Nachfolger, Papst Urban VIII., tat alles, um den Raub zu verschleiern. Der Große Krieg brach aus, und viele Männer der Kirche sahen darin ein Zeichen Gottes. Es hieß, der Schleier befinde sich in den Händen der Protestanten. Päpstliche Truppen suchten in ganz Europa danach. Vergeblich ..." Der Kardinal schwieg einen Moment. „Erst Eure Nachforschungen haben uns auf Santo Spirito in Sassia aufmerksam gemacht, fünfzig Jahre, nachdem der Schleier verschwunden ist. Holstenius' Suche in der Bibliothek hat Spuren hinterlassen, die wir zu deuten wussten."

„Was wisst Ihr über das Mädchen?"

„Das Findelkind? Nichts weiter ... Das Mädchen ist eine Waise, vielleicht auch die Frucht einer verbotenen Liebe oder das ungeliebte Kind einer Hure. Pater Paolo hat sich auf seine alten Tage in eine Fantasiegeschichte verstrickt, die alten Verschwörungstheorien hatten Besitz ergriffen von seinem Verstand. Der Schleier ist mächtig, er berauscht und verwirrt ... Wer sich ständig dem Bild des Herrn aussetzt, wird von Visionen gequält. Als das verlassene Kind in seiner Kirche auftauchte, glaubte er wohl, die Templer hätten ihm den vermeintlichen Erben des Schleiers gebracht und er solle sie auf das große Geheimnis vorbereiten. Das hat ihn wohl noch einige Jahre am Leben gehalten. Wir haben erfahren, dass Pater Paolo weit über neunzig Jahre alt war, als er starb. Aber er war nie ein Templer oder weißer Ritter. Ihr könnt mir glauben, Majestät: Es gibt keine Templer mehr, es gibt keine Blutlinie, und es hat nie einen leiblichen Erben des Herrn gegeben. Das alles sind Hirngespinste. Jesus Christus lebt allein in unseren Herzen und in unserem Handeln fort."

„Amen." Holstenius war wieder erwacht. Stöhnend richtete er sich in seinem Sessel auf und fuhr sich mit den Händen durch das schweißnasse Haar. Azzolino reichte ihm einen Becher mit Wein. „Ihr dürft Ihnen kein Wort glauben", flüsterte er Azzolino zu. „Diese Schurken ... Es geht ihnen allein um die Macht, nicht um die Wahrheit."

„Wo also ist der Schleier, Majestät", fuhr Kardinal Rospigliosi dröhnend fort. „Wo steckt dieses Kind?"

Die Gedanken rasten wie Lichtblitze durch ihren Kopf. Was soll ich tun, fragte sich Christina. Ihr war, als hielte sie alle Enden der Geschichte, die sich hinter dem Schleier verbarg, in der Hand. Doch an welchem Ende sie auch zog, nie enthüllte sich ihr die Wahrheit vollständig. „Maria ist eine Nachfahrin Jesu, die eigentliche Erbin Jerusalems, eine Königin ohne Land", flüsterte ihr die Stimme ihres Herzens zu.

„Du hast keinen Beweis, nichts, was du anführen könntest, nichts, was Bestand hätte vor dem Gericht der Heiligen Inquisition", setzte der Verstand dagegen. „Für die Kirche bist du nicht mehr als eine höchst zweifelhafte Person, die unglückliche Episode in Fontainebleau und die neapolitanische Verschwörung haben dich vollends deine Reputation gekostet ... Kein Gericht dieser Welt wird deinen Argumenten Glauben schenken. Die Kirche weiß, dass sie siegen wird. Und du weißt es auch. Danke Gott, dass sie dich nicht der ketzerischen Verschwörung anklagen."

„Rette Maria", flüsterte die Stimme ihres Herzens.

„Rette Maria", flüsterte auch Belle, deren Blicke sie auf sich fühlte.

„Rette Maria", hörte sie die Stimme ihres Vaters befehlen, „rette das Kind, du hast die Macht dazu.“ Von irgendwoher hörte sie sein Herz in der goldenen Büchse schlagen.

„Rette das Kind“, dröhnte der Chor in ihrem Kopf, und Christina griff zum Dolch ihres Vaters.

EPILOG

Rom, Hamburg, Stockholm, anno 1659–1689

Die Zeit rann dahin, still und leise, und doch unerbittlich. Im Pyrenäenfrieden vom Sommer 1659 beendeten Frankreich und Spanien ihren Krieg, und im Juni des folgenden Jahres nahm König Ludwig XIV. von Frankreich, einundzwanzigjährig und vor Ehrgeiz glühend, seine Cousine Maria Theresia, die Infantin von Spanien, zur Frau. „*Im Ehebett wird dieser Frieden geschlossen. Dort vermählen sich die beiden Länder, sie vereinigen ihr Fleisch, wenn auch nicht ihr Herz und ihre Seele*", notierte Christina in ihren Aufzeichnungen. „*Kardinal Mazarin hat wohl seine letzte Großtat vollbracht: Das Europa des 18. Jahrhunderts ist das Europa der Bourbonen. Einer herrscht in Madrid, einer in Neapel, einer in Parma und Piacenza. Das Europa des kommenden Jahrhunderts wird ein französisches.*" Ein letztes Mal dachte sie wehmütig an den Thron von Neapel. Die Erinnerung an Monaldesco flackerte auf, noch einmal erschien ihr seine Gestalt in ihren Träumen. Zäh und bitter wie Walfischtran schmeckte Christina ihre Schuld.

Papst Alexander VII. dagegen hatte allen Grund, optimistisch in die Zukunft zu blicken. Ein wiedererstarktes, katholisches Europa bildete sich heraus, seine päpstliche Macht war größer als noch zu Beginn seines Pontifikats. Nicht nur nach außen, sondern auch in den innersten Zirkeln der Kirche. Die Zweifel waren wie ausgelöscht, das *Volto Santo* blieb verschollen, genauso wie das Kind. Alle, die an der Wahrheit gezweifelt hatten, mussten schweigen.

„Holstenius schweigt, denn er kann nicht ohne seine Bücher leben", vertraute Christina ihrem Tagebuch an. *„Azzolino schweigt aus Liebe zu mir, und ich, ich bin zum Schweigen verdammt. Der Heilige Vater und sein Staatssekretär Kardinal Rospigliosi hielten mein Leben in ihren Händen, sie haben es mir gelassen."*

Christina hatte jedes Recht auf Widerstand gegen die Mächtigen der Kirche verloren. Es waren die Stimmen gewesen, das wahnsinnige Rauschen in ihrem Kopf, die sie über die Klippen der Vernunft getrieben hatten. Sie war tief gefallen: Wie im Wahn und mit dem gezückten Dolch ihres Vaters in der Faust hatte sie sich auf den Papst gestürzt. Es war allein Kardinal Rospigliosis Geistesgegenwart zu verdanken gewesen, dass dem Heiligen Vater nichts geschehen war. Mit einem Sprung hatte er Christina zur Seite gerissen und ihr den Dolch aus der Hand geschlagen, während Azzolino wie versteinert die Augen vor dem Ungeheuerlichen verschlossen hatte. „Ihr seid des Teufels", hatte Rospigliosi geschrien und sie zu Boden gestoßen. Dann hatte er versucht, der Tobenden das Kreuzzeichen auf die Stirn zu malen, das Symbol für Jesus Christus, für dessen Leiden, für Tod und Auferstehung, das Zeichen des christlichen Glaubens.

„Im Namen des Vaters und des Sohnes und des Heiligen Geistes. Amen." Wie glühende Nägel bohrten sich seine Worte in ihre Gedanken.

War es der Schleier gewesen, der auch sie verführt hatte? Das heilige Zeichen hatte sie wieder zur Besinnung gebracht und die Stimmen in ihrem Kopf verscheucht. Gurgelnd waren sie in einem Abgrund verschwunden – für alle Zeit?

Was hatte sie getan? Zitternd und schluchzend hatte sich Christina vor den Heiligen Vater geworfen. Zum zweiten Mal in ihrem Leben hatte sie die Füße des Papstes geküsst und im selben Moment allem Zweifeln an der heiligen katholischen Kirche abgeschworen. Es war vorbei. Papst Alexander VII. hatte sie keines Blickes gewürdigt, doch er hatte ihr seinen Segen gegeben. Wie ein Hauch streifte die Geste seiner Vergebung und der göttlichen Gnade ihr Haupt: „Der Herr gebe dir Frieden."

Die folgenden Wochen und Monate waren schwarz gewesen, die Nächte wieder wie ein endloser, böser Traum, nicht weniger furchtbar als die schlimmsten Stunden ihrer Kindheit. Immer wieder überrollten sie die Bilder ihres ungeheuren Ausbruchs, die Wucht ihrer Gefühle ließ sie wie gelähmt zurück. Und dennoch spürte Christina, dass sie sich endlich eines Dämons entledigt hatte, eines abgründigen Wesens, das schon seit Kindertagen in ihrer Seele gehaust hatte.

War es der Schatten des Vaters, der von ihr gewichen war? Kardinal Rospigliosi hatte ihr den Dolch des Löwen entrissen und das teuflische Werkzeug ins Feuer geworfen. Funken sprühend war das Metall vor ihren Augen zu einem unförmigen Klumpen zusammengeschmolzen. Später hatte sie ihren Gärtnern befohlen, den verkohlten Brocken am Fuß des Gianicolo zu vergraben. Darüber hatte sie einen Gedenkstein aufstellen lassen, ein Kreuz war darin eingemeißelt, dem großen König zu Ehren.

Bewacht von den Männern der Schweizergarde, hatte Christina in ihrem Sommerhaus unter päpstlichem Hausarrest gestanden. Auch Azzolino hatte in seinen Räumen auf ein endgültiges Urteil des Heiligen Vaters warten müssen. Noch immer stand ein Verfahren vor der Römischen Inquisition im Raum, die Anklage lautete auf Häresie, und das Urteil gegen ihre ketzerischen Gedanken konnte von einer Gefängnisstrafe bis zu einer öffentlichen Hinrichtung am Pfahl reichen.

Schlimmer noch als die Ungewissheit über ihr Schicksal war jedoch die Angst um Maria gewesen. Christina hatte dem Mädchen kein Zeichen geben können, und auf Anordnung des Papstes hatte keine Nachricht über den Verbleib der Königin den Palazzo Riario verlassen. Noch immer wurde sie von Soldaten der Schweizergarde bewacht. In der römischen Gesellschaft hieß es, sie sei krank und an das Bett gefesselt.

In ihren Träumen sah Christina Maria nachts an die Tore des Palastes schleichen, um dort nach dem vereinbarten Lilienzeichen zu suchen. Verzweifelt schickte sie dem Mädchen ihre Gedanken, bat sie, auszuharren und nicht zu zweifeln: „Du bist immer noch in Gefahr, Liebes", flüsterte sie. „Solange du den heiligen Schleier bei dir trägst, werden die Männer der Kirche nach dir suchen." Doch sie selbst vermochte kcin Signal, keine Schwingung des geliebten Kindes zu empfangen.

Zum Jahreswechsel 1660 konnte Christina endlich hoffen, dass der Heilige Vater kein Verfahren mehr gegen sie anstrengen würde. Wieder einmal hatte die Zeit über sie gerichtet. Der Schleier, die Zweifel, sie waren wie ungeschehen. Waren sie je gewesen? Christina hoffte, sich auf die Suche nach Maria machen zu können. Doch im Februar traf die Nachricht vom plötzlichen Tod des schwedischen Königs in Rom ein. Christinas Nachfolger, ihr Cousin Karl Gustav, war nur achtunddreißig Jahre alt geworden. Die Königin erinnerte sich an ihre gemeinsame Kindheit, und sie trauerte um ihre erste Liebe.

Ihr Kummer jedoch wurde von den Sorgen um ihre Zukunft überlagert. Sie musste handeln. *„Karl Gustavs Sohn ist erst fünf Jahre alt, er hat fast genau dasselbe Alter wie ich, als der schwedische Thron an mich gefallen war"*, schrieb Christina dem Papst. *„Es heißt, der kleine Junge sei kränklich, und er hat keine Brüder. Das Land soll von einem Regentschaftsrat regiert werden, und Kanzler würde Magnus de la Gardie sein. Nach meiner Abdankung ist seine Macht gewachsen, und nun steht er an der Spitze der Regierung."*

Christina hoffte, dass der Papst ihr eine Reise in die alte Heimat gestattete, um ihre finanzielle Situation nach dem Tod des Königs zu klären. Nachdem die Römische Inquisition keinerlei Anstalten gemacht hatte, sie anzuklagen, ging sie davon aus, dass dem Heiligen Vater ihre Abreise aus Rom gelegen käme. „*Ich muss in Stockholm sein, bevor der Reichstag im Herbst das erste Mal zusammentrifft*“, schrieb sie. „*Meine persönliche Anwesenheit wird die Versammlung dazu bewegen, für eine Fortsetzung meiner Apanage zu stimmen. Ohne diese Zahlungen verliere ich jeglichen wirtschaftlichen Halt.*“ Der Papst willigte ein, wohl wissend, dass sich Christina andernfalls aus seiner Schatulle bedienen würde.

Es war die Angst um ihre Zukunft, die Christina von Maria und Rom, von ihrem Palast und ihren Freunden wegzog und nach Norden trieb. Sie reiste über Hamburg und erreichte Mitte Oktober 1660, nach mehr als sechsjähriger Abwesenheit, die alte Heimat.

Auf dem Reichstag, der in der ersten Novemberwoche tagte, empfing man sie nur widerwillig, doch Christina erreichte ihr Ziel. So mancher der Alten fühlte sich an den überraschenden Auftritt der siebenjährigen Königin erinnert, und die Reichsräte sicherten der so plötzlich Zurückgekehrten zu, die Apanage weiterhin zu gewähren. Doch der Krieg hatte die Dinge verändert: Christinas Gebiete sollten nur noch die Hälfte an Reichstalern einbringen, die sie vorher in ihre Kasse gespült hatten.

Im Mai des folgenden Jahres verließ Christina Schweden wieder. Die Sehnsucht nach Maria war kaum noch zu ertragen, alles zog sie zurück nach Rom, doch an eine schnelle Rückkehr war nicht zu denken. Nachdem sich Christinas Unterhalt auf einen Schlag halbiert hatte, musste sie sich in Hamburg ihren Finanzen widmen. Ihr alter Bankier Diego Texeira lebte inzwischen im Ruhestand, und sein Sohn Manoel war Christinas neuer Repräsentant. Der junge Texeira sollte die Rückzahlung von Krediten und den Rückkauf von verpfändeten Wertgegenständen arrangieren, die Honorare der Bankiers begleichen und die Verhandlungen mit den schwedischen Gebietsverwaltungen führen. Christina würde von ihm monatlich achttausend Reichstaler erhalten, genug für ein angenehmes Leben, wie Kardinal Azzolino ihr aus Rom bestätigte. Vorausgesetzt, die Schweden hielten ihre Verpflichtungen ein.

Die Regelung all dieser Angelegenheiten nahm fast zwölf Monate in Anspruch, und Christina sorgte und langweilte sich furchtbar in Hamburg. „*Die Stunden dauern hier Ewigkeiten. Ich flüchte mich in meine Bücher, in die Welt der Antike, die ich liebe*", schrieb sie an Azzolino. „*Die Unterhaltungen der Toten müssen die mit den Lebenden ersetzen.*" Dann fragte sie den Freund, wie in jedem der mehr als einhundert chiffrierten Briefe, die diesem vorausgegangen waren, nach Maria. „*Was macht unser Schatten?*", schrieb sie und sah das Mädchen wie ein körperloses Wesen durch Rom streifen. „*Habt Ihr Maria erreichen können?*" Bei ihrer Abreise hatte Azzolino versprechen müssen, nach dem Mädchen zu suchen. Nachdem Papst Alexander VII. den Hausarrest der Freunde aufgehoben hatte und kein Wort mehr über den dramatischen Vorfall auf dem Gianicolo gefallen war, konnte sich auch der Kardinal wieder frei durch die Stadt bewegen. Er folgte den Spuren der päpstlichen Schergen, die, wie es im Volk hieß, auf der Suche nach etwas Unaussprechlichem durch die römische Unterwelt geisterten, und suchte nach dem Kind. „*Es ist noch nicht die Zeit, wieder aus dem Schattenreich aufzutauchen*", antwortete Azzolino nach Hamburg. „*Maria bleibt unsichtbar.*"

Um sich die Zeit im Norden erträglicher zu gestalten und um ihr Zweifeln an der katholischen Kirche und am Papst endgültig ungeschehen zu machen, beschloss Christina, sich für einen Religionsfrieden in der Freien Hansestadt Hamburg und im Königreich Dänemark einzusetzen. Christina schickte ihre Vorschläge nach Frankreich, Spanien und Wien, doch die Reaktionen darauf waren entmutigend, und so vergaß sie ihr Vorhaben wieder.

Wer sich noch daran erinnerte, erfreut und geschmeichelt, war der Papst. Der Heilige Vater war anwesend, um die Königin zu begrüßen, als diese im strahlenden Hochsommer 1662 wieder in Rom eintraf. Die Zeit ihrer Abwesenheit schien alles verändert zu haben. Die Römer begrüßten sie herzlich, ihre alten Freunde versammelten sich wieder um sie, und Christina war bereit, sich in aller Ruhe an das Leben im Palazzo Riario zu gewöhnen und endlich, endlich Maria zu finden.

„Ich habe ein Kind verloren, nach dem ich suchen muss. Und dann ist da mein Reich, um das ich mich zu kümmern habe: ein schöner Palast und ein großer Garten, fast ein Park, und viele, viele Gemälde, die aufzuhängen sind. Die Mehrzahl lagert noch in Kisten. Ich habe sie seit über zehn Jahren nicht mehr gesehen, seit sie im Hafen von Stockholm an Bord der Schiffe geschmuggelt worden sind, die sie zum Festland bringen sollten“, schrieb Christina in ihr Tagebuch.

Christina ritt durch die Stadt und hinterließ das Lilienzeichen an Mauern, Häuserwände und Brunnnen. Und während sie auf eine Antwort des Mädchens wartete, begann sie den Palazzo Riario einzurichten, um nicht in steinerner Düsternis zu erstarren. Die Gemälde hängte sie nun in einer großen Galerie im ersten Stock des Palastes auf. Reisende, die nach Rom kamen, durften sie dort besichtigen, während sich die Königin damit vergnügte, die Besucher durch ein Guckloch in der Wand zu beobachten. Im selben Stockwerk lagen auch die anderen öffentlichen Räume, zu denen ein Thronsaal gehörte sowie Christinas Privatgemächer. Nach der Enge des Sommerhauses konnte sie nun wieder über Zimmerfluchten herrschen.

Auch wenn Christina behauptete, dass sie sich nichts aus Bequemlichkeiten mache, waren ihre Gemächer nun mit edlen Perserteppichen und Seidentapisserien ausgestattet. Ihr Bett war aus indischem Feigenholz gefertigt, ein Baldachin aus scharlachrotem Brokat schmückte das Kopfteil. Neben ihrem Schlafzimmer hatte sie ein Zimmer für Maria eingerichtet, ebenso aufwendig und fast noch liebevoller ausgestattet.

Im obersten Geschoss hatte Christina ihre Bibliothek untergebracht, die jetzt allein zweitausend Manuskripte enthielt. Hinzu kam eine noch größere Anzahl Bücher, alte und neue, in zahlreichen Sprachen, alle herrlich gebunden. Parallel zur Bibliothek erstreckte sich ein Saal, wo sich Christinas Freunde zu Gesprächen trafen und man Konzerte und Schauspiele aufführte. Ihr Traum, einen gelehrten Zirkel in Rom zu etablieren, war in Erfüllung gegangen. Einen Speisesaal gab es nicht; Christina liebte es, an unterschiedlichen Orten zu speisen, sei es im Palast oder draußen im Garten, und ihre Diener waren täglich damit beschäftigt, die Tafel vor immer neuen Kulissen zu arrangieren.

Die Bühne war bereitet, und gemeinsam mit Kardinal Azzolino wartete Christina sehnsüchtig auf ein Zeichen des Mädchens. Vier Jahre waren inzwischen seit ihrem hastigen Abschied auf dem Gianicolo vergangen, doch bisweilen kam es Christina so vor, als wäre es nur wenige Stunden her, dass sie das Mädchen ahnungslos an sich gedrückt hatte. Maria fehlte ihr wie das Sonnenlicht an einem von Wolken verhangenen Tag. Es war, als hätte man ihr das Herz aus dem Leib gerissen.

„Warum meldet sie sich nicht bei uns?“, fragte sich Christina jeden Tag, der ohne ein Zeichen von Maria verging. „Warum kehrt sie nicht zurück? Ist sie tot?“

Azzolino, der fast täglich in Christinas Palast einkehrte, war ratlos. „Wenn es ihr gut geht, wenn sie noch lebt, dann muss sie unsere Zeichen entdeckt haben. Vielleicht denkt sie, wir hätten unsere Freiheit mit dem Verrat des Schleiers erkauft? Vielleicht glaubt sie, dass man ihr das Tuch abnimmt, wenn sie zurückkehrt?“

Tatsächlich blieb der Umgang mit dem Schleier problematisch. Wenn der Papst von Marias Rückkehr erführe, würde er sofort den

Schatz zurückfordern, den seine Schergen nicht hatten finden können. „Wir müssen das Tuch an einem sicheren Ort verstecken", hatte Christina beschlossen. „An einem Platz, an dem es später, wenn die Zeit dafür gekommen ist, sein Geheimnis preisgeben kann."

Azzolino hatte sich nicht auf diese Diskussion eingelassen. Der Kardinal hatte seine Karriere aus Freundschaft und Liebe zu Christina geopfert, ihre Grenzenlosigkeit hatte ihn an Abgründe geführt. „Das Mädchen muss zurückkehren, dann sehen wir weiter." Er war nicht mehr bereit, den letzten Schritt zu gehen.

An einem nebelverhangenen Morgen im Herbst 1662 klopfte ein Kind, hohlwangig und frierend, an die Pforten des Palazzo Riario. Es hielt einen Brief für Königin Christina in seinen schmutzigen Händen und überreichte ihn, nachdem man ihm einen Leib Brot und getrockneten Fisch aus der Küche zugesteckt hatte.

In ihrem Salon entfaltete Christina den Bogen mit fahrigen Händen. Auf das Papier war das Lilienkreuz gezeichnet, darunter standen in zierlichen Buchstaben Worte, die ihr Herz springen ließen: *„Sang real"*.

„Maria ..." Wenig später galoppierte Christina auf ihrem Zelter in Richtung der Katakomben davon. Die Königin war in Eile, doch sie achtete darauf, auf Umwegen durch die Stadt zu reiten, und als sie ihr Ziel erreicht hatte, war sie sicher, alle möglichen Verfolger hinter sich gelassen zu haben.

An einem der Zugänge zu den unterirdischen Grabanlagen wurde sie erwartet. Ein zweites Kind gab ihr ein Zeichen, nahm ihre Hand und zog sie mit sich in die Unterwelt.

Nach einem Marsch durch enge, verzweigte Tunnel, der Christina endlos vorkam, erreichten sie eine Höhle. Christina hatte jede Orientierung verloren. Angst pochte in ihren Eingeweiden, die

Seelen der alten Christen wehten sie an, doch dann sah sie Maria. Sie lag auf einem Lager aus Lumpen, matt und blass.

„Maria ..." Christina stürzte an ihre Seite und küsste ihr die Hände, die Stirn, das Haar, es war widerspenstiger denn je. „Maria ..." Das Glück des Wiedersehens strömte warm durch ihren Körper.

„Das Kind ist krank." Maria wandte sich ab und zeigte auf ein Bündel an ihrer Seite. Erst jetzt sah Christina, dass ein Menschlein neben Maria lag, ein zarter Engel, wenige Wochen alt und mit den dunklen, glänzenden Augen der Mutter.

Christina stellte keine Fragen. „Ihr braucht Licht, die Sonne, ihr müsst hinaus aus dieser Schattenwelt. Ich nehme euch mit, und niemand wird euch Leid zufügen." Als sie Maria half aufzustehen, sah sie, dass sie den Lederbeutel in der Hand hielt. „Bitte nehmt den Schleier", sagte sie und drückte ihr den Beutel die Faust. „Ich habe meine Familie nun gefunden."

Der Weg zurück in den Palazzo Riario war der herrlichste Ritt, den Christina je in Rom unternommen hatte. Niemals zuvor hatte sie so viel Liebe in sich gespürt, Liebe zu Maria, die vor ihr im Sattel saß und sich mit dem Rücken an ihren Körper lehnte. Und zu diesem noch unbekannten Wesen, das sich in die Arme seiner Mutter schmiegte.

Christina wusste, was zu tun war, sie vertraute ihren Instinkten. Sie nahm Maria und ihren Sohn in ihrem Haushalt auf, und als der Papst erfuhr, dass das Mädchen wieder aufgetaucht war, bat sie um eine Audienz bei ihm. Alexander VII. empfing sie heiter, gelassen im Bewusstsein seiner Macht. Für Stunden schloss er sich mit der Königin in seinen Privatgemächern ein, und der Verbleib des Veronikaschleiers war nicht das einzige Thema.

„Ich habe so viele Fehler begangen", begann Christina ihr Gespräch, dann kniete sie vor dem Papst nieder und begann zu beichten. Christina war bereit, alles aufzugeben – bis auf ihre Liebe zu

Maria. Sie kämpfte um ihr Glück, gab ein Versprechen, und der Heilige Vater ließ sich darauf ein. Als sie den Papst verließ, war das Vatikanische Archiv um ein versiegeltes Abkommen und ein Geheimnis reicher.

Noch am selben Abend legten Maria und Christina das *Volto Santo* feierlich zwischen die Seiten einer prächtigen Bibel aus Christinas Bibliothek. Sie wählten eine Passage aus dem Johannesevangelium, und während Maria den Schleier noch einmal küsste, las Christina den alten Vers vor: *„Weil du mich gesehen hast, glaubst du. Selig sind, die nicht sehen und doch glauben!"* Dann stellten sie die schwere Bibel an ihren Platz in Christinas Bücherschränken zurück und rührten sie nie wieder an. „Die Geheimnisse verbergen sich immer im tiefsten und dunkelsten Teil einer Bibliothek", murmelte Christina die Worte des alten Freundes, während sie Maria in die Arme nahm. Sie waren sich selbst genug.

Wenn Maria oder Azzolino sie später nach den Stunden im Vatikan fragten, wich sie ihnen aus. Nur einmal antwortete sie vage: „Solange ich lebe, werden wir uns nicht von dem Bild trennen müssen. Der Papst sagte mir, der Schleier habe keinen Wert, wenn man den Glauben daran längst verloren hat."

Der Palazzo Riario war nun für lange Zeit voller Leben und von eindrucksvoller Pracht. Christinas Haushalt war groß, er umfasste an die einhundertsiebzig Personen, Diener von hoher und niedriger Geburt und ihre Familien. Wer die Königin in ihrem Palast besuchte, sah, dass sie einen kleinen Jungen ihres Hofes ganz besonders in ihr Herz geschlossen hatte. Christinas Freunde berichteten, dass sie den Kleinen öfter holen ließ und ihn in den Arm nahm. Als der Junge anfing zu laufen, durfte er an ihre Tafel kommen, und die Königin verwöhnte ihn mit Früchten und Konfekt. „Das ist mein kleiner König", pflegte sie zu sagen. „Mein kleiner König ohne Land."

Als Christina am 19. April Anno 1689 ihren letzten Atemzug tat, wachten Maria und Kardinal Azzolino an ihrem Bett im Palazzo Riario. In ihrem Testament hatte die Königin den Kardinal als ihren Erben eingesetzt, in einem zweiten, geheimen Nachlass versorgte sie Maria und deren Sohn großzügig.

Christina hatte sich ein schlichtes Begräbnis gewünscht, doch Kardinal Azzolino, inzwischen Staatssekretär, konnte Papst Innozenz XI. zu einer würdigen Feier überreden. Und so geriet Christinas Abschied von Rom so prächtig wie ihre Ankunft in der Stadt mehr als dreißig Jahre zuvor. Vier Tage lang lag ihr einbalsamierter Leichnam im Palazzo Riario aufgebahrt. Maria hatte Christina in ein weißes Brokatkleid gehüllt, ein purpurroter Mantel mit Goldkronen und Hermelin war um die Schultern drapiert. Die Königin trug eine kleine Silberkrone, und in ihren Händen hielt sie ein silbernes Zepter und eine kostbare Bibel aus ihrer Sammlung. Maria hatte die Heilige Schrift sofort in den Bücherschränken gefunden. Sie hatte den Staub von mehr als sechsundzwanzig Jahren von ihrem Einband entfernt und küsste das Leder ein letztes Mal, ohne das Buch zu öffnen.

Am vierten Tag wurde Christinas Leichnam vom Palazzo Riario aus über den Tiber in den Petersdom gebracht. In einer langen Prozession, die vorbei an Santo Spirito in Sassia und an der Engelsburg über Berninis Engelsbrücke führte, begleiteten die Kardinäle, der Klerus, der römische Adel, die Diplomaten, Gelehrten, Künstler und ihre Diener Christinas Bahre. Im Dom wurde ihr Leichnam samt Krone, Zepter und Bibel in einen Sarg aus Zedernholz gebettet, dann in einen weiteren aus Blei, in den ihr Name und ihr Wappen eingraviert waren, und schließlich in einen dritten, hölzernen Sarg mit großen Medaillons, die ihr Bildnis trugen.

Keiner der Trauergäste ahnte, welches Geheimnis die Königin mit in die Dunkelheit ihres Grabes nahm. Und wenn Kardinal Azzolino die Wahrheit kannte, so schwieg auch er. Mit gebrochenem

Herzen, untröstlich über den Verlust der geliebten Freundin, starb er nur fünfzig Tage nachdem Christina von Wasa den letzten Segen erhalten und der Papst die Königin ohne Land dem Himmelreich empfohlen hatte.

– ENDE –

Zur Biographie Königin Christinas von Schweden

1618 Beginn des Dreißigjährigen Krieges

1626 8. Dezember – Geburt Christinas in Stockholm, sie ist das einzige Kind Gustav Adolfs und Maria Eleonoras von Schweden

1630 Eintritt Schwedens in den Krieg

1632 16. November – Tod Gustav Adolfs in der Schlacht bei Lützen

1633 15. März – Christina wird Königin der Schweden
Juni Rückkehr Maria Eleonoras nach Schweden mit dem Leichnam Gustav Adolfs

1634 22. Juni – Beisetzung Gustav Adolfs in der Riddarholmskirche von Stockholm
29. Juli – Festlegung der Regierungsmodalitäten während Christinas Vormundschaftsregierung

1644 8. Dezember – Christina wird volljährig und übernimmt die Regierungsgeschäfte
Dezember – Beginn der Friedensverhandlungen zum Westfälischen Frieden in Münster und Osnabrück

1648 24. Oktober – Der Westfälische Frieden beendet den Dreißigjährigen Krieg

1649 10. März – Christina bestimmt ihren Vetter Karl Gustav zu ihrem Erben

1650 11. Februar – Tod René Descartes' in Stockholm
20. Februar Krönung Christinas

1651 Mai – Christina teilt Karl Gustav ihre Abdankungspläne mit
8. August – Christina informiert Rat und Reichstag über ihre Rücktrittsabsichten

1652 Geheime Kontakte Christinas zu den Jesutien Molinos und Casati

Mai – Christina unterrichtet den Jesuitengeneral in Rom über ihre Konversionsabsichten

1654 6. Juni – Christina dankt in Uppsala ab und verlässt Schweden. Reise von Stockholm über Dänemark und Hamburg nach Antwerpen, von dort weiter nach Brüssel

24. Dezember – Heimliche Konversion Christinas zum katholischen Glauben in Brüssel

1655 3. November – Christina konvertiert in Innsbruck öffentlich zum katholischen Glauben

20. Dezember – Ankunft Christinas in Rom, Empfangsfeierlichkeiten, Bekanntschaft mit Kardinal Azzolino

1656 20. Juli – Abreise nach Frankreich. Geheime Verhandlungen mit Kardinal Mazarin über den Thron von Neapel

22. September – Geheimvertrag mit Mazarin über Neapel

1657 Juli – Zweite Reise nach Frankreich. Vorbereitung auf den neapolitanischen Feldzug

6. November – Prozess um den Verrat Monaldescos und dessen Hinrichtung in Fontainebleau

1658 Mai – Rückkehr nach Rom. Umzug in den Palazzo Mazarin

1659 Juli – Der Palazzo Riario wird Christinas endgültiger Wohnsitz

1660 3. Februar – Tod König Karls X. Gustav

Juni – Christina reist von Rom über Hamburg nach Stockholm

1661 März – Christina verlässt Schweden und residiert in Hamburg

1662 20. Juni – Rückkehr nach Rom

1666 22. Mai – Tod Papst Alexanders VII.

Erneuter Aufenthalt in Hamburg auf dem Weg nach Schweden

20. Juni – Clemens IX. wird zum Papst gewählt. Ernennung Kardinal Decio Azzolinos zu dessen Staatssekretär

1667 Aufenthalt in Hamburg bis 1668

1668 Christinas Interessen werden vor dem schwedischen Reichstag verhandelt. Sie hofft, vom Regentschaftsrat das Herzogtum Bremen zu erhalten

16. September – König Johann II. Kasimir Vasa von Polen dankt ab. Christina bemüht sich um die polnische Krone. Azzolino setzt sich für die Wahl Christinas ein

1669 9. Dezember – Tod Papst Clemens IX.

1670 29. April – Clemens X. wird zum Papst gewählt

1672 Karl XI. übernimmt die Regierung in Schweden

1674 Christina gründet die Accademia Reale

1676 22. Juli – Tod Papst Clemens' X.

21. September – Innozenz XI. wird zum Papst gewählt

1680 28. November – Christina beginnt mit der Niederschrift ihrer Memoiren

Christina trägt sich mit dem Gedanken, Rom für immer zu verlassen und die Herrschaft über das Herzogtum Bremen zu übernehmen

1689 19. April – Tod Christinas

8. Juni – Tod Kardinal Azzolinos

NACHWORT

„Ich weiß nicht, ob ich jemals ernsthaft daran gearbeitet habe, [meine Fehler] zu bezwingen“, schrieb sie gegen Ende ihres Lebens. Es waren die Fehler einer Königin und eines ungeliebten Kindes, die Fehler einer ängstlichen Frau und eines begabten Verstandes, dem das Genie fehlte, und einer verzweifelten, hoffnungslosen Suche nach Größe. Christina war ein Kind ihrer heroischen Zeit, eine unregelmäßige Perle des Barocks, glänzend und wertvoll, trotz ihrer Unvollkommenheiten. Aus schönen, erhabenen Porträts blickt sie mit blauen Augen über die Jahrhunderte, noch immer herausfordernd, noch immer hoffend, während das anfangs blendende, manchmal unheimliche Feuerwerk ihrer Geschichte zu guter Letzt zu einem menschlicheren Glühen verklingt ...

Veronica Buckley

Würde sie heute leben, Christina von Schweden wäre nicht nur der Liebling von Kunst und Kultur, sondern auch des Boulevards. Noch immer und seit mehr als 350 Jahren fasziniert das außergewöhnliche Leben der schwedischen Königin die Welt. Ihre Biographie zwischen Triumph und Tragödie ist ein Spiegel der politischen, religiösen und kulturellen Strömungen des Barock.

Schon zu ihren Lebzeiten stieß die Regentin auf größtes Interesse bei ihren Zeitgenossen, wie die Notiz des französischen Botschafters am schwedischen Hof, Pierre-Hector Chanut, beweist: *„Sie spricht Französisch, als sei sie im Louvre geboren, hat einen schnellen Verstand und höchst edlen Geist, sie ist weise und diskret, und sie hat Stil. Sie verbringt ihre ganze Zeit im Reichsrat, beim Studium oder bei körperlicher Ertüchtigung. Sie spricht mit großer Gewandtheit Latein, und sie liebt die Dichtkunst. Kurz, selbst wenn sie keine Krone trüge, gehörte sie zu den schätzenswertesten Menschen dieser Welt.“*

Vielseitig und faszinierend, verblüffend modern, begabt, ehrgeizig und stark, scharfsinnig und immer schwärmerisch auf der Suche, hat Christina sowohl in der Welt der Politik als auch in der Kultur und Wissenschaft als Förderin und schöpferische Denkerin Spuren hinterlassen – und dies in einer stark patriarchalisch geprägten Zeit. Und immer richtete sich die Aufmerksamkeit auch auf ihre Eigenarten und Befindlichkeiten, die sie selbst befeuerte: *„Ich hatte einen unüberwindlichen Abscheu und Widerwillen gegen alles, was die Frauenzimmer tun und sagen"*, schreibt sie in ihren Erinnerungen. *„Ihre engen, umständlichen Kleider konnte ich nicht ausstehen. Ich achtete nicht auf meinen Teint, meine Figur oder wie ich sonst aussah. Nie trug ich einen Hut oder eine Larve, und fast nie zog ich Handschuhe an. Ich verachtete alles, was zu meinem Geschlecht gehörte, Sittlichkeit und Schicklichkeit kaum ausgenommen. Lange Kleider fand ich unausstehlich, ich wollte nur kurze Röcke tragen."* Christinas Verständnis von Weiblichkeit, ihr amazonenhafter Auftritt, ihr Benehmen, ihre Sexualität und ihr Körper gaben immer Anlass zu Spekulationen, was 1965 in der Exhumierung und Autopsie ihrer sterblichen Überreste gipfelte.

Der Roman versucht, sich dieser starken Persönlichkeit und dem vielschichtigen Mythos Christina zu nähern. Die Handlung spielt vornehmlich in der Zeit zwischen 1655 und 1665, den ersten zehn römischen Jahren im Leben der Christina von Schweden. Rom in der Mitte des 17. Jahrhunderts, das ist die *Caput mundi* – das Haupt der Welt –, ein Schwelgen in barocker Pracht. Die größten Künstler ihrer Zeit, Literaten, Musiker und Philosophen bevölkern die Zirkel des Adels und prägen die Ewige Stadt. Auch Christina hat sich Rom zur neuen Heimat für ihr zweites Leben erkoren. Nach ihrem Thronverzicht, dem spektakulären Glaubenswechsel und dem Gang ins Exil hofft sie als Königin ohne Land, dort ein freies, selbstbestimmtes Leben führen zu können, das allein den Maximen ihres Denkens und Wollens folgt.

Doch die Realitäten fordern ihr immer wieder Opfer ab: Der unorthodoxe Lebensstil der rebellischen Amazone bringt Papst und Kirche gegen sie auf, beständiger Geldmangel, die Verwicklung in eine Verschwörung gegen Spanien und ein skandalöses Todesurteil lassen Christina von der gefeierten Heldin der Gegenreformation zur *Persona non grata* abstürzen. Erst nach zehn Jahren und zahlreichen abenteuerlichen Ereignissen und Begegnungen kann sie sich als Mäzenin und Wohltäterin der Stadt und der Künste rehabilitieren. Ihr Wohnsitz, der Palazzo Riario, wird endlich zu einem umschwärmten Zentrum des geistigen Lebens in Rom. Gegen Ende ihres Lebens zählt Christinas Gemäldesammlung zu den bedeutendsten fürstlichen Kunstsammlungen ihrer Zeit, ihre Münzsammlung ist berühmt, und ihre Bibliothek verfügt über einzigartige Handschriften und seltene Drucke.

Zu den zahlreichen historisch verbrieften Ereignissen und Fakten im Leben der Königin von Schweden tritt im Roman eine fiktive Gestalt an die Seite der Rebellin: das Findelkind Maria. Eine Begegnung, die nicht auf historischen Tatsachen beruht, aber dennoch so hätte stattfinden können. Zahlreiche Quellen belegen, dass die Königin stets von kuriosen und ungewöhnlichen Personen umgeben war und diesen ihre Zuneigung oder gar Liebe schenkte, gleich ob Mann, Frau oder Kind. So hatte sie etwa einen kleinen Jungen ihres Hofes ins Herz geschlossen, ließ ihn öfter holen *„und hob es [das Kind] manchmal auf den Arm. Als dieser junge Bursche anfing zu laufen, kam er allzeit zur Tafel, ihr die Füße zu küssen, und es füllte ihm die Königin sodann sein kleines Schürzchen voll Früchte und Zuckerwerk"* (Christian Franckenstein, *Leben der schwedischen Königin Christina und ihres Hofes*, Rom 1705).

Die Geschichten rund um Marias rätselhafte Herkunft basieren zum einen auf den mystischen Überlieferungen um das alte Königsgeschlecht der Merowinger, die im fünften Jahrhundert das Frankenreich gründeten. Auch heute noch beschäftigen sich die

Historiker mit der Frage, ob die Königswürde des Geschlechts in vorchristlicher Zeit durch eine Sage legitimiert worden war, die von einer göttlichen Abstammung erzählte. Und ob die christlichen Merowingerkönige von dem Ansehen profitierten, das der Ursprungsmythos ihren Vorfahren verschafft hatte.

Zum anderen greift das Schleiertuch des Mädchens Fragen nach dem Verbleib des sogenannten Schweißtuches der Veronika auf. Diese bedeutende Reliquie der Christenheit sollte sich eigentlich im Tresor des Veronikapfeilers im Petersdom befinden, unter Vatikankennern gilt es jedoch als offenes Geheimnis, dass sie wohl nach dem Abriss der alten Petersbasilika spätestens um 1608 verschwand und durch ein anderes Tuch ersetzt worden ist. So ist der im Roman erwähnte und zerbrochene, leere Rahmen des Schleiertuchs heute in der Schatzkammer des Petersdoms zu besichtigen. Das Tuch selbst wird den Gläubigen nur noch einmal im Jahr und aus großer Entfernung gezeigt. Und im von Papst Johannes Paul II. ausgerufenen Jubiläumsjahr 2000 war in Rom in einer Ausstellung über „Das Antlitz Christi" im Auftrag der Apostolischen Bibliothek des Vatikans alles zusammengetragen worden, was es zum Thema zu zeigen gab. Das wichtigste Christusbild des Vatikans im Tresor des Veronikapfeilers wurde dabei jedoch wie selbstverständlich nicht gezeigt, berichtet der Journalist Paul Badde in seinem Buch *Das Muschelseidentuch (2005)*: *„Eine lange Tradition des dezenten Verschweigens war schließlich von einem gleichgültigen Vergessen belohnt worden."*

In den letzten Jahren wurde bekannt, dass in der kleinen italienischen Stadt Manoppello in den Abruzzen ein hauchdünnes Tuch aus Muschelseide als *Volto Santo* (dt. Heiliges Antlitz) verehrt wird. Der römische Kunsthistoriker Heinrich Pfeiffer ist nach langer Forschung zum Schleier von Manoppello überzeugt, dass es sich bei diesem Tuch um das eigentliche Schweißtuch der Veronika, die *Vera Ikon*, handelt. Nach der örtlichen Überlieferung wurde das

Volto Santo bereits 1506 von einem Unbekannten nach Manoppello gebracht, bezeugt ist es dort jedoch erst seit dem Jahr 1638, als es den Kapuzinern übergeben wurde (mehr unter: www.voltosanto.it).

In meinem Roman verwebe ich das Rätsel des Schleiers mit den zahlreichen Legenden um den Heiligen Gral. Die Erzählungen von diesem Schatz kommen im Mittelalter auf und wurzeln in den im Text erwähnten historischen Ritterromanen (u. a. Chrétien de Troyes, Robert de Boron, Wolfram von Eschenbach). Im Gralsmythos laufen verschiedene Traditionen zusammen – es handelt sich um eine Mischung aus keltischen, christlichen und orientalischen Sagen und Mythen. Die Pilger- und Kriegszüge ins Heilige Land, die dort gesuchten Reliquien und Stätten der Passionsgeschichte, die Bedrohung der christlichen Herrschaft in Jerusalem, die Gründung von Ritterorden wie der Templer zum Schutz dieser Herrschaft bereicherten die Legende.

Der Mythos um Maria Magdalena und ihre Rolle als Gefährtin Jesu Christi geht auf das ebenfalls erwähnte apokryphe Philippusevangelium zurück. Der Kodex wurde allerdings erst 1945 als Teil einer gnostischen Bibliothek in Nag Hammadi in koptischer Sprache wiederentdeckt – mehr unter: www.gnosis.org. (Ich will jedoch nicht ausschließen, dass auch das Vatikanische Geheimarchiv über eine derartige Schrift verfügt. Dann wäre sie meinem weisen Bibliothekar Lucas Holstenius bei seinen Nachforschungen sicherlich nicht entgangen.)

Die These eines leiblichen Erben von Jesus Christus und Maria Magdalena formulierten die englischen BBC-Reporter Henry Lincoln, Michael Baigent und Richard Leigh. In ihrem semiwissenschaftlichen Buch *Der heilige Gral und seine Erben* (1981) beziehen sich die Autoren auf das Philippusevangelium und behaupten, Maria Magdalena sei mit Jesus verheiratet gewesen und nach Gallien gegangen, wo von ihrem gemeinsamen Kind die Dynastie der

Merowinger abstammen soll. Maria Magdalena wird in dieser Publikation auch mit dem Heiligen Gral in Verbindung gebracht, wobei der Ausdruck *San Greal* als *Sang Real* (okzitanisch für „königliches Blut") gedeutet wird. Grundlage dieser Spekulation waren Dokumente des Franzosen Pierre Plantard (1920–2000), die auf eine angebliche Geheimgesellschaft *Prieuré de Sion* (dt. Bruderschaft vom Berg Zion) hinweisen. Plantard behauptete, die Bruderschaft bewahre die Stammbäume angeblicher Nachkommen von Jesus und Maria Magdalena auf. Diese Dokumente sorgten für reichlich Aufsehen, sind heute jedoch als exzellente Fälschungen enttarnt. Trotzdem ist die Thematik verführerisch, und sie wurde von diversen Autoren aufgegriffen, wie auch von Dan Brown in seinem Bestseller-Roman *The Da Vinci Code* (2003, dt. *Sakrileg*).

Heiliger Gral und Schleiertuch, die Blutlinie Jesu und die Botschaft des Herrn – im Schleiertuch des Findelkindes und in seinem Schicksal entfaltet sich ein ganzes Universum an brisanten Fragen um den Ursprung des Christentums – ein barockes Spektakel und Abenteuer. Die rätselhafte Herkunft des Findelkindes führt die Königin auf eine abenteuerliche Suche nach geheimen Dokumenten, historischen Zeugnissen, nach der Liebe und den Wurzeln des Glaubens – und nach sich selbst. Mit einer Mischung aus geschichtlichen Fakten und Fiktion zeichnet der Roman das temperamentvolle, mutige und leidenschaftliche Leben einer starken und schillernden Frau nach. Von einer Frau, die den Rahmen und die Fesseln ihres Jahrhunderts sprengte und bis heute fasziniert.

Für die Recherche zu diesem Buch habe ich auf zahlreiche Publikationen zu Christina von Schweden zurückgreifen können. Dankbar erwähnen möchte ich:

Johann Wilhelm Arckenholtz, *Historische Merkwürdigkeiten, die Königin Christina von Schweden betreffend: zur Erläuterung der Geschichte ihrer Regierung, und insbesondere ihres Privatle-*

bens, wie auch der Civil- und Gelehrtenhistorie ihrer Zeit, 4 Bde., übersetzt von Friedrich Reifstein, Leipzig, Amsterdam 1751–1760

Veronica Buckley, *Christina – Königin von Schweden. Das rastlose Leben einer europäischen Exzentrikerin,* Frankfurt a. M., 2005

Christina – Königin von Schweden, Katalog der Ausstellung im Kulturgeschichtlichen Museum Osnabrück, Osnabrück 1997

Königin Christina von Schweden, Gesammelte Werke – Autobiographie, Aphorismen, Historische Schriften, Hamburg 1995

Anregungen und historische Fakten rund um das Tuch der Veronika und die *Vera Ikon* habe ich zu verdanken:

Paul Badde, *Das Muschelseidentuch – Auf der Suche nach dem wahren Antlitz Jesu,* Berlin 2005

Heinrich Pfeiffer, *Il Volto Santo di Manoppello,* Pescara 2000

Einen Einblick in die Vatikanische Bibliothek und in das Prinzip der Bibliotheken im Allgemeinen bekam ich unter www.vatican.va und in:

Matthew Battles, *Die Welt der Bücher. Eine Geschichte der Bibliothek,* Düsseldorf 2007

Katrin Burseg: Das Königsmal

editionfredebold
ISBN: 978-3-939674-06-1
Historischer Roman
Originalausgabe
Preis: 16,95 €
448 Seiten

Eine große Liebe und ihr Schicksal vor dem Hintergrund des Dreißigjährigen Krieges!

Drohend ziehen die ersten Auseinandersetzungen zwischen Protestanten und Katholiken als Vorboten des Dreißigjährigen Krieges über Holstein hinweg. Da wird einem neugeborenen Mädchen mit einem C-förmigen Mal auf der Stirn von einer Zigeunerin prophezeit, dass es weite Wege gehen müsse, bis es schließlich sein Glück an der Seite eines älteren Mannes finden würde.

Jahre später begegnet die zu einer schönen jungen Frau herangewachsene Wiebke König Christian IV. von Dänemark. Der ist von ihr bezaubert. Als Hofdame für seine Frau Kerstin Munk nimmt er sie mit sich an den Hof, wo Wiebke ihm nicht nur das Leben rettet, sondern ihm in den Wirren des Krieges auch eine kluge Beraterin ist. Der König verliebt sich leidenschaftlich in sie. Doch als er seine Frau verstößt und Wiebke als illegitime Frau an seine Seite holt, spricht er damit ihr Todesurteil aus. Denn von diesem Tage an hat sie in Kerstin eine unversöhnliche Feindin, die nur noch ein Ziel kennt: Rache.

„... reizvoll menschlich, sogar sinnlich und immer unterhaltsam“
Hamburger Abendblatt

„Königliche Unterhaltung“
freundin

„... ein einnehmendes, gut recherchiertes und mit großer Sachkenntnis gezeichnetes Porträt einer Epoche“
Frankfurter Allgemeine Zeitung

Jutta Oltmanns: Die Friesenrose

editionfredebold
ISBN: 978-3-939674-23-8
Roman
Originalausgabe
Preis: 16,95 €
496 Seiten

Ostfriesland 1810: Widerwillig beugen sich die Menschen dem Handelsverbot und der Fremdherrschaft der Franzosen. Auch die Borkumerin Inken Hinderks, Tochter eines Walfängers, bekommt deren Willkür zu spüren, als ihr Vater zu Unrecht gefangen genommen wird und sie selbst von der Insel fliehen muss.

Völlig auf sich allein gestellt, erhält sie Hilfe von Cirk Hoogestraat, einem Blockadebrecher, in den sie sich verliebt. Cirk bringt sie zu der bärbeißigen Geldverleiherin Tjalda, die Inken Unterschlupf gewährt. Schon bald schafft es Inken mit Hilfe der Chinesin Sumi und Tjaldas zur ersten Teehändlerin Emdens aufzusteigen.

Da tritt Cirk wieder in ihr Leben, an seiner Seite die Engländerin Lucia, die behauptet ein Kind von ihm zu bekommen. Als der Schmugglerkönig auch noch gemeinsame Sache mit Inkens verhasstem Konkurrenten macht, bricht für sie eine Welt zusammen. Doch im Augenblick größter Gefahr begegnet sie Cirk erneut und muß sich zwischen Liebe und Hass entscheiden.

Peter Orontes: Der Seelenhändler

editionfredebold
ISBN: 978-3-939674-19-1
Historischer Kriminalroman
Originalausgabe
Preis: 16,95 €
608 Seiten

Ein mörderisches Phantom.
Totentanz im Mittelalter.
Und ein grauenvolles Geheimnis.
Lüfte es!
Doch sieh dich vor –
der Seelenhändler naht.

Herzogtum Steiermark; Sommer im Jahr des Herrn 1385.

Eine Reihe mysteriöser Verbrechen versetzt die Bewohner einer abgelegenen Gebirgsregion in Angst und Schrecken. Wer ist für das grauenvolle Massaker an der Familie Arnulfs des Köhlers verantwortlich? Und wer für den blutigen Überfall auf einen venezianischen Kaufmannszug? Im Auftrag des Priors des Benediktinerklosters zu Admont machen sich der geheimnisumwitterte Wolf von der Klause und die schöne Katharina von Klingfurth auf die Suche nach den Tätern. Dabei stoßen sie nicht nur auf die Spur eines verbrecherischen Ordens – sondern auch auf ein viele Jahre zurückliegendes Geschehen, um das sich ein furchtbares Geheimnis rankt. Noch ahnen sie nicht, in welch tödliche Gefahr sie diese Entdeckung bringen wird ...

... Und noch während er über geborstene Säulen hinwegsetzte, Mauerreste umrundete und Trümmerstücke übersprang, tauchte es plötzlich wieder vor seinem inneren Auge auf: das Bild aus seinem Traum, das ihn schon seit vielen Wochen verfolgte. Spätestens in diesem Augenblick wusste Wolf, dass das Spiel um eine schreckliche Dimension erweitert worden war ...